唐诗選

粹雅丛编

上

马茂元　选注

上海古籍出版社

图书在版编目(CIP)数据

唐诗选 / 马茂元选注. —上海：上海古籍出版社，2017.11(2024.4重印)
（粹雅丛编）
ISBN 978-7-5325-8513-7

Ⅰ.①唐… Ⅱ.①马… Ⅲ.①唐诗—诗集 Ⅳ.①I222.742

中国版本图书馆CIP数据核字(2017)第158471号

国家普及类古籍整理图书专项资助项目

粹雅丛编
唐 诗 选
（全二册）
马茂元 选注
上海古籍出版社出版发行
（上海市闵行区号景路159弄1-5号A座5F 邮政编码201101）
（1）网址：www.guji.com.cn
（2）E-mail：gujil@guji.com.cn
（3）易文网网址：www.ewen.co
常熟人民印刷有限公司印刷
开本 890×1240 1/32 印张 33 插页 10 字数 920,000
2017年11月第1版 2024年4月第7次印刷
印数 15,601—16,900
ISBN 978-7-5325-8513-7
I·3184 定价：128.00元
如有质量问题，请与承印公司联系

序

赵昌平

离先生《唐诗选》初版之时，已经整整四十年过去了；离先生仙去，也已十个年头。今天，当我看到1987年前已完成的修订本的校样终于问世，不禁长长地吁了一口气。这不仅因为终于了却了先生的遗愿，更因为明珠——唐诗学研究的一颗明珠——终于未遭沉埋。

60年代的读书界，尤其是大学文科生，鲜有不知道马茂元《唐诗选》者。我还清楚地记得，1963年秋，我考入北大中文系，在图书馆捧读这本书时的惊喜。那种流溢于楮墨之间的、常人所未易有的、触处生春的新鲜感觉，是这本新中国成立后第一本《唐诗选》最吸引人的特点。

感觉，对诗歌艺术的敏锐鲜活的独特感觉，是诗人，也是诗歌研究者不可缺少的最可贵的素质，缺乏感觉而来论诗，正用得到王夫之的一个比喻，如钝斧子斫栎木，皮屑纷飞，又何尝动得半分纹理。诗歌的生命本在于诗人对周遭生活及诗歌艺术因素的独特的感觉领会，它绝非单凭任何理论所可条分缕析，唯有敏于感觉者方可以心会心，得其仿佛。由此，我更相信，读任何一种书籍，对理论的关注固然也重要，但第一义的是体味作者鲜活的感觉或感受，从而启发、磨炼自己的独特的感觉能力。因为仅按现成的理论架构来研究撰文，只能似按图索骥，成为调换例证的说明文，只有具备独特的个性化的感觉，方可用理论而不为理论桎梏，从而丰富与发展理论。当然，这些看法，这些已成为我作为一个出版社总编衡文取舍的首要标准的看法，是在后来数十年间逐步形成的，但其萌蘖，却正是在北大图书馆捧读茂元先生的《唐诗选》时。

感觉能力固然得之于先天的禀赋，但也必待后天的学习磨炼，如葛洪所说“质本在我，而成之于彼”。先生于先天与后天两方面，都可称得天独厚。师从过先生的人，无不为他惊人的记忆力与对文本的穿透力所感慨：他能够将一大堆毫无序列关系的电话号码记在脑子里；他所能背诵的诗文，自己谦称“五千，五千吧”，而他的一位资深助手告诉我实际逾万。1982 年先生主持我的硕士论文答辩后，我便有幸出入门下，并逐渐成为他的助手之一。当时先生已沉疴在身，然而每每论及一义，即随机应发，旁征博引，真有“口若悬河”、“花烂映发”之感。先生曾自述学诗经历。原来他幼年失怙，从小随祖父桐城派后期大师马通伯先生习文，以记诵为第一层功夫。通伯先生手选前人诗成帙，以为家学，督责课吟，问难应答。在这种长年累月的训练中，先生将天赋的对文本的感觉能力，磨炼得越益敏锐。

“观千剑然后识器”。大量记诵基础上的出色的感觉能力，是先生唐诗研究的个性特征，也是他最为雄厚的“资本”。

记得先生曾谆谆告诫过我：“你要练就这样的本领，看到一首陌生的诗，能马上大体分辨出它的家数传承。这要从立意上求，从气脉上寻，从韵味中辨。这样，诗中的词句典实方能活起来，你也才能看出同样的词句典实，在不同人笔下的不同作用。能如此，才能会通，才能提高识力。”我想这是先生的经验之谈，是他以自己卓异的感觉博览强记所形成的一条诗史研究的独特门径,即:感觉——识力——会通。这一门径在《唐诗选》的初版本中就已有鲜明的体现。

撰成于50年代末期的《唐诗选》初版本,固然免不了有某些时代的印记。从前言与选目可以看出,出身于旧学世家的先生,当时是真诚地希望从辩证唯物论与历史唯物论中吸取新的营养。正是这种真诚,使他在总体上避免了当时普遍存在的机械唯物论倾向。先生从新思想吸取的养分主要是两点:一是批判精神,先生在前言中对历代重要唐诗选本的利弊得失,特别是它们的门户偏见,作了简明而中肯的论析;二是引入了为旧诗学所忽视的对时代背景与时代精神的研究。而难能可贵的是,先生并未随波逐流地以文学作为政治经济的附庸。前言在勾勒了唐诗产生的时代轮廓之后,着重指出:"当然,文学作品不同于历史文献记录;文学艺术的发展,有它自身的特点。"因此先生给自己规定的任务就不仅是选一部"适应今天的要求"的唐诗选,而且是一部"比较真实地反映唐代诗歌面貌,在各方面能概括唐诗最高成就的新选本"。于是《唐诗选》便在这样一种宏阔的视野中展开:诗史的"变革"——"沿与革","创与因",是它一以贯之的红线,这变革一以中国古典诗歌的深厚的历史积淀为源头,以唐代的时代背景为土壤,而对诗篇艺术精髓诗人创作个性的发掘,对前后诗人风格上的异同比较,则成为展演这变革之情状、线索的主要手段。今天当我们回观这部在新中国唐诗研究史中有开辟意义的选本初版本时,也许会感到入选的反映民生疾苦的诗篇比重大了一些。但是当我们看到前言中所强调的唐人对六朝诗歌艺术精神的继承,所细致论述、热情礼赞的初盛中晚唐诗各自的艺术价值与不衰的创新精神时,就不仅会佩服先生在那个时代的艺术勇气,也会感到,对文学研究中机械唯物论、庸俗社会学表现的抗争,实际上已胎息于此。

《唐诗选》初版本在当时的巨大成功,并未使先生满足,事实上,他一直在反思着这部选本的得失。80年代中期,当先生命我协助修订这部选集时,其主体工作已大抵完成,给我印象最深的有两件东西:一是先生手自圈阅的《全唐诗》,其中朱红的○、○○、○○○,载录了先生三复这部浩繁总集的心得;二是一大包修订资料,有先生自己博收旁取所积累的,也有各地热心读者寄来的,记得先生曾特意检出两位乡村中学教师的来信说:"意见很好,要吸纳进去。"尽管先生当时已是唐诗学界屈指可数的几位权威之一。

修订工作主要集中在四个方面:

(1) 对入选诗人与具体篇目的调整:在总数五百余篇大体不变的前提下,修订本所调整的篇目约占35%,家数亦有所增删。增收的主要是一些在诗史上有一定地位,却为人们长期忽视的中小诗人的代表作。对大诗人的作品,则依突出其主体风格与诗史意义的原则作了增删。反映民生疾苦的诗篇比重有较大幅度的下降,但仍保持了相当的比重,尤其是反映一时风尚及与乐府民歌渊源深切的优秀篇章,因为这一部分,事实上也是唐诗史上不容忽视的精华。从中我们可以看到一位有根基、有良知的研究者对研究工作的态度。当一种新思潮涌来之时,他会有所吸纳,甚至可能有所偏颇,但这种吸纳绝非趋附,他不会放弃自己的根底与个性,不会放弃自己积年心力形成的对研究对象的根本理解。而一旦当这种思潮为世俗诟病而另一种新思潮涌来时,他也决不会随风变向,轻易否定前一次业经消化而丰富了其研究个性的营养,而只是冷静地比较反思,作出以我为主的判断,去其偏颇,存其精粹,并以同样的态度对待那后起的新思潮。这一存本纳新的过程,既有总体的稳定性,又非一成不变。修订本《唐诗选》的五百多首选篇,应视作先生在80年代中期,对唐诗演进史的看法。如果先生能生活到今天,相信这篇目仍会有一定幅度的调整。

篇目调整工作,先生交我协助修订时,记得已完成了四百余篇,并已写成文稿。最后近百篇,由我提出,经先生推敲确认,往往权衡再三,反复论议,最后由我写成,先生改定。回想起来,这与其说是我在协助先生修订,无宁说是先生为我作"硕士后"的教导。

(2) 诗人小传的修订与增写:从1964年起,先生就开始作撰写《唐诗史》的准备,而对诗人行事的系统考订,是其中的基础工作。至"文革"前夕,先生已积累了数十万言文稿,可惜为"造反派"抄没,劫后馀烬的是留存在《晚照楼论文集》中的数十则。主要是凭着超人的记忆力,先生对《唐诗选》中的大部分小传作了修订与增写。80年代中期,以傅璇琮先生的《唐代诗人丛考》为代表,唐诗学界考订成果集中地大量涌现,病中的先生命我尽可能地吸取新的成果,对他的成稿作审订,并放手让我增写了若干后补入的诗人小传。此后,我曾担任《诗学大辞典》(安徽文艺出版社)的编委与唐诗部分撰稿人,较广泛地吸纳了80年代后期至90年代中期的有关考订成果。这次修订本发稿时,由上海古籍出版社副编审、挚友丁如明兄作了比勘,将有关的新成果,再次补订入文稿之中。

(3) 注释的补订:这部分工作,也主要由先生亲自完成。我应命通读已成的文稿并作了些补苴的工作,后补的约百篇注释,虽由我执笔,但也经先生过目改定。注释,是这部《唐诗选》极见功夫与特色的部分,除通常的释义外,先生每于全诗关节与疑难处作提挈点拨,有一语中的、通体透脱之妙,最能见出先生卓越的艺术感觉能力。

(4) 增加了总评部分:初版本未有独立的评述。修订的过程中,先生采纳了我的建议,由我在每一选篇后加上总评。既与注释中随机生发的点评呼应,以显示全诗精要,也借此作前后左右的对照,以凸现演进之轨迹。所有的总评,都经先生审定认可,可以视作先生对我"硕士后"作业的辅导,使我得益非浅。

事实上,先生在《唐诗选》初版后的十馀年中不仅在着手准备唐诗史的撰写,也在对唐诗学乃至整个中国古典诗学的理论架构作缜密的思考。关于后一部分的成果,保留在《晚照楼论文集》有关篇章之中。其中有关诗人研究的篇章,显示了对文本的超卓的感觉能力与由感觉到识力的出众的分析能力。这是先生一切诗歌研究的基础。而在有关诗论的篇章中,先生历来对"通变"问题的心解得到了系统的阐发。同时,在《唐诗选》初版本前言中业已涉及的对诗人个性、心态的重视,也得到了进一步的深化。这两点相辅相成,其实是他构想中的《唐诗史》的理论骨架。关于后者,先生在《论九歌》一文中有一段极好的分析。在列举历来有关《九歌》是忠君爱国之作的观点后,先生论述道:

> 其实《九歌》究竟是祭歌,有它实际的用途。它所描写的内容,受到它原来题材的限制,不可能与作者身世有直接关联,和《离骚》、《九章》是不同体制的。《九歌》格调的绮丽清新,玲珑透彻,集中地提炼了民间抒情短诗的优美精神;但另一方面,也不能否认,在《九歌》的轻歌微吟中,却透露了一种似乎是微漠的而又是不可掩抑的深长的感伤情绪。它所抽绎出来的坚贞高洁、缠绵哀怨之思,正是屈原长期放逐中的现实心情的自然流露。

这段论述,已在本质上揭示了诗人心态对于诗体的虽非直接,却至关重要的影响,回答了当前古典诗歌理论界一个尤其关注的问题：诗歌的外部因素(时代文化、个人经历等因素)进入诗歌内部成为其艺术构成因素的中介是什么。《论九歌》中所表现的这一观点，其实也是先生唐诗文本研究的核心思想。在他有关四杰、杜甫、李商隐的研究中都有鲜明表现，当然也渗透在眼前这本修订版的《唐诗选》中。因此，虽然先生编撰《唐诗史》的宏愿不幸为“文革”摧毁，但这部《唐诗选》修订本，却已勾勒了前者的主线与主要构架，必将沾溉后来从事此一工作的人们。

由于修订本进入后期工作时，先生病势已相当沉重，我协助修订完成后，先生已无力再通读全稿，也由于当时某出版社要稿甚急，而现在由我社出版已时隔十数年，这本修订本在个别篇章的取舍，与各篇内部各部分的衔接上尚有些缺憾，注释、小传也容有个别疏漏。我本想再代为修订一过，但恐怕会更多地加入自己的意见——毕竟，当时协助修订时，有先生的耳提面命，而现在先生已远去了。因此，我想还是让它保持当时的面貌奉献给读者。只是请如明兄对小传部分作了上述的比勘补订，如明兄在阅稿过程中还对某些注释提出了专家眼光的意见，在此谨表谢忱。已故刘初棠兄，是先生的一位高足，曾通读修订本全稿，提出过不少很好的意见。今天当修订本终于面世之时，初棠兄当相伴先生含笑九泉。先生未及为修订本作序，也是一大缺憾。由于事实上先生的观念较初版时已有很多发展，故将初版前言附于书后，并作此序对先生的学术思想与风格作一概要介绍，而将我所撰写的当时得先生首肯的《唐五代诗概述》录于先生初版前言之后，供读者参考。

1995 年 5 月

目　　录

魏　徵（一首）

魏徵（580—643），字玄成，魏州曲城（今河北曲周）人。好读书，涉猎广博。隋末，曾一度为道士。后佐唐高祖李渊、太宗李世民，官至左光禄大夫，封郑国公。

魏徵在《群书治要序》里说："近古皇王，时有撰述。……竞采浮艳之词，争驰迂怪之说，骋末学之传闻，饰雕虫之小技，流荡忘返，殊途同致。"（见《全唐文》卷一四一）对六朝淫靡的文风，曾正面提出批评。其诗文深厚雅健，有河朔清刚之气，在初唐不可多得。惟作品不多，影响不大。

《全唐诗》录存其诗一卷。

述　　怀

《新唐书·魏徵传》载：魏徵初居李密幕，李密失败归唐，徵随至长安。“久之，未知名。自请安辑山东，乃擢秘书丞，驰驿至黎阳”，说降了李勣。这诗是奉命东行时所作。题一作《出关》。

中原初逐鹿，投笔事戎轩①。纵横计不就②，慷慨志犹存。杖策谒天子，驱马出关门③。请缨系南粤，凭轼下东藩④。郁纡陟高岫，出没望平原⑤。古木鸣寒鸟，空山啼夜猿。既伤千里目⑥，还惊九折魂⑦。岂不惮艰险⑧，深怀国士恩⑨。季布无二诺，侯嬴重一言⑩。人生感意气⑪，功名谁复论！

【注释】

① 中原二句：隋末，李密据洛口，称魏公。武阳郡丞元宝藏起兵响应，魏徵为之起草书檄，受到李密的赏识，因入参军幕（见《新唐书》本传）。逐鹿，比喻争夺政权。《六韬》：“取天下者若逐野鹿。”《史记·淮阴侯列传》：“秦失其鹿，天下共逐之。”中原地区，是争夺政权的焦点，故云中原逐鹿。投笔，东汉班超少时为小吏，替官府钞写文书，感到苦闷。曾投笔长叹：“大丈夫无他志略，犹当效傅介子、张骞立功异域，以取封侯，安能久事笔砚间乎！”（见《后汉书·班超传》）事戎轩，从事于战阵之间，即从军之意。戎轩，战车。初，一作“还”。按：这里是追溯往事，以“初”为是。

② 纵横句：魏徵在李密幕下，曾进十策，未被采用（见《新唐书》本传）。后李密为王世充所败。句意指此。战国时，苏秦主张合六国以抗秦，称为“纵”；张仪主张连六国以事秦，称为“横”。后世称策士为“纵横

家”。纵横计,指为人策划筹谋天下大事。

③ 杖策二句:意谓自己在戎马之中投奔唐朝,很快地就受到任使。杖策和驱马为互文。策,马棰,用以打马前进。天子,指李渊。关,指潼关。

④ 请缨二句:上句用终军的典故,下句用郦食其的典故,表示此行的决心和任务的重大。汉武帝时,终军奉使南越,行前向武帝曾说:“愿请长缨(绳),必羁南越王而致之阙下。”结果说服南越王降附了汉朝(见《汉书·终军传》)。古五岭以南,通称为百越之地。粤,字同“越”。南粤,即南越,百越之一。秦末,楚、汉相争,郦食其奉汉高祖刘邦命出使齐国,说降了齐王田广(见《史记·郦生陆贾列传》)。《史记·淮阴侯列传》:“且郦生一士,伏轼掉三寸之舌,下齐七十馀城。”凭轼,即“伏轼”,意谓乘车出使。轼,车前横木。下,降服。东藩,东方的属国,即齐国。

⑤ 郁纡二句:郁纡,形容崖谷深险,山路萦回。陟(zhì),登。岫(xiù),山峰。因为山岭忽高忽低,故远望之际,平原时出时没。

⑥ 既伤句:语本《楚辞·招魂》:“目极千里兮伤春心。”时关东一带,正在战乱之中,残破不堪,故云。

⑦ 还惊句:言路途艰险,为之心惊。九折,本形容山路崎岖不平。邛崃山有九折坂,汉王阳行至其处,为之回车。此暗用其意,即下句所云“惮艰险”。九折魂,一作“九逝魂”。《楚辞·九章·抽思》:“惟郢路之辽远兮,魂一夕而九逝。”

⑧ 惮(dàn):惧怕。

⑨ 国士恩:指受到统治者重视的知遇之恩。春秋末,晋大夫智伯为赵襄子所灭,智伯的门客豫让舍身报仇。有人问他为什么这样效忠于智伯,他说:“智伯国士遇我,我故国士报之。”(见《史记·刺客列传》)国士,在一国范围内的杰出人才。

⑩ 季布二句:意谓将坚决完成使命。季布,秦末人,慷慨重然诺,当时有“得黄金百斤,不如得季布一诺”之语(见《史记·季布栾布列传》)。无二诺,说一句,算一句。侯嬴,战国时魏公子信陵君的门客,为信陵君划策救赵。信陵君临行时,他因年老不能随从,表示将自杀以报恩,后

来果然实践了诺言（见《史记·魏公子列传》）。

⑪ 人生句：乐府《白头吟》："男儿重意气，何用钱刀为？"卢谌《赠刘琨》诗："意气之间，靡躯不悔。"意气，意志与气概。

【评】 此诗自述生平抱负和身世遭遇。笔力劲健开拓，于直起直落中表现出一种豪迈激动的气概，风格和左思《咏史》颇相近似。"感意气"是全诗的核心，中间有关路途难险的描写，正见出感激怀恩，以身许国，不仅深化了主题思想，而且使得诗的意境更加沉郁深厚，而不流入浮浅叫嚣。

王 绩（三首）

王绩（约589—644），字无功，绛州龙门（今山西稷山）人。隋大业（605—616）中，举孝悌廉洁科，授秘书省正字。出为六合县丞。因嗜酒被劾去职。唐初，以前朝官待诏门下省。曾为太乐丞。不久，即弃官而去。

他早年有用世志，遭逢乱世，曾三度出仕，都因失意而归隐。寄情于酒，著《五斗先生传》及《醉乡记》等文以见意。其诗多以田园山水为题材，抒写闲适自得之情；于故为旷达之中，往往流露出抑郁之感。思想虽较狭隘，缺乏积极的社会意义，而诗风清新朴素。《四库全书总目提要》说他的诗"意境高古"，"气格遒健"，"皆能涤初唐排偶板滞之习"（卷一四九），这在当时是不可多得的；对后来唐诗的健康发展，有一定的影响。

有《王无功集》五卷。其中诗约一百二十馀首。

春　　日

前旦出园游，林华都未有[①]。今朝下堂来，池冰开已久。雪被南轩梅，风催北庭柳。遥呼灶前妾，却报机中妇[②]：年光恰恰来，满瓮营春酒[③]！

【注释】

① 林华：即林花。华，古“花”字。

② 机中妇：正在纺织的妻子。鲍照《拟行路难》：“看妇机中织。”

③ 年光二句：意谓韶华景物之来，好像有意为人凑兴，应该酿酒满瓮，吟赏春光。恰恰来，犹言着意而来。恰恰，用心的意思（见《广韵》卷三一入声）。

【评】 诗写早春眼前景物，信手拈来，略无藻绘，而能恰到好处地表现出自然界蓬勃融和的生意和季节更新时诗人的敏感与喜悦的心情。开头四句，隔句相对，“前旦”与“今朝”，“都未有”与“开已久”，交叉映带，用笔极为流畅生动。

野　　望

东皋薄暮望[①]，徙倚欲何依[②]！树树皆秋色[③]，山山唯落晖[④]。牧人驱犊返[⑤]，猎马带禽归。四顾无相识，长歌怀采薇[⑥]。

【注释】

① 东皋：王绩隐居故乡时游息之地。《新唐书·王绩传》说他“有田十六顷，在河渚间。……欲见兄弟，辄渡河还家，游北山东皋，著书自号东皋子。”按阮籍云：“方将耕于东皋之阳，输黍稷之税，以避当涂者”（《奏记诣太尉蒋济》）；陶潜云：“登东皋以舒啸，临清流而赋诗”（《归去来兮辞》）。王绩把自己游息之地叫做东皋，有追慕阮、陶之意。皋，水边高地。

② 徙倚：犹言徘徊。欲何依：意谓心情怅惘空虚，无所着落。

③ 树树句：就是《楚辞·九辩》所说“萧瑟兮草木摇落而变衰”的意思。秋色，憔悴枯黄之色。

④ 山山句：空旷的秋山，在落日映照下更加给人以冷寞荒凉之感，故云。后来王维的“落日满秋山”（《归嵩山作》），刘长卿的“千峰共夕阳”（《移使鄂州次岘阳馆怀旧居》），与此同一意境。

⑤ 牧人：一作“牧童”。犊（dú）：小牛。

⑥ 长歌句：殷亡后，伯夷、叔齐隐居首阳山，采薇而食。作歌曰：“登彼西山兮，采其薇矣。以暴易暴兮，不知其非矣！神农虞夏，忽焉没兮，我适安归矣？吁嗟徂兮，命之衰矣！”（见《史记·伯夷列传》）怀采薇，怀念采薇的人，即伯夷、叔齐。这里借用典故，表示自己避世隐居、山林长往之意和孤独寂寞之感。它是从上一句生发出来的。既然“四顾无相识”，在现实生活中没有谁了解自己心事，那就只能尚友古人，寄情旷代了。薇，羊齿类草本植物。嫩叶尖端为卷涡状，可食。

【评】　王绩集中有不少完全成熟的五言律诗，这是其中最为脍炙人口的一篇。诗写秋原野望，寂寞怅惘的心情，给眼中景物涂上一层黯淡荒寥的色彩。中间四句是景语，也是情语。从结句看，当作于隋亡之后。

在京思故园见乡人问

这诗当为王绩入唐后待诏门下，或任太乐丞时所作。

旅泊多年岁，老去不知回①。忽逢门前客，道发故乡来②。敛眉俱握手，破涕共衔杯。殷勤访朋旧，屈曲问童孩③：衰宗多弟侄，若个赏池台？旧园今在否，新树也应栽？柳行疏密布，茅斋宽窄裁？经移何处竹，别种几株梅？渠当无绝水，石计总生苔？院果谁先熟，林花那后开④？羁心只欲问，为报不须猜。行当驱下泽，去剪故园莱⑤。

【注释】

① 旅泊二句：总摄全诗。因旅居多年，老而未归，思乡情切，故有以下一连串的问话。旅泊，旅居。泊，留止之意。

② 忽逢二句：陆机古乐府《门有车马客行》："门有车马客，驾言发故乡。念君久不归，濡迹涉江湘。"似为此诗所本。

③ 敛眉四句：写悲喜之状。敛眉，蹙眉。破涕，破涕为笑。殷勤访，屈曲问：急切周详地打探。

④ 衰宗十二句：打听家园情况。这种连缀排比的句式，也来自古乐府，可参看《陌上桑》、《孔雀东南飞》等；而全用问句，则是王绩的独创。十二句一气呵成，表现出心情的急切。衰宗，犹言寒家，敝族。谦词。

⑤ 羁心四句：总收全诗。前二句意谓因羁居得久，故动问得频，请乡人不要顾虑，据实作答；后二句说自己不久也想驱车归田，所以早晚会得知家园实际情况，故不须隐瞒。二层意思看似有些矛盾，却生动地体

现出客游者的真实心理。下泽，下泽车，一种适于沼田行驶的短毂车。莱，即藜，新叶与嫩苗可食。

【评】 这诗继承古乐府的传统，质而不俚，浅而能深，真切感人。诗中连问十二句，而不作答，构思之奇，出人意表。前面提到的陆机《门有车马客行》等，在叙述遇乡人后，都正面描写故乡之萧条，乡思之悲切。这里只问不答，却给读者留有无穷回想馀地。

王　勃（三首）

王勃（650—676），字子安，绛州龙门（今山西河津）人。隋末大儒王通之孙，唐初诗人王绩之侄孙，年十四，举幽素科，授朝散郎，为沛王府修撰。因故去职，客游蜀中。后补虢州参军，犯死罪，遇赦，革职。父福畤，官雍州司功参军，受到连累，贬谪南疆。他渡海省亲，溺水，惊悸而死。

王勃与杨炯、卢照邻、骆宾王以诗歌骈文著名，并称“初唐四杰”。《新唐书·文艺传》云：“唐有天下三百年，文章无虑三变。高祖、太宗，大难始夷，沿江左馀风，絺句绘章，揣合低卬，故王、杨为之伯。”他们的诗虽未尽脱六朝词藻馀习，但流丽婉畅之中，有宏放浑厚的气象，显示出唐代诗风正朝着新的方向发展。同时，对于五言律诗格律的建设和七言歌行的提高，有很大的贡献。杜甫在《戏为六绝句》里说：“王、杨、卢、骆当时体，轻薄为文哂未休。尔曹身与名俱灭，不废江河万古流。”给以很高的历史评价。

“四杰”诗风不尽相同，就中王勃才气较高。明人陆时雍说：“王勃高华，杨炯雄厚，照邻清藻，宾王坦易。子安其最杰乎！调入初唐，时带六朝景色。”（《诗镜总论》）

有《王子安集》，清人蒋清翊有注本。

采　莲　曲

采莲归，绿水芙蓉衣[①]。秋风起浪凫雁飞[②]。桂棹兰桡下长浦[③]，罗裙玉腕轻摇橹。叶屿花潭极望平[④]，江讴越吹相思苦[⑤]。相思苦，佳期不可驻[⑥]。塞外征夫犹未还，江南采莲今已暮。今已暮，采莲花，渠今那必尽倡家[⑦]？官道城南把桑叶，何如江上采莲花[⑧]？莲花复莲花，花叶何稠叠！叶翠本羞眉[⑨]，花红强似颊[⑩]。佳人不在兹[⑪]，怅望别离时。牵花怜共蒂，折藕爱连丝[⑫]。故情无处所[⑬]，新物徒华滋[⑭]。不惜西津交佩解[⑮]，还羞北海雁书迟[⑯]。采莲歌有节，采莲夜未歇。正逢浩荡江上风，又值徘徊江上月[⑰]。徘徊莲浦夜相逢，吴姬越女何丰茸[⑱]！共问寒江千里外，征客关山路几重？

【注释】

① 绿水句：写莲舟归去时的景象。芙蓉，即荷。衣，意同披。舟行绿水之中，芙蓉载满舟上，披覆波面，故云。

② 起浪：吹起了波浪。凫(fú)：野鸭。

③ 桂棹兰桡：桂和兰(木兰)都是香木，棹和桡都是拨水的工具。《方言》卷九："楫，谓之桡，或谓之棹。"《韵会》："短曰檝(楫)，长曰棹。"《楚辞·九歌·湘君》："桂棹兮兰枻。"下长浦：沿着水边向下游。浦，水边之地。

④ 叶屿(yǔ)句：言江南水国，放眼望去，都是荷叶和莲花。屿，水中洲渚。潭，水边。叶屿与花潭为互文。平，连成一片的意思。

⑤ 江讴越吹(读去声)：泛指南方地区的民间歌调。徒歌称讴，有音乐伴

奏的称吹。

⑥ 佳期：这里指聚会的日子。驻：留。

⑦ 渠今句：《古诗十九首》："昔为倡家女，今为荡子妇。荡子行不归，空床难独守。"这里变化其意是说采莲者不一定都是倡家女，其中有不少已嫁而丈夫远行的思妇。渠，她们。倡家，乐妓之家。倡，同娼。

⑧ 官道二句：汉乐府《相和歌》有《陌上桑》，写罗敷采桑的故事，这里以采莲花与把桑叶作比，意谓采莲可借以排遣相思之情。但事实上这情怀是无法排遣的，故下文云云。官道，大道。把，采。

⑨ 叶翠句：意谓双眉凝翠，使荷叶为之失色。古代女子的装饰，有"惊翠眉"，见崔豹《古今注》。

⑩ 花红句：萧绎《采莲曲》："莲花乱脸色。"此云"强似颊"，则更进一层，谓莲花尚不及双颊的红艳。

⑪ 佳人：理想中的人，即上面说的"塞外征夫"。沈德潜《说诗晬语》卷下："苏蕙称窦滔云：'非我佳人，莫之能解。'"即以佳人称夫。

⑫ 折藕句：用藕丝影射两心相连的情思。"丝"谐"思"音，是双关语。

⑬ 故情：旧日的欢情。无处所：无处寻觅。

⑭ 新物：指上文所说的花和藕。因为是别离后生长的，故曰新物。华滋：长得很繁盛。古诗："庭中有奇树，绿叶发华滋。"

⑮ 交佩解：《楚辞·九章·思美人》："解萹薄与杂菜兮，备以为交佩。"王逸《章句》："交，合也。……合而佩之。"解佩赠给对方，是爱情的表示。古代神话：江妃二女出游汉水之滨，遇郑交甫，解佩以赠。见《列仙传》。

⑯ 羞：这里有忧的意思。北海雁书：汉时，苏武使匈奴，被囚于北海无人处，音讯断绝。后来汉朝派人交涉，要求把他放回，诡言皇帝在上林苑射猎，得雁足系书，知苏武住处。事见《汉书·苏武传》。这里借用典故，指边地寄来的书信。

⑰ 徘徊江上月：指移动的月影。

⑱ 吴姬越女：泛指江南地区的采莲女。姬本是周代的大姓，指姬姓的女子，后来用作美女的通称。丰茸：繁盛貌。形容采莲女的年轻美艳。

【评】《采莲曲》是乐府旧题,《江南弄》七曲之一。它的内容多描绘江南地区的水国风光、采莲女郎的生活情况和相思离别之情。此诗杂用三、五、七言与复沓的句式,语言活泼,节奏和谐。明代的何景明曾说,初唐四杰的诗,"音节往往可歌"(见《明月篇序》),就是指这类作品而言。

滕 王 阁

滕王阁故址在今江西南昌(唐时为洪州州治),唐太宗贞观十三年(639)滕王李元婴为洪州都督时所建。前临赣江,为游览胜地。高宗时,洪州官吏于滕王阁大宴宾客,王勃路过其间,参预宴会,即席作《秋日登洪府滕王阁饯别序》,序后系以此诗。序文词采绚丽,才气宏放,是王勃骈体文的代表作,历代传诵的名篇。因篇幅过长,故不录。关于序和诗的写作时间,旧有二说:王定保《唐摭言》以为是王勃十四岁时所作;辛文房《唐才子传》及《名胜志》据《新唐书》本传以为是王福畤谪海南时王勃前往省亲途中所作。以后说为是。

滕王高阁临江渚①,佩玉鸣鸾罢歌舞②。画栋朝飞南浦云,珠帘暮卷西山雨③。闲云潭影日悠悠,物换星移几度秋④。阁中帝子今何在⑤?槛外长江空自流⑥!

【注释】

① 渚(zhǔ):水中小洲。

② 佩玉句:想象滕王建阁时宴游的盛况,是即景即事而触发的思古之

情。佩玉鸣鸾，指滕王及其宾从而言。《洪范五行传》：“古者圣王垂则，天子穆穆，诸侯皇皇，登舆则有鸾和之节，降车则有佩玉之度。”（见《隋书·五行志》引）古人佩玉，因而有撞击声，可以节行止，保持一种雍容华贵的风度。鸾（luán），车铃，像鸾鸟形，取其鸣声之和。罢，停歇。是说当时佩玉鸣鸾之盛，歌舞宴游之乐，过眼都成陈迹，亦即结尾处“阁中帝子今何在”的意思。

③ 画栋二句：既写了滕王阁楼宇的高峻华美，风景的秀丽佳胜，而朝和暮，云和雨，两两相照，又显示了一种不尽的时空观念，一抹淡淡的怅惘之感，赋中有兴。诗意承上一联的追怀，又为下一联的转折作了铺垫。

④ 闲云二句：以闲云潭影之不变与人物岁星的变换推移相对照，很自然地触发了诗人江山依旧而人物已非的感慨，是诗人从想象回到现实的转折点。星移，岁星在移动着。古天文学以木星为岁星，岁星运行一周天，为十二年。

⑤ 帝子：指滕王，他是高祖李渊之子。《楚辞·九歌·湘夫人》：“帝子降兮北渚”，王逸注：“帝子，谓尧女也。”按，古代“子”可兼指男女。

⑥ 槛外句：承上收束，以感慨作结。句意本孔子“逝者如斯夫，不舍昼夜”（《论语·子罕》），而为宋苏轼的名句“大江东去，浪淘尽千古风流人物”（《念奴娇·赤壁怀古》）之先声。槛（jiàn），栏杆。

送杜少府之任蜀川

这诗是王勃供职长安时所作。杜少府，名不详。唐人称县尉为少府。宋人周煇《清波杂志》卷一〇：“古治百里之邑，令拊其俗，尉督其奸，故令曰明府，尉曰少府。”按：府谓一府之主，对府吏而言。尉的职位低于县令，故称少府。之，往，赴。蜀川，犹言蜀地。

城阙辅三秦[1],风烟望五津[2]。与君离别意,同是宦游人[3]。海内存知己,天涯若比邻[4]。无为在歧路,儿女共沾巾[5]。

【注释】

① 城阙句:城阙,指长安。宫门前的望楼叫阙。辅三秦,以三秦为辅,言在三秦的中枢。今陕西省一带地区,古为秦国。项羽灭秦,分其地为雍、塞、翟三国,故称三秦。这句说长安,是自己的宦游地;下句说蜀,是杜少府宦游地。因宦游而两地相隔,故三、四两句云云。

② 风烟:指自然景色。五津:蜀中长江自湔堰至犍为一段,有白华津、万里津、江首津、涉头津、江南津,合称五津。

③ 宦游人:远游以求仕宦或任官他乡的士人。

④ 海内二句:曹植《赠白马王彪》:"丈夫志四海,万里犹比邻。恩爱苟不亏,在远分日亲。"此化用其意,而语言更凝炼,意境更宏阔、旷达。比邻,犹言近邻。古五家相连为比。

⑤ 无为二句:劝杜不要像伤离惜别的青年男女那样,分手时哭得泪水沾湿佩巾。无为,不用的意思,无,同"毋"。歧路,岔路,指分手之处。

【评】 明胡应麟评此诗谓:"终篇不著景物,而兴象婉然,气骨苍然,实首启盛、中妙境。"颇切此诗的特色与历史地位。

杨　炯（一首）

杨炯（650—692 后），华阴（今陕西华阴）人。幼有文名。显庆六年（661）举神童，授校书郎。永隆二年（681）与宋之问同为宏文馆学士。迁詹事司直。因诋毁朝士，见忌同列。武后时，左转梓州司法参军。官终盈川令。世称杨盈川。

“四杰”之中，杨炯和王勃年辈相若，交谊最深，诗文风格也较为接近。杨炯诗绝大部分是五言律体。才气宏放，而语言精丽严整，是其特色。胡应麟谓：“盈川近体，虽神俊输王，而整肃雄浑，究其体裁，实为正始。”（《诗薮》）较确切地道出了杨、王风格的异同。

有《盈川集》。

从 军 行

《从军行》是乐府《相和歌·平调曲》旧题，内容叙写军旅、战争之事。

烽火照西京①，心中自不平。牙璋辞凤阙，铁骑绕龙城②。雪暗凋旗画，风多杂鼓声③。宁为百夫长④，胜作一书生。

【注释】

① 烽火句：《汉书·匈奴传》："胡骑入代、句注边，烽火通于甘泉、长安。"此化用其意，言敌军侵扰边塞，警报至京。古于边防要地筑高土台，台上作桔槔，桔槔头上有笼，中置柴草，胡骑至则燃以报警，称为烽火。东汉都洛阳，称长安为西京或西都。

② 牙璋二句：言将军奉命出征，大军深入敌境。《周礼·典瑞》："牙璋以起军旅。"郑康成注："若今时以铜虎符发兵。"凤阙，指长安宫阙。《史记·封禅书》："（建章宫）其东则凤阙，高二十馀丈。"铁骑，精锐的骑兵。骑，读去声。龙城，顾炎武《京东考古录》："《汉书·匈奴传》：'匈奴诸王长少，五月大会龙城，祭其先、天地、鬼神。'《武帝本纪》：'元光五年（前130），车骑将军（卫）青至龙城，获首虏七百级。'……六朝以下，文人多用龙城。隋炀帝《与史祥书》：'望龙城而冲寇，盼狼居而发愤。'自此递相祖述，皆《匈奴传》之龙城耳。"

③ 雪暗二句：写边地战争的艰苦。言外之意，是说只有在这艰苦的环境里才能建立功名，故下两句云云。阴云朔雪，白日无光，旗画的色彩，显得黯淡而不鲜明，故曰"凋"。

④ 百夫长：西周时有"千夫长"、"百夫长"的官名（见《尚书·牧誓》）。此

泛指低级武职。

【评】 这诗以高昂的情调、奇丽的词采，歌唱出对辽阔边疆的向往，反映了年轻士人投军请缨、立功报国的壮志。

卢照邻（一首）

卢照邻（生卒年不详），字昇之，自号幽忧子，幽州范阳（今北京）人。曾为邓王府典签及新乡尉。一生不得志，又染风疾，手足痉挛，成为残废。作《五悲文》自明遭遇。后因不胜病痛，投颍水自杀。

他的诗以歌行体为最佳。词采富艳，内容广阔，意境清迥，以韵致取胜。胡震亨说他“领韵疏拔，时有一往任笔不拘整对之意”（见《唐音癸签》卷五）。

有《卢昇之集》（一称《幽忧子集》）。

长安古意

这诗，作者通过自身感受，借用历史题材，描绘出当时首都长安现实生活的形形色色。从繁华景象的渲染中，揭露了统治集团的横暴和骄奢淫佚，具有一定的批判意义。“古意”是六朝以来诗歌中常见的标题，和“拟古”一样，内容非常广泛；总的说来，都是托古意以抒今情的。

长安大道连狭斜[1]，青牛白马七香车[2]。玉辇纵横过主第[3]，金鞭络绎向侯家。龙衔宝盖承朝日，凤吐流苏带晚霞[4]。百丈游丝争绕树[5]，一群娇鸟共啼花。啼花戏蝶千门侧，碧树银台万种色。复道交窗作合欢[6]，双阙连甍垂凤翼[7]。梁家画阁天中起[8]，汉帝金茎云外直[9]。楼前相望不相知，陌上相逢讵相识[10]？借问吹箫向紫烟[11]，曾经学舞度芳年。得成比目何辞死[12]，愿作鸳鸯不羡仙。比目鸳鸯真可羡，双去双来君不见？生憎帐额绣孤鸾[13]，好取门帘帖双燕。双燕双飞绕画梁，罗帏翠被郁金香[14]。片片行云著蝉鬓[15]，纤纤初月上鸦黄[16]。鸦黄粉白车中出，含娇含态情非一。妖童宝马铁连钱[17]，娼妇盘龙金屈膝[18]。御史府中乌夜啼，廷尉门前雀欲栖[19]。隐隐朱城临玉道，遥遥翠幰没金堤[20]。挟弹飞鹰杜陵北[21]，探丸借客渭桥西[22]。俱邀侠客芙蓉剑[23]，共宿娼家桃李蹊[24]。娼家日暮紫罗裙，清歌一啭口氛氲[25]。北堂夜夜人如月[26]，南陌朝朝骑似云。南陌北堂连北里[27]，五剧三条控三市[28]。

弱柳青槐拂地垂，佳气红尘暗天起。汉代金吾千骑来[29]，翡翠屠苏鹦鹉杯[30]。罗襦宝带为君解[31]，燕歌赵舞为君开[32]。别有豪华称将相，转日回天不相让[33]。意气由来排灌夫[34]，专权判不容萧相[35]。专权意气本豪雄，青虬紫燕坐春风[36]。自言歌舞长千载，自谓骄奢凌五公[37]。节物风光不相待[38]，桑田碧海须臾改[39]。昔时金阶白玉堂，即今唯见青松在。寂寂寥寥扬子居[40]，年年岁岁一床书[41]。独有南山桂花发[42]，飞来飞去袭人裾[43]。

【注释】

① 狭斜：迫狭斜出的僻径，与“大道”相对而言。汉乐府《相和歌·长安有狭斜行》：“长安有狭斜，狭斜不容车。”

② 青牛句：言往来的都是贵人之车。古时驾车，牛马并用。《旧唐书·舆服志》：“内命妇夫人乘厌翟车，嫔乘翟车，婕妤已下乘安车，各驾二马；外命妇、公主、王妃乘厌翟车，驾二马；自馀一品乘白铜饰犊车，……驾以牛。”梁简文帝萧纲《乌栖曲》：“青牛丹毂七香车。”此化用其语。七香车，用多种香木制成华美的小车。魏武帝《与杨彪书》：“今赠足下……画轮四望通幰七香车一乘，青牸牛二头。”

③ 玉辇(niǎn)：本来是皇帝用车的称号，这里泛指贵人所乘的车。用人拉着走的车叫辇。主第，公主家。第，皇帝所赐的住宅。因有甲乙等第之分，所以叫做第。

④ 龙衔二句：古时车上张有圆形的盖，晴以障阳光，阴以御雨。宝盖安装在支柱上，支柱刻作龙形，故曰“龙衔宝盖”。凤，指车幔上所绣的花纹。车幔下垂流苏，故曰“凤吐流苏”。流苏，用彩色羽毛或丝绸结成球，缀以丝缕，如同现在的彩缕子。苏，下垂之意。

⑤ 游丝：春天虫类所吐在空中飞扬的丝。

⑥ 复道：即阁道，宫苑中架木空际以通车的道路。交窗：用木条横直相错而制成的窗。作合欢：指窗櫺的图案。合欢，即马樱花，又名合昏

或夜合。羽状复叶，一个大叶由多数小叶组合而成，小叶到夜间就聚合起来，故名。

⑦ 阙：宫门前的望楼。甍(méng)：屋脊。垂凤翼：是说双阙两相对峙，有如凤凰两翅的下垂。一说垂凤翼与上句“作合欢”对，亦应指饰物。《关中记》：“建章宫圜阙，临北道，凤在上，故曰凤阙也。”《汉官典职》：“偃师去宫三十五里，望朱雀阙，郁勃与天连。”朱雀一说即凤。繁钦《建章凤阙赋》：“筑双凤之崇阙。”

⑧ 梁家句：写豪门第宅的崇丽。梁冀是东汉王朝的外戚，他在洛阳穷治第宅，以豪侈著名。按：本篇有关历史题材的描写，都以长安为背景，只有这句事涉洛阳。因洛阳自东汉以来即为东都，故连类而及。

⑨ 汉帝句：言宫廷建筑的宏伟。汉武帝刘彻好神仙，于宫中立铜柱，上置铜盘，名仙人掌，以承天露。班固《西都赋》：“抗仙掌以承露，擢双立之金茎。”李善注：“金茎，铜柱也。”

⑩ 陌上句：意谓士女如云，不易辨识。讵，义同“岂”。

⑪ 吹箫向紫烟：传说春秋时秦穆公女弄玉，嫁给善吹箫的萧史，后来夫妻双双乘凤凰飞去，成了神仙(见《神仙传》卷四)。江淹《班婕好咏扇》：“画作秦王女，乘鸾向烟雾。”这里借以指怀春的少女。紫烟，紫云，仙云。

⑫ 比目：鱼名。《尔雅·释地》：“东方有比目鱼焉，不比不行，其名谓之鲽。”

⑬ 生憎句：意思是说，最怕过孤单的生活。生憎，偏憎，最厌恶，是当时口语。帐额，帐前所挂的横幅，即帐檐。鸾，旧传是凤一类的神鸟。五色而多赤者曰凤，五色而多青者曰鸾(见《太平御览》卷九一六引《决录》注)。又同卷引南朝宋范泰《鸾鸟诗》序云，罽宾王获一鸾鸟，三年不鸣，后置镜照之，“鸾睹影感契，慨焉悲鸣，哀响中霄，一奋而绝”。下句“双燕”，与本句，一正一反，表达同一情感。

⑭ 罗帏句：意谓罗帏翠被熏以郁金香。翠被，以翡翠鸟羽毛为饰的华美的被。《楚辞·招魂》：“翡翠珠被，烂齐光些。”郁金香，异香名。多年生草本植物，春天开花，其香在花，出大秦国(见《本草纲目》)。

⑮ 片片句：把鬓发梳成蝉翼般的式样，叫做蝉鬓。《古今注》卷下："魏文帝宫人……(莫)琼树乃制蝉鬓，缥缈如蝉。"行云，形容鬓影蓬松，有如流动的云彩。

⑯ 纤纤句：古代妇女额上涂鸦黄色，以为美观。初月，是说涂作弯弯的月牙形。萧纲《美女篇》："约黄能效月，裁金巧作星。"

⑰ 妖童：泛指市井间的轻薄少年。铁连钱：指马毛色斑驳，有一个个连钱式的花纹。

⑱ 盘龙金屈膝：盘龙，钗名，东汉梁冀妻所制。屈膝，同屈戌，门窗等物每扇相连处的铰。盘龙金屈膝，犹言金屈戌的盘龙钗，可能是指这钗制作精细复杂，是用金屈戌把若干零件连缀而成的。旧说金屈膝指屏风，疑与盘龙不能连属成句。又，此句与上句为对文，上句的铁连钱亦指宝马。

⑲ 御史二句：意谓长安城中虽设有御史和廷尉(御史专司弹劾，廷尉为执法之官)，但权贵骄恣不法，游侠横行，他们并无实际权力，不被人重视。《汉书·朱博传》："(御史)府中列柏树，常有野乌数千，栖宿其上，晨去暮来，号曰朝夕乌。"又《史记·汲郑列传》："始翟公为廷尉，宾客阗门；及废，门外可设雀罗。"这里的乌夜啼、雀欲栖，都是借用典故来形容冷落荒凉的景象。

⑳ 翠幰(xiǎn)：贵妇所乘的车。《旧唐书·舆服志》："(外命妇)一品乘白铜饰犊车，青通幰。……四品青偏幰。"翠幰即青幰。幰，车幔。

㉑ 挟弹飞鹰：指打猎。《西京杂记》记汉武帝佞幸韩嫣好弹，此暗用其意。杜陵：地名，在长安东南，秦时为杜县，汉宣帝的陵墓在此，改称杜陵。

㉒ 探丸借客：汉代长安少年有谋杀官吏的组织。事前，为赤、黑、白三色丸混在一起，让参加的人暗中探取。探得赤丸的杀武吏，得黑丸的杀文吏；如有一人因而被杀，则探得白丸的负责料理丧事(见《汉书·尹赏传》)。又《汉书·朱云传》有"借客报仇"的话，犹言代人报仇。这里的借客，即"借客报仇"的略文。渭桥：本名横桥，又名中渭桥，在长安西北，秦始皇时所造。横跨渭水，故名。

㉓ 芙蓉剑：即古纯钧剑。春秋时，越王允常聘欧冶子铸宝剑五，其一名纯钧。秦客薛烛善相剑，越王以纯钧示之。他赞叹说："光乎如屈阳之华，沈沈如芙蓉始生于湘；观其文如列星之芒，观其光如水之溢塘，观其色如冰将释，见日之光，此纯钧者也！"（见《吴越春秋》）

㉔ 桃李蹊：指妓女所居之处。蹊，路径。《史记·李将军列传》："桃李不言，下自成蹊。"这里是借用，和后来说妓女住处为"花街柳巷"用意相同。

㉕ 氛（fēn）氲（yūn）：气盛貌。这里指妓女歌唱时所散发出来的浓郁的口脂香。

㉖ 北堂句：言豪贵人家，夜夜召客宴饮。北堂，犹言高堂。堂屋坐北朝南，故称。

㉗ 北里：即平康里。孙棨《北里志》："平康里。入北门，东回三曲，即诸妓所居之聚也。……其南曲、中曲门前通十字街，初登馆阁者，多于此窃游焉。"

㉘ 五剧句：意谓长安城里街道纵横，市面繁荣。交错的道路叫做剧。《尔雅·释宫》郭璞注："今南阳冠军乐乡，数道交错，俗呼之为五剧乡。"通达的道路叫做条。班固《西都赋》："披三条之广路。"商业繁盛的大街叫做市。左思《魏都赋》："廓三市而开廛。"这里的五剧、三条、三市都是用成语，五、三、三并非实数。

㉙ 汉代金吾：以汉代唐。唐人多如此。而此处更有深一层含义。自汉至唐，金吾子多由贵胄子弟充任。汉辛延年《羽林郎》是第一篇描写金吾子跋扈淫佚的作品，唐人诗，如后来顾况《少年行》、王建《羽林郎》都有所反映。金吾，执金吾的简称，汉代禁卫军军官名。唐置左、右金吾卫，有金吾大将军。千骑来：形容结队而来的人数之多。骑，读去声。

㉚ 翡翠句：意谓鹦鹉杯里盛着绿色的屠苏酒。屠苏，美酒名。据说，最初造这种酒的人住在庿麻（字同屠苏），因以名酒。一说，屠苏本是一种草，古人常把它画在屋上，因以名屋，后又借以名酒。鹦鹉杯，印度洋与菲律宾等处出产的一种鹦鹉螺，可以作杯。《太平御览》卷七五九引《南州异物志》："鹦鹉螺状以（似）覆杯，形如鸟，头向其腹视，似鹦

鹉,故以为名。”

㉛ 罗襦句:《史记·滑稽列传》:“日暮酒阑,合尊促坐,男女同席,履舄交错,罗襦襟解,微闻芗(香)泽。”这里化用其意。

㉜ 燕歌赵舞:泛指美妙的歌舞。古燕、赵地区以歌舞著名。

㉝ 转日回天:极言势力之大,连皇帝的意志都在其掌握之中,可以改变。“日”和“天”借指最高统治者。东汉时宦官左悺擅权,封上蔡侯,时号为左回天。

㉞ 排灌夫:指排除异己。灌夫,汉武帝时人。好任侠使酒。他和魏其侯窦婴相交结,被丞相武安侯田蚡构陷,族诛。事见《史记·魏其武安侯列传》。

㉟ 判不:犹言决不。萧相:指萧望之。望之受汉宣帝遗诏辅元帝,录尚书事。后为弘恭、石显等所排挤,饮鸩自杀。他临死时曾说:“吾尝备位将相,年逾六十矣,老入牢狱,苟求生活,不亦鄙乎!”(见《汉书·萧望之传》)。

㊱ 青虬:《楚辞·九章·涉江》:“驾青虬兮骖白螭。”虬,本是有角的龙,因为起了马的作用,所以这里借作马的代称。青虬一作“青虹”。紫燕:骏马名。《文选》颜延之《赭白马赋》:“将使紫燕骈衡,绿蛇卫毂。”李善注引《尸子》曰:“我得而民治,则马有紫燕、兰池。”坐春风:在春风中驰骋,言其得意。春,一作“生”。

㊲ 五公:张汤、杜周、萧望之、冯奉世、史丹,都是汉代著名的权贵(见《文选》班固《西都赋》:“冠盖如云,七相五公”李善注)。古代官僚中最高的一级称公。

㊳ 节物句:意谓时间的流驶,风物的变迁是无情的,它不会等待人;也就是说,盛时一去而不可复返。

㊴ 桑田句:《神仙传》卷五:麻姑谓王方平曰:“接侍以来,已见东海三为桑田。”

㊵ 寂寂句:左思《咏史》:“寂寂扬子宅,门无卿相舆。”扬子,指汉代的扬雄。扬雄字子云,在长安时,仕宦不得意,闭门著《太玄》。这里作者用以自况。

㊶ 一床书：意谓惟以图史自娱。语本庾信《寒园即目》："隐士一床书。"古代称坐榻为床。

㊷ 南山桂花：南山，指长安附近的终南山。按：《楚辞》淮南小山《招隐士》："桂树丛生兮山之幽，偃蹇连蜷兮枝相缭。"这诗以"南山桂花"结尾，寓有避世隐身之意。

㊸ 袭：钻进的意思。此指花的香气。裾：衣前襟。

【评】 闻一多《宫体诗的自赎》一文评此诗结末云："末四句有点突兀，在诗的结构上既嫌蛇足，而且这样说话也暴露了自己态度的褊狭。"但是"一点点艺术的失败，并不妨害《长安古意》在思想上的成功。他是宫体诗中一个破天荒的大转变。一手挽住了衰老的颓废，教给他如何回到健全的欲望，一手又指给他欲望的幻灭。这诗中善与恶都是积极的，所以二者似相反而相成。"闻氏指出本诗思想上的"破天荒的大转变"，是十分有见地的。但说结构上"突兀"、"蛇足"则可论议。首先，这四句前"节物风光"二句，已为结末的转意作了过渡，并不怎么"突兀"。"寂寂"四句后，戛然而止，不仅宾主分明，而且警省有馀味，表现出卢照邻的匠心独运。如再大段铺叙，倒真成了"蛇足"。其次，七言歌行的体格，在鲍照手中就是以跳宕排闼为特点的，但在六朝宫体七言歌行中，这种风格得不到发展。"宫体"内容的"自赎"，必然引起体格的改变，卢照邻此诗前部已表现出纵横驰骋的特点，结末更作一大跳荡，正是一种大胆而成功的创新。如果说唐人七言歌行的体格特点是开闼排宕，那么此诗正是它的先声。

骆宾王（二首）

骆宾王(640？—684?)，婺州义乌(今浙江义乌)人。唐高宗时供职道王府。历武功、长安两县主簿，迁侍御史。因上书论朝政，触怒武后，谪临海丞。郁郁不得意，弃官而去。徐敬业起兵扬州，反对武后，宾王参与其谋，为记室。敬业兵败，被杀。一说，亡命不知所终。

有《骆丞集》(一称《骆临海集》)。清人陈熙晋有笺注本。

在狱咏蝉

这诗写于狱中，因蝉寄慨，并非单纯咏物。陈熙晋曰："郗云卿《骆宾王文集序》：'骆宾王仕至侍御史。后以天后即位，频贡章疏讽谏，因斯得罪，贬授临海丞。'《旧(唐)书·文苑传》：'骆宾王高宗末为长安主簿，坐赃左迁临海丞。'合二说观之，盖因为侍御时讽谏得罪，而坐以前为长安主簿时之赃。《畴昔篇》所云'适离京兆谤，还从御史弹'是也。"系狱之年，据他考证，是仪凤三年(678)冬，此诗作于调露元年(679)秋(见《骆临海集笺注》卷四《宪台出絷寒夜有怀》题下注)。诗前原有序，因过长不录。

西陆蝉声唱①，南冠客思侵②。那堪玄鬓影，来对白头吟③！露重飞难进，风多响易沈④。无人信高洁，谁为表余心⑤！

【注释】

① 西陆：《隋书·天文志》："日……行西陆谓之秋。"《太平御览》卷二四引《易通统图》："日行西方白道曰西陆。"这里用作秋天的代称。

② 南冠：指囚系。《左传》成公九年："晋侯观于军府，见钟仪，问之曰：'南冠而絷者，谁也？'有司对曰：'郑人所献楚囚也。'"思：读去声。侵：一作"深"。首二句分切题"在狱"与"蝉"。

③ 那堪二句：承咏蝉生发。那堪、来对，互文见义。上句写见蝉的意态，下句言听蝉的吟声。意谓身在狱中，望蝉影之缥缈，而听蝉声之哀怨。玄鬓影即蝉鬓影，玄谐蝉声，见卢照邻《长安古意》注⑮。玄鬓、白头吟，意均双关。玄，黑色。以白头而对玄鬓，此一不堪也。又汉乐府《相和歌·楚调曲》有《白头吟》，原辞与后代文人如宋鲍照、陈张正见、

唐虞世南拟作，均如《乐府解题》所云“自伤清正芳馥，而遭铄金玷玉之谤”。来对白头吟，谓秋蝉悲鸣，正唱出了自己胸怀皎洁而蒙冤屈之意。此二不堪也。望形、听声均不堪，因此可伤。

④ 露重二句：《礼记·月令》：“孟秋之月，……凉风起，白露降，寒蝉鸣。”二句紧扣节令，风、露、寒蝉三事，以喻世路险恶，自己被拘狱中，心声如同蝉声而“难进”“易沉”，即诗序“失路艰虞，遭时徽纆”之意。咏蝉而暗切“在狱”。

⑤ 无人二句：总绾全诗，慨叹无人相知相援，为之昭雪。高洁，蝉栖于树，吸露餐风，故比附见义。

于易水送人

战国时，燕太子丹遣荆轲刺秦王，行时，曾在易水上为之饯别。此诗着重描写荆轲的豪侠精神，把思古之情和别离之感结合起来，当与所送之人有关，惜本事已不可考。易水，发源于今河北易县。题一作《易水》。

此地别燕丹，壮士发冲冠①。昔时人已没，今日水犹寒②。

【注释】

① 壮士句：易水饯别时，送行的人对燕国局势的危迫和荆轲的义勇行为非常感动，“士皆瞋目，发尽上指冠”（见《史记·刺客列传》）。

② 水犹寒：意指荆轲在历史上所遗留下来的壮烈精神给予这一环境的气氛感染。荆轲临行时，作歌曰：“风萧萧兮易水寒，壮士一去兮不复还。”

苏味道（一首）

苏味道(648—705)，赵州栾城(今河北栾城)人。幼时就以文章知名。年不满二十，试进士，及第。武后时，官至宰相。处事无决断，摸稜两可，人号为“苏摸稜”。因阿附张易之，中宗时，贬为郿州刺史，死于任所。

《全唐诗》录存其诗一卷。

正月十五日夜

正月十五日为上元，即后来的元宵节。刘肃《大唐新语》："神龙之际，京城正月望日，盛饰灯影之会。金吾弛禁，特许夜行。贵族戚属及下俚工贾，无不夜游。车马喧阗，人不得顾。王主之家，马上作乐，以相夸竞。文士皆赋诗一章，以纪其事。作者数百人，惟中书侍郎苏味道、吏部员外郭利贞、殿中侍御史崔液三人为绝唱。"按：现存初唐诗中，有关歌咏上元的还很多，内容都是写节日欢娱，反映了统治集团生活的豪华和都会繁荣的一面。此诗格律精切，而风调清新，最为人所传诵。题一作《元夕》。

火树银花合①，星桥铁锁开②。暗尘随马去③，明月逐人来④。游妓皆秾李⑤，行歌尽《落梅》⑥。金吾不禁夜，玉漏莫相催⑦。

【注释】

① 火树句：写灯火繁盛。树间缀以明灯，吐出灿烂的光华，故曰"火树银花"。傅玄诗(无题)："枝灯若火树，庭燎继夜光。"灯光四望相连，故曰"合"。

② 星桥句：言城门大开，任人通行。崔液《上元夜》："玉漏铜壶且莫催，铁关金锁彻明开。"城关之外为城河，这里的桥，即指城河上的桥。灯影照耀，城河望去有如天上的星河，故把桥说成"星桥"。张正见《秋河曙耿耿》："天路横秋水，星桥转夜流。"铁锁，指城关用锁。

③ 暗尘：指马蹄下扬起的尘土。因在夜间，故曰"暗"。

④ 明月句：上元夜明月满轮，月光照到了人们活动的每一角落，故曰"逐人来"。

⑤ 妓：一作“伎”，字同。一作“骑”。秾李：形容姿色服装的艳丽。《诗经·召南·何彼秾矣》：“何彼秾矣，华如桃李。”

⑥《落梅》：乐曲名，即《梅花落》。唐大角曲有《大梅花》、《小梅花》。

⑦ 金吾二句：写游人留恋良宵佳节的心情。《太平御览》卷三〇引《唐两京新记》：“正月十五日夜，敕金吾弛禁，前后各一日，以看灯。”金吾，指京城里的禁卫军（详见前卢照邻《长安古意》注㉙）。漏，古代滴水计时器。玉为修饰词。

李　峤（二首）

李峤(644—714),字巨山,赵州赞皇(今河北赞皇)人。龙朔三年(663)进士。武后时,累官至同凤阁鸾台平章事,封赵国公。后贬庐州别驾。

他早年负文名,与王勃、杨炯相接,中年与崔融、苏味道、杜审言齐名,为文章四友,晚年,诸人皆死,号称文章老宿。其诗大半为五言律体,多应制和咏物之作。

有集五十卷。《全唐诗》录存诗五卷。

中 秋 月(二首)

其 一

盈缺青冥外[①],东风万古吹。何人种丹桂[②],不长出轮枝[③]?

【注释】

① 青冥:犹言青空。《楚辞》屈原《九章·悲回风》:"据青冥而摅虹兮,遂倏忽而扪天。"

② 何人句:传说月中有桂树,故云。《太平御览》卷四引虞喜《安天论》:"俗传月中仙人桂树,今视其初生,见仙人之足渐已成形,桂树后生焉。"丹桂,桂的一种。《南方草木状》:"叶如柏叶皮赤者为丹桂。"

③ 出轮枝:伸出月轮外的枝条。

【评】 这诗写对月时的遐想,篇幅短小而意境阔远,能见出作者奇特的构思。

其 二

圆魄上寒空,皆言四海同[①]。安知千里外,不有雨兼风?

【注释】

① 圆魄二句:古时认为:中秋之夜,一处晴,到处皆晴;一处阴,到处皆阴。宋苏轼《中秋月》亦云:"尝闻此宵月,万里同阴晴。"可见此说流传甚久。魄,月未盛明时之光,通常代指月。圆魄则指望日之月,此指中秋月,杨炯《盂兰盆赋》"太阴望兮圆魄皎",可与此互参。

陈子昂（七首）

陈子昂（661—702），字伯玉，梓州射洪（今四川射洪）人。唐睿宗文明元年（684）进士。武后时，官右拾遗。直言敢谏，所陈多切时弊。后解职归里，为县令段简所害，死于狱中。世称陈拾遗。

他论诗提倡汉、魏风骨，主张作诗要有兴寄，强调文学的社会现实意义，反对齐、梁以来偏重形式的倾向和绮靡颓废的作风。所作《感遇》、《登幽州台歌》等诗，词意激昂，风格高峻。后来许多大诗人如李白、杜甫、白居易等，对他都很推崇；韩愈曾说："国（唐）朝盛文章，子昂始高蹈。"（《荐士》）正指出了他在唐代诗歌革新运动中的启蒙作用。

有《陈子昂集》，其中诗一百一十多首。

感　遇（三十八首选五）

《感遇》是抒写生活感受的诗篇的总标题，非成于一时一地。《旧唐书》本传说是陈子昂少年成名之作，和诗的内容不相符合，不足据。

其　一（原第二首）

兰若生春夏①，芊蔚何青青②。幽独空林色③，朱蕤冒紫茎④。迟迟白日晚，袅袅秋风生⑤。岁华尽摇落⑥，芳意竟何成！

【注释】

① 兰：香草，一名蕳。多年生草本，高三四尺，夏秋间开花。属菊科，和现在说的兰花不同。若：杜若的简称，一名杜蘅，水边香草。
② 芊蔚：指花叶的密茂。青青："菁菁"的借字，繁盛貌。
③ 幽独句：言兰若生于林中，有着空绝群芳的秀色。幽独，犹言幽姿逸韵。
④ 朱蕤（ruí）句：红花开在紫茎的上面。曹植《公宴诗》："朱华冒绿池。"句法本此。蕤，花下垂貌。这里指下垂的花。
⑤ 袅袅：微弱细长貌。《楚辞·九歌·湘夫人》："袅袅兮秋风。"
⑥ 岁华：华，古"花"字。草木一年一度枯荣，故曰岁华。摇落：动摇，脱落。意指为秋风所摧折。《楚辞·九辩》："草木摇落而变衰。"

【评】 诗用《楚辞》以来借香花香草比拟情怀的传统艺术手法，描绘兰草和杜若欣欣向荣的生意以及秋风摇落的悲哀，抒写岁月迁流、事业无成的人生感慨，当是陈子昂政治失意后，归隐故乡时所作。

其　二（原第十九首）

圣人不利己①，忧济在元元②。黄屋非尧意③，瑶台安可论④！吾闻西方化，清净道弥敦⑤；奈何穷金玉⑥，雕刻以为尊⑦？云构山林尽⑧，瑶图珠翠烦⑨。鬼工尚未可，人力安能存⑩！夸愚适增累，矜智道逾昏⑪。

【注释】

① 圣人：指古代贤明的帝王。又，唐时口语，称皇帝为圣人。

② 忧济：思念救助的意思。元元：指老百姓。《战国策·秦策》："制海内，子元元。"

③ 黄屋句：古代天子所乘车，车盖以黄缯为里，叫做黄屋。尧以俭德著名，这里意谓如此考究的车子，决非尧意中所有。

④ 瑶台句：瑶，像玉一样的文石。瑶台，以瑶为饰的台。《淮南子·本经训》："纣为璇室、瑶台。"安可论，哪值得一说。意谓不足为法。

⑤ 吾闻二句：西方化，指来自西方的佛教。佛教以清净慈悲为主，愈是清净，愈见大道的尊严。敦，厚。这里有"尊"意。

⑥ 穷金玉：尽量用金玉等宝物作为材料或装饰。

⑦ 雕刻：指佛像的塑造，庙宇的装修。

⑧ 云构句：言高耸云霄的建筑结构，用尽了山林中的木材。《史记·秦始皇本纪》索隐述赞："阿房云构，金狄成行。"

⑨ 瑶图：华美的图案花纹。烦：多。《汉武故事》："上起神屋，……以琉璃、珠玉、明月夜光错杂天下珍宝为甲帐，其次乙帐。甲以居神，乙上自御之。"

⑩ 鬼工二句：鬼工，指人所不能想象的巧妙工程。《史记·秦本纪》："由

余观秦，秦穆公示以宫室积聚。由余曰：‘使鬼为之，则劳神矣；使人为之，亦苦民矣。’”王充《论衡·谴告篇》：“孝成皇帝好广宫室，扬子云上《甘泉颂》，妙称神怪，若曰非人力所能为，鬼神力乃可成。”鬼工未可，是进一层的形容。

⑪ 夸愚二句：上句谓崇奉佛教，大兴建筑，用以夸耀“愚民”，必然有奸人乘机，伪造符箓图谶之类以求爵赏，适足自增其累而已。下句言玩弄聪明的结果，徒然使治道更加昏乱。愚，这里指淳朴的人民。

【评】 这是一首讽刺时政的诗。陈沆曰：“武后尝削发感应寺为尼。及临朝称制，僧法明等又撰《大云经》，称后为弥勒化身，当代唐主阎浮提天下。故敕诸州并建大云寺，为僧怀义建白马寺。又使作夹纻大像，小指尚容数十人，于明堂北为天堂以贮之。初成，为风所摧，复重修之。采木江岭，日役万人，府库为耗竭。久视元年(700)，欲造大像，令天下尼僧日出一钱，以助其功。狄仁杰上疏曰：‘今之伽蓝，制过宫阙。功不使鬼，祇在役人；物不天来，终须地出。如来设教，以慈悲为主，岂欲劳人以存虚饰？’长安四年(704)张廷珪谏造大像曰：‘以释教论之，则宜救苦厄，灭诸相，崇无为。愿陛下行佛之意，以理为上。’并同斯旨。”(《诗比兴笺》卷三)

其　　三(原第二十九首)

丁亥岁云暮，西山事甲兵①。赢粮匝邛道②，荷戟争羌城③。严冬阴风劲④，穷岫泄云生⑤。昏曀无昼夜⑥，羽檄复相惊⑦。拳跼兢万仞，崩危走九冥⑧。籍籍峰壑里⑨，哀哀冰雪行⑩。圣人御宇宙⑪，闻道泰阶平⑫。肉食谋何失⑬，藜藿缅纵横⑭！

【注释】

① 丁亥二句：垂拱三年(687)丁亥，武后准备开凿蜀山道路，由雅州进攻羌人。陈子昂时为麟台正字，上《谏雅州讨生羌书》云："窃闻道路云，国家欲开蜀山，自雅州道入讨生羌，因以袭击吐蕃。执事者不审图其利害，遂发凉、凤、巴、蜒兵以徇之。……"所指即此。西山，又名雪岭，在成都之西。事甲兵，从事于甲兵，犹言发动战争。

② 赢粮句：写运输军粮的艰苦情况。赢，裹负。匝邛道，环行在邛崃山的山道中。邛，邛崃山，现名大关山，在今四川西南大渡河附近。

③ 争：一作"惊"。羌城：指羌人所居之地。

④ 阴风劲：一作"岚阴劲"。《纂要》："冬风曰阴风。"

⑤ 穷岫(xiù)句：左思《魏都赋》："穷岫泄云，日月恒翳。"穷岫，深山。山有穴曰岫。泄云，这里作名词用，指冒出来的云气。

⑥ 昏曀(yì)：昏暗。《说文》："昏，日冥也。"《尔雅》："阴而风曰曀。"无昼夜：分不出昼夜。

⑦ 羽檄：用于军事上紧急征调的文书。上插鸟羽，取其急速之意。一称羽书。

⑧ 拳跼二句：意谓邛崃山高峻险隘，下临深渊，军队十分困难地在上面行进，时时有崩塌的危险在威胁着。拳跼(jú)，即卷曲，蹙缩貌。万仞，万仞的高山。八尺叫仞(rèn)。一说七尺。九冥，即深谷，义同九幽。谢庄《与袁顗书》："德洞九幽。"

⑨ 籍籍句：意谓兵士在高山深壑里乱成一片。籍籍，通作"藉藉"，挨挨挤挤的样子。

⑩ 冰雪行：在冰天雪地里行军。

⑪ 御宇宙：犹言统治天下。

⑫ 泰阶平：泰阶是三台星的别名。古人认为天上泰阶平则天下太平。《汉书·东方朔传》应劭注引《黄帝泰阶六符经》曰："泰阶者，天之三阶也……三阶平则阴阳和，风雨时，社稷神祇咸获其宜，天下大安，是为太平。"

⑬ 肉食句：意谓这次攻打羌人，是执政大臣谋国的失误。《左传》庄公十

年："齐师伐我（鲁），公将战，曹刿请见，其乡人曰：'肉食者谋之，又何间焉？'刿曰：'肉食者鄙，未能远谋。'"按陈子昂《谏雅州讨生羌书》有云："臣闻乱生必由怨起，雅之边羌，自国初以来，未尝一日为盗，今一旦无罪受戮，其怨必甚。"谋何失，指此。

⑭ 藜藿句：藜藿，野菜。这里指吃野菜的穷苦老百姓。缅纵横，犹言横尸于边远地区。缅，远的意思。

【评】 唐代前期实行府兵制，士卒都是从民间征调来的。这里所说横尸于边远地区的穷苦老百姓，也就是指被征调来参加这次战役的兵士。《说苑·善说》：（东郭）祖朝对（晋献公）曰："设使食肉者一旦失计于庙堂之上，若臣等之藿食者宁得无肝胆涂地于中原之野与？"此化用其语。

其　四（原第三十四首）

朔风吹海树，萧条边已秋。亭上谁家子，哀哀明月楼①。自言幽燕客，结发事远游②。赤丸杀公吏③，白刃报私仇④。避仇至海上，被役此边州。故乡三千里，辽水复悠悠⑤。每愤胡兵入，常为汉国羞。何知七十战，白首未封侯⑥！

【注释】

① 亭上二句：写月明之夜，征人在戍楼上远望而生哀。亭，即指戍楼。

② 自言二句：今河北、辽宁一带，古为幽州、燕国地。幽燕地处东北边陲，在长期战斗环境的锻炼中，习尚武勇，游侠之风极盛。结发，义同束发。古人过了童年即将分散的头发聚总梳在一起，上面加冠，标志成年。

③ 赤丸句：赤丸杀吏，即"探丸杀吏"，详见前卢照邻《长安古意》注㉒。

④ 白刃：一作"白日"。

⑤ 辽水：又名大辽水，即辽河。有东西二源：东源出今辽宁省西安县平顶山，西源出内蒙古自治区白岔山，至辽源县合流，称辽河，至营口西南入海。

⑥ 何知二句：用李广故事，言有功不赏，在军中受到压抑。李广是汉武帝时名将，生平和匈奴七十余战，立下许多功勋，但始终没有受到封侯的爵赏（见《史记·李将军列传》）。

【评】 这诗写幽燕少年英勇豪迈的气概，慷慨报国的精神和抑郁不平的感叹。陈子昂少好任侠，曾两度投笔从戎，最后却受到武攸宜的打击，终于辞官退隐。本篇虽非自叙平生，但可能是联系自身遭遇，有感而发的。《新唐书》本传载，子昂于武后召见时奏曰："今或勤劳死难，名爵不及；偷荣尸禄，宠秩妄加：非所以表庸励行者也。"可与此诗结尾二句相印证。

其　五（原第三十七首）

武后垂拱二年（686），陈子昂以麟台正字，从左补阙乔知之、护左豹韬卫将军刘敬同军北征金微州都督仆固始，这诗是路经云中时所作。当时，东突厥雄踞大漠南北，势力强盛，不断侵扰边疆。诗中慨叹将领无能，边地人民长罹战争之苦。

朝入云中郡①，北望单于台②。胡秦何密迩③，沙朔气雄哉④！籍籍天骄子，猖狂已复来⑤。塞垣无名将，亭堠空崔嵬⑥。咄嗟吾何叹⑦？边人涂草莱！⑧

【注释】

① 云中郡：古郡名。起于战国，秦汉因之，郡治在今内蒙古自治区托克托。唐时改为云州，治今山西大同。

② 北望句：赋中含兴，总领全诗，抚今追昔，故以下云云。单(chán)于(yū)台，在今内蒙古呼和浩特市西。《元和郡县图志》卷一四："单于台，在(云中)县北四十余里。"《汉书·武帝纪》："元封元年，冬十月。(武帝)出长城，北登单于台，至朔方，临北河，勒兵十八万骑，旌旗千余里，威震匈奴，遣使者告单于曰：'……单于能战，天子自将待边；不能，亟来臣服。何但亡匿幕北寒苦之地为！'匈奴詟焉。"

③ 胡秦：此借指突厥和唐朝。密迩：靠近。参注②。

④ 沙朔：北方沙漠之地。

⑤ 籍籍二句：由上文北望单于台，缅怀汉武武功生发。公元前121—前119年，武帝发动了三次对匈奴的大决战，大败之，卫青、霍去病等深入漠北二千余里。长期间，匈奴不敢至漠南立王庭。唐代突厥为匈奴后裔，故云"籍籍天骄子，猖狂已复来"。按匈奴自称"天之骄子"(《汉书·匈奴传》)。籍籍，众多貌。

⑥ 塞垣二句：承前慨叹今非昔比，已无卫、霍、李广那样的名将抵御边患。参上注。又《史记·李广传》："广居右北平，匈奴闻之，号曰'汉之飞将军'，避之。数岁不敢入右北平。"塞垣，关塞城墙。亭堠，边疆瞭望哨所。《后汉书·光武帝纪》"筑亭候"，李贤注"伺候望敌之所"。堠，通候。崔嵬，高峻貌。

⑦ 咄嗟：犹言咄咄嗟嗟。叹息声。

⑧ 涂草莱：言死于战祸，血染草野。草莱，荒芜之地。

【评】 全诗于伤今中怀古，追缅汉武故事，包蕴特深，意境苍凉，骨力遒劲。末二句与开首"单于台"遥相照应，以今昔对比作结，无限沉痛。

登幽州台歌

万岁通天元年(696)，武后派建安王武攸宜进兵契丹，陈子昂以右拾遗随军参谋。这诗是从军时失意之作。卢藏用《陈氏别传》云："(子昂)自以官在近侍，又参预军谋，不可见危而惜身苟容。他日又进谏，言甚切至。建安谢绝之，乃署以军曹。子昂知不合，因箝默下列，但兼掌书记而已。因登蓟北楼，感昔乐生(毅)、燕昭之事，赋诗数首，乃泫然流涕而歌曰：'前不见古人……'时人莫之知也。"蓟北楼即幽州台，故址在今北京市西南。唐幽州治蓟。

前不见古人，后不见来者①。念天地之悠悠，独怆然而涕下②。

【注释】

① 前不见二句：是说像燕昭王那样能任用贤才的人，古代曾经有之，但不及见；后来当亦有之，但也不能见。即《楚辞·离骚》"哀朕时之不当"的意思。

② 怆(chuàng)然：伤感貌。

【评】 以无穷无尽、无际无涯的时空作为背景，寥寥数语，勾勒出高台独立，怆然涕下的抒情诗人的自我形象。他是孤独的，又是与时代、人民息息相通的。诗的艺术感染力就在于这种矛盾的统一。《楚辞·远游》："惟天地之无穷兮，哀人生之长勤。往者余弗及兮，来者吾不闻。"与此用意略同。

送魏大从军

匈奴犹未灭①，魏绛复从戎②。怅别三河道③，言追六郡雄④。雁山横代北⑤,飞塞接云中⑥。勿使燕然上,惟留汉将功⑦。

【注释】

① 匈奴句:汉霍去病曾说:"匈奴未灭,无以家为也。"(见《史记·卫将军骠骑列传》)此处借用成语。

② 魏绛句:魏绛,春秋时晋国的大夫。他主张晋国与附近的外族联合,曾说"和戎有五利",晋悼公听从其言。事见《左传》襄公四年。这里以魏绛比魏大(名不详)。变"和戎"为"从戎",是反用典故,承上句而言边事紧急,从戎志坚。

③ 三河:黄河流域中段平原地区,包括当时的东都洛阳(武后时,朝廷常在洛阳)在内。《史记·货殖列传》:"昔唐人都河东,殷人都河内,周人都河南。夫三河在天下之中,若鼎足,王者所更居也。"

④ 言:句首助词。六郡雄:指汉代立功边疆的赵充国。《汉书·赵充国传》:"赵充国字翁孙,陇西上邽人也。……始为骑士,以六郡良家子,善骑射,补羽林。为人沈勇有大略。少好将帅之节,而学兵法,通知四夷事。武帝时,以假司马从贰师将军击匈奴。官至后将军。"六郡,金城、陇西、天水、安定、北地、上郡。

⑤ 雁山句:雁山,即雁门山,在今山西代县(唐时为代州,一称代郡)的西北。

⑥ 飞塞:即飞狐塞,又称飞狐口,在今河北涞源县(唐飞狐县)之北。云中:郡名,即云州。详见《感遇》其五注①。

⑦ 勿使二句:燕(yān)然,山名,即今蒙古人民共和国杭爱山。《后汉书·窦宪传》载,窦宪出塞,"与北单于战于稽落山,大破之。……宪、(耿)秉遂登燕然山,去塞三千余里,刻石勒功,记汉威德,令班固作铭"。

杜审言（五首）

杜审言(645？—708?)，字必简，巩县(今河南巩县)人。高宗咸亨元年进士，累官转洛阳丞，坐事贬吉州司户参军。武后时，授著作郎。因与张易之有交往，中宗神龙初，流峰州。不久，起复为国子监主簿，修文馆直学士。卒年六十余。

他少年时与李峤、崔融、苏味道共称“文章四友”，又与较晚的沈佺期、宋之问齐名，他们同是今体诗形式的奠定者。沈、宋以工致精丽见长，他则气魄较为宏伟；创意造言，不落凡近。风格比沈、宋高。他是大诗人杜甫的祖父。杜甫曾说：“吾祖诗冠古。”(见《赠蜀僧闾邱》)在创作上，曾受到他的一些启发和影响。

《全唐诗》录存其诗一卷。

和晋陵陆丞早春游望

陆丞，一作陆丞相。闻一多《唐诗大系》："唐宰相有陆元方与审言同时，然诗中语气殊不类。晋陵陆丞者，晋陵县丞也。唐江南常州有晋陵县。"这诗一说是韦应物所作（见《能改斋漫录》引顾陶《唐诗类选》），但风格和韦不相似，当系误入。

独有宦游人，偏惊物候新①。云霞出海曙，梅柳渡江春②。淑气催黄鸟③，晴光转绿蘋④。忽闻歌古调，归思欲沾巾⑤。

【注释】

① 独有二句：有感于年光易逝，又是新春。节物的转换是缓慢的，一般人往往容易忽略过去；而对久客他乡的宦游人来说，则特别敏感，故云"独有"，"偏惊"。物候，应时节气候而呈现的景物。梁简文帝萧纲《晚春赋》："嗟时序之回斡，叹物候之推移。"首二句是全诗总纲。下二联紧扣"物候新"，由情入景展开。

② 云霞二句：上句说，海边清晨的云霞，辉映成彩；下句说，梅柳枝头的春意，渐渐由江南吹渡到江北。

③ 淑气句：意谓和暖的气候，催促着黄莺的鸣声一天天地活跃起来。

④ 晴光句：从江淹"东风转绿蘋"（《咏美人春游》）化出。意谓在春阳照射下，蘋草的绿色愈来而愈鲜艳。蘋（pín），水草，茎柔软细长，上生四瓣小叶。

⑤ 忽闻二句：由景入情，结出"偏惊"的原因在于"归思"。古调，指陆丞原唱之作。思，读去声。

【评】 千锤百炼，而又通体浑成。“独有”，“忽闻”，首尾呼应，唤出一篇精神；中二联设色的变化，尤其是“出”“渡”“催”“转”四个动词的运用，最能见出诗人的艺术匠心。后来杜甫的五律，多得力于此。胡应麟《诗薮》曾说审言这类五言律诗，“皆极高华雄整。少陵继起，百代楷模，有自来矣。”

登襄阳城

襄阳城，襄阳郡(即襄州，今湖北省襄樊市)的城楼。

旅客三秋至①，层城四望开。楚山横地出②，汉水接天回③。冠盖非新里，章华即旧台④。习池风景异，归路满尘埃⑤。

【注释】

① 三秋：此指九月(秋天第三个月)，王勃《滕王阁诗序》：“时维九月，序属三秋。”

② 楚山：在襄樊市西南，即马鞍山，一名望楚山。横地：横亘地上。

③ 汉水句：汉水发源于陕西宁强县北之嶓冢山，东南流，经老河口而至襄阳，会白河，东流至汉阳入江。襄阳城正当汉水之曲，故云接天回。接天，状水势浩淼。回，回转。

④ 冠盖二句：冠盖，里名。据《襄阳耆旧传》说，冠盖里得名于汉宣帝时。因当时襄阳的卿士、刺史及二千石(相当于刺史的官阶)多至数十人。冠(弁冕总名)和盖(车盖)都是官宦的标志，故名。章华，台名，春秋时楚灵王所筑。“非新”与“即旧”为互文，是说冠盖里、章华台仅仅遗留下历史上的陈迹而已。

⑤ 习池二句：言归路所见，尘埃满目，无复当年习池风景的清幽。汉侍中习郁曾在岘山南作养鱼池，池中栽满荷花，池边长堤种竹和长楸，是襄阳名胜之区，后人称为习池。

夏日过郑七山斋

郑七，名不详。

共有樽中好①，言寻谷口来②。薜萝山径入，荷芰水亭开③。日气含残雨，云阴送晚雷④。洛阳钟鼓至，车马系迟回⑤。

【注释】

① 樽中好：饮酒的嗜好。

② 言：语气词。谷口：借指郑七山斋。汉时郑朴字子真，隐居谷口。谷口，谓仲山之口，在今陕西省泾阳西北（见皇甫谧《高士传》卷中）。

③ 薜萝二句：上句言相访时循薜萝山径而入，下句言主人邀客至荷芰水亭开樽宴饮。薜萝，蔓生植物。荷芰（jì），即芰荷。《楚辞·招魂》："芙蓉始发，杂芰荷些。"王逸注："芰，蓤也。"

④ 日气二句：阵雨初收，太阳被包围在潮湿的云气中，光线模糊，四围生晕，故曰"含残雨"。阴云未消，间或传来一两声雨后之雷，故曰"送晚雷"。

⑤ 洛阳二句：写山居之乐。唐汝询曰："夜色凉爽，令人易以淹留，是以夜鼓既动，忽不觉车马之迟回耳。"（《唐诗解》卷三一）系，系而不发。

【评】 夏雨初霁，水亭宴集，平平而起，顺序写来，于明净自然之中，见刻画入微之妙。其遣词造语，皆极洗炼而不露痕迹。"日气"

一联，状难写之景如在目前。宋人陈与义《雨晴》诗中的“楼外残雷气不平”，就是从这里脱化出来的。

春日京中有怀

今年游寓独游秦[①]，愁思看春不当春[②]。上林苑里花徒发，细柳营前叶漫新[③]。公子南桥应尽兴，将军西第几留宾[④]？寄语洛城风日道[⑤]，明年春色倍还人！

【注释】

① 游寓：义同羁旅。秦：指长安。

② 愁思：思，读 sì。不当春：不当作春天。当，读 dàng。

③ 上林二句：上林苑，秦建，汉武帝时增广，旧址在长安近郊。苑，养禽兽的草地。长安昆明池南有细柳聚，又名柳市。汉将周亚夫屯兵其地，后人称为细柳营。花徒发，叶漫新，承上句，意谓尽管长安城郊春色鲜妍，自己却无心玩赏。

④ 将军句：意谓贵人不重文士，自伤客游落拓。东汉马融有《梁大将军西第颂》。梁大将军即顺帝梁皇后之兄梁冀。这里的“将军西第”是借用，泛指贵人第宅。几，几曾，何曾。

⑤ 寄语句：杜审言家河南巩县，在洛阳附近，故云。洛城，洛阳城。

【评】 写羁旅春愁，以“今年游寓”起，是实境；以“明年春色”结，是悬想；中间一气旋折，包孕无限感慨。末联透过“洛城风日”，微露倦客思归之意，用笔尤妙远不测。句法劲健挺拔，跌宕自喜，下开子美之先河，和同时沈、宋诸人也是各异其趣的。王得臣《麈史》曰：“杜审言诗有‘绾雾青条弱，牵风紫蔓长’，又有‘寄语洛城风日道，明年春色倍还人'之句。若子美'林花着雨胭脂落，水荇牵风翠带长'，又云'传语风光共流转，暂时相赏莫相违'，虽不袭取其意，而语脉盖有家法矣。"

赠苏绾书记

书记，官职名称。唐时元帅府及节度使府僚属中均有掌书记一职，掌管书牍奏记，简称书记。这诗是送人从军之作。

知君书记本翩翩，为许从戎赴朔边①？红粉楼中应计日②，燕支山下莫经年③！

【注释】

① 知君二句：意谓苏本文士，为什么要远赴北边从戎。书记翩翩，是有关书记的成语。阮瑀字元瑜，为曹操管记室，才思敏捷，文檄多出其手。曹丕《与吴质书》云："元瑜书记翩翩，致足乐也。"翩翩，鸟飞轻快貌，这里用以形容人的风度潇洒，才情出众。为许，义同为甚。朔边，北边。

② 红粉句：古代妇女用铅粉或米粉涂面，以为装饰，染为红色的叫红粉。红粉楼，少妇所住的楼，这里指苏书记的妻子。计日，计算着丈夫归来的日期，极言相思之切。

③ 燕支句：燕支山，即焉支山，又名大黄山，在今甘肃山丹县东。这里说燕支山，可能有两层意思：汉时霍去病伐匈奴，乘胜追击，过焉支山下千余里。从这个意义来说，是祝他早日胜利归来。又，焉支山水草肥美，多产美女。匈奴人曾有"失我焉支山，使我妇女无颜色"的歌谣(见《河西旧事》)。从这个意义来说，是叮嘱苏不要被燕支山下的美色迷恋住了，忘掉家中的妻子。

沈佺期（三首）

沈佺期(656—713)，字云卿，相州内黄(今河南内黄)人。唐高宗上元二年(675)进士。武后时，官至考功员外郎。后因谄事张易之，流驩州。中宗时，历官修文馆直学士、中书舍人、太子少詹事。

佺期和宋之问齐名，并称沈、宋。《新唐书·文艺传》云："魏建安后迄江左，诗律屡变。至沈约、庾信以音韵相婉附，属对精密。及(宋)之问、沈佺期又加靡丽。回忌声病，约句准篇，如锦绣成文。学者宗之，号为沈、宋。"元稹也说："沈、宋之流，研练精切，稳顺声势，谓之为律诗。"(《唐故工部员外郎杜君墓志铭并序》)律诗发展到沈、宋手里，才完成体制。沈、宋的律体中一部分是长篇排律；五言而外，也有七言。而佺期在七律发展史上更有突出定位。他今存七律十六首，是初唐诗人中创作七律最多的一个。胡应麟誉之为初唐七律之冠(《诗薮·内编》)。但沈、宋都是宫廷诗人，集中有不少格律精工而内容空洞无聊的应制诗。

《全唐诗》编其诗为三卷。

杂　　诗(三首选一)

汉魏以来,文人诗歌中多有用《杂诗》标题的。其内容颇为广泛,一般都是描写人生感慨,离别相思等。它不同于宴游、赠答之各有专题,但又不袭用乐府旧题,故题为《杂诗》。梁萧统《文选》有"杂诗"一类。李善注:"杂者,不拘流例,遇物即言,故云杂也。"(《文选》王粲《杂诗》注)本篇描写征戍之情。前四句曾被截成乐府歌辞,见郭茂倩《乐府诗集》卷七九《近代曲词·伊州歌》。

闻道黄龙戍,频年不解兵①。可怜闺里月,长在汉家营②。少妇今春意,良人昨夜情③。谁能将旗鼓,一为取龙城④!

【注释】

① 闻道二句:指契丹入侵事。唐初,奚、契丹臣服于突厥。贞观初,归附于唐,其后时服时叛。武后时,曾深入河北,杀戮吏民。边防重镇营州以北为其攻陷。玄宗即位前后,曾两度出兵企图收复营州,均告失败。《文苑英华》卷六四七,樊衡《为幽州长史薛楚玉破契丹露布》云:"然自黄龙举烽,无岁不战。惊骇我城栅,虔刘我亭戍,劳轶我师徒,糜耗我广输,实已四年于兹矣。"可与参证。黄龙戍,即黄龙冈,在今辽宁开原西北。东连巨岭,西抵辽河。山势芊绵,宛如龙形,故名。唐时为东北要塞,称为"黄龙戍"。频年,多年。解兵,撤兵。

② 可怜二句:意谓深闺寂寂,清夜永永,少妇怀念丈夫的心情,常随明月的光影飞逝到遥远的边疆。汉家,借指唐朝。长在,一作"偏照"。长在义长。

③ 少妇二句:分承上联"闺里月""汉家营"。言两地相思之苦。良人,古

代妻子对丈夫的称谓。昨,对今而言,指离家征戍之长远,与上文“频年”相应。

④ 取龙城:用汉代卫青抗击匈奴事,意指平靖边氛。参前杨炯《从军行》注②。末二句以希望作结,“一为”与“频年”遥相呼应,更显相思之苦。

夜宿七盘岭

一作《宿七盘岭》。这诗是沈佺期南流驩州时途中所作。七盘岭,又名七盘山,唐时属巴州,在今陕西褒(bāo)城县北。

独游千里外,高卧七盘西。晓月临窗近,天河入户低[①]。芳春平仲绿[②],清夜子规啼[③]。浮客空留听[④],褒城闻曙鸡。

【注释】

① 晓月二句:写高山独宿,深宵不寐的情景。夜深月亮和星河渐渐向西沉没,人宿在岭的西面,故曰“近”,曰“低”。说“临窗”,“入户”,是因为岭高的缘故。

② 平仲:木名,即公孙树,一名银杏,俗称白果。

③ 子规:鸟名,一名杜宇,又名杜鹃。子规春暮出现,夜间鸣声尤为哀怨动人。据说它鸣时朝向北方,声音好像是说“不如归去”。

④ 浮客:无所归宿的行客。

【评】 此诗为沈佺期五律代表作。胡应麟评曰:“气象冠裳,句格鸿丽。”(《诗薮·内编》卷四)

独 不 见

《独不见》，乐府杂曲歌辞旧题（见《乐府诗集》卷七五）。《乐府解题》："《独不见》，伤思而不见也。"本诗的形式是完整的七律。七律在初唐还处于萌芽状态，作者寥寥。这是一首最早出现的优秀的作品。题一作《古意呈乔补阙知之》。乔于武则天时官右补阙。

卢家少妇郁金堂①，海燕双栖玳瑁梁②。九月寒砧催木叶③，十年征戍忆辽阳④。白狼河北音书断⑤，丹凤城南秋夜长⑥。谁为含愁独不见，更教明月照流黄⑦。

【注释】

① 卢家句：萧衍《河中之水歌》："河中之水向东流，洛阳女儿名莫愁。莫愁十三能织绮，十四采桑东陌头。十五嫁为卢家妇，十六生儿字阿侯。卢家兰室桂为梁，中有郁金苏合香。……"（《艺文类聚》卷四三引作《古歌》）语本此。郁金堂，以郁金香浸酒和泥涂壁（参看前卢照邻《长安古意》注⑭）。堂，一作"香"。

② 海燕：又名越燕，燕的一种。躯体轻小，胸紫色，产于南方滨海地区（古百越之地），故名。海燕春季北飞，于室内营巢。张九龄《咏燕》："海燕何微眇，乘春亦暂来。"玳（dài）瑁（mào）梁：以玳瑁为饰的屋梁。沈约《望秋月》："九华玳瑁梁。"玳瑁，水产动物。甲光滑，有文彩，可制装饰品。以双栖起兴，反衬以下独宿相思之苦。

③ 九月句：砧（zhēn），捣衣用的工具。唐代妇女，每于秋夜捣衣。捣法不可考。从有关诗歌的描写和宋人所绘的捣衣图来看，知所捣为未经缝制的衣料，所以捣衣又称捣练（帛的一种）。这里说"寒砧"，意指准备赶制冬服，寄给征人。寒砧催木叶，是说在急切的砧声中木叶纷纷

下落。

④ 辽阳：今辽宁省一带地区。秦为辽东郡。唐置辽州，治辽阳，派重兵驻守，为东北边防要地。

⑤ 白狼河北：即上句所说的辽阳。白狼河，又名大凌河，在今辽宁省南部，流经锦州入海。

⑥ 丹凤城句：丹凤城，指长安。汉武帝于长安造凤阙（见杨炯《从军行》注②），故称长安城为凤城。凤，赤色，故曰丹凤。唐时长安城的建筑，宫廷在城北，住宅在城南，故云。

⑦ 谁为二句：写对月怀人，夜不成寐的情景。与《古诗》"明月何皎皎，照我罗床帏"意同。谁为，是为谁的倒文。流黄，黄紫相间的丝织品。指帷帐。为，读去声。一作"谓"，一作"知"。教，读平声。更教，一作"使妾"。

【评】 此诗描写相思离别，以海燕双栖起兴，从环境气氛的渲染，表现出思妇孤独的心情。中间两联，于笔法纵横、意境阔远中见出思妇愁思之浩渺。沈德潜评曰："骨高气高，色泽情韵俱高。"（《说诗晬语》）

宋之问（二首）

宋之问(636—710)，一名少连，字延清，汾州(今山西汾阳)人，一说虢州弘农(今河南灵宝)人。高宗上元二年(675)进士。武后时，官尚方监丞、左奉宸内供奉，与沈佺期等谄事张易之。及易之败，坐贬泷州参军。中宗时，官考功员外郎，知贡举。因受贿，贬越州长史。后流钦州，被杀。

他的诗和沈佺期齐名，并工律体。沈尤长七言，宋则五言精丽缜密，篇什特富。胡应麟《诗薮》称其五言排律为初唐之冠。

《全唐诗》录存其诗三卷。

度大庾岭

这诗是作者南流泷州(今广东罗定县东)途中所作。大庾岭，五岭之一，在今江西大庾县之南，广东南雄县之北。《元和郡县图志》卷三五："岭南道韶州始兴县：大庾岭，一名东峤山，即汉塞上也，在县东北一百七十二里。……本名塞上，有监军姓庾，城于此地，众军皆受庾节度，故名大庾。"

度岭方辞国①，停轺一望家②。魂随南翥鸟③，泪尽北枝花④。山雨初含霁，江云欲变霞。但令归有日，不敢恨长沙⑤。

【注释】

① 辞国：离开京城。古称京城为国。《左传》隐公元年："大都不过参(三)国之一，中五之一，小九之一。"

② 轺(yáo)：旅行用的轻便车。

③ 翥(zhù)：鸟向上飞。

④ 泪尽句：大庾岭多梅，又称梅岭。由于南北气候寒暖迥异，据说岭上梅花，南枝已落而北枝犹开(见《白氏六帖·梅部》)。宋之问家在北方，看到大庾岭上梅花北枝，触动思乡之感，故对花而流尽了眼泪。

⑤ 恨长沙：《史记·屈原贾生列传》："乃以贾生为长沙王太傅。贾生既辞往行，闻长沙卑湿，自以寿不得长，又以適(谪)去，意不自得。"语本此。恨，憾，怨。

渡　汉　江

这诗是作者由泷州北归途中所作。汉江即汉水中游之襄河。一说此诗为晚唐李频所作，误。

岭外音书断，经冬复历春。近乡情更怯，不敢问来人①。

【注释】

① 近乡二句：远客思乡，音书隔绝，当快要到家的刹那间，心情异常紧张，惟恐从家乡来的人，带来什么不幸的消息，证实自己脑海中最坏的设想。杜甫《述怀》诗中的“自寄一封书，今已十月后。反畏消息来，寸心亦何有！”和这里的“情更怯”“不敢问”同一笔意。近乡，渡过汉江后，再经南阳，即可入洛而指长安，故云。

【评】 诗以不加雕饰的语言，写流自肺腑的至情，因而弥见真切。清人袁枚称此诗“善写客情”（《随园诗话》卷九）。这种写法，多为后代诗人所借鉴。

张若虚（一首）

张若虚（生卒年不详），扬州（治所在今江苏扬州）人。曾官兖州兵曹。唐中宗时，和贺知章、贺朝、万齐融、邢巨、包融同以吴越文士驰名京都，又与贺知章、张旭、包融并称“吴中四士”。唐玄宗开元时还在世。

有关他的生平事迹，不可详考，诗篇也多散佚，《全唐诗》仅录存二首。

春江花月夜

《春江花月夜》是乐府《清商曲·吴声歌》旧题。曲调创始于陈后主，后主和宫中女学士及朝臣唱和为诗，《春江花月夜》是其中最艳丽的曲调（见《乐府诗集》卷四七）。现存的歌辞，最早的有隋炀帝杨广所作二首。

春江潮水连海平，海上明月共潮生①。滟滟随波千万里②，何处春江无月明！江流宛转绕芳甸③，月照花林皆似霰④。空里流霜不觉飞，汀上白沙看不见⑤。江天一色无纤尘，皎皎空中孤月轮。江畔何人初见月？江月何年初照人？人生代代无穷已，江月年年望相似⑥。不知江月待何人，但见长江送流水。白云一片去悠悠⑦，青枫浦上不胜愁⑧。谁家今夜扁舟子⑨，何处相思明月楼⑩？可怜楼上月徘徊⑪，应照离人妆镜台。玉户帘中卷不去，捣衣砧上拂还来⑫。此时相望不相闻，愿逐月华流照君。鸿雁长飞光不度，鱼龙潜跃水成文⑬。昨夜闲潭梦落花，可怜春半不还家。江水流春去欲尽，江潭落月复西斜。斜月沈沈藏海雾，碣石潇湘无限路⑭。不知乘月几人归，落月摇情满江树⑮。

【注释】

① 春江二句：写新月初出时的景象。月亮从地平线升起，水边望去，就好像从浪潮中涌出一样，故云。海，指宽阔的江面。按：张若虚是扬

州人，故本篇所描写的背景，以他的家乡长江下游为起点。

② 滟滟(yàn)：动荡闪光貌。里：一作“顷”。

③ 芳甸：春天的原野。郊外之地叫做甸。

④ 霰(xiàn)：雪珠。此用来形容在洁白月光照映下的花朵。

⑤ 空里二句：言月色笼罩空间，铺满天地。上句以霜拟月，即后来李白《静夜思》中“床前明月光，疑是地上霜”，李益《夜上受降城闻笛》“受降城外月如霜”的意思。因空中月色朦胧动荡，故曰“流霜”。下句写月沙一色。汀(tīng)，水边沙地。

⑥ 望：一作“只”。

⑦ 白云句：隐喻客子远去。曹丕《杂诗》：“西北有浮云，亭亭如车盖。……吹我东南行，行行至吴会。”

⑧ 青枫浦：一名双枫浦，在今湖南浏阳县浏水中。这里泛指遥远荒僻的水边之地。

⑨ 扁舟子：飘荡江湖的客子。

⑩ 明月楼：指月夜楼中的思妇。

⑪ 可怜句：曹植《七哀》：“明月照高楼，流光正徘徊。上有愁思妇，悲叹有馀哀。”徘徊，谓月影移动。

⑫ 卷不去，拂还来：意谓月色带着离愁渗进思妇的心头，无法排遣。

⑬ 鸿雁二句：上句仰望长空，下句俯视江面，都是写夜景寂寞，望月怀人的心情。说“鸿雁”，说“鱼”，取鱼雁传书之意，“龙”是因“鱼”连类而及。乐府《饮马长城窟行》：“客从远方来，遗我双鲤鱼。呼儿烹鲤鱼，中有尺素书。”雁足传书，见前王勃《采莲曲》注⑯。

⑭ 碣石句：碣石，东北海边的山。汉时还在陆上，六朝时已没入渤海中。潇湘，本二水名。潇水源出湖南宁远县九疑山，湘水源出广西兴安县海阳山。二水在湖南零陵县合流，称为潇湘，北入洞庭湖。这里以碣石指北，潇湘指南，极言相距之远。

⑮ 落月句：缭乱不宁的别绪离情，伴随着残月余辉散落在江边的树林里。

【评】　这诗以春江月夜为背景，细致地形象地描绘在乐府民歌中经常看到的相思离别之情。其中虽流露出些许消极感伤的情绪，但应看到这是出于对自然美景和自身存在的深切感受和珍视，出于对自身存在的有限性的无可奈何的感伤、惆怅和留恋，是永恒的江山、无边的风月给予了诗人以人生哲理的启示。这种感伤怅惘中夹有激励和欢愉。它在艺术上初步洗净六朝宫体的浓脂腻粉，词清语丽，韵调优美，一向为人们所传诵。

郭　震（一首）

郭震（656—713），字元振，魏州贵乡（今河北大名）人。年十八，举进士，及第。任通泉尉。武后时，为凉州都护，立有战功，是著名边将之一。中宗时，迁安西大都护。玄宗初，封代国公，命为朔方大总管。因军容不整，流配新州，起复为饶州司马，途中病死。

《全唐诗》录存其诗十八首。

塞　上

《塞上》，即《塞上曲》。《塞上曲》和《塞下曲》都是古代歌曲名，唐时特别流行，成为乐府新词。题一作“塞下”。

塞外虏尘飞①，频年出武威②。死生随玉剑③，辛苦向金微④。久戍人将老，长征马不肥。仍闻酒泉郡，已合数重围⑤。

【注释】

① 虏尘飞：言敌军侵扰，古称北方民族为虏。

② 武威：即凉州（州治在今甘肃武威县）。隋时为武威郡。唐于其地置都督府，督凉、甘、肃、伊、瓜、沙、雄七州，有重兵驻扎。

③ 死生句：意谓在出生入死的战斗中，惟有玉剑随身。玉剑，即玉具剑。东汉光武帝曾以玉具剑赐冯异，命之领兵出征（见《东观汉记》）。此云“随玉剑”，和后来刘长卿《献淮宁军节度李相公》诗中所说“身留一剑答君恩”，《送李中丞归汉阳别业》诗中所说“轻生一剑知”，用意相同。

④ 金微：后汉永元三年耿夔围北单于于金微山，大破之，单于走死。山在漠北，去朔方五千余里，唐置金微都督府。

⑤ 仍闻二句：慨叹长期征战，仍未能平息边患。酒泉郡，即肃州，州治在今甘肃酒泉县。其地东临弱水，北跨长城，南阻祁连山，西倚嘉峪关，为凉州都督府辖区内的边防要塞。

【评】 用乐府诗题抒写怀抱，自陈转战疆埸，以身许国；而对边地兵连祸结、局势动荡不安，又怀有深长忧虑。情真意切，气韵深厚，非徒作豪言壮语者所可比拟。

金昌绪（一首）

金昌绪，余杭（今浙江余杭）人。年代及生平事迹均不详。所存诗仅下面选的一首。计有功编入《唐诗纪事》卷一五，列在苏晋、张九龄之前，推知当是开元、天宝时人。

春 怨

题一作《伊州歌》。按:《伊州歌》是唐乐府曲调,来自西域(唐伊州州治在今新疆维吾尔自治区哈密县),玄宗时西凉府都督盖嘉运所进(见洪迈《万首唐人绝句》卷五八)。和《凉州曲》一样,都是以地方声调作为歌曲之名。这诗写春闺少妇离别之情,原题当是《春怨》。后谱入乐府,故又作《伊州歌》。

打起黄莺儿①,莫教枝上啼②。啼时惊妾梦③,不得到辽西④。

【注释】

① 打起:一作“打却”。儿,古音读倪(ní),与下“啼”“西”叶韵。
② 教:读平声。
③ 啼时:一作“几回”。
④ 辽西:秦郡名,辖辽河以西地。这里指征人戍边之处。

【评】 冯延巳《菩萨蛮》:“浓睡觉来莺乱语,惊残好梦无寻处。”说的正是这诗里所写情景。少妇怀念征人,积思成梦,梦被啼莺惊醒,所以要赶走它。刻骨相思,从侧面着笔,以怨嗔出之,语愈痴而情愈深。乐府《吴声歌·读曲歌》云:“打杀长鸣鸡,弹去乌臼鸟,愿得连暝不复曙,一年都一晓。”当为此诗之所本。晚唐令狐楚《闺人赠远》云:“绮席春眠觉,纱窗晓望迷。朦胧残梦里,犹自在辽西。”又是从此诗脱化出来的。把三诗联系起来读,可以看出民歌和文人诗从语言到表现手法的各自特色;而此诗则处于前者向后者过渡的中间状态。

张九龄（四首）

张九龄(678—740)，一名博物，字子寿，韶州曲江(今广东韶关市)人。唐中宗景龙初年进士。玄宗时，官至同中书门下平章事，中书令。立朝正直不阿，是开元时代贤相之一。

他早年以文学为张说所激赏，比之为“轻缣素练，实济时用”。其诗词采富艳，而情致深婉。晚年遭受谗毁，身世感慨，寄托于诗，风格转趋朴质遒劲。其中《感遇》十二首，后人以之与陈子昂的《感遇》相提并论。把他作为继陈子昂之后，开启盛唐诗风的诗坛领袖。

著有《张曲江集》。

感　　遇(十二首选二)

开元二十五年(737),张九龄由尚书右丞相贬荆州长史。《感遇》十二首是他在荆州时所作。

其　　一(原第一首)

兰叶春葳蕤[1],桂华秋皎洁[2]。欣欣此生意,自尔为佳节[3]。谁知林栖者,闻风坐相悦[4]。草木有本心,何求美人折[5]!

【注释】

① 兰叶:兰,指兰草(详前陈子昂《感遇》其一注①)。兰草的叶有香气,故与下文"桂华"对举。叶,一作"蕊"。葳(wēi)蕤(ruí):纷盛披拂貌。

② 桂华:即桂花。华,古花字。

③ 欣欣二句:言春、秋之所以被人称为美好的季节,正是由于兰叶和桂华(花)的欣欣生意。自尔,犹言自然。佳节,美好的季节。陶潜《移居》:"春秋多佳日。"

④ 谁知二句:意谓兰桂生于幽深之处,想不到为林栖者所采取。林栖者,山林栖隐之士。即下文所说的"美人"。坐,因。相,一作"见"。

⑤ 草木二句:意谓兰桂不会因无人采折而不发散其芬芳。《孔子家语》:"芝兰生于深林,不以无人而不芳;君子修道立德,不为穷困而改节。"本心,犹言本性。

【评】 托物言志,与前选陈子昂《感遇》其一(兰若生春夏)略同,可参看。陈诗感伤岁华摇落,此则强调自我进修,取义各别,正反映了作者不同的身世遭遇。张九龄执政有年，晚遭谗毁，诗中自明穷通得失，不变初衷，和子昂怀才不遇，沦落自伤的心情，不尽相同。屈原《离骚》有云："不吾知其亦已兮，苟余情其信芳。"全诗化用其意。

其　二(原第七首)

江南有丹橘，经冬犹绿林。岂伊地气暖？自有岁寒心[①]。可以荐嘉客[②]，奈何阻重深[③]！运命惟所遇，循环不可寻[④]。徒言树桃李，此木岂无阴[⑤]？

【注释】

① 岂伊二句：意谓橘林之所以经冬常绿，并不是由于南方气候的温暖，而是因为橘的特性不怕风霜。伊，语助词。岁寒心，犹言耐寒的特性。语本《论语·子罕》："岁寒然后知松柏之后凋也。"

② 可以句：《尚书·禹贡》："淮海惟扬州，厥苞橘柚，锡贡。"诗语本此。谓橘本可贡于人主，以喻己本可为人主信用。荐，进奉。

③ 阻重深：被阻在隔绝深远之地。重，读 chóng。

④ 运命二句：由橘到人，感慨自己的政治遭遇。循环，指命运否泰的交替。不可寻，找不出它的道理。玄宗对张九龄最初很信任，后来逐渐变化，故云。

⑤ 徒言二句：《说苑·复恩》："夫树桃李者，夏得休息，秋得食焉。"此化用其意，言人们只知树桃李可以成荫，而不知丹橘经冬不凋，远胜桃李。树，种植。

【评】　张九龄贬荆州后，李林甫、牛仙客等人在朝当政，极受玄宗宠信，正人君子均遭排挤打击。张九龄是南方人，橘是南方植物；而荆州的州治江陵(今湖北县名)，即古代楚国的郢都，又是著名的产橘之区。屈原曾作《橘颂》，歌咏橘树“独立不迁”的特性。这诗有感于朝政的紊乱和个人的身世遭遇，故因物寓志，以橘自比，而以桃李影射当权得势的小人。

湖口望庐山瀑布水

庐山古名南嶂山，又名匡山，总称匡庐，在今江西九江市南。湖口在九江隔江之东，本为彭泽县地，唐时置湖口戍。以其在鄱阳湖之口，故名。水从高处倾泻，望去如下垂的布疋，称为瀑布水。

万丈红泉落①，迢迢半紫氛②。奔流下杂树，洒落出重云③。日照虹霓似，天清风雨闻。灵山多秀色④，空水共氤氲⑤。

【注释】

① 红泉：瀑布水在日光照映下，发出璀璨的色彩，故云。谢灵运《入华子岗是麻源第三谷》诗云：“铜陵映碧涧，石磴泻红泉。”

② 紫氛：与上句“红泉”为互文。氛，指水气。

③ 奔流二句：周景式《庐山记》：“泉在黄龙南数里，即瀑布水也。土人谓之泉潮。其水出山腹，挂流三四百丈，飞湍于林，出峰表，望之若悬索。”（《太平御览》卷七一引）

④ 灵山：犹言仙山。

⑤ 空水句：意谓瀑布水从山上奔泻，远望如挂在空中，水气和烟云融成一片。氤（yīn）氲（yūn），气盛貌。

【评】 瀑布是庐山的奇景，见诸唐人歌咏，名作甚多，这是其中的

一首。沈德潜云："任华爱(李)太白瀑布诗，系'海风吹不断，江月照还空'二语，此诗正足相敌。"(《唐诗别裁集》卷九)

望月怀远

海上生明月，天涯共此时①。情人怨遥夜②，竟夕起相思。灭烛怜光满，披衣觉露滋③。不堪盈手赠④，还寝梦佳期⑤。

【注释】

① 海上二句：谢庄《月赋》："隔千里兮共明月。"此用其意。

② 怨遥夜：即《古诗》"愁多知夜长"的意思。遥夜，漫长的夜。

③ 灭烛二句：写望月怀人，深宵久立的情景，是"怜光满而灭烛，觉露滋而披衣"的倒文。光满，谓月光分外明亮皎洁。觉露滋，因夜露滋多而感到阴冷。

④ 不堪句：明月有影无形，不可把握，难寄相思之情，故云。曹操《短歌行》："明明如月，何时可掇。"陆机《拟古诗》："照之有余晖，揽之不盈手。"此化用其意。

⑤ 还寝句：意指寻梦。佳期，会见之期。《楚辞·九歌·湘夫人》："与佳期兮夕张。"

王　翰（一首）

王翰（生卒年不详。《旧唐书》作王澣，此从《新唐书》及《唐才子传》），字子羽，并州晋阳（今山西太原）人。景云元年（710）进士。受知于张说，由昌乐尉内召为秘书正字，擢通事舍人。累官至驾部员外郎。性豪迈，生活奢靡，穷极声妓之乐。张说罢相，出为汝州长史。后贬道州司马。

《全唐诗》录存其诗一卷。

凉 州 词（二首选一）

《凉州词》，依凉州地方乐调制作的歌词。《新唐书·礼乐志》："而天宝乐曲，皆以边地名，若《凉州》、《伊州》、《甘州》之类。"凉州州治在今甘肃武威县。

葡桃美酒夜光杯①，欲饮琵琶马上催②。醉卧沙场君莫笑，古来征战几人回！

【注释】

① 葡桃：即葡萄。凉州一带所产葡桃，用以酿美酒。太宗时传自西域。钱易《南部新书》丙卷："太宗破高昌，收马乳蒲桃（葡萄）种于苑，并得酒法，仍自损益之，造酒绿色，芳香酷烈，味兼醍醐，长安始识其味也。"夜光杯：周穆王时，西方献夜光常满杯。其杯用白玉之精制成，光可照夜（见《十洲记》）。这里借以泛指精美的酒杯。

② 欲饮句：意谓正当想喝酒的时候，听到马上弹奏琵琶声，更增加了酒兴，故下文写痛饮尽醉。琵琶马上，马上琵琶的倒文。琵琶是马上之乐（参看后李颀《古从军行》注④）。

【评】 这是一首反映边地将士矛盾心情的诗。语调豪迈，高唱入云，而悲慨之意自见。明人王世贞《艺苑卮言》卷四称此诗是"无瑕之璧"。

王　湾（一首）

王湾（生卒年不详），洛阳（今河南洛阳市）人。先天间（712—713）进士（《唐才子传》作开元十一年〔723〕进士。此从《唐诗纪事》）。官荥阳主簿，调洛阳尉。是开元时著名诗人之一。

他的诗多已散佚。《全唐诗》录存十首。

江 南 意

题一作《次北固山下》。

南国多新意，东行伺早天[1]。潮平两岸阔[2]，风正一帆悬[3]。海日生残夜[4]，江春入旧年[5]。从来观气象，惟向此中偏[6]。

【注释】

① 南国二句：写江行的感受。南国，犹言南方。新意，指春意。东行，沿江东下。伺早天，趁早起程。伺，谓察看天色。二句一作“客路青山外，行舟绿水前”。

② 潮平句：潮平，犹言潮满。凡潮落则岸边之地尽见，故觉其狭；潮满则岸边之地为水所没，故曰“两岸阔”。阔，一作“失”。

③ 风正句：贺裳曰：“‘悬’字与‘正’字相应。若使斜风，则帆欹侧不似悬矣。”（《载酒园诗话》）

④ 海日句：破晓时，看到红日从江心涌出，故云。海，指宽阔的江面。

⑤ 江春句：江南气候和暖，旧年未过，春意已萌，故云。

⑥ 从来二句：意谓在同一季节里，自然界的景象，江南江北从来有所偏异。此，指长江。二句一作“乡书何处达？归雁洛阳边”。

【评】 这诗是王湾的代表作。殷璠《河岳英灵集》卷下云：“湾词翰早著，为天下所称，最者不过一二。游吴中，作《江南意》诗云：‘海日生残夜，江春入旧年。’诗人以来，少有此句。张燕公（说）手题政事堂，每示能文，令为楷式。”

孙　逖（一首）

孙逖（696—761），博州武水（今山东聊城西南）人，迁居河南巩县（今河南巩县）。开元二年（714），举哲人奇士隐沦屠钓及文藻宏丽等科，以第一人登第。授左拾遗。官终太子少詹事。他和颜真卿、李华、萧颖士同时，工古、近体诗，颇负时名。真卿为其集作序。

《全唐诗》录存其诗一卷。

宿云门寺阁

云门寺，在今浙江绍兴市云门山上。《水经注·渐水》："又有玉笋、竹林、云门、天柱精舍，并疏山创基，架林裁宇，割涧延流，尽泉石之好。"《舆地纪胜》卷八："云门山在绍兴南三十一里，有雍熙寺，为州之伟观。昔王子敬居此，有五色祥云，诏建寺，号云门。"

香阁东山下①，烟花象外幽②。悬灯千障夕，卷幔五湖秋③。画壁飞鸿雁，纱窗宿斗牛④。更疑天路近，梦与白云游⑤。

【注释】

① 香阁：佛阁。东山：云门山的别称。

② 烟花句：极言意境清幽。烟花，犹言烟景，指晴明景色。物形曰象。不停留在形状上而领会其旨趣，曰象外。

③ 悬灯二句：寺在丛山之中，下临湖水，傍晚暝色四合，香阁明灯高悬，窗外可以总揽五湖秋色。像屏风一样高峻的山峰叫嶂。障，通嶂。幔(màn)，窗幕。古以洞庭、彭蠡、太湖、巢湖、鉴湖为五湖，这里是指鉴湖。

④ 画壁二句：上句写寺中壁画精彩，下句写山阁地势高峻。鸿雁形象生动，故曰"飞"。斗牛临近纱窗，故曰"宿"。宿，停留的意思。斗和牛都是星宿名。飞，一作"馀"。

⑤ 更疑二句：《庄子·天地》："乘彼白云，至于帝乡。"此化用其语意。

【评】 刻画山寺夜景，琢句精湛，而笔力陡健，意境开阔。收处有浩然不尽之胜。

贺知章（二首）

贺知章(659—744)，字季真，会稽(今浙江绍兴市)人。武后证圣元年(695)进士。官至太子宾客，秘书监。天宝初，请度为道士，回到故乡。

他性情放诞，自号四明狂客。好饮酒，善诗歌及草隶书。在长安时，和李白一见为忘形之交。

《全唐诗》编存其诗一卷。

咏 柳

碧玉妆成一树高①,万条垂下绿丝绦②。不知细叶谁裁出,二月春风似剪刀。

【注释】

① 碧玉:古美女名。乐府《吴声歌曲》有《碧玉歌》。其词云:“碧玉破瓜时,相为情颠倒。”按:这里以碧玉比柳,有两重用意:碧玉的碧,影射柳色,碧玉年轻,切早春嫩柳。高:有苗条的意思。

② 绿丝绦(tāo):绿丝带,比柳丝。绦,字同“絛”。

回 乡 偶 书(二首选一)

少小离家老大回,乡音无改鬓毛衰①。儿童相见不相识,笑问“客从何处来?”

【注释】

① 少小二句:贺知章考取进士时年三十七岁。在这之前,他早就离开故乡。等到回来时,已是老翁。这二句诗生动地表现了久客回乡悲喜交集的感慨。少小离家而至于老是悲,但终于回来则喜。“鬓毛衰”,则今非昔比;而乡音未改,则今犹同昔,错互言之,感慨万千。衰(cuī),疏落。

张　旭（一首）

张旭（生卒年不详），苏州吴（今江苏苏州）人，曾官常熟县尉。他是一位狂士，更是著名的书法家，被称为“草圣”。文宗时，诏以张旭草书和李白的诗歌、裴旻的剑舞为三绝。

《全唐诗》录存其诗六首，都是描写自然景物的作品。

桃 花 溪

桃花溪，水名，在今湖南桃源县西南，源出桃花山。晋朝陶潜著名的寓言《桃花源记》就是借这个地方作为描写环境的蓝本。

隐隐飞桥隔野烟，石矶西畔问渔船①。桃花尽日随流水，洞在清溪何处边②？

【注释】

① 矶(jī)：水中的石头。

② 桃花二句：陶潜《桃花源记》："晋太元中，武陵(郡名，郡治在今湖南常德县，桃源属武陵)人捕鱼为业。缘溪行，忘路之远近，忽逢桃花林。夹岸数百步，中无杂树，芳草鲜美，落英缤纷，渔人甚异之。复前行，欲穷其林。林尽水源，便得一山。山有小口，仿佛若有光；便舍船从口入。"此暗用其意，描写沿溪一带，风景优美，境界深幽。桃花溪的附近有桃花洞，又名秦人洞(洞的得名，当然是由于附会"桃花源"而来的)。

孟浩然（九首）

孟浩然(689—740)，以字行(一说名浩)，襄州襄阳(今湖北襄樊市)人。曾隐居鹿门山。年四十，赴长安应进士举，失意而归。张九龄镇荆州时，招致幕府，后病疽死。

他一方面泉石鸣高，自居隐逸；另一方面又不无盛世沉沦之感。其诗多写山水闲情和羁旅愁思。用清微淡远的笔意，表现狷介郁抑的情怀。佳处在于伫兴造思，出入幽微，不落凡近，略无雕琢藻绘的痕迹，故能在盛唐诗坛上独树一帜，与王维并称。杜甫说他“清诗句句尽堪传”(《解闷》)；又说“赋诗何必多，往往凌鲍谢”(《遣兴》)，都是就其艺术上独特造诣而言的。但气魄不宏，风格也少变化。苏轼曾说：“浩然韵高而才短，如造内法酒手，而无材料。”(见《苕溪渔隐丛话》前集卷一五引)所谓“无材料”，苏轼原意是指书卷典实；然而归根结底，是个内容贫乏的问题。没有广阔的社会内容，作者的艺术才能，就必然被限制在一个狭窄的领域里，而显得“才短”了。

有《孟浩然集》，共诗二百馀首，绝大部分都是五言短篇。

夏日南亭怀辛大

题一作《夏夕南亭怀辛大》。高步瀛曰："浩然有《西山寻辛谔》诗，疑即辛大。"(《唐宋诗举要》卷一)

山光忽西落[①]，池月渐东上。散发乘夕凉[②]，开轩卧闲敞[③]。荷风送香气，竹露滴清响。欲取鸣琴弹，恨无知音赏[④]。感此怀故人，中宵劳梦想。

【注释】

① 山光句：傍晚红日衔山，山光西落，即指日影西沉。

② 散发：打开头发。古人束发加冠。谢灵运《石门岩上宿》："美人竟不来，阳阿徒晞发。"孟诗意本此。

③ 轩：有窗槛的长廊。这里是指窗。

④ 欲取二句：言无知心朋友共谈。《淮南子·修务训》："是故钟子期死，而伯牙绝弦破琴，知世莫赏也。"这里化用成语，借弹琴以见意。

【评】 夏夜清景和幽居寂寞怀人之情，交递而下，相互渗透，融为一体。景愈清而思愈深，自然宽舒中极清深悠远之趣，能见出孟诗的特色。其中"荷风""竹露"一联，历来传为名句。

晚泊浔阳望香炉峰

浔阳，县名，即今江西九江市，唐属江南道江州，是江州州治所在地。因在浔水之阳，故名（见《元和郡县图志》卷二八）。香炉峰，在庐山东南，孤峰秀起，是庐山著名的山峰之一。题一作《望庐山》。

挂席几千里[①]，名山都未逢。泊舟浔阳郭，始见香庐峰。尝读远公传[②]，永怀尘外踪。东林精舍近[③]，日暮但闻钟。

【注释】

① 挂席：扬帆。见《文选》谢灵运《游赤石进帆海》"挂席拾海月"句五臣注。

② 远公：晋高僧慧远，本姓贾，雁门楼烦人。曾在庐山与佛教徒百二十三人结白莲社，同修净业，著有《法性论》，倡涅槃常住之说。后世奉为莲宗初祖，事迹见慧皎《高僧传》卷六。

③ 东林精舍：即东林寺，在庐山山麓。慧远在庐山时曾住东林。精舍，即佛舍。释迦牟尼曾在祇园精舍说法，故后世相沿称佛舍为精舍。

【评】 从望香炉峰生出缅怀高僧之想。一往任笔，若即若离，淡到看不见处。尾联就东林钟声，信手拈来作结。馀韵悠然，挹之不尽。王士禛曰："诗至此，色相俱空，政如羚羊挂角，无迹可求，画家所谓逸品也。"（《带经堂诗话》）

临洞庭湖赠张丞相

张丞相，即张九龄。题一作《临洞庭》。

八月湖水平[①]，涵虚混太清[②]。气蒸云梦泽[③]，波撼岳阳城[④]。欲济无舟楫，端居耻圣明[⑤]。坐观垂钓者，徒有羡鱼情[⑥]。

【注释】

① 湖水平：湖水与天相接。按：杨慎《升庵诗话》卷二，谓此诗起首二句与王维"风劲角弓鸣，将军猎渭城"一样，"虽律也，而含古意"，"起句之妙，可以为法"。

② 涵虚句：意谓洞庭湖含蕴元气，混一太空。虚，太虚，即元气。《庄子・知北游》："不过乎昆仑，不游乎太虚。"注："太虚不能无气，气不能不聚而为万物。"太清，犹言太空。《文选》左思《吴都赋》刘渊注："太清，谓天也。"

③ 气蒸句：意谓洞庭湖附近都在水气笼罩之中。古云梦泽范围很广，是现在湖北省南部、湖南省北部一带低洼之地的总称。蒸，蒸腾。

④ 波撼句：宋人范致明《岳阳风土记》："盖(岳阳)城据湖东北，湖面百里，常多西南风，夏秋水涨，涛声喧如万鼓，昼夜不息，漱齿城岸，岁常倾颓。"故云。岳阳城，在洞庭湖东岸。

⑤ 欲济二句：以上句兴起下句。意谓想渡洞庭湖而没有舟楫，犹之欲出仕而无人汲引。《论语・泰伯》："邦有道，贫且贱焉，耻也；邦无道，富且贵焉，耻也。"端居句本此。端居，犹言独处，闲居。圣明，圣明时的略文，即太平时之意。古代认为皇帝圣明，则天下太平，生在太平时代，而不能有所建树，所以感到愧耻。《尚书・说命上》殷高宗命傅说道："若济巨川，用汝作舟楫。"欲济句，化用其语。

⑥ 坐观二句：伸足上文，表示自己愿意出仕。言外之意，希望得到张丞相援引，不要使这种愿望落空。《淮南子・说林训》："临河而羡鱼，不如归家织网。"徒，一作"空"。

【评】 托兴观湖，表现积极用世的心情，希望张丞相在政治上予以援引。这诗和《彭蠡湖中望庐山》，在孟浩然诗中气象较为开阔，而此篇尤为世所传诵。其中“气蒸云梦”一联，与杜甫之“吴楚东南坼，乾坤日夜浮”（《登岳阳楼》）同为咏洞庭名句。方回《瀛奎律髓》云：“余登岳阳楼，此诗大书左序球门壁间，右书杜诗，后人自不敢复题也。刘长卿有句云：‘叠浪浮元气，中流没太阳。’世不甚传，他可知也。”

广陵别薛八

薛八，名未详。孟集中有《云门寺西六七里闻符公兰若最幽与薛八同往》、《夜泊牛渚趁薛八船不及》等诗，知二人交谊颇深，往还甚密。又钱起有《送薛八谪居》，可和这诗说的“不得志”相印证。

士有不得志，栖栖吴楚间①。广陵相遇罢，彭蠡泛舟还②。樯出江中树，波连海上山③。风帆明日远，何处更追攀！

【注释】

① 栖栖：不能安居的意思。《论语·宪问》：“微生亩谓孔子曰：‘丘何为是栖栖者与（欤）？’”吴楚：泛指长江流域。长江流域，古为吴楚二国地。

② 广陵二句：言刚在广陵与薛相遇，他又离开广陵，泛舟而还彭蠡。广陵，唐郡名，即扬州。郡治在今江苏省扬州市。彭蠡（lǐ），湖名，即鄱阳湖。在今江西省北部。

③ 樯出二句：写送行时的情景。长江波浪相连，有如海上奇山涌现，行客的船渐渐没入其中，看到的只有一根耸出水面像树一样的樯影。江

中本无树，因为把“波”比作“山”，所以把“檣”说成“树”。檣，桅杆。

宿桐庐江寄广陵旧游

这诗是孟浩然由广陵入浙途中所作。桐庐江，即桐江，在今浙江桐庐县境。广陵，即扬州。旧游，犹言旧交。

山暝听猿愁，沧江急夜流。风鸣两岸叶，月照一孤舟。建德非吾土①，维扬忆旧游②。还将两行泪，遥寄海西头③。

【注释】

① 建德：县名，即今浙江建德县。桐庐江上著名的风景区——七里濑，在建德县东北十里(见《元和郡县图志》卷二六)。非吾土：不是我的家乡。王粲《登楼赋》：“虽信美而非吾土兮，曾何足以少留。”

② 维扬：《尚书·禹贡》：“淮海维扬州。”后人遂截取“维扬”二字作为扬州的别称。

③ 海西头：指扬州。古扬州幅员广阔，东滨大海，在海之西，故云。

【评】 桐庐江一带本是著名的风景区，但诗人因远离维扬旧友而独游，故前四句写月色清幽景色，添人愁绪。后四句一气贯注，更见出旧情之挚，思念之深。而“月照一孤舟”句过渡自然，遂使全诗浑然一体。皮日休称孟诗“涵涵然有平大之风”(《郢州孟亭记》)，正于此等处见出。

过故人庄

故人具鸡黍①，邀我至田家。绿树村边合②，青山郭外斜。开轩面场圃③，把酒话桑麻④。待到重阳日⑤，还来就菊花⑥。

【注释】

① 鸡黍：指农家招待客人丰盛的饭菜。《论语·微子》："子路从(跟随孔子)而后，遇丈人，以杖荷篆(竹器)……止(留)子路宿，杀鸡为黍而食之。"范云《赠张徐州谡》："恨不具鸡黍，得与故人挥。"黍，粮食名。有黏性的叫秫，是酿酒原料；不黏的叫稷，可作饭食。

② 绿树句：村庄隐在林中，望去四围都是绿树，故曰"合"。后司空图《独望》诗："绿树连村暗。"句似脱胎于此。

③ 轩：这里指窗。场：打谷的场地。圃：这里指菜园。

④ 把酒句：边喝酒，边谈家常。把酒，端着杯酒。话桑麻，闲谈农事。陶潜《归田园居》："相见无杂言，但道桑麻长。"

⑤ 重阳日：即重阳节。古人认为九是阳数，所以称九月九日为重阳。

⑥ 还来句：古代风俗，重阳节，登高饮菊花酒，故云。杨慎《升庵诗话》卷六："'还来就菊花'之句，刻本脱一'就'字。有拟补者，或作'醉'，或作'赏'，或作'泛'，或作'对'，皆不同。后得善本，是'就'字，乃知其妙。"

岁暮归南山

北阙休上书①，南山归敝庐②。不才明主弃，多病故人疏。白发催年老，青阳逼岁除[3]。永怀愁不寐，松月夜窗虚。

【注释】

① 北阙：《汉书·高帝纪》："萧何治未央宫，立东阙、北阙、前殿、武库、太仓。"颜师古注："尚书奏事，谒见之徒，皆诣北阙。"

② 敝庐：破房子，指贫穷的家园。

③ 青阳句：青阳，指春天。青，是春天的颜色；阳，指和暖的气候。季节不停地运转着，春天一到，新年就毫不容情地代替了旧岁，故云。

【评】 感慨自身的坎坷遭遇，向往于山林隐居；而在隐居生活中，又感到年华易逝，事业无成，未能忘怀于现实。这种复杂而微妙的矛盾心理状态，以咏叹出之，有吞吐含茹，不迫不露之妙。关于这诗，旧有轶事流传。王定保《唐摭言》卷一二："襄阳诗人孟浩然，开元中，颇为王右丞（维）所知。……维待诏金銮殿。一旦，召之商较风雅。忽遇上幸维所，浩然错愕，伏床下，维不敢隐，因之奏闻。上欣然曰：'朕素闻其人。'因得召见。上曰：'卿将得诗来耶？'浩然奏曰：'臣偶不赍所业。'上即命吟。浩然奉诏拜舞，念诗曰：'北阙休上书，……'上闻之，怃然曰：'朕未尝弃人，自是卿不求进，奈何反有此作？'因命放归南山。终身不仕。"

舟 中 晓 望

挂席东南望[1]，青山水国遥[2]。舳舻争利涉[3]，来往接风潮[4]。问我今何去，天台访石桥[5]。坐看霞色晓，疑是赤城标[⑥]。

【注释】

① 挂席：即扬帆。见前《晚泊浔阳望香炉峰》注①。

② 水国：犹言水乡，指河流纵横的地带。

③ 舳(zhú)舻(lú)：长方形的船。舳，船尾。舻，船头。这里用作船的泛称。利涉：意指航行。《周易·需卦》："利涉大川。"

④ 接风潮：一作"任风潮"。

⑤ 天台句：天台，山名，在今浙江省天台县。《太平寰宇记》："江南东道台州天台县天台山。《启蒙记》注云：'天台山去天不远，路经油溪水，深险清泠。前有石桥，路径不盈尺，长数十丈，下临绝涧。惟忘其身然后能济。'"

⑥ 赤城标：赤城山的顶巅。赤城山，在天台县北，是往天台必经之地。《文选》孙绰《游天台山赋》："赤城霞起而建标。"李善注："支遁《天台山铭序》曰：'往天台，当由赤城山为道径。'孔灵符《会稽记》曰：'赤城山石色皆赤，状似云霞。'"

【评】 舳舻争涉，风潮相接中，独自作访名山，坐看朝霞之想，清旷冲远中微见狷介之怀。诗境如白云在空，舒卷自如；而"问我"一联，则为全篇关捩之所在。

春　　晓

春眠不觉晓，处处闻啼鸟。夜来风雨声，花落知多少！

【评】 这诗写的虽是暮春之景，也有惜花之意，但情调却清新活泼，绝无颓废感伤气息，展现在我们面前的是一幅充满着生活乐趣的画图。王维《田园乐》诗云："桃红复含宿雨，柳绿更带朝烟。花落家僮未扫，莺啼山客犹眠。"意境与此诗略同，但韵致略逊。可对读。

王　维（二十七首）

王维（约690—761），字摩诘，原籍太原祁州（今山西祁县），寄籍为蒲州（今山西永济县）人。开元九年（721）进士，为太乐丞。因伶人舞黄狮子受累，贬济州司仓参军。张九龄为相，擢为右拾遗，转监察御史，迁给事中。安史之乱，两京陷落，唐玄宗奔蜀。他随从不及，为叛军所俘，被迫署伪职。长安收复后，以陷贼官论罪，降太子中允。官终尚书右丞。世称王右丞。

王维早年在政治上接近张九龄，颇有用世之志。所作诗歌，内容广阔，气象高华，对社会生活矛盾，有所揭露和批判。后经变乱，心情便消极下去。他一方面尸位朝列，另一方面却究心禅理，寄情山水，把个人和现实隔绝起来，过着优游自得的生活。他诗里所表现的往往是这种徘徊于仕隐间的闲适情趣。

王维在诗歌艺术上的独特造诣，主要在描绘自然景物方面。他是杰出的画家，又擅长音乐，能以绘画、音乐之理通之于诗。善于运用自然而又精炼、准确富于特征性的语言，着墨无多，而能塑造出完美鲜明的形象，有写意传神之妙，把晋、宋以后发展起来的山水诗的艺术向前推进了一步。殷璠称其“词秀调雅，意新理惬，在泉为珠，着壁成绘”（《河岳英灵集》）。苏轼说：“味摩诘之画，画中有诗；味摩诘之诗，诗中有画。”（《题蓝田烟雨图》）正指出了其诗情画意相结合的特点。

王维在诗歌史上影响极大。中唐前期大历十才子主宰诗坛，就是王维诗风的直接延续与发展。唐代宗誉之为“天下文宗”，正是这一情况的最好说明。以后贾岛、姚合……直至清代王士禛，均受其重大影响，形成诗史上一个以清淡雅秀为特点的绵延千年之久的诗歌流派。

有《王右丞集》。清人赵殿臣有笺注本。

渭川田家

斜光照墟落[1],穷巷牛羊归[2]。野老念牧童,倚杖候荆扉。雉雊麦苗秀[3],蚕眠桑叶稀。田夫荷锄立,相见语依依[4]。即此羡闲逸,怅然吟《式微》[5]。

【注释】

① 墟落:村庄。

② 穷巷:僻巷。陶渊明《归园田居》之二:"穷巷寡轮鞅。"

③ 雉雊(gòu):野鸡啼叫。雉,野鸡。雉鸣叫雊。

④ 依依:依恋不舍貌。

⑤ 吟《式微》:意谓作归隐田园之想。《式微》,《诗经·邶风》篇名。诗中有句云:"式微,式微,胡不归!"此取其义。

【评】 这诗用简淡自然的笔意,勾勒出一幅春末夏初傍晚农村的画面。城市的喧嚣,官场的纷扰,宦海浮沉的苦闷失意,使得作者在向往农村的同时,把农村生活理想化了。诗中所表现的宁静闲逸的意境,正反映出他内心的寂寞与怅惘。

宿郑州

这诗是开元九年(721)王维贬济州司仓参军时由长安赴济州途中所作。唐河南道郑州荥阳郡治管城,在今河南郑州市。

朝与周人辞[①],暮投郑人宿。他乡绝俦侣[②],孤客亲僮仆。宛洛望不见[③],秋霖晦平陆[④]。田父草际归,村童雨中牧。主人东皋上[⑤],时稼绕茅屋[⑥]。虫思机杼鸣[⑦],雀喧禾黍熟。明当渡京水[⑧],昨晚犹金谷[⑨]。此去欲何言,穷边徇微禄[⑩]!

【注释】

① 周:即下文说的“宛洛”,古为东周旧地(东周故城在今河南洛阳市),唐属河南道河南府河南郡。周,在郑之西。

② 绝俦侣:没有同伴,没有亲人。阮籍《咏怀》:“羁旅无俦匹。”

③ 宛洛:宛,南阳(今河南省县名);洛,洛阳。

④ 秋霖句:意谓秋雨连绵,原野为之晦暗。连续三天以上的雨叫霖。平陆,平原。

⑤ 主人:指投宿的这人家。皋(gāo):水边高地。

⑥ 时稼:秋天的庄稼。

⑦ 虫思句:意谓天气渐寒,农村人家都在从事纺织劳动。虫思,虫在悲鸣。思,义同悲。张华《励志》:“吉士思秋。”李善注:“思,悲也。”

⑧ 京水:又名黄水,发源于郑州荥阳县东二十里(见《太平寰宇记》),东北流入济水。

⑨ 金谷:谷名,在洛阳西北,金水流经其地。

⑩ 此去二句:慨叹自己之去济州,仅仅是为了求得微禄以养家而已。唐济州在今山东省长清县西南,是偏远的东方,故曰“穷边”。以身从物曰徇。谢灵运《登池上楼》:“徇禄及穷海。”

【评】 于征途愁思中,写出村野宁静景物,立意略同上诗,而组织则别出机杼。“秋霖晦平陆”承上“望不见”,启下村景描写,由情事入景物;“虫思”“黍熟”见时令变化,启下更续征程,复由景物入情事,转换无痕。

西施咏

题一作《西施篇》。西施，春秋时越国苎萝山的民间美女。越王勾践为吴所败，把西施献给了吴国，成为吴王夫差的宠妃。

艳色天下重，西施宁久微①？朝为越溪女②，暮作吴宫妃③。贱日岂殊众？贵来方悟稀④。邀人傅脂粉，不自着罗衣⑤。君宠益骄态，君怜无是非。当时浣纱伴⑥，莫得同车归⑦。持谢邻家子⑧，效颦安可希⑨！

【注释】

① 微：寒微。指处于下层的社会地位。

② 为：一作“仍”。

③ 吴宫妃：一作“吴王姬”。

④ 贱日二句：慨叹于一贵一贱改变了人们的看法。意谓西施的绝世姿容，只有在她成为吴宫妃以后，才被人们所普遍发觉、承认。与首句相应，把意思推进一层。

⑤ 邀人二句：意谓随着社会地位的上升，也改变了西施的主观心理和生活作风。“邀人”“不自”为互文，是说连傅粉和穿衣都不肯亲自动手。下文所云的“骄态”即指此。邀，一作“要”，字通。脂，一作“香”。

⑥ 浣纱伴：曾经和西施在一起浣纱的女郎们。今浙江诸暨县苎萝山下石迹水，有浣纱石，传说是西施浣纱之处。

⑦ 同车归：《诗经·郑风·有女同车》：“有女同车，颜如舜华。”此化用其语。

⑧ 持谢：以言词告人的意思。一作“寄言”。子：一作“女”。

⑨ 效颦句：《庄子·天运》：“西施病心而矉其里。其里之丑人见而美之，

归亦捧心而矉其里。其里之富人见之，坚闭门而不出；贫人见之，挈妻子而去之走。彼知矉之美，而不知所以美。"矉，字同"颦"，因病痛而愁眉的意思。此化用其意，是说邻家女子，即使学西施的样子，也不可能希冀到她那幸运的遭遇。效颦，指仿效西施捧心愁眉的姿态。

【评】 歌咏西施遭遇，寄寓穷达升沉之感。"贱日"、"贵来"二句是全诗主脑，随题发挥，于人情世态之炎凉冷暖，慨乎其言之。是议论，却不落言诠。沈德潜谓此诗面对前人久经论定的史实，能"别寓兴意"，"以避雷同剿说，此别行一路法也"(《说诗晬语》)。

桃 源 行

这诗取材于陶潜《桃花源记》(见附录)，故以"桃源行"名篇。桃源，即桃花源，相传在今湖南桃源县西南。题下原注："时年十九。"

渔舟逐水爱山春①，两岸桃花夹古津②。坐看红树不知远③，行尽青溪忽值人④。山口潜行始隈隩⑤，山开旷望旋平陆⑥。遥看一处攒云树⑦，近入千家散花竹⑧。樵客初传汉姓名⑨，居人未改秦衣服⑩。居人共住武陵源⑪，还从物外起田园⑫。月明松下房栊静，月出云中鸡犬喧。惊闻俗客争来集，竞引还家问都邑。平明闾巷扫花开，薄暮渔樵乘水入。初因避地去人间，更问神仙遂不还。峡里谁知有人事，世中遥望空云山⑬。不疑灵境难闻见，尘心未尽思乡县⑭。出洞无论隔山水，辞家终拟长游衍⑮。自谓经过旧不迷，安知峰壑今来变[16]。当时只记入山深，青溪几度到云林。春来遍地桃花水，不辨仙源何处寻[17]。

【注释】

① 渔舟句：意谓渔人被山中春景吸引，乘船顺水漂流。春，即下文的“桃花”、“红树”。

② 古津：一作“去津”。津，渡口。

③ 坐：因为。

④ 忽值：一作“不见”。值，遇到。

⑤ 隈(wēi)隩(ào)：山崖的幽深曲折处。

⑥ 旷望：犹言展望。旷，空阔。旋：忽然间。平陆：平坦的原野。

⑦ 遥看句：谓远看树木攒集在一起，如云彩屯聚。攒，聚集。

⑧ 近入句：意谓近看见人家繁庶，都莳花种竹。

⑨ 樵客句：意谓这儿的居民第一次听到樵客告诉他们的汉以下朝代的名称。樵客，这里指渔人。古时渔樵并称，可以通用。后面“薄暮渔樵乘水入”的“渔樵”是偏义复词，也指渔人。

⑩ 居人句：谓当地居民还穿着当初秦朝时避地来此的衣服。

⑪ 武陵源：即桃花源，晋属武陵郡(郡治在今湖南常德市)，故称。

⑫ 物外：世外。

⑬ 峡里二句：意谓桃源和外面隔绝，哪里知道人世间事；而人世也不知有此仙境，遥遥望到的只是云山而已。

⑭ 不疑二句：意谓渔人深知仙境是难以见到的，理应留下，无奈尘心未尽，思念家乡，还是离开了。灵境，仙境。闻见，这里偏义复词，偏用“见”义。

⑮ 出洞二句：意谓渔人出去之后，却又想念桃花源，于是不管山水远隔，他终于辞家来游，打算在那儿长期留下。游衍，犹言留连不去。

⑯ 自谓二句：言自以为旧径容易寻觅，然而山水改观已无从问径。

⑰ 春来二句：含无尽惋叹之意。

【评】　这是一首叙事诗。诗中情节和陶潜《桃花源记》略同，却给涂上了一层神仙色彩。苏轼《和桃花源诗序》云："世传桃源事多过其实。考渊明所记，只言先世避秦乱来此，则渔人所见，似是其子孙，非秦人不死者也。又云杀鸡作黍，岂有仙而杀者乎？"把桃源说成仙境，始于唐代。和王维同时的孟浩然《武陵泛舟》亦云："莫测幽源里，仙家信几深。"随着道教的发展，到了中唐，这种说法就更加流行，所以韩愈在《桃源图》里慨叹说："神仙有无何渺茫，桃源之说诚荒唐！"此诗结体娴整，而韵致清新；叙次宛曲，而气机流畅，已开元白叙事歌行之先河。

【附录】

陶潜《桃花源记》

晋太元中，武陵人捕鱼为业。缘溪行，忘路之远近。忽逢桃花林，夹岸数百步，中无杂树，芳草鲜美，落英缤纷。渔人甚异之，复前行，欲穷其林。林尽水源，便得一山，山有小口，仿佛若有光，便舍船从口入。初极狭，才通人。复行数十步，豁然开朗。土地平旷，屋舍俨然，有良田美池桑竹之属，阡陌交通，鸡犬相闻。其中往来种作，男女衣着，悉如外人；黄发垂髫，并怡然自乐。见渔人，乃大惊，问所从来，具答之。便要回家，设酒杀鸡作食。村中闻有此人，咸来问讯。自云先世避秦时乱，率妻子邑人来此绝境，不复出焉，遂与外人间隔。问今是何世，乃不知有汉，无论魏晋。此人一一为具言所闻，皆叹惋。馀人各复延至其家，皆出酒食。停数日，辞去。此中人语云："不足为外人道也。"既出，得其船，便扶向路，处处志之。及郡下诣太守说如此。太守即遣人随其往，寻向所志，遂迷，不复得路。南阳刘子骥，高尚士也。闻之，欣然规往，未果，寻病终。后遂无问津者。

陇　头　吟

《陇头吟》，汉乐府《横吹曲》旧题。陇头，即陇山，又称陇坂、陇首或陇坻。起今陕西陇县，西南跨甘肃天水县，山高而长，地形回曲。下有陇关，即大震关，是西北边防要塞。

长安少年游侠客①，夜上戍楼看太白②。陇头明月迥临关，陇上行人夜吹笛③。关西老将不胜愁④，驻马听之双泪流。身经大小百余战，麾下偏裨万户侯⑤。苏武才为典属国，节旄空尽海西头⑥。

【注释】

① 长安：一作"长城"。

② 看太白：意指关心边警，向往于在战争中破敌立功。太白，即金星，又名启明或长庚。古人认为太白星的星象，与战争有关。《太平御览》卷七引《河图稽耀钩》："太白散为天狗，主兵。"

③ 陇头二句：上句说，明月高高地照着陇关，见环境气氛之苍凉。迥，高而远的意思。下句以行人笛声为少年与下文老将过渡的关锁。按乐府有《陇头歌辞》三首，据《秦川记》，乃"北人升此而歌者"。均抒写行役之悲，声辞酸楚。《元和郡县图志》载有此歌，可知为唐人所习唱。这里说"陇上行人夜吹笛"，从《陇头歌》可以想见笛声之哀怨，故老将触动愁怀，为之流泪。

④ 关西老将：函谷关以西，古为秦地，习尚武勇，有"关西出将，关东出相"的谚语（见《后汉书·虞诩传》），故云。胜，读平声。

⑤ 身经二句：写老将的不幸遭遇。暗用汉李广故事。《史记·李将军列传》记，李广自结发与匈奴战，身历大小七十余役，而一直不得志，终于

因军中排挤而自刎身死。广尝自言“自汉击匈奴,而广未尝不在其中,而诸部校尉以下,才能不及中人,然以击胡军功取侯者数十人,而广不为后人,然无尺寸之功以得封邑者,何也？岂吾相不得封侯耶?”身,一作“曾”。麾下,犹言部下。大将用以指挥的旌旗叫麾。偏裨,偏将与裨将,从属于大将,非独当一面的军官。万户侯,古代封爵有食邑,食邑的大小,按照功勋,以户口为计算单位。万户侯是食邑最大的侯。汉文帝曾对李广说:“惜乎,子不遇时！如令子当高帝时,万户侯何足道哉!”

⑥ 苏武二句：申足上意,慨叹于功大赏小,埋没人才,古今一例。言外之意是说这关西老将的遭遇,安知不成为少年异日的哀愁。汉武帝时,苏武出使匈奴,被扣留十九年,始终不屈。他曾在北海杖汉节牧羊,卧起操持,节旄尽落。回国后仅被封为典属国(见《汉书·苏武传》)。典属国,掌管藩属国家事务的官。节旄,使臣所持信物,一称旄节。张守节《史记正义》:“旄节者,编毛为之,以象竹节。”(《秦始皇本纪》注)空尽,一作“零落”,一作“落尽”,一作“空落”。

【评】 这诗写长安少年守卫边关的壮志和关西老将沉沦失意的悲哀。诗中通过月夜笛声把二者绾合起来,对照见意。用笔之妙,正如殷璠所说“一句一字,皆出常境”(《河岳英灵集》)。它一方面表现了这个时代年轻人昂扬向上的立功报国心情,同时也反映了封建统治者爵赏不公,压抑人才的客观现实,具有一定的揭露和批判意义。

老　将　行

《老将行》是唐代流行的乐府诗题。见《乐府诗集》卷九〇《新乐府辞·乐府杂题》。

少年十五二十时，步行夺得胡马骑①。射杀山中白额虎②，肯数邺下黄须儿③？一身转战三千里，一剑曾当百万师。汉兵奋迅如霹雳，虏骑崩腾畏蒺藜④。卫青不败由天幸⑤，李广无功缘数奇⑥。自从弃置便衰朽⑦，世事蹉跎成白首。昔时飞箭无全目⑧，今日垂杨生左肘⑨。路旁时卖故侯瓜⑩，门前学种先生柳⑪。苍茫古木连穷巷⑫，寥落寒山对虚牖。誓令疏勒出飞泉⑬，不似颍川空使酒⑭。贺兰山下阵如云⑮，羽檄交驰日夕闻⑯。节使三河募年少⑰，诏书五道出将军⑱。试拂铁衣如雪色，聊持宝剑动星文⑲。愿得燕弓射大将⑳，耻令越甲鸣吾君㉑。莫嫌旧日云中守，犹堪一战立功勋㉒。

【注释】

① 步行句：《史记·李将军列传》："（李）广以卫尉为将军，出雁门，击匈奴。匈奴兵多，破败广军，生得广。……胡骑得广，广时伤病，置广两马间，络而盛卧广（使李广睡在用绳索结成的络子里）。行十余里，广佯死。睨其旁有一胡儿，骑善马，广暂（忽）腾而上胡儿马，因推堕儿，取其弓。鞭马南驰数十里，复得其馀军，因引而入塞。"这里化用其意，借以表现年轻人的机智勇敢。

② 射杀句：李广为右北平太守时，曾多次射杀山中猛虎。见《史记·李将军列传》。又，周处曾射杀南山白额虎，为民除害。见《晋书·周处传》。白额虎，虎中最凶猛的一种。按：有关古代射虎的事迹，流传颇多，这里可能不是专用某一典故。

③ 肯数：意谓不让。邺下黄须儿：曹彰字子文，曹操第二子。性刚猛，胡须色黄。征代郡乌桓，建立大功。曹操曾说："我黄须儿可用也。"见

《世说新语》刘孝标注引《魏略》。魏都邺(今河北临漳县),故云“邺下黄须儿”。儿,古读倪,与上“骑”,下“师”“藜”“奇”叶韵。

④ 蒺藜: 指铁蒺藜,战地所用的防御工具。《埤雅》卷一七:“蒺藜布地蔓生,子有三角刺人,状如菱而小……今兵家乃铸铁为之,以梗敌路,亦呼蒺藜。”《六韬·虎韬·军用篇》:“狭路微径张铁蒺藜。芒高四寸,广八寸,长六尺以上。千二百具。败走骑。”

⑤ 卫青句: 卫青,汉武帝皇后卫子夫之弟,以征伐匈奴,官至大将军。又卫青姊子霍去病也以征匈奴立大功,封骠骑将军。《史记·卫将军骠骑列传》:“骠骑所将常选。然亦敢深入,常与壮骑先其大将军。军亦有天幸,未尝困绝也。”语本此。按:“不败由天幸”本霍去病事;卫、霍并称,这里属之卫青,当是作者误记。

⑥ 李广句: 李广是汉朝名将,身经百战,威震匈奴。但往往由于某种偶然失误,论功行赏总是轮不到他,始终未得封侯,曾被汉文帝认为数奇。见《史记·李将军列传》。缘,因为。奇,与偶为对词,孤单的意思。数奇,犹言运气不好。参《少年行》注⑤。

⑦ 弃置: 丢在一旁,不加任用。

⑧ 飞箭无全目:《文选》鲍照《拟古》:“惊雀无全目。”李善注引《帝王世纪》:“帝羿有穷氏与吴贺北游,贺使羿射雀。羿曰:‘生之乎? 杀之乎?’贺曰:‘射其左目!’羿引弓射之,误中右目。羿抑首而愧,终身不忘。故羿之善射,至今称之。”无全目,是说射艺之精,能够分辨左右目。

⑨ 垂杨生左肘:《庄子·至乐》:“支离叔与滑介叔观于冥伯之丘,昆仑之虚,黄帝之所休。俄而柳生其左肘,其意蹶蹶然恶之。”王先谦《集解》:“瘤作柳声,转借字。”“柳生左肘”,是说左手拐弯处生了个瘤。按:杨和柳是同类植物,这里因诗歌平仄声调的关系,又改柳为杨。杨谐“疡”声,用意与“柳”相同。

⑩ 故侯瓜:《史记·萧相国世家》:“召平者,故秦东陵侯,秦破,为布衣,贫,种瓜于长安城东。瓜美,故世俗谓之东陵瓜,从召平以为名也。”

⑪ 先生柳: 晋陶潜门前种有五株杨柳,因著《五柳先生传》以自况。

⑫ 苍茫：一作"茫茫"。

⑬ 疏勒出飞泉：疏勒，古西域国名，在今新疆维吾尔自治区。后汉时，耿恭与匈奴作战，据疏勒城，涧水被敌人断绝。穿井十五丈，不得水。他仰叹曰："闻昔贰师将军(李广利)拔佩刀刺山，飞泉涌出，今汉德神明，岂有穷哉？"于是向天虔诚祈祷，果然得水。事见《后汉书·耿恭传》。

⑭ 颍川：指灌夫。汉景帝时将军，家住颍川。使酒：借酒使气。《史记·魏其武安侯列传》："灌夫为人刚直使酒。……诸所与交通，无非豪桀大猾。家累数千万，食客日数十百人，陂池田园，宗族宾客为权利，横于颍川。"

⑮ 贺兰山：在今宁夏回族自治区贺兰县西。山有树木青白，望如駮(同驳)马。北人呼駮为贺兰，故名(见《元和郡县图志》卷四)。按：贺兰山是西北边防重要据点之一。《全唐诗》卷六八八卢汝弼《和李秀才边庭四时怨》："朔风吹雪透刀瘢，饮马长城窟更寒。夜半火来知有敌，一时齐保贺兰山。"可见从唐代前期到后期，在这里经常发生战争。

⑯ 羽檄：军用紧急文书。

⑰ 节使：节度使的简称。任职时，皇帝赐以旌节，授予节制调度之权，故称节度使。唐初边境诸州设总管(后改称都督)总揽数州军事。景云二年(711)置河西节度使。开元中，朔方、陇右、河东、河西沿边诸镇均置节度使。三河：指黄河中段的平原之地。详见前陈子昂诗《送魏大从军》注③。

⑱ 诏书句：意谓征集大军，分途并讲，开赴前方。出，出兵。《汉书·常惠传》："汉大发十五万骑，五将军分道出。"语本此。

⑲ 宝剑动星文：春秋时，伍子胥有一宝剑，上有七星文(见《吴越春秋》)。《全梁诗》吴均《边城将》："刀含四尺影，剑抱七星文。"动，闪光。星文，七星文的省略。

⑳ 燕弓：燕地所产的角弓，以坚劲著名。《文选》左思《魏都赋》："燕弧盈库而委劲。"李周翰注："燕弧，角弓，出幽、燕地。"大将，指敌方将领。大，一作"天"，因字形相近而误。

㉑ 耻令句：刘向《说苑·立节篇》："越甲(越国的武装部队)至齐，雍门子

狄请死之。齐王曰:‘鼓铎之声未闻,矢石未交,长兵未接,子何务死之为? ……’对曰:‘臣闻之,昔王田于囿,左毂鸣,车右请死之。王曰:子何为死? 车右曰: 为其鸣吾君也。……今越甲至,其鸣吾君,岂左毂之下哉?’遂刎颈而死。是日,越人引甲而退七十里。”“左毂鸣”的“鸣”,意指车毂制造装备不善,行走时发出声响。“越甲鸣”的“鸣”系借用,指敌军的威胁。

㉒ 莫嫌二句: 用汉文帝重新起用魏尚的故事,表示渴望为国立功。汉文帝时,魏尚为云中太守,镇守北边,深得军心,匈奴不敢犯境。后因上功首虏差六级,削爵为民。有一次,冯唐曾和文帝说起这事,为他抱不平,文帝乃命冯唐持节赦魏尚罪,复其官职(见《史记·张释之冯唐列传》)。

【评】 诗写老将身世之感,着重在于表现烈士暮年激昂慷慨的报国之心。全诗两次转韵,随着音节变化自然地分成三段。首段忆昔年战功,末段抒伏枥壮志,中间插入被弃置的沉沦之感。首尾健笔腾挐,而中间则回旋顿挫,形成全诗盘礴浩瀚的气势。“卫青不败”,“李广无功”,是过去遭遇的结束语,而又不犯痕迹地引出现今“蹉跎白首”的悲哀。“苍茫古木”,“寥落寒山”,全用景语,不言感慨而无穷感慨尽在其中,有“此时无声胜有声”之妙。“誓令”“不似”突出壮语作结,冲破郁闷气氛,为下文开拓出新的意境。“贺兰山下阵如云”以下,用笔有如骏马注坡,一气贯下,直至篇终。

观 猎

风劲角弓鸣①,将军猎渭城②。草枯鹰眼疾,雪尽马蹄轻③。忽过新丰市④,还归细柳营⑤。回看射雕处⑥,千里暮云平。

【注释】

① 角弓鸣：指拉弓发箭。以兽角制成的弓叫角弓。《汉书·韩安国传》颜师古注："(弓)以角曰角弓。"弓硬风紧，射箭时有声如鸣。

② 渭城：即咸阳故城，在长安西北渭水北岸。汉高祖时改咸阳为新城，汉武帝时又改为渭城。

③ 草枯二句：上句说，雪后原野，百草凋枯，动物无所掩蔽，猎鹰很快地就发现搏击的目标；下句说猎人立刻追踪而至。

④ 新丰市：地名。汉置新丰县，故址在今陕西临潼县东。这里的新丰市和下句的细柳营都是泛指长安附近。市，一作"戍"。

⑤ 细柳营：长安附近昆明池南有细柳聚，又名柳市。因汉代名将周亚夫的军营在此，故称细柳营。

⑥ 射雕处：即射猎处。雕是健飞的猛禽，不易射得。北魏斛律光校猎时，曾射落一只大雕，被人称为射雕手(见《北史·斛律光传》)。

【评】 破空而来，笔势矫健，极尽控纵弛张之妙。以"风劲弓鸣"起，接着反插点明出猎，作一控勒蓄势，再写驰逐猎物，便有腾踔飞动之意。"草枯""雪尽"一联，刻画精警，既穷极物理，而又以少总多，意见言外。"忽过""还归"一联用流动之笔写猎罢归来。"回看"句是勒马，也是勒住全诗作一顿，兜转笔来，与篇首相照应。然后放眼辽阔，千里云平。收处之宏大阔远，正为将军胸怀气魄写照。

使至塞上

开元二十五年(737)，王维以监察御史赴凉州，居河西节度使幕府。这诗是出塞途中所作。

单车欲问边①，属国过居延②。征蓬出汉塞③，归雁入胡天。大漠孤烟直④，长河落日圆⑤。萧关逢候骑⑥，都护在燕然⑦。

【注释】

① 问边：到边疆去察看。

② 属国句：是“过居延属国”的倒文。汉时称归附的地区为属国。《汉书·卫青传》颜师古注：“不改其本国之俗，而属于汉，故号属国。”《后汉书·郡国志》：“凉州有张掖，居延属国。”

③ 征蓬：被风卷起远飞的蓬草。蓬草一干分枝数十，枝上又生小枝，密排细叶。枯时往往在近根处折断，每因风起即到处飞。诗人以“单车问边”，不无孤独飘荡之感，故此句实景中有情。

④ 大漠句：内蒙接近河套一带，自秋初至春末，经常为高气压中心盘踞之地，晴朗无风，日光强烈，近地面处，温度较高，向上则气温急剧下降。烟在由高温到低温的空气中，愈飘愈轻，又无风力搅动，故凝聚不散，直上如缕。钱钟书《管锥编·毛诗正义》：“虚空之辽广者，每以有事物点缀而愈见其广。”“如鲍照《芜城赋》之‘直视千里外，唯见起黄埃’。……或王维《使至塞上》之‘大漠孤烟直’，景色有埃飞烟起而愈形旷荡荒凉。”

⑤ 长河句：河套一带，是平坦的大高原，人在高处，视野辽阔，可以看到落日如轮在黄河上渐渐下降的壮丽景象。按：这一联的妙处在于写出了“动”的过程，这一点是连绘画艺术也无法达到的。《红楼梦》四十八回，香菱说：“这‘直’字似无理，‘圆’字似太俗，合上书一想，倒像见了这景的……似乎无理的，想去竟是有理有情的。”可移作这二句的注脚。

⑥ 萧关：在今宁夏回族自治区固原县东南。候骑：在前方担任侦察通讯的骑卒。

⑦ 都护：边疆最高的统帅。这里借指河西节度使。唐置安东、安南、安

西、安北、单于、北庭六大都护府。燕然：山名。后汉窦宪击匈奴，破北单于，曾至燕然山，勒石纪功而还。这里用作前线的代称。

【评】 以简净的自然形象的勾勒，表达了极为丰富的思想感情。“征蓬出塞”，万里从军，固不免有羁旅之愁；然而为国奉使，“单车赴边”，内心深处的自豪感，又是不言而喻的。这种复杂矛盾的心理状态，都凝聚在“大漠孤烟直，长河落日圆”的旷荡荒凉、悲壮而奇丽的景象中得到完满的表现。末联候骑遥指前程，与首联相呼应，诗虽尽，而远景馀意伸展无穷。

辋川闲居赠裴秀才迪

辋川，水名。在今陕西蓝田县终南山下。宋之问在这里建有蓝田别墅，后为王维所得。李肇《国史补》卷上：“(王维)得宋之问别业，山水绝胜，今清源寺是也。”《陕西通志》卷九引《雍大记》：“辋谷在(蓝田)县西南二十里，……二谷并有细路通上洛。商岭水流至蓝桥，复流至辋谷，如车辋环凑落，叠嶂入深潭，有千圣洞、茶园、栗岭，唐右丞王维庄在焉，所谓辋川者也。”裴迪，关中人，与王维友善，和杜甫、李颀、孟浩然等人均有交往。安史乱后，为蜀州刺史。秀才，这里是士子的泛称。

寒山转苍翠①，秋水日潺湲②。倚杖柴门外，临风听暮蝉③。渡头馀落日，墟里上孤烟④。复值接舆醉⑤，狂歌五柳前⑥。

【注释】

① 寒山：指秋山，秋天气候转凉，故称。苍翠：青绿色。

② 潺湲（chán yuán）：流水声。

③ 暮蝉：指寒蝉，蝉的一种，据说可以叫到深秋。《礼记·月令》："孟秋之月……寒蝉鸣。"

④ 渡头二句：渡头，渡口。墟里，村落。陶渊明《归田园居五首》之一："暧暧远人村，依依墟里烟。"这里将陶诗二句紧缩成一句，与"渡头馀落日"相对，构图更为鲜明。二句又与前录《使至塞上》"大漠孤烟直，长河落日圆"构图形式相类，而格调迥异，可见王维写景之善于变化。

⑤ 接舆：春秋时楚国隐士陆通，字接舆，佯狂避世，这里借指裴迪。

⑥ 五柳：指陶渊明。详见王维《老将行》注。这里王维借以自指。

【评】 以"柴门"为定点，摄取眼中所见农村景物，随意点染，涉笔成趣，构成一幅清淡的水墨画。篇终以"接舆狂歌"作结，给寂静的画面带来了动感和生气。

汉江临泛

楚塞三湘接，荆门九派通①。江流天地外，山色有无中②。郡邑浮前浦③，波澜动远空。襄阳好风日，留醉与山翁④。

【注释】

① 楚塞二句：是"三湘接楚塞，九派通荆门"的倒文，言三湘之水到楚塞与汉水相连，九派之水在荆门与汉水相通。险要之地曰塞。楚塞，犹言楚地。三湘，湘水的总称（湘水合沅水称沅湘，合潇水称潇湘，合蒸

水称蒸湘)。荆门,长江南岸山名,在今湖北宜都县西北。九派,指长江。古代传说,大禹治水,凿荆门,通九派。

② 江流二句:江流望不到尽头,故曰“天地外”;山色若隐若现,故曰“有无中”。

③ 郡邑句:言波澜远与天连,郡邑好像浮在水面上。浦,水边之地。

④ 襄阳二句:意谓愿和山翁一样,留醉在襄阳风景佳处。山翁,指晋朝的山简。他性好饮酒,为征南将军镇守襄阳时,常在习氏园池(襄阳名胜之地。见前杜审言《登襄阳城》注④)游赏,每置酒尽醉,名其池为高阳池。襄阳,在汉水北岸,即今湖北襄樊市。与,共。

【评】 陈子昂《渡荆门望楚》云:“巴国山川尽,荆门烟雾开。”李白《渡荆门送别》云:“山随平野尽,江入大荒流。”此诗云:“江流天地外,山色有无中。”三诗均写荆门山水,意境均极宏阔,而子昂于宏阔中见雄劲,太白于宏阔中见豪逸,摩诘于宏阔中见淡远。风格即人,于此可见一斑。

过香积寺

香积寺,故址在今陕西省西安市南子午谷正北。本篇《文苑英华》作王昌龄诗,不知何据。就诗的风格言,不相类似,当系流传之误。香积,原意为佛教所说的众香世界,《维摩诘经·香积品》:“有国名众香,佛号香积,其国香气,比于十方诸佛世界人天之香最为第一。”此取为寺名。

不知香积寺,数里入云峰。古木无人径,深山何处钟①。泉声咽危石,日色冷青松②。薄暮空潭曲,安禅制毒龙③。

【注释】

① 古木二句：意谓进入子午谷数里后，在古木丛林、人迹罕到的深山里，忽然传来了钟声，才知道那儿有个寺庙，就是香积寺。“何处”和起句的“不知”相呼应。

② 泉声二句：写香积寺四周所见所闻之声色。松林深密幽暗，太阳照射在上面，泛出一层冷冷的青光，故曰“冷青松”。

③ 安禅句：意谓悟得禅理，身心安然进入清寂宁静之境。释道世《法苑珠林》：“西方山中有池，毒龙居之。昔五百商人止宿池侧，龙怒，泛杀商人。槃陀王学婆门咒，就池咒龙，龙悔过向王，王乃舍之。”这里以毒龙象征妄念。制毒龙，谓降伏妄念。

冬晚对雪忆胡居士家

胡居士，名不详。只知他家境清寒，信奉佛教，住处距王维不远。《王右丞集》中有《胡居士卧病遗米因赠》、《与胡居士皆病寄此诗兼示学人》等诗。佛教称在家修道的为居士。居，一作“处”。

寒更传晓箭，清镜览衰颜①。隔牖风惊竹，开门雪满山。洒空深巷静，积素广庭闲。借问袁安舍，翛然尚闭关②？

【注释】

① 寒更二句：谓寒更报晓时，对镜自伤岁月蹉跎。箭是古代计时的工具，上面刻有时刻的度数，把它安装在漏壶之中，漏水不断下滴，箭上

时刻的度数依次显露出来,依据这时刻报更。

② 借问二句:袁安字劭公,东汉汝阳人。他住在洛阳,家境贫困。一次,大雪深丈馀,穷人多出外乞食,他独闭门僵卧。洛阳令出去巡查,见袁安门为雪所封,无有行路,疑其已死,扫雪而入。问他,他说:"大雪人皆饿,不宜干人。"令听了很钦佩,举为孝廉(见《汝南先贤传》)。这里借袁安卧雪的典故,由雪引出胡居士,以之相比拟,同时也是表达自身安贫乐道的信念,与首二句相呼应。

【评】 开头两句写山居静寂,微寓感慨;中二联是千古传诵的咏雪名句,其妙处不仅在笔意超脱,不粘滞于物象描写,还在于以"惊""满""静""闲"等词显示了作者思绪的发展变化。尾联怀人之情,就是从这里酝酿出来的。

山居秋暝

空山新雨后,天气晚来秋。明月松间照,清泉石上流。竹喧归浣女①,莲动下渔舟②。随意春芳歇,王孙自可留③。

【注释】

① 竹喧句:谓竹林中传出一阵欢呼,知是浣衣女子归来。

② 莲动句:谓溪水荷花动荡,知有渔舟沿水下行。

③ 随意二句:《楚辞》淮南小山《招隐士》:"王孙兮归来,山中兮不可以久留。"这里反用其意。是说春天的芳华虽歇,秋景也佳,王孙自可留在山中。《楚辞・九章・悲回风》:"芳已歇而不比。"歇,消散。

【评】 首联“新”“秋”二字是全诗的纲。颔联“明月”“清泉”勾勒出一幅富于美感的月下秋山图。在这幅空明澄澈的自然图景中,又点染了与之谐调的人物形象;而妙在并不从正面着笔,却从“竹喧”“莲动”中听出、看出。这样的诗,真可说是“有声的画”了。一结情趣盎然,饶有馀韵。

终 南 山

终南山即秦岭,又名中南山或南山。山脉西起今甘肃天水县,东至今河南陕县。

太乙近天都①,连山到海隅②。白云回望合,青霭入看无③。分野中峰变④,阴晴众壑殊。欲投人处宿,隔水问樵夫⑤。

【注释】

① 太乙:在长安(今西安市)南,是终南山的主峰,也是终南山的别名。太乙和终南可互用。近天都:犹言高与天连。天都,天帝所居之处。

② 连山句:极言终南山之广。海隅,海边。

③ 白云二句:意谓远眺终南山峰,四望白云缭绕,青雾茫茫;逼近一看,云雾都不见了。回望合,四望如一。入看,即逼近看之意。这两句意在通过远近观山的不同感受,勾勒出终南山的高峻和雄伟。这种有层次的笔触和青白两种色彩的强烈对比,充分显示“诗中有画”的特色。

④ 分野句:意谓仅太乙主峰一山,已属于不同的分野,这就突出了终南山区的大。分野,古天文学名词。古人将天上星宿和地上区域联系起来,把地上某一区域划在某一星空的范围之内,称分野。

⑤ 欲投二句：人与樵夫隔水可见、可问，而不可知宿处，不可知途径，足见山水萦回，山区广阔、深邃。王夫之《薑斋诗话》卷下谓读这二句“则山之辽廓荒远可知”。

【评】 诗从主峰太乙起笔，总揽全山，以下移步换景，从各个方面写出终南山磅礴雄伟的气象。末联拈出“问樵夫”作结，化实为虚，遂使全诗意境空灵，阔大而不流于肤廓。

奉和圣制从蓬莱向兴庆阁道中留春雨中春望之作应制

这是一首应制诗。圣制，皇帝所作。蓬莱，宫名。因宫后有蓬莱池，故名，又称大明宫。兴庆，宫名。在长安城东南角，又称南内。原为隆庆坊，是玄宗为皇子时旧宅，玄宗即位后，置为兴庆宫（因玄宗名隆基，故改隆庆为兴庆）。自大明宫东夹罗城阁道可达曲江。阁道，即复道，高楼间架空的通道。留春，犹言赏春。留，留连的意思。应制，应皇帝之命而作。制，皇帝的命令。

渭水自萦秦塞曲，黄山旧绕汉宫斜①。銮舆迥出千门柳②，阁道回看上苑花③。云里帝城双凤阙④，雨中春树万人家。为乘阳气行时令，不是宸游玩物华⑤。

【注释】

① 渭水二句：意谓长安是秦、汉故都，山环水绕，据形胜之地，风景优美。渭水，即渭河，源出甘肃渭源县鸟鼠山，东流横贯陕西中部，至潼关流入黄河。秦塞，犹言秦地。古称秦地为“四塞之国”。黄山，一名黄麓

山,在陕西兴平县北。汉时有黄山宫。

② 銮舆句:意谓銮舆从垂柳夹道的重门中出宫。銮舆,皇帝的车驾。迥出,远出。千门,指重重宫门。《史记·封禅书》:"作建章宫,度为千门万户。"

③ 上苑:泛指皇家园林。

④ 双凤阙:宫门前的望楼叫阙。汉建章宫有凤阙。《三辅黄图·建章宫》:"古歌云'长安城西有双阙,上有双铜雀,一鸣五谷生'。按:铜雀即铜凤凰也。"

⑤ 为乘二句:意谓皇帝是为了顺应春天阳和之气出宫巡视,而不是玩赏美景。时令,适应季节的政令。《礼记·月令》说:"季春之月……生气方盛,阳气发泄。……天子布德行惠,命有司发仓廪,赐贫穷,振乏绝。"行时令,意即指此。皇帝出游称宸游。

【评】 应制诗讲究高华典雅,一般作者往往镂金错彩,求之于音调色泽之间,因之最易流为肤廓板滞。此诗却能于气象宏阔中寓流动之感,理致深曲中得自然之妙。诗的前六句写景,"渭水""黄山"是远景,"云里帝城""雨中春树"是近景,中间用"銮舆迥出""阁道回看"流水对的句式作为枢纽,把两者连接起来而又分割成为两个部分,这样就使得全诗脉络舒通而章法富于变化。诗中没有刻意歌功颂德,但从景物描绘中,使读者形象地感受到大唐盛世长安城的雄伟庄严,社会生活的和平安定。结尾处微露规讽之意,也很得体;这在同类作品中,是不多见的。

春日与裴迪过新昌里访吕逸人不遇

《长安志》卷九:"朱雀街东第五街从北第八为新昌坊,即新昌里也。”吕逸人，名不详。逸人，犹言高人，隐士。

桃源四面绝风尘[①]，柳市南头访隐沦[②]。到门不敢题凡鸟，看竹何须问主人[③]？城外青山如屋里，东家流水入西邻。闭户著书多岁月，种松皆作老龙鳞[④]。

【注释】

① 桃源：即桃花源，注见前《桃源行》，这里用以比拟吕逸人的住处。绝风尘：与尘世隔绝。四面，一作“一向”。

② 柳市南头：指新昌里。柳市，长安地名。见《汉书·游侠传》。隐沦：隐逸。

③ 到门二句：写访吕未遇的心情。三国时，魏吕安访嵇康未遇，康兄嵇喜出迎，吕安于门上题“鳳”字而去（见《世说新语·简傲》）。“鳳”字拆写即成“凡鸟”，原意为嘲讽嵇喜。上句说“不敢题凡鸟”，则表示对吕逸人的敬仰。王维与裴迪访吕未遇，吕家自然有人出来接待他们。下句意谓虽然主人不在，而这里竹木深幽，也使人流连忘返。晋王徽之闻吴中某家有好竹，驱车直造其门，观赏良久而去（见《晋书·王羲之传》）。

④ 闭户二句：意谓吕逸人闭户著书，从其手种松树，就可见出他隐居时间之久。松树老则干皮皴裂，状如老龙鳞甲，故云。

【评】　前半篇访隐不遇，“看竹”句一笔荡开，丢下隐士，转入隐居景物的描写；结尾处却又拈出青松干老这一带有特征性的景物，仍然回到隐士。使读者想象高风逸韵，如见其人。诗境幽邃清深，气体宽闲舒缓，措注之妙，纯任自然，而波澜起伏，意态不穷。苏轼以“清且敦”评王维诗（见《王维吴道子画》），当于此等处领悟。

送方尊师归嵩山

方尊师,名不详。尊师,是道士的通称。嵩山,在今河南省登封县。

仙官欲住九龙潭[①],旄节朱旛倚石龛[②]。山压天中半天上,洞穿江底出江南[③]。瀑布松杉常带雨[④],夕阳彩翠忽成岚。借问迎来双白鹤,已曾衡岳送苏耽[⑤]?

【注释】

① 仙官:有职位的神仙,这里作为对道士的尊称。九龙潭:在登封县东二十五里嵩山东峰太室山上。

② 旄节、朱旛(fān):都是道士所用的法物。旄,一作“毛”。石龛(kān):石塔。

③ 山压二句:上句言山势之高,下句言潭水之深。《登封县志》:“九龙潭在太室东岩之半山巅,众水咸归于此,盖一大峡也。峡作九叠,每叠结为一潭,递相灌输,水色洞黑,其深无际。”江,泛指水流。

④ 瀑布句:瀑布飞流溅沫,山中松杉常被淋湿,故云。

⑤ 借问二句:以苏耽比方尊师,以衡岳影嵩山,意谓白鹤将送他前往仙境。赵殿成曰:“《水经注》、《洞仙传》所载苏耽事,皆无‘衡岳’、‘白鹤’之说,惟葛洪《神仙传》有苏仙公,所载事迹略同,当是一人也。其传有云:先生洒扫门庭,修饬墙宇。友人曰:有何邀迎?答曰:仙侣当降。俄顷之间,乃见天西北隅紫气氤氲,有数十白鹤飞翔其中,翩翩然降于苏氏之门,皆化为少年,仪形端美,如十八九岁,怡然轻举。先生敛容逢迎。乃跪白母曰:某受命当仙,被召有期,仪卫已至,当违色养。即便拜辞云云。岂即此事耶?”(《王右丞集笺注》卷一〇)

积雨辋川作

辋川,在今陕西省蓝田县西南终南山下,王维有别业在此。参见前《辋川闲居赠裴秀才迪》题下注。

积雨空林烟火迟①,蒸藜炊黍饷东菑②。漠漠水田飞白鹭,阴阴夏木啭黄鹂③。山中习静观朝槿,松下清斋折露葵④。野老与人争席罢,海鸥何事更相疑⑤?

【注释】

① 积雨句:烟火,指下句"蒸藜炊黍"的炊烟。因为积雨,空气潮湿,炊烟缓缓上升,故曰迟。

② 藜:藿一类的野菜。一年生草本植物,初夏开花,新叶及嫩苗可食。黍:粮食的一种(详见前孟浩然《过故人庄》注①)。饷东菑(zī):送饭到东边田里去。送食物叫饷。《尔雅·释地》:"田一岁曰菑。"

③ 漠漠二句:相传李嘉祐诗有"水田飞白鹭,夏木啭黄鹂"二语,李肇《唐国史补》认为是王维窃取别人的文章佳句。叶少蕴《石林诗话》卷上说:"诗下双字极难,须使七言、五言之间,除去五字、三字外,精神兴致全见于两言,方为工妙。……此两句好处全在'漠漠''阴阴'四字。此乃摩诘为嘉祐点化以自见其妙。"

④ 山中二句:上句言心情旷远,下句写饮食芳鲜。观,有观照、参悟之意。用佛经用语。朝槿(jǐn),即木槿。夏间开花,朝开暮落。观朝槿,是说从槿花的开落,悟到世事无常。李颀《别梁锽》:"莫言富贵长可托,木槿朝看暮还落。"取义与此略同。露葵,带露的葵菜。葵,有秋葵、冬葵、春葵等,均可食。《诗经·豳风·七月》:"七月亨(烹)葵及菽。"

⑤ 野老二句:《列子·黄帝篇》:"杨朱南之沛,至梁而遇老子。老子曰:'而(尔)睢睢,而(尔)盱盱,而(尔)谁与居?大白若辱,大德若不足。'杨朱蹵然变容曰:'敬闻命矣。'其往也,舍者迎将家,公执席,妻执巾栉,舍者避席,炀者避灶。其反也,舍者与之争席矣。"又云:"海上之人有好沤(鸥)者,每旦之海上,从沤(鸥)鸟游。沤鸟之至者百住而不止。其父曰:'吾闻沤鸟皆从汝游,汝取来,吾玩之。'明日至海上,沤鸟舞而不下也。"上句用争席事,下句用海鸥事,是说这里民风淳朴,不拘礼节,全无机心。言外之意,可长隐于此。

【评】 这诗描绘辋川景物,抒写静中情趣,意境极为澹雅幽寂。王维把辋川别业作为官场的退路。在这里,他可以暂时忘却宦海的风波险恶和城市的扰攘浮嚣,故诗中赞美山中民风的淳朴,流露出厌倦风尘之意。这正是他"晚年长斋,不衣文彩"生活与心情的写照。

鸟 鸣 涧

这是《皇甫岳云溪杂题》五首之一。皇甫岳,未详何人。《云溪杂题》当是他的原唱,这是王维的和作。

人闲桂花落,夜静春山空①。月出惊山鸟,时鸣春涧中②。

【注释】

① 人闲二句:按桂花有春花、秋花之分。《尸子》:"春华秋英曰桂。"杨慎《升庵诗话》引《尸子》文证王维此诗,且曰:"秋花者乃木犀,岩桂耳。"

这里是写春桂。

② 月出二句：写皓月初升，银光惊起栖宿的山鸟在幽谷中续续啼鸣。涧，山沟。

【评】 此诗写一种极静极幽的境界，却采用以动形静、以有声形无声的辩证手法。桂花殒落，是一种动态，但在深山静夜里，却别有一层空寂的意味；鸟鸣是有声，而在万籁俱寂中听来，反显出四周的阒静空旷。这道理前代诗人早已明白，（刘）宋王籍《若耶溪》诗有句云："蝉噪林逾静，鸟鸣山更幽。"后来王安石偏要说"一鸟不鸣山更幽"，就是不懂这个道理。

这诗表现了佛教所说的"必求静于诸动，故虽动而常静"（僧肇《物不迁论》），亦即万物本体归于空静的寂灭思想。胡应麟曰："太白五言绝是天仙口语，右丞却入禅宗。"就是指这类小诗而言的。

鹿　　柴

这诗和下面选的《木兰柴》是《辋川集》二十首中的两首。《辋川集》是王维描写辋川别业附近景物小诗的单行诗卷。原有序云："余别业在辋川山谷，其游止有：孟城坳、华子冈、文杏馆、斤竹岭、鹿柴、茱萸沜、宫槐陌、临湖亭、南垞、欹湖、柳浪、栾家濑、金屑泉、白石滩、北垞、竹里馆、辛夷坞、漆园、椒园等。与裴迪闲暇各赋绝句云尔。"柴（zhài）就是栅。行军时在野扎营，立木为区落，叫柴。别墅有篱落的也叫柴。

空山不见人，但闻人语响。返景入深林①，复照青苔上。

【注释】

① 返景:《初学记》引《纂要》:“日光曰景,……日西落,光反照于东,谓之反景,景在上曰反景,在下曰倒景。”

【评】 此诗所表现的思想与上一首相同,而艺术上更有独到之处。人迹不至处生青苔,茂密的林莽间,斜光一束,穿枝度叶,投射到一片青苔之上,也许百千年来,无数个黄昏,这里都日复一日地重现着同一的幽景。于是这空山中那若隐若现的人声显得倍加空荡。这样就于以声显静中表达了时空无尽而终归于空的思想。

木 兰 柴

木兰柴,《陕西通志》卷七三引《小辋川记》:“聚远楼之东,有庑,庑南有楼台,绕以朱栏,植玉兰环之,题曰木兰柴。”

秋山敛馀照,飞鸟逐前侣。彩翠时分明,夕岚无处所①。

【注释】

① 彩翠二句:夕阳将落,馀晖欲敛,山中岚光明灭不定,故曰“时分明”。岚(lán),山中云气。无处所,犹言无定处。

【评】 这诗所写,即陶潜《饮酒》“山气日夕佳,飞鸟相与还”之意,但它却像一幅着色的小画,把瞬间即逝的日落时的山中景色形象地描绘出来了。王维兼融陶、谢之长,在陶之淡远中参以谢之秀丽,而避免了谢诗的冗累。这诗正是一个例证。

息 夫 人

息夫人,春秋时息国国君的夫人。姓妫,一称息妫。息是小国,在今河南息县境内,南与楚邻。息夫人以美丽著名。楚文王为了她的缘故,灭掉息国,把她掳回。息夫人在楚宫生了两个儿子,但始终没有和楚王说过一句话。楚王感到非常奇怪,有次问她,她回答道:“吾一妇人,而事二夫,纵不能死,其又奚言?”(见《左传》庄公十四年)题一作《息妫怨》。

莫以今时宠,宁忘旧日恩①?看花满眼泪②,不共楚王言。

【注释】

① 宁:一作“能”,哪能的意思。

② 看花句:有双重涵义:一是以“看花”影射繁华锦绣的生活。意谓她虽处于这种生活中,但心情不是欢愉而是悲苦。二是因息夫人又称桃花夫人,用“看花”,词意更为贴切。眼,一作“目”。清人马位《秋窗随笔》:“最喜王摩诘‘看花满眼泪,不共楚王言’、李太白‘但见泪痕湿’不知心恨谁’及张祜‘一声何满子,双泪落君前’;又李峤‘山川满目泪沾衣’得言外之旨,诸人用‘泪’字,莫及也。”

【评】 歌咏历史题材,在唐人诗中经常可以见到,但王维此诗,据说是有所寄托的。孟棨《本事诗》载:唐玄宗兄宁王李宪,贵盛无比,已有王府美姬数十人,还不满足,又霸占了邻近一卖饼人的妻子。过了一年多,宁王问这女子:“汝复忆饼师否?”她默然不对。一次,王府举行宴会,宁王把饼师找来,让他夫妻会面,观察他们的表情。这女子注视着自己的丈夫，凄楚无言，泪垂双颊。座客十多人中有王维在，他当场就写成了这首诗。诗对处于强暴势力下无法挣脱魔掌的弱女子蕴藏在内心的哀怨，描写得颇为深刻。息夫人的身分和这饼师的妻子不同，但作为一个被迫害和被侮辱者，则她们所表现的那种沉默的反抗，是相类似的。由于息夫人的故事流传广泛，故作者借以示讽。

相 思

红豆生南国[①]，春来发几枝？愿君多采撷[②]，此物最相思。

【注释】

① 红豆：草本而木质的豆科植物。开白色或淡红色小花，果实为荚，种子大如豌豆，色鲜红如珊瑚，有的有黑色斑点，也有全红的，可作饰物之用。一名相思子。

② 采撷(xié)：犹言采取。捋取叫撷。《诗经·周南·芣苢》："采采芣苢，薄言撷之。"

【评】 这是一首寄给南方友人的诗。诗因红豆寄兴，珍惜友情，表示长毋相忘之意。刘拜山曰："问红豆，是表己之相思；劝采撷，是愿人之毋忘。一问一劝，托物抒情，言近意远，是右丞五绝独造之境。"(《唐人绝句评注》)

少　年　行(四首选一)

《少年行》,乐府诗题,即《结客少年场行》。《乐府诗集》卷六六《杂曲歌辞》以《少年行》附入《结客少年场行》之后,引《乐府解题》曰:"《结客少年场行》,言轻生重义,慷慨以立功名也。"

一身能擘两雕弧①,虏骑千重只似无②。偏坐金鞍调白羽③,纷纷射杀五单于④。

【注释】

① 一身句:言少年勇力技艺过人,能左右开弓。擘(pì),拉开。一作"臂",误。弧(hū),木弓。《汉书·韩安国传》颜师古注:"(弓)以木曰弧。"

② 虏骑:胡人的马队。骑,作名词,读去声。重,一作"群"。

③ 偏坐:应上"两雕弧"句,谓其能侧身偏坐马上,忽左忽右发射,极写矫捷。调白羽:调箭发射。白羽,白羽箭,箭杆上插有白色羽翎。

④ 五单于(chán yú):汉宣帝时,匈奴虚闾权渠单于死,内部分裂,五单于争立,此借指敌方首领。

九月九日忆山东兄弟

这诗据说是王维十七岁时所作。山东,泛指华山以东地区,王维故乡太原在华山东,故云。题一作《九日忆东山兄弟》。

独在异乡为异客,每逢佳节倍思亲。遥知兄弟登高处，遍插茱萸少一人①。

【注释】

① 遥知二句：茱萸，一名越椒，有浓烈香味的植物。《风土记》：茱萸"九月九日熟，色赤，可采时也。"又曰："九月九日……折茱萸房以插头，言避除恶气，而御初寒也。"又《续齐谐记》："汝南桓景随费长房游学累年，长房谓之曰：'九月九日汝家当有灾厄，急宜去，令家人各作绛囊盛茱萸以系臂。登高饮菊花酒，此祸可消。'"景如其言而避祸。"今世人每至九日登山饮菊酒，妇人带茱萸囊是也。"唐时殆合二事为一，九日登高而插茱萸，屡见诗人吟咏。少一人，回扣首句"独"字。

【评】 千里外设想节日亲人状况，则愈见其思亲之倍切，客居之孤独。这诗千百年来之所以脍炙人口，正因为它表现了人人心中所有的典型环境中的典型情绪。韦应物《寒食寄京师诸弟》与此诗意境略同，而微加蕴藉。可对读。

送元二使安西

这是一首送人赴边地从军的诗，后因谱入乐府，取首句二字题作《渭城曲》（见郭茂倩《乐府诗集》卷八〇"近代曲辞"）。刘禹锡《与歌者何戡》诗云："旧人惟有何戡在，更与殷勤唱《渭城》。"即指此。又名《阳关曲》或《阳关三叠》。白居易《晚春欲携酒寻沈四著作》诗云："最忆《阳关》唱，珍珠一串歌。"自注："沈有讴者，善唱'西出阳关无故人'词。"李商隐《赠歌妓》诗也有"断肠声里唱《阳关》"之句，苏东坡更有《阳关辞》三首……可见此诗入乐以后成为社会上普遍流行的歌辞，而由唐入宋更多为人仿作。元二，未详何人。

安西，即安西都护府的治所，在今新疆维吾尔自治区库斯县境。

渭城朝雨裛轻尘，客舍青青柳色新①。劝君更饮一杯酒，西出阳关无故人②。

【注释】

① 渭城二句：点明送别地点、节令，暗含惜别之意。按《诗·小雅·采薇》："昔我往矣，杨柳依依。"以融和之景，反衬离别之悲。这首诗暗用此意。又，柳谐"留"音，古人折柳赠别，以示离情。何焯曰："首句藏行尘，次句藏折柳，两面皆画出，妙不露骨。"(《三体唐诗评》)渭城，地名，见前《观猎》注②。裛(yì)，濡湿。

② 劝君二句：阳关，汉置关名，在今甘肃敦煌县西南，自古与玉门关同为出塞必经之地。因在玉门关南，故称阳关(参见《元和郡县图志》卷四〇)。此用"西出阳关"有数重意，安西更在阳关之西，出阳关则隐示元二去向，此一层意；阳关以西，一片荒漠，王之涣诗有"春风不渡玉门关"(《凉州词》)之句，说"西出阳关"则与上联之渭城柳色相映照，此又一层意；出阳关已无故人，则愈行愈远，到了安西，就更加岑寂。有此三层意，临行劝酒之情，就更为深挚了。

【评】　李东阳曰："作词不可以意徇辞，而须以辞达意；辞能达意，可歌咏则可以传。王摩诘'阳关无故人'之句，盛唐以前所未道。此辞一出，一时传诵不足，至为三叠歌之；后之咏别者，千言万语，殆不能出其意之外。必如是，方可谓之达耳。"(《麓堂诗话》)

送沈子福归江东

沈子福，生平事迹不可考。江东，泛指长江下游今江苏省南部地带,唐开元中,分江南道置江南东道,简称江东。

杨柳渡头行客稀,罟师荡桨向临圻[①]。惟有相思似春色,江南江北送君归。

【注释】

① 杨柳二句:写送别后渡头寂寥景象。行客渐稀,渔舟靠岸,天色快晚了。罟师,拉网的渔人。临圻(qí),近水曲岸。

【评】 乐府古辞《饮马长城窟行》:"青青河畔草,绵绵思远道。"此祖其意而不袭其辞。前二句景中见情,后二句情中生景,中间用"惟有"二字连接,使情景融成一片,烘染无痕,尤见谋篇之妙。韦庄《古别离》以"断肠春色"抒酒后离情,就是从这诗脱化出来的。

储光羲（五首）

储光羲（707—760），润州延陵（今江苏丹阳）人。《河岳英灵集》等称其为鲁国（或兖州）人，乃就郡望而言。开元十四年（726）进士。曾隐居终南山，后出任监察御史。安禄山攻陷长安，署伪职。乱平，贬死岭南。

储光羲是盛唐时著名的田园山水诗人之一。其诗多写封建士大夫的闲适情趣。部分作品反映了忧时念乱的苦闷矛盾心情。在艺术风格上，能寓缜密的观察于浑厚的气韵之中，在王、孟之外，独树一帜。《四库全书总目提要》说他："源出陶潜，质朴之中，有古雅之味。位置于王维、孟浩然间，殆无愧色。"（集部别集类二）。贺贻孙《诗筏》说："储于拙中藏秀，王于秀中藏拙；储于厚中有细，王于细中有厚；储于远中含淡，而王于淡中含远。"此论光羲与王维诗风异同颇为中肯。读者细味下选各诗，当可自明。

有《储光羲诗》。

牧童词

不言牧田远，不道牧陂深[①]；所念牛驯扰[②]，不乱牧童心。圆笠覆我顶，长蓑披我襟。方将忧暑雨，亦似惧寒阴[③]。大牛隐层坂，小牛穿近林。同类相鼓舞，触物成讴吟[④]。取乐须臾间，宁问声与音[⑤]？

【注释】

① 不言二句：上句和下句为互文。牧田、牧陂，都是指放牛的草地。山边或泽畔叫做陂。

② 念：爱、怜。扰：也是驯的意思。

③ 方将二句：意谓牧童披蓑带笠，既用以御暑雨，也用以御寒阴。

④ 同类二句：上句写牛，下句写人。牛群互相追逐，故云“相鼓舞”。讴吟，指牧童所唱的山歌。

⑤ 取乐二句：意谓牧童自得其乐，信口歌唱，不一定能成腔调。《礼记·乐记》：“声相应，故生变，变成方谓之音。”《诗大序》：“声成文，谓之音。”

【评】 以民歌化的质朴语言，写出了牧童与耕牛真率的情感和放牧生活的情趣。“暑雨”“寒阴”，放牧本是艰苦的。然而牛儿似乎懂得牧童的辛劳，非常“驯扰”，牧童也不辞“田远”“陂深”，把牛放在最合适的地方。上半篇写人，写牛，说苦，说怜，错杂见意；下半篇牛欢人歌，融成一片，尤见自然浑成之妙。惟末二句以道家思想作结，游离于形象之外，不能说不是败笔。

田家杂兴(八首选三)

这诗是储光羲隐居终南时所作。触物寄兴,即事成吟,杂写田园情景,故题作《田家杂兴》。

其　一(原第二首)

众人耻贫贱,相与尚膏腴[①]。我情既浩荡,所乐在畋渔[②]。山泽时晦暝,归家暂闲居[③]。满园植葵藿,绕屋树桑榆。禽雀知我闲,翔集依我庐。所愿在优游,州县莫相呼[④]。日与南山老[⑤],兀然倾一壶[⑥]。

【注释】

① 尚膏腴:追求奢侈的生活享受。

② 畋渔:打猎和捕鱼。指田园生活。

③ 山泽二句:以山泽晦暝影射时局混乱黑暗,有"天地闭,贤人隐"的意思。

④ 所愿二句:意谓自己乐于优游林泉,并无入仕之意。按:唐代士人仕宦失意,多隐居终南山。因终南邻近长安,易于流播声名,为朝廷所征召。司马承祯曾说终南是"仕宦之捷径"(见《新唐书·卢藏用传》)。朝廷起用山林隐逸,在野人才,多半出于州县官的荐举;其征召的诏命,则例由州县官送达。州县相呼,意即指此。

⑤ 南山老:终南山中的隐士。

⑥ 兀然:得意忘形貌。刘伶《酒德颂》:"兀然而醉,豁然而醒。"此用上句,而暗含下句意。

其　二(原第六首)

楚山有高士，梁国有遗老[①]。筑室既相邻，同田复同道[②]。糗糒常共饭[③]，儿孙每更抱[④]。忘此耕耨劳[⑤]，愧彼风雨好[⑥]。蟪蛄鸣空泽，鶗鴂伤秋草。日夕寒风来，衣裳苦不早[⑦]。

【注释】

① 楚山二句：上句的楚山高士，作者自称。储光羲延陵人，延陵古楚国地。下句的梁国遗老，当是指一位籍贯梁地(今河南开封一带)和储光羲一同隐居终南山的人。高士和遗老，是泛称隐士之词。

② 同田句：言同耕种，同出入。意谓旨趣相同。道，道路。

③ 糗(qiǔ)糒(bèi)：干粮。

④ 更抱：犹言互抱。更，读平声。

⑤ 耕耨(nòu)劳：泛指田间劳动。耨，耘草。

⑥ 愧：有感的意思。风雨好：指处于乱世中彼此间的友情。《诗经·郑风·风雨》："风雨凄凄，鸡鸣喈喈。既见君子，云胡不夷。"

⑦ 蟪蛄四句：言春夏已过，秋冬将临，要早作御寒的准备。《楚辞》屈原《离骚》："恐鹈鴂之先鸣兮，使夫百草为之不芳。"按：古诗中经常用秋冬的寒冷，影射时局的昏乱。《诗经·邶风·北风》："北风其凉，雨雪其雱。"此云"寒风来"，也寓有变乱将临的意思。蟪(huì)蛄(gū)，蝉的一种，秋季鸣声凄急。鶗(tí)鴂(jué)，同鹈鴂，即子规鸟。

其　三(原第七首)

梧桐荫我门，薜荔网我屋[①]。超超两夫妇[②]，朝出暮还宿。稼穑既自务，牛羊还自牧。懒耕锄日旰[③]，登高望川陆。空山足禽兽，墟落多乔木。白马谁家儿，联翩相驰逐[4]。

【注释】

① 薜(bì)荔(lì)：桑科植物。网屋：像网一样密密地蔓生在屋四周的墙上。《楚辞·九歌·湘夫人》"罔薜荔兮为帷"为此句所本，含高洁之意。

② 超超：远隔尘俗貌。一作"迢迢"。

③ 日旰(gàn)：日晚。

④ 白马二句：写登览时所见，借以寄意。感慨于都市少年奔竞驰逐，纵情游乐之中，不及乡村食力务农，悠然自得。

【评】 储光羲仕途失意，退隐山林，心情是复杂而苦闷的。在这些诗里，一方面自鸣清高，强调消极避世的思想；但另一方面对当时政局的昏乱黑暗，都市的奢靡浮嚣，有所忧虑和不满，对农村勤劳生活，也有着一定程度的向往。其抒情亲切简质，与陶潜《归园田居》五首格调尤近，其耐人寻味处，非王、孟所能范围。

效　古(二首选一)

晨登凉风台，暮走邯郸道[1]。曜灵何赫烈[2]，四野无青草。大军北集燕，天子西居镐[3]。妇人役州县，丁壮事征讨[4]。老幼相别离，哭泣无昏早。稼穑既殄灭[5]，川泽复枯槁。旷哉远此忧，冥冥商山皓[6]。

【注释】

① 晨登二句：言离开长安，走上通向邯郸的大路。《三辅黄图》："凉风

台,在长安故城西建章宫北。"邯(hán)郸(dān),故城在今河北邯郸县。

② 曜灵:太阳。赫烈:赤红而炽热。

③ 大军二句:意谓安禄山身兼范阳、卢龙、河东三镇节度使,雄踞北边,叛乱之势已成,而远在长安的皇帝却毫无戒备。燕,指以范阳(今北京市)为中心的安禄山所控制的地区。镐(hào),镐京,在今陕西西安市西南,是西周故都,这里借指当时的首都长安。

④ 妇人二句:因为丁壮远征,所以妇女也得在当地州县服劳役。

⑤ 殄(tiǎn)灭:犹言绝灭。

⑥ 旷哉二句:意谓除了深山隐士而外,谁都不能无视于这种现实而不为之心忧。冥冥,深暗貌。秦末,东园公、角里先生、绮里季、夏黄公四人隐居商山,称"商山四皓"。

【评】 以忧深思远的心情,关注着正在急剧发展中的现实。诗中所反映的安史之乱前夕黄河流域遭受旱灾和在繁重徭役下农村残破、人民生活痛苦的情况,可和杜甫同一时期所作《兵车行》、《后出塞》(献凯日继踵)等诗合读。

常　建（一首）

常建（生卒年不详），长安（今陕西西安市）人。开元十五年（727）进士。仕宦失意，往来山水间，过着长时期的漫游生活。后移家隐居鄂渚。大历中，曾任盱眙尉。

他仕途沉沦，不但交游中无达官贵人，即文字唱酬，除王昌龄外，也无知名之士。其诗有浓厚的山林隐逸气，艺术上有独到之处。善于用幽深的笔意，表现孤介的情怀。胡应麟云："储光羲闲婉真至，农家者流，……常建语极幽玄，读之使人泠然如出尘表。"此论二家特点甚明。殷璠曾说："建诗似初发通庄，却寻野径，百里之外，方归大道。所以其旨远，其兴僻。佳句辄来，惟论意表。"更道出常诗的总体特色。过去多以之与孟浩然、王维、储光羲并称，惟内容较王、储二家更为狭隘。

有《常建诗》，共五十七首。

题破山寺后禅院

这诗描绘寺院清景，一向传为名作。其中“曲径”一联，尤为欧阳修所叹赏。破山寺即兴福寺，在今江苏常熟市虞山上。寺原为南齐倪德光住宅，倪后皈依佛教，遂舍宅为寺。

清晨入古寺，初日照高林。曲径通幽处①，禅房花木深。山光悦鸟性，潭影空人心②。万籁此俱寂③，但馀钟磬音。

【注释】

① 曲径：一作“竹径”，一作“一径”。

② 潭影句：意谓潭水空明澄澈，临潭照影，使人俗念消除。后人遂名此潭为空心潭。

③ 万籁(lài)：一切声响。凡能发出声响的孔窍叫籁。俱：读平声。一作“都”。

【评】 清人吴景旭《历代诗话》称此诗为“尽善”。评曰：“劈头劈脑喝出‘清晨’两字，次句云‘初日照高林’，接得有力。竹与花木，皆从‘高林’带出，而映之以‘初日’，虽欲不幽且深，不可得也。此际声闻、色象，种种销灭，惟有一寺，与入寺者同摄入光影中。佛性、人性、鸟性，无动不静，无静不一，故结言‘万籁此俱寂’。昔人所以美旦气、快朝来也。自首至尾，总是‘清晨’两字，安得不为一篇尽善。”此论本诗艺术性甚精细。然而所称道的佛性，今天须正确看待。

刘昚虚（一首）

刘昚虚（生卒年不详），字挺卿，江东（今长江下游江苏南部地带）人，一说嵩山人。八岁能文，拜童子郎。开元十一年（723）进士，官洛阳尉及夏县令。大约死于天宝初年。

他深于经史之学，于五经均有著述。诗多幽峭之趣，风格近似孟浩然、常建。和孟浩然交谊甚深，并为高适所推重。

《全唐诗》录存其诗一卷。

阙 题

这诗写深山里一个风景绝佳的清幽环境，这可能是刘昚虚自己的别业，也可能是他友人读书之处。原诗在辑录时已失去题目，故标作《阙题》。

道由白云尽①，春与青溪长②。时有落花至，远随流水香。开门向山路，深柳读书堂。幽映每白日，清辉照衣裳③。

【注释】

① 道由句：山高入云，山路没入白云深处。按：第五句说，“开门(一作“闲门”)向山路”，故首联从门外所见之景写起。

② 春与句：是下联的提示。春，谓春意，指门前流水飘来远处的落花。

③ 幽映二句：意谓由于深柳掩映，每当白日里，太阳照在衣裳上发出清冷的幽光。

【评】 这诗境界特幽深清远，颇得力于全诗的布局。诗中描写的中心是作者身在的读书堂。凡手写来，多从这一中心点起笔，再扩展开去；或者首联略作渲染，次联即入中心。然而刘氏则将这一中心位置于第三联。前二联先写入云山径，送春青溪，加以“尽”字“长”字，遂开出一种延伸特远、情韵特长的“景深”，然后再以“开门向山路”一句带转，勾出读书堂这中心点，末联“幽映”接上句“深柳”，又以清辉照衣一笔荡开，则馀意更复无穷。

祖　咏（二首）

祖咏（生卒年不详），洛阳（今河南洛阳市）人。开元十二年（724）进士。际遇困顿。后移家汝水附近，终身未入仕。他和王维的交谊最深，王赠诗有云："结交二十载，不得一日展。贫病子既深，契阔余不浅。"（《赠祖三咏》）殷璠《河岳英灵集》评其诗曰："剪刻省净，用思尤苦，气虽不高，格颇凌俗。"

《全唐诗》录存其诗一卷。

望　蓟　门

这诗抒写远望蓟门时立功报国的激动心情。蓟门,即蓟丘,现名土城关,在今北京市德胜门外,是当时东北边防要地。清人方东树疑此诗为预感安禄山即将叛乱而作。玩全诗意脉,非是。参注释。

燕台一望客心惊①,箫鼓喧喧汉将营。万里寒光生积雪,三边曙色动危旌②。沙场烽火侵胡月,海畔云山拥蓟城③。少小虽非投笔吏,论功还欲请长缨④。

【注释】

① 燕台:即传说中战国时燕昭王所筑的黄金台。客心惊:虽客居而犹怵目惊心。惊,有惊怵激动之意。惊字突兀,是一诗之眼,下文俱由此生发。

② 万里二句:写望中所见之景。上句言万里积雪映出一片寒光,下句言边境上驻防军的大旗在曙色中飘动着。汉代以幽、并、凉三州为三边,蓟门为幽州首府,是三边之一。危旌,竖得很高,望去非常特出的大旗。吴乔《围炉诗话》卷一认为上句的"生"和下句的"动","能使诗意跃出,是造句之妙,非琢炼之妙也。"

③ 沙场二句:上句写东北边患未平,下句说蓟城地当险冲,合言之则同陈子昂《感遇》诗所说"胡秦何密迩"之意。蓟城,唐蓟州州治,在渤海之西,即今河北省蓟县。按:以上二联就"客心惊"之惊怵一面着墨。第二联虚写气氛之肃杀,第三联实状形势之危急。

④ 少小二句:投笔用后汉班超事。请长缨,用前汉终军事(见前魏徵《述怀》注④)。最后二句就"客心惊"之激奋一面落笔,由惊怵而激奋,意

谓少年虽未投笔从戎,却怀请缨壮志。从而收束全诗,回扣首联"汉将营"。

终南望残雪

这诗据说是祖咏应试时所作。本来应该按照规格写成一首五言八韵的律体,但他作了这四句就交卷。有人问他,他说:意思已经完满了(见《唐诗纪事》卷二〇)。终南,长安附近山名。详见前王维《终南山》题下注。题一作《终南望馀雪作》。

终南阴岭秀①,积雪浮云端。林表明霁色,城中增暮寒②。

【注释】

① 终南句:山的北面称为阴。终南山的主峰在长安之南,所以从长安城里看到的是终南阴岭的秀色。

② 林表二句:言终南山树林上的残雪在阳光照耀下闪映出一片晴明的景色。雪后天气分外寒冷,尤其是傍晚时候。这是长安城人在雪后所看到和所感觉到的,故云。

丘　为（一首）

丘为，嘉兴（今浙江嘉兴附近）人。天宝元年（742）进士，历官至太子右庶子。

他大约生于武后长安（701—704）初年，一直到德宗李适贞元（785—805）年间还在世，活了九十六岁。但他在诗坛上活动，主要是开元、天宝时代。这一时期的诗人如王维、刘长卿都和他唱和往还。

《全唐诗》录存其诗十三首。

题农父庐舍

这诗写春天的农村，是以作者的家乡嘉兴为背景的。父，对老年人的尊称，读上声。

春风何时至？已绿湖上山[①]。湖上春既早，农家日不闲。沟塍流水处，耒耜平芜间[②]。薄暮饭牛罢[③]，归来还闭关。

【注释】

① 春风二句：意谓春风在人们不知不觉中，已把湖边山上的草木吹绿了。何时二字，点出作者惊喜的心情。湖，指嘉兴的南湖，一名鸳鸯湖。按：宋王安石的名句："春风又绿江南岸，明月何时照我还。"（《泊船瓜洲》）据洪迈《容斋续笔》载，曾经见到手稿，反覆改易，最后才定为"绿"字。后人谈诗中炼字，多举以为例。这里的"绿"字用法，与王诗完全相同，王可能是受到这诗的启发。

② 沟塍二句：写农事劳动，承上句"日不闲"。塍（chéng），田界。沟塍，田间的水沟。耒耜（sì），锄地的农具。这里的"沟塍"和"耒耜"都作动词用。芜，草地。平芜，犹言平原。

③ 饭牛：喂牛。

王昌龄（十一首）

王昌龄（698—757?），字少伯，长安（今陕西西安市）人，一说太原人。开元十五年（727）进士，授汜水尉。二十八年（740）又中博学宏词科，官校书郎，出为江宁令。晚年贬龙标尉。安史乱后，弃官居江夏，为刺史闾丘晓所杀。后世称为王江宁或王龙标。

他擅长五言古诗和五七言绝句，就中以七言绝句成就为最高。微婉多风，而又句奇格俊，雄浑自然。明代王世贞论盛唐七绝，认为只有他可以和李白争胜，列为“神品”（见《艺苑卮言》卷四）。叶燮称“李俊爽，王含蓄”（《原诗》）。沈德潜谓王“深情幽怨，意旨微茫，令人测之无端，玩之无尽”；李“只眼前景，口头语，而有弦外音，使人神远”（《唐诗别裁集》），则论二人偏胜处甚确。

现存诗近二百首，《全唐诗》编为四卷，其中绝句约占二分之一。

塞 下 曲（四首选一）

这诗歌颂在边地艰苦环境中保卫祖国的战士，抒发少年立功边陲的壮志。结语转写都市少年的游乐生活，以两种游侠少年尚武的不同趋向相对比，揭出主题，寓意颇深。《塞下曲》，乐府诗题，一作《塞上曲》（见前郭震《塞上》题下注）。

蝉鸣空桑林①，八月萧关道②。出塞复入塞③，处处黄芦草。从来幽并客，皆向沙场老④。莫学游侠儿⑤，矜夸紫骝好⑥。

【注释】

① 空桑林：一作“桑树间”。

② 萧关：在今甘肃固原县西南。

③ 出塞复入塞：一作“出塞入塞寒”。

④ 从来二句：意谓从古以来幽并健儿的武勇精神，都表现在战场上。幽、并，古二州名，在今山西北部及河北一带地。幽、并地处边陲，有传统的习尚武勇的风气，经常抵抗外来侵略。曹植《白马篇》“借问谁家子，幽并游侠儿。少小去乡邑，扬声沙漠垂。……捐躯赴国难，视死忽如归。”

⑤ 莫学：犹言不学。游侠儿：此指另一种游侠儿，都市游侠少年。儿，读作倪。

⑥ 矜夸句：意谓考究服饰和装备，而不能为国家出力。古乐府诗题有《紫骝马》，歌辞多描写游侠少年鞍马的名贵，意气的跋扈。紫骝，紫红色的骏马。

从　军　行(七首选四)

这组诗前二首写出征将士久戍边地的思归之情；后二首写他们扫净边尘，以身许国的壮志。《从军行》，乐府旧题(见前杨炯《从军行》题下注)。

其　一(原第一首)

烽火城西百尺楼[①]，黄昏独坐海风秋[②]。更吹羌笛《关山月》[③]，无那金闺万里愁[④]。

【注释】

① 百尺楼：即置烽火的戍楼。

② 独坐：一作"独上"。海风秋：从青海吹来了一阵阵带着秋意的寒风。

③ 羌笛：一作"横笛"。《关山月》：乐府《鼓角横吹曲》十五曲之一。歌辞内容多写征戍离别之情。

④ 无那句：谓因笛声而触动乡思。无那，同"无奈"，无可奈何的意思。一作"谁解"。金闺，这里指住在华美闺房里的少妇。

【评】 此诗作法，七盘九折，弥转弥深，所以感人至深。烽火戍楼本已孤清，又在象征着萧瑟之感的西方，置身于虚空相接的高处。第一句已含三层意。时间又在最易动人愁思的黄昏，且又独自一人，更面对瀚海砭骨的秋风。第二句又是三层意。"更吹"二字总上数层意，又引出哀愁欲绝的《关山月》笛声，则又加一层意，于是最终逼出第四句"无那金闺万里愁"的喟然长叹，至此揭出愁思之因。陆时雍《诗镜》评曰："昌龄作绝句，往往襞积其意，故觉其情之深长。”此论甚是。

其　二(原第二首)

琵琶起舞换新声①,总是关山离别情②。缭乱边愁听不尽③,高高秋月照长城。

【注释】

① 换新声:另弹新的曲调。

② 离:一作“旧”。

③ 听:一作“弹”。

【评】 “换新声”本为拨愁,“总是”则依然拨不开,故曰“缭乱边愁听不尽”。于是只有独至长城,仰望秋月,末句一派无聊之情。无声之悲,胜于有声。嵇康《声无哀乐论》云:“和声无象,而哀心有主。夫以有主之哀心,因乎无象之和声,其所觉悟,唯哀而已。”本诗正是这一美学原理的形象说明。

其　三(原第四首)

青海长云暗雪山①,孤城遥望玉门关②。黄沙百战穿金甲,不斩楼兰终不还③!

【注释】

① 青海句:谓向前极目,天山一色,云雪迷漫。下句是回望故乡。青海,在今青海西宁市西。古名鲜水或仙海,一称卑禾羌海。北魏时始名青海。唐哥舒翰筑城其地,置神威军戍守。

② 玉门关：汉置关名，在今甘肃敦煌县。汉时是中国和西域分界的关隘。《汉书·西域传》："(西域)东则接汉，扼以玉门、阳关。"阳关为南道，玉门为北道(《元和郡县图志·陇右道》)。

③ 斩楼兰：楼兰，汉西域国名。汉武帝时，遣使通大宛，楼兰阻挡道路，攻击汉朝使臣。昭帝元凤四年(前77)，大将军霍光派平乐监傅介子前往楼兰，用计斩其王。事见《汉书·傅介子传》。这里借用典故，意指平息边患。斩，一作"破"。终，一作"竟"。

【评】 关于这诗的主题，人说人异。唐汝询称："苦战久矣，然不破楼兰，终无还期。"沈德潜曰："作豪语看亦可，然作归期无日看，倍有味。"黄叔灿说是"悲从军之多苦，……愤激之词也"。其实这诗的感情是复杂的。有久戍的悲苦，更有卫边的慷慨。而雪山长云、海天无际中的独立雄关，正形象地表达了这种复杂的感慨。所以还是李梦阳说得最好："语亦悲壮。"

其　四(原第五首)

大漠风尘日色昏，红旗半卷出辕门①。前军夜战洮河北②，已报生擒吐谷浑③。

【注释】

① 辕门：即军门。古代行军，列车为阵，车辕相向如门，故称。

② 洮(táo)河：一名巴尔西河。发源于今甘肃临潭县西北之西倾山，东北流至临县，注入黄河。

③ 吐谷浑：读作突浴魂。木鲜卑族，其酋长名吐谷浑，晋永嘉中率部建国于洮水西南。唐初时常侵扰边疆，被李靖击破。此借指敌方首领。

【评】 这是一首奏捷凯歌。全诗并没有对夜战与祝捷的情景作正面描写，然而从漫天昏尘中一角行进的红旗，从“已报”生擒敌酋中，读者自可对唐军的声威作出丰富的想象。风格含蓄而又劲健，节奏明快有跳跃性。明人周珽评曰：“（末句）谓大寇既擒，馀不足论矣。横逸之气、壮烈之志合并出之。”（《唐诗选脉会通》）

出　　塞（二首选一）

《出塞》是乐府《横吹曲》旧题。唐人乐府中除《出塞》外，还有《前出塞》、《后出塞》、《塞上曲》、《塞下曲》等题，都是从这一曲调演变出来的。

秦时明月汉时关，万里长征人未还①。但使龙城飞将在②，不教胡马度阴山③。

【注释】

① 秦时二句：意谓自秦、汉以来，边疆一直在无休止地进行战争。关塞荒凉，征人辛苦。秦和汉，明月和关，错举见义。长征，唐代戍边部队叫“长征健儿”。

② 龙城飞将：指抗击敌寇、扬威边地的名将。《汉书·武帝纪》：“元光五年（前130），匈奴入上谷，杀略吏民。遣车骑将军（卫）青出上谷。……青至龙城，获首虏七百级。”又李广为右北平太守，匈奴称为“汉之飞将军”（见《史记·李将军列传》）。这里说“飞将”而冠以“龙城”，是把两个典故化合用在一起。

③ 教：读平声。阴山：西起河套，绵亘于内蒙古自治区，与内兴安岭相接。汉时，匈奴常自此出动，侵犯边疆。

【评】 以追怀汉代名将而暗讽唐世边将不得其人，是唐人边塞诗中惯用的手法。而此诗则尤为人推崇，甚至誉为唐人七绝“压卷之作”(李攀龙)。

这是为什么呢？原因在于起句特佳。秦月汉关不仅孤高肃穆，更将人一下带入对往古的漫长忆念。加上二句的万里长征，遂造成“时亹亹而无穷，路漫漫其修远”的悲壮境界笼罩了全诗，这样三四的感喟就尤其深重了。

西宫春怨

西宫夜静百花香，欲卷珠帘春恨长。斜倚云和深见月①，朦胧树色隐昭阳②。

【注释】

① 倚：一作“抱”。云和：指瑟。《周礼·春官·大司乐》：“云和之琴瑟。”云和是琴瑟出产之地(一说是山)。

② 昭阳：指皇帝住宿的宫殿。参见下一首注。

【评】 王尧衢评此诗云：“君王不来故夜静。唯静，故闻帘外百花之香而撩动人思也。为花香月色所动，故欲卷帘。然欲卷者，为心动而未卷也。以春恨方长，故无力卷帘；帘不成卷，乃抱云和之瑟。抱而不弹，故斜抱，而深见帘外之月，无非是愁境也。以月在帘外，故曰深见。昭阳宫，赵昭仪得宠者所居也。今从帘内望月，似有朦胧树色隐着昭阳。只因心中想着昭阳，故所见无非昭阳也。”(《唐诗解》)

长信秋词(五首选一)

这诗《乐府诗集》编入《相和歌·楚调曲》,题作《长信怨》。长信,汉宫殿名。汉成帝时,班婕妤(宫嫔的称号)美秀能文,受到成帝宠爱。后来,成帝又爱上了赵飞燕和赵合德。她感到赵氏姊妹骄妒毒辣,自己处境危险,请求到长信宫去奉侍太后。从此,她就在凄清寂寞的岁月里度过了一生(见《乐府解题》)。乐府诗中的《班婕妤》、《婕妤怨》、《长信怨》都是借上述历史题材的歌咏,表现封建帝王宠爱之不足恃,宫妃们精神生活的痛苦。

奉帚平明金殿开①,暂将团扇共徘徊②。玉颜不及寒鸦色,犹带昭阳日影来③。

【注释】

① 奉帚:捧着扫帚,意指打扫宫殿。

② 暂将句:乐府《相和歌·楚调曲》中《怨歌行》一首,一名《团扇诗》,相传是班婕妤所作。诗云:"新裂齐纨素,鲜洁如霜雪。裁为合欢扇,团团似明月。出入君怀袖,动摇微风发。常恐秋节至,凉飚夺炎热;弃捐箧笥中,恩情中道绝。"通篇为比体,以秋扇见捐,喻君恩中断。这里说团扇,是暗用其意。将,拿起。徘徊,原作"裴回",字同。暂,一作"且"。

③ 玉颜二句:沈德潜注:"昭阳宫,赵昭仪(即赵合德)所居,宫在东方。寒鸦带东方日影而来,见己之不如鸦也。优柔婉丽,含蕴无穷,使人一唱而三叹。"(《唐诗别裁》卷一九)按:古人常以日喻君,日影象征君王的恩宠。

青　楼　曲

青楼，妇女所居华美的楼。曹植《美女篇》："青楼临大道，高门结重关。"

白马金鞍从武皇，旌旗十万宿长杨①。楼头小妇鸣筝坐②，遥见飞尘入建章③。

【注释】

① 白马二句：意谓随从皇帝出去打猎，住宿在长杨宫里。从，"扈从"之"从"，读去声。武皇，即汉武帝。唐人诗中多以武皇借指玄宗。长杨，秦离宫名。汉武帝时重加修建，内有射熊馆，其地在长安之西，周至东南三十里（见《三辅黄图》）。扬雄有《长杨赋》。

② 小妇：义同少妇。乐府《长安有狭斜行》："小妇无所为，挟瑟上高堂。"

③ 飞尘句：谓猎罢还宫。建章，汉宫名。

【评】 这是一首描写闺情的诗，可和下面一首《闺怨》相参看。诗中少妇，独坐调筝，有寂寞之感；而夫婿贵盛，又有矜夸之意。诗从对面着笔，结以"遥见"显之，便觉点染生色。王夫之曾举以为"善于取影"的例子（见《诗绎》）。

闺　　怨

闺中少妇不知愁①，春日凝妆上翠楼②。忽见陌头杨柳色[3],悔教夫婿觅封侯[4]。

【注释】

① 不知愁:一作"不曾愁"。

② 凝妆:犹言严妆,意指十分注意地打扮起来。

③ 忽见句:春天杨柳发青,正是欢乐的季节,看见柳色,就会意识到生活的孤单,触动离别之愁。故下句云云。古代风俗,折柳赠别(见《三辅黄图》卷六),因柳谐"留"音,寓有留恋之意。陌头,犹言大路上。

④ 觅封侯:指从军。古人多从边疆立下军功,以取得封侯的爵赏。

【评】 上诗用对面着笔法,此诗则用反跌法。通过"不知"、"忽见"、"悔教"诸词,一句一曲折,最后才反跌出主题,便觉情致缠绵,加倍沉痛。黄生评曰"感时恨别,诗人之作多矣,此却以'不知愁'三字翻出。后二句语境一新,情思婉折。闺情之作,此为第一。"(《唐诗摘抄》)

芙蓉楼送辛渐(二首选一)

芙蓉楼,在唐润州(今江苏镇江市)城西北,筑于吴初。晋王恭为刺史时改创(《元和郡县图志》卷二六)。辛渐是王昌龄的好友。

寒雨连江夜入吴,平明送客楚山孤[1]。洛阳亲友如相问,一片冰心在玉壶[2]。

【注释】

① 寒雨二句:夜间王昌龄在芙蓉楼为辛渐饯别,第二天早晨辛溯江西

上，北赴洛阳。上句写饯别时的情景，下句写别后的寂寞心情。寒雨连江，言蒙蒙细雨，弥漫着整个江面。润州古为吴国地。按：夜入吴的“入”，写微雨渐渐到来，与杜甫《春夜喜雨》（见后选）中“随风潜入夜”的“入”字法相同。吴、楚两地相接，客去之后，极目西望，只能看到遥远的楚地山影，给人以孤独之感，故云“楚山孤”。吴，一作“湖”。

② 洛阳二句：洛阳点出辛渐此行目的地。则诗思随风帆由吴经楚而向洛阳。情中寓事，故诗脉于绵延不绝中又见层次。按：《河岳英灵集》卷中说王昌龄“晚节不矜细行，谤议沸腾”。此盖因送别而自明心迹。鲍照《白头吟》：“清如玉壶冰。”下句化用其语。

王之涣（二首）

王之涣（688—742），字季凌，原籍晋阳（今山西太原市），迁居为绛郡（今山西新绛）人。开元初，做过冀州衡水县主簿，被人诬陷，去官。过了十五年的漫游生活，踪迹遍黄河南北。后因家贫，补文安县尉，死在文安①。

他是盛唐时代重要诗人之一，与高适、王昌龄等人相唱和，传说中有“旗亭画壁”的故事。靳能说他“歌《从军》，吟《出塞》，……传乎乐章，布在人口。”可见诗名之盛。惜作品多已散佚，《全唐诗》仅录存六首。

① 关于王之涣的年里和生平事迹，各书记载均甚简略，且多错误。此据靳能所撰《唐故文安郡文安县尉太原王府君墓志铭》。

登鹳雀楼

鹳雀楼在蒲州(今山西永济县)城上。楼有三层,面对中条山,下临黄河,为登临胜地。鹳(guàn),鹤一类的水鸟。

白日依山尽,黄河入海流。欲穷千里目,更上一层楼。

【评】 历来评家论此诗,都赞叹其宏阔而富于哲理,然而仅有这点还不足以成为上乘之作。这诗更可贵的是,这种胸襟与哲理的表现是与诗歌表现的艺术特征完美地结合在一起的。诗的首二句写楼周围的景物,第四句是写登楼之人,而将这物与人连接在一起的是第三句。"欲穷千里目",诗人的目光追随着依山夕照辉映下的滚滚黄水远去,于是自然产生了更上一层楼的迫切愿望。于是河海天地,都来入我胸怀,诗的宏阔高远就显得富有生命力了。唐诗雄浑,光雄不浑不足以成为好诗,就是这个道理。

凉 州 词(二首选一)

《凉州词》,乐府诗题。见前王翰《凉州词》题下注。本篇《乐府诗集》编入《横吹曲词》,题作《出塞》。关于这诗,过去曾有一轶事流传。薛用弱《集异记》载:开元中,诗人王昌龄、高适、王之涣齐名,三人共诣旗亭饮酒。座中有伶人十数会讌。三人订约说:"我辈各擅诗名,今观诸伶讴,若诗入歌辞多者为优。”一伶唱“寒雨连江夜入吴”,昌龄引手画壁曰:“一绝句。”接着一伶唱“开箧泪沾臆”,高适引手画壁曰:“一绝句。”接着又一伶唱“奉帚平明金殿开”,昌龄又画壁曰:“二绝句。”之涣指诸妓中梳着双鬟的最美的一人说:“此子所唱,如非我诗,终身不敢与争衡矣。”须臾,双鬟发声,果然是“黄河远上白云间”。三人大笑,竟醉尽日。这事虽不一定可靠,但它说明了这诗在唐代就已是脍炙人口的名篇;后人甚至评为唐人绝句压卷之作。

黄河远上白云间[①],一片孤城万仞山。羌笛何须怨杨柳?春风不度玉门关[②]。

【注释】

① 黄河远上:一作“黄沙直上”。

② 羌笛二句:写边地景物的荒寒。李白《塞下曲》:“五月天山雪,无花只有寒。笛中闻折柳,春色未曾看。”与此同意。乐府《横吹曲》有《折杨柳》。怨杨柳,语意双关,说曲调哀怨,兼指杨柳尚未发青。又张敬忠《边词》:“五原春色旧来迟,二月垂杨未挂丝。”此云“春风不度”说得更为斩钉截铁,诗意也就更怨。又杨慎《升庵诗话》卷二认为“春风不度玉门关”,是说“君恩不及于边塞”。此可备一说。玉门关,见前王昌龄《从军行》第三首注②。

李　颀（四首）

李颀（生卒年不详），赵郡（今河北赵县）人，寄籍颍川（今河南许昌市）。唐玄宗开元二十三年（735）进士。官新乡尉。长期未得升迁。后弃官归隐。

他和王维、王昌龄、高适等人相友善，是盛唐重要诗人之一。其诗内容和体裁都很广泛。由于仕宦失意，有消极遁世思想。殷璠说他"发调既清，修辞亦秀；杂歌咸善，玄理最长。"（见《河岳英灵集》）其实李诗也不乏激昂慷慨之音；其中部分优秀作品，风格秀丽而又雄浑。七言歌行及律诗，尤为后世所推重。

《全唐诗》录存其诗三卷。

古从军行

这首诗大概写于天宝年间，是讽刺唐玄宗对吐蕃长期用兵的作品，可和下面选的杜甫《兵车行》相参看。《从军行》为乐府《相和歌·平调曲》旧题，内容叙写军旅之情。此诗借歌咏汉武帝开边西域的史实，以寓今情，故题作《古从军行》。

白日登山望烽火①，黄昏饮马傍交河②。行人刁斗风沙暗③，公主琵琶幽怨多④。野云万里无城郭⑤，雨雪纷纷连大漠。胡雁哀鸣夜夜飞，胡儿眼泪双双落。闻道玉门犹被遮⑥，应将性命逐轻车⑦。年年战骨埋荒外，空见蒲桃入汉家⑧。

【注释】

① 望烽火：瞭望边警。

② 交河：在今新疆维吾尔自治区吐鲁番县。因河水分流绕城下，故名（见《汉书·西域传》）。

③ 刁斗：军中巡更用的铜器。形似锅，白天作炊具。

④ 公主句：言边地荒凉，使人愁惨。《宋书·乐志》引傅玄《琵琶赋》："汉遣乌孙公主嫁昆弥，念其行道思慕，故使工人裁筝筑，为马上之乐。欲从方俗语，故名曰琵琶，取其易传于外国也。"按：汉武帝时，以江都王刘建女细君遣嫁乌孙（西域国名），称乌孙公主。

⑤ 云：一作"营"。

⑥ 闻道句：汉武帝命李广利攻大宛（西域国名），期至贰师城取良马，号之为贰师将军。作战经年，死伤过多。广利上书请班师回国，徐图再举。武帝大怒，发使遮玉门关，曰："军有敢入，斩之！"（见《汉书·李广

利传》)遮,拦阻。玉门关,在今甘肃敦煌县。按:“玉门犹被遮”,即杜甫《兵车行》所云“武皇开边意未已”之意。

⑦ 逐轻车:随着将军作战。轻车,古战车一种,汉武帝时有轻车将军李蔡,此借用。

⑧ 年年二句:意谓汉朝开边政策的结果,牺牲了大量的士兵,换来的只不过是蒲桃移植到中国而已。荒,穷边极远之地。蒲桃是西域特产,汉武帝时采其种归,遍种于离宫四周(见《汉书·西域传》)。

【评】 “闻道”以下四句,本可直接“幽怨多”,而中间插入“野云”四句,便觉意境开阔浩淼,笔法纵横顿挫。末二句总收而揭出诗旨,则“幽怨多”有几何,更在言语之外。

别　梁　锽

这首送别诗,主要不是抒写临歧惜别的离思,而是通过作者对梁锽遭遇的同情,着重地为这一人物写照。诗一开始就突出梁锽穷途落拓、雄迈不群的气概,然后层层深入地加以刻画、渲染,使得这一人物的形象和他的内心世界浮雕似地跃然纸上,鲜明而又生动。李颀有不少富有特色的人物素描诗,这是其中之一。梁锽天宝中人,曾官执戟,馀不详。

梁生倜傥心不羁①,途穷气盖长安儿。回头转眄似雕鹗②,有志飞鸣人岂知③!虽云四十无禄位,曾与大军掌书记④。抗辞请刃诛部曲⑤,作色论兵犯二帅⑥。一言不合龙额侯⑦,击剑拂衣从此弃⑧。朝朝饮酒黄公垆⑨,脱帽露顶争叫呼[10]。庭中犊鼻昔尝挂[11],怀里琅玕今在无[12]?时人见子多落魄[13],共笑狂歌非远图。忽然遣跃紫骝马,还是昂藏一丈夫[14]。洛阳城头晓霜白,层冰峨峨满川泽[15]。但闻行路吟新诗[16],不叹举家无担石[17]。莫言贫贱长可欺,覆篑成山当有时[18];莫言富贵长可托,木槿朝看暮还落[19]。不见古时塞上翁,倚伏由来任天作[20]?去去沧波勿复陈,五湖三江愁杀人[21]。

【注释】

① 倜(tì)傥(tǎng):爽朗,开阔,就是不羁的意思。不羁:不受拘束。用绳络马头叫羁。

② 雕鹗:均为善搏击的猛禽。色浅黑而大的叫雕,鹗形似鹰而色土黄。按:以猛禽喻人,取其不与凡鸟为群之义。《楚辞·离骚》:"鸷鸟之不群兮,自前世而固然。"

③ 飞鸣:指惊人的表现。《史记·滑稽列传》:"此鸟不飞则已,一飞冲天;不鸣则已,一鸣惊人。"以上四句总写梁锽途穷而气格"昂藏"。

④ 掌书记:唐代节度使及军帅的幕府中均设有掌书记一人,主管军中文书。这一职务,可由军帅指派人员担任,非朝廷命官。梁锽为大军掌书记事不可考,从上句所云"无禄位",知他是以布衣的身分参加幕府的。

⑤ 抗辞:抗直地向主帅陈辞。请刃:请求给予执行军令的生杀之权。诛部曲:意指对违令不驯者绳以军法。古大将军营有五部,部下有曲(见《后汉书·百官志》)。后通称部下为部曲。

⑥ 作色:变色。指意气激昂。

⑦ 龙额侯:借指当时军帅。汉韩说以校尉击匈奴,封龙额(一作頟)侯。

⑧ 击剑:以击剑表达激情。鲍照《拟行路难》之六:"拔剑击柱长叹息。"拂衣:表示决绝。弃:弃之而去。《宋书·王弘之传》:"拂衣归耕。"

⑨ 黄公垆:即黄公酒垆。晋王戎常与嵇康、阮籍饮酒于此。见《晋书·

王戎传》。这里借作酒家的通称。《世说新语·伤逝》刘孝标注引韦昭《汉书注》:“垆,酒肆也。以土为堕,四边高,似垆也。”

⑩ 脱帽句:言醉后放浪形骸,不拘礼法。

⑪ 庭中句:言生活贫困。《世说新语·任诞》:“阮仲容步兵居道南,诸阮居道北。北阮富,南阮贫。七月七日,北阮盛晒衣,皆纱罗锦绮。仲容以竿挂大布犊鼻裈于中庭。人或怪之,答曰:‘未能免俗,聊复尔耳。’”犊鼻裈,操作时所用,相当于后来所说的围裙。

⑫ 怀里句:琅玕,一种似珠的宝石。《老子》第七十章:“知我者希,则我者贵,是以圣人被褐怀玉。”语本此。

⑬ 落魄:不得意貌。《汉书·郦食其传》注:“落魄,失业无次也。”

⑭ 昂藏:气度出群貌。以上三韵十四句分三个层次写梁锽的出处行藏,是首四句的具体化。本句是全诗关锁处。

⑮ 峨峨:高峻貌。形容冰块积累堆叠。

⑯ 但闻句:梁锽是诗人,现存诗十五首,见《全唐诗》卷二〇二。

⑰ 举家无担石:言略无粮食的储存。《后汉书·明帝纪》:“生者无担石之储。”百斤为担,十斗为石。举家,全家。

⑱ 覆篑(kuì)句:把一篑一篑的土覆在地上,不断堆积,定有成山之时,比喻贫士也会有得志的一天。《尚书·旅獒》:“为山九仞,功亏一篑。”这里化用其意。篑,盛土的竹器。

⑲ 木槿:锦葵科植物。花生在短柄上,有红、紫、白等色,朝开暮萎。

⑳ 不见二句:《淮南子·人间训》:“近塞上之人有善术者,马无故亡而入胡。人皆吊之。其父曰:‘此何遽不为福乎?’居数月,其马将胡骏马而归。人皆贺之。其父曰:‘此何遽不能为祸乎?’家富良马,其子好骑,堕而折其髀。人皆吊之。其父曰:‘此何遽不为福乎?’居一年,胡人大入塞,丁壮者引弦而战,近塞之人,死者十九。此独以跛之故,父子相保。故福之为祸,祸之为福,化不可极。”《老子》:“福兮祸之所倚,祸兮福之所伏。”

㉑ 去去二句:意谓梁锽去到东南方,五湖三江的烟波,总不免引起客子飘零之感。勿复陈,不用再说。五湖、三江,过去有各种不同的说法,

这里都是指今长江下游一带的江湖。《周礼·夏官·职方氏》:“东南曰扬州……其川三江,其浸五湖。”以上十二句送别。

【评】 李颀的七言歌行与王维、高适、岑参齐名。代表着唐人七言歌行发展史中的一个过渡阶段,而其中李颀、岑参尤可瞩目。如果把本诗与上诗同前面所选的王勃《采莲曲》、卢照邻《长安古意》等对照起来读一下,就会感到,这两首诗的句格更恣肆,风格更跌宕,因而气势也更雄放。即以本诗论,题为送别,但直至全诗三分之二后才点题。前此则先总后分,曲折纵横以写梁锽之性格、遭遇,而归结到“还是昂藏一丈夫”,然后作一大跳跃切入送别之意。而送别则仍从“昂藏一丈夫”着墨展开,故笔势似断复续,“昂藏”二字贯注于盘旋跳跃之中。

胡应麟《诗薮》云:“唐七言歌行,垂拱四子,词极藻艳,然未脱梁陈也。张、李、沈、宋,稍汰浮华,渐趋平直,唐体肇矣,然而未畅也。高、岑、王、李,音节鲜明,情致委折,浓纤修短,得衷合度,畅乎,然而未大也。太白、少陵大而化矣,能事毕矣……。”这段话很确切地阐述了李颀、岑参等在唐七言歌行发展史上的地位。

送 刘 昱

刘昱(yù),生平事迹不详。

八月寒苇花,秋江浪头白。北风吹五两[1],谁是浔阳客[2]?鸬鹚山头新雨晴[3],扬州郭里暮潮生[4]。行人夜宿金陵渚[5],试听沙边有雁声[6]。

【注释】

① 五两：占风向的旗上的羽毛，又名綄(huán)。《文选》郭璞《江赋》："觇五两之动静。"李善注："《兵书》曰：'凡候风法，以鸡羽重八两，建五丈旗，取羽系其巅，立军营中。'许慎《淮南子》注曰：'綄，候风也。楚人谓之五两也。'"

② 谁是句：意谓刘昱将溯江而上，远客浔阳。唐江州浔阳郡治浔阳，在今江西九江市。下文的"鸬鹚山""扬州郭""金陵渚"都是刘途中经历之地。

③ 鸬(lú)鹚(cí)山：皎然《买药歌送杨山人》："夜惊潮没鸬鹚堰，朝看日出芙蓉楼。摇荡春风帆影乱，片云无数是扬州。"据此可知鸬鹚山与芙蓉楼相连，距扬州(今江苏省市名)不远。按：芙蓉楼故址在旧镇江(今江苏镇江市)府城上西北角。

④ 扬州句：李绅《入扬州郭序》："潮水旧通扬州郭内。大历以后，潮信不通。"

⑤ 金陵渚：金陵(今江苏南京市)江边的洲渚。

⑥ 试听句：唐汝询曰："雁集必有俦侣，故离别者兴思焉。"(《唐诗解》卷一七)

【评】 这诗写离情别绪，纯从季节景物、环境气氛着笔，结尾处，微微点出题意，愈含蓄，愈见情韵之美。

送魏万之京

魏万又名颢。上元(674—676)初进士。其家住王屋山(今山西阳城县西南)，自号王屋山人。李白有《送王屋山人魏万还王屋》诗。

朝闻游子唱离歌，昨夜微霜初渡河[①]。鸿雁不堪愁里听，云山况是客中过[②]。关城树色催寒近，御苑砧声向晚多[③]。莫见长安行乐处，空令岁月易蹉跎[④]。

【注释】

① 朝闻二句：魏万家住王屋山，在黄河北岸。他此次赴长安，是在一个微霜下降的夜晚渡过黄河的。当他独唱离歌向西进发时，第二天早晨偶然与李颀途中相遇，故云。

② 鸿雁二句：写客中送客之感。过读平声。

③ 关城二句：设想魏万行近长安，已是深秋时节。关，指潼关。树色枯黄，使人感到寒凉的秋意，故曰“催寒”。御苑，宫禁里的庭苑。这里借以泛指长安城。砧声，捣衣声（见前沈佺期《独不见》注③）。向晚，傍晚。砧声繁多，容易引起思乡之感，故云。树，一作“曙”。

④ 莫见二句：勉励魏及时努力，不要沉溺在都会欢娱的生活里，虚度年华。令，读平声。蹉（cuō）跎（tuó），失时的意思。

【评】 魏万渡河在前，朝歌在后，然李颀却先写闻歌，再补出夜渡事。这不仅是因为客中相遇，先闻歌，再询知前此之事。更重要的是这样写既使起句高壮，突出魏万形象，又从二句“微霜”进入三、四之“鸿雁”、“云山”，景物浑然一片，情韵尤长，气格尤高。

崔　颢（六首）

崔颢（？—754），汴州（今河南开封市）人。开元十一年（723）进士。天宝中，官尚书司勋员外郎。

他以才名著称，早年好饮酒赌博，行为轻薄，为诗情致浮艳，为时论所不满。后游览山川，从军东北边塞，风格转为雄浑豪宕。殷璠说他“晚节忽变常体，风骨凛然”（《河岳英灵集》卷中）。

《全唐诗》录存其诗一卷。

雁门胡人歌

这诗描写当地带有特征性的景物和生活情调。诗的风调为短篇歌行,而体制则是七言律诗,与下选《黄鹤楼》及杜甫的《阆水歌》同例。雁门,县名,即今山西代县。唐代州治雁门,是北边之地,胡汉杂居。

高山代郡东接燕①,雁门胡人家近边。解放胡鹰逐塞鸟,能将代马猎秋田②。山头野火寒多烧③,雨里孤峰湿作烟④。闻道辽西无斗战⑤,时时醉向酒家眠。

【注释】

① 高山句:言代郡有勾注山矗立,其地东与燕相连。勾注山,在雁门县。晋咸宁元年《勾注碑》:"盖北方之险,有卢龙、飞胡、勾注为之首。"代郡,即代州。

② 解放二句:说胡人善于打猎,放鹰驰马的技术很熟练。解,善于。

③ 山头句:打猎经常在秋冬季节里进行。猎前,往往将山上枯黄的草木烧掉,使鸟兽无法隐藏。烧,读去声。

④ 雨:一作"雾"。

⑤ 辽西:指辽河以西今河北省东北部一带。当时是东北边防要地。

黄 鹤 楼

黄鹤楼,在今湖北武昌市西黄鹄矶(一称黄鹄山或黄鹤山)上,下临江汉，为游览胜地。《武昌府志》："黄鹤山自高冠山而至于江，黄鹤楼枕焉。"《南齐书·州郡志》谓曾有仙人子安驾黄鹤过此，因而得名。《太平寰宇记》说是费文祎乘黄鹤登仙，曾在此休息。这些当然都是附会之谈，但却流传久远。诗中即借以起兴，抒写登临吊古、思乡怀土的心情。据说李白登黄鹤楼，本拟题咏，见此搁笔，有"眼前有景道不得，崔颢题诗在上头"之叹。后作《登金陵凤凰台》，仿效其体(见《唐诗纪事》卷二、《唐才子传》卷一)。

昔人已乘黄鹤去①，此地空馀黄鹤楼。黄鹤一去不复返，白云千载空悠悠。晴川历历汉阳树，春草萋萋鹦鹉洲②。日暮乡关何处是？烟波江上使人愁③。

【注释】

① 已乘黄鹤去：一作"已乘白云去"。高步瀛曰："起句云'乘鹤'，故下云'空馀'，若作'白云'，则突如其来，不见文字安顿之妙矣。"(《唐宋诗举要》卷五)

② 晴川二句：汉阳在武昌之西，距黄鹤楼甚近。由于天色晴明，故汉阳树影，历历在望。鹦鹉洲在汉阳西南长江之中，极目远眺，但见洲上的萋萋春草。《楚辞·招隐士》："王孙游兮不归，春草生兮萋萋。"下句即景生情，化用成语，兴起下文"日暮乡关"之感。水边地曰川。春草，一作"芳草"。

③ 日暮二句：以江上乡愁结，与前四句仙去楼空白云悠悠照应，更有浩荡不尽之意。

【评】 本诗前四句用三"黄鹤"字蝉联而下，这种句式起自南朝乐府，唐人用之以入律，便形成七律的一种别调。试举其中较著者数例以与互参。前此有沈佺期《龙池篇》："龙池跃龙龙已飞，龙德先天天不违，池开天汉分黄道，龙向天门入紫微。"同时稍后有李白

《登金陵凤凰台》:“凤凰台上凤凰游,凤去台空江自流……”其后诗人时有仿作,而以晚唐郑谷《石城》诗为最著,其云:“石城昔为莫愁乡,莫愁魂散石城荒。江人依旧棹舴艋,江岸还飞双鸳鸯……”

长　干　行(四首)

《长干行》是乐府《杂曲歌辞》旧题,来源于长干当地民歌,所有文人的仿制,都以这一地区作为描写的背景,多半是情歌。长干,地名,在今江苏省南京市秦淮河之南。其地为狭长的山岗,吏民杂居,号长干里。诗的第一首,殷璠选入《河岳英灵集》,题作《江南曲》。

其　一

“君家住何处?妾住在横塘①。”停船暂借问,或恐是同乡②。

【注释】

① 君家二句:女郎问男子的话。下面两句叙述问答的缘由。横塘,长干附近地名。住何处,一作“定何去”。

② 或恐:一作“或可”。

其　二

“家临九江水,来去九江侧。同是长干人,生小不相识[①]。”

【注释】

① 全诗四句：男子回答女子的话。意谓自己虽是长干人，彼此同乡，但从小就在外飘荡，所以相逢而不相识。九江，泛指长江下游一段。古时，大江流至浔阳（今江西省九江市），分成九派（支流）。

其　三

“下渚多风浪，莲舟渐觉稀[①]。那能不相待，独自逆潮归[②]？”

【注释】

① 下渚二句：采莲女郎总是结伴而来的，这女子和男子攀谈很久，别的莲舟都已散去。下渚，一作“北渚”。渐觉稀，一作“欲暂稀”。

② 那能二句：女子要求男子和她连船归去。却以反语委婉道出，特切人物当时当地情状。逆潮，一作“送潮”。

其　四

“三江潮水急，五湖风浪涌[①]。由来花性轻，莫畏莲舟重[②]。”

【注释】

① 三江二句：上下句为互文，即上首“下渚多风浪”的意思。三江和五湖是泛指长江下游宽阔的水面（参见前李颀《别梁锽》注㉑）。

② 由来二句：男子告诉女子在风浪中不要骇怕。花性轻，有双关义：花，指莲花，兼以影射貌美如花的女郎。

【评】 这四首诗写采莲女子和青年男子相恋的过程：两人偶然水上相逢，初不相识，女郎却找出话头和对方攀谈，终于并船而归。诗用对话体，通过一问一答，描绘出男女双方的情态和内心活动。用笔吞吐含茹，屈伸尽妙。王夫之曾指出它："墨气所射，四表无穷，无字处皆其意。"用以说明短诗而有"咫尺万里之妙"（见《夕堂永日绪论》）。

崔国辅（一首）

崔国辅(生卒年不详),吴郡(今江苏苏州市)人,一作山阴人。开元十四年(726)进士。曾官许昌县令,集贤院直学士,礼部郎中。天宝中,贬晋陵司马。

他工乐府小诗,殷璠评为:“婉娈清楚,深宜讽味。”(见《河岳英灵集》卷中)

《全唐诗》录存其诗一卷。

小长干曲

《小长干曲》，乐府诗题，是《长干行》的别调。参看前崔颢《长干行》题下注。

月暗送潮风，相寻路不通①。菱歌唱不彻，知在此塘中②。

【注释】

① 月暗二句：想去莲塘寻找意中人，但塘里起了随潮而至的晚风，月光昏暗，路走不通。

② 菱歌二句：意谓明知她在塘中，可是塘深风大，连歌声也不能彼此呼应。菱歌，长江中下游民歌的一种。

【评】 此诗写采莲女的爱情生活，笔意曲折，风致动人。《诗经·秦风》中的名篇《蒹葭》写道："蒹葭苍苍，白露为霜。所谓伊人，在水一方。溯洄从之，道阻且长，溯游从之，宛在水中央。"（按蒹葭即荻苇、芦苇。）崔国辅的这首小诗与《蒹葭》所描述的情景颇为相似，然而二诗的风味又不一样。《蒹葭》以深沉缠绵胜，而崔诗深挚中又略含俏皮，缠绵中又蕴有风趣。可以看出唐代吴声歌不同于先秦时中原民歌的艺术特色，也可看出诗人之善于用古，善于创新。

民　歌（二首）

哥舒歌

这是西北边地的民歌。旧题西鄙人作。哥舒，指防守西北的将领哥舒翰。《通鉴》卷二一五天宝六载(747)："(哥舒翰)累功至陇右节度副使。每岁积石军麦熟，吐蕃辄来获之，无能御者。边人谓之'吐蕃麦庄'。翰先伏兵于其侧，虏至，断其后，夹击之，无一人得返者，自是不敢复来。"

北斗七星高①，哥舒夜带刀。至今窥牧马，不敢过临洮②。

【注释】

① 北斗句：写夜景，兼以兴起哥舒翰威望的崇高。北斗，星宿名，即大熊座。七星聚于北方，成斗形，故称。北斗在星空里，显得特别明亮而高远。

② 至今二句：言战争胜利后，敌人不敢窥伺边疆，过临洮而牧马。古代游牧民族，往往趁南下牧马，进行骚扰。贾谊《过秦论》："胡人不敢南下而牧马。"与此意同。一说"窥牧"即偷牧，窥牧马谓偷牧之马。临洮(táo)，在今甘肃岷县。

神鸡童谣

陈鸿《东城老父传》："老父姓贾名昌，长安宣阳里人。……玄宗在藩邸时，乐民间清明节斗鸡戏。及即位，治鸡坊于两宫间。索长安雄鸡，金毫铁距高冠昂尾千数，养于鸡坊。选六军小儿五百人，使驯扰教饲。……帝出游，见昌弄木鸡于云龙门道旁，召入，为鸡坊小儿，衣食右龙武军。……举二鸡，鸡畏而驯，使令如人。护鸡坊中谒者王承恩言于玄宗。召试殿庭，皆中玄宗意。即日为五百小儿长。……金帛之赐，日至其家。开元十三年，笼鸡三百，从封东岳。父忠死太(泰)山下，得子礼奉尸归葬雍州。县官为葬器丧车，乘传洛阳道。十四年三月，衣斗鸡服，会玄宗于温泉。当时天下号为'神鸡童'。"贾昌活到宪宗元和年间还在世。因他住长安东城，故陈鸿作传称之为"东城老父"。谣，诗歌体裁的一种，指不合乐的歌词。《尔雅·释音》："徒歌谓之谣。"后来诗与乐分，歌和谣并没有什么区别。

生儿不用识文字，斗鸡走马胜读书①。贾家小儿年十三，富贵荣华代不如②。能令金距期胜负③，白罗绣衫随软轝④。父死长安千里外⑤，差夫持道挽丧车⑥。

【注释】

① 生儿二句：含有愤愤不平之意。封建时代，认为读书应试，是取得官禄的正当途径；而在贾昌，斗鸡却可以致身富贵荣华，故云。走马是因斗鸡连类而及的。

② 代不如：即世不如。言当时谁都比不上他。唐人避太宗李世民讳，往往改世为"代"。

③ 金距：《淮南子·人间训》："鲁季氏与郈氏斗鸡，郈氏介其鸡，而季氏为之金钜。"高诱注："金钜，施金芒于距也。"此用作斗鸡的代称。期胜负：犹言赌胜负。

④ 白罗绣衫：即斗鸡服。软轝(yú)：皇帝所乘的辇。轝，字同"舆"。

⑤ 长安千里外：五字连读。言贾昌之父贾忠死于泰山，在长安千里之外。

⑥ 持道：犹言夹道。持，一作"治"。

李　白（四十三首）

李白（701—762），字太白，号青莲居士。祖籍陇西成纪（今甘肃天水县），先世隋时因罪徙西域，至其父始迁居绵州彰明县（今四川江油县）之青莲乡。

李白自青年时，即漫游全国各地。天宝初，因道士吴筠及贺知章推荐，曾一度至长安，供奉翰林，但不久即遭谗去职。安史乱起，因参加永王李璘幕府，被牵累，长流夜郎，途中遇赦。晚年飘泊东南一带，依当涂令李阳冰。世称李青莲或李翰林。

李白性格豪迈，向往于建立功业，对唐玄宗后期权贵当国，政治腐化，深为不满。其诗多抒写内心的苦闷和矛盾，表现了鄙夷世俗、蔑视权贵的精神；但也往往流露出一些饮酒求仙、放纵享乐的消极思想。风格奔放自然，色调瑰玮绚丽，善于从民间文学吸取营养和素材，用丰富的想象，表现出奇妙空灵的意境，为屈原以后，我国古代伟大的浪漫主义诗人。皮日休曾说："言出天地外，思出鬼神表，读之则神驰八极，测之则心怀四溟，磊磊落落，真非世间语者，则有李太白。"（《刘枣强碑文》）

他和杜甫交厚，二人齐名。杜甫曾说他"笔落惊风雨，诗成泣鬼神"（《寄李十二白二十韵》），对之极为倾服。中唐以来，李、杜优劣之论，聚讼纷纭。韩愈云："李杜文章在，光焰万丈长。"（《调张籍》）严羽《沧浪诗话·诗评》指出："子美不能为太白之飘逸，太白不能为子美之沈郁。"两人诗风不同，而各臻绝诣，不当有所轩轾。

有《李太白集》。其中诗九百余首。有清人王琦及今人瞿蜕园、朱金城注本。

古　　风（五十九首选三）

其　　一（原第十首）

这诗歌咏鲁仲连却秦救赵的事迹，着重写出其倜傥豪迈的气概，功成不居的思想。这是封建社会里所称道的英俊磊落之士，也是李白生平祈向所在，故引以自况。古风，即古体诗。因内容广泛，非作于一时一地，而体制相同，故用以标题。

齐有倜傥生，鲁连特高妙①。明月出海底②，一朝开光耀。却秦振英声③，后世仰末照④。意轻千金赠，顾向平原笑⑤。吾亦澹荡人⑥，拂衣可同调⑦。

【注释】

① 齐有二句：《史记·鲁仲连列传》："鲁仲连者，齐人也。好奇伟俶傥之画策，而不肯仕宦任职。"语本此。倜傥，也可写作俶傥，形容气度昂扬，不受拘束的样子。倜傥生，犹言倜傥之士。

② 明月：即夜光珠。《淮南子·说山训》高诱注："珠有夜光、明月，生于蚌中。"

③ 却秦句：战国赵孝成王时，秦围攻赵首都邯郸（今河北县名）。魏安釐王派客将军新垣衍劝赵国投降，尊秦王为帝。时鲁仲连正在围城中，往见赵相平原君，反对帝秦，和新垣衍展开激烈的争辩，坚定了赵国抗秦的信心。恰好这时魏国的信陵君率兵救赵，秦兵解围而去。事见《史记·鲁仲连列传》及《魏公子列传》。

④ 末照：犹言馀光。

⑤ 意轻二句：邯郸解围后，平原君以千金酬谢鲁仲连。仲连笑曰："所谓贵于天下之士者，为人排患、释难、解纷乱而无取也。即（若）有取者，

是商贾之事也，而连不忍为也。"遂辞去，终身不复见平原君(见同前)。

⑥ 澹荡：澹静而放浪自适，意指不慕荣利。

⑦ 拂衣：超然高举的意思(参看前李颀《别梁锽》注⑧)。可同调：恰同调。同调，谓志趣相合，有如曲调相同。谢灵运《七里濑诗》："谁谓古今殊，异代可同调。"句意本此。

其　二(原第十九首)

唐玄宗天宝十四载(755)冬，安史乱起，叛军很快地攻陷洛阳。次年正月，安禄山就在洛阳自立为大燕皇帝。当时李白在江南过着隐居生活。这诗写巨大的变乱给予他精神上的震撼，使得他从超脱现实的心情中猛醒过来。诗用游仙体，前面写幻想中遗世独立的情趣，结尾从幻想回到现实，对叛军的残暴，人民的苦难，表示愤慨和悼念。

西岳莲花山①，迢迢见明星②。素手把芙蓉③，虚步蹑太清④。霓裳曳广带⑤，飘拂升天行。邀我登云台⑥，高揖卫叔卿⑦。恍恍与之去⑧，驾鸿凌紫冥⑨。俯视洛阳川，茫茫走胡兵⑩。流血涂野草，豺狼尽冠缨⑪。

【注释】

① 岳：一作"上"。莲花山：《陕西通志》卷八："西峰曰莲花峰，一曰芙蓉峰。莲花峰为太上山，回峦四合，三峰峥嵘，上广十里。西峰东面窊隆如莲花，所谓西岳莲花峰也。"

② 迢迢：遥远貌。明星：从明星峰联想到仙女明星玉女。《陕西通志》卷八："华岳三峰：芙蓉、明星、玉女也。""明星玉女居华山服玉浆，白日上升。"

③ 把芙蓉：拿着芙蓉。芙蓉，莲花的别名。据说，华山上有池，生千叶莲

花,服之可以成仙(见《华山记》)。

④ 虚步句:谓凌空而行。蹑,踏。太清,道家认为人天二界外别有玉清、太清、上清三天。均指神仙所居天。

⑤ 霓裳:以云霓为衣裳,仙人所服。《楚辞·九歌·东君》:"青云衣兮白霓裳。"

⑥ 云台:华山东北的高峰。

⑦ 卫叔卿:汉武帝时中山人。传说服云母石成仙。曾降临宫殿,为武帝所见。武帝派人寻求他的踪迹。终于在华山绝岩之下,望见他和数仙人在石上下棋。事见《神仙传》卷四。《陕西通志》卷八:"卫叔卿博台在岳顶东南隅。"

⑧ 恍恍:意同恍惚。

⑨ 紫冥:紫色的高空。

⑩ 胡兵:指安禄山的叛军。叛军多同罗、奚、契丹、室韦等少数民族人,故称胡兵。

⑪ 豺狼句:安禄山建立伪政权后,大封官职。唐朝官吏投降的极多。豺狼,指叛党和从逆的人。尽冠缨,都成为官员。缨,系冠的带子。

【评】 屈原《离骚》末章曾写到他听从巫师的劝告,驾云乘龙,"聊假日以媮乐",但终于"陟升皇之赫戏兮,忽临睨夫旧乡,仆夫悲余马怀兮,蜷局顾而不行"。李白这诗显然受到屈原的影响。由此可以悟出,这诗前三分之二所写的游仙是陪衬,是以极乐反衬极悲,突出爱国主旨。诗的转接很自然。"俯视",是转捩点,情景跳跃虽大,而意脉则从上句"凌紫冥"顺势接下,可以看出李白诗跳荡而浑成的特色。刘熙载《艺概·诗概》云:"太白与少陵同一志在经世,而太白诗中多出世语者,有为言之也。屈子《远游》曰:'悲时俗之迫厄兮,愿轻举而远游。'使疑太白诚欲出世,亦将疑屈子诚欲轻举耶?"这诗十分典型地说明李白这一特点。

其　三（原第二十四首）

唐玄宗后期，生活腐化，宠信贵戚、宦官和左右亲近，赏赐无时，他们的气焰日益嚣张。这诗就上述现象加以揭露、讽刺，是李白在长安时(742—744)所作。

大车扬飞尘，亭午暗阡陌[①]。中贵多黄金[②]，连云开甲宅[③]。路逢斗鸡者[④]，冠盖何辉赫[⑤]！鼻息干虹霓[⑥]，行人皆怵惕[⑦]。世无洗耳翁，谁知尧与跖[⑧]！

【注释】

① 亭午句：句意谓由于车尘飞扬，连阳光最明亮的中午，阡陌都为之昏暗。亭午，正午。阡陌，泛指大路。

② 中贵：中贵人的简称，即宦官。

③ 连云句：意谓一座座高大的建筑物矗立天空，望去像连绵相接的云彩一样。甲宅，即甲第。

④ 斗鸡者：见前《神鸡童谣》题下注。

⑤ 冠盖：指服饰和装备。盖，车盖。辉赫：光彩照人貌。

⑥ 鼻息句：犹言气焰冲天。干，冲犯。《资治通鉴》卷二〇五："内史李昭德恃(武)太后委遇，颇专权使气。……(丘愔上疏)曰：'臣观其胆，乃大于身。鼻息所冲，上拂云汉。'"

⑦ 怵(chù)惕(tì)：恐惧。

⑧ 世无二句：意谓这些统治阶级的爪牙，都是残害人民的强盗，而一般人趋附之惟恐不及。世上没有像许由那样不慕荣利的人，谁又能辨清他们是尧是跖！洗耳翁，古代的隐士许由。相传尧曾想把帝位让给他，他不肯接受，逃于颍水之阳。尧又召为九州长，他认为这话玷污了他，洗耳于清泠之水。事见《庄子》、《史记》及《高士传》等书。跖(zhí)，古代大盗。

远　别　离

《远别离》，乐府《杂曲歌辞》旧题，是《别离》十九曲之一。这诗通过有虞二妃和帝舜生离死别的故事，表现远别离的悲哀。传说古帝舜南行，死于苍梧（今湖南宁远县）之野。他的两个妃子娥皇、女英追踪而至，在洞庭湖边听到舜死的消息，南望痛哭，自投湘水而死。因为这一传说具有动人的悲剧意义，后来就成了普遍歌咏的题材。本篇写作年代和背景，详不可考。陈沆认为作于安史乱起之时（见《诗比兴笺》卷三），其说近是。按：唐玄宗天宝末年，荒于政事，内任杨国忠，外用安禄山。随着大权旁落，统治阶级内部矛盾不断发展，终于爆发安史之乱，以至玄宗逃往蜀中，马嵬兵变，杨妃惨死。当变乱中，消息阻隔，道路传言，谓玄宗生死不明（见《新唐书·张巡传》）。这诗一再强调"君失臣""权归臣"的问题，又说"重瞳孤坟竟何是"，都寓有很深的感慨，显然不仅仅是歌咏历史题材，而是联系到现实来说的。

胡震亨《李诗通》曰："其词闪幻可骇，增奇险之趣。盖体干于楚《骚》，而韵调于汉《铙歌》诸曲，以成为一家语。"

远别离，古有皇英之二女①；乃在洞庭之南，潇湘之浦②。海水直下万里深③，谁人不言此离苦？日惨惨兮云冥冥，猩猩啼烟兮鬼啸雨④。我纵言之将何补⑤？皇穹窃恐不照余之忠诚，雷凭凭兮欲吼怒⑥。尧舜当之亦禅禹⑦，君失臣兮龙为鱼，权归臣兮鼠变虎。或言尧幽囚，舜野死⑧，九疑联绵皆相似⑨，重瞳孤坟竟何是⑩？帝子泣兮绿云间⑪，随风波兮去无还。恸哭兮远望，见苍梧之深山。

苍梧山崩湘水绝，竹上之泪乃可灭[12]。

【注释】

① 皇英：娥皇、女英，帝尧之二女，嫁于大舜。

② 乃在二句：《水经注·湘水》："言大舜之陟方也，二妃从征，溺于湘江，神游洞庭之渊，出入潇湘之浦。"语本此。潇水源出湖南宁远县九疑山，湘水源出广西兴安县海阳山，二水在湖南零陵县合流，总称潇湘，北入洞庭湖。

③ 海水：这里泛指大水，即潇湘、洞庭之水。

④ 日惨惨二句：隐喻朝政昏乱，奸人在得意地活动。啼烟、啸雨，在烟雨中啼啸。《山海经·中山经》记英、皇二女"出入必以飘风暴雨"。

⑤ 我纵句：萧士赟曰："谓时事如此矣，我纵言之，诚恐君不以我为忠，而适以取憎于权臣也。夫如是，则又将何补哉?"陈沆曰："'我纵'以下，乃追痛祸乱之源。方其伏而未发，忠臣智士，结舌吞声，人知之而不敢言。"(《诗比兴笺》卷三)

⑥ 皇穹二句：本《离骚》"荃(香草，喻君王)不察余之中情兮，反信谗以齌怒。"皇穹(qióng)，皇天。借指皇帝。雷凭凭，隐喻君王之怒。雷，一作"云"。

⑦ 尧舜句：这是紧缩式的句子，即："尧当之亦禅舜，舜当之亦禅禹。"之，指下文"君失臣""权归臣"的反常情况。

⑧ 尧幽囚二句：尧舜禅让，儒家称为盛德，但古籍中另有一种记载，谓是失去权力的结果。《史记·五帝本纪》张守节《正义》引《竹书纪年》云："昔尧德衰，为舜所囚。"(今本无)幽囚，指此。野死，意指被迫出走，死于野外。陈沆曰："'或云'以下，乃(玄宗)苍黄西幸，传闻不一之词，故有'幽囚''野死'之议。"(《诗比兴笺》卷三)

⑨ 九疑句：九疑山即苍梧山。《山海经·海内经》："南方苍梧之丘，苍梧之渊，其中有九疑山，舜之所葬。"郭璞注："其山九溪皆相似，故云九疑。古者总名其地为苍梧也。"

⑩ 重瞳：指舜。《史记·项羽本纪》："吾闻舜目盖重瞳子。"

⑪ 帝子：指二妃。二妃为帝尧之女，故称。语本《楚辞·九歌·湘夫人》："帝子降兮北渚。"绿云：指洞庭湖边绿色的竹林。

⑫ 竹上句：洞庭湖边特产一种斑竹，相传是二妃泪痕所染，故又称湘妃竹。见《博物志》卷一〇。

【评】 神龙藏首不见尾，然而龙仍然是全龙。这诗初读"闪幻可骇"，然而其层次仍是很清楚的。首尾以哀伤安史之乱、社稷崩危相呼应，中间插入原始祸乱根源，悬想玄宗踪迹二节（参注）。而作为"龙首"的是"皇穹窃恐不照余之忠诚"一句。全诗是围绕这一主旨纵横驰骋的。唐人七古至李杜"大而化矣，能事毕矣"（参前李颀诗按语）。故高棅《唐诗品汇》以二人七古为双峰并峙的正宗与大家。裹风挟雨，夭矫腾变，都正为这条真龙增添神骏。读以下所选李杜七古，均当作如是观。

蜀 道 难

《蜀道难》是乐府《相和歌·瑟调曲》旧题。《乐府古题要解》云："《蜀道难》备言铜梁、玉垒（均蜀中山名）之阻。"（见《乐府诗集》卷四〇引）本篇根据这一诗题传统的内容，以雄健奔放的笔调，运用夸张形容的手法，描绘了由秦入蜀道路上惊险而奇丽的山川，表现了诗人巨大的艺术天才和丰富的想象力。顾炎武《日知录》卷二六说："李白《蜀道难》之作，当在开元、天宝间。时人共言锦城之乐，而不知畏途之险，异地之虞，即事成篇，别无寓意。"萧士赟《分类补注李太白诗》谓为安史乱后，讽刺玄宗逃难入蜀所作，此说不可靠。孟棨《本事诗·高逸》载李白初至长安，贺知章往访，见《蜀道难》，"称叹者数四，号为谪仙。"故知是安史乱前的作品。

噫吁嚱[①]，危乎高哉！蜀道之难，难于上青天。蚕丛及鱼凫，开国何茫然[②]！尔来四万八千岁[③]，不与秦塞通人烟[④]。西当太白有鸟道，可以横绝峨眉巅。地崩山摧壮士死，然后天梯石栈相钩连[⑤]。上有六龙回日之高标[⑥]，下有冲波逆折之回川。黄鹤之飞尚不得过[⑦]，猿猱欲度愁攀援[⑧]。青泥何盘盘，百步九折萦岩峦[⑨]。扪参历井仰胁息[⑩]，以手抚膺坐长叹[⑪]。问君西游何时还[⑫]？畏途巉岩不可攀。但见悲鸟号古木，雄飞从雌绕林间[⑬]。又闻子规啼夜月[⑭]，愁空山。蜀道之难，难于上青天，使人听此凋朱颜[⑮]。连峰去天不盈尺，枯松倒挂倚绝壁。飞湍瀑流争喧豗[⑯]，砯厓转石万壑雷[⑰]。其险也如此，嗟尔远道之人胡为乎来哉！剑阁峥嵘而崔嵬[⑱]，一夫当关，万夫莫开。所守或匪亲，化为狼与豺[⑲]。朝避猛虎，夕避长蛇[⑳]，磨牙吮血[㉑]，杀人如麻。锦城虽云乐[㉒]，不如早还家。蜀道之难，难于上青天，侧身西望长咨嗟！

【注释】

① 噫吁嚱：惊叹声，蜀地方言。

② 蚕丛二句：蚕丛、鱼凫，传说中古蜀国的两个国王。茫然，渺远貌。意谓远古事迹，茫昧难详。扬雄《蜀王本纪》："蜀王之先，名蚕丛、柏濩、鱼凫、蒲泽、开明。……从开明上到蚕丛，积三万四千岁。"（《文选》左思《蜀都赋》李善注引）

③ 尔来：自从蚕丛、鱼凫开国以来。四万八千岁：极言时间之长。

④ 不与：一作"乃与"。秦塞：犹言秦地。塞，山川险阻之处。秦中自古称为四塞之国。通人烟：相互往来。

⑤ 西当四句：意谓由秦入蜀，原来只有一条高入云霄险仄的山路，难以通行，直到秦惠王派五丁力士开山以后，秦蜀之间，才修建了一条钩连

群山的栈道。古代蜀地本和中原隔绝,公元前 306 年秦惠王灭蜀,使张仪筑都城,置蜀郡。当秦国开发蜀地时,流传有五丁力士开山的神话。据说,秦惠王许嫁五位美女给蜀王,蜀王派五丁(个)力士去迎接。回到梓潼,见一大蛇钻入山穴中。五力士共掣蛇尾,把山拉倒,力士和美女都被压死,山也分成五岭(见《华阳国志·蜀志》及《艺文类聚》引《蜀王本纪》)。太白,山名,在今陕西郿县东南,当秦都咸阳之西,故云“西当太白”。横绝,横度。峨嵋,山名,也可写作“峨眉”或“蛾眉”,在今四川峨眉县。巅,顶峰。天梯,高峻的山路。石栈,在山崖上凿石架木而建成的栈道。

⑥ 上有句:古代神话:羲和驾着六龙所拉的车子载太阳在空中运行。六龙回日,是说山的高峻险阻,连羲和都得为之回车。左思《蜀都赋》:“羲和假道于峻歧,阳乌回翼乎高标。”此化用其语。立木为表记,它的最高部分叫标,这里的高标指山的最高峰,成为这一带高山的标志。

⑦ 黄鹤:即黄鹄,健飞的大鸟。《韩诗外传》:“黄鹄一举千里。”古“鹤”、“鹄”字通。

⑧ 猱(náo):蜀中所产猿类的动物,又名金线狨。愁攀援:以攀援为愁,意谓难以攀援而上。《初学记》引《周景式孝子传》称猿“黄黑通臂,轻巢善缘,能于空轮转。”

⑨ 青泥二句:意谓由秦入蜀,经过青泥岭时,转来转去,都是山峰。青泥,岭名,在今陕西略阳县西北。盘盘,屈曲貌。百步九折,言在极短的路程内,就要转许多弯。

⑩ 扪参句:意谓山高入天,行人仰头一看,伸手便可摸到一路上所见的星辰,会紧张得连气也不敢出。参宿七星,属于现在所称的猎户座。井宿八星,属双子座。据古代天文学家所说,秦属参宿的分野(参看前王维《终南山》注③),蜀属井宿的分野。由参到井,是由秦入蜀的星空。胁息,敛住呼吸。

⑪ 膺:胸口。

⑫ 君:泛指入蜀的人。下同。

⑬ 雄飞从雌:一作“雄飞雌从”。

⑭ 子规：即杜鹃，又名杜宇，是蜀中所产的鸟，相传为蜀古望帝魂魄所化。子规春末出现，啼声哀怨动人，听去好像在说“不如归去”。

⑮ 凋朱颜：青春的容颜为之黯淡。

⑯ 飞湍句：意谓山上的瀑布和山下的急流都发出巨大的声响。喧豗(huī)，哄闹声。

⑰ 砯(pēng)：撞击声。这里是撞击的意思。

⑱ 剑阁：在今四川剑阁县北，即大剑山和小剑山之间的一条栈道，又名剑门关。

⑲ 一夫四句：张载《剑阁铭》：“一夫荷戟，万夫趦趄。形胜之地，匪亲勿居。”语本此。当关，把住关口。莫开，莫能打开。或匪亲，假若不是可靠的人。狼与豺，指残害人民的叛乱者。

⑳ 猛虎、长蛇：与上文的“狼与豺”同。

㉑ 吮(shǔn)：吸。

㉒ 锦城：即锦官城，成都的别称。成都以产锦著名，古代曾设官于此，专理其事，故称。

【评】 沈德潜评此诗：“笔阵纵横，如虬飞蠖动，起雷霆于指顾之间。”(《唐诗别裁》)此评还只道出本诗佳处的一半。按此诗“蜀道之难难于上青天”，于首、中、尾凡三现，形成贯串始终又磅礴回旋的主旋律。以此为主线，地理上由秦向蜀，由东北而西南，时间上从渺远的往古到即今的感受，每一回旋逐次展开。全诗的节奏如洪峰叠起，至“黄鹄”、“猿猱”二句，是第一个洪峰。接着“青泥”以下数句，如峰间的一个低谷。突然又以“蜀道之难”的叹唱领起，引出另一个更高更险的浪头，此峰尚未降落，“剑阁”句又别开险象，一气赴下，而结以第三次唱叹。“侧身西望长咨嗟”，读诗至此，惊涛虽远去，而馀寒尚在脊。

乌 栖 曲

《乌栖曲》是《清商曲·西曲歌》旧题。这诗歌咏吴王夫差荒于女色,夜以继日地寻欢作乐,对统治者腐化糜烂的生活给以有力的鞭挞。意深而词婉,纯以蕴藉出之,于雄奇恣肆之外,表现了李白乐府诗艺术风格的另一个重要方面。《本事诗》载李白至长安,贺知章见其《乌栖曲》(一说是《乌夜啼》二首),叹赏苦吟,曰:"此诗可以泣鬼神矣!"

姑苏台上乌栖时①,吴王宫里醉西施②。吴歌楚舞欢未毕,青山欲衔半边日。银箭金壶漏水多③,起看素月坠江波。东方渐高奈晓何④!

【注释】

① 姑苏句:姑苏台,故址在今江苏苏州市,春秋时吴王夫差所建。苏州是吴国的首都。据说吴王建此台,耗了大量的人力物力,三年始成,横亘五里,上别立春宵宫,与西施为长夜之饮(见《述异记》)。乌栖时,傍晚的时候。古人认为乌是不祥之鸟。乌栖台上,兼写环境气氛,暗示正当吴国国运没落的时候。梁元帝《栖乌诗》"日暮连翩翼,俱向上林飞。"

② 西施:越国美女,吴王夫差的宠妃。越国被吴国战败,越王勾践把西施献给吴王,希望用以腐蚀吴王的意志。后来越国终于灭掉吴国(参看前王维《西施咏》题下注)。

③ 银箭句:意谓时光在不停地流驶着。壶和箭是古代计时的工具(见前王维《冬晚对雪忆胡居士家》注①)。

④ 东方句:代吴王作言,谓长夜之饮犹未尽兴,奈何却天明了。东方渐高,东方渐渐泛出了白色。高是"皜"的假借字。乐府《鼓吹曲辞·汉

铙歌·有所思》:“东方须臾高知之。”语本此。

【评】 此诗佳在不落言诠,前六句写吴王夜饮自暮达旦,末句言吴王犹然嗟叹欢娱未足,就中隐含西施故事,则荒淫失国之历史炯戒,均在不言之中。

将 进 酒

《将进酒》是乐府《鼓吹曲·铙歌》旧题,内容多写饮酒放歌时的情感。这诗慨叹“古来圣贤皆寂寞”,表现出一种鄙弃世俗、蔑视富贵的傲岸精神。但由于作者缺乏正面的社会理想,内心矛盾无法解决,因而诗中流露有人生短暂、及时行乐的消极情绪。

君不见,黄河之水天上来,奔流到海不复回①!君不见,高堂明镜悲白发②,朝如青丝暮成雪!人生得意须尽欢③,莫使金樽空对月④。天生我材必有用,千金散尽还复来。烹羊宰牛且为乐⑤,会须一饮三百杯⑥。岑夫子,丹丘生⑦,将进酒,杯莫停⑧。与君歌一曲,请君为我侧耳听⑨:钟鼓馔玉不足贵⑩,但愿长醉不愿醒;古来圣贤皆寂寞,惟有饮者留其名。陈王昔时宴平乐,斗酒十千恣欢谑⑪。主人何为言少钱,径须沽取对君酌⑫。五花马,千金裘⑬,呼儿将出换美酒⑭,与尔同销万古愁⑮。

【注释】

① 黄河二句:兴起下文岁月易逝、人生易老的意思。高步瀛曰:“河出昆

仑,以其地极高,故曰从‘天上来’。”(见《唐宋诗举要》卷二)

② 高堂句:意谓于高堂明镜之中,照见白发而生悲。

③ 得意:有兴致的时候。

④ 金樽空对月:在月光下任金樽空着而不饮酒。

⑤ 且为乐:姑且作乐。意谓暂时把不愉快的事丢开不想。

⑥ 会须:应该。以上第一段,言岁月不居,当及时饮酒为欢,中以“天生我材”句作撑柱,则于颓放中见兀岸。

⑦ 岑夫子:即岑勋,南阳人(见《全唐文》卷三七九)。丹丘生:即元丹丘。岑和元都是李白的好友。集中有《酬岑勋见寻就元丹丘对酒相待以诗见招》及《元丹丘歌》等诗。二句突兀另起。

⑧ 将进酒二句:一作“进酒君莫停”。此二句又以“酒”接上上段“三百杯”,断而复续,笔势跳跃。

⑨ 与君二句:侧,一作“倾”。此与以上四句由饮酒而作歌,为由今入古的过渡。

⑩ 钟鼓馔(zhuàn)玉:这里用作功名富贵的代称。钟鼓,指权贵人家的音乐。馔玉,以玉为馔,形容饮食精美,享受侈豪。

⑪ 陈王二句:曹植曾受封为陈王。其《名都篇》有句云:“归来宴平乐,美酒斗十千。”平乐,宫观名。斗酒十千,一斗酒值十千钱,极言酒美。恣欢谑,尽情地欢娱戏谑。以上征引曹植事,重言饮酒之乐。

⑫ 主人二句:韵属上,意转下,收束故事,回到现时。古诗作法中所谓韵意不双转,是第二段到第三段的关锁。

⑬ 五花二句:五花马,名贵的马,唐开元、天宝间,考究马饰。凡名马,常把鬃毛剪梳成花瓣形,三瓣的叫三花马,五瓣的叫五花马(《图画见闻志》卷五)。一说五花为五色斑驳。千金裘,《西京杂记》载司马相如以所著十分名贵的鹔鹴裘,就市人阳昌贳酒,与卓文君为欢,句本此。

⑭ 将出:拿出。

⑮ 此句归到愁字,与开首“悲白发”遥应。

【评】　近人喻守真说这诗“最奇的是上文写了许多饮酒的欢乐，在末层却结出一个‘愁’字来。非但章法警辟出奇，也见得借酒浇愁，太白虽达观，也跳不出这个愁城呢”(《唐诗三百首详析》)。确实，愁乐交战于胸是全诗主线，全诗开合起伏，全由这股不平之气主导，故气势激荡，恰如黄河九折，奔腾湍渤。

行　路　难(三首选一)

《行路难》是乐府《杂曲歌辞》旧题。这诗是天宝三载(744)李白离开长安时所作。诗中写世路艰难，充满着政治上抑郁不平之感。结尾处，忽开异境，幻想抱负总会有实现的一天，充满着冲决黑暗、追求光明的积极乐观精神。

金樽清酒斗十千，玉盘珍羞直万钱①；停杯投筯不能食，拔剑击柱心茫然②。欲渡黄河冰塞川，将登太行雪满山③。闲来垂钓碧溪上，忽复乘舟梦日边④。行路难，行路难！多歧路⑤，今安在？长风破浪会有时⑥，直挂云帆济沧海⑦。

【注释】

① 珍羞：珍贵的菜肴。羞，字同“馐”。直：字同“值”。

② 停杯二句：鲍照《拟行路难》：“对案不能食，拔剑击柱长叹息。丈夫生世会几时，安能蹀躞垂羽翼?”此化用其意。筯，字同“箸”。茫然，渺茫而无着落貌。

③ 欲渡二句：比喻人生道路中的事与愿违。

④ 闲来二句：古代传说：姜尚未遇周文王时，曾在磻溪（今陕西宝鸡市东南）钓鱼；伊尹见汤以前，梦乘舟过日月之边。这里把两个典故合用，表示人生遭遇，变幻莫测。

⑤ 岐路：岔路。岐，字通“歧”。按，《淮南子·说林》记，杨朱至歧路而泣，为其可南可北。此暗用其事，却于下句反其意。

⑥ 长风破浪：比喻宏大的抱负得以抒展。宗悫少时，叔父宗炳问其志。答曰：“愿乘长风破万里浪。”（见《南史·宗悫传》）会：当。

⑦ 云帆：指航行在大海里的船只。因天水相连，船帆好像出没在云雾之中。

日出入行

《日出入》是乐府《郊庙歌辞·汉郊祀歌》旧题。古辞大意谓：日出日入，无有穷期，悲叹人生短促，希望能够乘六龙升仙（见《乐府诗集》卷一）。这诗一反其意，指出日的出入和人的生死，都是不可违反的自然规律，应该游心物外，与溟涬同科。这种外生死、遗形骸的思想，原于道家。在艺术上，可以看出李白诗奇崛恢诡、不拘一格的特色。

日出东方隈①，似从地底来。历天又入海，六龙所舍安在哉②！其始与终古不息③，人非元气安能与之久徘徊④。草不谢荣于春风，木不怨落于秋天⑤，谁挥鞭策驱四运⑥，万物兴歇皆自然⑦。羲和，羲和，汝奚汩没于荒淫之波⑧？鲁阳何德，驻景挥戈⑨？逆道违天，矫诬实多⑩！吾将囊括大块⑪，浩然与溟涬同科⑫。

【注释】

① 隈(wēi)：山水弯曲的地方。

② 六龙所舍：《初学记》卷一“日部”引《淮南子》：“爰止羲和，爰息六螭，是谓悬车。”徐坚注：“日乘车，驾以六龙，羲和御之。日至此而薄于虞泉，羲和至此而回六螭。”无角的龙叫螭，“六螭”即六龙。舍，住宿的地方。

③ 其始句：意谓时间没有尽头，太阳也没有停息其运行的一天。始，犹言始终，指日出和日入。

④ 元气：大气。徘徊：犹言停留。

⑤ 草不二句：郭象《庄子》注：“暖焉若阳春之自和，故蒙泽者不谢；凄乎若秋霜之自降，故凋落者不怨。”此本其意。荣，茂盛。落，凋枯。

⑥ 四运：指运行不息的春、夏、秋、冬四时。

⑦ 兴歇：生长和衰落。

⑧ 汝奚句：意谓羲和为何要驾着太阳沉入海中。荒淫，水盛大的意思。

⑨ 鲁阳二句：《淮南子·览冥训》：“鲁阳公与韩构难，战酣，日暮，援戈而抝(挥)之，日为之返三舍。”驻景，使日影为之停留，不致昏暗下去。景，字同“影”。

⑩ 逆道二句：意谓鲁阳挥戈驻日之事，违反自然，是不足信的。道和天，即上文所说的“自然”。

⑪ 囊括：包罗的意思。贾谊《过秦论》：“有席卷天下、包举宇内、囊括四海之意，并吞八荒之心。”大块：大地。《庄子·大宗师》：“大块载我以形。”

⑫ 与溟涬同科：和宇宙合一。溟涬(xìng)，指混茫的元气。王充《论衡·谈天》：“溟涬濛澒，气未分之类也。”同科，犹言同类。

【评】　此诗与前录《远别离》诗，均以议论入诗，句式参差，有散化倾向。其句格原于汉乐府《铙歌》、《郊祀歌》而变通之。同时人任华有《赠李白》、《赠杜甫》二诗，意格一同于此。杜甫七古中如《赤藤杖歌》等亦与此句格相似。“大而化矣”的李、杜七古中又显露了某些更新更奇的变化胚兆，并已为少数人所取法。这点胚兆，要到中唐韩愈手中才发扬光大，遂开出唐人七古的又一新生面。从中亦可看出，韩愈诗议论化、散化倾向，并不能简单地全部归结于以文为诗一点，而亦有诗歌本身发展的内在原因。

关 山 月

《关山月》，乐府旧题，见前王昌龄《从军行》第一首注③。这诗写征戍之情，感叹于边地兵连祸结。当是天宝年间所作。

明月出天山，苍茫云海间。长风几万里，吹度玉门关①。汉下白登道，胡窥青海湾②。由来征战地，不见有人还。戍客望边邑，思归多苦颜。高楼当此夜，叹息未应闲③。

【注释】

① 明月四句：写征人望月的情景。月亮从东边升起，戍客在天山的西面，回头东望，明月似乎是从天山涌出。于是就进一步想到，这月亮是从玉门关内被那万里长风吹到关外来的，因而引起了思乡之感。天山，在今新疆维吾尔自治区境内。

② 汉下二句：下，意指出兵。白登，山名，在今山西大同县东。汉高祖曾在白登一带被匈奴包围。窥，窥伺，谓乘机进犯。唐时，和吐蕃战争，多在青海一带。

③ 高楼二句：是戍客想象其妻想念他的情景。高楼，借指住在高楼里的戍客之妻。

【评】 前四句以明月起兴，总写两地相思。末四句从戍客、思妇两边分写，遥应“长风几万里”二句。中四句插叙离别之苦的根因所在。章法整饬中见变化。前四句尤可看出李白诗浪漫主义的特色。“我寄愁心与明月，随君直到夜郎西”（《闻王昌龄左迁龙标遥有此寄》），“狂风吹我心，西挂咸阳树”（《金乡送韦八之西京》），与此合看，便能自明。

登高丘而望远海

王琦曰：“此题旧无传闻，郭茂倩《乐府诗集》编是诗于《相和曲》中魏文帝‘登山而望远’一篇之后，疑太白拟此也。然文意却不类。”（《李太白全集》卷四）按：这诗是讽刺时政之作。诗中备述求仙的荒诞，而以“穷兵黩武今如此”作结，其对秦皇、汉武的嘲弄，正所以为唐玄宗提出鉴戒，词系新创，非袭旧题。

登高丘，望远海，六鳌骨已霜，三山流安在①？扶桑半摧折，白日沉光彩②。银台金阙如梦中，秦皇汉武空相待③。精卫费木石，鼋鼍无所凭④。君不见，骊山茂陵尽灰灭⑤，牧羊之子来攀登；盗贼劫宝玉，精灵竟何能？穷兵黩武今如此，鼎湖飞龙安可乘⑥！

【注释】

① 六鳌二句：意谓仙境渺茫，不足凭信。《列子·汤问》：“渤海之东……其中有五山焉，一曰岱舆，二曰员峤，三曰方壶，四曰瀛洲，五曰蓬莱。……而五山之根，无所连着，常随潮波上下往还，不得暂峙

焉。……(帝)使巨鳌十五,举首而戴之。……五山始峙。而龙伯之国,有大人,举足不盈数步而暨五山之所,一钓而连六鳌。合负而趣归其国,灼其骨以数焉。于是岱舆、员峤二山流于北极,沉于大海。”三山,指方壶(一作方丈)、瀛洲、蓬莱,合称海外三神山,古代方士说是仙人所居。流安在,言飘浮无定,难以寻觅。《史记·封禅书》:“此三神山者,其传在渤海中,去人不远。……未至,望之如云;及到,三神山反居水下;临之,风辄引去,终莫能至云。”

② 扶桑二句:古代神话说天有十日,更迭而出,照耀大地。扶桑,神木名,在碧海中。叶似桑树,两两同根,互相依倚,长数千丈,大二千围。九日居其下枝,一日居其上枝。是太阳升起之处。《楚辞·九歌·东君》:“暾将出兮东方,照吾槛兮扶桑。”扶桑摧折,故白日光彩消沉。

③ 银台二句:秦始皇和汉武帝都曾派方士入海,寻三神山,求不死之药。据说山中仙人,以金银为宫阙(见《史记·封禅书》)。求而不得,故曰“空相待”。

④ 精卫二句:王琦曰:“盖言海之深广,非木石可填;而鼋鼍为梁之说,亦虚无而无所凭据,以明三山之必不可到也。”(《李太白全集》卷四)《山海经·北山经》:“发鸠之山有鸟焉,名曰精卫。……常衔西山之木石,以堙于东海。”《竹书纪年》:“(周)穆王三十七年,大起九师,东至于九江,叱鼋鼍以为梁。”按:江淹《恨赋》说秦始皇:“方架鼋鼍以为梁,巡海右以送日,一旦魂断,宫车晚出。”此化用其意。

⑤ 君不见二句:秦始皇葬骊山(在今陕西省临潼县)。秦亡后,项羽火烧咸阳,墓被发掘。汉武帝葬茂陵(在今陕西省兴平县)。西汉末,赤眉军入长安,墓被发掘。

⑥ 鼎湖句:意谓秦皇、汉武求仙而不免一死。古代神话:黄帝铸鼎于荆山之下。鼎成,乘龙飞天而成仙,后人因名其处曰鼎湖(见《史记·封禅书》)。

长　干　行(二首选一)

《长干行》,乐府《杂曲歌辞》旧题。是流行于长江下游今江苏南京市一带的民间歌曲(详见前崔颢《长干行》题下注)。长江下游商业经济极为发达,经商的人往往在水上过着飘荡生活,经久不归。这诗描写一位年轻商妇的心情。在别离的岁月中,她想起和丈夫结识的过程,勾起了童年的回忆,以及初婚时的甜蜜和别后的痛苦;她盼望他早日归来,对幸福的爱情生活表示了炽热的向往和追求。诗用第一人称,通篇都是少妇的自白。

妾发初覆额①,折花门前剧②。郎骑竹马来③,绕床弄青梅④。同居长干里,两小无嫌猜⑤。十四为君妇,羞颜未尝开。低头向暗壁,千唤不一回⑥。十五始展眉⑦,愿同尘与灰⑧。常存抱柱信,岂上望夫台⑨?十六君远行,瞿塘滟滪堆⑩。五月不可触,猿声天上哀⑪。门前迟行迹⑫,一一生绿苔。苔深不能扫,落叶秋风早。八月蝴蝶来⑬,双飞西园草。感此伤妾心,坐愁红颜老⑭。早晚下三巴⑮,预将书报家。相迎不道远⑯,直至长风沙⑰。

【注释】

① 初覆额:刚刚掩盖着额角。古时女子年十五始笄(挽起头发,加上簪子),幼时不束发。

② 剧:游戏。

③ 竹马:跨着竹竿当作马骑。《后汉书·郭伋传》:“有儿童数百,各骑竹马,于道次迎拜。”

④ 绕床句：彼此互相追逐，投掷青梅为戏。床，当是指庭院里的井床，即辘轳架，架在井上的汲水用具。

⑤ 无嫌猜：情感融洽，没有疑忌。

⑥ 低头二句：写初婚时含羞的情态。向暗壁，默然无语地向壁角暗处坐着。回，转身答应。

⑦ 展眉：这里是指情感在眉眼间明朗地表现了出来，不再害羞。

⑧ 愿同句：意谓相爱之深，即使化为灰尘，也希望彼此能够在一起。

⑨ 常存二句：意谓相信对方能够珍惜爱情，长相厮守，哪里会想到有别离之苦呢？存，存在着这种想法。古代传说：尾生和情人约会在桥下，女子后期，大水忽至，尾生守约不去，抱着桥柱，被水淹死（见《庄子·盗跖篇》）。望夫台，即望夫山。传说：古代有一女子，因思念远赴国难离家已久的丈夫而天天上山去望，终于变成了一块石头，还保持着原来的形象。后人因名其石为望夫石，山为望夫山（见《幽明录》）。由于故事流传的广泛，今山西黎城县、湖北房县、阳新县、陕西紫阳县、广东电白县都有望夫山。

⑩ 瞿塘句：指经商入蜀的道路。瞿塘，峡名，又称广溪峡，三峡之一，在今四川奉节县境内。滟滪堆，详下注。

⑪ 五月二句：设想对方在远方既有风波之险，又有行旅之苦。《太平寰宇记》卷一四八："滟滪堆周回二十丈，在（夔）州西南二百步蜀江中心瞿塘峡口。冬水浅，屹然露百余尺；夏水涨，没数十丈。其状如马，舟人不敢进。……谚曰：'滟滪大如襆，瞿塘不可触；滟滪大如马，瞿塘不可下；滟滪大如鳖，瞿塘行舟绝；滟滪大如龟，瞿塘不可窥。'"这里的"不可触"是用成语，因为五月正当夏季水涨的缘故。三峡两岸，山极高峻，上多猿。当地渔歌云："巴东三峡巫峡长，猿鸣三声泪沾裳。"（见《水经注·江水》）

⑫ 迟行迹：一作"旧行迹"。迟，读去声，作动词用，等待。

⑬ 蝴蝶来：一作"蝴蝶黄"。据说秋天的蝴蝶多黄色。

⑭ 坐愁句：因相思的愁苦，而使得青春的容颜为之憔悴。古诗："思君令人老。""老"字的用法与此相同。

⑮ 早晚：多早晚，什么时候的意思。下三巴：由三巴顺流东下，意谓由蜀返吴。三巴，巴郡、巴东、巴西的总称，相当于今四川省东部地。这里泛指蜀中。

⑯ 不道远：不说远，就是不辞远的意思。

⑰ 长风沙：又名长风夹。在今安徽安庆市东五十里的江边。陆游《入蜀记》卷三："盖自金陵至此七百里，而室家来迎其夫，甚言其远也。(长风沙)地属舒州，旧最号湍险。"

【评】 钟惺评曰："古秀，真汉人乐府。"(《唐诗归》)今按，当云：得汉乐府之神，而明转天然，纯为吴歌正脉。

玉　阶　怨

《玉阶怨》，乐府《相和歌・楚调曲》旧题。其内容多描写被禁闭在深宫里的妇女苦闷的心理状态。

玉阶生白露，夜久侵罗袜。却下水精帘①，玲珑望秋月②。

【注释】

① 却下：放下。水精帘：透明的帘箔。水精，即水晶。

② 玲珑句：言望秋月之玲珑。玲珑，澄澈空明貌。

【评】 露侵罗袜，可知伫望之久；夜寒难禁，回房下帘，隔帘痴望一轮秋月，更不知望到何时。"玉阶""罗袜""水晶帘"，宫中的一切是华美的；白露、长夜、清寒，这女子的内心则是空寂一片。句末一片月色空明，"愁"字尽在不言之中。

塞下曲(六首选二)

《塞下曲》,乐府诗题。见前郭震《塞上》题下注。

其一(原第一首)

五月天山雪[1],无花只有寒。笛中闻《折柳》[2],春色未曾看。晓战随金鼓,宵眠抱玉鞍。愿将腰下剑,直为斩楼兰[3]。

【注释】

① 天山:在今新疆维吾尔自治区境内。山上冬夏常积雪,故又名雪山或白山。

②《折柳》:乐府《横吹曲》的曲调名。

③ 直为:表示方向和决心之词。为,读去声。斩楼兰:意指消灭敌人(参看前王昌龄《从军行》第三首注③)。

【评】 五月冰雪,春色只能从笛声中想象,环境是艰苦的。作战一天,夜眠时犹抱鞍枕戈,战斗更是艰巨的。唯其艰苦艰巨,方显出结二句誓语之豪壮。诗用反衬,篇末振起,匠心天成。

其二(原第二首)

骏马似风飙[1],鸣鞭向渭桥[2]。弯弓辞汉月,插羽破天骄[3]。阵解星芒尽,营空海雾消[4]。归来画麟阁,独有霍嫖姚[5]。

【注释】

① 飙(biāo)：暴风。

② 渭桥：渭水上的桥(参看前卢照邻《长安古意》注㉒)。桥在长安西北，唐代往西域的人，出都城之后，首先经过这里。

③ 插羽：插好羽箭，与上句"弯弓"互文，谓弯弓佩箭辞汉赴敌。后李商隐《为张周封上杨相公启》"插羽佩鞬，从相公于关右"可证，天骄：指强敌，见前陈子昂《感遇》三注⑤。

④ 阵解二句：意谓战争结束，边疆平靖。星，指髦头星。《史记·天官书》："昴曰髦头，胡星也。"张守节《正义》："摇动若跳跃者，胡兵大起。"星芒尽，言胡星不再放射摇动的光芒。

⑤ 归来二句：意谓战胜归来，朝廷论功行赏，轮不到广大士兵和一般将领。麟阁，麒麟阁的简称。汉高祖时萧何所建，用来储藏图书。宣帝时，为了纪念功臣，画霍光等十九人像于其上。这里以"画麟阁"泛指取得最大的功勋和荣誉。霍嫖姚，即霍去病。汉武帝时击匈奴有功，曾做过嫖姚校尉，世称霍嫖姚。麟阁十九人的画像中，并没有霍去病。按：霍去病是汉朝的贵戚(见《史记·卫将军骠骑列传》)，极受汉武帝宠信。此云"独有霍嫖姚"，与杜甫诗"借问大将谁，恐是霍嫖姚"(《后出塞》)，皆有讽刺唐玄宗用人惟亲的意思；不仅如刘湾所慨叹的"死是征人死，功是将军功"而已(见后选《出塞曲》)。

【评】　此诗结构与上诗异曲同工，相映成趣，上诗先抑后扬；此诗则先扬后抑(都是上六下二，结末显意)。前六句如迅雷奔电，一气赶下，最后婉尔微讽，使人尤其感叹。起句尤劲，虎虎有风声。

丁督护歌

《丁督护歌》是《清商曲·吴声歌》旧题。《宋书·乐志》："督护歌者，彭城内史徐逵之为鲁轨所杀，宋高祖使府内直督护丁旿收敛殡埋之。逵之妻，高祖长女也。呼旿至阁下，自问敛送之事。每问，辄叹息曰：'丁督护！'其声哀切。后人因其声广其曲焉。"关于李白这诗，过去有人以为歌咏历史题材，寻绎语意，显有不合。王琦说："考芒砀诸山，实产文石，或者是时官司取石于此山，僦舟搬运，适当天旱水涸，牵挽而行。期令峻急，役者劳苦，太白悯之，而作此诗。"（见《李太白全集》卷六）它之所以题为《丁督护歌》，是因为听到当时民伕在拖船时唱着这支歌曲，故借作诗题，取其声调之哀怨，与原来的题意，并不相关。督护一作"都护"。

云阳上征去，两岸饶商贾①。吴牛喘月时②，拖船一何苦！水浊不可饮，壶浆半成土③。一唱都护歌，心摧泪如雨。万人凿磐石，无由达江浒④。君看石芒砀，掩泪悲千古⑤。

【注释】

① 云阳二句：意谓文石采自芒砀，由运河向南运往云阳。运河两岸是繁盛的商业区，商贾的富裕生活和拖船民伕之苦，正好是个对照，故下文云云。云阳上征去，是"上征云阳去"的倒文。云阳，今江苏丹阳县。按：云阳，秦以后为曲阿，天宝元年改为丹阳，属江南道润州（见《元和郡县图志》卷二五）。这里是沿用旧名。

② 吴牛句：天气炎热的时候。吴牛，即水牛。《世说新语·言语》刘孝标注："今之水牛，惟生江淮间，故谓之吴牛也。南土多暑，而此牛畏热，见月疑是日，所以见月则喘。"

③ 壶浆：壶里的饮料。浆有二义：一指薄酒，《楚辞·九歌·东皇太一》："奠桂酒兮椒浆。"一泛指饮料，《礼记·檀弓上》："水浆不入于口者七日。"这里用后一义。

④ 万人二句：王琦注："谓此万夫所凿之磐石，为数甚多，无由即达江

浒。”江浒(hǔ),江边,指云阳。凿,一作“系”。

⑤ 君看二句:意谓这芒砀二山所产的文石,带给人民永远难以解脱的苦难,使人为之生悲而掩泪。

静　夜　思

这诗写静夜思乡之情。郭茂倩编入《乐府诗集》卷九〇《新乐府辞》,说:“新乐府者,皆唐世之新歌也。以其辞实乐府,而未尝被于声,故曰新乐府也。”

床前明月光,疑是地上霜。举头望明月,低头思故乡。

【评】 寻常口语却写出客居者百无聊赖的情态。诗从一个错觉引起,床前一片银霜,知是夜深人静时。看见这“霜”,则分明长夜无眠。见“霜”又疑,此时此地不当有霜,于是缘踪追寻,终于抬头看见一轮皓月。见月则念“隔千里兮共明月”,顿觉寒光万束,如箭攒心,于是低头更为神伤。月光非霜,然而寒甚于霜,总是长夜无聊,寻寻觅觅,愁何以绝,情何以堪。

春　　思

燕草碧如丝,秦桑低绿枝①。当君怀归日,是妾断肠时。春风不相识,何事入罗帏[2]?

【注释】

① 燕草二句:征人在燕,思妇在秦,上下句分写两地春景。萧士赟曰:"燕北地寒,草生迟。当秦桑低绿之时,燕草方生,如丝之碧也。"(《分类补注李太白集》卷六)按:《楚辞·招隐士》:"王孙游兮不归,春草生兮萋萋。"又乐府有《陌上桑》、《采桑度》等歌词,这里说草,说桑,既用以兴起下文两地相思之情,又暗用《陌上桑》中罗敷女拒绝太守引诱故事,诗脉潜通最后二句。

② 春风二句:乐府《子夜四时歌》:"春风复多情,吹我罗裳开。"这里化用其语,暗示对丈夫爱情的坚贞。清人赵翼《瓯北诗话》卷一谓这二句"蕴藉吞吐,言短意长,直接《国风》之遗。"

扶风豪士歌

这诗是天宝十五载(756)春间李白由宣城入剡中(今浙江嵊县一带)路过泾县时赠万巨之作。诗中首陈安史乱起,时局动荡不安,人民遭受巨大灾难;中叙宴饮欢聚,意气相倾之乐;结处自明心迹,有感愤时艰,靖难立功之意,为全篇主旨所在。嘉庆《泾县志》卷二〇:"唐万巨,晏五世孙,世居震山。天宝末以材荐,不就。李白游泾,有赠《扶风豪士歌》。扶风,巨远祖汉槐里侯修封郡名也。"今陕西凤县一带,汉为扶风郡地。

洛阳三月飞胡沙[1],洛阳城中人怨嗟。天津流水波赤血[2],白骨相撑如乱麻。我亦东奔向吴国[3],浮云四塞道路赊[4]。东方日出啼早鸦,城门人开扫落花。梧桐杨柳拂金井，来醉扶风豪士家。扶风豪士天下奇，意气相倾山可移。作人不倚将军势，饮酒岂顾尚书期[5]？雕盘绮食会众客，吴歌赵舞香风吹。原尝春陵六国时[6]，开心写意君所知[7]。堂前各有三千士，明日报恩知是谁？抚长剑，一扬眉，清水白石何离离[8]！脱吾帽，向君笑；饮君酒，为君吟：张良未逐赤松去，桥边黄石知我心[9]。

【注释】

① 胡沙：犹言胡尘（参看前《古风》注⑩）。

② 天津流水：指天津桥下的洛水。天津桥在洛阳西南二十里洛水上。隋炀帝时所建，唐初重修。一名上浮桥。

③ 我亦句：一作“我亦来奔溧溪上”。

④ 赊：远。

⑤ 作人二句：赞美主人不屈于富贵，不牵于俗情的豪迈性格。上句借用成语。汉辛延年《羽林郎》：“昔有霍家奴，姓冯名子都。依倚将军势，调笑酒家胡。”下句用陈遵留客的典故。汉朝陈遵嗜酒好客，每次宴会，客人到齐，就将大门关上，把客人所乘车上的辖（车轴上的键）拔出，投入井中，使不得早去。一次，有位刺史上朝奏事，经过他家，也被这样留住。刺史大窘，候陈遵醉后，入内室，拜见陈遵的母亲，说明自己和尚书约定时间会见，急需前往。陈母亲指给后门，放他出去（见《汉书·陈遵传》）。这里是说喝酒时就顾不到这类的事。

⑥ 原尝春陵：指战国时的四公子。原，赵国的平原君赵胜。尝，齐国的孟尝君田文。春，楚国的春申君黄歇。陵，魏国的信陵君魏无忌。他们都以豪侠著称，专门罗致人才，门下各有客三千。六国时：指周末的战国时代。

⑦ 开心写意：言以真诚待士。《后汉书·马援传》：“且开心见诚，无所隐伏。”开心，犹如说披肝露胆。《战国策·赵策二》：“忠可以写意。”写意，谓倾吐心意。

⑧ 清水句：比喻心迹终于可以表明。离离，犹言历历，看得很清楚的意思。乐府《相和歌·艳歌行》："语卿且勿眄，水清石自见。石见何累累，远行不如归。"这里化用其意。所说的心迹，即指下文"张良"二句。

⑨ 张良二句：张良，字子房，汉初的开国功臣，赤松、黄石，赤松子和黄石公的简称，均仙人名。传说，张良少时，曾在下邳圯水桥上遇仙人黄石公，授以《太公兵法》。后张良佐汉高祖刘邦统一中国，受封为留侯。但他自说愿弃人间，从赤松子游。事见《史记·留侯世家》。这里李白以张良自比。

【评】 诗分三节。至"来醉"句为第一段，写乱起奔吴，至万巨家。从"扶风豪士"至"明日报恩"句为第二段，写主人之好客豪爽。"抚长剑"以下为第三段，借酒抒怀。段间过渡自然，全诗逸气旷荡。胡震亨评此诗"洛阳如何光景，作快活语，在杜甫不会，在李白不可"。确实如此。有兴趣的读者可取杜甫也是战乱奔避朋友家所作的《赠卫八处士诗》与本诗对读，则二家风格区别当可自明。

横　江　词（六首选一）

横江，即横江浦，在今安徽和县东南长江边，和当涂的采石矶隔江相对。这诗写风波之险，寓有世路艰难的感慨。

横江馆前津吏迎[①]，向余东指海云生。"郎今欲渡缘何事？如此风波不可行[②]！"

【注释】

① 横江馆：设在横江浦的对岸采石矶，又曰采石驿。津吏：唐制于诸津

渡设津令一人，下有津吏(见《新唐书·百官志》)。

② 郎今二句：杨慎曰："古乐府《乌栖曲》：'采菱渡头拟黄河，郎今欲渡畏风波。'太白以一句衍作二句，绝妙。"(《升庵诗话》卷五)

峨眉山月歌

这诗是开元十四年(726)，李白由蜀出游途中寄友人之作。诗中的"君"，即指友人，姓名不可考。全诗四句，连用五个地名，而组织精巧，意境深曲，丝毫没有堆砌的痕迹，可以看出李白绝句空灵秀丽的一面。

峨眉山月半轮秋，影入平羌江水流①。夜发清溪向三峡②，思君不见下渝州③。

【注释】

① 峨眉二句：回忆在峨眉同友人赏月时所见的景色，下两句写远行中孤独的心情。因为是"夜发"，故以峨眉山月起兴。平羌江，即青衣江。源出今四川芦山县西北，流出乐山县而入岷江。峨眉山南临平羌江，月影映入江水，为高山所掩，只能看到半轮。

② 清溪：即清溪驿，在今四川犍为县。三峡：指长江上游，今四川、湖北二省之间的三个峡(两山夹水)。这一带，江峡极多，通常指四川奉节县东的瞿塘峡，巫山县东的巫山峡，湖北宜昌县西北的西陵峡。《乐山县志》以为三峡当指乐山县黎头、背峨、平羌三峡；清溪，地名，在黎头峡上游。按全诗地形，其说较妥。

③ 渝州：州治在今重庆市。

赠何七判官昌浩

这诗借赠友抒写自己经世致用的抱负，对逃避现实、泉石鸣高的隐士，死守章句、迂拘无用的儒生表示了轻蔑和嘲讽。诗的起结转折，超忽不平，有如天风海涛，给人以开拓胸怀之感。何昌浩，生平不详。寻绎诗意，此行当是赴边地军幕，担任节度判官。

有时忽惆怅，匡坐至夜分①。平明空啸咤②，思欲解世纷③。心随长风去，吹散万里云④。羞作济南生，九十诵古文⑤。不然拂剑起，沙漠收奇勋。老死阡陌间⑥，何因扬清芬⑦？夫子今管乐⑧，英才冠三军。终与同出处，岂将沮溺群⑨？

【注释】

① 匡坐：正坐。夜分：夜半。

② 啸咤：这里是指内心不平的一种表现。张华《壮士诗》："啸咤起清风。"蹙口出声曰啸。

③ 解世纷：解除社会上的纷乱。战国时鲁仲连曾说："所贵于天下之士者，为人排患、释难、解纷乱而无取也。"（见《史记·鲁仲连列传》。参见前《古风》第一首注⑤）此用其意。以上四句写夜坐啸咤。

④ 心随二句：用宗悫"乘长风破万里浪"（见《宋书·宗悫传》。参见前《行路难》注⑥）意，而变其语。此二句借景荡开，用起下文。

⑤ 羞作二句：济南生即伏生。伏生名胜，《史记·儒林传》："伏生者，济南人也。故为秦博士。孝文帝时，欲求能治《尚书》者，天下无有。乃闻伏生能治，欲召之。是时，伏生年九十余，老，不能行。于是乃诏太常，使掌故朝错往受之。秦时焚《书》，伏生壁藏之。其后兵大起，流

亡。汉定,伏生求其书,亡数十篇,独得二十九篇,即以教于齐、鲁之间。"按:汉代经学有今文和古文之分。伏生所传的《尚书》二十九篇本,称为今文《尚书》。所谓"今文",是指钞写时用汉时通行的今体文字。至于他所诵读的则是用古体文字写的壁中藏本,故曰"诵古文"。

⑥ 阡陌间:犹言田野间。田间道路叫阡陌。贾谊《过秦论》:"俯起阡陌之中。"

⑦ 以上六句三转折,以应首四句"惆怅"、"啸咤"。

⑧ 管乐:管仲和乐毅。管仲相齐桓公,称霸诸侯。乐毅辅燕昭王,攻破强齐,都是古代杰出的政治、军事家。

⑨ 终与二句:言自己终于会同何昌浩一样,出而用世。出处,在这里是偏义复词,偏用"出"义。将,从的意思。沮、溺,指春秋时的隐士长沮和桀溺。《论语·微子》:"长沮、桀溺耦而耕。"将沮溺群,犹言与沮溺为群,即上文说的"老死阡陌间"。末四句收束点诗题"赠",则前此均借题发挥。

闻王昌龄左迁龙标遥有此寄

王昌龄生平事迹见前。古人尚右,左迁谓贬官。王被谪为龙标尉,时间不可考。龙标,今湖南黔阳县。

杨花落尽子规啼,闻道龙标过五溪①。我寄愁心与明月,随君直到夜郎西②。

【注释】

① 五溪:雄溪、蒲溪、酉溪、沅溪、辰溪的总称,在今湖南省西部和贵州省东部。

② 我寄二句：月夜思友，故因月寄情。按：王维《送沈子福之江东》："惟有相思似春色，江南江北送君归。"与此用意略同。夜郎西，泛指遥远的西南边地。夜郎，古国名，其地在今贵州省西部。唐夜郎县，在今贵州桐梓县东。

【评】 "五溪"一节，"夜郎"又一节，是龙标征程。"闻道"、"我寄"、"随君"是太白思绪。"愁"字为一诗之主，绾连二人。而开首花落残春、子规啼血先又布下一片愁阵，中间明月更与愁人相随。全诗组织甚巧而浑然一体，读来只觉渐行渐远，弥愁弥深。盖以情恳意切，所谓自然工巧耳。

庐山谣寄卢侍御虚舟

据黄锡珪《李太白编年诗集目录》订为天宝十五载(756)秋间李白隐居庐山时所作。当时安史乱起，两京沦陷，烽烟蔓及江淮，诗中所表现的消极避世思想，说明作者无可奈何而希图超度现实，反映了他极度苦闷复杂的矛盾心情的一个侧面，可与前选《古风》"西岳莲花山"一首相参看。卢虚舟，范阳(今北京市)人。唐人称殿中侍御史及监察御史为侍御。赵璘《因话录》："御史台三院：一曰台院，其僚曰侍御史，众呼为端公。……二曰殿院，其僚曰殿中侍御史，众呼为侍御。……三曰察院，其僚曰监察御史，众亦呼为侍御。"

我本楚狂人，凤歌笑孔丘①。手持绿玉杖，朝别黄鹤楼。五岳寻仙不辞远②，一生好入名山游。庐山秀出南斗旁[3]，屏风九叠云锦张[4]，影落明湖青黛光[5]。金阙前开二峰长[6]，银河倒挂三石梁[7]。香炉瀑布遥相望[8]，回崖沓嶂凌苍苍[9]。翠影红霞映朝日[10]，鸟飞不到吴天长。登高壮观天地间，大江茫茫去不还。黄云万里动风色，白波九道流雪山[11]。好为庐山谣，兴因庐山发。闲窥石镜清我心，谢公行处苍苔没[12]。早服还丹无世情[13]，琴心三叠道初成[14]。遥见仙人彩云里，手把芙蓉朝玉京[15]。先期汗漫九垓上，愿接卢敖游太清[16]。

【注释】

① 我本二句：《论语·微子》："楚狂接舆歌而过孔子曰'凤兮，凤兮，何德之衰？往者不可谏，来者犹可追。已而，已而，今之从政者殆而！'孔子下，欲与之言。趋而辟（避）之，不得与之言。"歌中的"凤"，系影射孔子。

② 五岳：我国五座大山的总称。说法不一，通常是指东岳泰山、西岳华山、南岳衡山、北岳恒山、中岳嵩山。

③ 庐山句：按照古代天文学，浔阳（今江西九江市）当南斗的分野（参看前王维《终南山》注④），庐山在浔阳附近，故云。南斗，星宿名。

④ 屏风九叠：又名屏风叠，在庐山五老峰东北。峰峦重叠，状如屏风，故称。

⑤ 明湖：指鄱阳湖。

⑥ 金阙：即金阙崖，又名石门。当石门水发源处。两崖对峙，高耸如双阙，故称。二峰：指香炉峰和双剑峰。长，一作"帐"。

⑦ 银河句：据说，庐山上有三石桥（现已无考），长数十丈，宽不盈尺，望去如银河倒挂空中。一说：三石梁是指屏风叠左边的三叠泉。其水三折而下，如银河之挂石梁。挂，一作"泻"。

⑧ 香炉句：香炉峰附近，瀑布极多。望，读平声。释慧远《庐山记》"东南有香山……西南有石门山，壁立千仞，而瀑布流焉。"

⑨ 凌苍苍：一作“何苍苍”。

⑩ 映朝日：一作“照千里”。

⑪ 白波句：形容大江中卷起一层层的巨浪，望去有如流动的雪山。古人说，江至庐江、浔阳，分为九派（见《汉书·地理志》）。九道，义同九派，指宽阔的江水。按：李白《横江词》第四首：“涛似连山喷雪来。”又宋代苏轼《念奴娇》（赤壁怀古）：“惊涛拍岸，卷起千堆雪。”所写之景，与此略同；而此铸语特为雄浑。

⑫ 闲窥二句：意谓山水清幽，能消除俗念；而凭吊古迹，感慨于沧桑变易，更加引起超世出尘之想。上文所云“兴因庐山发”，即指此。庐山有石镜峰。峰东有圆石悬崖，明莹如镜，称为石镜。谢灵运《入彭蠡湖口》：“攀崖照石镜，牵叶入松门。”谢公行处苍苔没，一作“绿萝开处悬明月”。

⑬ 还丹：道家烧丹成水银，又烧水银成丹，叫做还。成熟的丹，称为还丹。一称九还或大还。

⑭ 琴心三叠：道家术语。意指心身宁静专一。

⑮ 朝：朝谒。玉京：道家称为三十二帝之都。

⑯ 先期二句：《淮南子·道应训》：“卢敖游乎北海……见一士焉……卢敖与之语曰：‘……子殆可与敖为友乎？’若士者齤然而笑曰：‘……吾与汗漫期于九垓之外，吾不可以久驻。’若士举臂而竦身，遂入云中。”此以卢敖拟卢虚舟，意谓愿和他一起作神仙之游。期，约。汗漫，仙人名。接，引导的意思。道家以玉清、上清、太清为三清。太清，指最高的天界。

【评】 这诗总揽庐山全景，以绚烂多彩的笔意，写出山川辉映、雄奇瑰玮的壮观。诗以狂歌出游，五岳寻仙起。“庐山秀出”句转韵正写，分二层：先写庐山山水之奇丽，以“鸟飞不到吴天长”荡开。“登高”句起又转韵承“吴天长”意，写登庐山高峰望大江东去，造语更为宏阔，境界更为奇伟。气盈势遒，逼出“好为”“兴因”二句，续以缅想谢公，石镜清心，是又为一韵。由“清心”顺势而入“无世情”、“道初成”，回照开首“寻仙”，又饱墨淋漓，畅写与仙家共游太清玉京。章法一线贯通，而起伏排荡，淋漓尽致，是以可贵。

梦游天姥吟留别

唐玄宗天宝三载(744)，李白为权贵所排挤，被放出都。第二年，将由东鲁南游越中，这是行前向朋友们表白心情之作。诗以浪漫主义手法，通过梦游，表现对山水名区的向往，显示蔑视权贵的傲岸精神；也反映了作者政治上幻灭的悲哀，流露出人生若梦的虚无思想。

天姥，山名，在今浙江新昌县东。吟，诗体名，歌行体当中的一种。谢榛《四溟诗话》引《文式》：“悲如蛩螿曰吟，读之使人思怨。”题一作《别东鲁诸公》。

海客谈瀛洲，烟涛微茫信难求[①]；越人语天姥，云霓明灭或可睹[②]。天姥连天向天横，势拔五岳掩赤城[③]。天台四万八千丈，对此欲倒东南倾[④]。我欲因之梦吴越[⑤]，一夜飞渡镜湖月[⑥]。湖月照我影，送我至剡溪[⑦]。谢公宿处今尚在[⑧]，渌水荡漾清猿啼。脚着谢公屐[⑨]，身登青云梯[⑩]。半壁见海日，空中闻天鸡[⑪]。千岩万转路不定，迷花倚石忽已暝。熊咆龙吟殷岩泉，栗深林兮惊层巅[⑫]。云青青兮欲雨，水澹澹兮生烟。列缺霹雳[⑬]，丘峦崩摧。洞天石扉[⑭]，訇然中开[⑮]。青冥浩荡不见底[⑯]，日月照耀金银台[⑰]。霓为衣兮风为马，云之君兮纷纷而来下[⑱]。虎鼓瑟兮鸾回车[⑲]，仙之人兮列如麻[⑳]。忽魂悸以魄动[㉑]，恍惊起而长嗟[22]。惟觉时之枕席，失向来之烟霞[23]。世间行乐亦如此，古来万事东流水。别君去兮何时还？且放白鹿青崖间，须行即骑访名山。安能摧眉折腰事权贵[24]，使我不得开心颜！

【注释】

① 海客二句：意谓海外三神山之说，并不可信。详见前《登高丘而望远海》注①、注③。海客，来自海上的客人。瀛洲，神话中的仙境，海外三神山之一。微茫，依稀仿佛貌。

② 越人二句：意谓天姥山的景象万千，是真实而可能见到的。与上文海外三神山之烟涛微茫、无法寻求，相对而言。下面"天姥连天"四句，是越人所谈的天姥山的形势。

③ 拔五岳：超出于五岳。五岳，见《庐山谣寄卢侍御虚舟》注③。掩赤城：掩盖了赤城。赤城，山名(详见前孟浩然《舟中晓望》注⑤)。

④ 天台二句：意谓四万八千丈高的天台山，面对着它西北的天姥山，像倒塌了似的，显得东南低了。屈原《天问》："康回凭怒，地何故以东南倾。"天台山，在今浙江天台县北，与天姥峰相对。

⑤ 因之：因越人的谈话。吴越：指越。因吴越相邻，连类而及，是偏义复词。

⑥ 镜湖：在今浙江绍兴市。因波平如镜，故名。一称鉴湖或庆湖。

⑦ 剡(shàn)溪：曹娥江上游，在今浙江嵊县。

⑧ 谢公宿处：谢灵运游天姥，曾在剡溪投宿。其《登临海峤初发疆中作》有云："暝投剡中宿，明登天姥岑。"

⑨ 谢公屐：谢灵运所特制的登山木鞋。鞋底装有活动的锯齿。上山则去前齿，下山则去后齿。见《宋书·谢灵运传》。

⑩ 青云梯：指高峻入云的山路。谢灵运《登石门最高顶》："惜无同怀客，共登青云梯。"语本此。

⑪ 天鸡：《述异记》："东南有桃都山，上有大树名曰桃都，枝相去三千里，

上有天鸡。日初出照此木,天鸡则鸣,天下之鸡皆随之鸣。”

⑫ 熊咆二句:意谓岩泉发出巨大声响,有如熊咆龙吟,使得出入于深林层巅的山中游人,为之战栗而惊恐。一说:熊咆龙吟是实叙。殷(yǐn),形容声音宏大。《诗经·召南·殷其雷》:“殷其雷,在南山之阳。”层巅,一层比一层高的山峰。

⑬ 列缺:闪电。霹雳:雷声。

⑭ 洞天:道家称神仙所居之处。石扉:一作“石扇”。

⑮ 訇(hōng)然:大声貌。

⑯ 青冥:天空。

⑰ 金银台:神仙所居的宫阙。郭璞《游仙》:“神仙排云出,但见金银台。”

⑱ 霓为衣二句:傅玄《吴楚歌》:“云为车兮风为马。”云之君,《楚辞·九歌》有《云中君》,指云神,这里泛指神仙。

⑲ 虎鼓瑟:语本张衡《西京赋》:“白虎鼓瑟。”回车:拉车。

⑳ 列如麻:言其众多。《云笈七签》卷九六《上元夫人步虚曲》:“忽过紫微垣,真人列如麻。”一本“列”下无“如”字。

㉑ 悸:心惊。

㉒ 恍:觉醒貌。

㉓ 向来:前一晌,指梦境中。

㉔ 摧眉折腰:低着眉头,弯着腰。意谓委屈自己,小心伺候别人。

【评】 太白诗以奇称,此诗奇中又奇,虚虚实实,全从空中落笔。“游”大姥,却先从“海客谈瀛洲”起作陪衬,虚写一层。继以“越人语天姥”,阑入赤城天台,又一层陪衬,又一层虚写。“我欲因之梦吴越”以下入“游”字,愈唱愈奇,万幻千变,似为实写;忽然魂悸魄动,惊起惟见枕席,则实写仍为虚写。再返阅前面,曰“信难求”,曰“或可睹”,曰“梦吴越”,曰“镜湖月”,曰“照我影”,早已节节点明“梦游”,只为状写太真切、太奇丽,读者才以梦为真,以虚为实。末节就美梦与现实展开议论,发抒不平,结出“留别”两字,拟骑白鹿、访名山以寻求梦中境界,避开污浊世界,傲骨自珍,期开心颜,则于实中怀虚,仍扣“游天姥”题面。天马行空,逸足神骏,而步武不紊,可为此诗之比。

渡荆门送别

这诗是开元十四年(726),李白由三峡出蜀,沿江东下时途中的作品。所谓“送别”,意指江水送自己离别蜀中。诗以雄奇飘逸的笔触,描绘开阔伟丽的景象,反映出作者年少远游,倜傥不群的心情。自首至尾,一气呵成,不受格律的束缚,是李白律诗的特色。

渡远荆门外①,来从楚国游②。山随平野尽,江入大荒流③。月下飞天镜,云生结海楼④。仍怜故乡水⑤,万里送行舟。

【注释】

① 荆门:山名,在今湖北宜都县西北长江南岸,与北岸虎牙山相对峙。

② 楚国:今湖北省一带,秦以前为楚地。

③ 山随两句:自荆门以东,地势平坦。苏轼《出峡》:“入峡喜巉岩,出峡爱平旷。”苏辙《黄州快哉亭记》:“江出西陵,始得平地,其流奔放肆大,南合湘沅,北合汉沔,其势益张,至于赤壁之下,波流浸灌,与海相若。”可作这二句注脚。按:这二句写出了眼前壮丽的山川和诗人开阔的胸襟。大荒,广阔无际的原野。

④ 月下二句:上句说江中月影,有如明镜从天空飞来。李白《古朗月行》:“小时不识月,呼作白玉盘;又疑瑶台镜,飞在青云端。”亦以镜拟月,与此同意。下句说江上云彩的奇丽多变,像海市蜃楼一样。海上

空气下层比上层密度大，光线折射，变幻出许多奇景，望去如城市、楼台，叫做海市蜃楼。《史记》："海旁蜃气象楼台。"

⑤ 怜：爱。这里有留恋的意思。故乡水：指长江。长江自蜀东流而下，李白蜀人，故云。杨慎《升庵诗话》卷二谓末二句"寓怀乡之意"。

【评】 永泰元年杜甫由成都东下于峡中有《旅夜书怀》诗云："细草微风岸，危樯独夜舟。星垂平野阔，月涌大江流。名岂文章著，官应老病休。飘飘何所似，天地一沙鸥。"前人常将李杜此二诗颔联加以比较，有的称李虽壮而杜骨力过之（如胡震亨、吴旦生）；有的称"未容优劣"，"李是昼景，杜是夜景，李是行舟暂住，杜是停舟细观"（王琦）；"二者皆适兴乎会，无意相合"（翁方纲）。我们认为，"未易优劣"说是。然就句论句，所举仍嫌浮泛隔膜。按诗为整体，论句当就具体的人，整篇的诗来看。二联均佳，不仅在于李诗切合行舟中出峡见平瞻之实景，杜诗亦正不离峡中蜀山围抱之环境。更重要的是，李白是少年远游，素性又旷荡不羁，故起句即豪壮。"山随"二句遂见景而自然涌出气势飞动，为壮怀写照。杜甫则老病衰迈，性情沉闷。故首联起得即萧索，望中蜀之江水遂反映为其颔联之警深。二联均佳，然而试互易位置，再读一过，则二诗均支离凿枘，诗不成诗。评家每于断句争论不息，其失均在于此。

送　友　人

这诗和下面一首《送友人入蜀》可能都是天宝三载(744)李白在长安政治失意时所作。所送友人不可考。寻绎诗意，知也是宦游落拓之士。

青山横北郭[①],白水绕东城。此地一为别,孤蓬万里征[②]。浮云游子意,落日故人情[③]。挥手自兹去,萧萧班马鸣[④]。

【注释】

① 郭:本义指外城,此与下句的"城"为同义复文,泛指城垣之外。

② 孤蓬句:比喻客子远行。曹植《杂诗》:"转蓬离本根,飘飘随长风。……类此游客子,捐躯远从戎。"蓬,草名(详见前王维《使至塞上》注②)。

③ 浮云二句:《文选》(伪)李陵《与苏武》:"仰视浮云驰,奄忽互相逾。风波一失所,各在天一隅。"上句化用其意,写友人客中飘零之感。下句写别后相思之情。故人,自指。

④ 班马:离群之马。《左传》襄公十八年:"有班马之声,齐师其遁。"杜预注:"班,别也。"

【评】 起法尤佳,写出萦回不去之别绪。明高启诗"白下有山皆绕郭,清明无客不思家"(《清明呈馆中诸公》),由此翻出以写客思,可与互参。

送友人入蜀

见说蚕丛路[①],崎岖不易行。山从人面起,云傍马头生。芳树笼秦栈[②],春流绕蜀城[③]。升沈应已定,不必问君平[④]。

【注释】

① 见说：即听说，唐人习用语。蚕丛：古蜀王称号（详见前《蜀道难》注②）。这里用作蜀地的代称。

② 秦栈：由秦入蜀的栈道。

③ 春流句：蜀城，指成都。《水经注·江水》："江水又东径成都县，县有二江，双流郡下。"

④ 升沈二句：因送友而抒写自己政治上的失意之感。升沈，指仕途上的升迁和降谪。君平，汉严遵（一作尊）字。他曾在成都街上卖卜（见《汉书·王贡两龚鲍传》）。

【评】 起说蜀道不易行，结谓人间行路难，中则别绪缠绕以绾接之。一片惆怅，而不知其为别，抑或为难。"山从"、"云傍"一联特佳，非特写尽蜀山壁立、乱云飞渡景象，更隐见山行之意。言短意长，是以为贵。

宣城谢朓楼饯别校书叔云

这诗是天宝末李白游宣城时饯别李云所作。谢朓楼，一称谢公楼或北楼，南齐诗人谢朓官宣城太守时所建。唐末，改名为叠嶂楼，在今安徽宣城县。李云，官秘书省校书郎，故称为"校书叔"。题一作《陪侍御叔华登楼歌》。李华于天宝十一载官监察御史（见《新唐书·文艺传》）。唐人称监察御史为侍御（见赵璘《因话录》）。

弃我去者，昨日之日不可留；乱我心者，今日之日多烦忧。长风万里送秋雁，对此可以酣高楼[①]。蓬莱文章建安骨，中间小谢又清发[②]。俱怀逸兴壮思飞，欲上青天览明月[③]。抽刀断水水更流，举杯消愁愁更愁。人生在世不称意，明朝散发弄扁舟[④]。

【注释】

① 酣(hān)：尽情畅饮。

② 蓬莱二句：上句谓李云文章得建安风骨，下句自比为小谢之清发，故下文云“俱怀逸兴”。《后汉书·窦章传》：“是时学者称东观(后汉政府贮藏图书的机构)为老氏藏室，道家蓬莱山。”李贤注：“言东观经籍多也。蓬莱，海中神山，为仙府，幽经秘录并皆在焉。”这里的蓬莱，是借指唐代的秘书省。李云校书秘书省，故称之为“蓬莱文章”。建安(196—219)，汉献帝年号。刘勰《文心雕龙》有《风骨篇》。又《时序篇》论建安诗人云：“观其时文，雅好慷慨。良由世积乱离，风衰俗怨，并志深而笔长，故梗概而多气也。”建安骨，谓具有建安风骨。小谢，指谢朓，区别于谢灵运而言(因谢朓时代在后，故称小谢)。清发，清新秀发，指谢朓的诗风。

③ 览：字同“揽”，取的意思。

④ 散发弄扁舟：意指避世隐居。暗用范蠡“乘扁舟浮于江湖”(见《史记·货殖列传》)的典故。散发，谓脱去簪缨，不受拘束。

【评】　此诗突如其来，倏如而去，然法度在焉。起四句无端发兴感慨，而以“多烦忧”阑及长风秋雁，高楼酣饮，自然而然落入饯别正题。“蓬莱”四句就题展开。分合以写己与叔氏文章风骨，逸兴壮思。“抽刀”二句如异峰突起，其实意脉从“欲上”句贯下。盖青天览月虽豪逸，而实不可得矣，则其愁更深。此二句又照应起四句烦乱之意，复发为“不称意”“弄扁舟”之浩叹，看似飘然而去，实则结出全诗一腔愁闷之根因所在。不泥题而切题，有章法而飘忽迷离，是太白所以高人一头地处。

答王十二寒夜独酌有怀

这诗因友人的怀念，引起自己的牢骚，写出了作者处于小人得势、朝政昏暗的情况下内心的苦闷和愤慨。抒情之强烈，在李白诗中是具有代表性的。但这种愤激不平之感，更多的是从个人穷通得失出发；它所反映的只是统治集团当权派对清流文人的打击和迫害。诗歌的思想意义，主要表现在对某些不合理现象的大胆揭发和猛烈抨击上，而没有认识由于统治者的腐朽荒侈所造成的残酷的阶级剥削和阶级压迫的关系，进一步接触到当时社会生活的主要矛盾。王十二，名字不详。他写了一首寒夜独酌有怀李白的诗，其内容大概是感慨自己的仕途失意，为李白的怀才不遇鸣不平。李白答诗中提到哥舒翰攻石堡事，知作于唐玄宗天宝八载(749)以后。

昨夜吴中雪，子猷佳兴发[①]。万里浮云卷碧山，青天中道流孤月。孤月沧浪河汉清[②]，北斗错落长庚明[③]。怀余对酒夜霜白，玉床金井冰峥嵘。人生飘忽百年内，且须酣畅万古情。君不能狸膏金距学斗鸡，坐令鼻息吹虹霓[④]；君不能学哥舒横行青海夜带刀，西屠石堡取紫袍[⑤]。吟诗作赋北窗里，万言不值一杯水。世人闻之皆掉头[⑥]，有如东风射马耳[⑦]。鱼目亦笑我，谓与明月同[⑧]。骅骝拳跼不能食，蹇驴得志鸣春风[⑨]。《折杨》《黄华》合流俗[⑩]，晋君听琴枉清角[⑪]。巴人谁肯和《阳春》[⑫]，楚地由来贱奇璞[⑬]。黄金散尽交不成，白首为儒身被轻。一谈一笑失颜色，苍蝇贝锦喧谤声[⑭]。曾参岂是杀人者，谗言三及慈母惊[⑮]。与君论心握君手，荣辱于余亦何有[⑯]。孔圣犹闻伤凤麟[17],董龙更是何鸡狗[18]!一生傲岸苦不谐,恩疏媒劳志多乖[19]。严陵高揖汉天子[20],何必长剑拄颐事玉阶[21]?达亦不足贵,穷亦不足悲。韩信羞将绛灌比[22],祢衡肯逐屠沽儿[23]?君不见李北海,英风豪气今何在[24]?君不见裴尚书,土坟三尺蒿棘居[25]?少年早欲五湖去[26],见此弥将钟鼎疏[27]。

【注释】

① 昨夜二句:《世说新语·任诞》:"王子猷居山阴。夜大雪,眠觉,开室命酌酒,四望皎然。因起彷徨,咏左思《招隐》诗。忽忆戴安道。时戴在剡,即便夜乘小船就之。经宿方至,造门不前而返。人问其故。王曰:'吾本乘兴而行,兴尽而返,何必见戴?'"此取寒夜独酌怀人之义,借以比喻王十二对自己的怀念。

② 沧浪:寒凉的意思。沧,一作"苍"。

③ 错落:互相间杂。长庚:即太白星。

④ 君不能狸膏二句:见前《神鸡童谣》有关注及李白《古风》(大车扬飞尘)注⑥。狸膏,斗鸡取胜的一种方法。狸食鸡,把狸油涂在鸡头上,使对方的鸡闻到气味,不战而逃。

⑤ 君不能学二句:《旧唐书·王忠嗣传》:"(唐)玄宗方事石堡城",王忠嗣以为"顿兵坚城之下,必死者数万,然后事可图也。"所以他对别人说:"今争一城,得之未制于敌,不得之未害于国。忠嗣岂以数万人之命易一官哉?"终因不肯听命之故,"几陷极刑"。天宝八载(749)哥舒翰不惜伤亡惨重的代价,攻破吐蕃石堡城,以功封特进鸿胪员外郎摄御史大夫。唐制:三品以上官衣紫。此二句言哥舒翰以人血染紫官袍,其行为与靠斗鸡取富贵者一样,均为李白所不取。

⑥ 闻之:一作"闻此"。

⑦ 东风射马耳:马耸着耳朵,风吹不进,比喻听不入耳。射,吹的意思。按:此或为当时习语。翟灏《通俗编》卷一引白此句又云"宋元人又有

西风贯驴耳语，当即因此转变。"

⑧ 鱼目二句：《韩诗外传》："鱼目似珠。"张协《杂诗》："鱼目笑明月。"此化用其意，谓以鱼目冒充明月珠，比喻小人自矜得势，而嘲笑失意的人们。谓，一作"请"。明月，宝珠名。

⑨ 骅骝二句：贾谊《吊屈原》："腾驾疲牛骖蹇驴兮，骥垂两耳服盐车兮。"此化用其意，以骅骝比贤才，以蹇驴比小人。拳跼，曲屈不能伸展貌。蹇驴，跛驴。

⑩《折杨》句：《庄子·天地》："大声不入于里耳，《折杨》、《皇荂》，则嗑然而笑。"成玄英注："《折杨》、《皇荂》，盖古之俗中小曲。"荂，古"华"字。

⑪ 晋君句：《韩非子·十过》："(晋)平公曰：'清角可得而闻乎?'师旷曰：'不可！昔者黄帝合鬼神于西泰山之上，……作为清角。今主君德薄，不足听之。听之恐将有败。'平公曰：'寡人老矣，所好者音也，愿遂听之。'师旷不得已而鼓之。……再奏之，大风至，大雨随之，裂帷幕，破俎豆，隳廊瓦。坐者散走。平公恐惧，伏于廊室之间。晋国大旱，赤地三年。平公之身遂癃病。"此以晋平公空有师旷能奏清角而无德消受，比喻唐玄宗不能任用人才。

⑫ 巴人句：《文选》宋玉《对楚王问》："客有歌于郢中者，其始曰《下里巴人》，国中属和者数千人；其为《阳阿薤露》，国中属而和者数百人；其为《阳春白雪》，国中属而和者不过数十人。……盖其曲弥高，其和弥寡。"这里的巴人，指郢中之人。郢，楚国的国都，古为巴东之地，在今湖北江陵县。《阳春》即《阳春白雪》。

⑬ 楚地句：春秋时，楚人卞和得璞于荆山之下，献给楚厉王。因厉王看不出其中蕴有宝玉，被认为是欺骗而砍掉了左脚。后厉王之子武王嗣位，再次献璞，又被砍掉右脚(见《韩非子·和氏》)。璞(pú)，包着玉的石头。此用以比喻被埋没的人才。

⑭ 苍蝇句：言谗言可畏。《诗经·小雅·青蝇》："营营青蝇，止于樊，岂弟君子，无信谗言。"苍蝇污秽，变白为黑，比喻谗人颠倒是非，中伤别人。《小雅·巷伯》："萋兮斐兮，成是贝锦。彼谮人者，亦已太甚!"贝锦，像贝壳一样有文彩的锦，比喻谗人言词的巧妙。

⑮ 曾参二句：自指在长安时受到排挤、打击的政治遭遇。曾参，春秋时鲁人。有一和他同姓名的郑国人杀了人，别人误会以为是他，往告他的母亲。曾母相信自己的儿子不会行凶，安然不动。接着又来两人，也这样说，曾母不得不相信，为之惊惧，跳墙逃走（见刘向《新序》）。

⑯ 亦何有：又算什么。

⑰ 孔圣句：古人认为麒麟和凤凰是祥瑞之物，太平时才出现。孔子曾说："凤鸟不至，河不出图，吾已矣夫！"（《论语·子罕》）又，《春秋》鲁哀公十四年（前482）："西狩获麟（长颈鹿一类动物）。"孔子曰："吾道穷矣！"（见《史记·孔子世家》）伤凤麟，是悲伤自己生不逢时。

⑱ 董龙句：前秦（五胡十六国之一）主苻生宠信董荣，荣官至右仆射，权重一时，宰相王堕不屑理睬他。有人从旁劝解。王说："董龙（董荣的小名）是何鸡狗，而令国士与之言乎？"（见《十六国春秋》）这里以董龙借指为玄宗所宠信的大臣，如杨国忠、李林甫之流。是何鸡狗，和后来口语里骂人"算什么东西"的意思相近似。

⑲ 恩疏句：《楚辞》中往往以男女爱情比喻君臣间的遇合。《九歌·湘君》："心不同兮媒劳，恩不甚兮轻绝。"这里化用其语，指自己曾被吴筠推荐入都，但并没受到玄宗重用。乖，违反。

⑳ 严陵句：严陵，严子陵的简称。即严光，子陵是他的字。严光少时与后汉光武帝刘秀同游学，后来刘秀做了皇帝，他隐居不仕。相见时，仍然保持着朋友的身份（见《后汉书·严光传》）。高揖，即长揖。长揖不拜，是古代平行的礼节。

㉑ 长剑拄颐："大冠若箕，长剑拄颐"，是战国时的民间歌谣中语，讲男子雄伟的服饰（见刘向《说苑》）。拄，支的意思。剑斜佩在身上，因长，故拄颐。事玉阶：上玉阶去朝见皇帝。

㉒ 韩信句：韩信是汉朝的开国元勋，初为齐王，徙封楚王，后被废为淮阴侯，和绛侯周勃、颍阴侯灌婴同列。他时时感到不快，羞与为伍（见《史记·淮阴侯列传》）。

㉓ 祢衡句：祢衡，东汉末人。他来到许昌，有人问他和陈长文、司马伯达有无来往。他回答说："吾焉能从屠沽儿耶？"（见《后汉书·祢衡传》）。

屠沽儿，杀猪卖酒的人，是封建士大夫心目中所极端鄙视的市井贱民。儿，读倪。

㉔ 君不见李北海二句：李邕，字泰和，扬州江都人。官北海太守，时人称为李北海。他性情豪放，能文章，工书法，交游广阔，在当时极负盛名。玄宗曾想重用他，但因谗毁始终不得留朝任职。天宝六载(747)，被李林甫陷害，杖死(见《新唐书・李邕传》)。

㉕ 君不见裴尚书二句：玄宗时姓裴的尚书共有六人，这里所指，据王琦考证，当是刑部尚书裴敦复。他立有战功，为李林甫所忌。与李邕同时被陷，杖死(见《李太白全集》卷一九)。

㉖ 五湖去：意指散荡江湖，不受官爵拘束。春秋时，范蠡佐越王勾践成就霸业之后，辞官不做，乘扁舟泛五湖而去。

㉗ 见此句：言功名富贵之念，因此而更加淡薄。古代勋贵之家鸣钟列鼎而食。

【评】 元人萧士赟说此诗“造语叙事，错乱颠倒，……决非太白之作”。此论大误。盖未明太白诗扑朔迷离中诗脉潜通之特点也。

全诗分四节，由起句至“且须酣畅万古情”为第一节。借王子猷雪夜访戴安道事起兴，点“答王十二寒夜独酌”题面。构画出一派孤月沧浪、霜砌冰妆的孤迥境界，渲染气氛。并以“万古情”导入“有怀”，用开下文。从“君不能”句至“射马耳”句，为王十二之饱学高节而见弃于世人鸣不平。自“鱼目”句至“慈母惊”句，写自身之遭谗见疏。以上二节虽笔分二端，而愤世嫉俗之情仍一以贯之，以见知己相酬、同声相应之意。“与君论心握君手”句由分而合直至最后为第四段，征引古今史实，夹叙夹议，引出圣贤自来寂寞、穷达无足虑怀的道理，并归结到疏钟鼎、向五湖的志向。全诗起承开合，脉络甚明。诗中多运用连珠走马式的比喻，反复说明同一道理，时杂议论，已开以后韩愈、苏轼一路七古之法门。也正是因为这一点，遂使习惯于以盛唐一段风格来评诗的萧氏感到眩惑不解。

殊不知，李白诗，天才横溢绝非常格所可牢笼，与杜甫一样，其诗在许多方面已开元和诗变之渐。刘熙载云"太白诗虽若升天乘云，无所不至，然自不离本位。"（《艺概・诗概》）此论得之。

陪侍郎叔游洞庭醉后（三首选一）

这诗作于唐肃宗乾元二年（759）。诗中写醉后的逸兴豪情，尺幅之中，有千里之势。侍郎叔，指刑部侍郎李晔。时因事贬官南方，与李白、贾至同游洞庭。

刬却君山好，平铺湘水流①。巴陵无限酒②，醉杀洞庭秋。

【注释】

① 刬（chǎn）却二句：意谓最好把君山铲掉，让湘水平平地流着，不受阻碍。刬，削。杨齐贤注："君山在洞庭东，距巴陵四十里。登岳阳楼望之，横陈其前。君山之后，乃大湖，渺茫无际。"（《分类补注李太白集》卷二〇）洞庭主要由湘水潴成，这里的湘水，即指洞庭湖水。

② 巴陵：山名，一名巴丘，在今湖南岳阳市，下临洞庭湖。

【评】 前人评此诗皆称此诗"胸襟阔大"。陈伟勋《酌雅诗话》偏说"洞庭有君山，天然秀致，如刬却，是诚趣也。……亦何大胸次之有？"按诗题"醉后"，妙在全从醉眼看出。刬山为要湘水滚滚送巴蜀酒来，以为"醉后"之醉，甚而不惜"醉杀"。全诗旨在表达这组诗第一首所说的"清狂"——清中而狂外——之情，此时正不须理会君山之秀致。陈说可谓胶柱鼓瑟。

陪族叔刑部侍郎晔及中书贾舍人至游洞庭（五首选三）

侍郎晔，即李晔，见前诗，贾舍人至，指贾至，官至中书舍人。时贬为岳州司马，曾作有《初至巴陵与李十二白裴九同泛洞庭湖三首》。

其　一（原第二首）

南湖秋水夜无烟，耐可乘流直上天①？且就洞庭赊月色，将船买酒白云边②。

【注释】

① 耐可句：耐可，即能可，亦即可能。能古有耐音。能、耐通，句为设问，意谓“可能乘流直上九天呢?”按静夜清光，天水相辉，故有是想。

② 且就二句：承上句而言。“可能”为或然之词，这里是强调其能，则姑且借就洞庭湖上之月光驾船直上天边来沽酒一醉。按晴夜月光照射水面，必如光带状有如道路，而月中有桂花酒，故有是想。赊，借取、借就。

【评】 此诗设想奇特而空灵，无一句写情，而水天空澄，正与诗人此际胸襟相融。

其　二（原第四首）

洞庭湖西秋月辉，潇湘北岸早鸿飞①。醉客满船歌

《白苎》[2]，不知霜露入秋衣。

【注释】

① 早鸿飞：鸿雁于深秋由北飞南，这时，大概还是中秋前后，故曰“早鸿”。鸿，雁一类的水鸟，比雁大。

②《白苎》：即《白苎歌》，六朝时吴地民歌。

其　三（原第五首）

帝子潇湘去不还[1]，空馀秋草洞庭间。淡扫明湖开玉镜，丹青画出是君山[2]。

【注释】

① 帝子：指湘水女神湘夫人。《楚辞·九歌·湘夫人》：“帝子降兮北渚。”据说，湘夫人即舜妃娥皇、女英。舜死苍梧，她们追踪不及，自投湘水（参见前《远别离》题下注）。因为她们是帝尧的女儿，故称“帝子”。

② 淡扫二句：意谓君山显现在澄澈空明的洞庭湖里，像用丹青画出来一样的美。因为微风吹净湖上的烟云，故曰“淡扫”。

【评】《李诗纬》云：太白“绝句从六朝清商小乐府来”。屈绍隆《粤游诗杂咏序》曰：“诗以神行，使人得其意于言之外，若远若近，若无若有，若云之于天，月之于水……而五七言绝句尤贵以此道行之。昔之擅其妙者，在唐有太白一人。”《诗辨坻》称：“七言绝起忌矜势，太白多直抒旨邕，两言后只用溢思作波掉，唱叹有馀响。”此三语大抵道出太白七言绝的传承特色与妙处。这组诗正典型地体现了太白七绝的这种特质，试以此三语，再读此三诗，必当有所得。

望天门山

天门山，在今安徽当涂县西南。两山夹长江对峙，形如天门，故名。在东岸的叫做博望山，西岸的叫做梁山。亦称东、西梁山。

天门中断楚江开，碧水东流至此回①。两岸青山相对出，孤帆一片日边来。

【注释】

① 天门二句：天门横亘大江南北，山脉为江流所划断，故云“中断”。由于两山夹立，所以楚江流到这里，打个回旋，掀起汹涌的波浪。楚江，天门以西的江。楚江开，楚江从这里流出。

【评】 断崖束流，青山壁峙，江水涌腾，捧出孤帆一叶，其景特远，“日边来”正写出这种视觉印象。宋王安石《江上》诗：“江北秋阴一半开，晓云含雨却低徊。青山缭绕疑无路，忽见千帆隐映来。”从此诗化出而各极其妙。

望庐山瀑布水（二首选一）

日照香炉生紫烟①，遥看瀑布挂前川。飞流直下三千尺，疑是银河落九天。

【注释】

① 日照句：惠远《庐山记略》："东南有香炉山，孤峰秀起。游气笼其上，则氤氲若香烟。"由于日光照射，这蒙蒙的游气，变成了紫色，故云。

【评】 "望"是远望，"紫烟"萦回是缥渺，"三千尺"是高。唯其远而高而缥渺，故有银河泻落九天之感。《望庐山瀑布》一组二首，另一首是五古，中"海风吹不断，江月照还空"二句，为与此诗共传千古的状写瀑布的名句，均妙在于壮阔中见空灵。中唐徐凝有《瀑布诗》云"千古犹疑白练飞，一条界破青山色"。白居易赞为"赛不得"，苏东坡则讥之为"恶诗"。徐诗亦名句，写景不可谓不宏壮，设想亦不可谓不奇警，然与太白二诗相比，过于着实，缺少的正是那种壮阔中寓空灵的韵致。诗至中唐，刻画愈趋细密而韵致反不及盛唐大家，这也是盛、中唐诗区分之大较。至白、苏二论，似均失之偏颇。

早发白帝城

唐肃宗乾元二年(759)，李白长流夜郎。行至白帝城，遇赦，乘舟东返。这诗是江行途中所作。题一作《白帝下江陵》。

朝辞白帝彩云间①，千里江陵一日还。两岸猿声啼不住，轻舟已过万重山②。

【注释】

① 朝辞句：白帝，城名，东汉公孙述所筑，故址在今四川奉节县白帝山上。地势高峻，从山下仰望，如在云中。早晨云霞变幻多彩，故曰"彩云"。

② 千里三句：《太平御览》卷五三引盛弘之《荆州记》："三峡七百里中，两

岸连山，略无阙处，重岩叠嶂，隐天蔽日。自非停午夜分，不见日月。至于夏水襄陵，沿泝阻绝。或王命急宣，有时朝发白帝，暮至江陵。其间千二百里，虽乘奔御风，不为疾也。……每晴初霜旦，林寒涧肃，常有高猿长啸，属引凄异，空岫传响，哀转久绝。故渔者歌曰：'巴东三峡巫峡长，猿鸣三声泪沾裳。'"(郦道元《水经注·江水》同)啼不住，谓猿鸣此落彼起，连绵不绝。

【评】 施补华《岘佣说诗》评曰："太白七绝，天才超绝而神韵随之。如'朝辞白帝彩云间，千里江陵一日还'，如此迅捷，则轻舟之过万山不待言矣。中间却用'两岸猿声啼不住'一句垫之，无此句则直而无味；有此句走处仍留，急语仍缓，可悟用笔之妙。"论此诗颇精细。

又按：四十六年后(永贞元年)韩愈由阳山贬所量移江陵法曹参军，在郴州滞留三月后北上，行舟于"九向九背""滑流奔急"的湘水上，有诗云："雷飑霜翻看不分，雷惊电激语难闻。沿崖宛转到深处，何限青天无片云。"(《郴口又赠》之二)。二位大诗人遭际类似，目的地相同，又都舟行而为七绝，其风格则不一。李诗俊逸，三句一垫，更如骏马注坡，直下千里。韩诗则于潨流奔旋中三句忽作"宛转"，四句遂见"柳暗花明又一村"之态。这固然由于江湘水势不一，兴会有异；而更重要的是二人创作个性同中有异。张载《岁寒堂诗话》称太白有"天仙之姿"，昌黎有"奇崛之气"，于此二诗可见一斑。

宿五松山下荀媪家

五松山，在今安徽铜陵县南。

我宿五松下，寂寥无所欢。田家秋作苦，邻女夜舂寒①。

跪进雕胡饭[2]，月光明素盘[3]。令人惭漂母，三谢不能餐[4]。

【注释】

① 田家二句：按陶潜《庚戌岁九月于西田获早稻》："山中饶霜露，风气亦先寒。田家岂不苦，勿获辞此难。"太白二句似得力于此，而以"寒"字状夜静中单调的舂米声，更见清冷孤单之意。

② 跪进句：以跪拜之礼进奉菰米饭。古人席地而坐，两膝着地，臀部压在脚后跟。动作时，跪进将腰挺直。雕胡即菰米，草本植物，生浅水中，秋实，称菰米，作饭莹洁。

③ 月光句：隐含荀媪进食之心纯洁之意，略同于"清如玉壶冰"。

④ 令人二句：韩信少时穷乏，有一漂母向他进食，后信封楚王，赠漂母以千金(见《史记·淮阴侯列传》)。此以荀媪比漂母。"惭"字有感激与惭愧二重意。感激的是劳动人民诚朴真淳的感情，惭愧是自己漂泊四方，未能有如韩信那样轰轰烈烈的成就事业。两情交加，故下句云云。

【评】　谢榛《四溟诗话》评此诗云："太白夜宿荀媪家，闻比邻舂臼之声以起兴，遂得'邻女夜舂寒'之句。"并谓："此太白近体先得联者，岂得顺流直下哉！"今按谢说纯系想象之辞。邻女夜舂，固为当时实事，然诗以感媪为主旨甚明，不得谓以闻舂起兴。感媪而不囿于反报，故阑入田家邻女事。诗一二写我本无欢，三四写田家苦寒，看似无关，复以荀媪进食事两绾之，以见我与田家惺惺相惜之意，故感激以至不能下餐。诗脉甚明，包蕴特深，何谓不得"顺流而下"哉？此诗肺腑血肉之作，宜乎非"作诗人"所能深解。

夜泊牛渚怀古

原注："此处即谢尚闻袁宏咏史处。"《晋书·文苑传》："袁宏，

字彦伯。……少有逸才,文章绝美。曾为《咏史诗》,是其风情所寄。少孤贫,以运租自业。谢尚时镇牛渚,秋夜乘月,率尔与左右微服泛江,会宏在舫中讽咏。……遂驻听久之,遣问焉。答曰:是袁临汝郎诵诗,即其《咏史》之作也。……即迎升舟,与之谭论,申旦不寐。”此诗写怀古之情,有知音无人之感,是在江天月夜的类似环境中偶然触发的。寄兴无端,风格自然超妙。牛渚,矶名,在今安徽省当涂县北江边的牛渚山下,与采石矶相邻。

牛渚西江夜,青天无片云。登舟望秋月,空忆谢将军①。余亦能高咏,斯人不可闻。明朝挂帆去②,枫叶落纷纷③。

【注释】

① 谢将军:谢尚镇牛渚时,官左卫将军。

② 挂帆去:一作“挂帆席”。

③ 枫叶句:《楚辞·招魂》:“湛湛江水兮上有枫,目极千里兮伤春心。”此化用其意,以寄不遇之慨。

【评】 前人都注意到这诗与前选孟浩然“挂席东南望”一律都平仄协调,然而通体不用对偶。这似乎与二诗所表现的高远空澄的意境有关。对偶工整,易流为板重。不对却往往于绝去町畦中见自然清圆之致。这种格局为中唐一批崇尚自然空灵的诗人取法,他们的诗中颔联不对是经常的形式,亦常常通体不对,皎然集中尤多。选家常取其《访陆羽处士不遇》作为此格例子。可取以参看。

访戴天山道士不遇

这诗是李白未出蜀以前的早期作品。诗写山中景物,通篇扣紧访人不遇,词采奇丽,而意境清幽。戴天山,又名大康(或作"大匡")山,在今四川省江油县。山中有大明寺,是李白少时读书之处。

犬吠水声中,桃花带雨浓[1]。树深时见鹿,溪午不闻钟[2]。野竹分青霭,飞泉挂碧峰[3]。无人知所去,愁倚两三松。

【注释】

① 雨:一作"露"。

② 溪午句:道士不在,庙内无人,故"不闻钟"。从开头到这句写近景。第一句说"水",这里说"溪",知道士住在溪边。下文的"飞泉",正是这溪的水源。

③ 野竹二句:写望中远景。青霭(ǎi),青色的云气。

独坐敬亭山

敬亭山,一名昭亭山,在今安徽省宣城县北。《元和郡县图志》卷二九:"敬亭山(在宣)州北十二里,即谢朓赋诗之所。"

众鸟高飞尽,孤云独去闲。相看两不厌,只有敬亭山。

【评】 唯以前二句撇去得净尽高远,方见得后二句两两相看之超妙。柳宗元《江雪诗》:"千山鸟飞绝,万径人踪灭。孤舟蓑笠翁,独钓寒江雪。"取径与此诗同,而一超闲,一孤峻,境界不侔。辛弃疾

《贺新郎》"我见青山多妩媚,料青山、见我应如是。"纯从李诗化出,却见疏放之致。对读可见诗词家变化之妙。

忆　东　山(二首选一)

东山在今浙江省上虞县西南,是晋时谢安隐居之处,又名谢安山。李白到过越中,又向慕谢安的为人,尝以之自比,故对东山怀有特别深厚的感情。曾说:"所愿归东山,寸心于此足。"(《春滞沅湘有怀山中》)

不向东山久,蔷薇几度花①?白云还自散,明月落谁家②?

【注释】

① 蔷薇句:感叹时光流驶之速。东山有蔷薇洞,在谢安故宅之旁。

② 白云二句:意谓美景无人欣赏,辜负了山中的白云明月。施宿《会稽志》:"(东山)巍然特出于众峰间,拱揖亏蔽,如鸾鹤飞舞。其巅有谢公调马路,白云、明月二堂遗址,千嶂林立,下视沧海,天水相接,盖绝景也。"

【评】 四句二问。前一问是明知故问,以设问见感慨。后一问是不知而问,以设问见怅惘。小诗有曲折,更有馀味。

听蜀僧濬弹琴

这诗描绘琴声,遗象存神。肤词常语,洗剥净尽。于清空自然之中，见凝炼隽永之妙。黄锡珪《李太白编年诗集目录》说是乾元元年(758)李白流夜郎游衡岳时所作。

蜀僧抱绿绮[1]，西下峨眉峰。为我一挥手[2]，如听万壑松[3]。客心洗流水[4]，馀响入霜钟[5]。不觉碧山暮，秋云暗几重。

【注释】

① 绿绮：古琴名。《文选》张载《拟四愁诗》李善注引傅玄《琴赋序》："司马相如有绿绮。"

② 挥手：意指弹奏。嵇康《琴赋》："伯牙挥手。"

③ 万壑松：形容琴韵的清幽。乐府《琴曲》有《风入松》。

④ 客心句：《列子·汤问篇》："伯牙善鼓琴，钟子期善听。伯牙鼓琴，……志在流水，钟子期曰：'善哉！洋洋兮若江河。'"这里化用其语。意谓琴声能洗涤尘俗之念。客，李白自指。

⑤ 馀响句：秋日晚钟，音响清冷，琴声之馀韵，飘散在原野里，与钟声相应，故曰"入"。霜钟，《山海经》卷五："(丰山)有九钟焉，是知霜鸣。"郭璞注曰："霜降则钟鸣，故言知也。"

【评】 结末以听琴入晚景，景中犹含听琴之心理影响。此景所谓"无声之乐"。此法后人多用之，如皎然《戛铜碗为龙吟歌》："声过阴岭恐成雨，响驻晴天将起云。坐来吟尽空江碧，却寻向者听无迹。"白居易《琵琶行》："曲终收拨当心划，四弦一声似裂帛。东船西舫悄无言，唯见江心秋月白。"均同此理。

高　适（九首）

高适（700？—765），字达夫，一字仲武，史称渤海蓨（今河北景县南）人。早岁家贫，客游梁、宋间，落拓失意。以张九皋荐，举有道科，中第。授封丘尉。参河西节度使幕府，官左骁卫兵曹参军，掌书记。安史乱起，拜侍御史，迁谏议大夫，出为淮南节度使。历蜀、彭二州刺史、西川节度使，官终散骑常侍。世称高常侍。

高适诗多写边地战争和个人感慨，也有一部分反映人民疾苦的作品，而以边塞诗最为著名，在当时与岑参并称。其诗于音响浏亮、语言整饬之中，贯注着雄直奔放的气势，激昂慷慨的精神。殷璠说他"诗多胸臆语，兼有气骨"（《河岳英灵集》）。王世贞评高、岑之诗，认为二人不易分优劣，惟论风骨，则岑不如高之遒上（见《艺苑卮言》卷四）。

有《高常侍集》。

自淇涉黄河途中作(十三首选二)

高适三十余岁时,北游燕赵及魏郡,曾在淇水之上寄居过一个时期,集中有《淇上酬薛三据兼寄郭少府》、《淇上别刘少府子英》诸诗。这诗是由淇水北上时所作。淇水发源于今河南省林县的东南,经汤阴县至淇县流入卫河。

其　一(原第六首)

秋日登滑台①,台高秋已暮。独行既未惬②,怀土怅无趣③。萧条晋宋间,羌胡散驰骛。当时无战略,此地即边戍。兵革徒自勤,山河岂云固④!乘闲喜临眺,感物伤游寓⑤。惆怅落日前,飘飖远帆处。北风吹万里,南雁不知数。归意方浩然⑥,云沙更回互⑦。

【注释】

① 滑台:古台名,在今河南滑县。

② 未惬(qiè):不快意。惬,满足。

③ 怀土句:怀念乡土而怅然无意绪。

④ 萧条六句:晋宋间,指南朝晋、宋两个王朝之际。晋末,刘裕北伐,收复了洛阳和长安。但他无雄谋远略,不知尽收失土,只知据滑台之险以自保。以致后来元魏在北方兴起,逐步向南扩展疆土,于是黄河南岸,经常发生战争。元嘉八年(431),宋大将檀道济督诸军北伐,前军在滑台,被魏兵围困。檀道济进兵继上,历三十馀战,因粮草不继,不能前进,滑台终于陷落。六句所说即此。羌胡,指元魏。驰骛(wù),乱跑。边戍,国防最前线。《元和郡县图志》卷九:"宋武帝既平慕容之

后，尽得河南之地。于此(滑州)置兖州，仍置东郡，宋之北境守在此。其城在古滑台，甚险固。”

⑤ 游寓：飘泊无定的羁旅生涯。

⑥ 浩然：水流不止貌。形容意绪难收。《孟子·公孙丑下》：“予然后浩然有归志。”

⑦ 回互：互相环绕。

【评】 胡应麟《诗薮》论唐代五古尚气骨一派云：“唐初承袭梁、隋，陈子昂独开古雅之源，……高适、岑参、王昌龄、李颀、孟云卿，本子昂之古雅，而加以气骨者也。”从本诗与下诗可以看出高适五古确与陈子昂一脉相承，而精彩有以过之。诗为登临之作，于怀归中寓吊古言志之意，气度盘礴。言“无趣”，言“浩然”，均含二重意；结末四句，意境尤阔远浩淼。这些都是对陈子昂诗的发展。此诗亦有微疵：即言志与怀归与吊古，三者的结合似不及李、杜诗那样浑然一体。高诗结构中间有此病。《旧唐书·高适传》称：“适喜言王霸大略，务功名，尚节义，逢时多难，以安危为己任。”这一点固然使其诗气骨劲遒，然而往往有意识地要表现这一点，恐怕也是造成高诗上述疵病的一个原因。

其　二(原第九首)

朝从北岸来，泊船河南浒①。试共野人言，深觉农夫苦。去秋虽薄熟②，今夏犹未雨。耕耘日勤劳，租税兼舄卤③。园蔬空寥落，产业不足数。尚有献芹心④，无由见明主。

【注释】

① 浒(hǔ)：水边。

② 薄熟：小有收成。

③ 租税句：意谓连舄卤都要征收租税。舄(xì)卤(lǔ)，咸卤之地，亦称斥卤。土壤多含碱质，农作物产量很低。

④ 献芹心：《列子·杨朱》："昔人有美戎菽，甘枲茎、芹萍子者，对乡豪称之。乡豪取而尝之，蜇于口，惨于腹。众哂而怨之，其人大惭。"后来凡是把自己认为是很珍贵而在别人可能并不爱好的东西送给人，叫做"献芹"。这里是指把自己所知道的民间疾苦和改善人民生活的意见献给朝廷。

【评】 借农夫之口叙事以讽，得古乐府遗意，开元结《系乐府·贫妇辞》先声。

别韦参军

这诗是高适客游梁、宋，落魄失意时所作。《旧唐书·高适传》："少濩落，不事生业。家贫，客于梁、宋，以求乞取给。"诗中自叙生平，充满着抑郁不平之感；而词气豪迈陡健，字字皆向纸上轩昂，能见出其独特风格。参军，《新唐书·百官志》"州郡有录事参军事"。韦参军，未详。

二十解书剑①，西游长安城。举头望君门，屈指取公卿②。国风冲融迈三五，朝廷礼乐弥寰宇③。白璧皆言赐近臣，布衣不得干明主④。归来洛阳无负郭⑤，东过梁宋非吾土⑥。兔苑为农岁不登，雁池垂钓心良苦⑦。世人向我同众人⑧，惟君于我最相亲。且喜百年见交态，未尝一日辞家贫[9]。弹棋击筑白日晚[10]，纵酒高歌杨柳春。欢娱未尽分散去，使我惆怅惊心神。丈夫不作儿女别，临歧涕泪沾衣巾[11]。

【注释】

① 解书剑：能文能武的意思。《史记·项羽本纪》："项籍少时，学书不成，去；学剑，又不成。"

② 屈指句：言满以为可取得公卿之位。屈指，计算的意思。

③ 国风二句：言外之意，是讽刺统治者满足于当时社会繁荣兴盛的表面现象，故下二句云云。冲融，和洽貌。迈三五，超过了三皇和五帝的时代（传说中的太平盛世）。古代社会安定，政权巩固，则朝廷重视制礼作乐。礼乐弥寰宇，言文化事业兴盛，遍及宇内。

④ 白璧二句：言皇帝宠信亲贵，无意求贤。战国时策士游说诸侯，意见投合，往往受到白璧黄金的馈赠，予以重用。璧，圆形玉器。近臣，亲近之臣。干，干谒，指献策以求任用。

⑤ 归来句：战国时，苏秦以合纵游说诸侯，显贵后曾说："使我有雒（洛）阳负郭田二顷，吾岂能佩六国相印乎！"此借指自己在故乡没有田产，欲归不得。负郭，负郭之田，即近郊的田。

⑥ 东过句：王粲《登楼赋》："虽信美而非吾土兮，曾何足以少留！"此化用成语，表现客游思归之情。过，读平声。梁宋，今河南开封和商丘一带地。

⑦ 兔苑二句：上句写生活困穷，下句言精神苦闷。兔苑、雁池，泛指梁宋一带。《西京杂记》："梁孝王好营宫室苑囿之乐，筑兔园，园中有雁池。"岁不登，年成不好。

⑧ 向我：犹言看待我。众人：一般的人。

⑨ 且喜二句：意谓彼此意气投合，交情深厚，不因势利而有所改变。百年，犹言生平，指自始至终的过程。《史记·汲郑列传》："一贫一富，乃知交态。"见交态，辞家贫，化用其语，言韦不因自己贫困而不肯接纳，

可以看出他对朋友的交态。

⑩ 弹棋二句：叙欢聚之情。弹棋，古代的一种游戏。起于汉武帝时，唐时另有新的弹法，今并失传。柳宗元《弹棋序》里有着一些说明，但略而不详。筑，乐器名。状似瑟而头大，用竹尺击其弦以发声。白日晚，意谓消磨了一个整天。

⑪ 丈夫二句：见前王勃《送杜少府之任蜀川》注⑤。

【评】 诗分五节。起四句写少年西游干谒之豪气。“国风”以下四句写现实与理想之矛盾。“归来”以下四句写客居梁宋的窘困。“世人”句过渡，同以下五句写寂寞中与韦参军之交谊。以上四段二、二相对照，遂见穷途遇知己之意，则末四句收束而点题言别，尤见其深沉。全诗层次分明，而韵意一贯以见浑成，风格悲壮，更寓瘦劲清疏，言志言情中，又多含微讽，然步骤开阖，显然不及李白七古。杜甫称高适“骅骝开道路，鹰隼出风尘”（《奉简高三十五使君》）。此诗正可为说明。然未能如李、杜七古云龙之姿，大而能化，亦固其宜也。

封 丘 县

这诗是天宝八载（749）高适初任封丘（今河南封丘县）尉时所作。尉位在县令之下，主督捕盗贼，是直接执行统治阶级政策的基层官吏。诗中写任职时内心的矛盾和痛苦，充满着抑郁不平之感和对被压迫的穷苦人民的同情。题一作《封丘作》。

我本渔樵孟诸野①，一生自是悠悠者②。乍可狂歌草泽中③，宁堪作吏风尘下！只言小邑无所为，公门百事皆有期[4]。拜迎官长心欲碎，鞭挞黎庶令人悲[5]。归来向家问妻子，举家尽笑今如此。生事应须南亩田，世情付与东流水[6]。梦想旧山安在哉？为衔君命且迟回[7]。乃知梅福徒为尔[8]，转忆陶潜归去来[9]。

【注释】

① 渔樵：打鱼，采樵。孟诸，古大泽名，在今河南商丘县东北一带。《尔雅·释地》："宋有孟诸。"高适出仕前曾在这里住过一个很长的时期。

② 悠悠者：无拘束的人。

③ 乍可：义同只可。

④ 期：程限。

⑤ 黎庶：平民。

⑥ 生事二句：承上"今如此"，表明有弃官归田之意。生事，犹言生计。南亩，田亩的泛称，屡见于《诗经》。世情，用世之情。

⑦ 衔君命：犹言奉君命。迟回：迟疑不决，欲去而又不能去。

⑧ 梅福：字子真，西汉末寿春人。曾为南昌尉。外戚王氏专政，他屡次上书朝廷，都未被采纳。后变姓名为吴门市卒。事见《汉书·梅福传》。徒为尔：徒劳无补的意思。是说梅福上书言事，白费心力。

⑨ 陶潜归去来：陶潜为彭泽令，郡督邮将至，例应束带谒见。潜叹息曰："我岂能为五斗米，折腰向乡里小儿！"于是辞官归，作《归去来辞》以寄意。事见萧统《陶渊明传》。

【评】 "拜迎"四句是一篇警策。前二句言身陷难堪之地，后二句见举世皆浊之意，立此以居中，则首言渔樵孟诸，末言知梅忆陶，看似相重，实不相重，用意尤深。陆机《文赋》言："立片言以居安，乃一篇之警策。虽众辞之有条，必待兹而效绩。"此诗深得其意。

燕 歌 行

原序云："开元二十六年(738)，客有从御史大夫张公出塞而还者，作《燕歌行》以示适；感征戍之事，因而和焉。"御史大夫张公，指营州都督、河北节度副大使张守珪。开元二十三年(735)，张以战功拜辅国大将军、右羽林大将军，兼御史大夫，故称。《旧唐书·张守珪传》："(开元)二十六年，守珪裨将赵堪、白真陀罗等，假以守珪之命，逼平卢军使乌知义，令率骑邀叛奚馀众于潢(原作"湟"，据《通鉴》卷二一四胡三省注引文校改)水之北。……及逢贼，初胜后败。守珪隐其败状，而妄奏克获之功，事颇泄。"高适曾送兵蓟北，目睹前方军政之败坏，写有《送兵蓟北》、《自蓟北归》等诗。这诗是回到封丘后所作。诗中所写战争情况，可能与潢水之败有关；但它所描绘的军中苦乐之不平，将帅生活之腐化，则是在更广阔的幅度上对边地情况的提炼和概括，具有强烈的现实意义。诗从慷慨应征，转战绝域写起，时而雄迈高亢，时而忧郁感伤，各种不同的复杂矛盾，错综交织，汇成悲壮苍凉的情调；而结束处，突出广大士兵保卫边疆、奋不顾身的英雄气概，讥刺边地将领不得其人，则是全诗主题所在，序文所谓"感征戍之事"，意即在此。《燕歌行》，乐府《相和歌辞·平调曲》旧题，歌辞多咏东北边地征戍之情。

汉家烟尘在东北，汉将辞家破残贼[①]。男儿本自重横行[②]，天子非常赐颜色。摐金伐鼓下榆关[③]，旌旆逶迤碣石间[④]。校尉羽书飞瀚海，单于猎火照狼山[⑤]。山川萧条极边土，胡骑凭陵杂风雨[⑥]。战士军前半死生[⑦]，美人帐下犹歌舞[⑧]。大漠穷秋塞草腓[⑨]，孤城落日斗兵稀。身当恩遇常轻敌[10],力尽关山未解围。铁衣远戍辛勤久[11],玉筯应啼别离后[12]。少妇城南欲断肠[13],征人蓟北空回首[14]。边庭飘飖那可度[15],绝域苍茫无所有!杀气三时作阵云,寒声一夜传刁斗[16]。相看白刃血纷纷[17],死节从来岂顾勋[18]?君不见沙场征战苦,至今犹忆李将军[19]。

【注释】

① 汉家二句:开元十八年(730)五月,契丹可突干杀其国王李邵固,胁迫奚叛唐降突厥,此后,唐和契丹、奚的战争连年不绝(见《通鉴》卷二一三)。唐人诗中写时事,多托之于汉代,故云。烟尘,烽烟和尘土,指敌军入侵。

② 横行:见前李白《答王十二寒夜独酌有怀》注⑤。

③ 摐(chuāng)金伐鼓:指行军,因军中以金和鼓为进退的信号。摐,撞击。金,指钲、铃一类。下:犹言出。榆关:即山海关,在今河北秦皇岛市东北。

④ 逶(wēi)迤(yí):连绵不断貌。碣石:山名(见前张若虚《春江花月夜》注⑭)。这里泛指东北滨海地带。

⑤ 校尉二句:上句言我军先头部队已深入敌境,军书飞到翰海,调动频繁。下句说在边境上也可望到敌方的猎火。校尉,武职名,这里是指统兵的将帅。羽书,插有鸟羽的军用紧急文书。翰海,当作瀚海,即大沙漠。周祈《名义考》卷四:"以飞沙若浪,人马相失若沈,视犹海然,非真浊晦之海也。"此指今内蒙古自治区东北西拉木伦河上游一带的沙漠,当时为奚族所据。《旧唐书·张守珪传》:"邀叛奚馀众于潢水之北。"潢水,即西拉木伦河。单(chán)于(yú),泛指敌方的首领。古游牧民族作战前,往往举行大规模的校猎,其意义约相当于现代的军事演习,猎火指此。狼山,一名郎山,在今河北易县境内。

⑥ 胡骑句:意谓敌方马队像狂风骤雨似地发动猛攻。北方民族骑兵的战斗力最强。倚仗某种有利条件而去侵陵别人,叫做凭陵。为同义复

词。凭、陵均为迫逼之意。一说,是指在风雨中进攻。《淮南子·兵略训》:“卒如雷霆,疾如风雨。”

⑦ 半死生:意指出生入死,奋勇作战。

⑧ 帐下:指军帅的营帐之中。

⑨ 穷秋:深秋。腓:病,意指枯萎。一作“衰”。

⑩ 身当恩遇:意指受到朝廷的重视。当,犹言受。

⑪ 铁衣:即铁甲。《木兰辞》:“寒光照铁衣。”

⑫ 玉筯:指思妇的眼泪。刘孝威《独不见》:“谁怜双玉筯,流面复流襟。”筯,同“箸”。

⑬ 少妇城南:长安住宅区在城南,故云。

⑭ 蓟北:从蓟州往北一带地方,泛指东北边地。蓟,故城在今北京市西北。

⑮ 边庭飘飖:庭,一作“风”。“飘飖”,一作“飘飘”。

⑯ 杀气二句:上句写白天战场杀气腾腾,天昏地暗;下句写夜间寒冷,刁斗频传,即《木兰诗》所说的“朔气传金柝”。三时,意指历久不散。三,不表确数。阵云,即战云。一夜,犹言彻夜,整夜。刁斗,军中巡更所用。

⑰ 血:一作“雪”。

⑱ 死节:犹言为国事而奋不顾身。节,气节,这里指保卫国家的壮志。岂顾勋:岂是为了个人的功勋。

⑲ 李将军:指李广。按:《史记·李将军列传》:“广居右北平,匈奴闻之,号曰汉之飞将军,避之,数岁不敢入右北平。”又云:“广之将兵,乏绝之处,见水,士卒不尽饮,广不近水;士卒不尽食,广不尝食。宽缓不苛,士卒以此爱乐为用。”这里兼取其捍御强敌与抚爱士卒二义。一说,指战国时赵将李牧。义亦通。《史记·廉颇蔺相如列传》:“李牧者,赵之北边良将也。常居代雁门备匈奴。以便宜置吏,市租皆输入幕府,为士卒费。日击数牛飨士。习射骑,谨烽火,多间牒,厚遇战士。……大破杀匈奴……其后十馀岁,匈奴不敢近赵边城。”

使青夷军入居庸(三首选一)

唐玄宗开元二十四年(736)冬,高适以封丘尉奉使送兵于幽州之青夷军。是年春,张守珪命部将安禄山攻奚、契丹,为所败,故高适奉命送兵前往。《酬秘书弟兼寄幕下诸公诗序》云:"今年,适自封丘尉统吏卒于青夷。"使青夷,即指此。青夷军,是范阳节度所辖边防军之一,武后垂拱(685—689)年间设置,驻妫州城内,管兵万人,马三百匹(见《旧唐书·地理志》)。居庸,即居庸关,又名军都关,一称蓟门关,在今北京市的西北。此诗一说作于天宝九载(750)。

匹马行将久,征途去转难①。不知边地别②,只讶客衣单。溪冷泉声苦,山空木叶干。莫言关塞极,云雪尚漫漫!

【注释】

① 去:去去,越行越(难)。

② 别:区别,谓气候不同于内地。

【评】 "溪冷泉声苦,山空木叶干"一联,非但造语奇峭瘦劲,而且位置得当。此诗馀六句均通侻,无此二句则流于平熟。得此振起前四句,又为末联蓄势,见得漫漫长途之可畏也。

营 州 歌

这诗写北方边地游侠少年的尚武精神。营州，北魏时所置，唐时治柳城（今辽宁锦州市西北）。

营州少年厌原野[1]，狐裘蒙茸猎城下[2]，虏酒千钟不醉人，胡儿十岁能骑马。

【注释】

① 厌原野：满足于原野。意谓经常在原野里活动。

② 狐：一作“皮”。蒙茸（róng）：纷乱貌。

【评】 千钟、十岁二句当互看，则少年豪逸，跃然纸上。用常得奇，此之谓也。

送李侍御赴安西

这诗是高适在长安时送人从军之作。李侍御，名字不详。侍御，官名（详见前李白《庐山谣寄卢侍御虚舟》题下注）。唐置安西都护府，治交河城，在今新疆维吾尔自治区吐鲁番县之西。

行子对飞蓬，金鞭指铁骢[1]。功名万里外，心事一杯中[2]。虏障燕支北，秦城太白东[3]。离魂莫惆怅，看取宝刀雄。

【注释】

① 行子二句：言李即将驰赴边疆。飞蓬，见前王维《使至塞上》注③。铁骢，披着铁甲的战马。毛色青白相间的马叫骢。

② 心事句：言饯别时畅谈心事。初唐庾抱《别蔡参军》："悲生万里外，恨在一杯中。"二句从此化出。

③ 虏障二句：言李去安西，己留长安，两地相隔。障，亭障，古代边塞的堡垒。燕支，山名，又名大黄山，在今甘肃省丹县东。太白即终南山太乙峰，在长安西。

【评】 "功名万里外，心事一杯中。"虽从庾抱诗化出，然气象不侔。庾诗单言一"恨"字。高诗意气盘礴。"万里"是远行，人之所畏难；"功名"是宏图，男儿之所欲建树。离思雄心交织于中心，则拚之于一杯中耳。此二句上联"飞蓬"、"铁骢"，下启"虏障"、"秦城"之别，"离魂"、"宝刀"之劝，又为此诗之警策。殷璠称适诗"多胸臆语，兼有气骨。"正当从《封丘作》"拜迎"二句及本诗此二句着眼。又李白有句"人分千里外，兴在一杯中"，亦从庾诗化出，则化恨愁为逸兴，专从反面作文章。谪仙之于蝉蜎，其卓异擅胜处不同，于此亦可见一斑。

人日寄杜二拾遗

这诗是唐肃宗上元二年(761)高适任蜀州(州治在今四川崇庆县)刺史时寄杜甫之作。时杜居成都浣花草堂。诗写对老友的深切怀念，其中交织着自己的身世之感，多慷慨悲凉之思。高适死后，杜甫于代宗大历五年（770），偶然在文书帙中检得此诗，为之“泪洒行间”，写了一首《追酬故高蜀州人日见寄》。人日，即农历正月初七日。古代习俗相传，从正月初一起的七天，各有所属，即一日鸡，二日狗，三日猪，四日羊，五日牛，六日马，七日人。

人日题诗寄草堂，遥怜故人思故乡①。柳条弄色不忍见，梅花满枝空断肠②。身在南藩无所预，心怀百忧复千虑③。今年人日空相忆，明年人日知何处④！一卧东山三十春，岂知书剑老风尘⑤。龙钟还忝二千石，愧尔东西南北人⑥。

【注释】

① 遥怜句：思故乡，是说杜甫离家避乱，寄居成都。遥怜，意贯下两句，写杜甫客中的春感。

② 空断肠：一作“堪断肠”。

③ 身在二句：南藩，指蜀州。地方州郡，拱卫朝廷，故称藩。南，一作“远”。无所预，不能参预军国大计。意指身不在朝。安史乱后，高适任淮南节度使，因被李辅国谗毁，下迁太子少詹事，不久，出为蜀、彭二州刺史。他曾上书朝廷，言东、西川分治，百姓敝于调度，而西山三城列戍，使全蜀受困。未被采纳（见《新唐书》本传）。百忧千虑，指此。

④ 明年人日：一作“明年此日”。

⑤ 一卧二句：东晋谢安曾有一度不问政事，高卧东山（在今浙江省上虞县西南）。这里是借用，意谓自己壮年时未出仕。书剑老风尘，即一事无成之意。

⑥ 龙钟二句：意谓自己以衰老之年，身任刺史之职，而不能有所建树，远对故人，深感惭愧。龙钟，潦倒笨累貌。忝，辱的意思。忝二千石，忝居二千石之位，是谦词。二千石，指州刺史。汉朝刺史的俸禄为二千石。东西南北人，飘荡四方的人。孔子曾说自己是“东西南北之人

也。”（见《礼记·檀弓》）这里借指杜甫。

【评】 此诗佳处有三：怀友而寓愧己、忧国之思，则其交非征逐游戏之辈也。语特平易，含民歌风，则言情弥见真切矣。组织错落，友我双方，交叉分合写来，则两地遥隔，似促膝对晤，其思尤见宛转矣。起四句遥为杜甫思乡设想。“身在”二句近言自身忧思之所在。“今年人日空相忆，明年人日知何处”，由分而合，更将时间空间荡开。末四句由我及友，“三十春”应“今年”、“明年”，“东西南北”应“知何处”。“老风尘”、“龙钟”、“忝”、“愧”，则“百忧复千虑”尽在其中矣。

岑　参（十一首）

岑参(715—770)，棘阳(今河南泌阳县)人。天宝三载(744)进士，授右率府兵曹参军。曾两度从军，充安西节度使府掌书记及安西、北庭节度判官。入朝为左补阙，历太子中允、殿中侍御史。又出为关西节度判官。最后，官嘉州刺史。后世称为岑嘉州。老年依杜鸿渐，死于成都。

岑参与高适并称，都是以反映边塞生活著称的杰出诗人。岑诗早年以风华绮丽见长。后历参戎幕，往来边陲，风格为之大变。其诗洋溢着积极乐观的情绪，内中也掺杂有浓厚的封建士大夫追求个人功名的思想。在艺术上，富有幻想色彩，善于运用变化无端的笔触，描绘现实生活中的体验。设色如长虹映波，晚霞散绮；体势如弹丸脱手，骏马注坡，绚丽而又明快。杜确说他“迥拔孤秀，出于常情”(见《岑嘉州集序》)。殷璠说他“语奇体峻，意亦造奇”(见《河岳英灵集》)。胡应麟称“高(适)黯淡之内，古意犹存；岑英发之中，唐体大著”(《诗薮》)。此虽论高、岑五古，然亦可作为这两个以雄浑著称的诗人风格区分之大较，都能指出其特色。

有《岑嘉州集》。

逢入京使

唐玄宗天宝八载(749),安西四镇节度使高仙芝奏调岑参为右威卫录事参军,充节度使府掌书记。这诗是赴安西时途中所作。

故园东望路漫漫[1],双袖龙钟泪不干[2]。马上相逢无纸笔,凭君传语报平安。

【注释】

① 故园:指长安。岑参别业在长安的杜陵山中(见《唐才子传》),故以长安为故园。漫漫,长远貌。《楚辞·离骚》:“路曼曼其修远兮。”曼,和“漫”字通。

② 双袖句:以袖拭泪,袖已湿而泪仍不止。龙钟,涕泪流溢貌(见方以智《通雅》)。

【评】 “无纸笔”,见得行途倥偬;“报平安”,只为亲人设想。返看前二句,更见平平之字有无限苦恨。无意为诗而真诗从肺腑中流出。行道人览此,当更多解会。

与高适薛据同登慈恩寺浮图

此诗作于天宝十一载(752)秋。同登除高适、薛据外,还有杜甫和储光羲。五人都有纪游之作(其中薛据一首已佚)。这诗总揽长安郊原景色,写出诗人登高望远的胸怀,笔力奇恣,意境阔大。

惟后四句因佛塔而归结到“净理可悟”，反映了消极出世的思想；就诗的完整形象来说，也是游离部分，不免落套。慈恩寺在长安曲江之北，建于唐太宗贞观二十年(646)。高宗李治为了纪念他的母亲文德皇后，所以把它叫做慈恩。浮图即佛图，塔的别名。慈恩寺塔又名大雁塔，是高宗永徽三年(652)僧玄奘建立的。薛据，荆南人。生平事迹见《唐才子传》卷二。

塔势如涌出，孤高耸天宫①。登临出世界，磴道盘虚空②。突兀压神州③，峥嵘如鬼工④。四角碍白日⑤，七层摩苍穹⑥。下窥指高鸟，俯听闻惊风⑦。连山若波涛，奔凑似朝东。青松夹驰道，宫观何玲珑⑧！秋色从西来，苍然满关中。五陵北原上，万古青蒙蒙⑨。净理了可悟⑩，胜因夙所宗⑪。誓将挂冠去⑫，觉道资无穷⑬。

【注释】

① 塔势二句：意谓佛塔突起于平地之上，耸立在空中。《妙法莲华经·见宝塔品》：“尔时佛前有七宝塔，高五百由旬，纵广二百五十由旬，从地涌出，住在空中……高至四天王宫，三十三天。”以上二句登塔前仰望，总写塔势。

② 登临二句：出世界，高出于人世境界。磴道，指佛塔的石级。盘，盘旋而上。以上二句登高。

③ 神州：中国的别称。见《史记·孟子荀卿列传》。

④ 鬼工：非人力所能营建的工程，言其高峻。详前陈子昂《感遇》(圣人不利己)注⑩。以上二句登高后总写心理感觉。

⑤ 四角句：形容塔高。言四角上翘，连天上白日的运行，都受到阻碍。就是杜牧《阿房宫赋》所说“檐牙高啄”的意思。

⑥ 七层：慈恩寺塔，原本六级，后渐毁损。武后长安元年(701)重建，增高为七层。苍穹：苍天。以上二句登高后仰望。

⑦ 下窥二句：登高后俯视。

⑧ 连山四句：在作者目光疾扫之下，长安附近的秦岭诸峰，犹如大海的波涛，一齐奔涌向东来。宫观，指曲江一带的离宫别馆。观，台榭。读去声。一作“馆”。以上四句由东眺而向中。

⑨ 秋色四句：由西望而向关中。写景很有层次，上下东西始终不离本位。五陵，指长安附近地带。汉高祖葬长陵，在咸阳县东三十里；惠帝葬安陵，在咸阳县东北二十里；汉景帝葬阳陵，在咸阳县东四十里；武帝葬茂陵，在兴平县东北四十里；昭帝葬平陵，在咸阳县西北二十里（见《元和郡县图志》）。总称五陵。

⑩ 净理：佛理。

⑪ 胜因：谓极好的因缘。《佛说无常经》：“胜因生善道。”

⑫ 挂冠：即弃官。王莽时，逢萌预料天下将乱，解冠挂东都城门，携家浮海，客居辽东。见《后汉书·逸民传》。

⑬ 觉道句：意谓佛理不生不灭，超然于治乱生死之外，可以应用于无穷。佛，觉的意思。觉道即佛道。《维摩经·佛国品》成肇注：“大觉之道，寂寞无相（形迹）。”以上四句由望而感，结以净因，回扣诗题。

【评】 诗当与储、高、杜同时诸作并看。储诗清深熨帖，高诗清壮简净，高胜于储，而逊于岑、杜二作。盖状写雄奇之景，固岑、杜擅胜处。岑诗较之杜诗，起笔孤拔，形象飞动，均可匹敌，皆以雄健胜；然胸次博大，立意深远，沉郁之情、回礴之气，杜诗迥然超出三家。诗过长，仅引杜诗结末以为对照：“回首叫虞舜，苍梧云正愁。惜哉瑶池饮，日晏昆仑丘。黄鹄去不息，哀鸣何所投。君看随阳雁，各有稻粱谋。”望中尽是忧国之思，是以博大。

青门歌送东台张判官

这首送别诗，着重描写饯别时长安春景，从环境气氛的渲染中，见出惜别之情。情景相生，融成一片，这是岑参歌行在艺术上的独到之处。《三辅黄图》卷一："长安城东，出南头第一门曰霸城门。民见门色青，名曰青城门，或曰青门。"青门是饯别之地，故题作《青门歌》。张判官，名不详。程大昌《演繁露》："唐都长安，于洛阳为西，而洛阳亦有留台，故御史长安名西台，而洛阳名东台。"这里说"东台张判官"，大概张以东台御史的身分，出任节度判官，此次由长安受命东行。

青门金锁平旦开，城头日出使车回[①]。青门柳枝正堪折，路傍一日几人别[②]。东出青门路不穷，驿楼官树霸陵东[③]。花扑征衣看似绣，云随去马色疑骢[④]。胡姬酒垆日未午，丝绳玉缸酒如乳[⑤]。霸头落花没马蹄，昨夜微雨花成泥。黄鹂翅湿飞转低，关东尺书醉懒题。须臾望君不可见，扬鞭飞鞚疾如箭。借问使乎何时来？莫作东飞伯劳西飞燕[⑥]！

【注释】

① 青门金锁二句：青门金锁，长安各城城门，夜间关闭，加上铁锁，禁人通行。参看前苏味道《正月十五日夜》注①。平旦，天色大明的时候。回，指张判官出长安返回洛阳。

② 青门柳枝二句：《三辅黄图》卷六："霸桥在长安东，跨水作桥。汉人至此桥，折柳赠别。"

③ 驿楼：驿站的楼。官树：官道两旁的树木。霸陵：汉文帝的陵墓，在长安东南三十里。

④ 花扑二句：写春天路途上风景之美。骢（cōng），青白间色的马。春云舒卷，青白相间，故云"色疑骢"。按：绣衣、骢马，兼切御史身分。汉时御史奉命出京，查办案件，衣绣衣，持斧钺，表示有特殊权力，称"绣

衣直指”(见《汉书·百官公卿表》)。又,桓典为侍御史,执法不阿。因他常乘骢马,时人称为“骢马御史”(见《后汉书·桓典传》)。

⑤ 胡姬二句:辛延年《羽林郎》:“胡姬年十五,春日独当垆。……就我求清酒,丝绳提玉壶。”这里化用其语。按:唐时长安,胡姬所设酒肆甚多。李白《送裴十八图南归嵩山》:“何处可为别?长安青绮门。胡姬招素手,延客醉金樽。”青绮门即霸城门,亦即此诗中的青门,可相印证。酒垆,即酒肆(见前李颀《别梁锽》注⑨)。酒如乳,言酒味浓而甜。吴均《行路难》:“白酒甜盐甘如乳。”

⑥ 东飞句:乐府古辞:“东飞伯劳西飞燕,黄姑织女时相见。”以劳燕分飞,喻两地相隔而不相见,此取其义。伯劳,鸟名。一称博劳或鵙。

【评】 岑参以七言歌行擅长,其特点是奇丽。一是雄奇瑰丽,音节犹如繁弦急管(见下四诗),二是如本诗与著名的《凉州馆中与诸判官夜集》等,表现为清奇婉丽,音节亦宛转含思。而其共同的特点是设想奇特,非常人所能到。本诗中“花扑”、“云随”二句即其例。这一类多受民歌影响,前一类则多受楚骚汉赋影响,其取径亦都不同于初盛唐大多数诗人,是以能奇。

走马川行奉送封大夫出师西征

天宝十三载(754),封常清受命为北庭都护、伊西节度、翰海军使,奏调岑参为安西北庭节度判官。军府驻轮台(今新疆维吾尔自治区轮台县)。这诗和下面三首都是岑参在轮台时所作。封常清于是年朝命摄御史大夫,故称封大夫。西征事史传失载,时岑留守,并未随行,故作诗以送。走马川,河名,详不可考。

君不见走马川，雪海边[①]，平沙莽莽黄入天。轮台九月风夜吼，一川碎石大如斗，随风满地石乱走。匈奴草黄马正肥[②]，金山西见烟尘飞[③]，汉家大将西出师。将军金甲夜不脱，半夜行军戈相拨，风头如刀面如割。马毛带雪汗气蒸，五花连钱旋作冰[④]，幕中草檄砚水凝[⑤]。虏骑闻之应胆慑[⑥]，料知短兵不敢接[⑦]，车师西门伫献捷[⑧]。

【注释】

① 君不见二句：原作"君不见走马川行雪海边"，极为费解。"行"字当是衍文，因题目而误入。此诗连句用韵，三韵一换，这里"川""边""天"为韵，与下文完全相合。《新唐书·西域传下》："出安西南地千里所，得勃达岭。……北三日行，度雪海，春夏常雨雪。"

② 草黄马肥：游牧民族，作战以骑兵为主。秋高马壮，常至内地骚扰。《史记·匈奴列传》："秋，马肥，大会蹛林，课校人畜计。"

③ 金山：今甘肃玉门县、西宁县均有金山，又阿尔泰山亦称金山，但地理方位与此均不切合，此未知何指。

④ 五花句：意谓汗和雪在马身上很快地就结成冰。五花和连钱，都是指斑驳的毛色(参看前李白《将进酒》注⑬)。

⑤ 草檄：起草声讨敌人的文书。

⑥ 虏骑：敌军。古时泛称北方的民族为虏。骑，读去声。慑(shè)，恐惧。

⑦ 短兵：刀剑一类的兵器。接：接战，交锋。

⑧ 车师：安西都护府所在地，在今新疆维吾尔自治区吐鲁番县。伫(zhù)：等待。

【评】　诗题为"奉送西征"，常法当先写"金山西见烟尘飞，汉家大将西出师"，但是岑参却把它放在中间。这样写一方面使章法有变化，气势有跌宕；而更重要的是一开始就展开雄奇的场景，造成先声夺人之势。这又是岑参七古在布局上奇的一个特点，可与下二诗互参。

三句一换韵的句法，出于秦碑，一般称此法为“峄山碑铭体”，杜甫诗中也多用之，能造成奇峭迫促的气氛。造语奇，布局奇，音节奇。故殷璠称之“语奇体峻，意思亦奇”。唐人七古以后的发展，多从岑、李、杜一脉发展、变化，也就是上诗按语所说的取源于民歌与楚骚、汉赋等秦汉前的韵文，加以新变。这就是岑参在七言歌行发展中有特殊地位的原因所在。

白雪歌送武判官归京

这诗从塞外冰天雪地的奇丽风光着笔，通过特殊的环境背景的描绘，然后衬托出离别之情。雪在诗中，构成了贯串全篇的线索，并加强了抒情的形象性。武判官名不详，当是封常清幕府中的判官。

北风卷地白草折①，胡天八月即飞雪。忽如一夜春风来，千树万树梨花开。散入珠帘湿罗幕，狐裘不暖锦衾薄。将军角弓不得控②，都护铁衣冷难着③。瀚海阑干百尺冰④，愁云惨淡万里凝。中军置酒饮归客⑤，胡琴琵琶与羌笛⑥。纷纷暮雪下辕门，风掣红旗冻不翻⑦。轮台东门送君去，去时雪满天山路⑧。山回路转不见君，雪上空留马行处⑨。

【注释】

① 白草：西北地区所产之草，干枯时，成白色，故名。

② 角弓：以兽角为饰的硬弓。不得控：拉不开。
③ 都护：镇守边疆的长官。唐时置六都护府，各设大都护一员。
④ 瀚海：旧注沙漠。据今人柴剑虹《"瀚海"辨》说，维吾尔人习惯将陡峭的山崖所形成的陂谷叫做 hang，音译成"杭海"或"瀚海"，可备一说。阑干：纵横貌。
⑤ 中军：本义是主帅亲自率领的部队，这里借指主帅所居的营帐。
⑥ 胡琴句：古人饮酒时作乐侑觞，胡琴、琵琶、羌笛都是所奏乐器。
⑦ 风掣句：意谓红旗在冰雪中僵冻，风使劲地吹着，它也无从飘动翻卷。掣(chè)，牵曳。
⑧ 天山：一名祁连山。山脉横亘新疆东西，长六千馀里。
⑨ 山回二句：写惜别之情。可能是从《古诗》"前日风雪中，故人从此去"二句的意境中化出。

【评】 《白雪歌送武判官归京》这类诗题，是送别诗题，又与一般送别诗不同。它要求在以送别为主旨的同时，始终不离所歌咏之物。比如这首诗就要求将送别与歌白雪有机地融洽在一起，后者为前者服务。所以难度比单纯的送别或咏物诗大得多。然而"磊落奇俊"、对景物具有独特敏感性的岑参于此却驾轻就熟，集中特多这类题目。本书选了五首。这是最好的一首。"中军置酒饮归客"、"轮台东门送君去"，是诗的中心，而写法则先从白雪起。起四句二韵还是用先声夺人的手法以瑰丽的语言写野外之雪，突出的是一个"早"字。"散入"以后二韵四句，由野外"散入"罗幕，着重于一个"冷"字。瀚海以下四句二韵，由帐幕又进入送别的中心饯别处，突出的是一个"愁"字。以上三节从三个角度写白雪，而诗脉则从外而内而中心，在渲染气氛的同时，渐次将人引入送别的中心。而"将军角弓"、"都护铁衣"、"中军"等词与词组，更点明了送别的地点与人物的身分(判官亦武职)。"纷纷暮雪"起四句二韵是宴罢送行出中军帐，至辕门，又至轮台东门，是送别的路线，又步步不离咏雪的线索。最后二句,雪路萦回,行人渐杳,只“雪上”空留判官的“马行处”,雪与送行高度融合在一起,给人以无限怅惘之感。

热海行送崔侍御还京

《新唐书·西域传》:“繇勃达岭北行赢千里,得碎叶川。东曰热海,地寒不冻。西有碎叶城。”崔侍御,名不详。

侧闻阴山胡儿语①,西头热海水如煮。海上众鸟不敢飞,中有鲤鱼长且肥②。岸旁青草常不歇③,空中白雪旋明灭④。蒸沙烁石燃虏云,沸浪炎波煎汉月。阴火潜烧天地炉,何事偏烘西一隅⑤?势吞月窟侵太白,气连赤坂通单于⑥。送君一醉天山郭,正见夕阳海边落。柏台霜威寒逼人⑦,热海炎气为之夺⑧。

【注释】

① 侧闻:从旁听到。阴山胡儿:泛指西北边地胡人。

② 中有句:原注:“海中有赤鲤。”

③ 歇:这里是凋枯的意思。

④ 空中句:言地面热气上蒸,雪花在遥远的上空便已融化。旋,疾速。

⑤ 阴火二句:意谓宇宙像座洪炉,地层有火,故地面有热,但为什么这西边一隅的热度特别高?阴火,地下之火。木华《海赋》:“阴火潜然。”天地炉,语本《庄子·大宗师》:“今一以天地为大炉。”

⑥ 势吞二句:形容热海里放射出来的热气之盛大。两句由下及上,从近到远。月窟,月亮的住处,犹言月宫。太白,西方星宿,即长庚。赤坂,

疑指火焰山(详下篇题下注)。单(chán)于(yú),指单于都护府所辖地区。唐高宗麟德元年(664),置单于都护府,其地约相当于今内蒙古自治区。一说赤坂为陕西洋县东龙亭山之赤坂,就“通单于”看,似非是。

⑦ 柏台霜威:犹言御史威风。汉御史台多柏树,后世因称御史府为柏台。御史专司弹劾,和秋天的霜气一样,有肃杀之威,故云。按:送别诗而说到柏台霜威,不能单纯理解为点明崔侍御的身分;可能崔此次出京,是奉命来查办案件的。

⑧ 为之夺:一作“为君薄”。夺,消失的意思。

【评】 此诗极写热海之炎蒸。至最后,陡然转入送别崔御史,则热海适成为“柏台霜威”之反衬,这是以反跌法联系题面咏物与送别二层意,构思很奇巧,但显然不及上诗之浑成。岑参写景奇丽,不仅在于他善写雄健瑰奇之景,更难得的是常常在奇景中插入秀句,这诗中“中有鲤鱼长且肥,岸旁青草常不歇”,上诗中“忽如一夜春风来,千树万树梨花开”都是好例。这种插入是有机统一的。因热,故鱼肥壮、草长青;因早雪,故有“忽如”其来之感。这种手法又得刚柔相济之妙,使节奏有变化,色彩有转换,文势有波澜,显然比一味浓妆艳抹、粗声大嗓的写法高明得多。

火山云歌送别

火山在今新疆维吾尔自治区吐鲁番县境。山色赤,望去有如火焰,故又称火焰山。

火山突兀赤亭口[①],火山五月火云厚。火云满山凝未开,飞鸟千里不敢来。平明乍逐胡风断,薄暮浑随塞雨回[②]。缭绕斜吞铁关树，氛氲半掩交河戍[③]。迢迢征路火山东，山上孤云随马去。

【注释】

① 赤亭口：岑参《过火山》："火山今始见，突兀蒲昌东。"据此，则赤亭口当在蒲昌附近。《新唐书·地理志》："(阳关故城)又西至蒲昌海南岸千里。"

② 平明二句：意谓火云在早晨有时偶然被风吹散，但傍晚又随暮云而屯聚起来。浑，语气词，读平声。

③ 缭绕二句：言四周景物都消失在弥漫的云气里。铁关，即铁门关。《新唐书·地理志》："自焉耆西五十里，过铁门关。"氛(fēn)氲(yūn)，云气盛貌。交河，唐县名，故城在今吐鲁番县之西。戍，戍楼。

【评】 首四句着重写火势，连用四"火"字，加以"突兀"、"厚"、"满"、"飞鸟不敢"等词与词组，则炎火逼迫，先声夺人。"平明"以下四句着眼于云意，"乍逐"、"浑随"、"缭绕"、"氛氲"等词画出了云态卷舒之状。而此云又是"火山云"，则以"胡风"、"塞雨"、"斜吞"、"半掩"诸词并写，则卷舒云态中又炎炎有火气。"迢迢征路火山东，山上孤云随马去"，上句"火山"，下句"孤云"，仍不离"火山云"，而送别之意自然点出。

以上三诗均转韵频繁，与一般七字歌行四句一转不同。这与三句一韵一起构成岑参歌行繁弦促柱的音节特色。

行军九日思长安故园

这诗作于唐肃宗至德二载(757)秋。时岑参在凤翔，任右补阙。原注："时未收长安。"长安故园，指杜陵山中的别业。

强欲登高去，无人送酒来[1]。遥怜故园菊，应傍战场开。

【注释】

① 无人句：《南史·隐逸传》："（陶潜）尝九月九日无酒，出宅边菊丛中坐，久之。逢（王）弘送酒至。即便就酌，醉而后归。"此借用典故，表现客中佳节的寂寞心情。下文说到"故园菊"，也是因陶潜"出宅边丛菊中坐"而引起的联想。

【评】　末句显其志，看似学陶，实非学陶。中唐秦系有《答泉州薛播使君重阳日赠酒诗》："欲强登高无力也，篱边黄菊为谁开？共知不是浔阳郡，那得王弘送酒来！"与此诗貌似而神不似，乃于学陶中参以放荡之致。诗人善变，各极其妙。

陕州月城楼送辛判官入秦

宝应元年（762），岑参以太子中允、殿中侍御史充关西节度判官。这年十月，天下兵马元帅雍王李适（即德宗）会师陕州（今河南省陕县）讨史朝义，以岑参为掌书记。这诗是在陕州时所作。高步瀛曰："案：月城，筑城为偃月形，以资防守。《通鉴》卷一四八《隋纪》八：'李密兵败，率精骑度洛南，馀众东走月城。'胡注曰：'月城，盖临洛水筑偃月城。'可以为证。"（《唐宋诗举要》卷四）

送客飞鸟外[①]，城头楼最高。樽前遇风雨，窗里动波涛[②]。谒帝向金殿，随身唯宝刀。相思霸陵月，只有梦偏劳。

【注释】

① 飞鸟外：鸟飞不到处，极言其高。即《与高适薛据登慈恩寺塔》所说的“下窥指高鸟”。

② 窗里句：城楼下临黄河，故云。《元和郡县图志》卷六：“（陕州）州里城，即古虢国城。《西征记》曰：‘陕县，周召分职处，南倚山原，北临黄河，悬水百余仞，临之者皆为悼栗。’”

【评】　此诗起得高远，接得宏阔。虽心绪烦忧，而唱出无些许儿女腔。当与前录高适《送李侍御赴安西》同看，则此派五律风貌可见大概。

春　　梦

这是一首情歌。借春梦之境，写相思离别之情。

洞房昨夜春风起[①]，遥忆美人湘江水[②]。枕上片时春梦中，行尽江南数千里。

【注释】

① 洞房：深邃的卧室。《楚辞·招魂》：“姱容修态，絙洞房些。”后世引伸作为新婚之房。一作“洞庭”。

② 遥忆美人：一作“故人尚隔”。

【评】 片时春梦而行尽江南数千里，见得思恋之深沉悠长，而欢爱之短暂虚幻。

虢州后亭送李判官使赴晋绛

这诗是乾元二年(759)岑参任虢州长史时所作。虢州州治在今河南灵宝县。李判官，名不详。晋、绛，二州名，唐属河东道，今在山西省境内。

西原驿路挂城头，客散江亭雨未收①。君去试看汾水上，白云犹似汉时秋②。

【注释】

① 西原二句：写离亭送别，行客冒雨登程。西原，在灵宝县西南五十里。驿路，大路。路在原上，望去高与城头相接，故曰“挂城头”。江亭，即虢州后亭，亭临河，故称。一作“红亭”。

② 君去二句：言李到达北方原野以后，辽阔苍茫的山川景色，足以开拓胸怀。汾水，即汾河。源出山西宁武县，西南流入黄河。晋、绛二州都是汾河流经的区域。汉武帝刘彻曾泛舟汾河，作《秋风辞》，有“秋风起兮白云飞”之句。

【评】 与高适《别董大》同调而稍婉转，此高岑七绝微别处。“挂”字用俗得奇，开中唐顾况七绝法门。

张　巡（一首）

张巡(709—757)，南阳(今河南邓县)人。开元末进士。官真源令。安史乱起，起兵抗敌，与许远固守睢阳城，为安禄山部将尹子奇所围困。背城拒战，掣制其兵力，使不得向南。后城破被俘，与南霁云等三十六人同时殉难。诏赠扬州大都督。

张巡涉猎广博，才思敏捷。据说他"为文章，操纸笔立书，未尝起草"(见韩愈《张中丞传后序》)。现存诗二首，都是围城中所作。

闻笛

睢阳城于至德二载(757)十月癸丑被攻陷(见《通鉴》卷二二〇),这诗作于城守危急之时。诗中用钢铁般的语言,表现了坚定不移的战斗意志。慷慨苍凉之中,见出苍劲浑朴的风格。

岧峣试一临①,虏骑附城阴②。不识风尘色,安知天地心③?门开边月近④,战苦阵云深⑤。旦夕更楼上⑥,遥闻横笛音⑦。

【注释】

① 岧(tiáo)峣(yáo):高峻貌。此指高峻的城楼。

② 虏骑句:言敌军紧紧屯聚在城的北面。安禄山部下多胡兵,故称“虏骑”。骑,读去声。附,贴近的意思。

③ 不识二句:承上句,表明坚守拒战的决心。风尘色,指战争的形势。天地心,指国运的兴衰。不识和安知为互文,意谓风尘的愁惨,天心的向背,都不去管它,亦即“知其不可为而为之”的意思。当时睢阳围困已久,粮尽援绝,敌兵愈来愈众;而唐朝朝廷又逃往西蜀,消息隔绝,情况不明。但这些都没有动摇张巡守城的意志,故云。

④ 门开句:意谓胡兵深入内地,睢阳城外的景象宛如边疆。门,一作“营”。

⑤ 战苦句:言因战斗激烈而战云弥漫。按:张巡《谢金吾表》有云:“臣被围四十七日,凡一千八百馀战。”又《守睢阳作》诗云:“接战春来苦,孤城日渐危。……裹创犹出阵,饮血更登陴。”可作此句的注脚。

⑥ 旦夕:早晚。这里是偏义复词,意指深夜。更楼:即城楼。更读平声。

⑦ 横笛音:一作“横笛吟”。

【评】 题曰《闻笛》，诗却通篇不对笛声作正面描绘，只于篇末挽转，点明更楼“遥闻横笛音”，则前六句之天地风尘、边月阵云，尽入悠远笛声之中。李益诗“横笛更吹《行路难》”(《从军北征》)，可为末句含义作注。

张　谓（二首）

张谓（生卒年不详），字正言，河内（今河南沁阳）人。少时读书嵩山。早年从军北征，往来边塞十余年。后因主将得罪，失所依归，浪迹幽燕一带。天宝二年（743），举进士及第，官尚书郎，天宝后期又曾在安西北庭封常清幕府为属官。代宗大历年间（766—779），任礼部侍郎、潭州刺史，历太子左庶子，仕终礼部侍郎。

《全唐诗》录存其诗一卷。

代北州老翁答

这诗叙写一北方老翁，因不堪兵役之苦，携带仅存的幼子，抛弃家业，流落他乡，宁愿过着穷苦的负薪生活，而不敢回到本土。诗用第一人称的代言体，通过老翁的诉说，批判了统治者穷兵黩武的开边政策，当作于天宝末年。老翁的话，是回答作者询问之词，故题作《代北州老翁答》。北州，犹言北方、北地。

负薪老翁住北州，北望乡关生客愁。自言老翁有三子，两人已向黄沙死[1]。如今小儿新长成[2]，明年闻道又征兵。定知此别必零落[3]，不及相随同死生。尽将田宅借邻伍，且复伶俜去乡土[4]。在生本求多子孙，及有谁知更辛苦！近传天子尊武臣[5]，强兵直欲静胡尘。安边自合有长策[6]，何必流离中国人？

【注释】

① 黄沙：指边疆的战场。

② 长成：谓成丁。天宝时制度，二十三岁以上为丁，例服兵役（参看后杜甫《新安吏》注②）。

③ 定知句：意谓小儿倘再被征入伍，必然是有去无回。零落，死亡的意思。

④ 伶(líng)俜(pīng)：孤单貌。

⑤ 近传句：唐玄宗后期，重用武人，边将如安禄山、哥舒翰等，皆封王爵。

⑥ 自合：自当。长策：妥善的谋划。

【评】 诗用七言叙事体，卒章显其志，无论就内容还是形式看，都是白居易新乐府之先声。诗所反映的社会现实，可与后录杜甫《石壕吏》《新安吏》《垂老别》等参看。

杜侍御送贡物戏赠

杜侍御，名不可考。侍御，官名（参看前高适《送李侍御赴安西》题下注）。张谓另有一首《送杜侍御赴上都》诗云："避马台中贵，登车岭外遥。还因贡赋礼，来谒大明朝。"知所谓"送贡物"，是将南方珍宝，专程送往长安。这诗题作"戏赠"，实则因事规讽。结语词微义显，为通篇主旨所在。

铜柱朱崖道路难，伏波横海旧登坛①。越人自贡珊瑚树，汉使何劳獬豸冠②？疲马山中愁日晚，孤舟江上畏风寒③。由来此货称难得，多恐君王不忍看④。

【注释】

① 铜柱二句：言南方边远地区，自汉以来，即与中原相通。汉伏波将军马援曾立铜柱于今广西壮族自治区分茅岭下。朱崖，汉郡名，一称珠崖，即今海南省琼山县一带地。横海，指汉横海将军韩说。马援和韩说都带兵到过南方。登坛，古代封拜大将，须筑坛举行隆重仪式，大将登坛受命，然后出兵。

② 越人二句：意谓越人曾向汉朝进贡过珍宝，而今又何劳御史作为运送贡物的专使呢？上句说"自贡"，下句说"何劳"，两相对照，见出这批宝物入贡，非出越人自愿。越人，泛指南方人。五岭以南，为古百越（字同"粤"）之地。珊瑚树，《太平御览》卷八〇七引《海中经》："珊瑚生于

海中。……岁高二三尺,有枝无叶,形如小树。"獬(xiè)豸(zhì)冠,御史所服之冠。《旧唐书·舆服志》:"法冠一名獬豸冠。以铁为柱,其上施珠两枚,为獬豸之形。左、右御史台流内九品以上服之。"獬豸,类似羊的神兽,据说能判辨是非曲直,御史专司弹劾,故取其义。珊瑚树与獬豸冠对举,一指南方珍宝,一用作御史的代称。两句文义互见,而句法各别。

③ 疲马二句:言运送贡物旅途的辛苦。

④ 由来二句:寓有两方面的意思:古代贤君,崇尚俭德,屏绝珍奇玩好,传为美谈;而做臣子的更不应该以远方难得的宝货,逢迎君上,希图恩宠。杜侍御此次送贡物入都,自然是得到朝廷的指示,这里却说"君王不忍看",以古道规君,同时对杜也有讽意。《老子》六十四章:"是以圣人欲不欲,不贵难得之货。"多恐,衹恐,揣测之词。多,古"衹"字。看,读平声。

【评】 《毛诗序》说"主文而谲谏",说的是诗歌的讽喻要含蓄、婉转,此诗深得其妙。诗的首二句用马援、韩说平南粤事。意谓前人披荆斩棘,本为安边,然而所开辟的道路,却成了今日贡献宝物的方便之途。末句"不忍"意更深远。顾况《露青竹杖歌》末二句说"圣人不贵难得货,金玉珊瑚谁买恩?"是正说,而此诗末二句却是反说。一直一曲,对读更见"谲谏"之妙。

杜　甫（六十五首）

杜甫(712—770),字子美,原籍襄阳(今湖北襄樊市),寄居巩县(今河南县名)。祖父杜审言,著名诗人。杜甫曾应进士举,不第。天宝中,客长安近十年,郁郁不得意。安史乱起,流离兵燹中。肃宗朝,官左拾遗,因直言极谏,改华州司功参军。不久,弃官而去,避乱入蜀,构草堂于成都城外浣花溪畔。又曾流寓梓州(今四川省三台县)一带。严武再任西川节度使时,表为节度参谋,检校工部员外郎。后携家由夔州(今四川省奉节县)出峡,病死江湘途中。后世称为杜工部。又因其客长安时,曾住杜陵附近的少陵,称杜少陵。

杜甫出生于"奉儒守官"的封建士大夫家庭,处在唐朝由兴盛走向衰落的时代,他怀抱着忠君爱国、积极用世的心情,但因仕途失意,遭遇坎坷,又历经兵乱,身受深重的时代苦难,从自己的饥寒,体念到人民的疾苦,情感逐渐转向于人民。其诗抒写个人情怀,往往紧密结合时事,思想深厚,境界广阔,有强烈的正义感和鲜明的倾向性,忠实地反映了这个时代,后世称为"诗史"。他是我国古代伟大的现实主义诗人,在诗歌艺术上善于吸取和总结前人的成就,融合众长,兼备诸体,形成沉郁顿挫的风格。元稹评其诗云:"上薄风、骚,下该沈、宋,古傍苏、李,气夺曹、刘,掩颜、谢之孤高,杂徐、庾之流丽,尽得古今之体势,而兼诗人之所独专矣。"(见《唐故检校工部员外郎杜君墓志铭》)中唐以后,诗人莫不在某种程度或某种意义上受到他的影响。

有《杜少陵集》二十五卷，内诗一千四百馀首。后人注本极多，较通行的有清人钱谦益的《钱注杜诗》、仇兆鳌的《杜诗详注》、杨伦的《杜诗镜铨》等。

望　　岳

唐玄宗开元二十三年(735),杜甫赴洛阳应进士举,落第,漫游齐、赵(今山东、河南、河北)一带,这诗是游泰山时所作。泰山为东岳。近岳而望,并未登山,故题作《望岳》。诗中描绘泰山巨大磅礴的气象,以及自己攀登绝顶的向往心情,都是从"望"字着笔的。

岱宗夫如何①?齐鲁青未了②。造化钟神秀③,阴阳割昏晓④。荡胸生曾云⑤,决眦入归鸟⑥。会当凌绝顶⑦,一览众山小⑧。

【注释】

① 岱宗:指泰山。《风俗通·山泽篇》:"泰山,山之尊者,一曰岱宗。岱,始也;宗,长也。万物之始,阴阳交代,故为五岳之长。"(今本有误,据《尚书·舜典》孔疏校正)夫,古文中常用的发语词,此用以入诗,造成语气的舒宕,传神地表达了诗人面对泰山的惊诧之感。

② 齐鲁句:意谓泰山横跨齐鲁,青苍的峰峦,连绵不断。泰山在今山东泰安县,山北古为齐国地,山南古为鲁国地。

③ 造化句:意谓大自然把神奇和秀美都赋予了泰山,泰山是天地间神秀之气的集中表现。造化,天地万物的主宰者。钟,聚集。孙绰《游天台山赋》:"天台山者,盖山岳之神秀。"

④ 阴阳句:意谓高峰耸入云际,遮蔽了阳光,在同一山区之内,而光线的明暗不同。阴,山北。阳,山南。割,划分的意思。

⑤ 荡胸句:意谓山壑广大深邃,吞吐烟云,望去使人精神爽朗,与大自然合为一体,仿佛层云生于心胸,有开阖动荡的感觉。曾,字同"层"。

⑥ 决眦句:谓凝神远望,目送山中的飞鸟归林。决眦(zì),形容极度使用

目力。决，裂开，这里指全神贯注，长时间极目远望。眦，眼眶。入，犹言没。

⑦ 会当：犹言终当、定当。

⑧ 一览句：语本《孟子·尽心上》："登泰山而小天下。"

【评】 "会当"二句固然是全诗之警策，而它所以有绝大的感染力，还在于前六句诗势的蓄积。前四句极写泰山之高峻雄伟，是写物；"荡胸"二句将物我融合在一起，泰山的雄峻之气，至此贯注于诗人的血脉。这样末二句的主观抒情就水到渠成了。

房兵曹胡马

这诗咏房兵曹所骑的一匹胡马。房兵曹名不可考，兵曹是管理州郡军事的官。胡马就是诗中所说的大宛马。

胡马大宛名①，锋棱瘦骨成②。竹批双耳峻③，风入四蹄轻④。所向无空阔⑤，真堪托死生⑥！骁腾有如此⑦，万里可横行。

【注释】

① 胡马句：意谓胡马之中，以大宛所产最为著名。大宛(yuān)，汉西域国名。

② 锋棱句：是"瘦骨成锋棱"的倒文。意谓骨架突出，好似兵刃的锋棱。

③ 竹批句：《齐民要术》："(马)耳欲小而锐如削筒。"按：古代相马之法，忌大头缓耳。两耳瘦削，是千里马形象的特征之一。批，有削的意思。峻，高耸。

④ 风入句：意谓马跑的时候，四蹄生风，极其轻快。

⑤ 无空阔：不以空阔为意。

⑥ 托死生：犹言共死生。

⑦ 骁腾：骏马的代称。语本颜延年《赭白马赋》："料武艺，品骁腾。"

【评】 赵汸《杜诗选注》云："前辈言，咏物诗戒粘皮带骨，公此诗，前言胡马骨相之异，后言其骁腾无比，而词语矫健豪纵，飞行万里之势，如在目中。所谓索之于骊黄之外者。"此论甚是，道出杜诗三个特点：神旺、语健、势飞。这诗与上诗都是杜甫早年作品，而其基本艺术特点已露端倪。读杜诗应由此窥入，方能对其以后纵横多变的艺术风格，有一核心之了解。

送孔巢父谢病归游江东兼呈李白

这诗是杜甫客长安时所作，约在天宝九载（750）左右。孔巢父，字弱翁，冀州（今河北省一带）人。少时与韩准、裴政、李白、张叔明、陶沔隐居徂徕山，号竹溪六逸。生平事迹，见《旧唐书·孔巢父传》。孔巢父天宝中曾至长安，史无记载。寻绎诗意，他之所以谢病辞官归隐，当是由于政治失意的缘故。行前，友人蔡侯（名不详）为之饯别，杜甫在座，因写此诗以赠。江东，指浙江以东。孔是北方人，游江东而曰"归"，因他寄居在那里。江东近海，海上为传说中的神仙境界，而行者又是归隐之士。诗从这里生发新意，把孔巢父鄙弃尘俗、厌薄时荣的思想，写得飘飘欲仙。全诗十八句，于动荡开阖之中，极烟波缥缈之致。笔墨奇恣，词采瑰丽，而意境空灵，风格有些接近李白。

巢父掉头不肯住[①]，东将入海随烟雾。诗卷长留天地间[②]，钓竿欲拂珊瑚树[③]。深山大泽龙蛇远[④]，春寒野阴风景暮[⑤]。蓬莱织女回云车，指点虚无是征路[⑥]。自是君身有仙骨，世人那得知其故？惜君只欲苦死留，富贵何如草头露[⑦]？蔡侯静者意有馀，清夜置酒临前除[⑧]。罢琴惆怅月照席，几岁寄我空中书[⑨]。南寻禹穴见李白[⑩]，道甫问讯今何如？

【注释】

① 掉头：掉头而去，表示毫不留恋。住：留。

② 诗卷句：孔巢父工诗，有《徂徕集》行世，现已佚。此句应"不肯住"。

③ 钓竿句：言孔归隐海滨，垂钓自适。此句应前"入海"。

④ 深山句：《左传》襄公二十一年："深山大泽，实生龙蛇。"这里以龙蛇比喻有抱负的人。意谓他们不为世所用，就远隐深山大泽之中。

⑤ 春寒句：写春景，兴起离别之情。

⑥ 蓬莱二句：承前"东将入海"句而言。蓬莱，神话中东海上的仙山（详见前李白《登高丘而望远海》注①）。回云车，以云车相迎。云车，仙人所乘之车。张华《博物志》卷三："（西）王母乘紫云车而至。"虚无，指空虚缥缈的仙境，即上文所说的"随烟雾"。征路，去路。是征路，一作"引归路"。

⑦ 惜君二句：吴闿生曰："盖从上文世人不知其故发生。因不知其故，惜君者遂欲苦死相留，而不知富贵之不足恋也。"（《唐宋诗举要》卷二引）古乐府《薤露》："薤上露，何易晞（干）！"下句用反诘语说明富贵和草头露一样地不能久长。

⑧ 蔡侯二句：写蔡侯为孔巢父饯行的情况。侯，男子美称，一般用于地方长官。静者，有道之人。怀着惜别深情，而黯然无语，故曰"意有馀"。前除，前阶。

⑨ 空中书：从世外来的书信。空中，即上文的"虚无"。

⑩ 南寻句：李白时在会稽。禹穴，相传禹藏天书之处，在会稽（今浙江省绍兴市）宛委山。

【评】 此诗组织于动荡开阖中见接续之妙。起四句写巢父意将病归江东。“深山大泽”句接上句“欲拂珊瑚树”，又转入下四句的对巢父行程之遥想。“自是君身有仙骨”句，承上“蓬莱征路”云云，而意思又作一大回转，追言世人皆未能知巢父胸襟。“蔡侯静者”对上节“世人”言，“置酒临前除”对上“苦相留”言，则复转入同志相送意，从而带出别后遥念、“空中寄书”意。末二句收束。“南寻禹穴”，切题游江东，“寻李白”、“问讯”切题兼呈李白。全诗如神龙夭矫，九折回绕，却意脉贯穿，一气浑成。

同诸公登慈恩寺塔

原注：“时高适、薛据先有作。”按：当时同游慈恩寺的，除高、薛外，还有岑参和储光羲，五人先后都写了诗，其中以岑、杜二人最为出色。岑诗已见前，可参看。这诗主要通过登临游览，抒写忧念时局的心情，融情入景，寄慨遥深。杨伦评云：“前半写尽穷高极远，可喜可愕之趣，入后尤觉对此茫茫，百端交集。所谓浑涵汪茫，千汇万状者，于此见之。”（《杜诗镜铨》卷一）同，和的意思。杜集中多称和诗为同。

高标跨苍穹[①]，烈风无时休[②]。自非旷士怀，登兹翻百忧[③]。方知象教力，足可追冥搜[④]。仰穿龙蛇窟，始出枝撑幽[⑤]。七星在北户[⑥]，河汉声西流[⑦]。羲和鞭白日[⑧]，少昊行清秋⑨。秦山忽破碎，泾渭不可求⑩。俯视但一气，焉能辨皇州⑪？回首叫虞舜⑫，苍梧云正愁⑬。惜哉瑶池饮，日晏昆仑丘⑭！黄鹄去不息，哀鸣何所投⑮？君看随阳雁，各有稻粱谋⑯。

【注释】

① 高标：指塔顶（参看前李白《蜀道难》注⑥）。跨苍穹：犹言高出天外。跨，超越。苍穹，天空。

② 烈风：大风。《风俗通》“猛风曰飏。”

③ 自非二句：意谓苟非旷达之士，登上这高塔俯视，不但不引起登临之乐，反而感到百忧交集。王粲《登楼赋》：“登兹楼以四望兮，聊暇日以销忧。”此反用其意。

④ 方知二句：意谓佛以形象设教，故寺塔建筑，宏伟庄严，中多胜境，能够引起游人潜心搜寻。象教，即佛教。《文选》孙绰《游天台山赋》：“非夫远寄冥搜，笃信通神者，何肯遥想而存之？”

⑤ 仰穿二句：上句说，登塔之前，仰视屈曲的磴道，有如龙蛇窟宅；下句说，既出磴道之后，俯视塔内，交木纵横在幽暗的下层。钱谦益注《杜诗》卷一引黄庭坚曰：“慈恩塔下数级，皆枝撑洞黑，出上级乃明。”枝撑，交叉的意思，这里指木架。王延寿《鲁灵光殿赋》：“枝撑杈枒西斜据。”

⑥ 七星：指北斗七星。

⑦ 河汉句：杨伦注：“天汉秋渐西转，以逼近，故若闻其声也。”《广雅》：“天河谓之天汉，一曰河汉。”

⑧ 羲和句：意谓日轮转动很快，天色将晚。

⑨ 少昊（hào）：黄帝的儿子，古人认为是秋天之神（见《礼记·月令》）。行清秋：行秋令。这里是指秋天日短。

⑩ 秦山二句：写暮色苍茫中的远景。秦山，秦岭诸山。破碎，谓峰峦出没，大小错杂，好像破碎似的。泾、渭二水都从西北来，泾浊渭清，但在

傍晚，望去连成一片，故云“不可求”。

⑪ 辨：一作“辩”。皇州：指首都长安。

⑫ 虞舜：这里暗指唐太宗。唐高祖李渊老年把帝位禅给太宗，号神尧皇帝。虞舜受尧禅，故用以比拟。

⑬ 苍梧：山名，即九疑山，虞舜葬处(参见前李白《远别离》注⑨)。这里借指唐太宗葬处昭陵(在今陕西醴泉县九嵕山西北)。按：唐人多以太宗李世民为开国之主，而不数高祖李渊，如下选《北征》：“煌煌太宗业，树立甚宏达。”这里说，“苍梧云正愁”，有象征唐朝国运没落的意思，故下二句云云。

⑭ 惜哉二句：古代神话，说周穆王登昆仑之丘，与西王母宴会瑶池之上(见《列子》及《穆天子传》)。这里是讥刺唐玄宗荒于女色，经常和杨贵妃在骊山华清宫宴饮作乐。钱谦益曰：“唐人多以王母喻贵妃。瑶池日晏，言天下将乱，而宴乐之不可以为常也。”(《钱注杜诗》卷一)日晏，日晚。

⑮ 黄鹄二句：意指忧国之士预感时局将乱，相率引去。黄鹄，健飞的大鸟，即黄鹤。

⑯ 君看二句：指趋炎附势的小人，专为个人打算。雁是候鸟，春天北去，冬季就暖南飞，故曰“随阳雁”。张华《禽经》：“雁，随阳鸟也。”稻粱谋，犹言对衣食的营求。刘峻《广绝交论》：“分雁鹜之稻粱。”稻粱，这里指鸟类的饲料。

【评】 钟惺评曰：“登高诗，不独雄旷，有一段精理冥悟，所谓发人深省者也。”此评道出了本诗比高、岑、储、薛同作高出一头地的关键(参前岑参同题诗评)。所谓“精理冥悟”，应当看作诗中盘旋终始的郁勃情思。这种情思与登临所见雄奇的景物紧密地融合在一起，遂使情思的表达具有雄奇峥嵘的形象，使雄健的景物又具有郁勃的神采。诗以“高标烈风，登兹百忧，岌岌有漂摇崩析之感”(钱谦益语)起兴。中篇写景先极言高峻，而通过“河汉声西流”句过渡到清秋(西方应秋),使高峻抹上一种肃杀愁愤的气氛。于是眼下顿然秦山破碎,泾渭不分,皇州莫辨,这是俯视的实景,又贯注了诗人忧思,最后终于发为末段惜瑶池、叫虞舜的呼号,全诗结束于一种悲壮哀愁的气氛之中。这诗作于天宝十载后,比起前选开元中后期所作《望岳》、《胡马》诸篇,可见在"语健"、"势飞"、"神旺"外又增加了"思深"的特点,这是生活锤炼的结果。杜诗"沉郁顿挫"的风格,在这一时期终于成熟了,本诗即是有代表性的一篇,成为稍后《咏怀五百字》、《北征》等具有划时代意义作品的先声。

兵 车 行

这诗是反对统治者在开边政策下所进行的无休止的黩武战争。关于诗的背景,旧有二说:单复曰:"此为明皇(玄宗)用兵吐蕃而作,故托汉武以讽,其辞可哀也。先言人哭,后言鬼哭,中言内郡凋敝,民不聊生,此安史之乱所由起也。"(《杜少陵集详注》卷二引)钱谦益曰:"天宝十载(751),鲜于仲通讨南诏蛮,士卒死者六万。杨国忠掩其败状,反以捷闻。制大募两京及河南、北兵,以击南诏。人闻云南瘴疠,士卒未战而死者十八九,莫肯应募。国忠遣御史分道捕人,连枷送军所。于是行者愁怨,父母妻子送之,所在哭声震野。此诗序南征之苦,设为役夫问答之词。……是时国忠方贵盛,未敢斥言之。杂举河陇之事错互其词,若不为南诏而发者,此作者之深意也。"(《钱注杜诗》卷一)按诗意,前一说较为切合。

车辚辚①,马萧萧②,行人弓箭各在腰③。耶嬢妻子走相送④,尘埃不见咸阳桥⑤。牵衣顿足拦道哭,哭声直上干云霄。道旁过者问行人，行人但云点行频[⑥]。或从十五北防河[⑦]，便至四十西营田[⑧]。去时里正与裹头[⑨]，归来头白还戍边。边庭流血成海水，武皇开边意未已[⑩]。君不闻汉家山东二百州[⑪]，千村万落生荆杞。纵有健妇把锄犁，禾生陇亩无东西[⑫]。况复秦兵耐苦战[⑬]，被驱不异犬与鸡。长者虽有问[⑭]，役夫敢伸恨[⑮]？且如今年冬，未休关西卒[⑯]。县官急索租，租税从何出？信知生男恶，反是生女好，生女犹得嫁比邻，生男埋没随百草[⑰]。君不见青海头，古来白骨无人收[⑱]。新鬼烦冤旧鬼哭，天阴雨湿声啾啾。

【注释】

① 辚辚：众车声。《诗经·秦风·车邻》："有车邻邻。"邻，字同"辚"。

② 萧萧：马鸣声。《诗经·小雅·车攻》："萧萧马鸣。"

③ 行人：从军出征的人。

④ 耶嬢：字同"爷娘"。

⑤ 咸阳桥：即渭桥，由长安往西北经由的大桥。详见前卢照邻《长安古意》注㉒。

⑥ 点行频：多次点兵出征。

⑦ 防河：玄宗时，经常征调大批兵力，驻扎河西（今甘肃、宁夏回族自治区一带），称为防河。

⑧ 营田：戍边的士卒，兼事垦荒工作，称为营田。《新唐书·食货志》："唐开军府以捍要冲，因隙地置营田。"

⑨ 里正：唐制：百家为里，置里正一人。与裹头：替他裹头。古以皂罗三尺作头巾。新兵入伍时，须装束整齐，而被征者年龄太小，不能自裹，故里正代为裹头。

⑩ 边庭二句：王嗣奭云："《唐鉴》（《通鉴》唐纪）：天宝六载（747），帝欲

使王忠嗣攻吐蕃石堡城,忠嗣上言:'石堡险固,吐蕃举国守之,非杀数万人不能克,恐所得不如所亡,不如俟衅取之。'帝不快。将军董延光自请取石堡,帝命忠嗣分兵助之。忠嗣奉诏而不尽副延光所欲,盖以爱士卒之故。延光过期不克。八载(749),帝使哥舒翰攻石堡,拔之,士卒死者数万,果如忠嗣之言。故有'边庭流血'等语。"(《杜臆》卷一)武皇,即汉武帝,这里借指玄宗。唐人诗中,多称玄宗为武皇。如王昌龄《青楼曲》的"白马金鞍从武皇",韦应物《逢杨开府》之"少事武皇帝"之类皆是。

⑪ 山东二百州:指华山之东的广大地区。《十道四番志》:"关以东七道,凡二百一十一州。"(《分门集注杜工部诗》引)这里说二百州,是举其成数。

⑫ 纵有二句:《后汉书·五行志》记汉末童谣"小麦青青大麦枯,谁当获者妇与姑,丈夫何在西击胡"。此化用其意。无东西,不成行列。

⑬ 秦兵:指这次应征出发的队伍,即下文的"关西卒"。

⑭ 长者:对年老人的尊称,指上文的"道旁过者"。

⑮ 役夫:行役的人自称之词。敢伸恨:那敢尽情地说出心中的愁恨。

⑯ 且如二句:今年冬,指天宝九载(750)十二月。《通鉴》卷二一六:"关西游弈使王难得击吐蕃,克五桥,拔树敦城。""未休关西卒",指此。不敢说而又忍不住内心的冤苦,姑举眼前事以为实例,故云"且如"。关西俗尚勇武,参王维《老将行》注①。

⑰ 信知四句:意谓由于战争的关系,改变了封建时代重男轻女的传统观念。秦始皇时筑长城,伕役大量死亡,民歌曰:"生男慎莫举,生女哺用脯,不见长城下,尸骸相支拄。"(《乐府诗集》卷三八转引杨泉《物理论》)这里化用其意。比邻,近邻。古五家为比。埋没随百草,即下文所云"白骨无人收"。

⑱ 君不见二句:唐朝和吐蕃的战争,经常在青海附近进行,故云。钱谦益曰:"《旧(唐)书》:吐谷浑有青海,周围八九百里。唐高宗龙朔三年(663),为吐蕃所并。唐自仪凤中,李敬玄与吐蕃战,败于青海;开元中,王君臭、张景顺、张忠亮、崔希逸、皇甫惟明、王忠嗣先后破吐蕃,皆

在青海西。天宝中,哥舒翰筑神威军于青海上,又筑城龙驹岛,吐蕃始不敢近青海。”

【评】 本诗不用乐府古题,“因时事,自出己意立题”(蔡宽夫语)。“然风骚、乐府遗意往往得之”,“述情陈事恳恻如见”(胡震亨语),因此元稹在《新乐府序》里把它与《丽人行》、“三吏”、“三别”等看作是元白新乐府运动的直接先驱。

丽　人　行

唐玄宗末年,宠爱杨贵妃。杨氏兄弟姊妹都因裙带关系而显贵。贵妃从兄国忠于天宝十一载(752)任右丞相,这诗可能作于十二载的春天。诗从曲江春游的贵族妇女写起,故以《丽人行》名篇。中间转入杨氏姊妹,然后归结到杨国忠。通过统治集团腐朽堕落的生活现象,指出他们擅权乱国,揭露了当时政治阴暗的一个侧面。它的艺术特色是:在铺陈描绘、尽情渲染之中,间见层出地吐露讽刺的锋芒,继承并发展了汉代乐府民歌的表现手法。

三月三日天气新,长安水边多丽人①。态浓意远淑且真②,肌理细腻骨肉匀。绣罗衣裳照暮春,蹙金孔雀银麒麟③。头上何所有?翠为㔩叶垂鬓唇④。背后何所见?珠压腰衱稳称身⑤。就中云幕椒房亲⑥,赐名大国虢与秦⑦。紫驼之峰出翠釜,水精之盘行素鳞⑧;犀箸厌饫久未下,鸾刀缕切空纷纶⑨。黄门飞鞚不动尘⑩,御厨络绎送八珍⑪。箫管哀吟感鬼神,宾从杂遝实要津⑫。后来鞍马何逡巡[13],当轩下马立锦茵[14]。杨花雪落覆白蘋,青鸟飞去衔红巾[15]。炙手可热势绝伦[16],慎莫近前丞相瞋[17]!

【注释】

① 三月二句:三月三日,即上巳节。古代风俗,人们于水边祓除不祥,后来就成为游春宴饮的一个节日。水边,指曲江。曲江在长安城南朱雀桥之东。《太平寰宇记》:"曲江池,汉武帝所造,名为宜春苑。其水曲折,有似广陵之江,故名之。"唐开元中,疏凿水道,大加兴建,烟水明媚,花木茂盛。南有紫云楼、芙蓉苑,西有杏园、慈恩寺,均为游览胜地。赵次公曰:"晋、宋诸人侍宴曲水,皆以三月三日为题,唐开元中,都人游赏于曲江,莫盛于中和、上巳节,此三月三日所以水边多丽人也。"(《分门集注杜工部诗》卷三)

② 态浓意远:姿色浓艳,神气高远而不凡俗。淑且真:美善而又自然。

③ 绣罗二句:意谓罗衣上有金、银线绣的孔雀和麒麟,在浓春烟景中照耀出辉煌的光彩。蹙(cù),刺绣的一种手法,贯下"金""银"二字。

④ 翠为匐(è)叶:用翠玉制成的匐彩的叶。匐彩,妇女发髻上所用的花饰。为,一作"微"。翠微,薄薄的翠片。鬓唇:鬓边。

⑤ 珠压句:衱(jié),衣后裾。长与腰齐,故称腰衱。珠压,谓缀珠其上,压使下垂。这样,衣服不至被风掀起,显得沉重而合身,故云"稳称身"。据杨慎说,古本这句的下面,有"足下何所着?红渠罗袜穿镫银"二句(《钱注杜诗》卷一)。

⑥ 云幕椒房亲:指杨贵妃的族属。汉成帝时,甘泉紫殿设有云幄、云帐、云幕(见《西京杂记》)。又,汉未央宫有椒房殿,以椒和泥涂壁(见《三辅黄图》)。班固《西都赋》:"后宫则掖庭、椒房,后妃之室。"云幕和椒房,都是指后妃所住的宫殿。

⑦ 赐名句:赐名,赐以封号。唐制:文武官一品及国公母、妻封国夫人,相当于古代列国诸侯的母、妻,是最高的封号。杨贵妃有三姊,大姊嫁崔家的封韩国夫人,三姊嫁裴家的封虢国夫人,八姊嫁柳家的封秦国

夫人。这里因诗句字数的限制,故举二以概三。

⑧ 水精:即水晶。行素鳞:端来了白色的鲜鱼。宴饮时,肴馔从厨房里络绎送到席上,故曰"行"。

⑨ 犀箸二句:意谓厨中徒然地赶忙制出上述许多精美的食品,但她们却拿着筷子而找不到可口的东西吃,因为实在吃得太腻了。犀箸,犀牛角制的筷子。鸾刀,刀环装有鸾铃,割肉用的。纷纶,忙乱的样子。潘岳《西征赋》:"饔人缕切,鸾刀若飞。"

⑩ 黄门:宦官的通称。东汉黄门令、中黄官诸官,都由宦官担任。飞鞚:犹言飞驰。鞚,马勒。不动尘:形容骑技熟练。

⑪ 络绎:一作"丝络",义同。八珍:泛指精美罕见的食品。旧说谓龙肝、凤髓、豹胎、鲤尾、鸮炙、猩唇、熊掌、酥酪蝉为八珍,不足据。

⑫ 宾从句:意谓奔走于杨氏兄弟姊妹门下的,都是当朝权贵。从,读去声。杂遝(tà),乱杂而众多貌。实要津,占满了朝廷上重要的位置。古诗:"何不策高足,先据要路津?"

⑬ 后来鞍马:最后骑着一匹马来的人,指杨国忠,即下文的"丞相"。逡巡:欲进不进貌。这里用以形容神态舒缓,大模大样。

⑭ 立:一作"入"。

⑮ 杨花二句:就眼前景物托兴,隐指杨国忠和虢国夫人兄妹间的暧昧行为。曲江两岸多垂杨,杨花像雪一样的飘落水中。古人认为浮萍是杨花的化身(陆佃《埤雅》卷一六《释草》云:"世说杨花入水化为浮萍。"云"世说",则知此说流传已久),而蘋也就是萍中较大的一种(见罗愿《尔雅翼》)。杨花和白蘋是一本同源的。这里以"杨花"谐杨姓,以"杨花覆蘋"借喻他们兄妹间不正当的关系。又,北魏胡太后和杨白花私通,白花惧罪南奔,改名杨华("华""花"古字通)。太后思念他,作《杨白花歌》,有"杨花飘荡落南家"的话。这里的"杨花雪落",可能是同时借用这一与杨姓有关的淫秽的典故,加强诗歌语言的暗示作用。青鸟,神话中群玉山的仙鸟,是西王母的使者,后来广泛用于传递消息的人。伏知道《为王宽与妇义安主书》:"玉山青鸟,仙使难通。"古代妇女往往以巾帕作为定情之物。青鸟衔红巾,指暗通消息。

⑯ 炙手可热：形容气焰灼人。势绝伦：权势无人可比。
⑰ 瞋：一作“嗔”，字通。

【评】　蒋弱六曰：“美人相、富贵相、妖淫相，最后露出罗刹相，真可畏可笑。”（引自《杜诗镜诠》）

周敬曰：“铺陈得体，气脉条畅，的从古乐府摹出，另成少陵乐府。”（引自《杜诗详注》）

自京赴奉先咏怀五百字

唐玄宗天宝十四载（755）冬十一月，杜甫由长安赴奉先（今陕西省蒲城县），探望寄居在那里的家属。当时，安禄山已在范阳举兵叛变，消息虽未传到长安，然而这一时代暴风雨的即将来临，杜甫早有预感。此诗作于到家之后，是他长安十年政治生活实践、思想认识的全面总结。诗人之来到长安，如他自己所说，是抱着“葵藿向阳”的心情，为朝廷效力的。他认识到国以民为本，要想巩固封建王朝的统治，就必须相对地减轻剥削，安定人民生活。然而唐玄宗后期朝政之败坏，豪门贵族之荒侈，却打破了他种种幻想；而旅食京华，残杯冷炙的酸辛遭遇，又使他比较容易接近人民，了解人民生活的实况。因而在这首诗里，同情人民的思想，就成为矛盾的主要方面。诗以“忧黎元”为核心，一开始，就反复陈明“自比稷契”的用世之志。中间叙路过骊山，正面抨击统治集团的腐化享乐和残酷聚敛；把贫富不均的现象，社会问题的症结所在，概括在“朱门酒肉臭，路有冻死骨”十个字里。末段因归家恸子而发远想。举凡自身遭遇的抒写，旅途见闻的记述，莫不与时代息息相关，纪行即所以言志，故以《咏怀》标题。由于把叙事、抒情、说理三者有机地结合起来，因而形成了前所未有的波澜浩瀚的壮观，大大发展和提高了阮籍以来《咏怀》诗的体制。它和后面选的《北征》，是反映安史之乱前后社会真实情况的长篇史诗。

杜陵有布衣[1]，老大意转拙[2]。许身一何愚[3]？窃比稷与契[4]。居然成濩落[5]，白首甘契阔[6]。盖棺事则已，此志常觊豁[7]。穷年忧黎元，叹息肠内热。取笑同学翁，浩歌弥激烈[8]。非无江海志，潇洒送日月。生逢尧舜君，不忍便永诀[9]。当今廊庙具，构厦岂云缺？葵藿倾太阳，物性固莫夺[10]。顾惟蝼蚁辈[11]，但自求其穴；胡为慕大鲸，辄拟偃溟渤[12]？以兹悟生理，独耻事干谒[13]。兀兀遂至今[14]，忍为尘埃没[15]。终愧巢与由，未能易其节[16]。沉饮聊自遣[17]，放歌破愁绝[18]。岁暮百草零，疾风高冈裂。天衢阴峥嵘[19]，客子中夜发[20]。霜严衣带断，指直不得结。凌晨过骊山，御榻在嵽嵲[21]。蚩尤塞寒空[22]，蹴踏崖谷滑。瑶池气郁律[23]，羽林相摩戛[24]。君臣留欢娱，乐动殷胶葛[25]。赐浴皆长缨[26]，与宴非短褐。彤庭所分帛，本自寒女出。鞭挞其夫家，聚敛贡城阙[27]。圣人筐篚恩，实欲邦国活。臣如忽至理，君岂弃此物[28]？多士盈朝廷，仁者宜战栗[29]。况闻内金盘，尽在卫霍室[30]。中堂舞神仙，烟雾蒙玉质[31]。暖客貂鼠裘，悲管逐清瑟[32]。劝客驼蹄羹，霜橙压香橘[33]。朱门酒肉臭，路有冻死骨。荣枯咫尺异，惆怅难再述[34]。北辕就泾渭，官渡又改辙[35]。群冰从西下，极目高崒兀。疑是崆峒来，恐触天柱折[36]。河梁幸未坼，枝撑声窸窣。行李相攀援，川广不可越[37]。老妻寄异县[38]，十口隔风雪。谁能久不顾？庶往共饥渴[39]。入门闻号咷，幼子饥已卒。

吾宁舍一哀？里巷犹呜咽[40]。所愧为人父，无食致夭折。岂知秋禾登，贫窭有仓卒[41]。生常免租税，名不隶征伐。抚迹犹酸辛，平人固骚屑[42]。默思失业徒[43]，因念远戍卒[44]。忧端齐终南，澒洞不可掇[45]。

【注释】

① 杜陵布衣：杜甫自称。杜陵在长安东南，秦时为杜县，汉时，因宣帝陵墓在此，故称杜陵。杜陵东南有少陵，是宣帝许后葬地。杜甫的远祖杜预是京兆杜陵人，杜甫在长安时，又曾在杜陵以北、少陵以西住过，故自称为“杜陵布衣”、“杜陵野客”或“少陵野老”。布衣，没有官职的人。

② 老大句：意谓年愈老而志愈坚。拙，和下句的“愚”，都是指不肯变更意志来适应环境。这从一般善于趋时取巧的人看来，是愚拙的。

③ 许身：要求自己。

④ 窃比句：稷，周代祖先，舜时为农官，教民播种五谷。契(xiè)，商代祖先，舜时为司徒。《孟子·离娄下》：“稷思天下有饥者，由己饥之也。”《礼记·祭法》：“契为司徒而民成，……此皆有功烈于民者也。”杜甫自比稷、契，取义于此，故下文有“穷年忧黎元”之语。窃比，私自比拟。

⑤ 居然：终然，竟然。濩落：同瓠落、廓落，大而无当的意思。《庄子·逍遥游》：“剖之以为瓢，则瓠落无所容。非不呺然大也，吾为其无用而掊之。”以上四句总述夙志。

⑥ 契阔：勤苦。

⑦ 盖棺二句：意谓不死就不会放弃自己的志愿。事，志事。即上文自比稷、契的用世之志。觊(jì)豁，指希望能够得到实现。以上四句一转，言事未遂而志长存。

⑧ 穷年四句：穷年，终年。黎元：众多的人民。此四句又一转，言夙志未为同学辈所了解。穷年二句顶上“稷契”。

⑨ 非无四句：又一转说明自己之所以不做隐士的缘故。江海，与市朝相

对而言;江海志,指放浪江海、无拘无束的心情。送日月,犹言度日月。尧舜君,指玄宗。永诀,这里是指避世隐居。按:玄宗早期曾一度励精图治,杜甫希望能够置身朝列,加以匡辅。《奉赠韦左丞丈二十二韵》云:“自谓颇挺出,立登要路津。致君尧舜上,再使风俗淳。”可与此相印证。

⑩ 当今四句:再一转伸足上文“不忍永诀”的意思。上两句说,在朝廷方面,虽不缺乏人才;下两句说,在个人方面,忠君的思想,则出于本性。建造大厦,不能缺少木料,犹如治理国家,不能缺少人才。廊庙具,比喻担负朝廷重任的栋梁之臣。葵和藿,都是植物名。葵的花序有向日光倾斜的特性,故称向日葵。(藿并不向日,葵藿是惯用的偏义复词,因葵连类而及藿。)杜甫用以自比。曹植《求通亲亲表》:“若葵藿之倾叶,太阳虽不为之回光,然终向之者,诚也。”这里化用其意。

⑪ 蝼蚁:比喻以干谒为事,营求利禄的小人。

⑫ 胡为二句:大鲸,杜甫自比。辄拟,时常打算。溟渤,海的别名。偃溟渤,游息于大海之中,比喻在一个宽阔的天地里施展抱负,即《短歌行赠王郎司直》所云“鲸鱼跋浪沧溟开”的意思。按:“辄拟偃溟渤”和上文“但自求其穴”是两种完全不同的想法。这里用反诘的语气来问自己为什么是这样想而不是那样想,正所以见出“自求其穴”的“蝼蚁”多,而“忧黎元”“慕大鲸”的人少,是慨叹之词。以上四句又一转。

⑬ 以兹二句:承上“蝼蚁求穴”,意谓因不屑专为个人打算而误生理,独以干谒为耻。生理,犹言生事、生计。事干谒,指奔走于权贵之门,以请托为事。悟,一作“误”。

⑭ 兀兀:犹言矻矻,劳苦貌。

⑮ 忍为句:犹言为尘俗所困,意指仕途蹭蹬。以上四句又一转,言因守志而穷乏以至于今。

⑯ 终愧二句:上句“终愧巢与由”和前文“窃比稷与契”相应。下句“未能易其节”,是说不能以巢、由之行,易稷、契之节。巢,指巢父,由,指许由,传说中两位避世的隐士,在古代认为是和稷、契属于不同类型的典范人物。既自比稷、契,就不可能追踪巢、由,故云“终愧”。

⑰ 遣：一作“适”。

⑱ 破：一作“颇”。以上四句又一转，谓虽穷乏至今而未改愚拙之态，唯有饮酒放歌以销愁。结上言志三十二句，由放歌引入下文叙事。

⑲ 天衢(qú)：指天空。四通八达的路叫衢。天空广阔无阻，故称。一说，天衢犹言天街，指长安城里的街道。阴：寒气。峥嵘：本义是高峻貌，这里借以形容寒气的盛大。

⑳ 客子：犹言行人，杜甫自指。以上四句切入题赴奉先意。

㉑ 凌晨二句：《通鉴》卷二一七，天宝十四载(755)冬十月庚寅：“上幸华清宫。”十一月甲子，安禄山在范阳起兵叛变，消息传来，“上犹以为恶禄山者诈为之，未之信也”。杜甫此次过骊山时，玄宗正和杨贵妃在华清宫避寒。骊山，在今陕西临潼县，距长安六十里。山有温泉，华清宫在其上。御榻，皇帝的坐榻，这里借指皇帝。嵽(dié)嵲(niè)，山高峻貌，这里用作高山的代称。以上四句言抵骊山。

㉒ 蚩尤：传说中能造雾的人，这里用作雾的代称。一说：蚩尤是天上一种赤气，叫做蚩尤旗。蚩尤出现，预兆兵乱将兴。

㉓ 瑶池：借指骊山的温泉。郁律：暖气蒸腾貌。

㉔ 羽林：指夹立宫前驰道的皇帝的禁卫军。《新唐书·兵志》：“高宗龙朔二年(662)，始取府兵、越骑、步射置左右羽林军，大朝会则执仗以卫阶陛，行幸则夹驰道为内仗。”摩戛：指武器互相击撞。

㉕ 乐动句：意谓乐声响彻云霄。殷，读隐，震动。胶葛，形容旷远的空际。司马相如《上林赋》：“张乐乎胶葛之寓。”

㉖ 赐浴句：意谓皇帝在山上寻欢作乐，受到恩赐的只有贵族和大臣们。郑处晦《明皇杂录》卷下：“(玄宗)又尝于(华清)宫中置长汤屋数十间。”陈鸿《长恨歌传》：“时每岁十月，驾幸华清宫，内外命妇，熠耀景从。浴日馀波，赐以汤沐。”长缨，贵人的装饰，借指贵人。《韩非子·外储说左上》：“邹君好服长缨，左右皆服长缨。”短褐，劳役者之衣，借指平民。以上八句由行程苦寒转入所见骊山统治者之奢糜。

㉗ 彤庭四句：天宝后期，府库充实，财物堆积如山。杨国忠建议把各地租税一律变成轻货(绢帛)，输送京城。玄宗视金帛如粪土，毫无节制

地赏赐给贵宠之家(见《通鉴》卷二一六天宝八载)。彤庭,即朝廷。彤,朱红色。宫殿楹柱多用朱红涂饰,故称。聚敛,犹言搜刮。城阙,指首都。

㉘ 圣人四句:意谓皇帝之所以赏赐群臣,无非想他们把国家治好;假如做臣子的连这个道理都不懂,皇帝岂不是白白地丢掉这些财物。唐时口语,称皇帝为圣人。筐篚恩,指赐帛之恩。筐(kuāng)和篚(fěi)都是盛帛用的竹器。方曰筐,圆曰篚。《诗·小雅·鹿鸣》毛序:"《鹿鸣》宴群臣嘉宾也。既饮食之,又实币帛筐篚,以将其厚意。"至理,指"实欲邦国活"的用意。

㉙ 多士二句:意谓朝廷里这许多官员,其中倘有仁者,对上述现象,应该感到怵目惊心。以上十句就所见发议论,进行讽谏。

㉚ 况闻二句:这里进一步揭露贵戚的骄侈淫佚,故曰"况闻"。古宫廷为大内;内金盘,内府的金盘。卫、霍是汉代的外戚,这里借指杨贵妃的族属。乐史《杨太真外传》:"(玄宗)又赐虢国(夫人)照夜玑,秦国(夫人)七叶冠,(杨)国忠锁子帐,盖希代之珍。其恩宠如此。"

㉛ 中堂二句:连下面四句,都是写豪华的宴会场面。这两句写舞蹈,意谓堂上炉香缭绕,烟雾迷离,从其中见到玉质冰肌的少女们翩翩起舞,恍同仙境,故云"舞神仙"。舞,一作"有"。

㉜ 悲管句:写管弦迭奏的热闹情况。悲,形容管声的嘹亮激越,酣畅淋漓。《淮南子·齐俗训》:"徒弦则不能悲。"王充《论衡·超奇》:"文音者皆欲为悲。"陆机《文赋》:"犹弦么而徽急,故虽和而不悲。"清瑟,指沉滞重浊的瑟调。《礼记·乐记》:"清庙之瑟,朱弦而疏越。"郑玄注:"朱弦,练朱弦。弦练则声浊。"阮籍《乐论》:"琵琶筝笛,间促而音高;琴瑟之体,间辽而音浊。"

㉝ 霜橙句:橙和橘出产南方,在长安是珍贵的果品。压,堆在盘里。以上八句由议论再转叙述,写后戚之奢侈。

㉞ 朱门四句:意谓朱门内外,仅一墙之隔,但生活上就划成两个截然不同的世界。这种令人惆怅的不合理的社会现象,触目皆是,无法一一把它说尽,故云"难再述"。荣,指富裕豪华。枯,指困苦饥寒。八寸为

咫。咫尺，极言其近。以上四句再入议论，以警句结上三十八句行程至骊山所见所感。

㉟ 北辕二句：折入行程，杜甫此次旅行的路线是：出长安东经昭应(今陕西临潼县)，又从昭应北渡泾渭至奉先。北辕，车辕向北，就是北行的意思。泾水和渭水合流于昭应，称为泾渭。官渡，公家所设立的渡口。改辙，在另一条道路上，意指换了地方。河边津渡，因水势不定，故迁徙无常。

㊱ 群冰四句：写河流挟冰块而下的景象。崒兀，危险而高峻的样子。崆峒，山名，在今甘肃岷县。泾、渭二水都从陇西流下，故疑来自崆峒。《列子·汤问》："共工氏与颛顼争为帝，怒而触不周之山，折天柱，绝地维。"这里借以形容冰河汹涌，使人有天崩地塌之感。冰，一作"水"。按：作"水"虽亦可通，但下云"触""坼"，究以作"冰"更为确切。

㊲ 河梁四句：意谓水阔难渡，幸而还有一道未被冰河冲坼的桥梁可以通过行人。枝撑，桥柱交木。窸(xī)窣(sū)，动摇声。行李，行人。李，一作"旅"。以上十句继写骊山后行程艰险。

㊳ 老妻句：以下至家。杜甫曾一度移家长安(参见注①"杜陵布衣"条)，后因生活无法维持，又把妻子送到奉先寄居(当时，奉先县令姓杨，可能是其妻的同族)。异县，指奉先，对故乡而言。

㊴ 谁能二句：意谓过去身在长安，家寄奉先，两地隔绝，不能相顾，岂能这样地长久下去？此番回去探望，一家团聚，虽然过着苦日子，也是好的。庶，庶几，希冀之词。共饥渴，犹言共度艰苦生活。以上四句写至家前希冀。

㊵ 吾宁二句：意谓即使我能割舍恩情，忍住哀痛；但里巷邻家看到这情况，也为之呜咽流泪。上句是假设，推开一层，从反面着笔；下句是衬托，转进一层，从侧面着笔，极言幼子饿死的悲惨。以上四句写至家所见悲惨现实。

㊶ 岂知二句：意谓秋收之后，原不该饿死人，然贫家仍然不免，这是自己所不能预料的事。禾稻收割叫做登。窭(jù)，穷。仓卒，本义是急遽，这里指陡然发生的事故。卒，字同"猝"。以上四句抒丧子之感。总上

十二句为写至奉先观感。

㊷ 生常四句：意谓自己是受到朝廷优待的人，尚且遭遇如此的惨事，可以想见一般人民的生活就更加痛苦。唐代实行租庸调法和府兵制，凡官僚都享有免租税和免兵役的特权。按：租庸调法规定，有课户与不课户之分，不在课户之内的免课(见《新唐书·食货志》)。府兵制规定，于全国十道，置军府六百三十四，应服兵役的人的名籍，分地区隶属于各军府。遇有战事发生，便可随时征集(见《新唐书·兵志》)。名不隶征伐，是说兵役的册上无名。抚，循抚，即反复思量的意思。迹，指生活中所经历的事件。平人，即平民。唐人避太宗李世民讳，多改“民”为“人”。骚屑，本指风声，引伸为动荡不安的意思。

㊸ 失业徒：指失去了土地的农民。当时均田制已破坏，兼并剧烈，大量农民破产流亡。业，产业，即田地。

㊹ 远戍卒：唐制：人民服兵役，依旧例以二年、三年为限，即远戍西北的士兵，也不得超过四年(见《唐大诏令集》卷一〇七开元五年正月《镇兵以四年为限诏》)。后因战争不息，到期不得更代，边地多有久戍不归的士兵(参看前《兵车行》)。

㊺ 忧端二句：言自己对时局怀着深长的忧虑。《淮南子·精神训》：“澒蒙鸿洞，莫知其门。”澒(hòng)洞，就是“澒蒙鸿洞”，相连无际貌。掇(duó)，收拾。以上八句由己再及天下劳苦之人，总概国忧家愁，呼应首段“穷年忧黎元”意，结束全诗。

【评】 读此诗先当明白这样一个基点，即诗题虽云“自京赴奉先”，而实际上这是杜甫抵达奉先家中后所作的一首长诗。这样才能理解，首段三十六句百盘千折的述志言怀，并非游离于全诗之外的一个帽子，而是饱含着国忧家愁的不可抑制的内心呼号。因此这段议论一开始就高屋建瓴地确定了全诗不惟自伤“兀兀遂至今”，而且“穷年忧黎元”的主题，而必得以“放歌破愁绝”以抒发之。“放歌”句切入“自京赴奉先”意，以下征程的叙述都是依这一主题来安排的。至骊山一节，先以自己行程的苦寒引入帝王将相的豪奢，又放大至全体人民，结为“朱门酒肉臭，路有冻死骨”四句的强烈对比。以下继写骊山后至家行程，亦由苦寒而写到幼子饿卒，再扩展到天下之“失业徒”、“远戍卒”，终于结为“澒洞不可掇”的忧思。两段行程的描述，正是前三十六句述志的具体化、形象化，这样就使诗的议论与叙事乳水交融为一体。

诗中的描写，特见匠心。二段写行程：前一段突出的是阴寒萧森，第二段突出的是险恶崩危，这是与诗人感于世事而越来越激奋深广的感情相一致的。既写出了赴奉先的途次，更为主题的逐渐深化创造了气氛。写骊山所见，也分两段。先总写整个统治集团，转入议论；再重点写“卫霍室”，隐讽杨氏兄妹，逐层深入地揭示诗人所认为的祸国的主要危险（虽然并不完全准确），从而使描写又与叙事、议论融成一体。

本诗与下面所选的《北征》代表了杜甫五古的最高成就，在五古发展史上占有特殊地位。它们改变了汉魏以来五言抒情诗一般篇幅较短小，主题较单一，风格较平稳的传统，开创了以长篇巨制，通过精心的开阖结构，合叙述描写与抒情议论于一体，以反映一个历史时期的深广复杂的社会内容的新形式。这种形式后为韩愈、李商隐、杜牧等所效法，宋以后亦代有继作者，但都未能达到杜甫的高度。

以本诗与前录李白长篇七言歌行比较，可看出二位大诗人的异同。相同处在于他们都富于创造性，于纵横驰骋中见博大雄健，从而表现出与盛唐其他名家的不同特点，这也就是李杜要至元和时期才被高度重视的原因所在。不同处在于李多想象，杜擅写实。李如骏马掠敌，跳荡而步武不乱；杜如大将布阵，严整中见回复错互，故李逸而杜深。此二人风格之大较。当然就古体诗体看，李在七古的创造上，比杜甫更大，而杜在五古的发展中，又非李所可及。诗歌反映现实，是通过不同个性（包括经历）起作用的，李杜风格、诗体上的不同的杰出成就，正由于此。

月 夜

天宝十五载（756，即至德元年）六月，安史叛军攻进长安，杜甫携家逃难，住在鄜州（今陕西富县）。七月肃宗即位灵武（今宁夏回族自治区灵武县），杜甫前往投效，途中为叛军所俘，带到长安，幸因官卑职小，未被囚禁，从此他就住在沦陷的都城里。这诗写月夜思家的心情。

今夜鄜州月，闺中只独看①。遥怜小儿女，未解忆长安②。香雾云鬟湿，清辉玉臂寒③。何时倚虚幌④，双照泪痕干。

【注释】

① 闺中：闺中人，指妻。看：读平声。

② 遥怜二句：纪昀曰："言儿女未解忆，正言闺人相忆耳。故下文直接'香雾'、'云鬟'一联。"忆长安，想念在长安的父亲。

③ 香雾二句：想象妻在望月怀人，是第二句"只独看"的形象化。雾湿云鬟、玉臂生寒见得清夜倚望之久。香雾，雾本无香，因涉闺中人而雾气、云鬟浑融，故云。

④ 虚幌二句：遥想后日相逢。虚幌，轻薄透明的帷幕。

【评】 王嗣奭《杜臆》评曰："意本思家，而偏想家人之思我，已进一层。及念至儿女之不能思，又进一层。须溪云'愈缓愈悲'是也。'云鬟'、'玉臂'，语丽而情更悲。至于'双照'，可以自慰矣，而仍带

‘泪痕’说，与‘泊船悲喜，惊定拭泪’同，皆至情也。”今按：王说甚细密，而更有可注意者：下词之切实中见空灵，月、独、遥、雾、云、清、寒、虚、痕，皆切想念中之实际，而连成一片，唯觉似梦如幻，又无一字不说“实际”中之空幻。

春 望

这诗是唐肃宗至德二载（757）三月杜甫在长安时所作。当时长安被安史叛军焚掠一空，春光满目，一片荒凉。诗中即景生情，抒写了忧时伤乱的感慨。

国破山河在，城春草木深①。感时花溅泪，恨别鸟惊心②。烽火连三月③，家书抵万金。白头搔更短，浑欲不胜簪④。

【注释】

① 国破二句：司马光《续诗话》：“山河在，明无馀物矣；草木深，明无人矣。”国，首都。

② 感时二句：文义互见，意谓由于感时恨别，而对花溅泪，听鸟惊心。

③ 烽火句：《新唐书·肃宗纪》载：这年正月，“安庆绪将尹子奇寇睢阳郡，张巡败之”。二月，“李光弼及安庆绪之众战于太原，败之”。“关西节度兵马使郭英乂及安庆绪战于武功，败绩。庆绪陷冯翊郡，太守萧贲死之”。“庆绪将蔡希德寇太原”。“郭子仪及安庆绪战于潼关，败之”。“郭子仪及安庆绪战于永丰仓，败之”。《通鉴》卷二一九载，这年三月，“尹子奇复引大兵攻睢阳”。“安守忠将骑二万寇河东，郭子仪击走之”。整个春季三个月，战争不息，故云。

④ 白头二句：意谓头上的白发，愈搔愈加稀疏，简直梳不拢了。短，短少。浑，简直的意思。不胜簪，插不上簪。簪，把头发聚总连在冠上的工具。古时成年男子束发，故用簪。胜，读平声。鲍照《行路难》："白发零落不胜簪。"

【评】 二联"花"、"鸟"，应首联"城春"，又启三联"三月"。"感时泪"、"鸟惊心"，应首联"国破"，又分启三联之"烽火"、"家书"。末联总收以白头不胜簪，既以衰暮形照芳春，又以愁思隐对"国破"，感时、恨别都在其中矣。杜律感情博大，而章法细密，是以为难能。

哀 江 头

这诗和《春望》是同时所作。江，指曲江。曲江是长安著名的风景区（详见前《丽人行》注①）。安史乱后，台榭冷落，景物荒凉。今昔强烈的对比，使得杜甫即景生情，从眼前的江水江花，触引起国破家亡之痛，故以《哀江头》名篇。诗以江头宫殿作为描写背景，追溯唐玄宗和杨贵妃往日欢娱，指出马嵬兵变，"血污游魂"的悲剧结局，寓有一定的历史教训的意义。但诗人对统治者的无限同情，他所唱出的哀音动人的时代挽歌，则鲜明地表现了封建士大夫思念故君的阶级情感。

少陵野老吞声哭①，春日潜行曲江曲②。江头宫殿锁千门③，细柳新蒲为谁绿！忆昔霓旌下南苑④，苑中万物生颜色⑤。昭阳殿里第一人⑥，同辇随君侍君侧。辇前才人带弓箭⑦，白马嚼啮黄金勒⑧。翻身向天仰射云，一笑正随双飞翼[9]。明眸皓齿今何在[10]?血污游魂归不得[11]。清渭东流剑阁深,去住彼此无消息[12]。人生有情泪沾臆,江水江花岂终极[13]!黄昏胡骑尘满城,欲往城南望城北[14]。

【注释】

① 少陵野老:杜甫在长安时,曾住少陵附近,故以自称(参见前《自京赴奉先咏怀五百字》注①)。吞声哭:把悲哀咽进肚里,哭时不敢出声。

② 曲江曲:曲江的深曲之处。

③ 江头宫殿:《旧唐书·文宗纪》:"上(文宗)好为诗,每诵杜甫《曲江行》(即本篇),……乃知天宝以前,曲江四岸皆有行宫台殿、百司廨署。"王嗣奭曰:"曲江,帝与妃游幸之所,故有宫殿。"(《杜臆》卷二)

④ 霓旌:皇帝的旌旗。《文选》司马相如《上林赋》:"拖蜺(同霓)旌。"李善注引张揖曰:"析羽毛,染以五采,缀以缕为旌,有似虹蜺之气也。"南苑:即芙蓉苑。因在曲江之南,故称。

⑤ 生颜色:焕发光辉。

⑥ 昭阳句:指杨贵妃。昭阳,汉殿名,成帝宠妃赵合德所居。第一人:最受皇帝宠爱的人。

⑦ 辇前句:唐朝宫廷中,有专门讲习武艺的宫女,称之为"射生"(参看王建《宫词》〔射生宫女〕)。这里带弓箭的才人,当是指以武艺侍卫皇帝的宫嫔。《新唐书·百官志》:"内官才人七人,正四品。"

⑧ 啮(niè):咬。勒:马衔的嚼口。

⑨ 一笑句:一笑,指杨贵妃。她因见才人射艺之精,故为之一笑。笑,一作"射",一作"发"。按:作射,作发,均指才人,与贵妃无关,和下文"明眸皓齿"意不相属,当以作笑为是。双飞翼,即双飞鸟。

⑩ 明眸皓齿:写杨贵妃的美丽形象,承上句"一笑"而言。《文选》曹植《洛神赋》:"丹唇外朗,皓齿内鲜;明眸善睐,靥辅承权。"

⑪ 血污句:指马嵬兵变,贵妃遇难事。参见后《北征》及白居易《长

恨歌》。

⑫ 清渭二句：仇兆鳌注："马嵬驿，在京兆府兴平县（今属陕西省），渭水自陇西而来，经过兴平。盖杨妃藁葬渭滨，上皇（玄宗）巡行剑阁，是去住西东，两无消息也。"（《杜少陵集详注》卷四）清渭，即渭水。剑阁，即大剑山，在今四川剑阁县的北面，是由长安入蜀必经之道。《太平御览》卷一六七引《水经注》："益昌有小剑城，去大剑城三十里，连山绝险，飞阁通衢，故谓之剑阁也。"又卷一六六引《华阳国志》："诸葛亮相蜀，凿石架空，为飞阁道以通蜀汉。"

⑬ 人生二句：意谓江水江花，年年依旧；而人生有情，则不免感怀今昔而生悲。此二句写自己的对景伤情，而以下句的无情，衬托出上句的有情，愈见此情难以排遣。

⑭ 欲往句：写极度悲哀中的迷惘心情。原注："甫家住城南。"望城北，走向城北。北方口语，说向为望。望，一作"忘"。城北，一作"南北"。

【评】 全诗以哀哭起结。"为谁绿"一问，导入对往事繁荣的回忆。"无消息"一叹，复返回即目伤神的感喟。中片以极乐反衬极悲，而全诗更贯穿以短促的入声韵，于是满纸哀弦之声。当与白居易《长恨歌》对读，则于二人的不同风格、两种不同的诗体形式有更深了解。

北　　征

这诗作于唐肃宗至德二载（757）秋。是年二月，唐朝政府由彭原进驻凤翔（今陕西省县名），四月，杜甫由长安逃至凤翔，五月授左拾遗。因疏救房琯，触怒肃宗。八月，放还鄜州省妻子。钱谦益曰："《（文章）流别论》曰：'更始时，班彪避难凉州，发长安，至安定，作《北征赋》。'(《文选》卷九《北征赋》李善注引)公遭禄山之乱,自行在往鄜州,故以'北征'命篇。"(《钱注杜诗》卷二)这诗叙写由凤翔回家时的心情,途中的经历和感想,到家后的情事,并提出了自己对时局的看法。它和《自京赴奉先咏怀》都是铺陈终始,夹叙夹议的长篇,为杜甫集中的代表作。

皇帝二载秋,闰八月初吉[1]。杜子将北征,苍茫问家室[2]。维时遭艰虞[3],朝野少暇日。顾惭恩私被[4],诏许归蓬荜[5]。拜辞诣阙下[6],怵惕久未出[7]。虽乏谏诤姿,恐君有遗失[8]。君诚中兴主[9],经纬固密勿[10]。东胡反未已[11],臣甫愤所切。挥涕恋行在[12],道途犹恍惚。乾坤含疮痍,忧虞何时毕[13]?靡靡逾阡陌,人烟眇萧瑟。所遇多被伤,呻吟更流血[14]。回首凤翔县,旌旗晚明灭[15]。前登寒山重,屡得饮马窟[16]。邠郊入地底,泾水中荡潏[17]。猛虎立我前,苍崖吼时裂[18]。菊垂今秋花,石戴古车辙[19]。青云动高兴,幽事亦可悦[20]。山果多琐细,罗生杂橡栗[21]。或红如丹砂,或黑如点漆。雨露之所濡,甘苦齐结实[22]。缅思桃源内,益叹身世拙[23]。坡陀望鄜畤[24],岩谷互出没。我行已水滨,我仆犹木末[25]。鸱鸟鸣黄桑,野鼠拱乱穴[26]。夜深经战场,寒月照白骨。潼关百万师,往者散何卒[27]?遂令半秦民,残害为异物[28]。况我堕胡尘[29],及归尽华发。经年至茆屋[30],妻子衣百结[31]。恸哭松声回,悲泉共幽咽[32]。平生所娇儿[33],颜色白胜雪[34]。见耶背面啼[35],垢腻脚不袜。床前两小女,补缀才过膝[36]。海图拆波涛,旧绣移曲折。天吴及紫凤,颠倒在裋褐[37]。老夫情怀恶,呕泄卧数日。那无囊中帛,救汝寒凛栗[38]?粉黛亦解苞[39],衾裯稍罗列。瘦妻面复光，痴女头自栉[40]。学母无不为，晓妆随手抹。移时施朱铅[41]，狼籍画眉阔[42]。生还对童稚，似欲忘饥渴[43]。问事竞挽须，谁能即嗔喝[44]？翻思在贼愁，甘受杂乱聒[45]。新归且慰意，生理焉得说[46]？至尊尚蒙尘[47]，几日休练卒[48]？仰观天色改，坐觉妖氛豁[49]。阴风西北来，惨澹随回纥[50]。其王愿助顺，其俗善驰突[51]。送兵五千人，驱马一万匹[52]。此辈少为贵[53]，四方服勇决。所用皆鹰腾[54]，破敌过箭疾。圣心颇虚伫，时议气欲夺[55]。伊洛指掌收，西京不足拔[56]。官军请深入，蓄锐伺俱发。此举开青徐，旋瞻略恒碣[57]。昊天积霜露，正气有肃杀[58]。祸转亡胡岁，势成擒胡月[59]。胡命其能久[60]？皇纲未宜绝[61]。忆昨狼狈初，事与古先别[62]。奸臣竟菹醢[63]，同恶随荡析[64]。不闻夏殷衰，中自诛褒妲[65]。周汉获再兴，宣光果明哲[66]。桓桓陈将军，仗钺奋忠烈[67]。微尔人尽非，于今国犹活[68]。凄凉大同殿[69]，寂寞白兽闼[70]。都人望翠华[71]，佳气向金阙[72]。园陵固有神，扫洒数不缺[73]。煌煌太宗业，树立甚宏达[74]！

【注释】

① 初吉：《诗经·小雅·小明》："二月初吉。"《毛传》："初吉，朔日（初一）也。"后来泛用于上半月当中的一天，不限于朔日。此诗下文纪途中所见，有"夜深经战场，寒月照白骨"之语。夜深见月，当是中旬以后，知"初吉"启行，非指朔日。

② 苍茫句：写动身时的心理状态。杜甫在凤翔，虽曾得家书，知家属尚在，但兵乱中情况究竟如何，很难设想，故有苍茫之感。以上四句以北征宁家起。

③ 维时：犹言是时。维，发语词。艰虞：艰苦而令人忧虑，指局势的紧张困难。

④ 顾惭：自思而感到惭愧。恩私：指朝廷特殊的恩惠。

⑤ 蓬荜：蓬门荜户，指贫苦的家。荜，“筚”的借字，柴竹树枝之类。

⑥ 拜辞句：指辞别肃宗。诣(yì)，至。

⑦ 怵(chù)惕(tì)：惶恐貌。

⑧ 虽乏二句：意谓自己虽不能算是称职的谏官，但惟恐君主有遗失，仍不得不贡献意见。下对上的规劝叫谏，直言争论叫诤。杜甫官左拾遗，谏诤是其职责。谏诤姿，犹言谏臣风度。遗失，考虑不周之处。

⑨ 中兴主：从危难中复兴国运的君主。

⑩ 经纬：织机上的直线叫经，横线叫纬，一经一纬，织成布匹。这里借指筹划国家大事。密勿：同黾勉，劳心勉力的意思。

⑪ 东胡句：这年正月，安庆绪杀其父安禄山，据洛阳称帝。《旧唐书·安禄山传》：“安禄山，营州柳城杂种胡人也。”故称安庆绪为东胡。

⑫ 行在：行在所的简称，指临时设在凤翔的朝廷。蔡邕《独断》卷上：“天子以四海为家，故谓所居为行在所。”

⑬ 乾坤二句：乾是天的代称，坤是地的代称。含疮痍，有着创伤。意指兵乱未平，人民遭受灾难。以上十六句述将去恋阙之思，铺叙背景，挈出全诗主脑。

⑭ 靡靡四句：靡靡，行步迟缓、没精打采貌。《诗经·王风·黍离》：“行迈靡靡，中心摇摇。”阡陌，田间道路。被伤、流血二句写实。至德元载十月，房琯兵溃于陈陶、青坂。二载，郭子仪复战败于清渠，故京甸处多伤兵。可与《悲陈陶》、《悲青坂》参看。

⑮ 回首二句：承前“恋行在”而言。凤翔县在回顾中渐渐消失了，只有行在所的旌旗在晚风吹拂中荡漾着明灭不定的落日馀晖。

⑯ 前登二句：意谓荒山之中，时时看到战争所遗留下来的痕迹。寒山重，重叠的寒山。古时行军荒野，遇低洼有水之处，就此饮马，称为饮马窟。古乐府有《饮马长城窟行》。

⑰ 邠(bīn)郊二句：邠州位于凤翔东北、鄜州西南(州治在今陕西邠县)，

由凤往鄜,路经邠州。《清一统志》卷二四八:“(邠州)泾水绕其北,邠崖峙其南。”邠州郊原是个盆地,从山上下望,如在地底。荡潏(jué),流动貌。木华《海赋》:“荡潏岛滨。”

⑱ 猛虎二句:言晚风怒号,山鸣谷应,苍崖被震动得好像要裂开一样。猛虎,形容蹲踞的崖石形象。

⑲ 戴:印上的意思。一作“带”,一作“载”。车辙:车轮所辗的痕迹。

⑳ 青云二句:是“幽事亦可悦,动青云高兴”的倒文。幽事,山中幽静的景物。青云高兴,指离尘绝俗,避世隐居的情趣。京房《易占》:“青云所覆,其下有贤人隐。”

㉑ 山果二句:言山中有许多结着细小果实的野树,和栎树相杂,罗列丛生。橡栗,即栎树的果实,又名橡子。

㉒ 雨露二句:写山果受到雨露滋润,欣欣向荣。

㉓ 缅思二句:承上文“青云动高兴”而言。意谓桃花源是令人向往的,但现实世界中不可能有这样的环境,于是更感到不知如何生活下去。晋陶潜作《桃花源记》,假托秦人避乱,描绘出幻想中的一个与世隔绝的乐土。缅思,远想。拙,没办法的意思。

㉔ 鄜畤:指鄜州。春秋时,秦文公梦黄蛇从天下垂,其口止于鄜,于是在鄜筑坛以祭天神,称为鄜畤(见《史记·封禅书》)。畤,神灵所止之处,即祭坛。

㉕ 我行二句:是说自己已经下山,而仆人还走在崖石的上面。水,泾水。从山下仰望,行走在山上的人,好像挂在树杪上一样,即《移居公安山馆》所云“路危行木杪”。

㉖ 野鼠句:田野里有一种大鼠,见人则交其前足而立,状如人之拱手,称为拱鼠,又名礼鼠(见陆佃《埤雅》卷一一)。拱乱穴,拱立于乱穴之间。

㉗ 潼关二句:天宝十四载(755)十二月,安禄山陷洛阳,玄宗命哥舒翰统大军二十万扼守潼关。翰主坚守,杨国忠促其出战,翰不得已,出关迎敌。十五载六月,败于灵宝,全军溃散。哥舒翰为其部将火拔归仁执降叛军(见《旧唐书·哥舒翰传》)。卒,字同“猝”。

㉘ 遂令二句：指长安失陷后，人民大量遭受屠戮。古人迷信，认为人死变鬼，故称异物。贾谊《鹏鸟赋》："化为异物兮，又何足悲？"以上三十六句写沿途所见景物与感触。

㉙ 堕胡尘：指长安被俘事。见前《月夜》题下注。

㉚ 经年句：杜甫于去年秋天离开鄜州，至此为一年。

㉛ 衣百结：衣服破烂，补缀有如百结。

㉜ 恸哭二句：写环境气氛之悲惨，连松风溪流都似乎在和人的哭泣相应和。恸哭，放声大哭。幽咽，低声哽咽。回，回声。

㉝ 所娇儿：所宠爱的孩子。娇，一作"骄"。

㉞ 颜色句：说过去养得白净可爱。与下文的"垢腻"是今昔对照。

㉟ 耶：同"爷"。背面啼：写小孩怕生的情态。

㊱ 补缀：指下文的"裋褐"。缀，一作"绽"。才过膝：指褐的长度。

㊲ 海图四句：意谓利用旧绣来修补裋褐，花纹被拆开，移动得曲折、颠倒。海图，是所绣花纹，中有汹涌的波涛和天吴、紫凤。天吴，虎身人面，八足十尾的水神（见《山海经·海外东经》及《大荒东经》）。

㊳ 那无二句：意谓无奈行囊之中，没有足够的布帛，为家人制衣御寒。那（读如 né），是"奈何"二字的合音。这里说那无，下文说"衾裯稍罗列"，是略有，文义互见。

㊴ 苞：一作"包"，字同。

㊵ 头自栉：自己梳头。

㊶ 移时：一会儿工夫。朱铅：即红粉，妇女涂面所用。

㊷ 狼籍句：白居易《新乐府·上阳白发人》写"天宝末年时世妆"，是"青黛点眉眉细长"，此云"画眉阔"，正与当时的式样相反。见稚女随手涂抹狼籍之状。狼籍，散乱貌。

㊸ 忘饥渴：忘掉了行旅之苦。《诗经·王风·君子于役》："君子于役，苟无饥渴？"

㊹ 嗔喝：发怒喝止。

㊺ 翻思二句：意谓孩子虽然吵闹，但回想在长安陷贼时思归不得的愁苦，却感到一种乐趣。杂乱聒，乱吵嚷。

㊻ 生理句：生活问题哪里谈得上呢？意谓所忧不在个人。生理，生计。以上三十六句写归家悲喜交集之状。“翻思”四句应上启下，挽转到忧时谏诤主题，是关锁处。

㊼ 至尊：指皇帝。蒙尘：逃难在外，蒙受风尘之苦。以上两大段应首段北征意。以下四段应第二段恋阙而“恐君有遗失”意，就“东胡反未已”事陈策。

㊽ 休练卒：停止训练军队。

㊾ 仰观二句：意谓时局有好转的现象。坐觉，犹言顿觉。妖氛，指安史叛军的凶焰。豁，开朗。妖氛豁然散尽，象征寇乱将平。

㊿ 阴风二句：至德二载九月，即杜甫作此诗时，肃宗听从郭子仪建议，借兵回纥平乱。回纥怀仁可汗派遣太子叶护、将军帝德将精兵四千余人至凤翔（下文说“五千人”，是举其成数），表示愿意帮助唐朝收复两京（见《通鉴》卷二一九）。

51 其王二句：谓回纥可汗归顺朝廷，助平乱逆，且回纥善以骑兵冲锋陷阵。

52 一万匹：回纥古俗，一人二马，故五千兵驱马万匹。

53 此辈句：谓回纥兵少战斗力强，亦含有借回纥兵不宜过多意。

54 鹰腾：与下句的“箭疾”，俱形容回纥军的剽悍急捷。

55 圣心二句：回纥军至凤翔后，肃宗大加犒赏，并命广平王李俶（即后来的唐代宗）和叶护结为弟兄。当时朝中有不赞成借用外兵的，但在这种情况下，也为之气夺，不敢公开反对。圣，指皇帝。虚伫，虚心期待。以上十六句论借兵回纥之所当戒。“谏诤”一层意。

56 伊洛二句：言收复东、西两京（洛阳和长安），毫不费力。伊、洛，二水名，这里指伊、洛流域的洛阳地带。

57 官军四句：意谓收复两京之后，便当乘胜进兵。打开青、徐，在此一举。然后北略恒、碣，直捣叛军的根据地，平定叛乱。官军请深入，指官军斗志昂扬，主动要求深入。伺，伺机，一作“可”。俱发，与回纥同时进兵，应前“少为贵”。青、徐，二州名，今山东省及苏北地带。恒，恒山；碣，碣石山，今山西、河北省地带。

㊳ 昊天二句：昊天，指秋天。昊，通作颢，白色。四时运行，春生夏长，秋天霜露下降，草木凋残。旧说秋于五行为金，有肃杀之气。杜甫认为局势的发展，应该和这种正常的自然现象相一致，平定叛乱的时机到了。

㊴ 祸转二句：上句与下句互文见义。意谓胡人灭亡被擒，当在今年秋季。祸转，厄运转到胡人。

㊵ 其：义同岂。

㊶ 皇纲：皇朝的政权。以上十二句论官军之可依、天时之可恃。“谏诤”二层意。

㊷ 忆昨二句：意谓当安史叛军攻进长安，玄宗所采取的应变措施，和古代帝王遭遇到类似情况时有所区别。狼狈，犹言困顿，比喻仓皇出走。段成式《酉阳杂俎》卷一六：“狼狈是两物。狈前足绝短，每行常驾于狼腿上，狈失狼则不能动，故世言事乖者称狼狈。”

㊸ 奸臣：指杨国忠等。菹(jū)醢(hǎi)：剁成肉酱，指被杀。

㊹ 同恶：奸臣的党羽。荡析，清除。

㊺ 不闻二句：意谓周幽王宠爱褒姒，殷纣王宠爱妲己，招致亡国之祸；与玄宗之宠爱杨妃，引起安史之乱，情况虽然相似。但在马嵬兵变的危急关头，玄宗为了平服军心，尚能当机立断，将杨妃缢死。以古例今，毕竟不同于历史上的亡国之君。上文所谓“事与古先别”，正在于此。惟下句作“褒妲”，上句作“夏殷”，夏桀的宠妃为妹喜，上下文不相合。顾炎武认为：“不言周，不言妹喜，此古人互文之妙。”(《日知录》卷二七)按：依照顾氏的说法，则这两句是“不闻夏、殷、周衰，中自诛妹(喜)、妲(己)、褒(姒)”的略文，古书中实罕此例。《史记·周本纪》载褒姒祸周，其妖异事迹，发生于夏代末期。《文选》李康《命运论》：“幽王之惑褒女也，祆始于夏庭。”骆宾王《代李敬业传檄天下文》：“龙漦帝后，识夏庭之遽衰。”这里可能化用典故，说夏，实际是指周。夏殷即“周殷”，以与下文“周汉”避复。

㊻ 宣、光：周宣王和东汉光武帝，即上文所说的“中兴主”，用以比喻肃宗。

⑰ 桓桓二句：指马嵬兵变，陈玄礼除奸事。玄宗逃难入蜀，陈玄礼以龙武大将军领禁兵扈从西行。《通鉴》卷二一八，至德元载(756)六月："丙申，至马嵬驿，将士饥疲，皆愤怒。陈玄礼以祸由杨国忠，欲诛之。……会吐蕃使者二十余人遮国忠马，诉以无食，国忠未及对。军士呼曰：'国忠与胡虏谋反！'或射之，中鞍。国忠走至西门内，军士追杀之。……并杀其子户部侍郎暄及韩国、秦国夫人。御史大夫魏方进曰：'汝曹何敢害宰相！'众又杀之。……军士围驿。上闻喧哗，问外何事，左右以国忠反对。上杖屦出驿门，慰劳军士，令收队，军士不应。上使高力士问之，玄礼对曰：'国忠谋反，贵妃不宜供奉，愿陛下割恩正法。'……上乃命力士引贵妃于佛堂，缢杀之。……国忠妻裴柔与其幼子晞及虢国夫人、夫人子裴徽，皆走至陈仓，县令薛景仙帅吏士追捕，诛之。"桓桓，威武貌。钺(yuè)，大斧。仗钺，指侍卫皇帝。《尚书·牧誓》："王左仗黄钺，右秉白旄。"

⑱ 微尔二句：上句说，假如没有你(指陈玄礼)，人民已沦为异族，受胡人的统治。即孔子所说"微管仲，吾其披发左衽矣"(《论语·宪问》)的意思。下句说，由于有了你，到现在国家还存在。微，无。以上十二句借马嵬兵变事，喻明君当内肃宫闱，外任贤良。"谏诤"三层意。

⑲ 大同殿：在南苑兴庆宫勤政楼之北。玄宗常在此朝见群臣。

⑳ 白兽闼：即白兽门("门""闼"同义，因叶韵而改)，在凌烟阁之北、太极殿的西南。睿宗景云元年(710)，玄宗为临淄王时所发动的宫廷政变，即由白兽门攻入太极殿，杀韦后，平定内乱，成就了帝业。事见《旧唐书·玄宗纪》及《通鉴》卷二〇九。

㉑ 翠华：以翠羽为饰的旗，是皇帝所用仪仗。司马相如《上林赋》："建翠华之旗。"

㉒ 佳气：兴旺之气。古代迷信，认为望气能知国运兴衰。

㉓ 园陵二句：意谓唐军即将收复长安，皇室祖先的神灵，有人奉祀，洒扫园林，礼数不缺。园陵，指唐朝历代皇帝的墓园和坟冢。

㉔ 煌煌二句：重申国运必然中兴的信心，用以结束全篇。煌煌，光辉盛大貌。唐朝第一代皇帝是高祖李渊，而实际完成统一事业，创建国家

的则是太宗李世民，故云“太宗业”。末八句，借太宗宏业以激励今上。“谏诤”四层意。

【评】 这诗作于安史乱后，以“东胡反未已，臣甫愤所切”为主脑，生发出一大段议论。当存亡危急的关头，杜甫不可能不把平乱的希望，寄托在唐王朝的中兴上。诗中对最高统治者作了热情的赞扬，甚至对唐玄宗荒淫失国的行为，也曲为回护。这正反映了封建士大夫的阶级意识，杜甫思想局限的一面。然而他的内心深处，并不是没有矛盾的。诗以“恐君有遗失”为线索，叙述政治上的排挤和打击，粉碎了自己许身稷、契，致君尧、舜的幻想；对当时朝廷平乱的措施，特别是借用外兵一事，抱有深长的忧虑。因而在追怀旧主，歌颂新君，展望局势，兴奋激动的同时，又有所怨诽，有所讥刺。复杂而深刻的内容，形成了诗歌沉郁顿挫的风格。黄庭坚曾说《北征》“书一代之事，以与《国风》《雅》《颂》相表里。”（范温《潜溪诗眼》引）论其精神实质，是和《自京赴奉先咏怀》的感时忧世息息相通的。

羌 村 三 首

这诗和《北征》是同时所作。第一首写由凤翔初到家时的情景，次首写到家后的感慨，末首写邻里的慰劳，内容可与《北征》相印证。诗的篇幅比较简短，表现得特别精警透辟。和《北征》的铺陈终始，纵横开阖，用笔不同；而异曲同工，各具特色。羌村，在鄜州城外，杜甫家居所在。胡光炜曰：“羌村云者，盖其地尝为羌族人东来者所聚居，犹今言回回营、陕西街之类。”（见《杜甫羌村章句释》，下同）

其　一

峥嵘赤云西，日脚下平地[①]。柴门鸟雀噪，归客千里至。妻孥怪我在[②]，惊定还拭泪。世乱遭飘荡，生还偶然遂[③]。邻人满墙头[④]，感叹亦歔欷[⑤]。夜阑更秉烛[⑥]，相对如梦寐。

【注释】

① 峥嵘二句：写黄昏景色。峥嵘，形容天空中重叠而高峻的云峰。夕阳把暮云映得鲜红，故曰“赤云”。西，向西移动。日脚，照射到地面的阳光。古人不知地球转动，见日光移，以为太阳在走，故称之为“脚”。下平地，下与地平。

② 妻孥句：妻孥(nú)，即妻子。怪我在的“怪”，即下句的“惊”。惊怪是因为出乎意料的缘故。胡光炜曰：“不言喜而言怪者，以为甫死久矣，不意其尚在。言喜反浅之也。”

③ 生还句：言生还出于偶然。遂，遂愿，即如愿。

④ 邻人句：乡村墙矮，站在墙外，可以看到墙内。杜甫突然回来，轰动四邻，但因他初到家，又不便进来，故围墙观看。

⑤ 歔欷：叹声。

⑥ 夜阑：夜将尽，即夜深。更秉烛：秉，本是执持的意思，后来都以秉烛通用作为燃烛。这里的烛，非指蜡烛。古时蜡烛，惟富贵人家用之。胡光炜曰：“烛是松明之类，略如今之火把。置于屋隅以照夜。更者，前烛已尽，而复易之。”按：陶潜《归田园居》：“日入室中暗，荆薪代明烛。”可与此相证。

其　二

晚岁迫偷生，还家少欢趣[①]。娇儿不离膝，畏我复却去[②]。忆昔好追凉，故绕池边树。萧萧北风劲，抚事煎百虑[③]。赖知黍秫收[④]，已觉糟床注[⑤]，如今足斟酌[⑥]，且用慰迟暮[⑦]。

【注释】

① 晚岁二句：晚岁，晚年。时杜甫虽只四十六岁，由于饱经忧患，已很衰老。他此次在凤翔，因疏救房琯，触怒肃宗，被放还鄜，政治上受了很大的打击，想到年已老大，世乱方殷，故偷生之感，愈为迫切，虽还家而少欢趣。偷生，犹言苟活，意指未能施展抱负。

② 娇儿二句：写孩子对父亲既亲热又害怕的情景。不离膝，经常围绕在身边。却去，退下，躲开。畏，是承上句的“少欢趣”而说的。

③ 忆昔四句：写独自徘徊庭院，抚今思昔的心情。杜甫于天宝十五载(756)六月逃难来鄜州，离开鄜州是七月，时当夏季，常在池边的树下纳凉。现在重寻旧迹，北风刮得树叶萧萧作响，已是深秋。一年多来时事的变化，使他感到百虑煎心，故下文幻想用酒来麻醉自己。追凉，纳凉。

④ 赖知：幸而知道。黍秫：制酒的主要原料。有黏性的黍叫秫。黍秫，一作“禾黍”。

⑤ 糟床注：糟床里注出酒来。胡光炜曰：“糟床者，制酒之具。此时未有烧酒。煮谷和以曲，故笮而分之。嵇康《声无哀乐论》：‘犹簁酒之囊漉，虽笮具不同，而酒味不变也。’盖以初成之酒和糟入囊盛之，置竹床中笮出酒，而留滓于囊。其清汁为酒，浊汁为糟。”

⑥ 足斟酌：意谓有酒可饮。斟酌，筛酒。

⑦ 迟暮：衰老之年。屈原《离骚》：“恐美人之迟暮。”

其　三

群鸡正乱叫，客至鸡斗争。驱鸡上树木[①]，始闻叩柴荆[②]。父老四五人，问我久远行[③]。手中各有携，倾榼浊复清[④]。苦辞"酒味薄[⑤]，黍地无人耕。兵革既未息，儿童尽东征[⑥]。"请为父老歌：艰难愧深情[⑦]。歌罢仰天叹，四座泪纵横。

【注释】

① 驱鸡句：乐府《鸡鸣》："鸡鸣高树颠。"阮籍《咏怀》："晨鸡鸣高树。"据此，可见鸡栖树上。

② 柴荆：柴荆编扎的门户。分言之，为柴门，荆扉；合言之，为柴荆。

③ 问：慰问。

④ 榼(kē)：盛酒器。浊复清：浊酒和清酒。下句的"酒"字意贯上文。

⑤ 苦辞句：因酒味薄而表示歉意。苦辞，一再地说。苦，一作"莫"。莫辞酒味薄，是说不要因为酒味薄而辞谢不受。

⑥ 黍地三句：申述"酒味薄"的原因。由于战争未息，劳动力缺乏，黍地歉收，原料不足，所以只能酿出薄酒。儿童，父老们称丁壮之词。

⑦ 艰难句：表示"为父老歌"的用意，不是歌辞。艰难，承上文而言。意谓这酒得来不易，味虽薄而情则深，使受者感激惭愧。

【评】　老杜组诗均有各自成章而意脉贯通之妙，这三诗中"世乱遭飘荡，生还偶然遂"是全诗的主线。第一首写初至家，从妻孥、邻人两方面写出。二、三两首归家后事，分承这两者展开。在这一组织中曲折以写乱中归家微细的感情变化。首章写初至家之惊喜，妙在无一字写喜事，妻孥之惊怪，邻人之唏嘘，处处透露出世乱飘荡的沉重之感。第二首写归家初时的激动业已过去，抚今追昔，渐觉百虑丛生，故寄望于斗酒，以慰迟暮，仍贯穿着乱世之感。第三首父老遗酒，则为愁闷中之慰安，又通过主客相问将一己之愁闷扩展至于众生。于是仰天长叹，四座雨泪，快事又翻作愁事。三诗起以泪（惊定还拭泪），结以泪（四座泪纵横），弥见喜之短暂飘渺，而悲之深重久长。全诗的描述又于朴质中见深刻。“柴门鸟雀噪，归客千里至”，“群鸡正乱叫，客至鸡斗争”写尽乡村风光，“妻孥怪我在，惊定还拭泪”，“邻人满墙头，感叹亦嘘唏”，“娇儿不离膝，畏我复却去”等，又曲尽久别相逢之情状。故王遵岩评云：“一字一句镂出肺肠；而婉转周至，跃然目前，又若寻常人所欲道。真《国风》之义。”（引自《杜诗镜诠》）

九日蓝田崔氏庄

这诗是杜甫乾元元年（758）任华州（今陕西华县）司功参军时所作。诗写重九宴集，借酒浇愁，自伤迟暮的感慨。通篇寓意深曲，而以翻腾出之，笔力矫健挺拔，生动淋漓，和下选《登高》同为杜集中重九名作。蓝田县，唐属京兆府，即今陕西省蓝田县，去华州八十里。崔氏庄又称崔氏东山草堂或玉山草堂，在王维辋川别业的附近。主人是位隐士，名不详。这年秋，杜甫往游其地。集中有《崔氏东山草堂》。

老去悲秋强自宽，兴来今日尽君欢①。羞将短发还吹帽，笑倩旁人为正冠②。蓝水远从千涧落③，玉山高并两峰寒④。明年此会知谁健？醉把茱萸仔细看⑤。

【注释】

① 尽君欢：为君而尽欢，指登高痛饮。

② 羞将二句：写醉后情趣，反用孟嘉落帽事。《晋书·孟嘉传》：“嘉为征西桓温参军，温甚重之。九月九日，温燕（讌）龙山，寮佐毕集。时佐吏

并着戎服。有风至,吹嘉帽堕落,嘉不之觉。”孟嘉以落帽为风流,杜甫此则以不落为风流。倩,请。

③ 蓝水句:蓝水,即灞上水。源出蓝田县蓝田谷,合溪谷之水北流,注入于灞水,故曰“远从千涧落”。

④ 玉山句:玉山即蓝田山,在蓝田县东。蓝田山距华山不远,与华山东北的云台峰并峙,故曰“高并两峰寒”。

⑤ 明年二句:感叹年华代谢,言外之意,是说茱萸未必能使人长寿,与首句“老去悲秋”相应。《西京杂记》卷上:“汉武帝宫人贾佩兰,九月九日佩茱萸食饵,饮菊花酒,云令人长寿。相传自古,莫知其由。”

【评】 此诗寓峭拔于清隽,寓深稳于流荡。首联对起揭出一诗主调,“老去悲秋”而又“强自宽”,则今日“尽君欢”之高“兴”,又暗蕴“悲秋”之意。二联翻用孟嘉事,“羞将短发”正见老去悲秋之意,而笑倩正冠,又见老来风流之雅“兴”。三联忽作健笔,写出蓝水玉山孤拔飞动之状,看似与前二联不续,实以振起前二联颓势,以见出一个“兴”字。末联由山水长青而发问“明年此会知谁健”,却不作答,只以醉看茱萸作结,则年华代谢,尽付一醉之中,正照“老去悲秋”而又“强自宽”之意,馀意尽在不答之中。朱瀚云“通篇不离悲秋叹老,尽欢至醉特寄托耳”。此说甚有解会。

赠卫八处士

卫八处士未详其名。处士,未应举出仕的士人的通称。杜甫于乾元元年(758)冬由华州到洛阳,次年春,又返华州(参见《新安吏》题下注)。卫八处士的家大概就住在由洛阳赴华州的途中,杜甫往访,一宿而去。诗中写人生离合之情、故旧存殁之感、主人的深挚友谊、小孩的天真可爱。抚今思昔,有喜有悲。平平写来,愈觉耐人寻味。

人生不相见,动如参与商[①]。今夕复何夕[②],共此灯烛光。少壮能几时?鬓发各已苍[③]。访旧半为鬼[④],惊呼热中肠[⑤]。焉知二十载,重上君子堂。昔别君未婚,儿女忽成行。怡然敬父执[⑥],问我来何方。问答殊未已,儿女罗酒浆[⑦]。夜雨剪春韭,新炊间黄粱[⑧]。主称会面难,一举累十觞[⑨]。十觞亦不醉,感子故意长[⑩]。明日隔山岳,世事两茫茫[⑪]!

【注释】

① 人生二句:参和商都是星宿名。两星东西相对。在天体上的距离约有一百八十度,当此星升上地面,彼星即沉没地平线下,故曰"不相见"。动,每,往往。

② 今夕句:《诗经·唐风·绸缪》:"今夕何夕,见此良人。"因喜出望外,故曰"何夕"。

③ 鬓发句:杜甫这年四十八岁。他和卫八处士别二十年而重逢,别时卫是个未婚的青年,这时大约也有四十左右了。

④ 访旧句:言兵乱隔绝,旧日沿途寻访过去的亲友已大半物故。

⑤ 惊呼句:言与卫八惊相重逢时情感激动。以上二句是全诗关锁,参篇末评语。

⑥ 怡然:和悦亲近貌。父执:父友。亲近的朋友称为执友。

⑦ 问答二句:意谓有的孩子还在谈话,另外的孩子已去张罗酒浆,招待客人。薄酒曰浆,这里的酒浆,就是指酒。儿女,一作"驱儿"。

⑧ 新炊句:言新炊的饭里搀着黄粱。粱,谷名,有白、黄、青之分。以白粱做饭,搀些黄粱,更加香美。

⑨ 累十觞:连干十杯。

⑩ 故意：犹言旧情。

⑪ 世事句：当时局势极度紧张(参看《新安吏》题下注),别后两地相隔,会合难期,故云。

【评】 “访旧”“惊呼”二句是全诗关锁。杜甫善言情,他常把最深曲的感受置于篇首,给人以震撼心灵的印象。此二句前是总写此次会面所引起的强烈感受,由此导入沿途访旧,半为化物;惊遇卫八,中肠感激。然后再详写见面后的情事。章法与《自京赴奉先咏怀》相近。这种结构方法多用于铺叙性的篇章。因顺序铺叙,易流于平熟。这样写既使主旨突出,又使章法有变化。后来韩愈的五七言古诗多用此法。

新 安 吏

本篇和《潼关吏》、《石壕吏》以及《新婚别》、《垂老别》、《无家别》六篇,是杜甫在乾元二年(759)春间写成的一组“即事名篇”的新乐府诗,后人合称之为《三吏》《三别》。当时,安史叛军首领安庆绪据守邺城,唐朝派郭子仪、李光弼等九节度使率大军围攻。诸军无统帅,而以宦官鱼朝恩为观军容宣慰使。结果,大军溃于城下,郭子仪退守河阳,洛阳震动,时局又一度紧张起来。杜甫于乾元元年(758)六月由左拾遗出任华州司功参军,冬末,曾到洛阳探望故乡,邺城败后,由洛阳回华州任所,这六首诗写途中亲见亲闻的事实,真实地反映出战乱时代人民生活的痛苦,表现了作者同情人民和忧念时局的心情。黄生曰:“《新安吏》以下,述当时征戍之苦,其源出于变风、变雅,而植体于苏、李、曹、刘之间。”(《杜诗说》)六诗各写一事,各自成篇。本篇写唐军败后。补充兵员,还没有达到服役年龄的中男被征入伍的情况。新安，唐属河南道，今河南新安县。

客行新安道①，喧呼闻点兵。借问新安吏，县小更无丁？府帖昨夜下，次选中男行②。中男绝短小，何以守王城③？肥男有母送，瘦男独伶俜④。白水暮东流，青山犹哭声⑤。莫自使眼枯，收汝泪纵横。眼枯即见骨，天地终无情！我军取相州⑥，日夕望其平。岂意贼难料，归军星散营⑦。就粮近故垒，练卒依旧京。掘壕不到水，牧马役亦轻⑧。况乃王师顺，抚养甚分明。送行勿泣血，仆射如父兄⑨。

【注释】

① 客：第三者的泛称，这里是杜甫自指。

② 府帖二句：是新安吏回答杜甫的话。唐代实行府兵制，称征兵文书为府帖。《唐六典》卷三："凡男女始生为婴，四岁为小，十六为中，二十有一为丁，六十为老。"《唐会要》卷八五："天宝三载(744)十二月敕文……自今已(同"以"，下同)后，百姓宜以十八已上为中男，二十三已上成丁。"成丁才服兵役。因无丁可抽而抽到中男，故云"次遣中男行"。次，挨次。

③ 王城：犹言国都，此指洛阳。因洛阳为唐东京。

④ 肥男二句：以"肥"和"瘦"、"有母送"和"独伶俜"错综成文，概括出发新兵的各种不同情况。伶(líng)俜(pīng)，孤零貌。

⑤ 白水二句：写新兵出发后环境气氛的悲惨。王嗣奭曰："哭者众，宛若声从山水出，而山哭，水亦哭矣。至暮，则哭别者已分手去矣，白水亦东流，独青山在，而犹带哭声，盖气青色惨，若有馀哀也。"(《杜臆》卷三)按：王说剖析甚细，惟"犹哭声"与"青山"之"青"无甚关系。盖新

兵及送行者去后，杜甫在沉思中产生一种幻觉，山野空旷，哭声犹如在耳，故云。下面宽慰新兵家属之词，也是写内心活动，不一定是实叙。

⑥ 相州：即邺城，在今河南安阳市西。

⑦ 岂意二句：《通鉴》卷二二一乾元二年二月："郭子仪等九节度使围邺城，……城久不下，上下解体。（史）思明乃自魏州引兵趣邺。……三月壬申，官军步骑六十万陈于安阳河北，思明自将精兵五万敌之。……大风忽起，吹沙拔木，天地昼晦，咫尺不相辨，两军大惊，官军溃而南，贼溃而北，弃甲仗辎重委积于路。子仪以朔方军断河阳桥保东京。……诸节度各溃归本镇。"贼难料，指史思明来援邺城。归军星散，指诸节度各溃归本镇。

⑧ 就粮四句：仇兆鳌注："就粮，见有食也；练卒，非临阵也；掘壕牧马，见役无险也。"（《杜诗详注》卷七）旧京，即洛阳。不到水，言掘壕很浅。

⑨ 仆射句：仆射（yè），指郭子仪。郭子仪于至德二载（757）五月官左仆射，这年的九月，他领兵收复长安，十月攻克洛阳，以功加司徒，乾元元年（758）进位中书令。王嗣奭曰："子仪时已进中书令，而称其旧官，盖功著于仆射时，且御士卒宽，郭仆射熟于人口，就其易晓者言之，俾无所惧。"（《杜臆》卷三）如父兄，言爱护士卒。语本《淮南子·兵略训》："上视下如子，则下视上如父；上视下如弟，则下视上如兄。"宋刘克庄《后村大全集》卷一八一："李（光弼）郭（子仪）皆唐名将。（李）临淮驭军严，士不敢仰视；（郭）汾阳颇宽大，故子美《新安吏》点兵诗云：'送行勿泣血，仆射如父兄。'"

潼　关　吏

潼关在唐关内道华州华阴县（今陕西潼关县），地形险要，为长安门户。天宝十五载（756）六月，安史叛军攻破潼关，长安旋即失守。相州败后，洛阳吃紧，叛军有再度向西进犯的可能，故修关以备寇。这诗写士兵筑城的情况,表现出作者对保卫都城,具有信心;而其用意,则在于批评朝廷过去军事上的失策,提出教训,作为鉴戒。郑杲曰:"戒任将不专也。禄山之犯潼关也,哥舒翰欲但自守,明皇(唐玄宗)听杨国忠邪谋,促战致败,此前车之鉴也。于时(郭)子仪退保东都,鱼朝恩谮之,故陈往事以戒将来焉。"(见《唐宋诗举要》卷二引《杜诗钞》)

士卒何草草①,筑城潼关道。大城铁不如,小城万丈馀②。借问潼关吏:修关还备胡?要我下马行③,为我指山隅。连云列战格④,飞鸟不能逾。胡来但自守,岂复忧西都⑤?丈人视要处,窄狭容单车⑥。艰难奋长戟,万古用一夫⑦。哀哉桃林战,百万化为鱼⑧。请嘱防关将,慎勿学哥舒⑨!

【注释】

① 草草:劳苦貌。《诗经·小雅·巷伯》:"劳人草草。"

② 大城二句:大城和小城都是指潼关。关在山上。铁不如,言其坚固。万丈余,言其绵长。上下分举,而文义互见。

③ 要:"邀"的借字。

④ 连云句:言建筑在关上的防御工事,望去有如连云。战格,木栅一类的东西。

⑤ 胡来二句:言倘若胡兵来犯,但据关以自守,西都便可无忧。西都,指长安。《元和郡县图志》卷二谓潼关"上跻高隅,俯视洪流,盘纡陵极,实为天险。河之北岸则风陵津,北至蒲关六十馀里,河山之险,迤逦相接……盖神明之奥区,帝宅之户牖。"

⑥ 丈人二句:言险要之处,连两乘车子都不能并行。丈人,关吏对杜甫的尊称。

⑦ 艰难二句:张载《剑阁铭》:"一夫荷戟,万夫趑趄。"此化用其意,形容

地形的险阻。艰难，艰难之际，指战争的紧要关头。万古，犹言从古以来。

⑧ 哀哉二句：灵宝以西至潼关一带，古称桃林塞。哥舒翰率守关的大军二十万，与安禄山部将崔乾祐军战于灵宝，大败。兵士溺死黄河者数万人，故云"化为鱼"。

⑨ 请嘱二句：潼关利于固守，哥舒翰之所以致败，是由于玄宗听信谗言，促其出战。这里指责哥舒，实际是提醒朝廷，要接受这次惨痛的教训，勿再蹈覆辙，词微而义显。"请嘱""慎勿"，表示希望之词。

石　壕　吏

这诗写一老妇被迫应役。它一方面反映了当时战争情况的紧急；另一方面描绘了动乱时代人民生活的悲惨和官吏的横暴。诗中老妇诉说一段，语语以哽咽出之，如闻其声。笔墨里饱和着作者对人民深切同情的泪水。石壕，唐河南道陕州峡石县镇名，在今河南陕县东南。

暮投石壕村①，有吏夜捉人。老翁逾墙走，老妇出看门②。吏呼一何怒③，妇啼一何苦！听妇前致词："三男邺城戍④。一男附书至⑤，二男新战死。存者且偷生⑥，死者长已矣⑦！室中更无人，惟有乳下孙⑧，有孙母未去，出入无完裙⑨。老妪力虽衰，请从吏夜归，急应河阳役⑩，犹得备晨炊。"夜久语声绝，如闻泣幽咽。天明登前途⑪，独与老翁别⑫。

【注释】

① 投：投宿。

② 出看门：出来照料门户。意指应付来吏。看，读平声。一作“出门看”。

③ 吏呼句：因为老翁逃走，这家没有可捉的对象，所以吏怒呼索人。

④ 三男句：意谓有三个儿子，都参加了围攻邺城的战役。

⑤ 附书：托人带信。

⑥ 且偷生：姑且活一天是一天。

⑦ 长已矣：长远地完了，即不可复生的意思。

⑧ 乳下孙：正在吃奶的小孙儿。

⑨ 有孙二句：说明家里还有个媳妇，但不能出来接待吏人。出入，是偏义复词，偏用出义。裙是古代妇女的正式服装，不着裙，不便见客。一作“孙母未便出，见吏无完裙”。

⑩ 急应句：时唐军败于邺城，郭子仪退守河阳，捉去的兵丁伕役，都集中到那里。河阳，在黄河北岸，洛阳的对面，即今河南孟县。

⑪ 登前途：踏上征途。

⑫ 独与句：暗示这老妇已被捉去。

新 婚 别

郑杲谓此诗：“刺不恤新婚也。古者仁政，新有婚者期不使。”（《杜诗钞》）诗用新妇的口吻，曲折而深刻地抒写出生离死别的悲哀，但由于时局危迫，她却又抑制着内心的痛苦，勉励丈夫努力从军，表现得激昂慷慨。这正可以看出杜甫忧民忧国复杂的矛盾心理状态。

兔丝附蓬麻，引蔓故不长[①]。嫁女与征夫，不如弃路旁。结发为君妻[②]，席不暖君床。暮婚晨告别，无乃太匆忙[③]！君行虽不远，守边赴河阳[④]。妾身未分明，何以拜姑嫜[⑤]？父母养我时，日夜令我藏[⑥]。生女有所归，鸡狗亦得将[⑦]。君今往死地，沉痛迫中肠。誓欲随君去，形势反苍黄[⑧]。勿为新婚念，努力事戎行。妇人在军中，兵气恐不扬[⑨]。自嗟贫家女，久致罗襦裳[⑩]。罗襦不复施[⑪]，对君洗红妆[⑫]。仰视百鸟飞，大小必双翔。人事多错迕[⑬]，与君永相望[⑭]。

【注释】

① 兔丝二句：古代认为女子嫁个丈夫，终身就有依靠；可是嫁个军人，仍然是靠不牢，故以“兔丝附蓬麻”起兴。《古诗》：“与君为新婚，兔丝附女萝。”此化用其语。兔丝，即菟丝子，属旋花科，是柔弱的蔓生植物，必须缠绕在其它植物的枝干上，才能向上生长。蓬和麻，都是小植物，兔丝依附其上，自然引蔓不长。

② 结发句：伪苏武诗：“结发为夫妻，恩爱两不疑。”此化用其语。君妻，一作“妻子”。

③ 无乃：疑问语气，犹言岂不是。

④ 君行二句：意谓河阳虽离家不远，但在当时军事上却是最前线，暗示此次生离，可能也就成为死别，故下云：“君今往死地。”

⑤ 妾身二句：古礼：妇人嫁三日，告庙上坟，谓之成婚。婚礼既明，然后称姑嫜。现在“暮婚晨告别”，婚礼还没完成，丈夫就走了，做新媳妇的又怎好去拜见公婆呢？身，指在家庭中的身分。姑嫜，即公婆。嫜，也可写作“章”。

⑥ 藏：深居闺阁中。

⑦ 生女二句：意谓女子结了婚，无论丈夫怎样，总算是有了依靠，《埤雅》引语曰：“嫁鸡与之飞，嫁狗与之走。”即今语“嫁鸡随鸡，嫁狗随狗”的

意思。归,指女子出嫁。将,跟随在一起生活。得将,一作"相将"。

⑧ 誓欲二句:意谓本想和丈夫同去,但在急迫的情况下,内心又反感慌乱,不能决定。形势,犹言情势。苍黄,通作"苍惶"、"苍遑"或"仓皇",《名义考》卷八:"苍黄,谷色也。农人乘苍黄而取之,谨盖藏,戒后时也。故以苍黄为匆遽义。彼作'遑'作'惶'者,不知其为'黄'而误也。"

⑨ 妇人二句:汉名将李陵,在一次作战中,发现士气不振。追查原因,是由于有许多士兵携带妻子来到军队里的缘故(见《汉书·李陵传》)。此暗用其意。

⑩ 自嗟二句:言家贫嫁衣置办不易。致,备办。襦(rú),短袄。裳,下衣。

⑪ 不复施:不再穿。

⑫ 红妆:即红粉妆。古代妇女涂面用米粉或铅粉,红色的称为红粉。《古诗》:"娥娥红粉妆。"

⑬ 人事句:世间的事,往往错迕难如人愿。意谓新婚次日,想不到就是离别从军。错迕(wǔ),错杂交迕。

⑭ 望:读平声。

垂 老 别

这诗写一老人应征服兵役,离乡别妻的悲哀,用意与《新婚别》略同。垂老,将老的意思。古人七十称老。

四郊未宁静,垂老不得安[①]。子孙阵亡尽,焉用身独完[②]!投杖出门去,同行为辛酸。幸有牙齿存,所悲骨髓干。男儿既介胄[③],长揖别上官[④]。老妻卧路啼,岁暮衣裳单。孰知是死别[⑤],且复伤其寒!此去必不归,还闻劝加餐[⑥]。土门壁甚坚，杏园度亦难。势异邺城下，纵死时犹宽[⑦]。人生有离合，岂择衰老端[⑧]！忆昔少壮日，迟回竟长叹[⑨]。万国尽征戍[⑩]，烽火被冈峦。积尸草木腥，流血川原丹。何乡为乐土？安敢尚盘桓[⑪]！弃绝蓬室居[⑫]，塌然摧肺肝[⑬]。

【注释】

① 四郊二句：《礼记·曲礼》："四郊多垒，此卿大夫之辱也。"所言"垂老不得安"，暗讽统治者无能反殃及垂老。

② 子孙二句：意谓被征服役，不过死于战场；即使不投军，也难在这战乱年代里孤独地存活下去。通篇都是自伤之词，有人认为因子孙阵亡，愤而从军，与诗意不合。

③ 介胄：指穿上了军装。介，铁甲；胄(zhòu)，军盔。

④ 长揖句：言从军出发。古礼，介胄在身，长揖不拜。上官，指当地掌管兵役的官吏。

⑤ 孰知句：即下文所说"此去必不归"的意思。孰知，同"熟知"，明明知道。

⑥ 还闻句：写老妻对自己的关怀。与上文"且复伤其寒"对照见义。《古诗》："努力加餐饭。"加餐，意指保重身体。

⑦ 土门四句：分析当时形势，是老人安慰他妻子的话。意谓现今唐军防守坚固，和进攻邺城时情况不同，不会马上战死。土门，即土门口，太行山井陉关八陉的五陉。杏园，在今河南汲县。土门和杏园都是唐军扼守的据点。壁，营垒。时犹宽，还有一段时间。

⑧ 人生二句：意谓人生有合必有离，即使在老年，别离也是难以避免的事。端，思绪。衰老端，指老年伤别的心情。衰老，一作"衰盛"。

⑨ 忆昔二句：这老人少壮日，正当开元年间，是唐朝的全盛时期。他回忆过去，故"迟回"；想到当前，故"长叹"。迟回，犹言低徊。叹，读平声。

⑩ 万国：犹言万方。征戍：一作“东征”。

⑪ 何乡二句：与开头四句相应。意谓万方多难，个人不应该而且也不可能安居在家里。《诗经·魏风·硕鼠》：“逝将去女（汝），适彼乐土。乐土乐土，爰得我所？”盘桓，留恋不舍貌。

⑫ 蓬室居：指穷苦的家。

⑬ 塌然：形容精神上的崩溃状态。摧肺肝：内心伤痛。

无 家 别

这诗写一战败士兵回到家乡，重新被征服役事。诗中描绘了兵乱之后，人烟稀少，田园芜废的荒凉图景，细致地刻画出他再度应征、离开这残破家园时的悲惨心情。因他家的人都已死去，有家等于无家，故以《无家别》名篇。

寂寞天宝后①，园庐但蒿藜。我里百余家，世乱各东西。存者无消息，死者为尘泥。贱子因阵败②，归来寻旧蹊③。久行见空巷，日瘦气惨凄。但对狐与狸，竖毛怒我啼④。四邻何所有？一二老寡妻。宿鸟恋本枝，安辞且穷栖⑤。方春独荷锄，日暮还灌畦⑥。县吏知我至，召令习鼓鞞⑦。虽从本州役，内顾无所携。近行止一身，远去终转迷。家乡既荡尽，远近理亦齐⑧。永痛长病母，五年委沟溪⑨。生我不得力，终身两酸嘶⑩。人生无家别，何以为蒸黎⑪！

【注释】

① 天宝后：指安史乱后。安史之乱起于天宝十四载(755)，第二年七月，

即改元为至德。

② 贱子：兵士自称。阵败：指九节度兵溃邺城（详见前《新安吏》题下注）。

③ 归来句：路径没于蒿藜之中，亡归不能辨识，故曰“寻”。蹊（xī），小路。

④ 久行四句：按古诗《十五从军征》“……遥望是君家，松柏冢累累。兔从狗窦入，雉从梁上飞。中庭生旅谷，井上生旅葵……”杜用其意而变其语，可见其善于变古。日瘦，太阳黯淡无光。气，指风。《庄子·齐物论》：“夫大块噫气，其名为风。”

⑤ 宿鸟二句：意谓人恋本土，有如鸟恋本枝，虽穷困在所不辞。《古诗》：“越鸟巢南枝。”上句化用其意。宿鸟，投林的归鸟。且穷栖，姑且穷苦地过活。

⑥ 灌畦：浇菜地。畦（qí），指一块块的菜地。《汉书·食货志》：“菜茹有畦。”

⑦ 召令句：言重新被征入伍。鞞，字同“鼙”，骑鼓。

⑧ 虽从六句：写入伍时心情，有三层转折：服役本州，虽然离家较近，但家中根本无人；接着想到远去将会迷失家乡，近行终究胜于远去；最后慨叹家乡实际业已荡尽，近行和远去也没有什么分别。沈德潜曰：“（杜诗）有透过一层法。……无家客而遣之从征，极不堪事也。然明说不堪，其味便浅。此云：‘家乡既荡尽，远近理亦齐。’转作旷达，弥见沉痛矣。”（《说诗晬语》卷上）携，分离的意思。

⑨ 永痛二句：追溯往事。安史乱起，他从军出征，丢下了久病在床的母亲。五年后（从天宝十四载到乾元二年），战败回家，母亲已经死去。委沟溪，意指死后无人收葬。《孟子·梁惠王下》：“凶年饥岁，君之民，老弱转乎沟壑。”此化用其语。

⑩ 终身句：言母子两人，都抱恨终身。酸嘶，因悲痛而失声。

⑪ 蒸黎：老百姓。蒸，众。黎，平民。

【评】 杜甫的《三吏》、《三别》等叙事诗不仅效法汉乐府，化用其音节、语言，而且有迹象说明它们还多从唐代当时民间歌诗中汲取营养。初盛唐间的诗僧王梵志,其作品多吸取中原民歌因素。如果我们把王诗与上述杜诗对读,就会发现,杜诗中有许多句子是从王诗中化出的。比如梵志诗“妇人因重役,男子从征行……血流遍荒野,白骨在边庭”;“父母生儿身,衣食养儿德……儿大作兵夫,西征吐蕃贼”;“路人见心酸,傍者叹罪过”;“男女有亦好,无时亦最精。儿在愁他役,又恐点着征”等(均见伯三四一八号卷),都不难在杜甫上述诗中找到印证。由此我们可以进一步明白,新乐府在艺术形式上的起因。其次杜甫学习古乐府与当代民歌又都出以己意,加以创新,形成自己的独特风格。特别显著的是他在叙事诗中合理地参用了五言抒情古诗的一些表现手法,着重于人物的心理活动、精神状态的刻画。他总是善于抓住人物感情上的矛盾,通过一定的组织结构,反复委曲地镂刻。并且常常采用抒情诗情景交融的特点,插入景语,如“白水暮东流,青山犹哭声”,“夜久语声绝,如闻泣幽咽”等,来增强叙事的感染力。所以这些篇章的语言形式,虽不同于其抒情诗的刻炼警绝而表现为平易通俔,然而那沉郁博大的感情,顿挫曲折的布局,仍有其一以贯通之处。这就是杜甫新乐府诗的独特的个性化的风格。

佳　　人

这诗写一贵族妇女因母家失势,丈夫喜新厌旧而被遗弃。她的身世遭遇,侧面地反映出时代变乱,并揭露了封建阶级以势力为转移的爱情关系。诗人塑造这一人物形象,着重描绘其品格贞洁,不同凡俗的一面;而她那憔悴忧伤,怨而不怒的心情表现,则和封建文化教养有关。在陈陈相因的弃妇词中,是一首别开生面的优秀作品。

绝代有佳人[1]，幽居在空谷。自云良家子[2]，零落依草木[3]。关中昔丧乱[4]，兄弟遭杀戮。官高何足论，不得收骨肉。世情恶衰歇，万事随转烛[5]。夫婿轻薄儿，新人美如玉[6]。合昏尚知时，鸳鸯不独宿。但见新人笑，那闻旧人哭[7]。在山泉水清，出山泉水浊[8]。侍婢卖珠回，牵萝补茅屋。摘花不插鬓[9]，采柏动盈掬[10]。天寒翠袖薄，日暮倚修竹[11]。

【注释】

① 绝代句：李延年歌："北方有佳人，绝世而独立。"绝代，即绝世（唐人避太宗李世民讳，改"世"为"代"）。

② 良家子：上层社会的女子。古以良贱对举，良家，用以区别于贱民。汉时规定，医、商、贾、百工不得称为良家（见《汉书·地理志》如淳注），后世遂以良家泛指有社会地位的人家。

③ 零落句：零落，谓身世飘零。依草木，谓幽居深山之中。

④ 关中句：指天宝十五载（756）安史叛军攻占长安。丧，读去声。

⑤ 世情二句：意谓人情冷暖，自身因母家衰败，遂受夫婿厌薄。衰歇，犹言没落。转烛，烛光在风中转动不定，比喻世事变化无常。

⑥ 夫婿二句：言丈夫另有新欢。轻薄，通常指行为不检。这里的轻薄儿，犹言薄情郎。按：下句并非写新人之美，而是写丈夫的喜新厌旧。意谓在丈夫眼里，新人是"美如玉"的。

⑦ 合昏四句：以上二句兴起下二句。合昏知时，鸳鸯双栖，对新人来说，正和新婚的欢娱相同，故"笑"。对旧人来说，则物犹如此，人何以堪，故"哭"。合昏，即马缨花，又名合欢或夜合，豆科乔木。叶为羽状复叶，由多数小叶组合而成，早晨开放，入夜便聚合在一起，故曰"知时"。按：古典诗歌中写夫妻同居，经常用合欢、鸳鸯之类的事物起兴。这里以"新人"和"旧人"相对照，从正反两面着笔，双承其义，则是杜诗语言艺术上的独创。

⑧ 在山二句：托物寓意。意谓幽居空谷，可以保持贞洁。《诗经·小雅·四月》"相彼泉水，载清载浊"。

⑨ 插鬓：鬓，一作"发"，一作"髻"。

⑩ 采柏句：柏常绿不凋，有耐寒的特性，故采之以见情操。动，每、往往。两手承取曰掬。盈掬，就是满把。掬，一作"握"。

⑪ 天寒二句：回照幽居空谷。沈德潜评此二句："结处只用写景，不更着议论，而清洁贞正意，自隐然言外，诗格最超。"

【评】 此诗很能见出杜甫善于熔铸古今，自成一家的功力，当与两组前人诗对读。先取汉乐府《陌上桑》、古诗《青青河畔草》、曹植《美女篇》与之对读，可见历代写美人诗如何越来越着重于人物气质、心灵的刻画，而至杜甫此诗达到了高峰。更取楚辞《山鬼》、《湘君》，古诗《上山采蘼芜》、《冉冉孤生竹》诸篇与之对读，可见杜甫如何大量借取前人句意而熔铸新语，构成崭新的艺术意境。《佳人》诗正是杜甫立足于安史之乱的现实，对古典诗歌艺术熔铸提炼的结晶。

秦州杂诗(二十首选二)

其　一(原第七首)

《秦州杂诗》是乾元二年(759)秋杜甫寓居秦州时所作，杂写当时的见闻和感想，各自成篇。秦州，唐属陇右道，州治在今甘肃天水县，位于陇山之西，为西北边防要地。安史乱后，吐蕃兴起，陇右受到威胁。这两首诗，描绘边地山川景物，笔力雄阔，意境苍凉，饱和着诗人忧时念国的情感。

莽莽万重山，孤城山谷间①。无风云出塞，不夜月临关②。属国归何晚？楼兰斩未还③！烟尘独长望，衰飒正摧颜④。

【注释】

① 莽莽二句：莽莽，长大貌。山，指陇山。陇山高而长，山路九转。重，读平声。孤城，指秦州城。山谷，一作“石谷”。

② 关：指陇关，在陇山下。

③ 属国二句：上句说唐朝派往吐蕃的使臣，交涉并不顺利，一去而不返。属国，典属国的简称。用汉朝苏武出使匈奴被扣留的典故（见前王维《陇头吟》注⑥）。下句说战争失利，边患未平。楼兰，用汉朝傅介子斩楼兰王的典故（见前王昌龄《从军行》第三首注③）。

④ 摧颜，摧折容颜。言远望生愁，容颜为之黯淡。

其　二（原第十九首）

凤林戈未息①，鱼海路常难②。候火云峰峻，悬军幕井干③。风连西极动，月过北庭寒④。故老思飞将，何时议筑坛⑤？

【注释】

① 凤林：唐县名，属河州，有凤林关，其地在今甘肃省临夏县。

② 鱼海：又名白亭海，在今甘肃省武威县。唐时于其地置白亭军。

③ 候火二句：上句言候火照亮了高峻的山峰，下句言军士在极端艰苦的环境里防守边地。候火，即平安火。唐代在边境上，每三十里置一烽候，每夜举烽一炬，作为平安的信号。云峰，指陇山。一说，云峰峻是虚拟。仇兆鳌注：“谢灵运诗：‘平明望云峰。’喻候火之炽而高也。”（《杜诗详注》卷七）边军远戍，故曰悬军。幕井干，谓缺水。古代井口

上蔽有幕,故称幕井。《周易·井·上六》:"井收(口)勿幕。"

④ 风连二句:上下句为互文,错举见义,写西北边地辽阔荒凉的秋景,与上首"无风云出塞"二句同。西极、北庭,泛指西北边远之地。屈原《离骚》:"夕余至乎西极。"汉称北匈奴所居之地为北庭。唐设北庭都护府。

⑤ 故老二句:即王昌龄《出塞》"但使龙城飞将在,不教胡马度阴山"之意。筑坛,见前张谓《杜侍御送贡物戏赠》注①。王夫之曰:"一似因前六句生后二句,则文生情;一似因结二句生前六句,则情生文。"(《唐诗评选》卷三)。

【评】 风格多变的杜律中有劲健一格,而同是劲健在不同时期又有不同表现。如将此二诗与前录《望岳》、《胡马》等相较,就可以看出前二诗是博大雄劲,此二诗则是苍茫瘦劲。这种转化的原因,主要在于早年的理想破灭。对时局与前途的失望忧虑,促使诗人在乾元二年弃官西去。《秦州杂诗》正产生在这种背景下,如将"无风云出塞,不夜月临关","候火云峰峻,悬军幕井干"以及《杂诗》他首中"水落鱼龙夜,山空鸟鼠愁","苔藓山门古,丹青野殿空"等句子集中起来观察,就会看到这苍茫瘦劲的山山水水后,隐藏着诗人的孤愤形象。可以说,《秦州杂诗》是老杜五律由雄劲向瘦劲转化的一个标志。其在艺术上多表现为锤词坚凝,音调峭拔,形象孤高,气象萧索。以后宋人多向此一路开拓。然而杜诗不同于宋诗者在于这种瘦劲是雄劲的变成,是以劲为主,兼含瘦态,所以有宽大苍茫的气象,深厚的内在力量,而无后来宋诗派许多作品那种片面尚瘦,以至枯槁滞涩的弊病。

梦李白二首

这诗作于乾元二年(759)秋。李白于至德元载(756)冬参加了永王李璘的幕府，次年，李璘兵败，李白受到牵累，入浔阳狱。后判长流夜郎。至乾元二年春夏之间，他行至巫山，途中遇赦。当时，关于李白的行踪，传说纷纭，甚至有人说他中途堕水而死。杜甫时在秦州，怀念老友，积想成梦，写了这两首诗。

其　一

死别已吞声，生别常恻恻①。江南瘴疠地，逐客无消息②。故人入我梦，明我长相忆③。恐非平生魂，路远不可测④。魂来枫林青，魂返关塞黑⑤。君今在罗网，何以有羽翼⑥？落月满屋梁，犹疑照颜色⑦。水深波浪阔，无使蛟龙得⑧！

【注释】

① 死别二句：写怀友的深情，以上句衬托下句。意谓死别止于一哀，而生别则不免时常牵挂。已，止。吞声，哭不成声。恻恻，痛心貌。

② 江南二句：江南地方卑湿，特别是李白所流放的西南一带，自古称为瘴疠之地。瘴(zhàng)，山林间湿热蒸郁之气。疠(lì)，疾疫。逐客，迁谪之士。按：此与下句的“故人”都是指李白。此云“逐客”，说明李白的政治遭遇，下云“故人”，则是就自己和李白的关系而言，故隔句而变易用语。

③ 故人二句：意谓梦由心生，故人之所以入梦，由于自己怀想之深。

④ 恐非二句：疑真疑幻，逆摄下文“君今在罗网”二句。古人把魂作为人的精神的代称，认为梦中所见是人的魂。

⑤ 魂来二句：设想李白在梦中的一来一返。枫林青，写江南景色。《楚辞·招魂》：“湛湛江水兮上有枫，目极千里兮伤春心，魂兮归来哀江南！”此取其义。关塞，指杜甫所在地秦州。

⑥ 君今二句：以幻作真，怀疑李白身遭囚系，像罗网中的鸟雀一样，不可

能飞到这里。一本此二句在“恐非”二句之前。

⑦ 落月二句：上句写梦醒时孤独荒寒的情景和梦境的回味。颜色，指梦中所见李白的音容笑貌。

⑧ 水深二句：有两层意思：一是影射政治环境险恶，要李白小心提防；二是暗示李白堕水而死的传闻，希望不至成为事实。无，字同“毋”，勿的意思。

【评】 此诗之感人，在于将现实与梦境中的想念，生与死不得其确的忐忑交融在一起。起四句总写怀念，且点明李白去向。“故人”二句分别点明日思、夜梦，句法倒插，是关锁处。“恐非”六句写梦境，“落月”四句又回到现实之思念，而其中末二句更透出生死不明意，照应起首“死别”、“生别”。至此死耶？生耶？梦耶？真耶？均未可分明，无非是“吞声”“恻恻”四字而已。

其 二

浮云终日行，游子久不至[①]。三夜频梦君，情亲见君意。告归常局促，苦道“来不易[②]。江湖多风波，舟楫恐失坠[③]。”出门搔白首，若负平生志[④]。冠盖满京华，斯人独憔悴[⑤]！孰云网恢恢？将老身反累[⑥]！千秋万岁名，寂寞身后事[⑦]。

【注释】

① 浮云二句：以浮云兴起游子，化用伪李陵《与苏武》诗意（见前李白《送友人》注③），写自己怀念李白，相思而不相见的心情。

② 告归二句：总叙三夜梦中情景。李白一再说自己远来不易，但又局促而不能久留。局促，拘束貌。

③ 江湖二句：伸足上文“来不易”。楫，桨。恐失坠，暗含传闻李白溺

死意。

④ 出门二句：写李白梦中告别时的情态。他手搔白发，似乎是在惋惜自己年老而未抒展抱负。

⑤ 冠盖二句：感叹李白的遭遇，为他鸣不平。冠盖，贵人的服饰装备，此用作达官贵人的代称。京华，即京城。斯人，指李白。憔悴，忧伤失意貌。

⑥ 孰云二句：《老子》："天网恢恢，疏而不漏。"恢恢，宽广貌。原意谓天道公平，待人宽厚，只有大奸大恶的人，才逃不出恢恢的天网，招致应得的恶果。这里用反诘的语气，说李白将老之年，反而受到无辜的牵累，又怎能证明天网是真的恢恢呢？

⑦ 千秋二句：意谓李白的诗文，必然流传不朽；但身后的声名，却弥补不了生前的困阨。"孰云"以下，都是愤慨之词。

【评】 上诗着重于写忆念之切，此诗着重写忆念中感情之深。起四句总领，中六句写梦中李之行状语言，落脚于"若负平生志"，末六句承此发挥，则生别吞声，死别恻恻，又非徒儿女情长而已。组诗相互补充发明，老杜尤擅此。

天末怀李白

天末，犹言天边。张衡《东京赋》："眇天末以远期。"陆机《为顾彦先赠妇》："佳人眇天末。"时杜甫在北，李白在南，故遥望天末，因秋风而寄怀想。

凉风起天末，君子意如何！鸿雁几时到①？江湖秋水多②。文章憎命达，魑魅喜人过③。应共冤魂语，投诗赠汨罗[4]。

【注释】

① 鸿雁句：因秋天雁群北飞，盼望得到李白的消息。

② 江湖句：即《梦李白》第二首所云“江湖多风波”的意思。隐喻世途艰险，李白的情况不明。秋水多，谓秋水盛大。

③ 文章二句：逆摄下文，言正人受害，邪恶横行，古今同慨。古人不朽的文章，往往产生于穷困失意之中，似乎文章的成就，与命运的显达相妨，故曰“憎”。魑(chī)魅(mèi)，山泽间的鬼怪。比喻伺机陷害君子的小人。魑魅搏人而食，见人过，故“喜”。过，读平声。

④ 应共二句：汉贾谊迁谪长沙，过湘水时，投书以吊屈原。这里用以相比，意谓李白冤愤的心情，惟有向屈原申诉。冤魂，指屈原。屈原自沉于汨(mì)罗江（在今湖南湘阴县北）。

【评】 诗能穷人是正说，“文章憎命达”是反说。魑魅食人是正说，“魑魅喜人过”，是侧说。“憎”“喜”二字点化常熟之语，顿觉惊心动魄。

野　望

这诗也是乾元二年(759)深秋在秦州所作。通篇写远望中清旷萧疏的秋景，末二句景中见情，寓有羁旅飘零之感。

清秋望不极，迢递起层阴[1]。远水兼天净[2]，孤城隐雾深。叶稀风更落，山迥日初沉[3]。独鹤归何晚，昏鸦已满林。

【注释】

① 迢递句：意谓在遥远的天边，光景渐渐阴暗，是傍晚时分了。

② 远水句：秋水澄清，秋空明净，故云。兼天，连天。王勃《滕王阁序》："秋水共长天一色"。

③ 山迥句：陇山深邃，远望中，故日落迟。王夫之曰："有'迥'字则'初'字妙。"（《唐诗评选》卷三）。

【评】　首联总写秋晚远望，而以"迢递层阴"作眼。中四句句句含秋晚意，含不极意，而明晦远近，交叉变化，萧索迷离之况遂浮溢纸上，故结末所寓之情倍见深沉惆怅。

乾元中寓居同谷县作七歌

《同谷七歌》作于乾元二年（759）十一月。时杜甫由秦州携家来同谷（今甘肃成县）暂居。不久，又由同谷入蜀。诗以动荡激烈的感情，写颠沛流离的哀痛，忧时念乱之中，也夹杂有个人叹老嗟卑、仕宦失意的感慨。七首末句都以感叹作结，体制从张衡《四愁》与蔡琰《胡笳十八拍》脱化而出，风格则富有独创精神。陆时雍评云："《同谷七歌》稍近《骚》意，第出语粗放。其粗放处，正是自得处也。"（《杜诗详注》卷八引）

其　一

有客有客字子美①，白头乱发垂过耳。岁拾橡栗随狙公，天寒日暮山谷里②。中原无书归不得，手脚冻皴皮肉死③。呜呼一歌兮歌已哀④，悲风为我从天来！

【注释】

① 客：杜甫自指。

② 岁拾二句：言当冬暮天寒日晚，在山谷中拾橡栗的，只有狙公和自己。橡栗，栎树的果实。仁如老莲肉，可以充饥。狙(jū)，即猕猴。狙公，老狙。一说是养狙的老人。《庄子·齐物论》："狙公赋芧。"芧，即橡栗。

③ 皴(cūn)：皮肤因受冻而坼裂。死：失去了知觉。

④ 已哀：太悲哀。已，过甚的意思。

其　二

长镵长镵白木柄[①]，我生托子以为命[②]！黄独无苗山雪盛，短衣数挽不掩胫[③]。此时与子空归来，男呻女吟四壁静[④]。呜呼二歌兮歌始放，闾里为我色惆怅！

【注释】

① 长镵(chán)：镵，犁铁。上有柄，掘土器。长三尺余，后偃而曲，有横木，以两手按之，用足踏其后跟，镵锋入地，即捩柄以拨土。

② 托子以为命：依靠长镵来掘黄独，养活一家人。

③ 黄独二句：写雪中来往寻觅黄独的情况。黄独，薯蓣科植物，生土中，肉白皮黄，可蒸食。山雪遮盖，看不见黄独伸出在地面的苗，就无法可掘。数挽，屡次地挽。不掩胫，言挽得高，见山雪之深。黄独，一作"黄精"。黄精属百合科植物，主要供药材之用。据说，吃了可以使人却病延年。杜甫曾以采药为副业，诗中也时常说到黄精，但这里是为了解决食粮问题，应该是黄独而不是黄精。又，黄独，江东称为土芋，甘肃、陕西一带才把它叫做黄独，这里说黄独，是用当地俗名。

④ 男呻句：写全家饥饿和失望的悲哀。四壁，言家中景况萧条，一无所有。《史记·司马相如列传》："家居徒四壁立。"呻吟而曰"静"，见除了呻吟而外，别无声息。

其三

有弟有弟在远方，三人各瘦何人强[1]？生别展转不相见，胡尘暗天道路长。东飞駕鹅后鹙鸧，安得送我置汝旁[2]！呜呼三歌兮歌三发，汝归何处收兄骨[3]！

【注释】

① 有弟二句：杜甫有四弟：杜颖、杜观、杜丰、杜占。当时只有杜占在他身旁，后来和他同行入蜀，其余三人散居东方，身体都不强健。何人强，表示深切怀念之意。

② 东飞二句：因弟在东方，偶因野鸟东飞而引起两地相隔、不能奋飞之感。駕鹅，野鹅，似雁而大。鹙(qiū)鸧(cāng)，即秃鹫。駕鹅和鹙鸧与兄弟之间的关系，并无联系。类似这样的起兴，古乐府歌谣中往往有之。

③ 汝归句：承前“生别展转不相见”而言，意谓虽是生离，实同死别；即使三个弟弟能够回到故乡，而自己飘泊西东，已不知死于何处。

其四

有妹有妹在钟离[1]，良人早殁诸孤痴[2]。长淮浪高蛟龙怒[3]，十年不见来何时？扁舟欲往箭满眼，杳杳南国多旌旗[4]。呜呼四歌兮歌四奏，林猿为我啼清昼[5]！

【注释】

① 有妹句：杜甫有妹嫁韦氏。钟离，唐郡名，即濠州，故城在今安徽凤阳县东北。

② 良人：丈夫。诸孤：一群孤儿。痴：幼稚。

③ 长淮句：意谓江淮一带战争未息，路途艰险难行。长淮，淮水。钟离

城在淮水南岸。

④ 杳杳(yǎo)：深远貌。南国：犹言南方。

⑤ 林猿句：诗歌中经常用猿夜啼写悲哀的环境气氛，这里说“猿啼清昼”，是更进一层的渲染。林猿，一作“竹林”，同谷一带所产鸟名。

其 五

四山多风溪水急，寒雨飒飒枯树湿①。黄蒿古城云不开②，白狐跳梁黄狐立③。我生何为在穷谷？中夜起坐万感集④。呜呼五歌兮歌正长，魂招不来归故乡⑤！

【注释】

① 飒(sà)飒：风吹雨的声音。

② 黄蒿句：写同谷县城荒凉的景象。地上长满了黄蒿，天上经常被阴云笼罩着。

③ 白狐句：跳梁和立是互文，错举见义。意谓城中人少，狐狸在白天里活动。跳梁，犹言跳跃。

④ 万感集：一作“百忧集”。

⑤ 魂招句：《楚辞·招魂》：“魂兮归来，反故居些。”此化用其意。杨伦注：“言欲招魂同归故乡，而惊魂欲散，故招之不来也。……翻用更深。”(《杜诗镜铨》卷七)

其 六

南有龙兮在山湫①，古木巃嵸枝相樛②。木叶黄落龙正蛰，蝮蛇东来水上游③。我行怪此安敢出，拔剑欲斩且复休④。呜呼六歌兮歌思迟，溪壑为我回春姿⑤！

【注释】

① 南有句：同谷县东南七里有万丈潭。民间传说，曾有龙从潭中飞出。杜甫《万丈潭》："龙依积水蟠，窟压万丈内。"这里的山湫（qiū），即指万丈潭。湫，低洼之处。

② 宠（lóng）嵸（zōng）：高峻而深蔚貌。樛（jiū）：纠结，缠绕。

③ 木叶二句：借眼前景物，寓时事感慨。本年九月，史思明由范阳引兵渡河，横行河南一带，龙蛰蛇游，隐喻朝廷逼处长安，尚未平定东方的叛乱。古人认为龙是君王之象。冬季寒冷，虫类潜伏不动叫蛰。蝮蛇，毒蛇的一种，影射叛乱者。《左传》定公四年："吴为封豕长蛇，以荐食上国。"

④ 我行二句：意谓自己因此而避乱远行，有平乱之心，而无斩蛇之力。龙蛰蛇游，是反常现象，故曰"怪此"。

⑤ 六歌二句：写展望时局的乐观心情。四时转运，冬尽春来，一到春风解冻，龙就会奋起于蛰伏之中，犹如世事之否极泰来，局势将会有好转的一天。因为想到了这些道理，故浸入沉思之中，而眼前似乎呈现出一片溪壑春回的景象。

其　七

男儿生不成名身将老，三年饥走荒山道[①]。长安卿相多少年，富贵应须致身早[②]！山中儒生旧相识，但话宿昔伤怀抱[③]。呜呼七歌兮悄终曲，仰视皇天白日速[④]！

【注释】

① 三年句：杜甫于天宝十五载（756）秋携家逃难至鄜州，至乾元二年（759）冬作此诗时，为三年整。

② 长安二句：时李辅国当权，植党营私，旧人多被排斥，故云。致身，犹言进身。

③ 山中二句：当时逃难寄居同谷的，有杜甫旧友。晚年所作《长沙送李十一》诗中有“与子避地西康州”之语，西康州即同谷县。这里所指何人，详不可考。按：杜甫在长安时，《奉赠韦左丞丈二十二韵》诗云：“纨袴不饿死，儒冠多误身。”此因话旧伤怀，而称友人为“儒生”，有“儒冠误身”之意。

④ 仰视句：感叹时间流驶，而志业无成。

【评】 第一章总摄全体。二章应首章之天寒拾栗。三、四章应首章之中原无书。五章由上生计无着，骨肉隔离而思乡。六章明隔离穷困之因而寄望于春回。末章总收，以宿昔长安作结，反形今之作客伤老，倍见深沉恍惚之态。七章章法，旧解纷纷纭纭，似均未能中肯。

蜀 相

蜀相，指蜀汉丞相诸葛亮。这诗是上元元年（760）春，杜甫初至蜀中游诸葛武侯庙吊古之作。祝穆《方舆胜览》：“成都府：武侯庙在府城西北二里。武侯初亡，百姓遇节朔，各私祭于道中；李雄为王，始为庙于少城内。”

丞相祠堂何处寻？锦官城外柏森森[①]。映阶碧草自春色，隔叶黄鹂空好音[②]。三顾频烦天下计，两朝开济老臣心[③]。出师未捷身先死[④]，长使英雄泪满襟！

【注释】

① 锦官城：成都的别称。《元和郡县图志》卷三二：“锦城在（成都）县南

十里,故锦官城也。"柏森森:武侯祠前有老柏一株,相传为诸葛亮所手植。森森,长密貌。潘岳《怀旧赋》:"柏森森以攒植。"

② 黄鹂(lí):即黄莺。

③ 三顾二句:诸葛亮未出山时,隐居南阳,刘备曾三顾茅庐,他替刘备筹划三分天下的大计,创立了蜀汉的基业。刘备死后,诸葛亮当国,撑持危局,前后二十多年。频烦,一再烦劳。两朝,指蜀汉先主刘备和后主刘禅两代。开济,开创基业,匡济艰危。

④ 出师句:蜀汉建兴十二年(234)诸葛亮伐魏,据五丈原(在今陕西郿县西南),与魏军隔渭水相持,胜负未决。这年八月,他病死军中。

【评】 颔联景语尤入神。草自春,鹂空好,"自"、"空"二字含不尽惋叹。草从映阶看出,鹂由隔叶听闻,更有无穷空幻怅惘之感,景中尽是凭吊意,意脉似断而相续。

野　老

杜甫入蜀不久,在成都城西七里浣花溪畔邻近锦江的地方营建了一所草堂。这诗描写草堂四周景物,表现异乡羁旅、忧念时局的心情。

野老篱边江岸回[①],柴门不正逐江开。渔人网集澄潭下[②],估客船随返照来[③]。长路关心悲剑阁,片云何意傍琴台[④]? 王师未报收东郡[⑤],城阙秋生画角哀[⑥]。

【注释】

① 野老:杜甫自称。

② 澄潭：澄清的水潭，即浣花溪。下：下网打鱼。
③ 估客句：成都是商业城市，江边傍晚，开来靠岸的客商船只很多。估客，商人。
④ 长路二句：上句意谓时刻想念故乡，可是蜀中路途遥远，特别是剑阁山川险阻，隔绝中原，想起来令人生悲。下句即景寄兴，自伤流落蜀中。片云，隐喻孤身作客。琴台，在浣花溪北，是汉朝司马相如的遗迹，蜀中名胜之一。何意，一作"何事"。
⑤ 东郡：东京(洛阳)附近一带的州郡。
⑥ 城阙：习惯用于皇城，这里指成都城，因至德二载(757)改成都为南京。画角：军用乐器。形如竹筒，外加彩绘，故称。

【评】 由逐江开门而见江景如画，由估客渔人因生"剑阁"、"片云"之思。望江本闲雅事，至此反成悲伤事，故结以东都未收，画角生哀。前后幅变化甚大，实由感情动荡所至。论杜诗之开合神奇，必当由此窥入。

戏题王宰画山水图歌

王宰，和杜甫同时的著名画家。张彦远《历代名画记》卷一〇说他是"蜀中人。多画蜀山，玲珑窳窆，巉差巧峭"(朱景玄《唐朝名画录》所记略同)。胡仔《苕溪渔隐丛话》前集卷八引《益州画记》云："王宰，大历中家于蜀川，能画山水，意出象外。"则王并非蜀人。原籍及生平事迹均不可考。

十日画一水，五日画一石。能事不受相促逼[①]，王宰始肯留真迹。壮哉昆仑方壶图[②]，挂君高堂之素壁。巴陵洞庭日本东[3]，赤岸水与银河通[4]，中有云气随飞龙。舟人渔子入浦溆[5]，山木尽亚洪涛风[6]。尤工远势古莫比，咫尺应须论万里[7]。焉得并州快剪刀，剪取吴松半江水[8]。

【注释】

① 能事，擅长的艺事。逼，一作“迫”。

② 昆仑：西方大山，河源所出。方壶：渤海中三神山之一。按：诗中说山，由昆仑到方壶；说水，由洞庭、长江至日本东之大海，见出王宰所画山水，气象阔远，即下文所云“咫尺万里”之意，所有地名，均非实指。

③ 巴陵：山名，又称巴丘，在洞庭湖边。日本东：日本东面的大海。

④ 赤岸句：言长江之水，流入大海，远与天连，淼无边际。张华《博物志》卷三：“旧说云，天河与海通。”赤岸，旧注谓今江苏瓜步山东之赤岸山，非。当与传说中的扶桑相近。枚乘《七发》：“凌赤岸，篲扶桑。”

⑤ 浦溆(xù)：水边。

⑥ 山木句：意谓山中树木都被挟带着洪涛的大风吹得向一边倾斜。亚，依次相就的意思。

⑦ 咫尺句：《南史·齐武帝诸子传》：“(萧贲)于扇上图山水，咫尺之内，便觉万里为遥。”这里化用其语。周尺八寸为咫，咫尺，指甚短的距离。

⑧ 焉得二句：索靖见顾恺之画，爱赏不能释手，欣然曰：“恨不带并州快剪刀来，欲剪松江半幅纹练归去。”(见《分门集注杜工部诗集》卷一六)这里借用其语。并州，今山西太原市，以出剪刀著名。吴松，即吴松(淞)江。发源于太湖，流至今上海市北，与黄浦江汇合入海。松，一作“淞”，字同。

【评】 杨伦云：“首赞画品，先从空际形容，又一起法。中段叙画山

水正文,即上所谓'壮哉',下所谓'远势'也,地名不必泥。末将看画咏叹作结。"(《杜诗镜铨》)

王嗣奭云:"王画神妙,只'咫尺万里'尽之。前面许多景象皆包一句之中。"又云:"此诗通篇设想俱有戏意,而收语尤戏之甚,故云戏题。公少游吴越,故对画而思及松江。"(《杜臆》)合斯二评以观此诗,则精髓可得。

春夜喜雨

好雨知时节,当春乃发生。随风潜入夜①,润物细无声。野径云俱黑②,江船火独明。晓看红湿处,花重锦官城③。

【注释】

① 随风句:春夜的雨,初下时总微细如丝,在人们不知不觉中随着东风俱来,故曰潜。

② 野径句:阴云密布,没有星光,天上地下黑成一片。

③ 花重句:花枝经雨润湿,饱涵水分,红色分外浓艳,故曰重。

【评】 通篇不着"喜"字,而喜雨之意溢于纸上,"知时节"、"潜入"、"细无声",见得春雨似潜通人情,轻柔而可喜。由野径云黑,一灯独明,至晓看红湿,锦城花重,万物改观中又见欢欣而可喜。前片之喜是期待佳景,故其喜含蓄;后片之喜是实见春光,故喜得开朗。层折之喜只从层折之景透出。

江畔独步寻花七绝句(七首选二)

其　　一(原第五首)

黄师塔前江水东[①],春光懒困倚微风。桃花一簇开无主,可爱深红爱浅红[②]?

【注释】

① 黄师塔:是一所僧墓。蜀人称僧为师,称僧墓为塔(见陆游《老学庵笔记》)。

② 桃花二句:一簇无主桃花,深浅相间。是深红的可爱,还是浅红的可爱呢?意思是说,两者都可爱,不知使人爱哪种好。

其　　二(原第六首)

黄四娘家花满蹊,千朵万朵压枝低。留连戏蝶时时舞,自在娇莺恰恰啼[①]。

【注释】

① 自在句:自在,是说春莺姿态的活泼;恰恰啼,犹言着意啼,形容莺声的百啭千回,有如用心着意似的。《广韵》入声卷三一:"恰恰,用心。""自在"和"恰恰"义相反而实相成。

【评】 音节多拗而流转,句法多叠而轻利,自然逸荡得《竹枝》之意,为唐人绝句变格。中唐后诗人多效之,并下启宋代江西派、杨万里等。

茅屋为秋风所破歌

这诗描绘秋夜屋漏，风雨交加的情景，真实地记录了草堂生活的一个片段。末段忽开异境，从切身的体验，推己及人，进一步把自己的困苦丢在一边，设想出现大庇天下寒士的万间广厦。这种非现实的幻想，建立在诗人许身稷契、饥溺为怀的思想基础上；而博大胸怀的表现，则使作品放射出积极的浪漫主义光辉。

八月秋高风怒号，卷我屋上三重茅。茅飞渡江洒江郊，高者挂罥长林梢①，下者飘转沉塘坳②。南村群童欺我老无力，忍能对面为盗贼。公然抱茅入竹去，唇焦口燥呼不得。归来倚仗自叹息。俄顷风定云墨色，秋天漠漠向昏黑。布衾多年冷似铁，娇儿恶卧踏里裂③。床头屋漏无干处④，雨脚如麻未断绝。自经丧乱少睡眠，长夜沾湿何由彻⑤！安得广厦千万间，大庇天下寒士俱欢颜⑥，风雨不动安如山？呜呼！何时眼中突兀见此屋⑦，吾庐独破受冻死亦足！

【注释】

① 挂罥(juàn)：挂结。

② 坳(āo)：低凹之处。

③ 恶卧：睡相不好。

④ 床头：一作“床床”。

⑤ 自经二句：意谓遭乱以来，忧时念国，本来就经常失眠。值此秋夜漫长，床上沾湿，更难度过这一宵。何由彻，如何挨到天明。

⑥ 庇：覆盖。
⑦ 突兀：高耸貌。

【评】“自经丧乱”二句是由己及人关锁处，而笔法有顿挫。“丧乱”云云似离开风雨之线，“长夜沾湿”则又钩转，且仍“丧乱”之意而念及天下寒士。此法后来韩愈与宋代苏、黄一派七古多用之。

闻官军收河南河北

这诗和下面一首，都是唐代宗广德元年(763)春杜甫在梓州(今四川三台县)时所作。宝应元年(762)十月，唐朝各路大军由陕州总反攻，再度收复洛阳，以次平定河南诸郡县。十一月，进军河北，叛军将领薛嵩、李抱玉、李宝臣(原姓张，名忠志)、田承嗣、李怀仙等纷纷纳地归降。次年正月，史朝义(史思明之子)兵败自杀(见《通鉴》卷二二二)。延续七年零三个月的安史之乱，告一结束。诗写消息传来一刹那间狂喜的心情，以及由此而产生的联翩浮想。全诗八句，一气呵成。其抒情酣畅淋漓处，止所以反衬出长期兵乱，流离转徙的哀愁。喜和悲的紧相联系，使得诗歌风格于轻快流利之中，极沉着顿挫之致，成为千古传诵的名作。

剑外忽传收蓟北①，初闻涕泪满衣裳。却看妻子愁何在②？漫卷诗书喜欲狂③。白日放歌须纵酒，青春作伴好还乡④。即从巴峡穿巫峡，便下襄阳下洛阳⑤。

【注释】
① 剑外：指剑阁以南，即蜀地的代称。蓟北：今河北省北部地区，即叛军

根据地范阳一带。
② 却看句：意谓一家人的愁容顿时消失。看，读平声。
③ 漫卷：胡乱地卷起。
④ 青春句：意谓春天花香鸟语，景物宜人，旅途并不寂寞。
⑤ 即从二句：预计还乡的路线：上句出蜀入楚，由西向东；下句由楚向洛，自南而北。自注："余田园在东京。"巴峡，巴县(今重庆市)一带江峡的总称。《华阳国志》："其郡东枳有明月峡、广屿(《舆地纪胜》引作"广德")峡，东突峡(据《渊鉴类函》引庾仲雍《荆州记》补)，故巴亦有三峡。"又，《水经注》载：自巴至枳(今四川省涪陵县)有黄葛、明月、鸡鸣三峡。这一带江峡极多，皆得称为巴峡。巫峡，指巴峡以东的瞿唐、巫、西陵三峡。《水经注·江水》："巴东三峡巫峡长。"巫峡在三峡中为最大，故举之以概三峡。

送路六侍御入朝

这诗中写久别重逢，乍逢又别，别后相见无期的心情，充满着乱世人生的感慨。路六侍御，名不可考。

童稚情亲四十年，中间消息两茫然。更为后会知何地？忽漫相逢是别筵！不分桃花红似锦[①]，生憎柳絮白于绵[②]。剑南春色还无赖[③]，触忤愁人到酒边。

【注释】
① 不分：嫌恶的意思。分，读去声。亦作"忿"，义同。
② 生憎：犹言偏憎。
③ 剑南：剑阁以南，指蜀地。春色无赖：犹言春色恼人。无赖，同

“无奈”。

【评】　久别重逢，乍逢又别，别后会见无期，诗中有这样几层意思。童稚情亲，顺序写来，第四句忽然来个倒插，逆摄下句，全诗便有了主脑，显出血脉动荡、气韵深沉，而诗人感伤离乱之情怀也就深刻地表现出来了。五、六阑入景物描写，似与上文不扣续，读了结尾二句，方知这酒边的“剑南春色”，正是别筵的眼前风光，桃红如锦，柳白如绵，而诗偏说“不分”、“生憎”，盖以触忤愁人之故，于是“不分”“生憎”即不犯痕迹地将下半篇联系起来，情与景就形成不可分割的整体。论气势生龙活虎，论布局草蛇灰线。

桃竹杖引赠章留后

广德元年(763)冬，杜甫在梓州，准备离蜀东行，梓州刺史兼东川留后(临时代理东川节度的职务)章彝送桃竹杖两根，杜甫写了这诗。诗中有感于赠杖深情，慨叹自身的江湖飘泊，借失杖之虞，以喻失路之悲。一说，当时局势混乱，章彝有乘机割据一方的野心，诗的后半篇，隐寓规讽之意。桃竹，一名桃枝竹，又名棕竹。苏轼《跋桃竹杖引后》：“桃竹，叶如棕，身如竹，密节而实中，犀理瘦骨，盖天成柱杖也。出巴渝间。”引，乐曲名，后成为诗歌体裁之一。谢榛《四溟诗话》卷二引《文式》：“载始末曰引，宜引而不发。”

江心磻石生桃竹，苍波喷浸尺度足[①]。斩根削皮如紫玉，江妃水仙惜不得[②]。梓潼使君开一束[③]，满堂宾客皆叹息。怜我老病赠两茎，出入爪甲铿有声。老夫复欲东南征，乘涛鼓枻白帝城④。路幽必为鬼神夺，拔剑或与蛟龙争。重为告曰“杖兮杖兮⑤，尔之生也甚正直，慎勿见水踊跃学变化为龙⑥。使我不得尔之扶持，灭迹于君山湖上之青峰⑦”。噫！风尘澒洞兮豺虎咬人⑧，忽失双杖兮吾将曷从！

【注释】

① 尺度足：有一定的长度。意谓可以作杖。

② 斩根二句：上句言制作成杖，下句言世人不断至江心采取，水神虽爱惜此竹而无可如何。江妃、水仙，江水之神。

③ 梓潼使君：即梓州刺史。一束：一捆。

④ 鼓枻：荡桨。白帝城：在今四川奉节县。这里指夔州一带。

⑤ 重：读 chóng，歌辞中用语，意有未尽，重申以明之。

⑥ 慎勿句：《后汉书·费长房传》：“长房辞归，翁与一竹杖曰：‘骑此任所之，则自至矣。既至，可以杖投葛陂中也。’长房乘杖，须臾来归。即以杖投陂，顾视则龙也。”

⑦ 君山：一名湘山，在洞庭湖中。

⑧ 澒洞：弥漫。

【评】 钟惺曰：“此诗调奇、法奇、语奇而无撒泼之病，气奥故也。”（《唐诗归》）

黄生曰：“前是对主人语，后是对杖语。故作一转，用‘重为告曰’字，盖诗之变调，而其源出于骚赋故也。”（《唐诗摘抄》）

今按二评中肯，可见老杜七古与太白之异同。语奇体奇，源于骚赋，此其相同者。而太白气逸，老杜气奥；故太白奔放，老杜劲峭。试以太白《远别离》与此诗较读，可见其大概。后韩愈七古多取此体，可取昌黎《紫藤杖歌》、《郑群赠簟》诗较读。

阆 水 歌

这是一首拗体律诗，代宗广德二年（764）杜甫在阆州（今四川阆中县）时所作。拗体律诗是律诗的一种变体，句法和声调往往参以古体，而篇章和对仗则符合格律，故谓之拗律。五言拗律，如前选刘慎虚的《阙题》，即其一例，但不多见。七言拗律大成于杜甫。方回《瀛奎律髓·拗字类序》：“老杜七言律一百五十九首，而此体凡十九出。不止句中拗一字，往往神出鬼没。虽拗字甚多，而骨格愈峻峭。”阆水，嘉陵江的别名。源出今陕西省凤县嘉陵谷，至略阳与西汉水会，西南流注阆中，南入长江，故又称阆水。

嘉陵江色何所似①？石黛碧玉相因依②。正怜日破浪花出③，更复春从沙际归④。巴童荡桨欹侧过⑤，水鸡衔鱼来去飞⑥。阆中胜事可肠断⑦，阆州城南天下稀⑧！

【注释】

① 江色：一作“江水”。

② 石黛句：意谓江流一片澄碧空明。石黛，即石墨，矿物名，色深青，古时妇女用以画眉。碧玉，又名水玉或水碧，水晶一类矿物，玉的一种，产深水中，通体透明，深绿色。相因依，相依倚。

③ 怜：爱的意思。日破浪花出：谓朝日从浪花中涌出。

④ 春从沙际归：犹言春回沙际。沙际，指江边。

⑤ 欹侧过：水流湍急，故船不得直行。欹侧，倾斜。

⑥ 水鸡：水鸟名。状如雄鸡而尾短，好宿水田中，蜀人呼为水鸡翁。一作“水鸟”。

⑦ 可肠断：这里是十分可爱的意思，与上文“正怜”“更复”相应。唐人诗

中，凡“肠断”或“断肠”皆有正反二义，如刘希夷《公子行》的“可怜桃李断肠花”，李白《古风》的“朝为断肠花”，韦庄《丙辰年鄜州遇寒食》的“肠断入城芳草路”，均用反义，可与此相印证。

⑧ 阆州句：嘉陵江至阆州西北，折而南，横流而东，复折而北。州城三面环水，城南正当佳处，对面即锦屏山，风景秀美，有“天下第一”之称，故云。

丹 青 引

题下自注：“赠曹将军霸。”《历代名画记》卷九：“曹霸，魏曹髦之后。髦画称于后代。霸在开元中已得名，天宝末，每诏写御马及功臣，官至左武卫将军。”这诗和下面选的一首《观公孙大娘弟子舞剑器行》，描写绘画和舞蹈艺术，极为生动。此诗着重描写曹霸画马，而以图写人物作为陪衬，笔意传神，有“作诗如见画”之妙。曹霸原是御用画师，诗人对他受到最高统治者皇帝赏识，名动宫廷的身价和光辉，尽情加以渲染；而对他晚年飘泊干戈，艺术流落民间，则表示无穷的惋惜。诗中所贯串的时代盛衰的线索，渗透了封建士大夫的阶级感情。这和杜甫自己“往时文彩动人主，此日饥寒趋路旁”（《莫相疑行》）的身世之感，是紧密相联系的。

将军魏武之子孙[①]，于今为庶为清门[②]。英雄割据虽已矣，文采风流今尚存[③]。学书初学卫夫人，但恨无过王右军[④]。丹青不知老将至，富贵于我如浮云[⑤]。开元之中常引见[⑥]，承恩数上南薰殿[⑦]。凌烟功臣少颜色，将军下笔开生面[⑧]。良相头上进贤冠，猛将腰间大羽箭[⑨]。褒公鄂公毛发动,英姿飒爽来酣战[10]。先帝御马玉花骢,画工如山貌不同[11]。是日牵来赤墀下[12],迥立阊阖生长风[13]。诏谓将军拂绢素[14],意匠惨淡经营中[15]。须臾九重真龙出[16],一洗万古凡马空!玉花却在御榻上,榻上庭前屹相向[17]。至尊含笑催赐金[18],圉人太仆皆惆怅[19]。弟子韩幹早入室,亦能画马穷殊相[20]。幹唯画肉不画骨,忍使骅骝气凋丧[21]。将军善画盖有神,偶逢佳士亦写真[22]。即今飘泊干戈际,屡貌寻常行路人。途穷反遭俗眼白[23],世上未有如公贫。但看古来盛名下,终日坎壈缠其身[24]。

【注释】

① 魏武之子孙:曹霸为曹髦的后代,而曹髦则系曹操的曾孙,故云。魏武,魏武帝,即曹操。曹丕建立魏王朝后,追谥曹操为太祖武皇帝。

② 于今句:曹霸于天宝末年得罪,削籍为民,故云。庶,庶人,即平民。清门,寒门。

③ 英雄二句:说明曹霸艺术上的卓越成就,渊源有自。意谓曹操平定中原,建立三分割据的事业,是历史上的英雄人物,同时也是杰出的诗人;而曹髦又为画家。前者世易时移,虽然已成过去;后者流风余韵,仍然后继有人。

④ 学书二句:说曹霸曾经学过书法,但恨未能超过古人。卫夫人,晋时人,名铄,字茂漪,李矩之妻,工书法。王右军,即王羲之,官右军将军,晋代大书法家,曾经师事卫夫人。按:唐时书法发达,王体极为盛行。

⑤ 丹青二句:意谓曹霸摒弃一切外慕,以毕生精力,从事绘画艺术。孔子曾说:"发愤忘食,乐以忘忧,不知老之将至云尔。"(见《论语·述而》)又云:"不义而富且贵,于我如浮云。"(同上)这里化用其意。以上总写。

⑥ 引见:指皇帝召见。见时有人引导,故称。

⑦ 南薰殿:在兴庆宫内。

⑧ 凌烟二句：唐太宗贞观十七年(643)，图画功臣二十四人于凌烟阁。到开元时代，玄宗命曹霸重画一次。少颜色，言旧画颜色已经剥落。开生面，意谓重新赋予这些人物以生动的面貌。

⑨ 良相二句：概述二十四人画像文武两大类型。《太平御览》卷六八五引董巴《汉舆服志》："进贤冠，古缁布冠，文儒者之服也。"大羽箭，唐太宗特制插有四支羽毛的大竿长箭。

⑩ 褒公二句：特写褒、鄂二公的画像，以概其余。段志玄封褒国公，画像列第十。尉迟敬德封鄂国公，画像列第七。二人都是著名的猛将。飒爽，威风凛凛貌。来酣战，好像要厮杀个痛快似的。

⑪ 先帝二句：意谓许多画工，谁都画不出玉花骢的神骏意态。先帝，指玄宗。御，一作"天"。如山，形容画工的众多。貌，描绘。与下面"屡貌寻常行路人"的"貌"同义。不同，不同于真马。

⑫ 赤墀(chí)：宫廷中的红色台阶。

⑬ 迥立：昂首而立。阊(chāng)阖(hé)：天门，这里借指宫门。

⑭ 拂绢素：意指作画。古代绘画用绢素，画前须拂拭干净，然后下笔。

⑮ 意匠句：指塑造形象时的苦心设计，深刻构思。

⑯ 须臾：不久的意思。一作"斯须"。九重：天有九重，借指深宫。真龙出：画出一匹真正的骏马。《汉书·礼乐志》载《郊祀歌·天马》云："天马徕，龙之媒。"颜师古注引应劭曰："言天马者，乃神龙之类。"又古代马高八尺曰龙(见《周礼·夏官》)。

⑰ 玉花二句：意谓御榻上画图里的玉花骢和庭前的玉花骢屹立相对，画马与真马无别。

⑱ 至尊：皇帝。

⑲ 圉人：养马的人。《周礼·夏官》："圉人掌养马刍牧之事。"太仆：掌管车马的官。《汉书·百官公卿表》："太仆，秦官，掌舆马。"唐设太仆寺，又称司驭寺，有正卿及少卿(见《唐会要》卷六六)。惆怅：这里是深深赞叹的意思。

⑳ 弟子二句：《历代名画记》卷九："韩幹，大梁人。王右丞维见其画，遂推奖之，官至大府寺丞。善写貌人物，尤工鞍马。初师曹霸，后自

独擅。”入室，指能得到老师的真传。孔子评定他的学生仲由说：“由也升堂矣，未入于室也。”(见《论语·先进》)穷殊相，穷尽各种不同的形象。

㉑ 幹唯二句：意谓韩幹画马虽极负盛名，但风格毕竟不如曹霸之高。据《名画记》，韩幹喜画形体肥大的大宛马。杜甫认为马肥则神骏之气不显，故云。以上写昔之盛荣。

㉒ 写真：写出真容，即画像。萧纲《咏美人看画》：“谁能辨写真?”

㉓ 途穷句：意谓当曹霸处境穷困的时候，他的艺术也就被人瞧不起。白眼，就是翻转眼珠，不屑正视的一种表示。阮籍善作青、白眼，白眼以对俗人(见《晋书·阮籍传》)，此倒用之。

㉔ 坎(kǎn)壈(lǎn)：遭遇不顺、困穷失意的意思。《楚辞》宋玉《九辩》：“坎壈兮贫士失职而志不平。”以上写今之困穷。

倦 夜

这诗作于初秋的一个深夜。诗中描绘草堂四周景物，深细入微。这乃是诗人在岑寂而孤独的环境中体察所得，结语由景入情，浑然无迹。倦夜，犹言失眠之夜，谓夜深人倦而不能入睡。

竹凉侵卧内①，野月满庭隅。重露成涓滴，稀星乍有无②。暗飞萤自照，水宿鸟相呼③。万事干戈里，空悲清夜徂④。

【注释】

① 竹凉句：草堂多竹，竹林幽深，使人感到寒凉之意。侵卧内，侵入卧室之内。

② 重露二句：写庭中景色。夜深露重，从竹叶下落，故成涓滴。《堂成》："笼竹和烟滴露梢。"星光闪烁，望去忽隐忽现，乍有乍无。

③ 暗飞二句：写江边芦苇深处的景色。下句意指天将破晓。

④ 空悲句：意谓在思潮翻腾中过掉了一个清秋之夜。说"空悲"，见对景伤情，百无聊赖。说"清夜徂"，见彻夜无眠。徂(cú)，去、往。

旅 夜 书 怀

代宗永泰元年(765)夏，杜甫由成都草堂携家至云安(今四川省云阳县)，这诗是舟行途中所作。

细草微风岸，危樯独夜舟[①]。星垂平野阔，月涌大江流[②]。名岂文章著？官应老病休[③]。飘飘何所似？天地一沙鸥[④]。

【注释】

① 细草二句：言江边的微风吹动着细草，野景荒凉，孤舟靠岸夜泊。危樯，孤单而高耸的桅杆。

② 星垂二句：平阔的原野在天幕覆盖下，四边的星宿好像嵌在天空和地面相连接处，故曰"垂"。明月倒影入江，从翻滚的浪花中现出，故曰"涌"。按：这二句写阔大之景，与前选李白《渡荆门送别》的"山随平野尽，江入大荒流"略相近似。李诗超脱豪迈，无迹象可求。此则深沉雄浑，千锤百炼，而熔铸出之。构思之妙，全在"垂"字和"涌"字上，风格判然各别。洪亮吉《北江诗话》云："李青莲之诗，佳处在不著纸；杜浣花(即杜甫)之诗，佳处在力透纸背。"单就语言艺术来说，正表现在这些地方。

③ 官应句："老病应休官"的倒文。按广德二年(764)六月，西川节度使严武表杜甫为节度参谋，检校工部员外郎，这年(永泰元年)三月，即因病辞去官职，故云。应，读平声。一作"因"。

④ 飘飘二句：飘飘，一作"飘零"。天地，一作"天外"。

【评】 参前录李白《渡荆门送别》按语。

白帝城最高楼

这诗写登高望远，忧念时局，独立苍茫之感，和下面的《秋兴》八首都是唐代宗大历元年(766)杜甫流寓夔州(今重庆奉节县)时所作。作者以古体的语言，融入对仗工整的律诗中，成为通首皆拗的七言拗律。其笔势飞动，突兀奇崛处，能见出杜诗的独创精神。白帝城，在夔州白帝山上(参见前李白《早发白帝城》题下注)。

城尖径仄旌旆愁①，独立缥缈之飞楼。峡坼云霾龙虎卧，江清日抱鼋鼍游②。扶桑西枝对断石，弱水东影随长流③。杖藜叹世者谁子？泣血迸空回白头。

【注释】

① 旌旆愁：楼高而险，旌旆在上，望去使人产生愁的感觉。

② 峡坼二句：白帝城下临瞿塘峡，此写江峡之景。《杜诗详注》引韩廷延曰："云霾坼峡，山水盘拏，有似龙虎之状；日抱清江，滩石波荡，恍如鼋鼍之游。"峡坼云霾，是说云屯江峡。霾(mái)，晦暗的意思。

③ 扶桑二句：写长江一线，东西无极。上句向东望，西枝是就东言西；下句向西望，东影是就西言东。扶桑，神话中的树名，在东方日出处(见

《楚辞·离骚》)。断石,犹言断岸,指陡峻的江峡。弱水,西方的水名(见《尚书·禹贡》)。

秋兴八首

这八首诗以身居夔府、心念长安为主题,抒写遭逢兵乱,留滞他乡的客中秋感。第一首因秋发兴,是全诗的序幕。二、三两首写山城的暮景朝晖,作者对景伤情,低徊身世,从“望京华”一语中牵引出下文的线索。第四首概述长安当前情况,而以“有所思”开启下文,是前三首和后四首之间的纽带。第五首写蓬莱宫阙,第六首写曲江亭苑,第七首写昆明池水,第八首写渼陂风光。这些往日繁华的回忆,紧密联系着如潮如海的秋心。八首脉络贯通,首尾呼应,成为结构紧密的组诗。长安是唐代政治、经济、文化中心,杜甫对它有深厚的生活情感和政治情感。诗中所写之景,长安今昔鲜明的对照,形象地反映出整个时代由兴盛走向没落的历史面貌。诗人所抒之情,一方面是时代的感慨;但另一方面则是封建士大夫依恋京阙之情。两者纠结交织在一起,而前者是通过后者表现出来的。故悲伤畹晚,抚今思昔之意多,而对招致变乱的因由,统治集团的腐朽荒淫,则缺乏揭露和批判。诗的风格沉雄博丽,壮阔深闳,气象磅礴,而思致缜密;意境悲远,而词彩绚烂,代表杜甫晚年律诗成就的一个重要方面。

其 一

玉露凋伤枫树林,巫山巫峡气萧森[①]。江间波浪兼天涌，塞上风云接地阴[2]。丛菊两开他日泪，孤舟一系故园心[3]。寒衣处处催刀尺，白帝城高急暮砧[4]。

【注释】

① 巫山句：写远望中夔州以东江峡之景。《水经注·江水》："江水历峡东，径新崩滩……其下十余里有大巫山，……其间首尾百六十里，谓之巫峡，盖因山为名也。自三峡七百里中，两岸连山，略无阙处，重岩叠嶂，隐天蔽日，自非亭午夜分，不见曦月。"时到深秋，更显得幽深而阴暗，故云。

② 江间二句：赋中兼兴，描绘自然界中的萧森景象，借以表现时代没落、局势动乱的感伤。塞，关隘险要之处。

③ 丛菊二句：自伤留滞夔州，未能出峡北归。杜甫于永泰元年(765)离开成都，至作诗时已两年，故云"丛菊两开"。他日，犹言前日，是回忆去年。泪，谓对花流泪，即《春望》所说的"感时花溅泪"。孤舟一系，犹言孤舟长系，意谓归舟老是系在江岸上，开不出去。故园心，指思念长安的心情。杜甫以长安为第二故乡。参见前《自京赴奉先咏怀五百字》注①。按：这里的"开"字和"系"字都有双关义：开，指花开，同时也说泪溅；《得弟观书》："飒飒开啼眼。""开"字与此用法同。系，就船说，是停系不前，就心情说，则是牵系不忘。

④ 寒衣二句：意谓傍晚的原野，到处传来急切的捣练声，意味催促人们赶制寒衣，冬天快要来到了。砧，捣练的工具。详前沈佺期《独不见》注③。

其 二

夔府孤城落日斜[1]，每依北斗望京华[2]。听猿实下三声泪[3]，奉使虚随八月槎[4]。画省香炉违伏枕，山楼粉堞隐悲笳[5]。请看石上藤萝月，已映洲前芦荻花[6]。

【注释】

① 夔府：即夔州。唐太宗贞观十四年(640)，夔州曾设都督府，故亦称夔府。

② 每依句：承上一首“故园心”而言。京华，指长安。长安在夔州之北，故常依北斗所在的方向遥遥瞻望，以寄思念之情。北斗，一作“南斗”。

③ 听猿句：是“听猿三声实下泪”的倒文。巴东渔歌：“巴东三峡巫峡长，猿啼三声泪沾裳。”(见《水经注·江水》)句意谓听猿下泪，昔仅见诸记载，今身临其地而闻猿泪滴，故曰“实下”。

④ 奉使句：晋张华《博物志》载古代传说：天河与海通连。有海边居民，见每年八月，海上有浮槎来去，不失期。这人随槎而去，见到了牵牛和织女星。这一民间故事，后来又附会到张骞的身上，说张骞奉汉武帝命，出使西域，寻找黄河发源处。河源与天河相通，张骞曾泛槎天河，至牵牛宿之旁(见胡仔《苕溪渔隐丛话》前集卷一一引《荆楚岁时记》)。这里化用典故，自述在蜀依严武事。奉使，指严任西川节度使。《唐六典》卷五：“以奉使言之，则曰节度使。”随槎，犹言入幕。严武曾两度镇蜀，第一次离蜀还朝，杜甫送行诗有云：“此身那老蜀？不死会归秦。”(《奉送严公入朝十韵》)第二次镇蜀，表杜甫为节度参谋，检校工部员外郎。杜甫之所以托身幕府，显然是希冀有随同严武还朝的机会。永泰元年(765)，严武内召，不久即死，杜甫“归秦”之想落空，故曰虚随。说八月槎，有两重涵义：就严武言，奉使出镇，随召还朝，正如仙槎泛海，重返天河；就杜甫言，则自伤留滞蜀中，寓有望长安如在天上的感慨。

⑤ 画省二句：承上句，言己虽加检校工部员外郎衔，但因老病流落蜀中，未能入京供职。工部属尚书省，工部员外郎是尚书省的郎官。古尚书省用胡粉涂壁，画古贤人像，故称“画省”。尚书郎入直，有侍女史二人捧香炉烧香从入(见《汉官仪》)。违伏枕，是说因卧病而违离朝廷。杜集有《风疾舟中伏枕书怀三十六韵奉呈湖南亲友》，伏枕，谓病不能兴。山楼，犹言山城，指夔府。堞(dié)，城上的矮墙。隐悲笳，隐闻悲笳之声，见兵乱未息。

⑥ 请看二句：承首二句，言日斜北望，直至深宵，和下一首首句"朝晖"相衔。看，读平声。

其　三

千家山郭静朝晖，日日江楼坐翠微①。信宿渔人还泛泛，清秋燕子故飞飞②。匡衡抗疏功名薄③，刘向传经心事违④。同学少年多不贱，五陵衣马自轻肥⑤。

【注释】

① 坐翠微：谓置身翠微之中。翠微，缥青的山色。

② 信宿二句：借渔人之泛泛，燕子之飞飞，寄托自己飘荡江湖，无所归宿的感慨。王嗣奭注："渔舟之泛，燕子之飞，此人情物情之各适，而以愁人观之，反觉可厌。曰'还'，曰'故'，厌之也。"（《杜臆》卷八）信宿，隔宿。

③ 匡衡句：匡衡，汉元帝时，官博士给事中，曾上疏论政治得失，迁光禄大夫、太子少傅。事见《汉书·匡衡传》。杜甫任左拾遗时，上疏论救房琯，故以匡衡自比。抗疏而遭贬斥，未能如匡衡之成就功名，故曰"功名薄"。乐府《焦仲卿妻》："儿已薄禄相。""薄"字用法与此同。抗疏，直言上疏。疏，奏章的一种，这里读去声。

④ 刘向句：承上句，意谓进不能成就功名，退而求如刘向之传经，遭时多难，又不可得。刘向本名更生，历事汉宣帝、元帝、成帝三朝，曾上疏言事，未见重用。他于宣帝时，讲论五经于石渠阁。成帝即位，领校内府五经秘书。事见《汉书·刘向传》。心事违，没有能够实现这种愿望。

⑤ 同学二句：写自己沉沦失意之感。对朝中新贵有讥讽意。五陵，指长安近郊，汉朝五代帝王陵墓之所在（详见前岑参《同高适薛据登慈恩寺浮图》注⑨）。此用作长安的代称。衣马轻肥，语本《论语·雍也》："乘肥马，衣轻裘。"

其 四

闻道长安似弈棋[①],百年世事不胜悲[②]。王侯第宅皆新主,文武衣冠异昔时。直北关山金鼓震,征西车马羽书驰[③]。鱼龙寂寞秋江冷[④],故国平居有所思[⑤]。

【注释】

① 似弈棋:意谓许多文武官员都背弃了唐室,投降了安、史叛军。《左传》襄公二十五年:"卫献公自夷仪使与宁喜言(求复为国君),宁喜许之。大叔文子闻之,曰:'……今宁子视君不如弈棋,其何以免乎?弈者举棋不定,不胜其耦。而况置君而弗定乎!必不免矣'。"语本此。

② 百年世事:指自身所经历的时局变化。古诗:"生年不满百。"百年,通常用作人的一生的代称。《南征》:"百年歌自苦,未见有知音。"《登高》:"百年多病独登台。"与此用法相同。

③ 直北二句:安史乱后,北方和西方的回纥、吐蕃、党项羌、浑奴剌等民族不断侵扰边境,战争频繁,故云。直北,犹言向北。直,表示方位之词。驰,一作"迟"。

④ 鱼龙寂寞:指水族潜蛰,不在波面活动。《水经注》:"鱼龙以秋日为夜,龙秋分而降,蛰寝于渊,故以秋为夜也。"

⑤ 故国句:意谓平居望故国而有所思。平居,犹言闲居。故国,指长安。下面四首,写蓬莱宫、曲江、昆明池、渼陂,都是长安景物。

其 五

蓬莱宫阙对南山[①],承露金茎霄汉间[②]。西望瑶池降王母[③],东来紫气满函关[④]。云移雉尾开宫扇,日绕龙鳞识圣颜[⑤]。一卧沧江惊岁晚,几回青琐点朝班[⑥]。

【注释】

① 蓬莱：汉宫殿名。唐高宗龙朔二年(662)，重修大明宫，改名为蓬莱宫。南山：终南山。终南山又称寿山。

② 承露句：汉武帝好神仙，曾于建章宫之西建铜柱承露仙人掌，以承仙露(见《史记·封禅书》)。班固《西都赋》："抗仙掌以承露，擢双立之金茎。"仙掌，指承露的铜盘。金茎，撑盘的铜柱。按：这句和下面两句，都是借用古事，形容长安宫阙巍峨，气象万千。

③ 西望句：古代神话：西王母曾降临瑶池，与周穆王相会。这句可能是隐指唐玄宗纳杨贵妃事。参看前《同诸公登慈恩寺塔》注⑭。

④ 东来句：《列仙传》记载：老子(李耳)西游至函谷关，关尹喜望见紫气自东而来，知有真人当过此。唐高宗时，追尊老子为太上玄元皇帝。玄宗天宝元年(742)，田同秀上书言见玄元皇帝降临永昌街，云有灵宝符在关尹喜宅故址旁，玄宗信以为真，派人去寻求。此句可能是影射其事。

⑤ 云移二句：写回忆中早朝的盛况，即末句所说的"青琐点朝班"。唐玄宗开元中，萧嵩上疏建议，皇帝每月朔、望日受朝于宣政殿，上座前，用羽扇障合，俯仰升降，不令众人得见，待坐定后始开扇。从此定为朝仪(见《唐会要》卷二四)。羽扇用雉尾制成，叫做雉尾障扇(见《新唐书·仪卫志》)。云移，形容开扇时光彩闪耀，有如云彩的波动。日绕龙鳞，太阳照射到绣有龙鳞的皇帝的衮衣上。按：杜甫于玄宗时未曾备位朝列，肃宗时始官左拾遗，此诗前四句写长安形胜，宫阙巍峨，是他天宝年间在京都时所见的外景；这里实叙早朝，才是他后来的亲身经历。

⑥ 一卧二句：言已虚有朝官之名，而卧病沧江，久未参加朝列。即第二首"画省香炉违伏枕"的意思。岁晚，谓年岁迟暮。青琐，汉建章宫中宫门，门上刻镂着连环的花纹，而以青色涂之，故称。这里是泛指宫门。百官朝见皇帝时，有一定的班次，点朝班，依班传点，挨次入朝。

其　六

瞿唐峡口曲江头，万里风烟接素秋①。花萼夹城通御气②，芙蓉小苑入边愁③。珠帘绣柱围黄鹄，锦缆牙樯起白鸥④。回首可怜歌舞地，秦中自古帝王州⑤。

【注释】

① 瞿唐二句：写身在夔州，心想长安。意谓两地虽相隔万里，而在遥望之中，秋天的风烟是相连接的。瞿唐峡口，即夔州，是杜甫所在地。曲江，在长安之南。秋季色尚白，故称素秋。

② 花萼句：花萼，楼名，在兴庆宫西南隅。玄宗开元二十年(732)，从大明宫筑夹城复道，经通化门至兴庆宫，达曲江芙蓉园，作为宫廷游曲江专用的通道(见韦述《西京杂记》)。通御气，指此。

③ 芙蓉句：指安史之乱突然在东北边地发生，警报传来，惊破了长安歌舞升平的迷梦。芙蓉小苑，即芙蓉园，唐时称南苑，在曲江西南。玄宗常住兴庆宫，经常和贵妃们游芙蓉园。钱谦益曰："禄山反报至，上(玄宗)欲迁幸，登兴庆宫花萼楼置酒，四顾凄怆。此所谓'入边愁'也。"(《钱注杜诗》)

④ 珠帘二句：意谓繁华胜地，一变而为寂寞荒凉。往日珠帘绣柱，锦缆牙樯，都已不存，看到的只是黄鹄翔集，白鸥飞起而已。珠帘绣柱，言离宫别馆的精美。锦缆牙樯，言游船的华丽。屋宇荒废，黄鹄栖在断壁颓垣之中，故曰"围"。缆(lǎn)，船索。樯(qiáng)，桅杆。

⑤ 帝王州：帝王建都之地。

其　七

昆明池水汉时功，武帝旌旗在眼中①。织女机丝虚夜月②，石鲸鳞甲动秋风③。波漂菰米沉云黑④，露冷莲房坠粉红。关塞极天唯鸟道[5],江湖满地一渔翁[6]。

【注释】

① 昆明二句:昆明池,在长安西南。《汉书·武帝纪》:"元狩三年(前120),发谪吏穿昆明池。"颜师古注引傅瓒曰:"昆明国有滇池,方三百里。汉使求身毒国,而为昆明所闭。今欲伐之,故作昆明池象之,以习水战。"《史记·平准书》:"大修昆明池,列观环之,治楼船高十余丈,旌旗加其上,甚壮。"在眼中,是说看到昆明池水,就会想起汉武帝,觉当时旌旗之壮盛,如在眼中。武帝旌旗,是歌咏古事,同时也有所寄托。钱谦益曰:"此借武帝以喻玄宗也。"仇兆鳌曰:"公《寄贾严两阁老》诗:'无复云台仗,虚修水战船。'则知明皇(玄宗)曾置船于此矣。"这两句回忆旧游,下面四句写昆明池冷落荒凉的秋景,是设想中伤乱之词。

② 织女句:昆明池有二石人,左为牵牛,右为织女,以象天河(见班固《西都赋》及《三辅黄图》卷四引《关辅古语》)。虚夜月,空对夜月。

③ 石鲸句:昆明池有石刻鲸鱼,形象生动逼真,传说:"每至雷雨,常鸣吼,鬐尾皆动。"(见《西京杂记》卷上)

④ 波漂句:是说菰米漂在波面,菰影沉入水中,望去如一片黑云。菰(gū)米,一称雕胡米(见前李白《宿五松山下荀媪家》注②)。

⑤ 关塞句:即《冬至》诗中所说"路迷何处见三秦"的意思。从夔州远望长安,重峦叠嶂,关塞极天,杜甫自恨身无羽翼,不能奋飞,故云"惟鸟道"。

⑥ 江湖句:杨伦曰:"言江湖虽广,无地可归,徒若渔翁之飘泊。"(《杜诗镜铨》)

其 八

昆吾御宿自逶迤[1],紫阁峰阴入渼陂[2]。香稻啄馀鹦鹉粒,碧梧栖老凤凰枝[3]。佳人拾翠春相问,仙侣同舟晚更移[4]。彩笔昔曾干气象，白头吟望苦低垂[5]。

【注释】

① 昆吾句：是说由长安至渼陂，途经昆吾、御宿，有着一条纡长的道路。昆吾、御宿，均地名，在长安东南。

② 紫阁句：紫阁峰，终南山的山峰，在今陕西省鄠县东南。渼(měi)陂，水名，发源于终南山，在鄠县之西。渼陂之南是紫阁峰，陂中可以看到紫阁峰阴的倒影，故云“入渼陂”。《渼陂行》：“半陂以南纯浸山。”

③ 香稻二句：是“鹦鹉啄馀香稻粒，凤凰栖老碧梧枝”的倒文。写陂中物产丰美，有深林嘉树，异鸟珍禽。香稻多，所以鹦鹉啄之而有馀；碧梧高大，所以凤凰栖之而安稳。香稻，一作“红豆”。馀，一作“残”。

④ 佳人二句：写陂中春游之盛。拾翠，拾取翠鸟的羽毛。曹植《洛神赋》：“或采明珠，或拾翠羽。”一说，谓采撷花草。仙侣，指游春的伴侣。晚更移，天色已晚，还移船他处，尽情观赏。

⑤ 彩笔二句：意谓自己当年的诗篇，曾写出了长安山川的气象，现在流落天涯，惟有远望长吟以寄意；在抚今感昔的沉思中，白头深深地低垂了下去。方东树曰：“末二句收本篇，兼收八首。”(《昭昧詹言》卷一七)彩笔，即五色笔，指才情艳发的文笔。《南史·江淹传》：“尝宿于冶亭，梦一丈夫自称郭璞，谓淹曰：‘吾有笔在卿处多年，可以见还。’淹乃探怀中，得五色笔一，以授之。尔后，为诗绝无美句。”干，冲的意思。吟，一作“今”。

即　　事

这诗写峡中春雨之景，是大历二年(767)杜甫在夔州时所作。

暮春三月巫峡长①,皛皛行云浮日光②。雷声忽送千峰雨,花气浑如百和香③。黄莺过水翻回去,燕子衔泥湿不妨④。飞阁卷帘图画里,虚无只少对潇湘⑤。

【注释】

① 巫峡长:巴东渔歌:"巴东三峡巫峡长。"此用其语。长,谓江峡连绵,幽深无际。

② 皛皛句:仇兆鳌注:"云浮日光而过,其色皛皛然,雷雨将作矣。"(《杜诗详注》卷一八)皛皛(jiǎo),光明貌,义同皎皎。

③ 花气句:暴雨忽晴,饱涵水分的花朵被阳光蒸发,香气特别浓烈。浑,简直,读平声。百和香,异香名。《神仙传》:"淮南王为八公张锦绮之帐,燔百和之香。"和,读去声。

④ 黄莺二句:上句写暴雨中黄莺的动态。因为雨急,黄莺力不能胜,故掠水翻回而去。下句说燕子亟于营巢,雨晴了,就忙着衔泥,见得已是春深时分了。

⑤ 飞阁二句:上句言高阁对雨,宛如一幅画图。下句是因巫峡雨景而引起的联想。巫峡幽深险峻,故雨景奇;潇湘空旷虚无,烟雨迷离,当另有胜境。时杜甫有出峡游潇湘意,故有此想。飞阁,指夔州城内的西阁,杜甫寄居之处。飞,形容阁高,有如架空建筑似的。

【评】 中二联将雨中、雨霁之景交叉写来,便无平直之嫌,却添生动之致。又谢榛《四溟诗话》评"雷声"、"花气"一联谓"语平意奇"。今按此联所以为佳,多得力于"忽送"、"浑如"二虚词之映带。"忽送"见雷声之迅疾,"浑如"衬花气之熏人,刚柔张弛之间,神韵乃现,后李商隐七律多得此法门。

登 高

这诗以雄浑开阔的笔力，写天涯倦客，重九登高的情景，也是杜甫流寓夔州时作。在诗里，无边无际的秋声秋色，和诗人百端交集的感伤，互相衬映，融合成为整体，正因为情真意切，一气流转，故虽然四联全用对仗，却绝无板滞灭裂之感，表现了杜诗所特有的悲壮苍凉的意境，与炉火纯青的艺术手法。

风急天高猿啸哀，渚清沙白鸟飞回。无边落木萧萧下，不尽长江滚滚来。万里悲秋常作客，百年多病独登台。艰难苦恨繁霜鬓①，潦倒新停浊酒杯②。

【注释】

① 艰难句：意谓时局艰难，自己年华老大，功业无成。繁霜鬓，白了很多的头发。

② 潦倒句：时杜甫因病戒酒，故云。

【评】 杜诗善炼字，晚年更臻绝境，多以寻常之词造非凡之境。颔联是传诵千年的名句。“落木萧萧下”、“长江滚滚来”，前人已多类似句子，然加以“无边”、“不尽”字，则萧索之意因而有浩渺之态。合上诗颔联同观，可知“老去诗篇浑漫与”（《江上值水如海势聊短述》）实为自然工妙之化境。

观公孙大娘弟子舞剑器行

诗前原有序云："大历二年(767)十月十九日，夔府别驾元持宅见临颍李十二娘舞剑器①，壮其蔚跂②，问其所师，曰：'余公孙大娘弟子也。'开元五载(717)③，余尚童稚，记于郾城观公孙氏舞剑器浑脱④，浏漓顿挫⑤，独出冠时。自高头宜春梨园二伎坊内人，洎外供奉舞女⑥，晓是舞者，圣文神武皇帝初⑦，公孙一人而已。玉貌锦衣，况余白首⑧；今兹弟子，亦匪盛颜⑨。既辨其由来，知波澜莫二⑩。抚事慷慨，聊为《剑器行》。昔者吴人张旭善草书书帖⑪，数尝于邺县见公孙大娘舞西河剑器⑫，自此草书长进，豪荡感激⑬，即公孙可知矣⑭。"公孙大娘弟子，即序中所说的李十二娘。公孙大娘是开元时著名的舞蹈家。剑器，古武舞曲之一。舞者为女子，作男子戎装，空手而舞(见《文献通考·乐考·乐舞》)，表现出一种力与美相结合的武健精神。诗从李十二娘的师承关系，生发出情感的波澜，勾引起杜甫对往事的回忆。开头一段，用一连串生动的形象比喻，酣畅淋漓地描绘儿时所见公孙大娘的舞蹈艺术。接着便从乐舞盛衰的今昔，联系到时代沧桑的变化；而眼前玳筵急管，乐极哀来的感伤，和五十年前欢娱热闹气氛的渲染，遥相照应，更增强了诗歌的抒情效果。诗以抚时感事为主题，诗人的感慨是多方面的；而他所时刻系心的则是王室的衰微，唐朝国运的没落。故从公孙大娘身上，牵引出一条"先帝"的线索；于结尾处对已故的唐玄宗表示了无穷的哀悼和思念。这是杜甫阶级情感的自然流露。昔人于此等处称赞杜甫"每饭不忘君"，今天看来，这正是封建道德伦理观念在他思想上所留下来的烙印。

昔有佳人公孙氏，一舞剑器动四方。观者如山色沮丧，天地为之久低昂[15]。㸌如羿射九日落[16]，矫如群帝骖龙翔[17]；来如雷霆收震怒，罢如江海凝清光[18]。绛唇珠袖两寂寞[19]，晚有弟子传芬芳[20]。临颍美人在白帝[21]，妙舞此曲神扬扬。与余问答既有以[22]，感时抚事增惋伤。先帝侍女八千人[23]，公孙剑器初第一[24]。五十年间似反掌[25]，风尘澒洞昏王室[26]。梨园弟子散如烟，女乐馀姿映寒日[27]。金粟堆南木已拱[28]，瞿塘石城草萧瑟[29]。玳筵急管曲复终，乐极哀来月东出。老夫不知其所往，足茧荒山转愁疾[30]。

【注释】

① 夔府别驾：夔州都督府的别驾。《唐六典》卷三〇："下都督府别驾一人，从四品下。"夔府，见前《秋兴》第二首注①。临颍：唐属河南道许州，今河南省县名。

② 蔚跂：光彩照人，姿态矫健。

③ 开元五载：一作"开元三载(715)"。按开元三载，杜甫四岁，五载六岁，当以五载近是。

④ 郾城：唐属河南道许州，今河南郾城县。剑器浑脱：把剑器舞和浑脱舞结合起来的一种新型舞蹈。桂馥《札朴》"姜君元吉言，在甘肃，见女子以丈余彩帛结两头，双手持之以舞，有如流星。问何名，曰，剑器也。乃知公孙大娘所舞即此。"《通鉴》卷二〇九胡三省注："长孙无忌以乌羊毛为浑脱毡帽，人多效之，谓之赵公浑脱，因演以为舞。"

⑤ 浏漓顿挫：疾捷酣畅而又沉着有力。

⑥ 高头宜春梨园二伎坊内人：指供奉宫廷的歌舞艺人。伎坊，亦称教坊，教练乐舞的机构。《教坊记》："西京右教坊在光宅坊，左教坊在延正坊，右多善歌，左多工舞，盖相因成习。"又云："妓女入宜春院，谓之内人，亦曰前头人，常在上前头也。"高头，即前头的意思。《雍录》卷九："梨园在光化门北。……开元二年(714)正月，置教坊于蓬莱宫，上

自教法曲，谓之梨园弟子。至天宝中，即东宫置宜春北苑，命宫女数百人为梨园弟子。”内人，亦称内妓，即前头人，居宫中。洎(jì)：及。外供奉舞女：与内人相对而言，指不居宫中，随时应诏入宫表演的舞妓。一本无“舞女”二字。

⑦ 圣文神武皇帝：即玄宗。是开元二十七年(739)群臣所上的尊号。

⑧ 况余白首：“况余”二字和上文不相连属，李国松疑是“晚馀”二字之误(高步瀛《唐宋诗举要》卷二引)，说近是。

⑨ 亦匪盛颜：也不怎么年轻了。盛颜，丰盛的容颜。

⑩ 既辨二句：意谓从李十二娘的师承关系，看出她的技艺获得了公孙大娘的真传。波澜，借指舞蹈的意态节奏。

⑪ 张旭：《新唐书·文艺传》：“旭，苏州吴人。嗜酒，每大醉，呼叫狂走，乃下笔。或以头濡墨而书。……自言，始见公主担夫争道，又闻鼓吹而得笔法意；观倡公孙舞剑器得其神。”(参见前张旭简介)

⑫ 西河剑器：剑器舞的一种。

⑬ 豪荡感激：指意态飞动，饱和着激动的情感。

⑭ 即公孙可知矣：连上句意谓张旭既然能从公孙大娘的剑器舞中吸取到一种“豪荡感激”的精神力量，那么公孙舞蹈艺术的高妙，也就可想而知了。即，义同则。

⑮ 观者二句：意谓观众为剑器舞所吸引，注意力集中，忘掉了一切，就连整个自然界也似乎融化于其中，随着舞蹈的低昂而低昂。沮丧，失色而发愣。

⑯ 㸌如句：㸌(huò)，闪动貌。羿，古代著名的射手。古代神话传说：尧时十日并出，羿射其九(见《淮南子·本经训》高诱注)。

⑰ 帝：天神。

⑱ 来如二句：上句写开场，下句写收场。剑器舞主要以鼓伴奏。舞前鼓乐喧阗，形成一种紧张的战斗气氛。鼓声一落，舞者登场，故云“雷霆收震怒”。舞时光彩四照，气象万千，舞罢，只见一锦衣玉貌的女子，立在场中，故云“江海凝清光”。

⑲ 绛唇珠袖：指公孙大娘的歌和舞。

⑳ 传芬芳：继承了高超的技艺。芬芳，形容格调不同凡俗。
㉑ 临颍美人：指李十二娘，即上句说的“弟子”。
㉒ 既有以：即序文所说“既辨其由来”的意思。以，因由，原委。
㉓ 先帝：指已死的玄宗。
㉔ 初第一：犹言本第一。
㉕ 五十年：自开元五年(717)杜甫观公孙大娘舞剑器至作诗时的大历二年(767)，为五十年。似反掌：形容时间过得飞快。
㉖ 风尘句：意谓安史之乱，使得唐朝国运衰落。澒洞，相连无际貌。王室，指朝廷。
㉗ 女乐句：女乐，泛指女性的歌舞艺人，这里是说李十二娘。李的舞蹈，犹有开元盛世的风姿，故曰“馀姿”。这诗作于冬季，舞者“亦匪盛颜”，映寒日，兼切时令和李即将迟暮的年华。
㉘ 金粟堆：即金粟山，在蒲城县(今陕西蒲城县)东北，玄宗葬此，称泰陵。玄宗死于宝应元年(762)四月，于广德元年(763)三月葬泰陵。木已拱：言墓木已拱，语本《左传》僖公三十二年：“中寿，尔墓之木拱矣。”拱，两手合抱。
㉙ 瞿塘石城：指夔州地带。瞿塘，瞿塘峡。高步瀛曰：“石城当即指白帝城。城据白帝山上，故曰石城。”(见《唐宋诗举要》卷二)
㉚ 足茧：脚上生了胝(厚皮)，言奔走不息。转愁疾：愈来而愈愁苦。

短歌行赠王郎司直

大历三年(768)春，杜甫由夔州出峡，曾在荆州(今湖北省江陵县)住过一个时期，这诗是在荆州时所作。《短歌行》，古乐府《相和歌·平调曲》旧题。王郎司直名未详。郎，对少年人的通称。司直，官名。《新唐书·百官志》：“大理寺司直六人，从六品上。”王郎怀才不遇，将由荆州赴蜀中，杜甫作此送行。诗中安慰王的抑郁情怀，激励其意志，充分地表现出杜甫关怀后辈，爱才如命的热情。全诗十句，以五句为一节，每节以单句作结，于纵横推荡之中，极奇崛突兀之致。在歌行中别创一格。

王郎酒酣拔剑斫地歌莫哀①，我能拔尔抑塞磊落之奇才②。豫章翻风白日动，鲸鱼跋浪沧溟开③。且脱佩剑休徘徊④。西得诸侯棹锦水，欲向何门趿珠履⑤？仲宣楼头春色深⑥，青眼高歌望吾子⑦。眼中之人吾老矣⑧！

【注释】

① 王郎句：劝慰王郎不须哀歌，过于伤感。由于内心闷郁，故歌时拔剑斫地，以抒愤懑。斫(zhuó)，义同砍。

② 我能句：自明作歌之意。抑塞，谓政治失意。磊落，形容胸怀坦白。有磊落奇才而遭遇坎坷，故心情时感抑塞。抑塞则不免愤激而流于消沉，拔，对此而言，有振起的意思。

③ 豫章二句：比喻远大抱负将会得到抒展。豫章，为两种乔木名，形相似。《史记·司马相如列传》："楩楠豫章。"正义："豫，今之枕木也。章，今之樟木也。二木生至七年，枕樟乃可分别。"翻风白日动，形容树身高大，枝叶扶疏。跋浪，犹言破浪。沧溟，大海。

④ 且脱句：即起句不须斫地悲歌的意思。浦起龙曰："徘徊，即哀歌之态，此重言以劝之。"(《读杜心解》卷二六三)佩剑，一作"剑佩"。

⑤ 西得二句：言王郎西游蜀中，不知将托足何门，希望其有所遇合。得诸侯，谓得到诸侯的信任。《孟子·公孙丑下》："管仲得君，如彼其专也。"这里的"得"字用法同。诸侯，指节制一方的军政长官。棹锦水，言乘舟入蜀。棹，打桨，即乘船。锦水，锦江。战国时，楚国春申君有门客三千，其上客皆着珠履(见《史记·春申君列传》)。趿珠履，意指待以上客。趿(sǎ)，义同躧，拖着鞋子。

⑥ 仲宣楼：汉末王粲字仲宣，客荆州时，曾登当阳(今湖北省县名)城楼，作《登楼赋》(见《文选》王粲《登楼赋》李善注)。这里用作荆州州治江陵酒楼的代称，指饯别之处。赵次公曰："直以荆州楼为仲宣楼，祖出梁元帝诗：'朝出屠羊县，夕返仲宣楼。'(《出江陵县还》)"一说，王粲所登的楼，即江陵城东南隅之楼(见《文选·登楼赋》刘良注)。

⑦ 青眼句：言己对王此行寄以重大的期望。阮籍能作青白眼，对器重的人，用青眼相看(见《晋书·阮籍传》)。吾子，第二人称的昵称。

⑧ 眼中句：意谓王是自己所寄托希望的人，可惜自己年已老大，不及亲见其成就一番事业。眼中之人，指王郎。眼，即上句"青眼"之眼。

【评】 以二句十一字句领起，有长歌慷慨之态，为下文蓄势。与李白《蜀道难》起句"噫吁嚱危乎高哉蜀道之难难于上青天"同看，可知其理。

登岳阳楼

这诗作于大历三年(768)冬。时杜甫漂泊在江湘一带。诗写登岳阳楼时所见景象和身世苍茫之感，悲慨中具有雄伟壮阔的意境，是历代传诵的洞庭湖名作之一。岳阳楼，在巴陵县(今湖南岳阳县)西门上。开元中张说所建，下临洞庭，为游览胜地。

昔闻洞庭水，今上岳阳楼。吴楚东南坼，乾坤日夜浮[①]。亲朋无一字，老病有孤舟[②]。戎马关山北[③]，凭轩涕泗流。

【注释】

① 吴楚二句：上句意谓在这辽阔的东南地区，由于有了个洞庭湖，天然地把吴、楚分开。今我国两湖、皖、赣、江、浙一带，古为吴、楚二国地。洞庭在楚之东，在吴之西。坼(chè)，裂。下句状洞庭水势之浩淼。《水经注》云：洞庭湖广圆五百里，日月若出没其中。

② 老病句：这年杜甫五十七岁。除原患肺病外，又患风痹症，左臂偏枯，右耳已聋。他出蜀后，未曾定居，全家都在水上飘荡着，故云。

③ 戎马句：言北方战争未息。这年郭子仪将兵五万屯奉天(今陕西乾县)，防备吐蕃。

【评】 这诗历来与孟浩然《临洞庭湖赠张丞相》并称，以雄阔冠绝千古洞庭湖诗。而细味之，二诗似有不同处。二诗颔联堪匹敌，其中孟诗雄阔而涵泓平大，较少锻炼；而杜诗则于雄阔中见劲遒郁勃之气。“吴楚”句从广袤观，殿以“坼”字，力大节促，则乾坤日月，如从这一巨大的豁裂中浮沉吞吐，境界之壮奇，炼字之警绝，与孟诗显然不同，而体现了杜诗一贯的特色。如从全篇看，孟诗似未足与杜诗比拟。这首先由于二者立意高下之不同，从而导致诗势开合之不同。孟诗为干谒作，其上四句雄阔之景与下四句之感怀未能相称，故四句后有力竭气衰之感。杜诗包容博大，以家恨与国愁相联，立意高，故诗势充沛。

“次联是登楼所见，写得开阔；颈联是登楼所感，写得暗淡；正于开阔处见得俯仰一身，凄然欲绝”(《杜诗镜铨》引俞犀月语)。末联眼界从洞庭扩展向塞北关山，而“凭轩”字则回照首联“上”字，不离主线却神驰万里。越写越深沉，越开阔。沉郁顿挫，气势盘礴。皎然《诗式·取势》将立意得势作为作诗的首要关键，杜诗胜于孟诗处，正在于此。

小寒食舟中作

这诗大约作于大历五年(770),亦即杜甫逝世那年的春天。当时,他在潭州(今湖南长沙市),经常住在船上。小寒食,见注①。

佳辰强饮食犹寒[1],隐几萧条戴鹖冠[2]。春水船如天上坐,老年花似雾中看[3]。娟娟戏蝶过闲幔[4],片片轻鸥下急湍。云白山青万余里,愁看直北是长安[5]。

【注释】

① 佳辰句:古代风俗,寒食节禁火三天。冬至后的一百五日为寒食节,禁火从寒食的前一天起,小寒食为禁火最后的一天,故云“食犹寒”。佳辰,犹言佳节。杜甫时在病中,兴致不佳,故曰“强饮”。强,读上声。

② 隐几:《孟子·公孙丑下》:“坐而言,不应,隐几而卧。”隐,读去声,依倚的意思。人困倦,坐时则隐几。鹖(hé)冠:贱者之冠。鹖,通作“褐”。

③ 春水二句:上句写春江水涨,下句写老眼昏花。看,读平声。上句化用沈佺期“船似天上坐”句意,而加“春水”二字,即见神韵。

④ 娟娟:美好貌。闲幔:在风中徐徐摆动的船上帘幕。

⑤ 愁看句:按:大历四年(769)自秋至冬,吐蕃侵扰西北,长安受到威胁。时鱼朝恩专权,朝政腐败,故云。直北,犹云向北。直,指示方位之词。

【评】 赵彦才曰:此以首二句领起全局。春水春花,寒食时景。天上坐,水涨浮空;雾中看,花前遥望。二句皆承上佳辰。戏蝶、轻鸥,亦舟中所见者。过闲幔,兴己之飘零,下急湍,伤己之淹泊,语意紧注在万里长安。愁看二字,正言隐几萧条之故,遥应次句作结(引自《杜诗详注》)。

刘长卿（六首）

刘长卿（？—791年前），字文房，宣城（今属安徽）人，一作河间（今河北河间县）人。约天宝中登第。至德中，任监察御史，调长洲尉，后贬潘州南巴尉，出为转运使判官。性刚多忤，被诬系狱甚久。再贬睦州（今浙江淳安）司马，又调任随州刺史。贞元初去任，游于江南一带，贞元七年（791）年前已去世（见权德舆《秦刘唱和诗序》）。

他为诗，善于用简淡的笔触，表现出一种耐人寻味的意念和感觉。语言炼饰修整，而无雕琢的痕迹。尤长五言律体，权德舆记其曾自许为"五言长城"（同上）。惟意境往往流于枯寂，风格也少变化。高仲武指出他："思锐才窄。""十首以上，语意略同。"（见《中兴间气集》卷下）能切中其病。

有《刘随州集》，其中绝大部分是诗。

逢雪宿芙蓉山主人

这诗写投宿时所见深山雪夜的情景。寥寥数语中，展现出一幅明净的画图。刘长卿这类小诗，取景造境，与王维异曲同工。今湖南宁乡县有芙蓉山。

日暮苍山远，天寒白屋贫①。柴门闻犬吠，风雪夜归人。

【注释】

① 日暮二句：上句写日暮投宿，下句写投宿的人家。白屋，平民住的房子。建屋用白身木材，没有涂饰任何彩绘。一说屋用白茅盖顶，故称。

送灵澈上人

灵澈，会稽云门寺僧。本姓汤，字澄源。工诗。现存诗十六首，见《全唐诗》八一〇。佛教称上德之人为上人，后来成为对僧人的通称。

苍苍竹林寺，杳杳钟声晚①。荷笠带夕阳，青山独归远。

【注释】

① 杳杳句：言晚钟声从远处传来。杳(yǎo)杳，深沉貌。

【评】 以上二诗可见刘长卿诗之得失。诗用白描，高简而有远韵，较王孟诗稍劲，而连用“青”、“苍”字，布局亦相似，正见“思锐才窄”之病。

送李中丞归汉阳

这诗送给一位老年失意，回到故乡的将领。诗中对他过去守卫边疆的勋绩，推崇备至；对他被遗弃的遭遇，则流露出情感上的共鸣。从这可以侧面看出封建王朝用人施政的不公，但对此作者是缺乏揭露和批判的勇气的。诗的语言极为凝炼，而以唱叹出之。其含茹蕴藉处，能见出刘长卿诗的独特风格。李中丞，名字不详。中丞是御史中丞的简称。唐时边将往往加御史中丞、御史大夫一类的官衔。题一作《送李中丞之襄州》。李，一作“季”。

流落征南将，曾驱十万师。罢归无旧业，老去恋明时①。独立三边静，轻生一剑知②。茫茫江汉上，日暮欲何之③！

【注释】

① 罢归二句：上句写李生活上的困穷，下句写李政治上的苦闷。罢归，罢官归里。旧业，在原籍的田园庐舍。恋明时，言外之意，是说他被朝廷所遗弃，想为时代效力而不可得。明时，犹言太平时代。封建文人作品中，以“明时”指所处的时代，犹如称皇帝为“明主”“圣君”一样。

② 独立二句：追叙李的过去。上句说他威镇边疆，外患平息；下句说他以身许国，凭着一把佩剑，立下许多战功。轻生，为了国家而轻视自己的生命。三边静，一作“三朝识”。知，一作“随”。

③ 日暮：有日暮途穷的意思。欲：一作“复”。

【评】　一、二句总领，三句用倒插法，五六承四而应二，七八承三而应首句。诗势有回斡。

穆陵关北逢人归渔阳

穆陵关，一名木陵关，在今湖北麻城县北。渔阳，唐郡名，又称蓟州。天宝时，其地隶范阳节度使，是安禄山起兵叛乱的根据地。诗中所逢之人，是乱平以后重返家园的。

逢君穆陵路，匹马向桑干①。楚国苍山古，幽州白日寒②。城池百战后，耆旧几家残③？处处蓬蒿遍，归人掩泪看④。

【注释】

① 桑干：河名。即芦沟河，是渔阳郡内主要的河流。此指渔阳地带。

② 楚国二句：写一路上荒凉萧瑟的景象。穆陵在古楚国境内，渔阳为古幽州之地(唐范阳郡一称幽州)。寒，黯淡的意思。按：此以“苍山古”“白日寒”渲染环境气氛，“古”字与“楚国”紧相关联；“寒”字则是从“幽州”的“幽”生发出来的(古人认为北方光线幽昧，故名其地为幽州)。

③ 耆旧句：意谓兵乱之后，残余的耆旧不多。即曹植《送应氏》“不见旧耆老，但睹新少年”的意思。耆旧，老年人。

④ 看：读kān。

【评】　首联总领点题。二联上句应首句，下句应二句，虚写气氛。三联承二联，遥想破败实况。末联收束，“归人”遥应首联。“古”、“寒”二字为一诗之眼。沈德潜评之曰“沉郁”(《唐诗别裁》)。

秋日登吴公台上寺远眺

原注:“寺即陈将吴明澈战场。”吴公台,故址在江都县(今江苏扬州市)西北。原为南朝宋沈庆之攻竟陵王刘诞时所筑弩台,名为鸡台。后吴明澈围北齐于江都,重加修筑,以射城内,因称吴公台。这诗写秋日登临眺览,意见首尾两联;中间四句描绘四周景物,深深地涂上了一层客游落拓、思乡吊古的情感色彩。吴明澈,陈宣帝时名将。陈伐北齐,他率领诸军,攻克淮南江北一带地。后与北周作战,兵败被俘,忧愤而死(见《陈书·吴明澈传》)。

古台摇落后,秋入望乡心①。野寺来人少,云峰隔水深。夕阳依旧垒,寒磬满空林。惆怅南朝事,长江独至今。

【注释】

① 古台二句:意谓当草木摇落的季节,带着望乡的心情来登古台,看到的是满眼秋光。宋玉《九辩》:“萧瑟兮,草木摇落而变衰。”秋入,一作“秋日”。

长沙过贾谊宅

这诗是刘长卿迁谪南方过长沙时所作。名为吊古,实乃自伤。贾谊,洛阳人,汉文帝时为太中大夫,因才能出众,遭受大臣谗毁,谪为长沙王太傅。贾谊宅故址在长沙城西北。

三年谪宦此栖迟①,万古长留楚客悲②。秋草独寻人去后,寒林空见日斜时③。汉文有道恩犹薄④,湘水无情吊岂知⑤?寂寂江山摇落处⑥,怜君何事到天涯。

【注释】

① 三年句:《史记·屈原贾生列传》:"贾生为长沙王太傅三年。……后岁馀,贾生徵见。"贾谊在长沙,前后四年,实际为三年整,故云。栖迟,游息,即居住的意思。

② 楚客:泛指客游长沙的人,也是自指。长沙,古楚国地。客,一作"国"。

③ 秋草二句:写贾谊宅故址的荒凉和自己低徊吊古的心情。《文选》贾谊《鹏鸟赋》序云:"谊为长沙王傅三年,有鹏鸟飞入坐隅。鹏似鸮,不祥鸟也。谊既以谪居长沙,长沙卑湿。谊自伤悼,以为寿不得长,乃为赋以自广。"其辞曰:"……庚子日斜兮,鹏集予舍。……野鸟入室兮,主人将去。"这里的"人去后"、"日斜时",是用《鹏鸟赋》中语,与长沙贾谊宅有关,丰富了诗句的涵义,而融化无迹。独,一作"渐"。

④ 汉文句:在封建正统的历史上,汉文帝一向被认为是有道的君主,但他始终不能重用贾谊。贾谊自长沙召回后,又出为梁王太傅,终于郁悒而死,故云。

⑤ 湘水句:屈原自沉湘水,贾谊谪长沙时,曾写过一篇《吊屈原》,投入湘水之中。

⑥ 摇落处:一作"正摇落"。

【评】 吊古与自伤乳水无间的融洽是这诗艺术上最大的成功处。"三年"句自述,"万古"句融己入古,"秋草"、"寒林"二句融古今词以写己之凭吊,"汉文"、"湘水"二句引古事,而隐喻自身。"寂寂"、

“摇落”，古今谪迁同此景也，“怜君何事”，与古人惺惺相惜也。至此总收，而不知我之为古人，古人之为我也。

张戒《岁寒堂诗话》云：“随州诗韵度不能如韦苏州之高简，意味不能如王摩诘、孟浩然之绝胜，而笔力豪赡，气格老成，则皆过之。与子美同时，其得意处，子美之匹亚也。”此评道出长卿能在取法王孟同时，时或兼有杜甫之骨力。此其同于十才子，又不同于十才子之原因之一。这一点又基于长卿生活面较十才子广阔，有接近杜甫的一面。读以上所选长卿各诗，而参以此语，当自有解会处。

李嘉祐（二首）

李嘉祐（生卒年不详），字从一，赵州（今河北赵县）人。天宝七载（748）进士。官秘书正字，谪鄱阳令，调江阴。历台、袁二州刺史。

他和刘长卿、严维、冷朝阳相友善。工诗，婉约整丽之中，时有深致。

《全唐诗》录存其诗二卷。

南浦渡口

这诗是李嘉祐罢官后途中所作,时地不可详考。诗中所描绘的春深雨后,生意盎然的自然景象,和农村凋敝、徭役繁重、春耕无人的生活画图,互相衬映,作者忧念人民,而又惭无政绩的内心苦闷,表现得一往情深。

寂寞横塘路,新篁覆水低①。东风潮信急,时雨稻秔齐②。寡妇共租税③,渔人逐鼓鼙④。惭无卓鲁术,解印谢黔黎⑤。

【注释】

① 新篁:即新竹。篁,竹的通称。

② 东风二句:言春雨涨潮,水田里秧苗都已出齐,是农忙的季节了。潮水有定期,故称潮信。稻秔(jīng),指秧苗。不含黏性的谷叫秔。字同“粳”。

③ 共:字同“供”,读平声。

④ 逐鼓鼙:意指被征服兵役,从军他往。

⑤ 惭无二句:言己未能安定人民生活,怀着惭愧的心情而去官。卓鲁,卓茂和鲁恭。卓茂,字子康,宛人,汉平帝时为密令。鲁恭,字仲康,平陵人,东汉章帝时为中牟令。二人都以循良著称。卓鲁术,指清平的政治措施。古时官吏的印有绶,系在腰间,去官故“解印”。黔黎,指人民。秦时称民为黔首,周时谓之黎民。

自常州还江阴途中作

这诗是李嘉祐任江阴令时所作。唐时江阴为常州属县，作者之由江阴赴常州，寻绎诗意，是晋谒新任的州刺史；诗中所抒写的感慨，则是他和上级长官在政见上的矛盾。诗以无限悲凉的心情，描绘出一幅经乱后寂寞凄清的江村春景。面对着这破落凋残的局面，他感到无能为力，隐隐地透露出弃官而去的想法。这态度当然是消极的，但诗人关怀人民的情感，却表现得真切动人。

处处空篱落①，江村不忍看②。无人花色惨，多雨鸟声寒。黄霸初临郡，陶潜未去官③。乘春务征伐，谁肯问凋残④！

【注释】

① 篱落：围绕村舍的篱笆。用竹或荆条编成，作为障蔽。

② 看：读平声。

③ 黄霸二句：逆摄下文，意谓在新刺史的统治之下，自己有去官之想。黄霸，淮阳阳夏人，汉宣帝时，任颍川太守，施政宽平，治绩为当时第一。按：上句以黄霸指州刺史，是反语，有讥讽意。下句以陶潜自比。陶潜曾任彭泽令，弃官而去。此云“未去官”，是说现在尚未去官，有即将去官的意思。唐朝的刺史，职位相当于汉朝的太守。初临郡，新到郡任事。唐常州又称晋陵郡。去，一作“罢”。

④ 乘春二句：慨叹当农忙春耕的季节，刺史惟以征伐为急务，而不顾念人民。言外之意，是说自己不忍执行这残酷的政令。上文的去官之想，义见于此。务征伐，指征调人力物力，投入战争。问凋残，谓关心人民疾苦，注重生产，使凋残的农村经济得以恢复。

贾　至（二首）

贾至(718—772)，字幼邻(一作幼麟)，河南洛阳(今河南洛阳市)人。天宝十载(751)明经及第。历官中书舍人。肃宗朝，因事贬岳州司马。后召还，历礼部、兵部侍郎、京兆尹。官终散骑常侍。

他工诗，格调清畅，有俊逸之气。同时诗人中，与李白、王维、岑参、杜甫等均有唱和。

《全唐诗》录存其诗一卷。

初至巴陵与李十二白裴九同泛洞庭湖(三首选一)

这诗和下面一首,都是贾至任岳州司马时所作。唐岳州又称巴陵郡。《唐才子传·贾至传》:"初尝以事谪守巴陵,与李白相遇,日酣杯酒,追忆京华旧游,多见酬唱。"李白有《陪族叔刑部侍郎晔及中书贾舍人至游洞庭》诗,见前选。裴九,官御史,名字不详。

枫岸纷纷落叶多,洞庭秋水晚来波①。乘兴轻舟无近远,白云明月吊湘娥②。

【注释】

① 枫岸二句:《楚辞·九歌·湘夫人》:"袅袅兮秋风,洞庭波兮木叶下。"此化用其语,写洞庭秋景,并与下文的"吊湘娥"相联系。

② 白云句:按:屈原放逐江湘,作《九歌》,内有《湘君》、《湘夫人》篇,都以洞庭湖作为描写的背景。此云"吊湘娥",写怀古之情,也寓有迁谪之感。与李白同游诗:"日落长沙秋色远,不知何处吊湘君。"用意相同。湘娥,湘水女神,即湘夫人(参看前李白《远别离》题下注)。湘妃冢在洞庭青草湖中,故云。

送李侍郎赴常州

李侍郎,名不详。常州,今江苏常州市。侍郎,一作"侍御"。

雪晴云散北风寒，楚水吴山道路难[1]。今日送君须尽醉[2]，明朝相忆路漫漫[3]。

【注释】

① 楚水吴山：由巴陵至常州的途程。巴陵，古楚地；常州，古吴地，故云。

② 今日句：是“今日送君，君须尽醉”的略文。

③ 漫漫：长远貌。漫，读平声。

【评】 一“寒”二“难”，埋下“送君须尽醉”之因。“明朝”应前“今日”；“相忆”则醉而复醒，醒则仍然“相忆”，于是“路漫漫”不胜其痛。所谓抽刀断水、举杯消愁者是也。

严　武（一首）

严武（726—765），字季鹰，华州华阴（今陕西华阴县）人。豪侠好武。初为太原府参军，历官殿中侍御史。后两次镇蜀，任剑南节度使、成都府尹。封郑国公。

他和杜甫交谊甚深。杜在成都避乱时，曾一度居其幕府。

《全唐诗》录存其诗六首。

军城早秋

唐代宗广德二年(764)九月，严武击破入侵的吐蕃七万人，拔当狗城和盐川城(见《通鉴》卷二二三)。这诗以豪迈的语调，唱出了作者保卫疆土，破敌立功的必胜信心。诗写于战事刚发生时，故题作《军城早秋》。

昨夜秋风入汉关，朔云边月满西山①。更催飞将追骄虏②，莫遣沙场匹马还！

【注释】

① 朔云句：意谓在西山发生了战事。朔云边月，写战场景象是用以渲染环境气氛的。西山，在四川华阳县之西，又称雪岭，是当时边防要地，有重兵戍守。

② 飞将：此指崔旰，时崔奉严武命统兵西山。骄虏：犹言强敌。

【评】　“入”、“满”、“催”、“飞”、“莫遣”，词气飞动。明瞿祐评此诗：“气魂雄壮，真边帅事也。”

元　结（三首）

元结(719—772)，字次山，河南鲁山县(今河南鲁山县)人。天宝十二载(753)进士。安史乱起，逃难入猗玗洞。以右金吾兵曹参军摄监察御史，充山南东道节度参谋，立有战功。任道州刺史，官终容管经略使。

他工诗和散文。其诗多反映人民疾苦之词。所作均古体，力求摆脱声律束缚，不尚词华，不事雕饰，朴素简淡，自成一格。元好问曾说："浪翁水乐无宫徵，自是云山韶濩音。"(《论诗三十首》)惟气魄不够雄伟，缺乏丰富多彩的形象。安史乱后诗颇受两湖民歌影响。翁方纲说他"朴质处过甚"(《石洲诗话》卷一)，正切中其病。

元结论诗，主张"极帝王理乱之道，系古人规讽之流"(《二风诗论》)；反对"拘限声病，喜尚形似"(《箧中集序》)。他选有《箧中集》一书，所收入的作家和作品虽不多，但可以明显地看出这种倾向。在当时，《箧中集》代表一种诗歌作风和流派，对后来也曾起过影响。

有《元次山集》。

喻瀼溪乡旧游

元结于乾元元年(758)由猗玗洞携家避乱,来住瀼溪,和当地人民相处,极为融洽。集中有《与瀼溪邻里》。上元二年(761),他以水部员外郎兼殿中侍御史为荆南节度判官,领兵镇九江。这诗是重到瀼溪时所作。诗中通过瀼溪邻里对待自己态度今昔的变化,说明社会地位的悬殊,会造成情感上的隔阂。作者对此,不但能够理解,而且深深感到矛盾和苦闷。诗以简淡语言,写真挚情感,句句都从心坎中流出,意深味永,表现了元结诗的特有风格。瀼溪,水名,在今江西九江县附近瑞昌县南。喻,告诉,表白的意思。旧游,犹言旧交。

往年在瀼滨,瀼人皆忘情①。今来游瀼乡,瀼人见我惊②。我心与瀼人,岂有辱与荣③?瀼人异其心,应为我冠缨④。昔贤恶如此,所以辞公卿。贫穷老乡里,自休还力耕⑤。况曾经逆乱,日厌闻战争。尤爱一溪水,而能存让名⑥。终当来其滨,饮啄全此生⑦。

【注释】

① 忘情:情感完全融洽在一起,没有彼此间的界线。

② 惊:这里是躲避的意思。

③ 岂有句:辱和荣是针对下面两句而说的,意谓瀼溪人之所以疏远我,可能认为我现在自以官爵为荣,而以接近劳动人民为辱。无荣无辱,是说过去和现在并没有两样。

④ 冠缨:作动词用,指做官。

⑤ 休：休养，休息，指解脱风尘作吏的劳苦。

⑥ 尤爱二句：“让”“瀼”同音，作者这里借以称颂瀼溪民风的淳厚诚笃。

⑦ 终当二句：意谓自己终当弃官来此，过着虽然简朴但很自由的生活。《庄子·养生主》：“泽雉十步一啄，百步一饮，不蕲(祈)畜乎樊中。”饮啄语本此。

春　陵　行

原序云：“癸卯岁，漫叟授道州刺史。道州旧四万余户，经贼以来，不满四千，大半不胜赋税。到官未五十日，承诸使征求符牒二百馀封。皆曰：‘失其限者，罪至贬削。’於戏！若悉应其命，则州县破乱，刺史欲焉逃罪？若不应命，又即获罪戾，必不免也。吾将守官，静以安人，待罪而已！此州是春陵故地，故作《春陵行》以达下情。”春陵，汉侯国名，故城在今湖南宁远县附近。道州州治在今湖南道县。癸卯，为唐代宗广德元年(763)。这年冬，道州曾被广、容以南，邕、桂之西，当时称为“西原蛮”的少数民族攻陷，占领月馀。序中所说“经贼以来”，即指此。元结受命为道州刺史，在癸卯岁。他曾号漫郎，这时年已四十五岁，故自称“漫叟”。这诗是第二年五月到任后所作。作者身为地方行政长官，有守土安民之责，在兵乱流亡、人民生活极端困苦、阶级矛盾异常尖锐的情况下，他比较清醒地认识到，倘若无限制地加紧剥削和压迫，势必引起反抗，酿成重大的事变。故写作此诗，陈述下情，冀以感悟君上。诗中真实地描绘出当时社会生活的图景。诗人对人民疾苦的同情，对横征暴敛的抗议，表现了一个有政治远见和正义感的封建士大夫坚定严肃、不与恶势力妥协的斗争精神。杜甫读到此诗，推之为“比兴体制，微婉顿挫之词”，曾作《同元使君春陵行》。

军国多所需，切责在有司[1]。有司临郡县，刑法竞欲施[2]。供给岂不忧[3]？征敛又可悲。州小经乱亡，遗人实困疲[4]。大乡无十家，大族命单羸[5]。朝餐是草根，暮食是木皮。出言气欲绝，意速行步迟[6]。追呼尚不忍，况乃鞭挞之！邮亭传急符[7]，来往迹相追[8]；更无宽大恩，但有迫促期。欲令鬻儿女，言发恐乱随；悉使索其家，而又无生资[9]。听彼道路言，怨伤谁复知！去冬山贼来，杀夺几无遗。所愿见王官[10]，抚养以惠慈。奈何重驱逐，不使存活为[11]？安人天子命，符节我所持[12]。州县忽乱亡，得罪复是谁？逋缓违诏令，蒙责固所宜[13]。前贤重守分[14]，恶以祸福移。亦云贵守官[15]，不爱能适时。顾惟孱弱者[16]，正直当不亏。何人采国风[17]，吾欲献此辞。

【注释】

① 有司：有所职掌，引伸作有专职的官吏。这里指地方行政长官。

② 有司二句：意谓州县官到任后，大家都施用严刑峻法来压榨人民。

③ 供给：指供给军国所需。

④ 遗人：战乱后遗留下来的人民。

⑤ 单羸(léi)：单，言人丁稀少。羸，弱。

⑥ 意速句：想走快，但提不起脚步。意，一作“言”。

⑦ 急符：紧急的催征文书。

⑧ 迹相追：络绎不绝的意思。

⑨ 欲令四句：意谓贫困的人民已无可搜刮，除非叫他们卖儿卖女，但这话一出，立刻就会引起变乱。生资，生活资料。

⑩ 王官：朝廷派来的官吏。

⑪ 为：语助词，表反问。

⑫ 安人二句：上句说：皇帝派官吏治理地方，主要是为了安定人民的生

活；下句说：自己是一州之长，应该负起这个责任。符节，古代军事或行政长官出征或出任时，皇帝赐以兵符旌节，作为凭信。唐时，刺史加号持节，而实无节，但颁铜鱼符。

⑬ 州县四句：上两句说：因催征租税而造成州县人民的变乱逃亡，则自己罪有应得；下两句说：倘因催征不力而蒙受责罚，倒反感到心安。即序中所说“吾将守官，静以安人，待罪而已”的意思。逋，豁免。缓，延缓。都是指催征租税而言的。所，一作“其”。

⑭ 守分：照着自己的本分去做。

⑮ 守官：严守官位，尽自己的职责。

⑯ 顾惟：顾念。孱弱者：指穷困的人民。

⑰ 采国风：即采诗。旧说周王朝为了了解社会实际情况，改善政治，曾派专职人员（行人）到各地采辑歌谣。被采的诗，就是现在编入《诗经》里的《国风》。

【评】 “供给岂不忧，征敛又可悲”二句是一诗之眼。境陷矛盾，故其情哀而婉；关锁全篇，故其章曲而深。老杜所谓“微婉顿挫之词”，可由此窥入。

贼退示官吏

原序云：“癸卯岁，西原贼入道州，焚烧杀掠，几尽而去。明年，贼又攻永破邵，不犯此州边鄙而退。岂力能制敌欤？盖蒙其伤怜而已。诸使何为忍苦征敛？故作诗一篇以示官吏。”《新唐书·南蛮传》：“（西原蛮）余众复围道州，刺史元结固守不能下。进攻永州，陷邵州，留数日而去。”这里故作谦词，说非己“力能制敌”，而是“蒙其伤怜”，其用意在于揭露使臣征敛之残暴甚于敌寇。诗人的心情，是十分沉痛的。诗以此为主题，尽情地抒写了自己的满腔义愤。在黑暗的封建时代里，像元结这样贤明正直的官吏，和当时的统治集团是格格不入的，其结果只可能走上洁身引退消极不合作的一条道路。诗的结尾处，正反映了作者思想上的矛盾和苦闷。唐永州州治在今湖南零陵县。邵州州治在今湖南邵阳市。

昔岁逢太平，山林二十年。泉源在庭户，洞壑当门前。井税有常期[①]，日晏犹得眠。忽然遭世变，数岁亲戎旃[②]。今来典斯郡[③]，山夷又纷然[④]。城小贼不屠，人贫伤可怜。是以陷邻郡，此州独见全。使臣将王命[⑤]，岂不如贼焉？今彼征敛者，迫之如火煎[⑥]。谁能绝人命，以作时世贤[⑦]！思欲委符节[⑧]，引竿自刺船[⑨]。将家就鱼麦，归老江湖边[⑩]。

【注释】

① 井税：据说：古代行井田制，八家为井，井九百亩，中间的百亩为公田，八家同耕，用以缴纳赋税（见《孟子·滕文公上》）。此借指唐代前期所实行的按户口征收定额赋税的租庸调法。

② 忽然二句：元结于乾元二年（759）二月奉朝命在唐、邓、汝、蔡等州召募义军，参加对安史叛军的作战。上元元年（760），充荆南节度判官。次年，领荆南兵镇九江。戎旃（zhān），军帐。

③ 典斯郡：指任道州刺史。唐道州又称江华郡。典，管理的意思。

④ 山夷：指“西原蛮”，即序中所说的“西原贼”。均为封建统治者对少数民族侮辱性的称呼。

⑤ 使臣句：参看前《舂陵行序》。使臣，指租庸使等。元结本年所作《奏免科率状》云：“臣自到州，见租庸等诸使文牒，令征前件钱物送纳。”将王命，奉皇帝之命。

⑥ 今彼二句：慨叹其他州郡的官吏，只知横征暴敛，而不顾人民的死活。之，指人民。

⑦ 谁能二句：用反诘语，表示自己决不能这样做。时世贤，当时所认为有才能的人，即上文说的“征敛者”。

⑧ 委符节：意指弃官而去。委，丢掉。

⑨ 刺船：用篙撑船。

⑩ 将家二句：按：元结的故乡，当时正在混乱状态中，此云“归老江湖”，意指回到他所曾经住过的瀼溪(参看前《喻瀼溪乡旧游》)。将家，带着家眷。

【评】 以“昔岁”照今世，“忽然”四句是枢纽，由昔而入今。末片“归老江湖”应开首“山林二十年”，见得入仕之非、希望之破灭。哀愤之情，溢于篇外。次山诗深沉顿挫似杜，而取径不类，丰采不逮，故气高而韵短。阅上三诗可见大体。贞元后韩孟部分诗作颇类之。

孟云卿（一首）

孟云卿(生卒年不详),河南鲁山县(今河南鲁山县)人。天宝年间,试进士,不第。大历初,官校书郎。

他同元结生同州里,交谊最深。元结曾选其诗入《箧中集》。杜甫和韦应物对他也很推重。其诗多抒写沉沦于社会中下层的知识分子的感伤,大部分是五言古体。不尚文采,意深词苦。高仲武说他“祖述沈千运”,“渔猎陈拾遗”,“当今古调,无出其右”(《唐诗纪事》卷二五引)。张为作《诗人主客图》,以他为“高古奥逸主”。胡应麟曾指出这种诗风,对后来孟郊一派,颇有影响(见《诗薮》内编卷二)。

《全唐诗》录存其诗一卷。

古 别 离

《古别离》，乐府“杂曲歌辞”旧题，是“别离”十九曲之一。这诗用思妇语气，写离别的哀愁，其中充满着乱世人生的感慨。

朝日上高台，离人怨秋草①。但见万里天②，不见万里道。君行本迢远，苦乐良难保③。宿昔梦同衾，忧心梦颠倒④。含酸欲谁诉？辗转伤怀抱⑤。结发年已迟，征行去何早⑥！寒暄有时谢，憔悴难再好⑦。人皆算年寿，死者何曾老⑧？少壮无见期，水深风浩浩。

【注释】

① 离人句：乐府《饮马长城窟行》：“青青河畔草，绵绵思远道。”此化用其意，故下云：“不见万里道。”怨，一作“愁”。

② 但见万里天：一作“如见万里人”。

③ 苦乐句：言苦乐不可知，意思是说，忧苦定所不免。良，诚。难保，一作“谁保”。

④ 宿昔二句：化用《饮马长城窟行》“远道不可思，宿昔梦见之。梦见在我旁，忽觉在他乡”句意。宿昔，隔夜。同衾，谓同床而睡。意谓因己日夜忧念，以致有“同衾”这样与事实颠倒的梦。

⑤ 含酸二句：一本在“君行本迢远”句之前。辗转，一作“转转”。

⑥ 结发二句：追溯别离之苦。言结婚很迟，婚后不久，丈夫就远出。《文选》伪苏武诗：“结发为夫妻，恩爱两不疑。”

⑦ 寒暄二句：意谓时光流驶，青春的容颜，一去而不可复返。寒暄，即寒暑。有时谢，即互为代谢的意思。难再好，一作“亦难好”。二句化用古诗《冉冉孤生竹》“伤彼蕙兰花，含英扬光辉，过时而不采，将随秋草

萎”句意。

⑧ 人皆二句：意谓人的寿命长短不齐，死者又何尝都是老年。算，一作“美”。二句变化古诗《回车驾言迈》“人生非金石，岂能长寿考”句意。

【评】 语句、章法、意思均酷效古诗。杜甫《赠孟云卿》云：“李陵苏武是吾师，孟子(云卿)论文更不疑。一饭未尝留俗客，数首今见古人诗。”可见云卿趋尚。《箧中集》中多此类作品，有泥古不变之嫌。

刘　湾（一首）

刘湾（生卒年不详），字灵源，彭城（今江苏徐州市）人①。天宝十载（751），应怀才抱器科制举，全场皆落第。他的试卷，被认为答非所问，勒令还郡学习。安史乱后，曾官御史。永泰中，流寓衡阳，与元结相唱和。

他的诗粗犷豪健，直起直落，饶有沉着痛快的意味。元结说他，“尝欲变时俗之淫靡，为后生之规范。”（见《刘侍御月夜宴会诗序》）引以为同志。其诗虽未选入《箧中集》，但就其作风而言，则是属于这一派的诗人。

《全唐诗》录存其诗六首。

---

① 高仲武《中兴间气集》题作“西蜀刘湾”，此据元结《刘侍御月夜宴会诗序》，当然是可靠的。可能刘湾后来曾避乱入蜀。

出 塞 曲

将军在重围，音信绝不通。羽书如流星[①]，飞入甘泉宫[②]。倚是并州儿[③]，少年心胆雄。一朝随召募，百战争王公[④]。去年桑干北[⑤]，今年桑干东。死是征人死，功是将军功[⑥]。汗马牧秋月，疲卒卧霜风[⑦]。仍闻右贤王[⑧]，更欲围云中[⑨]。

【注释】

① 羽书句：言发出告急的文书。如流星，形容疾速。

② 甘泉宫：汉宫名，在今陕西淳化县西北甘泉山上，此借指唐朝的宫廷。

③ 并州儿：指北方边地的勇健少年。并州，古十二州之一，辖今山西及河北西部地。唐以并州为太原府，治今山西太原市。民俗勇猛。

④ 百战句：意谓幻想从百战中建立功名。王公，泛指最高的官爵。

⑤ 桑干：河名，源出山西马邑县北洪涛山下，与金龙池水合流，东南入芦沟河。

⑥ 死是二句：按：此与李白《塞下曲》的“功成画麟阁，独有霍嫖姚”（见前选），曹松《己亥岁》之“凭君莫话封侯事，一将功成万骨枯”（见后选），用意略同。一则以咏叹出之，一则一针见血地直截道破，语言风格迥然各异。

⑦ 汗马二句：上句言国防上的威胁还没有解除（参看前《哥舒歌》注②）；下句言守边的士兵，已十分疲困。

⑧ 右贤王：匈奴部落首领的称号，此泛指。

⑨ 云中：汉郡名（参看前陈子昂《感遇》第五首注①）。

【评】 起似急电星火，结似悲风远扬。中片插叙阑入议论，警策岸兀。诗气尤健，有腾跃之势。

韦应物（八首）

韦应物(732？—789？)，京兆长安（今陕西西安市）人。早年尚豪侠，以三卫郎事唐玄宗。后由比部员外郎，出为滁州、江州刺史，改左司郎中，官终苏州刺史。世称韦苏州。

他于天宝乱后，当州郡残破之余，长期担任刺史之职，诗中对人民疾苦有所同情。其描绘田园山水，亦多优秀之作。语言简淡，绝去雕饰；而风格秀朗，气韵澄澈。白居易曾说："近岁韦苏州歌行，清丽之外，颇近兴讽；其五言诗，又高雅闲淡，自成一家之体。"(《与元九书》)后人论唐诗的艺术流派，往往以王、孟、韦、柳并举。

有《韦苏州集》(一称《韦江州集》)。

杂　　体（五首选一）

这诗慨叹于豪门贵族的荒侈，把两种不同的社会生活作了鲜明的对照。陈沆曰“悯民力，思节俭也。”（《诗比兴笺》卷三）杂体，此即杂诗（参看前沈佺期《杂诗》题下注）。

春罗双鸳鸯①，出自寒夜女②。心精烟雾色，指历千万绪③。长安贵豪家，妖艳不可数④。裁此百日功⑤，惟将一朝舞⑥。舞罢复裁新，岂思劳者苦！

【注释】

① 双鸳鸯：指罗上图案。
② 寒夜女：寒夜里织罗的劳动妇女。
③ 心精二句：意谓织罗费尽了她们的心思。轻薄的春罗上织出精细的花纹，望去如空中的烟雾一样，故曰“烟雾色”。丝头叫做绪。
④ 妖艳：指贵族豪门的歌姬舞妓。
⑤ 百日功：经过很长时间的劳作成品，指春罗。
⑥ 将：用作。

【评】 “裁此”二句正反相对，为一篇之警策，“舞罢”二句更进一层，意至沉痛。可与杜甫“彤庭所分帛，本自寒女出”一节对读。

郡斋雨中与诸文士燕集

这诗作于贞元五年，时韦应物任苏州刺史。诗写吴中人文之盛，宴游之乐，对人民生活，也表现了一定的关怀。此诗在当时已有很大影响，顾况由长安贬饶州，有和作，顾况由苏州又经杭州、睦州、信州，三州刺史房孺复、韦瓒、刘太真亦均仿韦，作有郡斋宴集诗。后来白居易深喜此诗，他晚年为苏州刺史时，曾刻此于石，而以己作附后，认为："韦在此州，歌诗甚多"，而以此"最为警策"（见《吴郡诗石记》）。郡斋，指刺史衙门内的斋舍。唐苏州又称吴郡。燕，字同"宴"。

兵卫森画戟①，燕寝凝清香②。海上风雨至，逍遥池阁凉。烦疴近消散，嘉宾复满堂。自惭居处崇，未睹斯民康。理会是非遣，性达形迹忘③。鲜肥属时禁④，蔬果幸见尝。俯饮一杯酒，仰聆金玉章⑤。神欢体自轻，意欲凌风翔。吴中盛文史，群彦今汪洋⑥。方知大藩地，岂曰财赋彊⑦。

【注释】

① 兵卫句：写刺史的尊严，州府仪仗之盛。森，罗列众多貌。画戟，即棨戟。《中华古今注》："戟，以木为之。后世刻讹，无复典刑。赤油涂之，亦谓之赤戟，亦谓之棨戟。王公以下通用，以为前驱。唐五品以上，皆施棨戟于门。"

② 燕寝：公馀休息之室，即诗题所说的"郡斋"。古天子及诸侯皆有燕寝，刺史为一州之长，相当于古代的诸侯，故称燕寝。

③ 理会二句：意谓自己能遗外形迹，不计世俗的是非毁誉。会，通。遣，排除。

④ 鲜肥：鱼肉之类的美味肴馔。时禁：当时禁止食用。古代遇到灾荒，每断屠，禁酒肉。

⑤ 金玉章：《孟子·万章下》："集大成也者，金声而玉振之也。"原意指乐声之和，这里以"金玉"借指文章之美。

⑥ 群彦：许多贤士。美士曰彦。

⑦ 方知二句：意谓吴中人文极盛，不仅是财赋丰饶之区。按：苏州唐属江南东道，为上州。大藩，犹言大郡、大州。藩，取屏藩之义。

【评】 韦诗多学陶，陶体冲淡中寓自然放逸之气。韦则得其冲淡而参以敷纡舒徐之致，而“兵卫”四句正可为韦诗此一总体风格作写照。唐人学陶，素以王孟韦柳并称为四大家，而四家均各具特点，各有个性。参前王孟诗与后柳宗元诗及按语，比较以读之，当有神会。

幽 居

这诗写罢官归隐的生活情趣，表现作者超然物外，消极避世的思想。但他并不以此自鸣清高，而归之于自安蹇劣，则流露有仕途艰险、事与愿违之意；朴质的抒情之中，又涵有愤时嫉俗的感慨。诗中写景，着墨无多，皆与幽居之情适相凑泊。风格和陶潜《归田园居》、《饮酒》等诗颇相近似。

贵贱虽异等，出门皆有营①。独无外物牵②，遂此幽居情③。微雨夜来过，不知春草生。青山忽已曙，鸟雀绕舍鸣。时与道人偶④，或随樵者行。自当安蹇劣，谁谓薄世荣⑤？

【注释】

① 贵贱二句：意谓贵人追逐功名，贫贱困于生活，都不免有所营求而出

门奔走，不可能幽居。贵，指有官爵的人。贱，指平民。异等，谓社会地位不同。

② 外物：身外之物，指功名富贵。

③ 遂此句：意谓幽居之情得以如愿。

④ 偶：相遇。

⑤ 自当二句：意谓自己幽居不仕，乃是由才能不够，并非鄙薄荣利。蹇劣，犹言笨拙，一作"蹇拙"。跛足叫蹇。《先贤行状》："(徐)幹轻官忽禄，不耽世荣。"(《三国志·魏志·王粲传》裴松之注引)

【评】 "无牵"而"幽居"是诗眼，中片句句幽居意；而"夜来过"、"不知"、"忽已"、"时与"、"或随"，又处处点出"无牵"之致。三句"独"字对一、二句世人言，由议论入情景；十一句"自"字，又收中片情景，复入议论。二论相对，馀意无穷。章法浑成，故得情、景、意自然浑成之妙。

赋得暮雨送李胄

这诗写暮雨中送别，即以暮雨为描写对象，通过景物和环境气氛的渲染，衬托出离别之情。唐时，凡指定、规定的诗题（如应试之作），例加"赋得"二字。这类的诗，大都紧扣题意，构思严密。本篇在写作上具有这个特点，故题目上亦加"赋得"二字。李胄，一作"李渭"。

楚江微雨里，建业暮钟时[①]。漠漠帆来重，冥冥鸟去迟。海门深不见[②]，浦树远含滋[③]。相送情无限，沾襟比散丝[④]。

【注释】

① 楚江二句：写建业江边送别时的情景。长江流域，古为吴、楚地，故称"楚江"。建业，即金陵(今江苏南京市)。东吴孙权建都时，改名建业。建业多佛寺，傍晚的钟声，分外显得清冷。

② 海门：指建业以东长江下游入海之处。《读史方舆纪要》卷五："扬州之海门，为大江入海之口。"

③ 浦树：江边的树。滋：绿油油的潮润之色。

④ 沾襟句：以泪下如雨作结，与首句"微雨"相呼应。张协《杂诗》："密雨如散丝。"原意用"散丝"比拟密雨的形象，此以之作为密雨的代称。

【评】 "微雨"、"暮钟"、"漠漠"、"冥冥"、"深不见"、"远含滋"、"无限"、"散丝"，满纸暮雨，一片惆怅。

寄李儋元锡

这首寄友诗，抒写仕宦中的矛盾和苦闷，反映了作者关怀人民疾苦，而又感到无可奈何的空虚寂寞心情。李儋和元锡都是韦应物的好友。从韦和他们投赠往还的诗中，知李字幼遐，曾官博士和御史；元也做过御史。馀不详。

去年花里逢君别，今日花开又一年。世事茫茫难自料，春愁黯黯独成眠。身多疾病思田里，邑有流亡愧俸钱①。闻道欲来相问讯②，西楼望月几回圆。

【注释】

① 邑有句：意谓自己拿了俸禄，而没有替朝廷尽到安民的责任，深感惭

愧。意同钱起诗“顾惭不耕者,微禄同卫鹤”(《观村人牧山田》)。按:唐代安史乱后,均田法完全破坏,人民不堪徭役赋税之苦,大量离开本土,逃亡外地,故云。邑,小县。此泛指州境之内。

② 问讯:探望的意思。

【评】 起联复沓回环。三句“世事”云云应上“去年”、“今日”。四句“春愁”云云应上年之春“花”。三联点明愁思之因。至此愁闷万难排遣,则又寄望于故人来讯,而望月西楼以待之。“相问讯”应起联“逢君别”;“几回圆”应起联“又一年”。诗势流利中见细密,见出中唐七律之特色。

滁州西涧

滁州,唐属淮南道,治清流县(今安徽滁县)。州城群山环绕,西涧在西门外。韦应物于唐德宗建中二年(781)任滁州刺史,常在西涧游息,集中有《西涧种柳》。涧,山间小溪。

独怜幽草涧边生①,上有黄鹂深树鸣②。春潮带雨晚来急,野渡无人舟自横③。

【注释】

① 幽草:一作“芳草”。生:一作“行”。

② 黄鹂(lí):即黄莺。深树:一作“深处”。

③ 春潮二句:此二句历来传诵,多为后人效法。如宋寇准“野水无人渡,孤舟尽日横”(《春日登楼晚归》),史达祖“还被春潮晚急,难寻官渡”(《绮罗香·咏春雨》),均由此化出。

【评】 幽草潜生，深树鹂鸣是动中静。春雨晚来，野渡舟横是近中远。静意，远意，均须意会，是以意蕴深密，意境悠远。此诗设色颇重，而境象不滞，所谓“一寄秾鲜于简淡之中”（宋濂《答章秀才论诗书》），由此可见一斑。

观 田 家

微雨众卉新，一雷惊蛰始[①]。田家几日闲？耕种从此始。丁壮俱在野，场圃亦就理[②]。归来景常晏[③]，饮犊西涧水。饥劬不自苦[④]，膏泽且为喜[⑤]。仓廪无宿储，徭役犹未已。方惭不耕者[⑥]，禄食出闾里[⑦]。

【注释】

① 惊蛰：农历二十四节气之一，约在公历三月五日至六日。据说到此节日，可以听到雷声，它把蛰伏在地下的虫类惊醒。它告诉人们，自然界生机舒发，已到耕种的时候了。
② 场圃：住宅附近的场地和菜园。就理：整理完毕。
③ 景常晏：经常到天色将晚之时。景，日影。
④ 劬（qú）：劳累。
⑤ 膏泽：指春雨。春雨及时，像油脂一样润泽着土地，故称。
⑥ 不耕者：做官的人，作者自指。
⑦ 出闾里：来自民间。

鞞 鼓 行

鼓是军中乐器。鞞鼓，军中所用小鼓，有朔鞞、应鞞等名称（见

《仪礼·大射》)。鼙鼓的音调悲壮苍凉,诗中就此加以描绘。结尾处联系到社会生活的现实,抒写了穷民困苦无告的心情,是因物寄兴,有感而发的。诗的意境沉郁,而语言奇崛,于韦诗为别调。

淮海生云暮惨淡[①],广陵城头鼙鼓暗[②]。寒声坎坎风动边[③],忽似孤城万里绝,四望无人烟;又如虏骑截辽水[④],胡马不食仰朔天[⑤]。座中亦有燕赵士,闻鼙不语客心死[⑥]。何况鳏孤火绝无晨炊,独妇夜泣官有期![⑦]

【注释】

① 淮海:泛指扬州地区。《尚书·禹贡》:"淮海维扬州。"古扬州幅员辽阔,横跨淮河,东滨大海,故云。

② 广陵:古县名。唐时为扬州广陵郡,属淮南道,即今江苏省扬州市。鼙鼓暗:鼙鼓音调悲凉,使人有风云惨淡、天地失色之感,故曰"暗"。

③ 寒声句:言鼓声坎坎,有如边地寒风吹动。坎坎,鼓声。《诗经·小雅·伐木》:"坎坎鼓我。"

④ 骑:读去声。截辽水:被截断在辽水之上。

⑤ 胡马句:意谓归路断绝,胡马仰天向北悲鸣。《古诗》:"胡马依北风。"

⑥ 座中二句:安史之乱,起于河北,河北为古燕赵地,这里说的燕赵士,指因战乱而流寓南方的人们。唐自安史乱后,乱祸延绵,鼙鼓为杀伐之声,故闻而兴悲。下句的客,即上句的燕赵士。心死,言内心极度悲哀。《老子》:"哀莫大于心死。"

⑦ 何况二句:意谓穷民听到这鼙鼓声,心情更加悲惨。《孟子·梁惠王下》:"老而无妻曰鳏(guān),老而无夫曰寡,老而无子曰独,幼而无父曰孤。此四者,天下之穷居而无告者。"独妇,即寡妇。火绝无晨炊,无米为炊,不能举火。官有期,官府立定限期缴纳租税。

【评】 此诗学高、岑七古,而诗人经历、气质不一,故风貌似不侔。

以边地之景物喻写江左之暮夜，设想固奇，然而又随处可见锤炼之功，体现出韦应物之一贯风格。如写鼙鼓声，从"暗"字听出，为高、岑诗中所少见。又如章法，从广陵城头，写到犹如胡地朔天，中间以"忽似"二句作过渡，亦不似高、岑七古之纵恣。故此诗虽奇，而力大气遒，总不逮高、岑，而思深语炼，又过于二人。诗人变体，万变不离其宗。读变体诗，常须具此只眼。

钱　起（三首）

钱起（722—780?），字仲文，吴兴（今浙江省县名）人。天宝九载（750）进士，曾任蓝田尉，司勋郎中，司封郎中等，仕终考功郎中。后人因称为钱考功。

钱起为“大历十才子”之一[①]，和郎士元齐名，在诗坛上活动主要是大历时代。他们擅长五言律诗，当时有“前有沈、宋，后有钱、郎”之语。“十才子”中，过去对钱起的评价最高。高仲武《中兴间气集》曾列为首选，认为“芟齐、宋之浮游，削陈、梁之靡嫚”，足以接武王维。他在写作态度上比较严肃认真，洗炼之中，颇饶韵味；清词丽句，往往为人所传诵。但这些诗多半是流连光景之作，并无充实的内容；同时，过多地注意语言的修饰、音调的和谐，风致虽佳，却缺乏深厚的性情和沉雄的气度。较之盛唐，风格就显得平弱而不振了。

有《钱考功集》。

---

① 关于“大历十才子”有各种不同的说法：姚合《极玄集》和《新唐书·艺文志》：“（卢）纶与吉中孚、韩翃、钱起、司空曙、苗发、崔峒、耿沣、夏侯审、李端皆能诗，齐名，号‘大历十才子’。”王士禛《分甘馀话》：“唐‘大历十才子’传闻不一。江邻幾《杂志》乃卢纶、钱起、郎士元、司空曙、李益、李端、李嘉祐、皇甫曾、耿沣、苗发、吉中孚共十一人；或又云有夏侯审。按：发、审诗名不甚著，未可与诸人颉颃；且皇甫兄弟齐名，不应有曾而无冉；又韩翃同时盛名而不之及，皆不可解。”按：管世铭《读雪山房唐诗钞》所列“十才子”，有刘长卿、郎士元、皇甫曾、李嘉祐、李益，而无吉中孚、苗发、崔峒、耿沣、夏侯审，亦与《极玄集》、《新唐书》不同。

裴迪书斋玩月之作

裴迪，关中（今陕西省境内）人，工诗，和王维相友善。参看上卷王维《辋川闲居赠裴秀才迪》题下注。题一作《裴迪南门秋夜对月》。

夜来诗酒兴，月满谢公楼①。影闭重门静，寒生独树秋。鹊惊随叶散，萤远入烟流②。今夕遥天末，清晖几处愁③。

【注释】

① 月满：一作“月上”，一作“独上”。谢公楼：犹言明月之楼，因谢庄曾作《月赋》。这里借指裴迪书斋。

② 鹊惊二句：意谓枯叶随着栖鸟惊飞而脱落，流萤飞远而没入如烟的月光之中。叶，一作“月”。鹊惊随月散，即王维《鸟鸣涧》“月出惊山鸟”之意。

③ 今夕二句：谢庄《月赋》：“美人迈兮音尘阙，隔千里兮共明月。临风叹兮将焉歇，川路长兮不可越！”此化用其意。遥天末，犹言遥远的天边（参看杜甫《天末怀李白》题下注）。晖，一作“光”。

衔 鱼 翠 鸟

这诗是《蓝田溪杂咏》二十二首之一。诗以精炼准确的语言，描绘出翠鸟衔鱼时一瞬即逝的形象之美，风格和王维《辋川集》中诸作颇相近似，可参看。蓝田溪，即蓝水，在今陕西省蓝田县境内。一作杨巨源诗。

有意莲叶间，瞥然下高树①。擘波得潜鱼②，一点翠光去。

【注释】

① 有意二句：莲叶微动，下有潜鱼，引起了翠鸟的注意，故从高树瞥(piē)然飞下。一转眼叫瞥。

② 擘(bò)波：划开波面，飞入水中。

【评】　储光羲《钓鱼湾》诗有句云“潭清疑水浅，荷动知鱼散”，是从人看出，此诗则从鸟看出，诗人之性灵则暗蕴于客观画面内。储诗着“动”“散”诸词，此诗不着此类动词，而风荷潜鱼活动之状却跃然纸上。从中可见大历十才子，取径盛唐山水田园诗派，而更为工巧，其成功处如所选三首，理致清新，情韵婉转。然而因为过于炼，又埋下了纤弱之病根。胡震亨云：“详大历诸家风尚，大抵厌薄开天旧藻，矫入省净一途，……命旨贵沈宛有含，写致取淡冷自送，玄水一歃，群酤覆杯，是其调之同。而工于浣濯，自艰于振举，风干衰，边幅狭，耑诣五言，擅场饯送，此外无大篇伟什岿望集中，则其所短尔。”(《唐音癸签》卷七)读钱起等十才子诗，须由此窥入。

归　雁

这诗是月夜闻雁之作。诗中一系列的联想，都是因雁声的哀怨动人而引起的。

潇湘何事等闲回？水碧沙明两岸苔[1]。二十五弦弹夜月，不胜清怨却飞来[2]。

【注释】

① 潇湘二句：意谓潇湘一带，景色优美，雁群尽可栖托，何必飞回北方。衡阳有回雁峰，世传北雁南飞，至此即返。这里的潇湘，是泛指衡阳以北至洞庭湖广大的河流地带。《太平御览》卷六五引《湘中记》："湘水至清，虽深五六丈，见底了了然。……白沙如雪。"水深而清，故曰碧。

② 二十二句：《史记·封禅书》："太帝使素女鼓五十弦瑟，悲，帝禁不止，故破其瑟为二十五弦。"乐府《相和歌·瑟调曲》有《鸿雁生塞北行》(见《乐府诗集》卷三七)。又《楚辞·远游》有"使湘灵鼓瑟"之语。湘灵，指湘水女神。按：潇湘为鸿雁翔集之地，雁群多在月夜长征，这里以二十五弦作为瑟的代称，而把有关潇湘和鸿雁的典故综合起来，意思说，归雁之所以由南飞北，当是有感于水乡清冷，瑟声哀怨的缘故。李益《春夜闻笛》："洞庭一夜无穷雁，不待天明尽北飞。"与此词略同，可参看。

【评】 这诗构思精巧，洗炼而意境空灵。首句设问，二、三景语似与首句不续，而末句"清怨"字点出景语神韵，且答首句之问。中二景语位置也一反通常写月色由月而及月下景物之常径，先以"水碧沙明两岸苔"作衬垫，更写哀弦，而以"弹"字托出夜月，遂于月色哀弦中见出孤影高悬。笔致极空灵，而"清怨"之无限，浮溢纸外。

郎士元（二首）

郎士元(生卒年不详),字君胄,中山(今河北省定县)人。天宝十五载(756)进士。历右拾遗等职,官终郢州刺史。

《全唐诗》录存其诗一卷。

送 李 将 军

这诗是送人奉命出镇北边之作。李将军,名不可考。一作“送李将军赴定州”。唐定州州治在今河北省定县。

双旌汉飞将[1],万里独横戈。春色临关尽,黄云出塞多[2]。鼓鼙悲绝漠,烽戍隔长河[3]。想到阴山北[4],天骄已请和[5]。

【注释】

① 双旌:《新唐书·百官志》:“(节度使)辞日,赐双旌双节。”旌,军中大旗。汉飞将:汉时李广为右北平太守,匈奴称为“汉之飞将军”(见《史记·李将军列传》)。这里用以比李。

② 春色二句:与王维《送平澹然判官》的“黄云断春色”句同意。纪昀曰:“(王诗)以苍莽取神,此诗衍为二句,又以对照见意,繁简各有其妙。”又上句兼取王之涣《凉州词》“春风不度玉门关”句意。

③ 鼓鼙二句:承前“万里横戈”,言扬威塞外。鼙(pí),军中所用小鼓。悲,形容鼓声紧急,有酣畅的意思。绝漠,遥远的沙漠之地。

④ 想到句:一作“莫断阴山路”。阴山,详见王昌龄《出塞》注③。

⑤ 天骄:泛指强敌。见陈子昂《感遇》其五注⑤。

柏 林 寺 南 望

溪上遥闻精舍钟[1],泊舟微径度深松。青山霁后云犹在，画出东南四五峰。

【注释】

① 精舍：佛寺的别称。

【评】 深微幽远。钟声是“遥闻”；小径曰“微”而松林曰“深”；青山更从霁后看出，故烟岚缥缈中，山峰出于东南而才见四、五耳。宋代山水画家郭熙论山水画有高远、平远、深远三种，此即一幅深远山水图。

张　继（二首）

张继（生卒年不详），字懿孙，襄州（今湖北襄樊市）人。天宝十二载（753）进士。曾佐戎幕，又为盐铁判官。大历末，入朝为检校祠部员外郎。死于洪州（今江西南昌市）。

《全唐诗》录存其诗一卷。

枫 桥 夜 泊

这诗写孤舟夜泊，彻夜无眠的羁旅愁怀。枫桥，在苏州城西。题一作《夜泊枫江》。

月落乌啼霜满天，江枫渔火对愁眠①。姑苏城外寒山寺②，夜半钟声到客船③。

【注释】

① 江枫：水边的枫树。江南人泛称河流为“江”（详后杜牧《泊秦淮》注①）。渔火：渔船上的灯火。

② 姑苏城：苏州的别称。《元和郡县图志》卷二六：“隋开皇九年平陈，改为苏州，因姑苏山为名。山在州西四十里，其上阖闾起台，外郭城云是伍胥所筑，周回四十七里。”

③ 夜半钟声：欧阳修认为“三更不是打钟时”（《六一诗话》），而宋人吴聿《观林诗话》则曰：“《南史》：邱仲孚喜读书，常以中宵钟鸣为限。乃知夜半钟声，不独见唐人诗句。”

【评】 “愁眠”是诗眼，前此是所见，后此是所闻，因愁眠而所见、所闻虽未有愁字，而无非愁。由此可悟出唐人所说“意象”、“兴象”者，实即以意融象而象中莫非此意耳。又“寒山寺”用地名甚工巧自然，易以他名必无如此意境，可谓天然凑泊。

阊门即事

阊门，苏州城的西门。即事，就眼前某些事象抒写自己的感想。苏州是财赋之区，东南著名的大城市之一。这诗写登览时所看到兵乱中的荒凉景象。

耕夫召募逐楼船①，春草青青万顷田②。试向吴门窥郡郭③，清明几处有新烟④？

【注释】

① 逐楼船：汉武帝击南越，以杨仆为楼船将军。这里是借用，意指从军远征。

② 春草句：田里长着青草，可见田已荒芜。

③ 吴门：即阊门。因苏州是春秋时吴国的故都，阊门是吴王阖闾所建。郡郭：近郊地带。

④ 清明句：言人烟稀少。清明在寒食后，寒食禁火，到清明重新起火，称为“新烟”。

【评】 耕夫忙而非事畎亩，春田青而非植禾稼；一、二句上下对照，句中又各各对照，沉痛至深。三句稍作舒回，“窥城郭”造成悬念，末句却见当举火而未有烟火，冷然一问，回照一、二句而沉痛万分。

韩　翃（二首）

韩翃（生卒年不详），南阳（今河南省沁阳附近）人。天宝十三载（754）进士。安史乱后，流浪江湖，曾参淄青及宣武节度使幕。德宗时，以驾部郎中知制诰。官终中书舍人，时当为贞元初。

高仲武说他的诗，“兴致繁富”，“讽比深于文房（刘长卿）”；又称其风韵之美，有如“出水芙蓉”（见《中兴间气集》卷上）。但有些作品，不免有堆垛词藻与雷同而少变化之病。

《全唐诗》录存其诗三卷。

送冷朝阳还上元

《唐才子传》卷四《冷朝阳传》:"朝阳,金陵人。大历四年齐映榜进士及第,不待调官,言归觐省。自状元以下,一时名士夫及诗人李嘉祐、李端、韩翃、钱起等大会赋诗攀饯。"这诗以秀润清新的笔触描绘江南的水国风光、令人神往的清秋景色。不但诗中有画,而且冷朝阳归隐之意和作者怀友之情,也都在这幅富有诗意的画面里表现了出来。上元,即金陵(今江苏省南京市),唐县名,属江南道润州。

青丝缆引木兰船①,名遂身归拜庆年②。落日澄江乌榜外③,秋风疏柳白门前④。桥通小市家林近,山带平芜野寺连。别后依依寒梦里,共君携手在东田⑤。

【注释】

① 缆(lǎn):系船的绳索。木兰船:诗歌中惯用的词语。木兰,即辛夷,香木名,以木兰为舟,取其精美芬芳之义。《楚辞·九歌·湘君》:"桂棹兮兰枻。"兰,即指木兰。一说,浔阳江中七里洲有鲁班刻的木兰舟。木兰舟出此(见《述异记》卷下)。

② 名遂:功名成就,指进士及第。拜庆:即拜家庆。吴景旭《历代诗话》卷四七:"唐人与亲别而复归,谓之拜家庆。"孟浩然《夕次蔡阳馆》:"明朝拜家庆,应着老莱衣。"

③ 乌榜:村名,在上元县天庆观西。《清一统志》引《庆元志》:"初立西州城,未有篱门,树乌榜而已,故以名村。"

④ 白门:金陵城门之一。《宋书·明帝纪》:"宣阳门,民间谓之白门。"

⑤ 别后二句:写相思之情。东田,齐惠文太子立,在上元县东八里(《舆

地纪胜》)。梁时沈约在此有别墅(见《梁书·沈约传》),这里借指冷朝阳的住处。一作“别后刚逢寒食节,共谁携手在东田?”按:前云“秋风”,则后不当云“寒食”,误。

【评】 写景有层次,由“乌榜”而“白门”,而至中心“家林”,是由远而近;由“家林”而远“山”、“平芜”,复由近而远。“外”、“前”、“通”、“带”、“连”数词当细看,便见情致。

寒食即事

《荆楚岁时记》:“去冬节(即冬至节)一百五日,即有疾风甚雨,谓之寒食。”寒食正当三月,是春景正浓之时。古代风俗,于寒食前后禁火三天,据说是为了纪念春秋时晋国大夫介之推的自焚而死(见《太平御览》卷三〇引《邺中记》)。这诗描绘长安寒食的节日风光。题一作《寒食》。

春城无处不飞花,寒食东风御柳斜①。日暮汉宫传蜡烛,轻烟散入五侯家②。

【注释】

① 御柳:宫苑里的杨柳。

② 日暮二句:意谓在节日里受到皇帝恩宠的,只有豪门贵族而已。寒食禁火,夜间不得燃烛,但受到皇帝特赐,可以例外。元稹《连昌宫词》:“特敕街中许燃烛。”下句的“轻烟”,即指上句的“蜡烛”。传,挨次递送的意思。五侯,指当权的宦官或外戚。东汉桓帝时,宦官单超、徐璜、具瑗、左悺、唐衡同时封侯,世称五侯(见《后汉书·宦者传》)。又西汉

成帝封诸舅王谭、王商、王立、王根、王逢时为侯，称五侯（见《汉书·元后传》）。一说，轻烟系指清明日所用的新火之烟。寒食后二日（即冬至后一百七日）为清明节，清明用新火。《古今诗话》："《周礼》四时变火，春取榆柳之火，夏取枣杏之火。唐时惟春取榆柳之火，以赐近臣戚里之家，故韩翃有诗云云。"按：清明用新火，是唐时民间普遍流行的风俗，杜甫《清明》："朝来新火起新烟。"所指即此。至豪门贵族所用新火，则出于皇帝所赐，以示优异，韦庄《长安清明》："内官初赐清明火。"

刘方平（一首）

刘方平（生卒年不详），河南（今河南省洛阳市附近）人。隐居不仕，与元德秀交善，和李颀、皇甫冉、严维等人相唱和。

他工诗善画。诗多悠远之思，笔意清新宛曲，以韵致胜。

《全唐诗》录存其诗一卷。

夜 月

更深月色半人家，北斗阑干南斗斜[①]。今夜偏知春气暖，虫声新透绿窗纱[②]。

【注释】

① 更深二句：月影西移，故仅半照人家。阑干，横的意思，与斜为互文。星斗横斜，即将沉没。这些都是更深时的景象。更，读平声。《汉乐府·善哉行》"月没参横，北斗阑干"，语本此。

② 今夜二句：意谓窗外虫声，给人带来了春意融和的感觉。春天，虫类才从蛰伏中苏醒。因为"新透"，故曰"偏知"。

【评】 本以虫声而知春暖，而颠倒言之，以虫声作殿，应和开首月色，便馀韵无穷。"新"字，"绿"字传神，切上句"春"；"透"字跳脱，特具情致。

张　潮（一首）

张潮（生卒年不详），曲阿（今江苏省丹阳县）人。盛、中唐间有诗名。未曾入仕。殷璠曾以其诗编入所辑《丹阳集》，馀不可考。

《全唐诗》录存其诗五首，都是乐府体。

江 南 行

这诗以游子的行踪无定，把闺中少妇的相思之苦表现得一往情深；景物的描写，在诗中起了标明时序和渲染环境气氛的作用。这种艺术手法，来自民间歌谣。《江南行》，即《江南曲》，乐府旧题，与《采莲曲》同属《江南弄》七曲之一（见《乐府诗集》卷五〇）。

茨菰叶烂到西湾①，莲子花开犹未还②。妾梦不离江水上③，人传郎在凤凰山④。

【注释】

① 茨菰叶烂：指秋末冬初。茨菰，即慈菇，水生宿根性植物。春生球茎，萌芽生叶。夏季自叶丛中抽梗，开白色小花。入秋霜降，茎叶俱萎。

② 莲子句：莲子花开已是夏季，则游子去已半载馀。花开，一作"花新"。

③ 江水上：一作"江上水"。

④ 凤凰山：今江苏、浙江、安徽、江西、四川各地均有凤凰山，此未知何指。

【评】 "菰"谐孤音，"莲"谐"连"音。菰烂西湾，见得幽独神伤；莲开未还，更觉并蒂无望。托之于"梦"，已属虚幻；闻之于"传"，更见缥缈。离思总在有望无望间。状离人心事，空灵中见出真切。

顾　况（三首）

顾况(727? —820?)，字逋翁，海盐(今浙江县名)人，一说苏州人。至德二载(757)进士。贞元三年(787)官著作郎，贬饶州司户参军。晚年隐居茅山与海盐故居，自号华阳山人。

他为诗敢于大胆尝试，富有创造精神。皇甫湜为其集作序，称其“骏发踔厉。……出意外惊人语，非常人所能及”。

有《华阳集》。

囝

这诗是《上古之什补亡训传》十三章中之一。原序云:“《囝》,哀闽也。”自注:“囝,音蹇(jiǎn)。闽俗呼子为囝,父为郎罢。”唐时,闽中一带,盛行掠卖奴隶的风俗,这诗写被掠卖者的痛苦。《上古之什补亡训传》沿用《诗经》四言体,内容多反映当时的社会生活,语言生动有力,是唐代优秀的四言诗。

囝生闽方①,闽吏得之,乃绝其阳②。为臧为获③,致金满屋;为髡为钳④,如视草木。天道无知,我罹其毒;神道无知,彼受其福。郎罢别囝:“吾悔生汝!及汝既生,人劝不举⑤。不从人言,果获是苦。”囝别郎罢,心摧血下⑥:“隔地绝天,及至黄泉⑦,不得在郎罢前。”

【注释】

① 闽方:犹言闽中。闽,古代种族名,居今福建省一带,秦时置闽中郡。

② 绝:这里是阉割的意思。

③ 臧获:扬雄《方言》“荆、淮、海岱、杂齐之间骂奴曰臧,骂婢曰获,齐之北鄙,燕之北郊,亡奴谓之臧,亡婢谓之获”。又《名义考》卷五引《风俗通》:“臧,被罪没官为奴婢。获,逃亡获得为奴婢。”这里用作奴隶的通称。

④ 髡(kūn)钳:刑罚的名称,奴隶身上的标志。剃去头发叫髡,用铁圈套在头上叫钳。

⑤ 不举:把初生的婴儿扼死。举,抚育的意思。《史记·孟尝君列传》:“君所以不举五月子者何故?”

⑥ 摧:创伤。血:血泪。

⑦ 及至黄泉：犹言到死。《左传》隐公元年："不及黄泉，无相见也。"

【评】 钟惺评曰："冤号满纸。"又曰："以其理朴，反近风雅。"

公 子 行

轻薄儿，面如玉，紫陌春风缠马足。双镫悬金镂鹘飞①，长衫刺雪生犀束②。绿槐夹道阴初成，珊瑚几节敌流星③。红肌拂拂酒光狞④，当街背拉金吾行⑤。朝游鼕鼕鼓声发，暮游鼕鼕鼓声绝⑥。入门不肯自升堂，美人扶踏金阶月。

【注释】

① 双镫句：言两边悬下来的马镫，用黄金制成，上刻有鹘。镫(dèng)，马鞍两旁踏脚的用具。鹘，鹰一类的鸟。飞，形容形象生动。

② 刺雪：刺绣着白色的花纹。生犀束：束着嵌有犀牛角的腰带。

③ 珊瑚：指饰有珊瑚的马鞭。敌流星：赛过天上的流星，形容疾驰中马鞭的挥动。《晋书·吕纂载记》记胡安据盗发张骏墓得瑚珊鞭。梁元帝《紫骝马》："宛转青丝鞚，照耀珊瑚鞭。"

④ 狞：酒气逼人的样子。一作"凝"。按"狞"字传神，于义为长。

⑤ 金吾：皇帝的禁卫军。唐时有左、右金吾卫。由汉而唐金吾卫跋扈，参见前卢照邻《长安古意》注㉙。

⑥ 朝游二句：言清晨出游，深夜始归。鼕鼕鼓，指报时的鼓。《大唐新语》卷十："旧制：京城内金吾，晓暝传呼，以戒行者。马周献封章，始置街鼓，俗号'鼕鼕'，公私便焉。"

【评】 范晞文：张祜《公子》诗云“红粉美人擎酒劝，锦衣年少臂随鹰”，公子之高贵可知矣。顾况云“双镫悬金缕鹘飞，长衫刺雪生犀束”，不过形容车马衣服之盛耳。然末句云“入门不肯自升堂，美人扶踏金阶月”，气象不侔矣。(《对床夜话》)

过山农家

板桥人渡泉声①，茅檐日午鸡鸣。莫嗔焙茶烟暗②，且喜晒谷天晴。

【注释】

① 板桥句：言人在泉声中渡过板桥。

② 焙(bèi倍)茶：烘炒茶叶。

【评】 晚唐温庭筠《商山早行》：“鸡声茅店月，人迹板桥霜。”元马致远曲《天净沙·秋思》：“枯藤老树昏鸦，小桥流水人家。”似均从此诗一、二句化出，而境界各别。三、四“莫嗔”、“且喜”深探农家心事，交互为言，别见情致。

戎　昱（二首）

戎昱（生卒年不详），荆南（今湖北江陵市附近）人。早年举进士不第，浪游湖、湘一带。卫伯玉镇荆南时，辟为从事。德宗李适建中贞元（780—784，785—805）年间，历任辰、虔二州刺史。约卒于贞元后期。

《全唐诗》录存其诗一卷。

桂州腊夜

大历后期戎昱曾两度随军至桂州，这诗是寒夜思乡之作。桂州，州治在今广西壮族自治区桂林市。腊，古代祭祀名，在十二月里举行，所以俗称十二月为腊月。

坐到三更尽，归仍万里赊[①]。雪声偏傍竹，寒梦不离家[②]。晓角分残漏，孤灯落碎花[③]。二年随骠骑[④]，辛苦向天涯。

【注释】

① 归：归期。赊(shē)：遥远的意思。

② 雪声二句：写时醒时睡的朦胧之境。上句是醒，下句是睡。雪洒在竹林上，因风时而传来一阵飒飒的声响，分外给人以寂寞凄凉的感觉，故云"偏傍竹"。在断续的寒梦中，总是梦到家乡，故云"不离家"。

③ 晓角二句：承前写长夜辗转。上句是闻，下句是见。漏壶是计时的器具，壶中的水不断地滴着，到了深夜，漏水滴残；角声一动，天色便已破晓。分，谓结束了长夜，进入了清晨。

④ 骠(piào)骑：骠骑将军的略称。汉武帝时，霍去病曾为嫖骑将军。嫖骑，后来作骠骑。唐时武职中有骠骑大将军，这里借指自己的主帅。骑，读去声。

【评】 一、二总领，"三更"点时，"万里"点地，中二联承"三更"而直写至破晓。末联接"万里"而明客居之由，"辛苦"字总绾，点出诗旨。章法井然。

移家别湖上亭

这诗写湖上风景，一往情深。孟棨《本事诗·情感》记这诗云："韩晋公镇浙西，戎昱为部内刺史。郡有酒妓，善歌，色亦媚妙，昱情属甚厚。浙西乐将闻其能，白晋公，召置籍中。昱不敢留，饯于湖上，为歌词以赠之（即此诗），且曰：'至彼令歌，必首唱是词。'既至，韩为开筵，自持杯，命歌送之。遂唱戎词。曲既终，韩问曰：'戎使君于汝寄情耶？'悚然起立，曰：'然。'言随泪下。韩令更衣待命，席上为之忧危。韩召乐将责曰：'戎使君名士，留情郡妓，何故不知而召置之，成余之过？'乃笞之。命与妓百缣，即时归之。"今按韩滉（晋公）任浙江东西节度为大历十四年（779）十一月，至贞元三年（787）春卒于任。今无资料可证此期戎昱曾任其属内刺史，且诗题与《本事诗》所记内容不合，故未可据信。

好是春风湖上亭①，柳条藤蔓系离情。黄莺久住浑相识，欲别频啼二五声②。

【注释】

① 好是：一作"好去"。

② 三五声：一作"四五声"。

【评】 有情惜别者唯树、鸟而已，则反见世情之冷漠寡淡。机杼与杜甫《发潭州》"岸花飞送客，樯燕语留人"相类。

卢　纶（四首）

卢纶（生卒年不详），字允言，河中蒲（今山西省永济县）人。安史乱起，他避寇南行，客居鄱阳。大历初，屡次举进士，不第。宰相元载素赏其文学，得补阌乡尉。迁监察御史。建中初，为昭应县令。浑瑊任河中同陕虢行营副元帅时，聘为元帅府判官。终检校户部郎中，时当贞元十五年（799）前后。

他在“大历十才子”中，年辈较小，诗才较为雄放，不穷于篇幅，也不仅以秀丽见长，惟有时未免流入俗调。从中可见大历诗风在贞元时已开始转化。

《全唐诗》录存其诗五卷。

晚 次 鄂 州

本篇是卢纶避乱南行时途中所写的诗。原注:“至德中作。”鄂州,今湖北武昌市。

云开远见汉阳城①,犹是孤帆一日程。估客昼眠知浪静②,舟人夜语觉潮生。三湘愁鬓逢秋色,万里归心对月明③。旧业已随征战尽,更堪江上鼓鼙声④!

【注释】

① 汉阳城:在汉水北岸,鄂州之西。

② 估客:即贾客,指同船的商人。

③ 三湘二句:写远望中的心情,上句指南,下句指北。三湘,沅湘、潇湘、蒸湘的合称,这里泛指湘江流域,即洞庭湖一带。愁鬓,一作“衰鬓”。

④ 旧业二句:意谓旧时产业已在战争中荡尽,只得避乱南来,不料在江上又听到宛如战鼓的潮声,叫人怎么受得了呢!鼓鼙,指潮声。枚乘《七发》形广陵之涛,“声如雷鼓”。辛弃疾《摸鱼儿·观潮上叶丞相》:“望飞来、半空鸥鹭,须臾动地鼙鼓。”其时,永王磷兵败,由丹阳奔晋陵,以趋鄱阳,所以诗人“一朝被蛇咬,三年怕草绳”,听见潮声也会心惊胆战。

腊日观咸宁郡王部曲娑勒擒虎歌

这诗是卢纶在浑瑊戎幕时所作。诗中写壮士擒虎,刻画细致,而生气淋漓，精彩四射，能见出作者的笔力。咸宁郡王，浑瑊的封爵。部曲，部下（详见李颀《别梁锽》注⑤）。娑勒，擒虎壮士名。腊日，十二月初八日，一作“腊月”。虎，一作“豹”。

山头曈曈日将出[①]，山下猎围照初日。前林有兽未识名，将军促骑无人声[②]。潜形踠伏草不动，双雕旋转群鸦鸣[③]。阴方质子才三十[④]，译语受词蕃语揖[⑤]。舍鞍解甲疾如风，人忽虎蹲兽人立。欻然扼颡批其颐，爪牙委地涎淋漓[⑥]。既苏复吼拗仍怒[⑦]，果叶英谋生致之[⑧]。拖自深丛目如电，万夫失容千马战[⑨]。传呼贺拜声相连，杀气腾凌阴满川。始知缚虎如缚鼠，败寇降羌在眼前[⑩]。祝尔嘉词尔无苦，献尔将随犀象舞[⑪]。苑中流水禁中山，期尔攫搏开天颜[⑫]。非熊之兆庆无极[⑬]，愿纪雄名传百蛮[⑭]。

【注释】

① 曈曈（tóng）：红光映照貌。

② 促骑：催促猎骑前进搜索。骑，读去声。无人声：众人心情紧张得屏住了气息。

③ 潜形二句：上句写虎潜伏草间，准备和人搏斗；下句写虎虽伏而未出，但鸟类却已发现虎踪，故雕盘旋而鸦聒噪。屈着足叫踠（wǎn）。二句脱胎于潘岳《射雉赋》“虽形隐而草动”。

④ 阴方质子：咸宁郡王部下一员番将，即娑勒。阴方，泛指阴山一带的少数民族地区。古时国君派遣子弟住在别国，称为质子。质，有质押取信，表示不相背叛之意。《史记·始皇本纪》：“庄襄王为秦质子于赵。”

⑤ 译语受词：通过翻译，娑勒知道了咸宁郡王叫他去擒这只猛虎。蕃语揖：用蕃语回答咸宁郡王，行长揖礼，表示接受任务。

⑥ 歘(xū)然二句：言娄勒出其不意地扼住虎颡，又猛烈批打其面颊，虎昏绝过去，四肢无力地耷拉在地上。歘然，疾速貌，指出其不意。颡(sǎng)，前额。颐，面颊。涎，虎口里流出淋漓的唾液。《文选》班固《西都赋》："挎僄狡，扼猛噬。脱角挫脰，徒搏独杀。"二句化用其意。

⑦ 既苏句：谓虎苏醒过来，虽被绑缚，仍然在怒吼挣扎。拗，抑。《文选》班固《西都赋》："蹂躏其十二三，乃拗怒而少息。"李善注："拗，犹抑也。"此亦可解作拗折肢体以绑缚之。

⑧ 叶：符合，实现的意思。英谋：咸宁郡王的意旨，与上文的"受词"相应。

⑨ 拖自二句：失容，因恐惧而变色。战，战栗，颤抖。《西都赋》："挟师豹，拖熊螭，曳犀犛，顿象罴"。二句化用之。

⑩ 始知二句：意谓如擒鼠般擒得老虎，是一个好的征兆，它预示着战争的胜利；强悍的敌人，将和虎一样束手就擒。在眼前，一作"皆目睹"。

⑪ 祝尔二句：尔均指虎。二句言作表章，上献此虎给皇帝，作为宫囿的玩物。嘉词，指庆贺表彰，因获虎是佳兆，故云。犀象舞，皇帝的禁苑中饲有驯服的犀牛和大象，经过训练，能够舞蹈。

⑫ 期尔句：意谓猛虎以攫搏娱乐皇帝，也像犀象的舞蹈一样，能够使皇帝开心。期，希望。天颜，皇帝的颜容。

⑬ 非熊句：周文王有一次出去打猎，事先卜了一个卦。卜辞说："将大获，非熊非罴，天遗汝师以佐昌。"(见《宋书·符瑞志》)果然在渭水北岸，遇见吕尚，辅佐他平定了天下。这里借用这个有关打猎的典故，进一步颂祝皇帝辅佐的得人，天下即将太平。

⑭ 愿纪句：自明作诗之意。言纪述擒虎之事，将使咸宁郡王的雄名传播远方。百蛮，对四方少数民族带有侮辱性的泛称。

【评】 这诗叙捕猎，颇得力于汉代大赋，状猎前景象则变化潘岳《射雉赋》而得其理，尤见创新之功。后韩愈《雉带箭》诗复有取于此诗而变化之(见后录)，取以共读之，可见诗人通变之妙。

塞　下　曲(六首选二)

《塞下曲》,乐府诗题,解屡见前。一本作《和张仆射塞下曲》。

其　一(原第二首)

林暗草惊风,将军夜引弓①。平明寻白羽,没在石棱中②。

【注释】

① 夜引弓:指夜间射猎。引,拉。

② 平明二句:写将军的武勇。汉朝名将李广有一次夜间出猎,深草中有块石头,他误认为虎,一箭射去,箭镞没入石中(见《史记·李将军列传》)。白羽,箭名。箭杆上插有羽毛。石棱(léng),石缝。凸出的角叫棱。

其　二(原第三首)

月黑雁飞高,单于夜遁逃①。欲将轻骑逐②,大雪满弓刀。

【注释】

① 单(chán)于(yú):泛称北方民族的君长。

② 轻骑:快速的骑兵部队。骑,读去声。

【评】 二绝起警结远,雄浑劲凝,有盛唐风骨。

司空曙（三首）

司空曙（生卒年不详），字文明（一作“文初”），广平（今河北省永年县）人。家境贫困，性情耿介，不愿干谒权贵。德宗时，官水部郎中。

他是“大历十才子”之一。其诗于声律藻丽之外，能以情词真切见长。

《全唐诗》录存其诗二卷。

云阳馆与韩绅宿别

这诗是旅途中所作。作者与韩绅多年阔别,偶然在驿馆相逢,共宿一宵,第二天又须分手,诗中所写是见后别前的情景。云阳,县名,故城在今陕西省泾阳县北。韩绅,生平不详。一作"韩升卿"。"升卿",当是他的字。

故人江海别,几度隔山川。乍见翻疑梦,相悲各问年①。孤灯寒照雨,深竹暗浮烟②。更有明朝恨,离杯惜共传③。

【注释】

① 乍见二句:有三层意思:兵乱之中,消息隔绝,会见出于意外,故"疑梦";因会见而勾起往事的回忆,其间经历,各有无限酸辛,故"相悲";由于多年阔别,彼此音容俱变,故"问年"。翻,义同反。

② 孤灯二句:写驿馆寂寥,黯然相对的情景。夜雨连绵,孤灯照壁,光线显得特别清冷,故曰"寒"。夜雾迷茫,窗外竹林,望去杳冥深幽,故曰"暗"。

③ 更有二句:更有,承前"几度"而言。恨,离别之恨。由于想到明朝分手,又将和过去几度的别离一样,飘零江海,隔绝山川,因而共传离杯,互相劝饮。惜,谓依依不舍的惜别之情。二句机杼同杜甫"更为后会知何地,忽漫相逢是别筵"(《送路六侍御入朝》)。

【评】 此诗与后录李益《喜见外弟又言别》历来以情真语切、善写别意并称,而细味之,又有所不同。李益与外弟是"十年离乱后,长大一相逢",司空曙与韩绅是江海游宦,几度恨别。故李言"问姓惊初见，称名忆旧容”，而此言“乍见翻疑梦，相悲各问年”；因睽隔时间不同，故惊疑程度亦不同，相互易换不得。惊逢后又均写景寄情。李云“别来沧海事，语罢暮天钟”，其景于平大中见怅恨之情；此云“孤灯寒照雨，深竹暗浮烟”，则于明灭幽暗中见凄切哀婉：二联分别体现了二人不同的创作风格，亦相互代替不得。二诗对读可以悟出，诗之所以为佳，必须情称其时，笔称其人。

峡口送友人

这诗写离乱他乡，客中送客，用意颇为深曲，作者于此，略无藻饰，但以胸臆语出之，倍觉真情流溢，亲切动人。

峡口花飞欲尽春，天涯去住泪沾巾[①]。来时万里同为客，今日翻成送故人。

【注释】

① 天涯句：司空曙是北方人，因避安史之乱和这位友人一同流寓南方。天涯对故乡而言，去，指行者，住，自指，泪沾巾彼此都觉伤情。“天涯去住”四字，逆摄下二句意。

江村即事

这诗写江村闲适情趣，从“不系船”三字生出新意。景物点染之妙宛如画图。

钓罢归来不系船[①],江村月落正堪眠。纵然一夜风吹去,只在芦花浅水边。

【注释】

① 系船:泊船时,把缆系在岸上。

【评】 即禅家所谓“无住无执”之意,而以如画景物出之。

畅　当（一首）

畅当（生卒年不详），河东（今山西太原附近）人。少时，曾应募从戎，经历过一段相当长时期的军事生活。后弃武习文，登大历七年（772）进士。德宗时，为太常博士。和李端、司空曙交谊最深。官终果州刺史。

《全唐诗》录存其诗十七首。

登鹳雀楼

鹳雀楼,在蒲州(今山西永济县)城上。详见王之涣诗题下注。

迥临飞鸟上,高出世尘间。天势围平野[1],河流入断山[2]。

【注释】

① 天势句:辽阔的原野,在天空覆盖下,望去四面如一,故曰“围”。

② 河流句:奔泻的黄河划开了绵延的山岗,故云。

【评】 一、二状楼台之高峻,三、四见形势之宽远。状高峻二句,下句较上句更高一层;状阔远二句,上句重在开阔,下句重在远势。“天势”字金针暗度,由高而入远。是均为以楼头为中心,眺望之所实见,而形于纸间,则将读者渐次引向更高更远处。较之前录王之涣同题诗针线已见细密,而襟怀略逊之。同为雄阔之作,细味亦可见盛、中唐诗各自特色。

柳中庸（一首）

柳中庸（生卒年不详），名淡，以字行。河东人。著名诗人萧颖士之婿，柳宗元之族叔伯。早年曾居江南。大历年间进士，曾任洪州户曹参军。与卢纶、李端、皎然为诗友。

《全唐诗》录存其诗十七首。

征 人 怨

题一作《征怨》。

岁岁金河复玉关①,朝朝马策与刀环。三春白雪归青冢②,万里黄河绕黑山③。

【注释】

① 金河:即伊克土尔根河,在今内蒙古自治区呼和浩特市南。唐时其地设金河县,隶属于单于大都护府。

② 三春句:意谓在冰天雪地的边塞里,春光的透露,只有这青冢上唯一的草色。青冢,王昭君的墓,在呼和浩特市南三十里。相传塞外草白,只有这里的草是青色。

③ 黑山:即杀虎山,在呼和浩特市境内。

【评】 寓怨哀于悲壮,结句有浩渺无尽之慨。可与杜甫"白水暮东流,青山犹哭声"(《新安吏》)对读。

李　益（八首）

李益（748—829?），字君虞，陇西姑臧（今甘肃省武威县）人。大历四年（769）进士，授郑县尉。郁郁不得意，弃职游燕、赵间，幽州节度使刘济辟为从事。又历西北边地，参佐戎幕。宪宗时，任秘书少监，官终礼部尚书。

他写边塞题材的作品最为有名，各体中尤以七言绝句见长。《旧唐书·李益传》说："贞元末，与宗人李贺齐名。每作一篇，为教坊乐人以赂求取，唱为供奉歌词。其《征人歌》《早行篇》，好事者画为屏障；'回乐峰前沙似雪，受降城外月如霜'之句，天下以为歌词。"他的诗能从乐府民歌里吸其生动活泼的精神，用俊伟轩昂的笔调和奇异独特的构思，写出实际生活的体验，意境阔远，不为篇幅所限；而又声调铿锵，富于音乐美。胡应麟评唐人七绝，以李益为盛唐以下第一人，认为："可与太白、龙标（王昌龄）竞爽。"（见《诗薮》卷六）

《全唐诗》录存其诗二卷。

边 思

《唐才子传》卷四《李益传》云:"(李益)从军十年,运筹决策,尤其所长。往往鞍马间为文,横槊赋诗,故多抑扬激厉悲离之作,高适、岑参之流亚也。"这诗是作者的自我写照。激昂慷慨的词气,表现出踔厉风发的精神。他曾录其从军诗赠卢景亮,前有序云:"五在兵间,故为文多军旅之思。或因军中酒酣,或时塞上兵寝,投剑秉笔,散怀于斯文,率皆出乎慷慨意气。武毅果厉,本其凉国,则世将之后,乃西州之遗民欤!亦其坎轲当世,发愤之所致也。"(见《唐诗纪事》卷三〇)序中所言,正可与此诗及下选有关各篇相印证。

腰悬锦带佩吴钩①,走马曾防玉塞秋②。莫笑关西将家子,只将诗思入凉州③。

【注释】

① 吴钩:指锐利的兵器。《吴越春秋·阖闾内传》:"阖闾命于国中作金钩,令曰:'能为善钩者,赏之百金。'有人杀其二子,以血衅金,成二钩,献于阖闾。……王曰:'何以异于众夫子之钩乎?'钩师向钩而呼二子名:'吴鸿、扈稽,我在于此!王不知汝之神也。'声绝于口,两钩俱飞,着父之胸。吴王大惊,乃赏百金。遂服而不离身。"杜甫《后出塞》:"少年别有赠,含笑看吴钩。"

② 曾防玉塞秋:唐时每当秋季,西北边地常有外族侵扰,调兵防守,称为防秋。《新唐书·陆贽传》:"西北边岁调河南、江、淮兵,谓之防秋。"玉塞,即玉关,玉门关的简称。

③ 莫笑二句:意谓自己从军西北,非仅为了吟赏边塞风光。《后汉书·虞诩传》:"谚曰:'关西出将,关东出相。'"李益为陇西人,陇西在函谷

关之西。陇西李氏，是汉朝名将李广、李蔡之后，故自称“关西将家子”。唐凉州武威郡，治武威（今甘肃省县名）。按：凉州地区音乐发达，唐时《凉州曲》极为盛行，诗人所作歌词，多取材于当地景物风光，故云。思，读去声。

从军北征

天山雪后海风寒，横笛遍吹行路难①。碛里征人三十万②，一时回首月中看③。

【注释】

① 行路难：乐府曲调名（见李白《行路难》题下注）。

② 碛：沙漠。

③ 看：读平声。

过五原胡儿饮马泉

原注云：“鹏鹈泉在丰州城北，胡人饮马于此。”丰州，在今内蒙古自治区鄂尔多斯境内。五原，丰州的州治。北方沙漠地带，行军时，遇到有水的洼地，可以饮马，就称之为饮马泉。鹏鹈，是这个饮马泉的专名。题一作《盐州过胡儿饮马泉》。

绿杨著水草含烟，旧是胡儿饮马泉。几处吹笳明月夜，何人倚剑白云天①！从来冻合关山路，今日分流汉使前[2]。莫遣行人照容鬓,恐惊憔悴入华年[3]。

【注释】

① 几处二句:上句写边地辽阔荒凉,用月夜笳声,点出戍卒思归之情;下句慨叹于在这国防要地,没有真正能够捍卫祖国、雄镇边塞的英雄。伪宋玉《大言赋》:"长剑耿介(光亮),倚天之外。"

② 从来二句:写由冬入春旅行的过程。意谓在旅行中,不觉已到了春深的时候。北方苦寒,冬天大地冻成一片,到了春天解冻,才能看到绿水分流。汉使,自指。

③ 莫遣二句:因春兴感。意谓临水不敢照影;照了会从风尘憔悴的面容中,感到自己的青春已经在暗中消逝。华年,一作"新年"。

春 夜 闻 笛

寒山吹笛唤春归,迁客相看泪满衣[1]。洞庭一夜无穷雁,不待天明尽北飞[2]。

【注释】

① 迁客:指被贬到外地的人。看:一作"逢"。

② 洞庭二句:写笛声哀怨,感动雁群,用以衬托春归而人未归的感慨。雁群秋冬南来,春天北返,而迁客则一经贬谪,欲归无期,对照见义。

【评】 从以上所录可见前人以益诗直承王昌龄,洵为的评,其尤为神似者,在于起句之态度宽远,结尾之情韵悠长。然益诗之所短亦在酷似龙标。若取其《夜上受降城闻笛》、《暮过回乐烽》、《夜观石将军舞》诸边塞诗与龙标《从军行》较读,便可见出明显之模拟痕迹。其《宫怨》诗(露湿晴花春殿香)亦与龙标《西宫春怨》类同,此则未可为贤者讳。至于气韵有萧瑟之感,又不复有盛唐边塞诗之雄阔景象,则时代不同,气运使然,反不当指以为弊病。

夜上受降城闻笛

唐时有三受降城,高宗时张仁愿所筑(见《旧唐书·张仁愿传》)。中城在朔州,东城在胜州,西城在灵州。这里指的是西城。唐灵州治灵武(今宁夏回族自治区县名)。

回乐烽前沙似雪①,受降城下月如霜②。不知何处吹芦管③,一夜征人尽望乡。

【注释】

① 回乐烽:回乐县附近的烽火台。回乐故城在今宁夏回族自治区灵武县西南。烽,一作"峰"。

② 下:一作"外"。

③ 芦管:即胡笳。《太平御览》卷五八一引《晋先蚕仪注》:"笳者,胡人卷芦叶吹之以作乐也,故谓曰胡笳。"管,一作"笛"。

喜见外弟又言别

这诗写聚散离合之情,妙处在于能把乱世人生的感慨,久别乍逢这一刹那间悲喜交集的心理状态,真实而动人地刻画出来。宋人范晞文《对床夜话》卷五："'问姓惊初见，称名忆旧容'…… 唐人会故人之诗也。久别倏逢之意，宛然在目。想而味之，情融神会，殆如直述。前辈谓唐人行旅聚散之作，最能感动人意，信非虚语。"诗的意境和司空曙《云阳馆与韩绅宿别》大致相同，可参看。外弟，姑母之子。

十年离乱后，长大一相逢。问姓惊初见，称名忆旧容①。别来沧海事②，语罢暮天钟。明日巴陵道③，秋山又几重。

【注释】

① 问姓二句：初见问姓，怀疑可能是亲戚。等到说出了名字，方确知是外弟，便渐渐回忆对方旧日的容貌。这二句通过对方的容颜已变得连至亲也认不出这一细节，点出分别之久和长期战乱对人的影响之大。

② 沧海事：即第一句所说的"十年离乱"。《晋书·王尼列传》："(王尼避乱江夏)常叹曰：'沧海横流，处处不安也。'"此暗用其语。

③ 巴陵：唐郡名，即岳州(今湖南省岳阳市)。

江 南 曲

《江南曲》，乐府《相和歌》旧题，和《采莲曲》同属《江南弄》七曲之一。这一曲调来源于江南民歌，内容多写男女爱情。这诗用一贾客妻子的口吻，写出由于商人重利轻别，造成少妇心情上的寂寞空虚，并表现了她对幸福生活的热烈向往。语意简质而流转自然，饶有歌谣风味。蒲松龄《聊斋志异·白秋练》篇，用此诗作为爱情媒介，叙述了两个爱诗成癖的青年男女曲折离奇的爱情故事，可见此诗感人之深。

嫁得瞿塘贾[①],朝朝误妾期[②]。早知潮有信,嫁与弄潮儿[③]。

【注释】

① 瞿塘贾:指入蜀经商的客人。瞿塘,瞿塘峡,三峡之一。

② 朝朝句:谓瞿塘贾的无信。误妾期,误了和自己约定的归期。朝朝,见盼切之久长。

③ 早知二句:从上句"误妾期"三字生发出来;以"有信"与"误期"相对照,把"潮"和"弄潮儿"联系起来,是说悔不当初嫁个有信义的丈夫。潮水的涨落有定期,称为潮信。弄潮,是水上的一种运动和游戏。潮水至时,谙悉水性的年轻人,撑着小船,迎潮而入,在冲激的浪花里,表现熟练的技巧和勇敢冒险的精神,称为弄潮儿。儿,读 ní。

写　　情

这诗写失恋的悲哀,以淡语见深情取胜。

水纹珍簟思悠悠[①],千里佳期一夕休[②]。从此无心爱良夜,任他明月下西楼[③]。

【注释】

① 水纹句:独宿时的回忆,下句是回忆中当时的情况。水纹,簟纹细得像水纹一样。悠悠,遥远貌。思,读去声。

② 佳期:指和对方的约会。《楚辞·九歌·湘夫人》:"与佳期兮夕张。"

一夕休：有约不来，空空等了一夜。

③ 从此二句：写失恋后对景伤情，并点明约会是个风月良宵，地址在西楼。

【评】 古今情诗如林，而此诗独出机杼。全诗不着力写盼切之殷，而“一夕休”正见盼切之久长；不着力写情意之深，而“无心”“任他”正见其情意之挚着，正意而以反写出之，弥觉深长。欲溯其源，则《诗经·伯兮》、《汉乐府·有所思》又有类似笔法，可参阅。

皎　然（一首）

释皎然(720—805?)，俗姓谢，名昼，字清昼，湖州长城(今浙江吴兴)人。谢灵运十世孙。早年曾干仕，出入儒墨道三家，理想破灭，而于安史乱中出家，归于“心地法门”(南宗禅)。大历中他曾与陆羽等一起组织过湖州诗会，是大历贞元时期东南地区一个有影响的诗僧。其论诗专著《诗式》五卷，以“真于情性，尚于作用，不顾词彩，风流自然”为宗旨，要求复古通变，以意势为主导，提倡苦思得奇与化俗为奇二种诗格。以此为指导，其诗风脱胎于大历之清新，由清壮而渐趋清狂。其理论与实践对于元和诗变有一定影响。然而视野不广，题材狭窄，是其所病。他又受知于湖州刺史颜真卿，曾与颜真卿所主《韵海镜源》修撰事。贞元、元和之交，卒于家乡。

有《杼山集》十卷。

观王右丞维沧洲图歌

这首题画诗，揭示出王维画中的诗意，使人有读诗如见画的感觉。沧洲，水隈之地，通常用以指隐士的幽居。《南史·袁粲传》："尝作五言诗，言'访迹虽中宇，循寄乃沧洲'，盖其志也。"杜甫《奉先刘少府新画山水障歌》："闻君扫却赤县图，乘兴遣画沧洲趣。"皆以沧洲指远离尘俗的山水胜处。王维《沧洲图》今已不存，据诗中所写，知是以洞庭水云之乡作为描绘背景的。

沧洲误是真，萋萋忽盈视①。便有春渚情，褰裳掇芳芷②。飒然风至草不动，始悟丹青得如此③。丹青变化不可寻，翻空作有移人心。犹言雨色斜拂坐④，乍似水凉来入襟。沧洲说近三湘口⑤，谁知卷得在君手。披图拥褐临水时⑥，翛然不异沧洲叟⑦。

【注释】

① 萋萋句：言眼前忽然出现一片萋萋的春草。萋萋，草盛貌，形容下文的"芳芷"。

② 便有二句：伸足上文，意谓画中景物的逼真，使人神往，恍如置身春渚之中。渚，水中小洲。褰(qiān)裳，拎起衣裳。《诗经·郑风·褰裳》："褰裳涉溱。"掇(duó)，拾取。芷，即白芷，水生香草。因芳芷生于水中，故须褰裳拾取。按：白芷盛产于南方洞庭湖一带，《楚辞》中经常提到，这里说"芳芷"，与下文的"三湘口"义相生。

③ 丹青：绘画所用的颜料，亦为画图的代称，此用后一义。下句的"丹青"，指绘画艺术。

④ 犹言：和下句的"乍似"为互文，都是疑似的意思。

⑤ 三湘口：指洞庭湖地带。湘水分为三湘（参见前卢纶《晚次鄂州》注③），流入洞庭，故称。

⑥ 拥褐：形容闲适的情态，不受冠带拘束。褐，贱者之衣。

⑦ 翛（xiāo）然：无牵累貌。《庄子·大宗师》："翛然而往。"沧洲叟：指徜徉山水间的高人隐士。

【评】 皎然曾云："如何万象由心出，误点一点亦为道。"（《玄真子画洞庭山水歌》）论本南宗禅"即心即佛"说。贯彻于创作与鉴赏，则特重主观之心理感受。此诗即这一思想的具体表现。全诗并不注重于画面的细致刻画，甚至没有粗线条的勾勒，而是大写观画时的感觉印象，这与前录杜甫题画诗显然不一。诗以"始悟"句为枢纽，分两层反复以写之。这种层次安排与飚来戛止的起结，拙奇的比喻（如"乍似水凉来入襟"），又均与前此杜甫、后此韩愈相类似，初步体现了后来宋调七古的特点，虽然其才力尚不似杜韩诸大家之雄健。

唐诗選

粹雅丛编

下

马茂元 选注

上海古籍出版社

李　端（一首）

李端，字正己，赵州（今河北赵县附近）人。少年时曾隐嵩山，后入长安，为驸马郭暧门下清客，以诗才敏捷著称。诗风在大历十才子中较为直致。大历五年（770）进士，授秘书省校书郎，因病辞官，后出任杭州司马，与皎然等有交往。约卒于建中兴元年间。

《全唐诗》录存其诗三卷。

胡 腾 儿

《胡腾》，健武曲名。胡腾儿，指舞胡腾的青年艺人。胡腾舞来自石国，刘言史《王中丞宅夜观舞胡腾》："石国胡儿人见少，蹲舞樽前急如鸟。"唐代流行西域的乐舞，边疆艺人多杂居内地。代宗时，河、湟被吐蕃占据，他们无家可归，流滞中原，仍操旧业。本篇通过歌舞场面的描绘，寓有很深的感伤时局之意。题一作《胡腾曲》。

胡腾身是凉州儿①，肌肤如玉鼻如锥②。桐布轻衫前后卷，葡萄长带一边垂③。帐前跪作本音语④，拈襟摆袖为君舞⑤。安西旧牧收泪看⑥，洛下词人抄曲与⑦。扬眉动目踏花毡⑧，红汗交流珠帽偏。醉却东倾又西倒⑨，双靴柔弱满灯前⑩。环行急蹴皆应节⑪，反手叉腰如却月⑫。丝桐忽奏一曲终⑬，呜呜画角城头发⑭。胡腾儿，胡腾儿！家乡路断知不知？

【注释】

① 胡腾句：意谓这舞胡腾的艺人来自凉州。凉州，州治在今甘肃武威县。这一地区的少数民族都善歌舞。儿，读 ní，下并同。

② 肌肤句：西北方少数民族多系白种人，故云。锥，谓鼻端高耸而尖。

③ 桐布：即桐华布。据《华阳国志》说：永昌郡（今云南保山县）出产一种梧桐木，其花柔软如丝，民间绩以为布。幅宽五尺，洁白不受污。葡萄：锦名，织有葡萄的花纹。岑参《胡歌》："葡萄宫锦醉缠头。"

④ 帐：居住的帐幕。跪：跪起，古人席地而坐，坐时两膝着地，臀部压在脚后跟上面。起时，得先将腰伸直跪着。本音语：用本民族的语音来

说话。

⑤ 拈襟摆袖：一作“拾襟搅袖”。拈，用手整理一下。

⑥ 安西句：古代奴隶社会把管理奴隶和畜牧牛羊同样看待，所以称管理奴隶事务的人为牧。后来沿用于地方行政长官，如州牧等。安西旧牧，指过去曾在安西节度使辖区担任过地方官吏的人。西北边地沦陷，这些人有切身的感慨。收泪，忍痛的意思。

⑦ 洛下句：唐代歌舞曲辞，往往采用文人所作的诗篇。曲，指这种配合乐调的歌辞。洛下词人，犹言中原词人。因洛阳是文士荟萃之区。

⑧ 扬眉动目：指面部的生动表情。花毡：舞蹈时所用美丽的毡毯。

⑨ 醉：指舞时妙曼的姿态，好像喝醉了酒一样。却：语气词。

⑩ 双靴句：意谓舞技熟练，在灯光下只看到舞者两脚的闪动。

⑪ 环行句：言舞蹈的脚步与音乐的节拍相应。蹴(cù)，翘脚和蹬脚。

⑫ 却月：半月形，形容舞者反手叉腰的身段和姿态。

⑬ 丝桐：指伴奏的乐器。古时名贵的琴用桐木制成。丝，琴弦。

⑭ 呜呜句：从画角声中使人联想到当时边疆的军事情况，故下文云云。画角，军中所用乐器(参看后李涉《润州听晓角》题下注)。

【评】 卒章显其志，内容形式均执元、白新乐府先鞭。“丝桐忽奏一曲终，呜呜画角城头发”二句收舞而入情，自然工稳，洵为妙笔。然刻画虽亦形象，但与前录杜甫《舞剑器歌》相较，气魄才力大逊。十才子除卢纶外，均拙于大篇巨制。

戴叔伦（二首）

戴叔伦(732—789)，字幼公，润州金坛(今江苏金坛)人。历参湖南、江西幕府。后官东阳令，迁抚州刺史，终容管经略使。

他师事萧颖士。在德宗朝诗名极盛，清词丽语，为时所传诵。其中部分描绘现实生活的作品，题材新颖，有一定的思想深度和鲜明的艺术特色。

《全唐诗》录存其诗二卷。

女耕田行

这诗写一家的两姊妹，因兄长从军，家贫母老，为了维持生活，不得不下地耕种。诗中通过具有典型意义的事例，反映了大战乱时代里农村破落的真实面貌，和贫困生活中青春少女的情怀。

乳燕入巢笋成竹，谁家二女耕新谷。无人无牛不及犁，持刀斫地翻作泥①。自言“家贫母年老，长兄从军未娶嫂。去年灾疫牛囤空②，截绢买刀都市中③。头巾掩面畏人识④，以刀代牛谁与同⑤！”姊妹相携心正苦，不见路人惟见土。疏通畦垄防乱苗，整顿沟塍待时雨⑥。日正南冈午饷归⑦，可怜朝雉扰惊飞⑧。东邻西舍花发尽，共惜馀芳泪满衣⑨！

【注释】

① 无人二句：写二女耕田的困苦。耕田时须将泥土翻松，然后下种。通常用牛拉犁翻土，也可由两个壮健有力的男子来操作。这里说“无人无牛”，是因为兄已从军，牛又死去，女子力小，拉不动犁，只得“持刀斫地”。不及犁，犹言不能犁。斫(zhuó)，原意砍，这里是挖掘击碎的意思。

② 牛囤：即牛栏，关牛的地方。

③ 截绢句：言这刀得来不易，是用自己的纺织成品换取的。绢，即生缯，普通的丝织品，在当时可以作为货币来流通。截，在匹头上割下一段。

④ 头巾句：古代风俗，未出嫁的女子，深藏闺阁，不和外人接触。所以在都市卖绢买刀时，须用“头巾掩面”。

⑤ 以刀句：言姊妹两人在困难地耕种着，无人相帮。

⑥ 疏通二句：言把地翻好之后，还要整理地面。一块一块的田叫做畦(qí)。垄(lǒng)，田埂。一作"垅"，字通。沟塍(chéng)，田沟，灌溉或泄水之用。

⑦ 午饷归：回家去吃午饭。饷，食。

⑧ 可怜句：春深时，雉眠垄上，被二女扰动，故惊飞。此句因物及情，启下两句。可怜，义同可爱。

⑨ 共惜句：用眼前景物来表现两姊妹的心情。惜馀芳涵有双重意思：春深花发，不久即将凋谢，惜，谓惜春；同时也是自惜。

【评】 即事名篇，承杜甫"三吏"、"三别"、《兵车》、《丽人行》诸篇而来，而可注意者为心理刻画的真切细致。"头巾掩面畏人识"，"不见路人唯见土"，苦状于羞态出之。朝雉、邻花，老大不售之痛，一寓于景物。凡此均开以后元、白法门。

除夜宿石头驿

这诗是作者远道归来，除夜未及到家，宿于石头驿时所作。石头驿，石头津的驿馆，在今江西省新建县，又称石头渚或石步镇。一年最后的一夜叫做除夜。题一作《石桥馆》。

旅馆谁相问①？寒灯独可亲。一年将尽夜，万里未归人②。寥落悲前事，支离笑此身③。愁颜与衰鬓，明日又逢春！

【注释】

① 问：存问，即安慰的意思。

② 一年二句：梁武帝萧衍《子夜冬歌》："一年漏将尽，万里人未归。"

③ 支离：分散的意思。这里用以形容自己踪迹飘零，落落寡合。

【评】 旅馆无人相慰，故一灯虽寒，犹觉可亲，意味较后来崔涂名句"渐与骨肉远，转与童仆亲"更为凄苦。"前事"既可"悲"，今况尤"支离"，则唯有以一"笑"出之。此笑较杜甫晚年"意遣乐还笑，衰迷贤与愚"（《大历三年春》），又觉苦楚。因"愁颜""衰鬓"，故怕见新春，即杜甫《春望》"白头搔更短"之意，而并作一联言，更觉怵目惊心。凡此俱从"一年将尽夜，万里未归人"生感（此为诗眼），此句又变化梁武帝"一年漏将尽，万里人未归"句法，更为警绝。写岁终旅况，真切感人。

张　碧（三首）

张碧（生卒年不详），字太碧，籍贯及生平事迹均失考，只知道他在贞元年间，曾屡应进士举不第，是个失意的士人。

他诗学李白，韵度飘逸不能及，而笔力豪宕雄健，自成风格。孟郊在《读张碧集》里指出他“下笔证兴亡，陈词备风骨”；强调他继承了李白诗歌的精神，而不是形貌的因袭。

惜所作多已散佚，《全唐诗》仅录存十九首。

野 田 行

这是一首反对内战的诗。诗中提出这样一个问题：历史上朝代的更换，政权的争夺，其成败得失，只不过造成田园荒废，人口死亡，给社会带来巨大的灾难而已。在中唐藩镇割据、军阀混战的情况下，是有感而发的。由于诗人义愤和当时人民苦难的遭遇有着紧密的联系，因而诗的意义就显得较为深广。结尾处，幻想在封建政权的统治下出现修文偃武、永久和平的局面，则表现了作者认识上的局限性。

风昏昼色飞斜雨，冤骨千堆髑髅语[①]："八纮牢落人物稀，是个田园荒废主？[②]"悲嗟自古争天下，几度乾坤复如此！秦皇矻矻筑长城，汉祖区区白蛇死[③]。野田之骨兮又成尘，楼阁风烟兮还复新。愿得华山之下长归马[④]，野田无复埋冤者。

【注释】

① 髑(dú)髅(lóu)：枯骨。

② 八纮(hóng)二句：意谓彼争此夺，谁是这残破江山的主人？八纮，指广泛的空间。《淮南子·原道训》高诱注："八纮，天之八维也。"牢落，犹言辽落，空旷而无着落的意思。稀，一作"悲"。是个，是谁个。一作"尽是"。

③ 秦皇二句：意谓秦始皇筑长城以备胡，自以为政权巩固，但身死不久，汉朝就代替了秦朝。《史记·高祖本纪》："高祖被酒，夜径泽中，……前有大蛇当径。……乃前拔剑击斩蛇。……后人来至蛇所，有一老妪

夜哭。……曰：'吾子白帝子也，化为蛇，当道，今为赤帝子斩之。'"裴骃《集解》引应劭曰："秦襄公自以居西戎，主少昊之神，作西畤，祠白帝。……赤帝，尧后，谓汉也。杀之者，明汉当灭秦也。"矻（kū）矻，勤苦貌。区区，微小的意思，意指汉高祖出身微贱。

④ 华山之下长归马：意指国内和平统一，永不用兵。《尚书·武成》载周武王平定殷商之后，"乃偃武修文，归马于华山之阳，放牛于桃林之野，示天下弗用。"

【评】 诗学李白，而幽峭又开李贺风气。然才情不逮，略嫌枯槁，宜乎为孟郊所激赏。下《秋日登岳阳楼晴望》诗，亦同此风，可参看。

农　父

这诗写农民被束缚在小土地上进行艰苦劳动，遭受残酷剥削而走投无路的悲惨心情。诗从丰收着笔，用意转深一层。父，读上声，老人的通称。

运锄耕劚侵星起[1]，陇亩丰盈满家喜。到头禾黍属他人，不知何处抛妻子[2]！

【注释】

① 耕劚（zhǔ）：犹言耕种。劚，锄一类的农具，这里作动词用。侵星起：在星光中便已起身。

② 到头二句：上句谓丰收的成果将被掠夺，下句谓将抛妻别子去逃荒。

秋日登岳阳楼晴望

岳阳楼下临洞庭湖，参看杜甫《登岳阳楼》题下注。

三秋倚练飞金盏①，洞庭波定平如刬②。天高云卷绿罗低③，一点君山碍人眼④。漫漫万顷铺琉璃⑤，烟波阔远无鸟飞。西南东北竟无际⑥，直疑侵到青天涯。屈原回日牵愁吟，龙宫寂寞致应沉⑦；贾生憔悴说不得，茫茫烟霭堆湖心⑧。

【注释】

① 三秋句：意谓当暮秋之时，倚楼俯视湘江，飞觞痛饮。练，指湘江。谢朓《晚登三山望京邑》："澄江净如练。"湘江为洞庭湖的主流，水澄清深碧（参看前钱起《归雁》注①）。盏（zhǎn），酒杯。

② 刬（chǎn）：削平的意思，字同"剷"。

③ 天高句：言净碧的晴空，舒卷着薄薄的秋云，在水光接天的湖面上，宛如绿罗飘动。萧绎《荡妇秋思赋》："秋云似罗。"

④ 一点句：即李白《陪侍郎叔游洞庭醉后》"刬却君山好，平铺湘水流"之意。君山，在洞庭湖东（参看李白该诗注①）。

⑤ 漫漫：水盛大貌，读平声。

⑥ 西南句：《元和郡县图志》："江东道岳州巴陵县：洞庭湖在县西南一里五十步，周回二百六十里。"《清一统志》："洞庭湖在巴陵县西南，每夏秋水涨，周围八百余里。"

⑦ 屈原二句：战国时，楚国的屈原流放在洞庭湖一带，后沉湘自杀。牵愁吟，谓牵于愁思而吟诗以寄情，指屈原所作《怀沙》等篇。

⑧ 贾生二句：汉文帝时，贾谊被谪为长沙王太傅，过湘水，憔悴自伤，作

文以吊屈原(见《史记·屈原贾生列传》)。意指此。一作"范蠡张帆一掌风,无人来往继其中。"按:范蠡扁舟泛五湖事,与洞庭无关,且与上文不相连属,误。

袁　高（一首）

袁高(727—786)，字公颐，沧州(今河北沧县附近)人。中过进士。德宗时，历任京畿采访使、湖州刺史等官。后入朝为给事中，直言敢谏，以气节著称。

他的诗流传下来仅一首。

茶山诗

这诗全面地描写采茶和制茶艰苦的劳动过程，指出由于统治集团的奢侈，官吏的残暴，每年大量贡茶，造成了人民深重的苦难。诗中以沉痛的心情，提出了严峻的控诉。可和后面选的卢仝《走笔谢孟谏议寄新茶》相参看。诗的风格，朴质浑厚，词气刚直，而用意恳挚，故能感人深至，与元结的《舂陵行》极相近似。茶山，指湖州所属长兴县(今浙江长兴县)的顾渚山。顾渚山出产一种紫笋茶，又名顾渚茶，非常有名。大历年间，当地官府为了讨好皇帝，将这茶进奉到朝廷，从此就成为定例。《唐诗纪事》卷三五："唐制，湖(原作"潮"，因字形相近而误)州造贡茶最多，谓之顾渚贡焙，岁造一万八千四百斤，大历后，始有进奉。建中二年(781)，(袁)高刺郡，进三千六百串，并此诗一章。"按《旧唐书·袁高传》："建中二年，擢为京畿观察使。以论事失旨，贬韶州长史。"其任湖州刺史，当在二年以后。据诗中"皇帝尚巡狩"之语，知此诗是兴元元年(784)所作。此诗当时由前滁州刺史徐琦书题于顾渚山道观墙上。贞元七年，于頔为湖州刺史，更为之刻石并题名(《吴兴金石记》)。

《禹贡》通远俗[1]，所图在安人[2]。后王失其本，职吏不敢陈[3]。亦有奸佞者，因兹欲求伸[4]。动生千金费，日使万姓贫[5]。我来顾渚源，得与茶事亲[6]。黎甿辍农桑[7]，采掇实苦辛[8]。一夫旦当役，尽室皆同臻[9]。扪葛上欹壁[10]，蓬头入荒榛[11]。终朝不盈掬[12]，手足皆鳞皴[13]。悲嗟遍空山，草木为不春[14]。阴岭芽未吐，使者牒已频[15]。心争造化功[16]，走挺麋鹿均[17]。选纳无昼夜，捣声昏继晨[18]。

众工何枯槁[19]！俯视弥伤神。皇帝尚巡狩，东郊路多堙[20]。周回绕天涯[21]，所献愈艰勤。况值兵革困，重兹固疲民[22]。未知供御馀，谁合分此珍[23]？顾省忝邦守，又惭复因循[24]。茫茫沧海间，丹愤何由伸[25]！

【注释】

①《禹贡》：《尚书·夏书》中篇名，篇中叙列九州山川形势、土壤、物产及赋贡。通远俗：犹言掌握远方情况。

② 所：一作“始”。安人：安民。

③ 后王二句：意谓后代帝王目的在于剥削，失去安民本意，因而各地都不敢把当地特产呈报上去。职吏，专职的地方官吏。

④ 因兹句：意谓以进贡新奇物品作为其进身之阶。因，凭；兹，此。

⑤ 动生二句：意谓贡品成了定例，每年就要耗费大量金钱，使人民生活日益贫困。生，指增加一笔新的开支。

⑥ 我来二句：谓自己被任命为湖州刺史，也要亲自过问贡茶之事。《云麓漫钞》卷四引《蔡宽夫诗话》：“（顾渚）在湖、常间，当茶时，两郡太守毕至。”正因为诗人亲临现场，所以下面描述茶农采茶之句，能写得如此真切动人。

⑦ 黎甿句：意谓农民因采茶而影响了种田和养桑。一作“甿辍耕农来。”黎甿（méng），庶民。田民曰甿。

⑧ 采掇：一作“采采”。掇（duó），拾取。

⑨ 一夫二句：意谓有朝一日轮到他应役，他一家都得去。旦，某一天。当役，轮到服役。指采茶。臻，往。

⑩ 欹壁：陡斜的石壁。

⑪ 荒榛：人迹罕到的山林。木丛生曰榛。

⑫ 不盈掬（jū）：不满把。《诗经·小雅·采绿》：“终朝采绿，不盈一匊（掬）。”

⑬ 鳞皴：皮肤裂得一块一块的像鱼鳞一样。一作“皴鳞”。

⑭ 悲嗟二句：意谓采茶人的悲叹声充满着山谷，天愁地惨，改变了环境气氛。虽当春季，却感觉不到春意。茶以春茶为佳，贡茶采摘均在早春，故云。

⑮ 阴岭二句：意谓当向阳的茶树刚刚长出嫩叶而朝北的还没有发芽的时候，官家就已屡次派人来，催征新茶了。山北叫做阴。牒，催征的公文。

⑯ 心争句：承前催征的急迫而言，讥讽统治者只顾享受，连时令都不管；蛮横的心理，简直要和造化争功。古人认为一切自然界生物得以成长，是由于天地造化的功能。

⑰ 走挺句：承前"扪葛上欹壁"二句，慨叹于老百姓被迫服着非人的苦役，走进深险的山林和麋鹿一样。挺，这里是冒险前进的意思。麋(mí)，鹿一类的动物。均，同。

⑱ 选纳二句：言不分昼夜地拣茶制茶。纳，纳入官府。捣，捣制成饼(是古时制茶的一种方法)。

⑲ 众工：指采摘和焙制茶叶之人。枯槁：因昼夜劳苦而容颜憔悴。槁，一作"栌"。

⑳ 皇帝二句：建中四年(783)九月，泾原兵变，德宗逃出长安。兴元元年(784)的春天，唐朝临时朝廷设在梁州(今陕西汉中市)。皇帝出行叫做"巡狩"。当时黄河南、北都被藩镇割据，由东到西的路途不通，故云"路多堙"。堙，阻塞的意思。

㉑ 周回句：意谓贡茶的，要兜一个大圈子，才能到达。

㉒ 况值二句：意谓当这兵荒马乱的时候，统治者却相反增加了民众的负担。重，增加的意思。兹，指贡茶。

㉓ 未知二句：意谓这得来不易的珍品，除了皇帝御用而外，谁又应该分享呢？事实上皇帝当然不需用这么多的贡茶，大部分都是分赐给百官的。这里用反诘语气揭穿统治集团的奢侈和黑暗；但另一方面也表现了封建士大夫尊君的思想，认为皇帝的特殊享受，是理所当然。进奉给皇帝服用的物品，称为供御。合，当。

㉔ 顾省二句：惭愧自己没有尽到地方行政长官的责任。顾省，想想自

己。邦守，犹言郡守，即州刺史。忝，义同辱，是古时通用的谦逊之词，即担任之意。因循，意指因循贡茶旧例，未能革除残害人民的弊政。

㉕ 丹愤：犹言义愤。丹，谓丹心，即为国为民的忠贞之心。

【评】 长诗夹叙夹议，章法井然，正气凛然。首八句以议论起，开局宏大。“我来顾渚郡”二句由议论转入“茶山”之正题，是由论入叙的枢纽。以下十八句正叙茶事艰辛，而收以“弥伤神”，由此复折入议论。仍从“皇帝”与“邦守”二者落笔，夹叙夹议，照应开首“王”者与“职吏”二端。结末“茫茫沧海”应“禹贡远俗”；“丹愤”难申应“职吏不敢陈”。布局颇类杜甫《咏怀五百字》。今按：杜甫生时，其诗未引起诗坛广泛重视。贞元初，皎然著《诗式》五卷，摘引历代佳句，第一次录入杜甫《哀江头》中诗句，置于第三格（唐人诗在《诗式》中最高为第三格）。袁高与皎然是密友，皎然集中有奉和袁高诗十来首。从这诗的格局与杜诗相类——这在建中兴元间为极少见——可以揣想受到杜诗之影响。这是杜诗在中唐后期被重视的一个早期信号。

李　约（二首）

李约（生卒年不详），字存博，陇西成纪（今甘肃天水县附近）人。元和时，官兵部员外郎。

《全唐诗》录存其诗十首。

从 军 行(三首选一)

候火起雕城[①],尘沙拥战声。游军藏汉帜,降骑说蕃情[②]。霜落滹沱浅[③],秋深太白明[④]。嫖姚方虎视[⑤],不觉请添兵[⑥]。

【注释】

① 候火:即烽火。雕城:在今陕西省绥德县。隋置雕阴郡,唐时改为绥州,一称上郡。为西北军事要地。

② 游军二句:写战争在胜利的进展中。战时,攻下敌方的城市或夺取营寨,插上胜利的旗帜。《史记·淮阴侯列传》:"出奇兵二千骑,共候赵空壁逐利,则驰入赵壁,皆拔赵旗,易汉赤帜二千。"这里的汉帜,指唐军旗帜。因为是游军潜入,故"藏汉帜"。按:下句是上句的补充,由于从降骑处得知蕃情,故游军得以深入敌境。骑,读去声。

③ 滹(hū)沱(tuó):河名,一称虖池河,源出今山西省繁峙县东大戏山,流入河北省境。沱,一作"池"。

④ 秋深句:古天文学认为太白星主兵事,为大将军之象。太白明,预兆战争胜利。《太平御览》卷五引《东观汉记》:"光武破圣公,与伯升书曰:'交锋之日,神星昼见,太白清明。'"太白,即金星。

⑤ 嫖姚:汉名将霍去病曾为嫖姚校尉,世称霍嫖姚。这里借指军中统帅。嫖读平声。

⑥ 不觉句:言士气旺盛,不感到要向朝廷请兵增援。觉,一作"学"。请,一作"说"。

【评】 这诗极见锤炼之功,而诗势跳掷,境界雄浑,依然盛唐风骨,是以可贵。首联以沙场形势起兴。"起"字后下一"拥"字,写出胡骑凭陵,盖地铺天之势。次联写我方出奇制胜,“游军”接上“战声”,先叙果,次及因,用倒插法而诗势反顺畅,更见得大将从容,弄敌于股掌之际的奕奕风致。若用顺叙,必无此夭矫之势。因战胜,故三联所见,秋夜清爽,霜曰“落”,水曰“浅”,秋曰“深”,太白曰“明”,四字凝炼有神,透出寥廓轩昂之胸襟。末联更写情,“虎视”应上“太白明”(西方白虎),“不觉添兵”更荡开,则再战必胜之气,溢于纸外。四联中景物与情事交错写来,而变化无穷,迭次上扬。试与盛唐陈子昂、高适等五言边塞诗比较,可见出发展变化。

观 祈 雨

古代天气干旱时,往往祀神祈雨。这是封建农村传统的迷信风俗,但它却反映了辛勤劳动的农民们热爱生产的情绪:当他们无力抵抗自然灾害时一种无可奈何的急迫的心理状态。这诗写观祈雨时的感想。通过两种不同生活和两种不同意识的鲜明对照,尖锐地指出剥削享乐的统治阶级,其思想情感和人民之间是没有任何共同之处的。杨慎评此诗云:“与聂夷中‘二丝’‘五谷’之诗(见后选《咏田家》)并观,有《三百篇》意。”(《升庵诗话》卷五)

桑条无叶土生烟,箫管迎龙水庙前①。朱门几处看歌舞②,犹恐春阴咽管弦③。

【注释】

① 迎龙水庙:言在龙神庙祈雨。古时认为“云从龙”(见《周易·乾卦·文言》),云行则雨施,故祈雨则祀龙神。周时龙祭谓之雩。《论衡·明

雩》:"《春秋左氏传》曰:'启蛰而雩。'又曰:'龙见而雩。''启蛰','龙见',皆二月也。春二月雩,秋八月亦雩,春祈谷雨,秋祈谷实。"后世农村普遍建有龙神庙,祀龙求雨,盖本于此。龙为水族之长,故曰"水庙"。

② 看歌舞:看,一作"耽"。

③ 犹恐句:意谓唯恐天阴乐器受潮,不能发出清脆的声响。咽,凝滞。

孟　郊（八首）

孟郊（751—814），字东野，湖州武康（今浙江县名）人。贞元十二年（796）进士。任溧阳尉。元和初，郑馀庆为河南尹，奏为水陆转运判官。后，郑出镇兴元，召为参谋，死于途中。

他的诗，极为韩愈所推重。后人并称韩、孟。苏轼则谓“郊寒岛瘦”（《祭柳子玉文》），比之于贾岛，以为“未足当韩豪”（《读孟郊诗》）。所作多五言古体，大部分描写自己的困穷，对社会生活的不平，表示愤慨。其中掺杂有艳羡富贵功名的庸俗思想和落后的封建道德伦理观念；但由于他出身贫寒，也有一些作品，对被剥削、受压迫的劳动人民的理解和同情表现得较为深切。在艺术风格上，气度恢宏不足，而表现力特强。善于把真实的体验和强烈的感受，凝炼在简短的篇幅里，构思铸语，往往入木三分，给读者留下深刻不磨的印象。抒情悲苦，境界狭窄，读之使人惨戚无欢，元好问曾称之为“诗囚”（见《论诗绝句》）。

有《孟东野集》。

古薄命妾

这诗和下面一首都是写封建社会里在夫权支配下妇女命运的悲哀。《乐府诗集》卷六二《杂曲歌辞》载此诗,题作《妾薄命》。

不惜十指弦,为君千万弹。常恐新声发,坐使故声残①。弃置今日悲,即是昨日欢②。将新变故易,变故为新难。空山有蘼芜,泪叶常不干③。空令后代人,采掇幽思攒④。

【注释】

① 常恐二句:意谓男子情感随时有变化的可能。新声发,故声残,隐喻新欢摧毁了旧爱,新人代替了旧人。

② 弃置二句:意谓今日遭弃置而悲之人,即昨日承欢之人。这二句极言男子的喜新厌旧。弃置,犹言遗弃。《古诗》:"弃置勿复道。"

③ 空山二句:《古诗》有《上山采蘼芜》篇,写一个被遗弃的妇女遭逢旧日丈夫的事。蘼芜,香草名。蘼芜的叶子潮润润的,这里借以象征被遗弃者的悲哀。意思说,这弃妇的眼泪滴在蘼芜叶上,一直不会干,她的悲哀是永恒的。

④ 空令二句:《上山采蘼芜》诗中和故夫相逢的弃妇,夫妇并没有重新结合。这里意思是说:这一故事所留下来的悲剧意义,使得后世妇女在采蘼芜时,联想到自己的命运,寄以深切的同情。掇(duó),拾取。幽思,深藏在内心的忧思。攒(zāng),簇聚在一起。

【评】 此诗借镜古诗《上山采蘼芜》甚明,然而取象另辟新径,风调参以清怨。篇末用"蘼芜"之典,不落陈套,而能引起读者的联想,感情更见深沉。与前录孟云卿《古别离》诗相对读，可以见出韩孟诗派与《箧中集》作者，虽同为学古，而韩、孟独被后人重视之原因所在。这就是他们不像箧中诸子那样泥古不变，而能以古参今，以雅杂丽，复古而能通变。读中唐前后期这二派诗，必须具此只眼。

古 别 离

一作聂夷中诗。

欲别牵郎衣："郎今到何处？不恨归来迟，莫向临邛去①！"

【注释】

① 不恨二句：意谓自己可以忍受离别的痛苦，但希望丈夫不要抛弃她而爱上别人。临邛（qióng），即今四川省邛崃县。汉朝司马相如客游临邛，曾经和卓文君发生恋爱（见《史记·司马相如列传》）。

游 子 吟

这诗通过慈母念子、游子思亲之情，反映贫士背井离乡，飘零作客，欲归不得的悲哀。诗中所描绘的母爱，对社会上层富贵人家的游子来说，是根本不存在的。由于作者写出了亲身的体验，故情词真挚动人，成为历来传诵的名作。清人贺裳甚至推之为"全唐第一”(《载酒园诗话》)。

慈母手中线,游子身上衣。临行密密缝,意恐迟迟归。谁言寸草心[①],报得三春晖[②]!

【注释】

① 寸草心:草中抽出的嫩芽,朝向太阳而成长,正如子女的心向着慈母一样,故用以比拟。寸草心,化用寸草、寸心二典。寸草,小草。《南史·王彧传》:“一寸之草,亦悴于践踏。”寸心,方寸之心,陆机《文赋》:“吐滂礴于寸心。”

② 三春晖:春天的阳光,象征母爱。

织 妇 词

夫是田中郎[①],妾是田中女。当年嫁得君,为君秉机杼[②]。筋力日已疲,不息窗下机。如何织纨素[③],自著蓝缕衣[④]! 官家牓村路[⑤],更索栽桑树[⑥]。

【注释】

① 田中郎:犹言庄稼汉。

② 秉机杼:谓从事纺织。秉,操持。机杼,织机。

③ 纨素:精白的绢。

④ 蓝缕衣:破衣。《左传》宣公十二年:“荜路蓝缕,以启山林。”杜预注引服虔曰:“言其缕破蓝蓝然。”一作“褴褛”或“蓝蒌”,音义均同。

⑤ 牓:字同榜,作动词用,指公家张挂告示。

⑥ 索:要的意思。栽桑树:指养蚕取丝。

【评】 末句馀意无穷。

长安早春

这诗因春生感，是作者客游长安时所作。诗从社会生活着眼，指出在同一季节里，不同生活的人们有着绝不相同的感受，对不知稼穑艰难的豪门贵族，表示了愤慨和嘲讽。

旭日朱楼光，东风不起尘①。公子醉未起，美人争探春②。探春不为桑，探春不为麦；日日出西园，只望花柳色。乃知田家春，不入五侯宅③。

【注释】

① 起尘：犹言扬尘。起，一作“惊”。

② 探春：寻赏春光。

③ 乃知二句：意谓农村里和生产劳动紧密相联系的春色，与都市中富贵人家绝不相关。东汉时，外戚梁冀一门有五人封侯，又，宦官中单超等五人亦同时封侯(详前韩翃《寒食即事》注②)。

寒夜百姓吟

题下自注：“为郑相。其年居河南，畿内百姓，大蒙矜恤。”郑相，谓郑馀庆。郑于永贞元年(805)以尚书左丞同平章事，元和元年(806)罢相,出为河南尹,故称之为郑相。这诗是孟郊在郑馀庆幕下任水陆转运判官时所作。

无火炙地眠①,半夜皆立号②。冷箭何处来?棘针风骚骚③!霜吹破四壁④,苦痛不可逃。高堂槌钟饮⑤,到晓闻烹炮。寒者愿为蛾,烧死彼华膏⑥。华膏隔仙罗,虚绕千万遭。到头落地死,踏地为游遨⑦。游遨者谁子?君子为郁陶⑧!

【注释】

① 无火句:贫苦的人家没有炉、炕,只好用柴草将地烘热,然后睡卧。所以谚语说:"烧地卧,炙地眠。"

② 半夜句:夜深天寒,烘热之地不能保持长久的温暖,只得僵立号(háo)寒。

③ 棘针:指从隙缝里吹进来的尖风,也就是上句的"冷箭"。骚骚:风声。一作"骚劳"。

④ 霜吹:即霜风。破四壁:意谓从四面吹来,墙壁似乎失去了它的作用。

⑤ 槌钟饮:富贵人家宴饮时,鸣钟会食,故云。

⑥ 寒者二句:借灯蛾扑火形容寒地百姓的悲苦心情。华膏,华美的灯烛。膏,灯烛的油脂。

⑦ 华膏四句:言飞蛾绕来绕去,并没有扑到灯烛;结果落地而死,为人们所践踏。用以比喻贫富之间,有着一条不可逾越的界限。穷人在生活中尽量挣扎,终不免死于饥寒;而富者则朝夕遨游,寻欢作乐。罗,指富贵人家室内所张挂的帷幔。因为灯烛隐在帷幔之中,望去有如仙境,故云"隔仙罗"。

⑧ 郁陶(yáo):精神愤结忧闷而无可奈何的意思。

【评】 韩愈论孟郊诗为"刿目钵心"、"掐擢肠胃"(《贞曜先生墓志铭》),苏轼更论曰“诗从肺腑出,出则愁肺腑”(《读孟东野诗》),由此诗与下诗可见大概。眠而无床已苦,而又“无火炙地”;冷风如箭已苦,更兼壁破四面;愿为飞蛾已苦,而竟不如飞蛾,终于虚绕而死。层层写苦寒,写到极处。造语之硬,设想之奇,此所以与韩愈为同调,而形状瘦寒又与韩愈之雄奇不同。同者,在其取径相类,异者在其气质不侔。论者颇有以韩孟其实非为一派者,盖未明流派风格与个人风格之异同关系也。

秋　怀(十五首选一)

秋月颜色冰[①],老客志气单[②]。冷露滴梦破,峭风梳骨寒[③]。席上印病文,肠中转愁盘[④]。疑怀无所凭,虚听多无端[⑤]。梧桐枯峥嵘,声响如哀弹[⑥]。

【注释】

① 冰:读去声,寒冷。

② 老客:久客。单:孤怯的意思。

③ 冷露二句:秋夜不能熟睡,时而听到窗外一滴滴清冷的露声,故云“滴梦破”。尖峭的风吹在病人身上,寒意透入骨髓,故云“梳骨寒”。

④ 席上二句:上句是“病印席上文”的倒文,言久病卧床,肌肤嵌印着席上的花纹。下句谓由于愁思太深,肠已在腹中转成了一个盘,即“愁肠九转”之意。

⑤ 疑怀二句:写精神上极度空虚寂寞的状态。凭,依托的意思。虚听无端,指由于疑怀而产生的幻觉,即下二句所说的把梧桐声当作哀弹。

⑥ 哀弹:悲哀的弹奏曲声。

【评】 诗写老病客居意况，语极刻炼。同是写雨露滴阶，他人不过云“夜雨滴空阶”（何逊《临行与故友夜别》），而此言“冷露滴梦破”；同是写寒风刺骨，他人不过云“风头如刀面如割”（岑参《走马川行》），而此言“峭风梳骨寒”。秋寒无眠而仍卧席，极言其贫之甚，席纹印刻竟入肌肤，可见其病之久。然而尽管苦炼镵刻，全诗读来仍觉真气盘郁。一、二句总起，“老客志气单”是诗眼，以下全由此生发。三、四因冷而梦破，梦破而更觉苦寒。五、六因苦寒梦破而辗转，阑入“病”、“愁”字。七、八因苦寒、病愁更生“疑怀”、“虚听”，则结末窗外枯桐峥嵘骨立，无非一派哀弦之声。韩愈又评孟郊诗“横空盘硬语，妥帖力排奡”。硬语言其造语瘦硬，然而硬语又有机组织于全篇之中，服务于表情达意，此即“盘”；故语虽硬而仍妥帖，其笔力之大，全从妥帖中见出。这诗正为此种特点之形象表现。素来论韩愈此评，只看“硬语”二字，而忽略“盘”字、“妥帖”字，其未能参透韩孟派诗精髓，固矣。

游终南山

终南山即秦岭。其主峰在长安之西，今陕西省武功县境（参看王维《终南山》题下注）。

南山塞天地，日月石上生①。高峰夜留景②，深谷昼未明。山中人自正，路险心亦平③。长风驱松柏④，声拂万壑清⑤。到此悔读书，朝朝近浮名⑥。

【注释】

① 南山二句：极言山之高大。终南山多石，巉崖峻谷之中，森罗万象，吞

吐日月,故云。

② 夜留景:极言高峰突出,感受阳光。景,字同“影”。景,一作“日”。

③ 路险句:意谓山路虽险,但山中人心却平正淳朴。

④ 长风句:长风吹来,山中松柏随风势而低亚,故曰驱。

⑤ 声拂句:意谓这万壑松声,带来了清幽的气韵。

⑥ 到此二句:读书的人,不免营求一时的功名,不可能独处深山,故“悔读书”。

【评】 “南山塞天地,日月石上生”,当与王维《终南山》“太乙近天都,连山到海隅”对读;“长风驱松柏,声拂万壑清”,又可与王维《过香积寺》“古木无人径,深山何处钟”比看:则同是状写山水,其风格迥异,当可立见。

韩　愈（十三首）

韩愈(768—824)，字退之，河内修武(今河南县名)人。韩氏郡望为昌黎，每自称昌黎韩愈，后世称韩昌黎。贞元八年(792)进士。曾先后任宣武及宁武节度使判官。贞元末，官监察御史，因上书言事，贬阳山令。宪宗时，累官至太子右庶子，随宰相裴度平淮西，迁刑部侍郎。因谏佛骨事，贬潮州刺史，移袁州。穆宗时，召为国子监祭酒，历京兆尹及兵部、吏部侍郎。谥文，世又称韩文公。

韩愈是杰出的散文家和诗人。其诗驱驾气势，以宏伟取胜，如司空图所评，“若掀雷挟电，撑抉于天地之间”(见《题柳集后》)，具有一种壮丽瑰奇之美。他才高学博，刻意避熟求生；同时，在语言的运用上，又好以散文的字法句法，通之于诗，在盛唐后诗歌盛极而衰之际，开创了一种雄肆奇险的新风尚，然而有时也显得功力有馀，韵味不足；甚至以押险韵、用奇字为工，堕入文字游戏的恶道。其成功与失败处都对后来的宋诗产生重大影响。后人对韩诗的评论，极不一致。赵翼曾指出：韩愈于诗，力追李、杜。有意推扩杜诗奇险之处，“辟山开道，自立一宗”。正因为有心求之，故不免时露斧凿痕。然而韩诗自有本色。仍在文从字顺中，自然雄厚博大，不可捉摸，不专以奇险见长。(见《瓯北诗话》)陈三立也认为韩诗有“雄直之气，恢诡之趣”，“不能病其以文为诗，而损其偏胜独至之光价”(见《题韩诗臆说》)。持论较为公允。

有《昌黎先生集》，其中诗三百七十馀首。

龊 龊

这诗是贞元十五年(799)韩愈在徐州时所作。当时他客居宁武节度张建封幕下,尚未有正式官职。诗中抒发自己的感慨和抱负,取篇首“龊龊”二字标题。

龊龊当世士[①],所忧在饥寒。但见贱者悲,不闻贵者叹[②]。大贤事业异,远抱非俗观[③]。报国心皎洁,念时涕汍澜[④]。妖姬坐左右,柔指发哀弹。酒肴虽日陈,感激宁为欢[⑤]?秋阴欺白日,泥潦不少干。河堤决东郡,老弱随惊湍[⑥]。天意固有属,谁能诘其端[⑦]!愿辱太守荐[⑧],得充谏诤官[⑨]。排云叫阊阖[⑩],披腹呈琅玕[⑪]。致君岂无术[⑫]?自进诚独难!

【注释】

① 龊(chuò)龊:拘鄙而无远志貌。韩愈《与于襄阳书》:“世之龊龊者,既不足以语之。”“龊龊者”,指无远见的人。

② 但见二句:伸足上文,意谓既然追求的仅仅是个人的功名富贵,做了官,自然一切都满足。叹,读平声。

③ 远抱:远大的抱负,即下面所说的“报国”“念时”。俗观:庸俗的观念,即上面所说的“贵”“贱”。

④ 汍(wán)澜(lán):流溢貌。

⑤ 妖姬四句:意谓大丈夫富贵不能淫。即使处于欢娱享乐的生活环境中,也不会腐蚀其“报国”“念时”之志。妖姬,美艳的女子。哀弹,谓酣畅淋漓的乐调。感激,感慨而激动。

⑥ 秋阴四句：这年七月，河南一带发生了严重的水灾。阴，阴云。阴云掩蔽了白日，故曰"欺"。积水叫做潦(liáo)。泥潦，指久雨的地面。少，字同"稍"。东郡，即滑州，隋时名东郡，州治在今河南滑县。急流叫做湍(tuān)。随惊湍，被陡然冲来的洪水淹死。

⑦ 天意二句：古人认为自然灾害的发生，乃是由于政治措施失当，上天降罚。这里言外之意是说，灾害之来，一定有原因，朝廷应该通过它来检查政治的得失。有属，有所指。端，头绪。

⑧ 愿辱：犹言愿得。辱，谦词。太守：指张建封。张以徐州刺史兼任宁武节度使。州称刺史，郡称太守，唐时州郡并存，故亦可称为太守。

⑨ 谏诤官：以指陈朝政得失为专责的官，如御史、补阙、拾遗之类。

⑩ 阊阖：天门。这里借指宫门。《楚辞·离骚》："吾令帝阍开关兮，倚阊阖而望余。"

⑪ 琅(láng)玕(gān)：美玉，这里借指宝贵的政治意见。

⑫ 致君：辅佐皇帝。杜甫《奉赠韦左丞丈二十二韵》："致君尧舜上，再使风俗淳。"

【评】 全诗二十四句，四句一解，每两解二二对言：龊龊之士与大贤相对，清歌美酒与秋阴河决相对，愿为谏诤与致君无术相对。正反相映中抒发忧时报国之志，怀才不遇之情。骨力劲遒，气势盘郁。这是韩愈的前期作品，立意气格均类杜甫。不过因为是前期，所以变化尚不及杜诗，尚未完全形成自己的风格。不过也因此，险怪的疵病也未充分显示。

雉　带　箭

这诗是韩愈在徐州时观猎所作。诗中选取了一个最足以见出将军射技的精彩镜头，作了生动的形象描绘。诗的题材新颖，表现完满而集中，在精雕细刻的手法中，极尽变态，能看出作者劲健的笔力。朱彝尊评云："句句实境，写来绝妙，是昌黎极得意诗，亦正是昌黎本色。"

原头火烧静兀兀①，野雉畏鹰出复没。将军欲以巧伏人②，盘马弯弓惜不发③。地形渐窄观者多④，雉惊弓满劲箭加⑤。冲人决起百馀尺，红翎白镞随倾斜⑥。将军仰笑军吏贺，五色披离眼前堕⑦。

【注释】

① 原头句：猎火燎原，猎者凝神地在寻找目标，故"静"。下句的"野雉"，就是从"静"字里引出的。钟惺曰："此处乃着一'静'字，妙甚。"（见《唐诗归》）原头，犹言原上。兀兀，火光高出貌。

② 将军：指张建封。张本书生出身，但颇好骑射，以武艺自矜。参看《全唐诗》卷二七五《酬韩校书愈打毬歌》。

③ 盘马句：作射击状，但不真的发箭。不发是为了不虚发，一发必中，即上句说的"欲以巧伏人"。盘马，带住马，不让它任意驰骋。惜，谓珍惜射艺，含有忍耐、矜持的意思。

④ 地形句：野雉畏鹰，没入险窄的山沟里，人们簇拥着将军渐渐向前逼近，故云。

⑤ 雉惊句：雉见人，故"惊"。但就在它还没有来得及飞走的一瞬间，便被射中。弓拉得满，故发箭强劲而有力。满，又是从上文"弯弓"的"弯"字生出来的。

⑥ 冲人二句：中箭的雉，把全部生命力投入最后的挣扎，故"冲人决起"。但不能持久，飞到一定的高度，气力不加，躯体随即倾斜。决起，疾速地飞起。《庄子·逍遥游》："我决起而飞。"红翎白镞，射在雉身的箭。这里以箭的倾斜写雉的倾斜，是从观者的注视之点着笔的。翎，箭杆

上的羽毛。镞,箭头。

⑦ 将军二句:关合上文的“以巧伏人”。笑,写将军得意。贺,写军吏钦伏。披离,散乱貌。雉力尽堕地,躯体松弛,故彩羽披离。

【评】 钱钟书《管锥篇·系辞三》:“韩诗《雉带箭》‘将军欲以巧伏人,盘马弯弓惜不发’,情状似《管子·小问》:桓公北伐孤竹,途中见神人,‘阘然止,瞠然视,援弓将射,引而未敢发也’;或《孟子·尽心》‘引而不发,跃如也’。与米凯郎吉罗论雕塑人物,必选其‘郁怒’之态,聚力作势,一触即发,理无二致。”今按,钱说甚精湛,而犹有可补者。将军是军中射雕手,韩愈却是诗中射雕手。“将军欲以巧伏人,盘马弯弓惜不发”,正可为此诗气势开合作写照。前半铺叙形势是蓄势,至“雉惊弓满”句,诗势亦似“劲箭”脱弦,郁满而发,见得韩诗气盛力大之特点。此诗似有取于卢纶《擒虎歌》,而变化神奇,有以过之,可参前评。

山　石

这是一首纪游诗,取首句“山石”二字标题。方世举《昌黎诗集编年笺注》断为唐德宗贞元十七年(801)七月韩愈离开徐州到洛阳途中所作。但也有人认为诗中所写景物,多南国风光,怀疑是南迁阳山或潮州时所作(见王鸣盛《蛾术编》)。诗的意境雄浑,而语言平易,风格清新,在韩诗中于奇崛之外,别具一格。

山石荦确行径微①,黄昏到寺蝙蝠飞。升堂坐阶新雨足,芭蕉叶大栀子肥②。僧言古壁佛画好,以火来照所见稀。铺床拂席置羹饭[3]，疏粝亦足饱我饥[4]。夜深静卧百虫绝，清月出岭光入扉[5]。天明独去无道路，出入高下穷烟霏[6]。山红涧碧纷烂漫[7]，时见松枥皆十围[8]。当流赤足蹋涧石，水声激激风生衣。人生如此自可乐，岂必局束为人鞿[9]？嗟哉吾党二三子[10]，安得至老不更归[11]！

【注释】

① 荦(luò)确：险峻不平貌。微：窄狭。

② 升堂二句：意谓到寺之后，进入客堂，看阶前风景。阶下的芭蕉和栀子因为得到充足的雨水，长得异常肥大。上句的“新雨足”贯下句而言。栀子，茜草科常绿灌木，夏日开花。栀，一作“支”，字同。

③ 羹饭：泛指菜饭。

④ 疏粝(lì)：粗糙的食品。粝，糙米。

⑤ 清月句：这是下弦月，所以半夜才出山。光入扉，月光穿过门户，照进室内。

⑥ 天明二句：写清晨独行在烟云迷茫的深山中。无道路，辨不清道路。出入高下，走出了这个山谷，又进入了那个山谷，一上一下，时高时低。穷，尽。烟霏，流动的烟云。

⑦ 涧：两山之间的溪流。纷：繁盛。烂漫：光彩照人貌。

⑧ 枥：同栎，植物名，壳斗科落叶乔木。

⑨ 岂必句：在这之前，韩愈都是过着幕僚生活，俯仰随人，故有此感。局束，犹言局促、拘束。为人鞿，为别人所控制，不得自由。鞿，套在马口上的缰绳。

⑩ 吾党二三子：指和自己志同道合的那些朋友。

⑪ 不更归：更不归的倒文。

【评】 汪佑南《山泾草堂诗话》曰：“是宿寺后补作。……‘山石四句’，到寺即景；‘僧言’四句，到寺后即事；‘夜深’二句，宿寺写景；

‘天明’六句，出寺写景；‘人生’四句，写怀结。通体写景处语多浓丽，即事写怀，以淡语出之。浓淡相间，纯任自然。似不经意，而实极经意之作也。”

答张十一

韩愈于贞元十九年（803）冬由监察御史谪阳山（今广东省县名）令，这诗是第二年初夏在阳山时所作。张十一名署，和韩愈同时迁谪南方，为临武（今湖南省县名）令。《昌黎集》中有《唐故河南令张君墓志铭》（卷三一）、《祭河南张员外文》（卷二二），可参看。张署原诗见《全唐诗》卷三一四，此系和作。诗中写南方景物的荒寒，谪居的愁苦，于跌宕夷犹之中，寄悲慨之意。感伤而不流于颓废，能以韵味取胜。题一作《答张十一功曹》。

山净江空水见沙，哀猿啼处两三家①。筼筜竞长纤纤笋②，踯躅闲开艳艳花③。未报恩波知死所，莫令炎瘴送生涯④。吟君诗罢看双鬓，斗觉霜毛一半加⑤。

【注释】

① 山净二句：《昌黎集》卷二一《送区册序》：“阳山天下之穷处也。陆有丘陵之险，虎豹之虞。江流悍急。……县郭无居民，官无丞、尉。夹江荒茅篁竹之江，小吏十余家。”

② 筼（yún）筜（dāng）：南方特产的一种大竹。《文选》左思《吴都赋》李善注引《异物志》：“筼筜生水边，长数丈，围一尺五六寸，一节相去六七尺或一丈。”

③ 踯（zhí）躅（zhú）：木本植物，四五月间开深红色花，状如杜鹃。南方最

多，又名山踯躅。

④ 未报二句：上句自伤未报君恩，即遭远谪，难望生还。下句宽慰张署，希望他保重身体，不要死于炎瘴之地。《新唐书·韩愈传》："（韩愈）迁监察御史，上疏极论宫市。德宗怒，贬阳山令。"古代封建士大夫，以尽忠朝廷为报君恩，进谏而不被采纳，故曰"未报恩波"。恩波，犹言恩泽。岑参《送许拾遗》："束帛仍赐衣，恩波涨沧流。"死所，死处。《左传》文公二年："吾未获死所。"按：《唐故河南令张君墓志铭》："（张署）拜监察御史，为幸臣所谗，与同辈韩愈、李方叔三人，俱为县令南方。"韩愈和张署的遭遇相同，这里自伤亦即伤张，慰张也就是自慰，两句文义互见。

⑤ 吟君二句：张署原唱诗中，有"九疑峰畔二江前，恋阙思归日抵年"之语，触动韩愈迁谪之情，故云。斗觉，犹言顿觉。斗，字同"陡"。

【评】 前四句写景，于凄迷萧索中参以明艳之笔，则明艳反衬托得凄迷萧索之甚。后四句述事，从自慰慰人中跌出伤老悲远之语，则慰安语更见得深哀极痛。写景述事，总以沉挚之情一以贯之。故诗脉似断而仍续，风调于哀婉中见出盘郁之致。程学恂《韩诗臆说》云："退之七律只十首，吾独取此诗，以为能得杜意。"今按退之七律大体学杜，谓独此诗得杜意，虽非笃论；然言此诗深得杜甫笔意，则诚然。程氏所以以此为独得杜意，殆以其"怨而不怒"，得温柔敦厚之致；而实则当更赞其至情盈满，笔致深远，于平婉中见出崛奇之气。

湘中酬张十一功曹

这诗是永贞元年（805）韩愈在郴州（今湖南省郴县）时所作。

张十一功曹，即张署（详前首题下注）。这年二月，唐顺宗李诵即位，实行大赦，韩愈和张署照例都可回朝供职。他们离开任所，到郴州待命，很久没有下文。八月，顺宗因病传位给宪宗李纯，又一次大赦，韩愈改官江陵府法曹参军，张署改官江陵府功曹参军。在赴任前，两人曾共泛湘江，往游衡山。诗中充满着政治失意之感。结二句以“不知愁”写愁，化寻常为奇崛，用笔更透一层，最能见出中唐以后的绝句炼意的特点。唐制：地方行政机构中的组成部分称为曹或司。郡称曹，州称司。当时，州、郡之名并存，故可称曹，也可称司。江陵府功曹参军，即荆州司功参军。江陵，治所在今湖北省江陵市。本郡名，肃宗上元元年（760），置南都，改为江陵府（见《旧唐书·地理志》）。

休垂绝徼千行泪①，共泛清湘一叶舟②。今日岭猿兼越鸟，可怜同听不知愁③！

【注释】

① 绝徼（jiào）：犹言绝塞。险隘之地，北方称为塞，南方称为徼。

② 清湘：澄清的湘江（参看后柳宗元《渔翁》注②）。

③ 今日二句：翻用闻猿下泪的意思，写精神上一种麻木的状态。岭猿和越鸟，鸣声哀怨，最易使迁客闻而生愁。但时间久了，渐渐地并不感到刺激，故“不知愁”。正因为“不知愁”，故“可怜”。岭，五岭。越，百越之地。均泛指边远的南方。

谒衡岳遂宿岳寺题门楼

这诗是韩愈谪贬南方北归时游衡山所作。魏怀忠《五百家注音辨昌黎先生集》引蔡元定补注曰:“公前后两谪南方,初自阳山北还过衡,在永贞元年(805)八月,至潭(州),适当残秋。《陪杜侍御游湘西寺》诗云‘是时秋向残’是也。今云‘我来正逢秋雨节’,故知此诗自阳山还时作。后自潮州移刺袁州,则元和十五年(820)十月,盖未尝过衡。”按:韩愈《祭河南张员外文》,叙由阳山北归,有“委舟湘流,往观南岳”的话,即指这次衡山之游。衡岳,即衡山。衡岳庙在今湖南衡山县西三十里。题一作《谒衡庙遂宿岳寺题门楼》。

五岳祭秩皆三公,四方环镇嵩当中①。火维地荒足妖怪,天假神柄专其雄②。喷云泄雾藏半腹,虽有绝顶谁能穷③?我来正逢秋雨节,阴气晦昧无清风④。潜心默祷若有应⑤,岂非正直能感通⑥。须臾静扫众峰出⑦,仰见突兀撑青空⑧。紫盖连延接天柱,石廪腾掷堆祝融⑨。森然魄动下马拜⑩,松柏一径趋灵宫⑪。粉墙丹柱动光彩,鬼物图画填青红⑫。升阶伛偻荐脯酒,欲以菲薄明其衷⑬。庙令老人识神意⑭,睢盱侦伺能鞠躬⑮。手持杯珓导我掷,云此最吉馀难同⑯。窜逐蛮荒幸不死⑰,衣食才足甘长终⑱。侯王将相望久绝,神纵欲福难为功⑲。夜投佛寺上高阁⑳,星月掩映云朣胧㉑。猿鸣钟动不知曙㉒,杲杲寒日生于东㉓。

【注释】

① 五岳二句:总叙五岳。意谓五岳是中国最大的五座名山,以嵩山为中心,按东、南、西、北分布四境。祭秩,祭礼的次第等级。秩,次也。祭秩皆三公,言祭五岳,都比照祭三公的礼秩。《礼记·王制》:“天子祭天下名山大川,五岳视三公。”周以太师、太傅、太保为三公,历代官制

不同,三公遂成为泛指朝廷最高官位的通称。按:唐时,五岳之神都封王号,衡岳神封司天王(见《通典》卷四六)。

② 火维二句:专叙衡岳。言衡岳雄镇在荒僻的南方。衡岳之神,为赤帝祝融氏。《初学记》卷五引徐灵期《南岳记》:"(衡山)下踞离宫,摄位火乡,赤帝馆其岭,祝融托其阳,故号南岳。"火维,犹言火乡。维,隅。足,多。假,授予。柄,权力。

③ 喷云二句:写衡岳之高。半腹,山腰。绝顶,最高峰。以上六句由叙五岳落到衡岳。

④ "我来"二句:转接入题"谒衡岳"意。晦昧,阴暗貌。无清风,言气压低,沉闷有雨意。清,一作"晴"。

⑤ 默祷:暗中祷祝,意指祈求晴明的天色。若有应:言天色果然由阴转晴。

⑥ 正直能感通:意谓自己的意愿能够感通神明,得以实现,是神道正直的征验。《左传》庄公三十二年:"神,聪明正直而壹者也。"

⑦ 静扫:指清风吹散了云气。因为不是急风,所以说"静";因为吹得干干净净,所以说"扫"。

⑧ 突兀:指突兀的山峰。杜甫《青阳峡》:"突兀犹趁人,及兹叹冥漠。"

⑨ 紫盖二句:承上"众峰出"而言。顾嗣立注引《长沙记》:"衡山七十二峰,最大者五,芙蓉、紫盖、石廪、天柱、祝融为最高。"腾掷,形容山势起伏不平。因为祝融峰尤其高,故曰"堆"。

⑩ 森然魄动:言山峰高峻,望之使人惊心动魄。

⑪ 松柏一径:夹路两旁,都是松柏。柏,一作"桂"。灵宫:即衡岳庙。灵,神。

⑫ 粉墙二句:叙衡岳庙。动光彩,红白互相射映,光彩飞动。鬼物图画,寺壁佛画。以上十二句写至衡岳所见。

⑬ 升阶二句:韩愈时正在失意中,即下文所云"窜逐蛮荒",这里的明其衷,意谓祭神非为求福,而是自己的内心郁抑,无人理解,欲以明之于神。伛(yǔ)偻(lǚ),弯着腰。荐,进。脯(fǔ),干肉。菲薄,不丰盛的祭品。

⑭ 庙令老人：掌管神庙的老人。唐时，五岳、四渎（江、淮、河、汉四大川）庙各设庙令一人，正九品上，掌祭祀及判祠事（见《唐六典》）。
⑮ 睢盱句：写祭神时，庙令老人站在身旁的形象。张开眼睛叫睢（huī），闭着眼睛叫盱（xū）。睢盱，是偏义复词，偏用睢义，指眼瞪瞪地看着。侦伺，窥察。能鞠躬，犹言惯于鞠躬。鞠躬，敛身致敬貌。
⑯ 手持二句：杯珓（jiào），一作“杯角”，也可写作“杯教”或“杯校”，是一种简单的占卦工具。用玉及蚌壳或竹木制成，形略似瓢，共有两片，可以分合。占时，把两片合起，掷在地上，视其俯仰向背，以定吉凶休咎（见程大昌《演繁露》卷三）。问卜时，杯珓应由卜者自掷，庙令老人告诉韩愈以掷的方法，故云“导我掷”。“此最吉馀难同”，是庙令根据卦象所作的判语。方世举注：“其掷法以半俯半仰者为吉。”（《昌黎诗集编年笺注》）以上六句叙入庙占卜事。
⑰ 窜逐句：指迁谪阳山事（参看前《答张十一》题下注及注④）。阳山，唐属连州，在今广东连县东南，故云“蛮荒”。幸不死，指改官江陵府法曹参军（参看前《湘中酬张十一功曹》题下注）。
⑱ 甘长终：甘愿长远地如此而终身。
⑲ 福：赐福。难为功：难于为力。以上四句回顾遭贬阳山事写怀。
⑳ 夜投句：夜晚投宿在佛寺的高阁上。佛寺，即衡岳庙。
㉑ 朣胧：光明隐约貌。形容云层里透射出的星月之光。一作“曈昽”。
㉒ 不知曙：意谓睡得酣稳，不知不觉到了天明。
㉓ 杲（gǎo）杲：光明貌。以上四句宿庙，点题“宿岳寺”。

【评】 沈德潜评此诗曰：“‘横空盘硬语，妥帖力排奡’，公诗足以当之。”（参前孟郊《秋怀诗》按）确实，此诗特能见出韩愈诗力大势雄的特点。从韵法看，它一反七古平仄韵互转的通例，以平声东韵，一韵到底，读来有昂强不驯之感。这是韩愈的独创。从遣词造句看，字字轩昂，形象跳突飞动，如正写衡山四句，以“静扫”接“出”，以“突兀”连“撑”，以“连延”联“接”，以“腾掷”缀“堆”，几个动词的连缀写得无生命的衡山犹如腾龙飞虎。这种挺拔峭硬的韵法、句法又均配合着全诗立意的奇崛，气势的盘礴。谒岳是典重大事，历来都写得庄重肃穆，而此诗则寓谐于庄，曲折以抒牢骚不平之气。开局由五岳落入衡山极其典重，“我来”转入谒岳后，层层以写望岳、趋庙、占卜三事，亦极虔诚之态；以至阴云为之开展，杯珓竟得上吉。然而突然作大翻覆折入谒岳前贬谪事，结出“神纵欲福难为功”句，则顿然见出神事之无稽，更见出人事之凶险。于是前此之肃穆庄严，均被抹上一层滑稽色彩。诗的结尾写宿阁，作者在秋夜泬寥中坐以达旦，看似无言无声，然而人们却能听到诗人潜流暗波似的不平心声。清人方东树《昭昧詹言》又指出，此诗有取于杜甫《寄韩谏议》诗。结合上录诸诗不惟可以见出韩愈诗取径老杜，而且可以看到阳山之贬前后，韩诗在学习杜甫基础上，已进一步形成自己独特的风格。读者如有兴趣将韩愈此前诗作，按年排比玩诵一番，则不难悟出。

秋　怀（十一首选一）

这诗是元和元年（806）韩愈自江陵召还长安任国子博士时所作。当时，宰相郑絪很赏识韩愈，准备给以较重要的职位，但却受到别人的造谣中伤。《秋怀》十一首杂写个人失意之感和忧念时局的心情。每首各自成篇。这诗一反从宋玉以来在封建文人中形成传统的悲秋情绪，以新颖可喜的思想，遒劲崭截的语言，表现出作者疾恶如仇、睥睨一切的个性风格。

秋气日恻恻，秋空日凌凌[①]。上无枝上蜩[②]，下无盘中蝇[③]。岂不感时节？耳目去所憎[④]。清晓卷书坐，南山见高棱[5]。其下澄湫水，有蛟寒可罾。惜哉不得往，岂谓吾无能[6]！

【注释】

① 秋气二句：写秋天景象，同时用以象征自己孤独而傲峭的情怀。恻恻，悲凄的意思。凌凌，清空而高爽貌。

② 蜩（tiáo）：蝉的一种。

③ 盘中蝇：苍蝇经常飞集在食品的上面，故云。

④ 岂不二句：意谓夏去秋来，虽使人生节序迁移的感慨，然而秋天听不到聒噪的蜩声，看不见污秽的苍蝇，耳目清净，亦自可喜。

⑤ 南山句：言看到高峻而有棱角的终南山的山峰。按：这里所写景象，正是作者会心之处，和陶潜的"悠然见南山"（《饮酒》）一样，其中寓有鲜明的个性。

⑥ 其下四句：上二句写怀抱壮志，即手揽蛟龙，澄清天下的意思；下二句自慨空有济世之心，而无权无位。低下之地叫做湫（jiū），这里指山涧。有蛟寒可罾，是"有寒蛟可罾"的倒文。蛟，影射当时割据州郡的藩镇。罾（zēng），网取。

【评】 韩、孟《秋怀》诗均从阮籍《咏怀》八十二首来，而取其神，不袭其调，多用硬语、拙调、奇想、拗格，骨相崚嶒而真气饱满，自成一格。中唐前期元结、顾况已逗其渐。

调张籍

这是一首论诗的诗。李白和杜甫齐名，代表两种不同的诗歌风格的极诣。但在中唐时，人们却从不同的角度，片面地强调某一个方面，扬杜而抑李，诗中李、杜兼崇之论，就是对此而发的。作者着重从李、杜二人的生平遭遇，阐明其创作上愤世嫉俗的精神和雄伟非凡的艺术风格。异中取同，以见自己祈向之所在。诗以丰富的想象，奇崛的语言，一连串的象征性的比拟，化抽象的理论为具体的壮美形象，表现了韩诗的独创精神，为后来论诗诗开辟了一个新的境界。张籍是韩愈同时的著名诗人，生平事迹见后作者简介。张为韩门弟子，又和白居易交谊很深，其论诗则倾向于白。白居易是推尊杜甫而贬低李白的（见《与元九书》），韩愈此论，因张籍以发之，可能寓有微意。

李杜文章在，光焰万丈长①。不知群儿愚，那用故谤伤②？蚍蜉撼大树③，可笑不自量。伊我生其后④，举头遥相望。夜梦多见之，昼思反微茫⑤。徒观斧凿痕，不瞩治水航⑥。想当施手时，巨刃摩天扬。垠崖划崩豁，乾坤摆雷硠⑦。惟此两夫子，家居率荒凉⑧。帝欲长吟哦，故遣起且僵⑨。剪翎送笼中，使看百鸟翔⑩。平生千万篇，金薤垂琳琅⑪。仙官敕六丁⑫，雷电下取将。流落人间者，太山一毫芒⑬。我愿生两翅，捕逐出八荒。精诚忽交通，百怪入我肠⑭。刺手拔鲸牙，举瓢酌天浆⑮。腾身跨汗漫，不著织女襄⑯。顾语地上友，经营无太忙⑰！乞君云霞佩⑱，与我高颉颃⑲。

【注释】

① 李杜二句：言李白和杜甫诗中，具有一种凌驾一切的非凡气概。韩愈在《荐士》诗中说：“勃兴得李杜，万类困陵暴。”和这里的“光焰万丈”意同。

② 不知二句：当时扬杜抑李之说，倡自白居易和元稹（参看白居易《与元九书》、元稹《唐故检校工部员外郎杜君墓志铭》）。群儿，指那些在元、

白影响下，胸无定见而随声附和的人。按：上文李、杜并提，言二人不容有所轩轾。这里的谤伤，是指对李。虽故为谤伤，而无损于李，故曰“那用”。

③ 蚍(pí)蜉(fú)：黑色大蚁，比喻上文的“群儿”。

④ 伊：语首发声词。

⑤ 夜梦二句：言李、杜诗中所表现的深广博大的精神，难以捉摸。上下句文义互见，即《论语·子罕》颜渊所说“仰之弥高，钻之弥坚，瞻之在前，忽焉在后”的意思。

⑥ 徒观二句：以大禹治水为喻，言己对李、杜诗尚未能穷源究委。斧凿痕，指禹疏凿山川的痕迹，此喻李杜诗之外在表现。治水航，指禹治水时所乘之舟，此喻李杜诗之内在秘奥。瞩(zhǔ)，看到。

⑦ 垠崖二句：意谓李、杜诗实大声宏，震撼天地。垠崖，崖岸。垠，一作“根”。划崩豁，崩裂中开，有如划断。雷硠(láng)，崩塌声。

⑧ 家居句：犹言处境困穷。参前李、杜小传。

⑨ 帝欲二句：意谓李、杜在诗歌上的伟大成就，正由于政治的失意。按：韩愈《送孟东野序》说：“凡物不得其平则鸣。……人之于言也亦然，有不得已者而言，其歌也有思，其哭也有怀。”《荆潭唱和诗序》说：“和平之音淡薄，而愁思之音要妙；欢愉之辞难工，而穷苦之言易好。”认为处在不合理的社会里，只有遭受排挤和压抑的人们，才会具有强烈义愤，写出真情实感的文章。《柳子厚墓志铭》说：“然使子厚斥不久，穷不极，虽有出于人，其久学辞章，必不能自力以致必传于后如今，无疑也。”这里论李、杜，也是这个意思。帝，天帝。起且僵，指李白曾待诏翰林，杜甫曾任左拾遗，后均遭谗去职事。

⑩ 剪翎二句：比喻李、杜无从施展抱负。正因为如此，所以以文章自见，故下二句云云。说“百鸟翔”是为李、杜鸣不平，意指同时有许多人，无才能而居高位。

⑪ 平生二句：言李、杜诗篇，如珠玉光辉，足垂不朽。古时有一种像薤叶的字体，称为薤叶书。琳，玉名。琅，似珠的宝玉。

⑫ 六丁：神名。《后汉书·梁节王传》李贤注：“六丁，谓六甲中丁神也。

若甲子旬中，则丁卯为神；甲寅旬中，则丁巳为神之类也。”

⑬ 流落二句：慨叹李、杜作品散佚之多。按：李阳冰《草堂集序》：“自中原有事，公（李白）避地八年，当时著述，十丧其九。”可与此相印证。而今存杜诗一千四百馀首，大部分是宋以后人辑集的。《旧唐书》杜甫本传称其集六十卷。但五代与宋初人所见到的一般都是二十卷本，可见在此以前杜诗散佚之严重。太山，即泰山。

⑭ 百怪句：言胸中涌现出许多奇异的诗境。

⑮ 剌（là）手二句：上句比喻诗笔的豪雄，下句比喻诗意的高远。剌手，犹言转手。按：杜甫论诗有“未掣鲸鱼碧海中”（《戏为六绝句》）之语，这里的“拔鲸牙”，即化用其意。天浆，天上的仙酒。

⑯ 腾身二句：意谓胸怀一经开拓，不须著织女所织仙衣，自能超脱尘俗。《淮南子・道应训》：“吾与汗漫期于九垓之外，吾不可以久驻，举臂而竦身，遂入云中。”汗漫，仙人名，跨汗漫，谓超越汗漫。《诗经・小雅・大东》：“跂彼织女，终日七襄。虽则七襄，不成报章。”襄，反的意思。七襄，谓往反七次，像织布的样子。这里化用其意，织女襄，犹言织女章，指织女所织的布匹。

⑰ 顾语二句：言外之意，是说张籍对诗歌用力甚勤，但立足点不高。地上友，指张籍。地上，对上文“腾身跨汗漫”而言。无太忙，无乃太忙的意思。

⑱ 乞：给予。

⑲ 颉（xié）颃（háng）：飞翔。上飞曰颉，下飞曰颃。

奉酬卢给事云夫四兄曲江荷花行见寄并呈上钱七兄阁老张十八助教

这诗是元和十一年（816）韩愈任右庶子时所作。诗中写昆明池赏荷的情景，以和卢云夫的《曲江荷花行》标题，是因卢的诗而引动了自己的游兴。曲江有芙蓉苑，荷花极盛，为游览胜地。卢云夫名汀，官给事中。钱七名徽，官中书舍人。《新唐书·百官志》："中书舍人以久次者一人为阁老。"张十八，即张籍，官国子助教。

曲江千顷秋波净，平铺红云盖明镜①。大明宫中给事归，走马来看立不正②。遗我明珠九十六③，寒光映骨睡骊目④。我今官闲得婆娑，问言"何处芙蓉多⑤？"撑舟昆明渡云锦⑥，脚敲两舷叫吴歌⑦。太白山高三百里，负雪崔嵬插花里⑧。玉山前却不复来，曲江汀滢水平杯⑨。我时相思不觉一回首，天门九扇相当开⑩。上界真人足官府，岂如散仙鞭笞鸾凤终日相追陪⑪！

【注释】

① 曲江二句：形容曲江夏景之美。以红云状荷花，以明镜比江面。花多而又盛开，望去见花而不见水，故曰"平铺"，曰"盖"。宋人金盈之《醉翁谈录》卷二："曲江池本秦世隑州，开元中疏凿，遂为胜境……入夏则菰蒲葱蒨，柳阴四合，碧水红蕖，湛然可爱。好事者赏花辰，玩清景，联骑携觞，亹亹不绝。"

② 大明二句：写卢云夫退朝之后到曲江赏荷的情况。大明宫，在禁城西南，一名蓬莱宫。《资治通鉴》卷二三一胡三省注："唐谓大明宫、含光殿为正牙。"立不正，形容卢云夫看花出神，坐在马上，身子不觉前倾的神态。

③ 明珠九十六：卢诗的字数。以明珠作比，即字字珠玑的意思。

④ 睡骊目：骊龙颔下的宝珠。《庄子·列御寇》："夫千金之珠，必在九重之渊而骊龙颔下，子能得珠者，必遭其睡也。"后世往往以"探骊得珠"比喻文章之美。

⑤ 我今二句：时韩愈任右庶子，是侍奉太子的散官，故云。婆娑，悠闲的样子。问言，犹言问道。芙蓉，荷花的别名。

⑥ 昆明：池名。汉武帝时所开凿，周围四十里，在长安西南。云锦：指盛开的荷花。

⑦ 脚敲句：写赏荷时乐极忘情的神态。嘴里唱着江南地区流行的曲调，两只脚敲着船沿，打着拍子。舷(xián)，船沿。吴歌起句，发音高亢，故曰“叫”。

⑧ 太白二句：写昆明池一片花光水色之中，更衬以雪山倒影的奇丽景色。太白山，终南山的主峰，高耸云表，积雪终年不化。《资治通鉴》卷二一六胡三省注引杜彦远曰：“(太白山)于诸山最为秀杰，冬夏积雪，望之皓然。”三百里，一作“三十里”。

⑨ 玉山二句：上句承前太白山而言，是说相形之下，使玉山失色。下句意谓从昆明池回望曲江，汀滢的波光，好像是杯中之水。玉山，即蓝田山。前却，一前一却，徘徊不前。山本不动，但小舟荡波而行时，舟中之人会产生一种山在徘徊的错觉。苏轼《六月二十七日望湖楼醉书》：“水枕能令山俯仰，风船解与日徘徊。”可作此句注脚。汀(tīng)滢(yíng)，清浅微小貌。

⑩ 我时二句：意谓当自己昆明赏荷的时候，想到卢云夫正在宫中朝见皇帝。天门九扇，犹言宫门九重。

⑪ 上界二句：意谓卢、钱二人忙于官府之事，只有自己和张籍略无拘束，可以尽情玩赏。这一方面是向卢云夫夸耀；另一方面，有邀张籍重游之意。上界真人，天上的仙官，借指卢云夫和钱徽。足官府，犹言满官府。散仙，没有升天、无职守的仙人，指自己和张籍。鞭笞鸾凤，指仙家快意的遨游。按顾况《五源诀》云：番阳仙人王遥、琴子高言：下界功满，方超上界。上界多官府，不及地仙快活。句意本此。

【评】 少陵之格，太白之神，昌黎每能兼融之。读此诗可见一斑。

听颖师弹琴

颖师是来自天竺的僧人，宪宗元和年间，在长安，以弹琴著名。

李贺有《听颖师弹琴歌》纪其事。师是僧的通称，颖是僧名。这诗前十句，用一连串的比喻，描绘音乐的形象；后八句，写出它的强烈感染力，用笔极为陡健。这诗在宋朝曾引起一场笔墨官司：欧阳修和苏轼都把它当作听琵琶诗。苏轼还把它"稍加檃括"成《水调歌头》，赠给"章质夫家善琵琶者"。但宋人《西清诗话》引了"以琴名世"的三吴僧义海的评论。以为"昵昵"二句，"言轻柔细屑真情出见也"。"划然"二句，"精神馀溢，竦观听也"。"浮云"二句，"纵横变态，浩乎不失自然也"。"喧啾"二句，"又见颖孤绝，不同流俗下俚声也"。"跻攀"二句，"起伏抑扬，不主故常也"。认为这"皆指下丝声妙处，惟琴为然。琵琶格上声，乌能尔耶？退之深得其趣，未易讥评也。"(《苕溪渔隐丛话前集》卷一六)

昵昵儿女语，恩怨相尔汝①；划然变轩昂，勇士赴敌场。浮云柳絮无根蒂，天地阔远随飞扬。喧啾百鸟群，忽见孤凤凰②。跻攀分寸不可上，失势一落千丈强③。嗟余有两耳，未省听丝篁④。自闻颖师弹，起坐在一旁。推手遽止之，湿衣泪滂滂⑤。颖乎尔诚能⑥，无以冰炭置我肠⑦。

【注释】

① 昵昵二句：意谓琴声之缠绵宛转，有如青年男女谈情说爱似的。昵，"暱"的同音假借字。昵昵，亲近的意思，一作"妮妮"或"呢呢"，义并同。恩，恩爱。尔和汝，都是第二人的昵称。相尔汝，犹言卿卿我我。按：《世说新语·排调》："晋武帝问孙皓：'闻南人好作《尔汝歌》，颇能为不？'"《尔汝歌》是江南一带民间流行的情歌，歌词每句用"尔"或"汝"，以表明彼此关系的亲昵。此取其义。

② 喧啾二句：比喻琴声的高超，不同于俗调。喧啾，百鸟杂碎声。

③ 跻攀二句：写声调高低的变化。跻，登。跻攀，意指调子越弹越高。分寸不可上，形容高到不能再高。千丈强，多于千丈，极言其低。

④ 省：懂得。丝篁：即丝竹、弦管，泛指乐器，这里借指音乐。

⑤ 滂滂：流溢貌。

⑥ 能：指精于弹琴。

⑦ 无以句：意谓琴声荡人心魂，再弹就禁受不起。冰炭置肠，比喻情感剧烈的波动。《庄子·人间世》郭象注："喜惧战于胸中，固已结冰炭于五藏（脏）矣。"

华　山　女

这诗叙写一家住华山的女道士，借讲说经文，敛资取财，用色相迷惑群众，轰动宫廷的事实。诗中通过形象的刻画，揭穿当时宗教界丑恶的内幕，并进一步抨击最高统治者的腐朽昏庸，宗教和贵族统治集团的互相勾结。诗的写作年代详不可考。据有关史籍记载：元和十四年（819）正月，凤翔法门寺护国真身塔内有释迦牟尼佛指骨一节，运来长安，宪宗极力提倡，并派宦官持香花迎入宫廷供奉。这是宗教界在首都活动的一次高潮，韩愈曾上《论佛骨表》请予制止。表中所叙述的情况和这诗开头两句所说的相吻合，可能是同一时期的作品。

街东街西讲佛经①，撞钟吹螺闹宫庭②。广张福罪资诱胁③，听众狎恰排浮萍④。黄衣道士亦讲说⑤，座下寥落如明星⑥。华山女儿家奉道⑦，欲驱异教归仙灵⑧。洗妆拭面着冠帔，白咽红颊长眉青⑨。遂来升座演真诀⑩，观门不许人开扃[11]。不知谁人暗相报，訇然振动如雷霆。扫除众寺人迹绝，骅骝塞路连辎軿[12]。观中人满坐观外，后至无地无由听。抽钗脱钏解环珮，堆金叠玉光青荧[13]。天门贵人传诏召[14]："六宫愿识师颜形[15]。"玉皇颔首许归去，乘龙驾鹤来青冥[16]。豪家少年岂知道，来绕百匝脚不停[17]。云窗雾阁事慌惚，重重翠幔深金屏[18]。仙梯难攀俗缘重，浪凭青鸟通丁宁[19]。

【注释】

① 街东句：中唐时，佛教徒为了扩大宣传，取佛经中富有文学意味的故事，作出通俗的演绎，有说有唱，描摹表演，称为"俗讲"。讲佛经即指此。"俗讲"的场所是寺庙，长安佛寺极多，故云。

② 撞钟吹螺：讲经僧唱时，撞钟吹螺，作为伴奏。螺，佛教所用的一种法器，以螺壳制成，下粗上细，能吹出呜呜的声音。闹宫庭：讲经声音之响，竟能由街市传至深邃的内宫，故曰"闹"。

③ 广张句：从多方面用因果报应来诱惑和威胁听经的人。

④ 狎恰：唐时口语，你邀我，我邀你的意思。排浮萍：人群拥挤得像水上的浮萍一样，密密麻麻。

⑤ 黄衣：唐时道士着黄色法衣。

⑥ 座下句：言听道士讲说的人寥落如明星，形容人数极少。明星，即金星，又叫启明。早晨在东方出现，特别光亮，这时，其他的星光多已隐没。

⑦ 家奉道：世代信奉道教。

⑧ 欲驱句：想使信佛的人改奉道教。异教，这里指佛教。凡宗教徒都认为本教是正教，其他都是异教。仙灵，即神仙。

⑨ 洗妆二句：意谓华山女洗去红粉之类世俗之妆，换穿道家的冠帔。帔（pèi），披肩。咽（yān），颈部。《许彦周诗话》："诗人写人物态度，至不可移易。元微之《李娃行》云：'髻鬟峨峨高一尺，门前立地看春风。'此

定为娼妇。韩退之《华山女》诗云：'洗妆拭面著冠帔，白咽红颊长眉青。'此定为女道士。"

⑩ 真诀：道经中玄妙之理。

⑪ 观门句：这是华山女有意做就的圈套。她掌握了社会上一般人的好奇心理，知道人们对愈是神秘的事物就愈感兴趣。一个美丽的女道士出现在讲经座上，已经够吸引人了，再把大门关紧，就会轰动更多的人。下面写的现象，就是她计划的实现。开扃(jiōng)，即开门。扃，门上的闩钩等，用以关门。

⑫ 骍骝句：言来的人除市民外，还有大批达官贵人。骍骝，骏马。辎(zī)軿(píng)，车辆。车前帷曰辎，车后帷曰軿。

⑬ 抽钗二句：写华山女骗得了大批的财物。钗、钏、环、珮，都是用金或玉制成的珍贵饰物。抽、解，意谓当场施舍。堆、叠，言其多。

⑭ 天门：指皇宫。贵人：中贵人的简称，即宦官。

⑮ 六宫：后妃住处的总称，借指后妃。师：称华山女。

⑯ 玉皇二句：意谓皇帝同意华山女出宫回观。按：召华山女进宫是后妃，她出宫却须征得皇帝的同意，其中实含微意。惟事关宫庭且涉猥亵，故不敢显言之耳。玉皇，即玉帝，道教所奉最尊贵的天神，这里借指皇帝。颔(hàn)首，点头，即允许之意。

⑰ 豪家二句：意谓豪门少年追逐一个妖艳的女道士，显然不是为了信奉宗教而来；那么他们之间的暧昧关系也就不问可知了。故下两句云云。来绕百匝，经常在道观周围兜圈了，打听消息。

⑱ 云窗二句：窗和阁，指卧室。翠幔、金屏，是卧室内华美的陈设。说云，说雾，说重重，说深，表示这个卧室和外界隔绝，华山女究竟有无苟且之事，真相难明，故使豪家少年产生一种慌惚之感。慌惚，同恍惚。

⑲ 仙梯二句：意谓华山女得到皇帝宠幸，自视甚高，恐一般豪家少年不能再与之亲近，犹如仙凡路隔，纵有青鸟传信，也是枉然。浪，白费之意。青鸟，神话中西王母的侍者，也就是替西王母通音信的鸟。丁宁，字同"叮咛"，一再致意。

【评】 诗题“华山女”，而正写此女仅“华山女儿”四句，他皆从侧面着笔。首四句以宾形主，写佛氏俗讲之盛。“黄衣道士”二句，由佛入道，是转折，而“寥落”字暗埋伏线。“华山女儿”四句入正题，极言其美，则自非“黄衣道士”可比。“不知谁人”以下分三层，铺叙华山女在民间、宫闱引起之轰动，正与“黄衣道士”之“寥落”相映成趣，见出华山女压倒佛氏，挽回道家劣势之奥秘所在。三层写轰动，却以帝王家置于中层，为此一幕活剧之中心、高潮，见出其根因之所在。结末“仙梯”、“青鸟”，扑朔迷离，以虚为实，则几许污秽事，尽在不言中。此诗语虽通俗，而剪裁特精当、叙事特曲折，钩锁擒纵，活络自如，仍可见出韩诗之不同于元白之基本特点。

又此诗语言一反韩诗七古之奇峭排奡，独以平易婉转出之，颇可注意。若上连杜甫《丽人行》、顾况《露青竹杖歌》，中合白居易《长恨》、《琵琶》，元稹《连昌宫词》，下连韦庄《秦妇吟》，似可见出俗体讲唱文学于七言歌行体之影响（参《连昌宫词》评）。此诗以佛道俗讲为题材，可不无理由推想，昌黎乃有意识参以俗体笔调，所谓“游戏”之词也。此殆为此诗语极平易，一反昌黎常调之原由所在。

左迁至蓝关示侄孙湘

韩愈于元和十四年(819)正月，上书谏迎佛骨，触怒唐宪宗，由刑部侍郎贬官潮州刺史，这是南行途中所作。古代贵右贱左，左迁，犹言下迁。蓝关，即蓝田关，又称峣关，在今陕西蓝田县南。韩湘，字北渚，韩愈之侄韩老成的长子。见《昌黎集》卷三五《韩滂墓志铭》。

一封朝奏九重天，夕贬潮州路八千[①]。欲为圣明除弊事[②]，肯将衰朽惜残年[③]！云横秦岭家何在[④]？雪拥蓝关马不前。知汝远来应有意[⑤]，好收吾骨瘴江边[⑥]。

【注释】

① 一封二句：《旧唐书·韩愈传》载：韩愈上疏谏迎佛骨，"疏奏，宪宗怒甚。间一日，出疏以示宰臣，将加极法"。因裴度、崔群等力争，乃贬为潮州刺史。朝奏夕贬，言得罪之速。九重天，借指深宫。潮州又称潮阳郡，州治在海阳(今广东潮安县)。潮州距长安八千里(见《昌黎集》卷三〇《唐故中散大夫少府监胡良公墓神道碑》)。州，一作"阳"。

② 欲为句：《昌黎集》卷三九《论佛骨表》云："今闻陛下令群僧迎佛骨于凤翔，御楼以观，舁入大内，又令诸寺递迎供养。"又云："(百姓)焚顶烧指，百十为群；解衣散钱，自朝至暮。转相仿效，惟恐后时，老少奔波，弃其业次。若不即加禁遏，更历诸寺，必有断指脔身以为供养者。伤风败俗，传笑四方，非细事也。"弊事，指此。欲，一作"本"。明，一作"朝"。事，一作"政"。

③ 肯：犹言岂肯。惜残年：顾惜这老年的生命。这时韩愈五十二岁。

④ 秦岭：《读史方舆纪要》："蓝田县：秦岭在县东南，即南山别出之岭，凡入商洛、汉中者，必越岭而后达。"

⑤ 应：一作"须"。

⑥ 好收句：意谓自己将死在潮州。收骨，语本《左传》僖公三十二年："必死是间，余收尔骨焉。"瘴江，指岭南瘴气弥漫的江流。

【评】　此诗实为退之之《离骚》，而独以律体出之。唯其感情博大深沉，故虽依声律，依然浑灏流转。姚鼐《今体诗抄》论七律云"尤贵气健"，而以杜律为极至。退之七律学杜，正从此节窥入。观其起高结远，中片盘旋顿挫的正是杜律家数，唯华彩风神，总嫌不如。

柳州罗池庙诗

柳州罗池庙，在唐岭南道柳州马平县（今广西壮族自治区柳江县），又称柳侯祠，占地十许丈，庙设甚严（宋人蔡絛《铁围山丛谈》卷四），是唐穆宗长庆二年（822）当地人民纪念柳宗元所建的庙宇。柳宗元于唐宪宗元和十年（815）任柳州刺史，元和十四年（819）死于柳州。此庙建成后，韩愈为撰《柳州罗池庙碑》，诗就附在碑文的后面。诗沿《楚辞·九歌》体，作为祭祀中迎神送神时歌唱之用。它一方面描绘南方祭神的风俗，富有浓厚的地方色彩，而更着重的则是用人民自己的语言，表现了他们对于柳宗元思念不忘的深厚感情。

荔子丹兮蕉黄，杂肴蔬兮进侯堂①。侯之船兮两旗，度中流兮风泊之②。待侯不来兮不知我悲③。侯乘驹兮入庙，慰我民兮不嚬以笑④。鹅之山兮柳之水⑤，桂树团团兮白石齿齿⑥。侯朝出游兮暮来归，春与猿吟兮秋鹤与飞⑦。北方之人兮为侯是非，千秋万岁兮侯无我违⑧。福我兮寿我，驱厉鬼兮山之左⑨。下无苦湿兮高无干，秔稌充羡兮蛇蛟结蟠⑩。我民报事兮无怠其始⑪，自今兮钦于世世⑫。

【注释】

① 侯堂：柳侯之堂，即神堂。柳宗元生前官刺史，刺史为一方之长，相当于古代的诸侯，故称之为侯，与唐人一般美称男子为“侯”不同。

② 侯之二句：朱廷玉《罗池庙碑全解》：“柳人迎神，其俗以一船两旗，置

木马偶人于舟,作乐而导之登岸,而趋于庙。”(《五百家注韩集》引)风泊之,阻风停桡。因船停中流,故下句云云。

③ 待侯句:写迎神的虔诚,急切地盼望神降临。不知我悲,意谓我内心悲哀的程度,是没有人能够知道的。

④ 不嚬以笑:意谓愁容顿消而见笑脸。以,而。

⑤ 鹅之山:即鹅山,在柳江县西十里,山顶有石,形状像鹅,故名(见《舆地纪胜》)。又名峨山(见《清一统志》)。柳之水:即柳江,柳州马平县南三十步(《元和郡县图志》卷三七)。

⑥ 团团:形容密茂如盖。齿齿:巉削险峻貌。

⑦ 春与句:即春与猿吟兮,秋与鹤飞。沈括《梦溪笔谈》卷一四:“古人多用此格,如《楚辞》:‘吉日兮辰良。’(见《九歌·东皇太一》)又‘蕙肴蒸兮兰藉,奠桂酒兮椒浆。’(同上)盖欲相错成文,则语势矫健耳。”后世称这种句法为“吉日辰良体”。

⑧ 北方二句:意谓柳宗元在朝廷受到排挤,迁贬南方,和人民结有深厚情感,希望他的魂魄长留此间。刘大櫆曰:“此祝其安于南方,犹《招魂》言‘北方不可以止’也。”北方,指长安。为侯是非,说了柳侯许多坏话。是非偏义复词,偏取非义。无我违,不要离开我们。无,通“毋”。

⑨ 福我二句:宋人许𫖮《彦周诗话》:“柳子厚守柳州日,筑龙城,得白石,微辨刻画。曰:‘龙城柳,神所守。驱厉鬼,山左首。福土氓,制九丑。’此子厚自记也。退之作《罗池庙碑》云:‘福我兮寿我,驱厉鬼兮山之左。’盖用此事。”厉鬼,恶鬼。

⑩ 秔稌充羡:指农业丰收。秔(jīng),籼稻;稌(tú),糯稻。充羡,充足而有馀。蛇蛟结蟠:意谓蛇蛟不为祸患。

⑪ 无怠其始:敬慎于神庙落成,开始祭祀时不懈怠。始,读去声,和下文“世”字叶韵。

⑫ 自今句:言自今以后,祭祀不绝。与《楚辞·九歌·礼魂》的“春兰兮秋菊,长无绝兮终古”用意相同。

柳宗元（十二首）

柳宗元(773—819)，字子厚，河东(今山西永济县)人。贞元九年(793)进士。又中博学宏词科，授集贤殿正字。调蓝田尉，拜监察御史。他和刘禹锡等人参加了王叔文集团革新政治的活动。顺宗时，官礼部员外郎。王叔文失败后，贬永州司马，调柳州刺史，死于柳州。世称柳柳州或柳河东。

柳宗元的散文和韩愈齐名，诗则与韦应物并称，是唐代杰出的散文家和诗人。其诗较多的是抒写政治上郁抑不平的感慨，也有部分反映人民生活疾苦的作品。从这些诗里，可以看出在封建阶级内部一个真正有理想的进步人士所遭受到的残酷迫害，以及他在思想情感上逐步接近人民的过程。《新唐书》本传说他，“既窜斥，地又荒疠，因自放山泽间，其堙厄感郁，一寓诸文”。这和一般封建官僚宦海浮沉、迁谪失意之作是不可混为一谈的。但由于处境危苦，在沉重的忧伤之中，也往往染有佛教的虚无色彩，表现了作者思想中消极的一面。

柳诗的特点在于：语言峻洁，气体明净，善于从幽峭掩抑的意境中，表现沉着深挚的感情。像巉崖峻谷中凛冽的潭水，冲沙激石，百折千回，流入绝涧，渟滀到彻底的澄清。苏轼称韦、柳诗“发纤秾于简古，寄至味于澹泊”(《书黄子思诗集后》)，后句所指即此。然而有时他的抒情，则以奔迸出之，长歌当哭，发为凄厉激越的变徵之音。风格和韦应物并不完全相似。

有《柳河东集》。

江 雪

千山鸟飞绝，万径人踪灭。孤舟蓑笠翁[①]，独钓寒江雪。

【注释】

① 蓑笠翁：穿着蓑衣戴着笠帽的渔翁。

【评】 一、二句人鸟灭绝已暗藏末句“雪”意，却以蓑翁独钓勾连，更因此而由“山”、“径”阑及“江”面，小诗有章法。“千山”“万径”，满“江”白“雪”，见得无限寥廓；“绝”、“灭”而及“孤”、“独”，则显分外茕茕；寒江鱼潜，钓者何意？尽在此寥廓孤独中透出，此柳诗之所以为清峻幽远。诗与李白《敬亭山》五绝虽相似而不侔，取以对读，不唯可见二人风格之别，亦可明盛中唐诗气局之异（参前录《敬亭山》注及评）。又韩愈有五绝《把酒》：“扰扰驰名者，谁能一日闲。我来无伴侣，把酒对南山。”与此诗同意，而落于言诠，此则韩柳之别也。

渔 翁

渔翁夜傍西岩宿[①]，晓汲清湘燃楚竹[②]。烟销日出不见人，欸乃一声山水绿[③]。回看天际下中流[④]，岩上无心云相逐。

【注释】

① 西岩：即西山，在永州城外湘江的西岸。《柳集》卷二九有《始得西山宴游记》。

② 清湘：澄清的湘水。《湘中记》："湘水至清，虽深五六丈，见底。"(《太平御览》卷六五引)永州州治在今湖南零陵县，是潇、湘二水会合处。

③ 欸(ǎo)乃(ǎi)一声：即渔歌一声。唐时民间渔歌有《欸乃曲》。欸乃，棹船声。一作"䄃霭"，音义均同。

④ 回看句：是说船下中流之后，回看西岩，远在天际。

南 涧 中 题

这诗从幽静景物的刻画，表现出迁谪中的孤寂心情。南涧，在永州朝阳岩东南。《柳集》卷二九有《石涧记》，所指即此。两山夹水曰涧。

秋气集南涧，独游亭午时[①]。回风一萧瑟，林影久参差[②]。始至若有得，稍深遂忘疲。羁禽响幽谷[③]，寒藻舞沦漪[④]。去国魂已游[⑤]，怀人泪空垂。孤生易为感[⑥]，失路少所宜[⑦]。寂寞竟何事？徘徊只自知。谁为后来者，当与此心期[⑧]！

【注释】

① 亭午：正午。

② 林影句：言林影动摇，历久不息。参(cēn)差(cī)，不齐貌。

③ 羁禽句：深秋萧索，幽谷鸟鸣，动人哀思。作者身在羁旅之中，以我观物，故称禽为"羁禽"。陶潜《归园田居》："羁鸟恋旧林。"

④ 寒藻句：写水藻在波面荡漾。因是秋季，故曰“寒藻”。沦漪(yī)，指微风吹动，涧水泛起一个个的圆圈。《诗经·魏风·伐檀》：“河水清且沦猗。”漪，同猗，托声词，犹“兮”。

⑤ 去国：谓迁谪离京。魂已游：犹言精神恍惚。

⑥ 孤生：孤独的生涯。易为感：易于为外物所触动而生感慨。

⑦ 失路：指政治上的失意。少所宜：就是难以自处，动辄得咎的意思。

⑧ 谁为二句：承上文，意谓倘有人处于同样境遇中，当能理解我这时的心情。期，契合的意思。

【评】 因羁愁而独游，因“游”而“若有得”，“遂忘疲”，则由愁而乐。游乐间又见“羁禽”、“寒藻”，触物伤情，遂复由乐而转愁。唯其有此中间一时之乐，更见出长年不绝之愁。至此郁积无可排遣，发为后篇之喟叹，水到渠成，感人尤深。全诗脉络分明，接续无痕。“秋气集南涧”定一篇主调。“去国”、“怀人”结游乐事而点出忧心之所缘由。“谁为后来”，悲知己之难遇。由己及人，由近而远。全诗于清简中见出气之郁结，法之森严。清人贺裳《载酒园诗话》论韦、柳异同有云“韦、柳相同者神骨之清，相异者，不独峭淡之分，先自忧乐之别”；又云“柳构思精严，韦出手稍易”。以此诗与应物名作《寄全椒山中道士》、《园林宴起》等对读，可知贺说不谬。

行　路　难(三首选一)

这诗通过寓言形式，写一个真正有政治理想的人在不合理的封建社会里所遭遇到的悲剧结果，以见人生道路之艰难。是自伤之词，同时也是哀悼和自己同一政治集团的失败者。《行路难》，乐府《杂曲歌辞》旧题。

君不见,夸父逐日窥虞渊[①],跳踉北海超昆仑[②]。披霄抉汉出沆瀣,瞥裂左右遗星辰[③]。须臾力尽道渴死,狐鼠蜂蚁争噬吞[④]。北方竫人长九寸[⑤],开口抵掌更笑喧[⑥]。啾啾饮食滴与粒[⑦],生死亦足终天年[⑧]。睢盱大志小成遂,坐使儿女相悲怜[⑨]。

【注释】

① 夸(kuā)父(fǔ)句:以逐日比喻从事宏伟的政治活动。夸父,神人名。《列子·汤问》:"夸父不量力,欲追日影,逐之于隅谷之际。"张湛注:"隅谷,虞渊也,日所入。"

② 跳踉(liàng):跳动貌,形容飞速地大踏步前进。昆仑:西方的大山。

③ 披霄二句:写逐日的壮丽图景。抉,冲破。汉,天河。沆瀣(hàng xiè),太空中的清气。瀣,一作"漭"。披,排开。瞥(piě)裂,同"撇烈",摆动貌。遗,丢在后面。

④ 须臾二句:《列子·汤问》言夸父逐日,"渴欲得饮,赴饮河渭。河渭不足,将走北海大泽。未至,道渴而死。"按:永贞元年(805)正月,顺宗李诵即位,王叔文执政,进行了一系列的政治改革。但到这年七月,顺宗即因病退位,发生政变,这一集团的人都被谪至边远地区。次年,王叔文被杀。王叔文集团失败后,一般官僚都骂他们为奸党、奸人,尽情诬蔑打击。这里影射其事。

⑤ 竫(jìng)人:传说中北方一种最矮小的人(见《山海经》)。这里借以影射那些卑鄙的官僚。

⑥ 抵掌:抵掌而谈,谓得意地在高谈阔论。

⑦ 啾啾:形容语音的低沉破碎,一作"喽啾"。饮食滴与粒:饮一滴,食一粒,意谓无大志。

⑧ 终天年:以寿而终,不会遭遇到什么祸患。

⑨ 睢(huī)盱(xū)二句:总结全篇。意谓夸父逐日而死,竫人饮食全生,世间事往往如此,使得有志之士为之感伤。睢盱大志,谓大志无成。

张眼曰睢,闭眼曰盱。睢盱,是偏义复词,偏用睢义,指眼瞪瞪地看着。小,小志。成遂,成就。坐使,犹言空使。儿女,后代的人们。

田　家(三首选二)

这诗实纪留宿田家时的情况。前一首写农村秋夜聚谈,从村舍的萧条,农民们的恐怖心理,反映了官府的残酷,胥吏的横暴。后一首写田翁留客淳朴之情。所有诗中的描绘,无不情景相映,声影毕现,宛然如在目前。

其　一(原第二首)

篱落隔烟火[1],农谈四邻夕。庭际秋虫鸣,疏麻方寂历[2]。蚕丝尽输税,机杼空倚壁[3]。"里胥夜经过,鸡黍事筵席[4]。各言'长官峻[5],文字多督责[6]。东乡后租期,车毂陷泥泽。公门少推恕,鞭朴恣狼籍[7]。努力慎经营,肌肤真可惜[8]!'迎新在此岁,惟恐踵前迹[9]。"

【注释】

① 篱落句:写农村晚景。篱落,即篱笆。村庄多用篱笆围绕,在篱笆外可以看见人家的烟火,故曰"隔"。

② 庭际二句:写农家夜谈。一切都是静悄悄的,只有庭前稀疏麻地里秋虫的鸣声。寂历,犹言寂寞。

③ 机杼句:机杼,织机中两个部分,这里用作织机的代称。因为没有蚕丝,所以织机闲在屋里。

④ 里胥二句：追述前夜的事。即第二句“农谈”的具体内容。里胥，里中胥吏，即征收租税的公差。鸡黍，指丰盛的饭菜（详孟浩然《过故人庄》注①）。事，办的意思。

⑤ 各言句：从“长官峻”以下，至“肌肤真可惜”，是农民们转述里胥的话。里胥挨户催租，农民们所听到的恫吓之词，彼此略同，故“各言”。峻，严厉。

⑥ 文字：指催征的文书。督责：意谓督促责成他们向人民勒索。

⑦ 东乡四句：里胥向农民举的一个事例。租期，公家所规定的缴纳租税的限期。车轮中贯轴的地方叫作毂（gǔ）。车毂陷入泥泽，则车不能前进，是“后租期”的原因。推恕，推原事理而加以谅解。鞭朴恣狼籍，尽情地打，打得皮开肉裂。狼籍，散乱纵横貌。恣，任意。

⑧ 努力二句：里胥警告他们，意思是说，你们可得小心点啊！免得同这东乡的人一样，皮肉吃苦！经营，指筹划缴纳租税。惜，爱惜。

⑨ 迎新二句：当时实行两税法，规定夏税在六月内纳毕，秋税在十一月内纳毕。迎新，指新谷登场，准备缴纳秋税。踵前迹，踩上了过去的旧脚印。过去他们曾因缴租税后期受过鞭打，对里胥所说有亲身体验，所以彼此互相提醒，今年得早点缴纳租税。谈话以此终结。

其　　二（原第三首）

古道饶蒺藜①，萦回古城曲。蓼花被堤岸②，陂水寒更渌③。是时收获竟，落日多樵牧。风高榆柳疏，霜重梨枣熟。行人迷去住，野鸟竞栖宿④。田翁笑相念⑤：“昏黑慎原陆⑥！今年幸少丰，无厌饘与粥⑦。”

【注释】

① 古道：荒僻的道路。饶：多。蒺藜：一种有刺的植物。

② 蓼花：生在岸边或浅水处的一种草本植物，一名水蓼。夏秋间开白色

带红的五瓣小花。被堤岸：披满堤岸，极言其多。

③ 渌(lù)：澄清貌。一作“绿”。

④ 行人二句：意谓到了黄昏野鸟归林的时候，行人还未找到投宿之处。行人，自指。去住，偏义复词，偏用“住”义。

⑤ 念：顾念，指下文所说的关切之意。

⑥ 昏黑句：田翁的话。意谓天色已昏黑了，行走在这荒凉的原野里，可要小心啊。

⑦ 今年二句：伸足上句的意思，是留客之词。意谓田家困苦，今年收成略好，故有饘粥招待客人，希望不要厌薄。少(shāo)丰，收成稍好。无，同“毋”。饘(zhān)粥，就是粥。分开来说，厚的叫饘，薄的叫粥。

【评】 《笔墨闲录》云：“《田家》诗‘鸡鸣村巷白’云云(按：见三首之一)，‘里胥夜经过’云云，绝有渊明风味。”按此论二家真淳处相近，诚是；然试以《田家》与渊明《归园田居》五首对读，又可见其不同之处。陶诗思恬，其致闲放，是隐者之诗；柳诗思苦，其情悲怨，乃谪宦之诗。陶诗纯任天趣，自然中见神化；柳诗入险出夷，工炼中见自然。即如“鸡鸣村巷白”，白字即颇见锻炼之精，已与渊明“暧暧远人村，依依墟里烟”不侔；至如“风高榆柳疏”之属，分明唐调，为陶集中所绝无。《西溪诗话》云：“子厚诗雄深简淡，迥拔流俗，至味自高，直揖陶谢，然似入武库，但觉森严。”此说较《闲录》所见更为深刻。

登柳州城楼寄漳汀封连四州刺史

这诗是唐宪宗元和十年(815)夏柳宗元初任柳州刺史时所作。漳州刺史韩泰、汀州刺史韩晔、封州刺史陈谏、连州刺史刘禹锡和柳宗元同是王叔文集团重要人物，自永贞元年（805），迁谪南方，到这年，才奉诏进京。当时执政大臣中有人赏识他们的才能，想留朝任用，但由于阻挠势力太大，仍然分发到边远的州郡做刺史。诗中写登楼远望，怀念挚友之情，凄凉激楚，充满着愤郁不平的感慨。诗题一无“刺史”二字。

城上高楼接大荒，海天愁思正茫茫。惊风乱飐芙蓉水，密雨斜侵薜荔墙①。岭树重遮千里目②，江流曲似九回肠③。共来百越文身地④，犹自音书滞一乡！

【注释】

① 惊风二句：写眺望中夏天暴雨的景象，同时寓有感慨仕途中风波险恶之意。飐（zhǎn），吹动。芙蓉，即荷花。薜（bì）荔（lì），蔓生香草。

② 岭树句：一作“云驶去如千里马”。驶（kuài），流驶。目，一作“月”。

③ 江：指柳江。柳江发源于今贵州榕江县，东南经广西，入红水江。柳州城在柳江与龙江会合处。九回肠：形容愁思的缠结。司马迁《报任安书》：“肠一日而九回。”

④ 共来句：《庄子·逍遥游》：“宋人资章甫而适诸越，越人断发文身，无所用之。”《文选》贾谊《过秦论》李善注引《汉书音义》：“百越非一种，若今言白蛮也。”越，南方民族的通称。文身，南方人民从古遗留下来的一种风俗。《淮南子·原道训》：“九疑（即苍梧山）之南，陆事寡而水事众，于是民人被发文身，以象鳞虫。”高诱注：“文身，刻画其体，内（纳）默（墨）其中，为蛟龙之状以入水，蛇龙不害也。”唐时，柳州属岭南道，治马平（今广西壮族自治区柳江县），漳、汀二州属江南道，漳州治龙溪（今福建省县名），汀州治长汀（今福建省县名），封、连二州属岭南道，封州治封山（今广东省县名），连州治阳山（今广东连山县），都是古代百越之地，故云。

与浩初上人同看山寄京华亲故

这诗是柳宗元在柳州时所作。浩初上人，即浩初和尚，潭州（今湖南省长沙市）人，龙安海禅师的弟子。他和柳宗元、刘禹锡很有交谊。曾到柳州访柳，到连州访刘。刘禹锡《海阳湖别浩初师》诗序文中说他，“为诗颇清，而弈棋至第三品。”佛教称有道德的人为上人，后来用作僧人的代称。

海畔尖山似剑铓，秋来处处割愁肠①。若为化得身千亿，散向峰头望故乡②。

【注释】

① 海畔二句：苏轼《东坡题跋》卷一《书柳子厚诗》：“仆自东武适文登，并海行数日，道傍诸峰真若剑铓，诵柳子厚诗，知海山多尔耶！”苏轼《白鹤峰新居欲成夜过西邻翟秀才》“割愁还有剑铓山”句本此。

② 若为二句：承前“尖山”而言。因为这无数的山峰，山山都可远望故乡，而自己只有一双眼睛，所以恨不能“化身千亿”。化身，佛教习用词。佛教认为释迦牟尼能化身千万亿。《无量义经·说法品第二》谓佛“能以一身，示百千万亿那由他无量无数恒河沙身”。《妙法莲花经》等亦有类似说法。若为，怎能的意思。

柳州峒氓

这诗写岭南地区少数民族的风俗和自己迁谪失志的心情，也是初到柳州时所作。当时,柳州一带有一种住在山穴里的少数民族,称为峒(dòng)人。峒,山穴。氓,指编有户籍的居民。

郡城南下接通津,异服殊音不可亲①。青箬裹盐归峒客,绿荷包饭趁虚人②。鹅毛御腊缝山罽③,鸡骨占年拜水神④。愁向公庭问重译⑤,欲投章甫作文身⑥。

【注释】

① 郡城二句:意谓由郡城下望,随时可以看到峒人在大路上来来往往。郡城,即州城,唐柳州又称龙城郡。柳州之南是柳江。通津,来往必经的渡口。不可亲,无法去接近,因为言语不通的缘故。

② 青箬二句:写峒人来往的情况。箬(ruò),笋叶。岭南人把市叫做虚,字同"墟",即空场。宋人吴处厚《青箱杂记》卷三:"岭南谓村市为虚……盖市之所在,有人则满,无人则虚。而岭南村市,满时少,虚时多,谓之为虚,不亦宜乎?"市场交易有一定的时间,按时前往,叫做趁虚,犹如后来所说的赶集。

③ 鹅毛:即洋鸭毛,就是现在所说的鸭绒。岭南不产丝绵,民间家家养洋鸭,取其毛以制被。御腊:即御冬,御寒的意思。罽(jì):毛织品,这里指用毛装制的被毯。

④ 鸡骨句:当地风俗,年年都要在水神面前祈祷,占卜年成的丰歉。《汉书·郊祀志(下)》:"(粤人)亦祠天神帝百鬼,而以鸡卜。"注引李奇曰:"持鸡骨卜,如鼠卜。"《说郛》卷二引唐人段公路《北户录》:"南方逐除夜及将发舡,皆杀鸡择骨为卜,传古法也。"

⑤ 重译:必须经过多次辗转翻译,泛用于一般无法听懂的语言。这里指重译之人。

⑥ 欲投句:自伤流滞南方,北归无望,因而想脱去汉装,作百越之民。这是愤激语。章甫、文身,化用《庄子·逍遥游》语意(详见前《登柳州城楼寄漳汀封连四州刺史》注④)。

【评】 以岭南风物入诗,韩、柳集中多见之,而以之入七言今体,特别是七律,则不能不推子厚为擅长。除本诗前后数诗外,他如“山腹雨晴添象迹,潭心日暖长蛟涎。射工巧伺游人影,飓母偏惊旅客船”(《岭南江行》);“林邑东回山似戟,牂牁南下水如汤。蒹葭淅沥含秋雾,橘柚玲珑透夕阳”(《得卢衡州书因以诗寄》);“梅岭寒雨藏翡翠,桂江秋水露鲳鳙”(《柳州寄丈人周韶州》);“华夷图上应初录,风土记中殊失传”(《南省转牒欲具江国图令尽通风俗故事》)……均是好诗。这些诗章,不唯为后人提供了一幅幅南徼的风土画,弥补了史乘的不足,而且在诗史上起到继往开来、推陈出新的作用。唐人中如岑参善写西鄙景物,杜甫善写蜀中风光,顾况善写吴越民俗,而大量以岭南风俗为题材,子厚当为巨擘。风俗诗过去多用最接近民歌的七绝,或以放逸恣纵为特点的七古;而大量用七律这种历来以高华为特点的诗体来表现,也属于首创。此实为贞元以后诗体趋放的时代特点在子厚诗中的反映。子厚这类诗作之佳处,在于以南国幽艳风光与谪居之愤懑糅合为一体,构成寓惨舒于浩茫的诗歌意境。贺裳曰:“柳五言犹能强自排遣,七言则满纸涕泪。”(《载酒园诗话》)正是指这一类诗作。这比起韩愈五、七言古诗中某些有猎奇倾向的南俗诗(如《初南食贻元十八协律》等),无论就诗歌的立意与形象的浑成来看,都要高出许多。诗欲奇而忌怪,由此可以悟得。

柳州二月榕叶落尽偶题

这诗通过具有地域特征的季节景物的描写,表现了迁谪生活中惆怅不甘的性情。榕(róng),热带特产的一种桑科常绿乔木,两广最多。树高四五尺,枝向四面伸展,夏间开淡红色小花、叶形似冬青，秋冬都很茂盛。

宦情羁思共凄凄[①]，春半如秋意转迷[②]。山城过雨百花尽，榕叶满庭莺乱啼。

【注释】

① 羁思：羁旅之思。思，读去声。

② 春半句：二月应是春光最浓艳的时候，可是南方地气燠热、多雨，暴雨过后，百花零落，榕叶满地，恰似秋天景色。所以羁旅南方的人见之，往往触景生情，惘然若失，故曰“迷”。按：绝句每于第三、四句转折，而此诗三、四句只是第二句的补充说明。这种独特的构思是为抒发其胸中积郁服务的。

别舍弟宗一

宗一是柳宗元的从弟。这诗作于元和十一年(816)，宗一将离开他的哥哥由柳州到湖北去。

零落残魂倍黯然[①]，双垂别泪越江边[②]。一身去国六千里，万死投荒十二年[③]。桂岭瘴来云似墨，洞庭春尽水如天[④]。欲知此后相思梦，长在荆门郢树烟[⑤]。

【注释】

① 零落句：零落残魂，指受尽摧残打击，空虚而无所着落的精神状态，即《南涧中题》所说“去国魂已游”的意思。黯然，形容离别时一种默默无

言的感伤情绪。江淹《别赋》:“黯然消魂者,惟别而已矣。”迁谪他乡,客中送别,故倍觉黯然。

② 越江:即粤江,珠江的别名,是西江、北江、东江的总称。这里指柳江,因柳江是西江的支流。

③ 一身二句:承前“零落残魂”,写自己政治遭遇的悲惨。去国和投荒为互文,言离开京都,被窜逐到荒远之地。投荒,即《左传》文公十八年“投诸四裔,以御魑魅”的意思。柳宗元于永贞元年(805)谪贬为永州司马,来到岭南,到作此诗时,正好是十二个年头。《旧唐书·地理志》:“(柳州)去京师,水陆相乘,五千四百七十里。”此云六千里,是举其成数。宋人黄庭坚《雨中登岳阳楼望君山》:“投荒万死鬓毛斑”本此。

④ 桂岭二句:上句写自己相送处柳州之景可怖,下句言从弟所经之地风景迷人,从而引出下二句。从下文可知宗一乃往游湖北。由柳州往湖北当由柳江入湘水,至洞庭,更入长江。桂岭,泛指柳州附近一带的山。今广西壮族自治区地带,古时简称为桂,因秦朝曾置桂林郡于此。瘴,瘴气,指山林间因湿热蒸郁而形成一种能引起疾疫的气氛。

⑤ 欲知二句:悬拟别后愁思之情。荆门,山名,在今湖北宜都县西北。郢,江陵,亦可作楚地代称。“荆门郢树”指湖北,宗一所游处。烟,因相距遥远,极目微茫,故云。

酬曹侍御过象县见寄

曹侍御名未详(唐人称殿中侍御史及监察御史皆为侍御),当是柳宗元的京朝旧友。象县,今广西壮族自治区象县。

破额山前碧玉流①,骚人遥驻木兰舟②。春风无限潇湘意，欲采蘋花不自由[3]。

【注释】

① 破额山：据诗意当在象县境内濒江处。碧玉流：象县濒临柳江，碧玉喻江水之清碧明净。

② 骚人：屈原作《离骚》，创造了一种独特的诗体，后世称为骚人。后来文人也可称为骚人，这里借指曹侍御。遥驻：象县距柳宗元所在的柳州州治有一百三十里之遥，故云（参看《柳州府志》卷二）。木兰舟：木兰，即辛夷。用木兰为舟，取芬芳之义，是《楚辞》中惯用的词语。

③ 春风二句：看到曹侍御乘舟而来，因而触动了作者的游兴，想重游永州，但作者系被贬到柳州，并无行动自由，故云。《湖南通志》卷八："（湘江）源出广西兴安县海阳山，西北流至分水岩分为二派：曰漓水，流而南；曰湘水，流而北……至永州，与潇水合，曰潇湘。"可见由柳州的柳江乘舟是能直达永州潇湘的。欲采蘋花，《湖南通志》卷一三："白蘋洲在（永州零陵）县西潇水中，洲长数十丈，横流如峡，旧产白蘋，最盛。潇水至此入湘。"又：柳宗元有《再上湘江》诗："好在湘江水，今朝又上来。不知从此去，更遣几年回？"也表达了作者对湖南永州的依恋之情，可与此诗相印证。

卢　仝（一首）

卢仝（？—835），自号玉川子，范阳（今河北大兴县附近）人[①]。家境贫困，隐居少室山，终日苦吟。朝廷两度征为谏议大夫，均不就。韩愈为河南令，和他往还，交谊甚厚。曾赋《月蚀诗》，借自然现象讥讽时政，得罪了宦官。甘露之变，他恰好偶然留宿在宰相王涯家里，同时被捕，遇害。

他是一位和统治集团消极不合的狂士，又是一位以险怪著名的诗人。其诗与马异、刘叉风格相近似，而能自成一家，严羽《沧浪诗话·诗体》列有“卢仝体”。朱熹评其诗，以为“句语虽险怪，意思亦自有浑成气象”（见《朱子语类》）。

著有《玉川子诗集》。

① 一说是济源（今河南沁阳市）人。

走笔谢孟谏议寄新茶

这诗因孟谏议的寄茶，联想到统治阶级生活的荒侈，人民徭役的繁重，名说是谢，实乃是讽。可和前面选的袁高《茶山诗》相参看。卢仝以好饮茶著名，诗中极力描绘受茶时的欣喜心情和茶味之美，结尾处突然掉笔空际，带出主题。构思之妙，来无端而去无迹。诗的语言亦突兀新奇，自见特色，但却无佶屈聱牙的毛病。走笔，振笔直书的意思。谏议，即谏议大夫。

日高丈五睡正浓，军将打门惊周公①。口云谏议送书信，白绢斜封三道印。开缄宛见谏议面，手阅月团三百片②。闻道新年入山里，蛰虫惊动春风起。天子须尝阳羡茶，百草不敢先开花③。仁风暗结珠琲瓃④，先春抽出黄金芽⑤。摘鲜焙芳旋封裹⑥，至精至好且不奢⑦。至尊之馀合王公，何事便到山人家⑧？柴门反关无俗客，纱帽笼头自煎吃⑨。碧云引风吹不断⑩，白花浮光凝碗面⑪。一碗喉吻润；两碗破孤闷；三碗搜枯肠，唯有文字五千卷；四碗发轻汗，平生不平事，尽向毛孔散；五碗肌肤清；六碗通仙灵⑫；七碗吃不得也，唯觉两腋习习清风生。蓬莱山⑬，在何处？玉川子，乘此清风欲归去。山上群仙司下土⑭，地位清高隔风雨⑮。安得知百万亿苍生命，堕在巅崖受辛苦⑯！便为谏议问苍生⑰：到头还得苏息否⑱？

【注释】

① 惊周公：意谓把自己从梦中惊醒。孔子曾说："甚矣吾衰也！久矣吾

不复梦见周公。”(见《论语・述而》)这里把“周公”借作梦境的代称。

② 手阅句：言检收送来的新茶。阅，一一检视。把茶叶制成圆饼，形似满月，叫做月团。明人李日华《恬致堂诗话》引陆羽《茶经》：“造茶之法：摘芽，择其精者水漂之，团揉入竹圈中，就火烘之成饼。”

③ 天子二句：意谓阳羡茶是供御珍品，须在百草开花以前，便加采摘(其时茶芽如粟，色、香、味最佳)。阳羡，唐县名，在今江苏宜兴县南，是唐时产茶名区。

④ 仁风：指春风，兼切皇风。珠琲(bèi)瓃(léi)：犹言缀玉联珠，形容茶树上所发的嫩苞。串珠叫琲，缀玉叫瓃。

⑤ 先春：春天正式到来之前，即上文所说的“新年”。黄金芽：嫩黄色的茶芽。

⑥ 摘鲜句：鲜和芳都是指嫩茶。焙，用火焙制，烘炒。旋，立即。

⑦ 不奢：不多。因为春寒料峭，茶才萌芽，所以摘到的茶很少。《苕溪渔隐丛话》前集卷四六引《学林新编》：“茶之佳品，芽蘖细微，不可多得，若取数多者，皆常品也。”

⑧ 至尊二句：谢赠茶之惠。皇帝照例将新茶分赐一些给大臣。孟谏议送卢仝的茶就是皇帝赐给的。合王公，该由王公享用。王公，泛指大臣。山人，自指。

⑨ 纱帽：唐以前为皇帝及达官所服用，唐时贵贱共之(见《唐会要》卷三一)。这里指家常戴的便帽。

⑩ 碧云：状茶之色。唐时茶叶，“以碧色为贵”。李泌(茶)诗：“旋沫翻成碧玉池。”郑谷茶诗：“入坐半瓯轻泛绿。”郑云叟茶诗：“罗忧碧云散，尝见绿花生。”皆可印证(参看《苕溪渔隐丛话》前集卷四六)。

⑪ 白花：指沏茶时茶水面上所泛的白色泡沫。

⑫ 仙灵：即神仙。

⑬ 蓬莱山：古代神话中海外三神山之一，这里用以代表神仙境界。

⑭ 山上群仙：影射高高在上的统治者，即上文所说的“至尊”和“王公”。司下土：管理下界。

⑮ 隔风雨：风吹不到，雨也打不到，意谓不知艰苦。

⑯ 堕在句：言茶树生在深山之中，采茶时要受许多辛苦，和前面“闻道新年入山里”相呼应。巅崖，即危崖。
⑰ 便为句：“便为苍生问谏议”的倒文。
⑱ 苏息：略略休息，即口语所说喘一口气的意思。死而复生曰苏。

【评】 诗分二线：得茶、烹茶、饮茶、饮后感受是一线，以自我为主；贡茶、赐茶及后幅采茶是一线，处处写实。自我一线，狂逸纵恣；写实一线，语语含讽，二线交织。写实均从自我一线自然联想带出，至结末逼出“问谏议”二句，两线合一，以谢为责，语虽婉转而意实深切。全诗笔势夭矫流转，句式参互错杂，设想奇异夸诞，语言似拙而炼，的是韩门七古正派。

刘　叉（一首）

刘叉（生卒年不详），河北地带人，籍贯详不可考。少时勇力过人，出入市井为任侠。尝因酒杀人，遇赦，浪游齐、鲁之间。曾做过韩愈的门客，和其他的宾客争吵，互不相下。一次，看到案上放有几斤黄金，是韩愈替人家写墓志铭所得的报酬。他说："此谀墓中人所得耳，不若与刘君为寿！"遂取之而去。后又回到齐鲁一带，不知所终。

他曾自说："诗胆大如天。"（《自问》）在元和诗坛上是位独来独往的怪杰。其诗敢于大胆暴露现实，政治色彩鲜明，富有一种粗豪犷野的气息和摆落拘束、冲决一切的精神。虽然在艺术上还不够成熟，部分作品流入粗糙油滑，但和一般封建士大夫的作品，是迥然有所不同的。

《全唐诗》录存其诗一卷。

雪　车

这诗叙写在深冬里，官家驱使饥寒交迫的人民，用大车装载冰雪运入宫中，储存到第二年夏天，作为皇帝消暑之用。作者愤怒地指斥统治者的残暴，沉痛地控诉了人民的痛苦，并揭发了当时社会生活中所存在的一系列的矛盾。

腊令凝绨三十日[1]，缤纷密雪一复一[2]。孰云润泽在枯荄[3]？阛阓饥民冻欲死[4]。死中犹被豺狼食[5]。官车初还，城垒未完备[6]。人家千里无烟火，鸡犬何太怨[7]！天不恤吾甿[8]，如何连夜瑶花乱[9]！皎洁既同君子节，沾濡多着小人面[10]。寒锁侯门见客稀，色迷塞路行商断[11]。小小细细如尘间[12]，轻轻缓缓成朴簌[13]。官家不知民馁寒，尽驱牛车盈道载屑玉。载载欲何之？秘藏深宫，以御炎酷[14]。徒能自卫九重间[15]，岂信车辙血，点点尽是农夫哭。刀兵残丧后，满野谁为载白骨？远戍久乏粮，太仓谁为运红粟[16]？戎夫尚逆命，扁箱鹿角谁为敌[17]？士夫困征讨[18]，买花载酒谁为适[19]？天子端然少旁求[20]，股肱耳目皆奸慝[21]。依违用事佞上方[22]，犹驱饥民运造化[23]，防暑厄。吾闻躬耕南亩舜之圣，为民吞蝗唐之德[24]；未闻墟孽苦苍生[25]，相群相党上下为蟊贼[26]。庙堂食禄不自惭[27]，我为斯民叹息还叹息！

【注释】

① 腊令：即腊月。令，节令，时令。凝绨（tí）：指积雪。绨，厚帛，帛色洁

白,故用以比雪。

② 缤纷:雪花飞散貌。

③ 孰云句:雪能润物是常理,《氾胜之书》称"雪为五谷之精"。然而因在上者失政,一切常理都颠倒了。"孰云"是反问,谓预兆丰年的大雪并未能给百姓带来好处。这是愤语,故下句云云。枯荄,干枯的草根。

④ 阛(huán)阓(huì)饥民:犹言市井穷民。阛,市垣;阓,市门外。

⑤ 被豺狼食:语意双关,谓穷民冻死,其尸体被豺狼所噬,亦是隐喻残暴官吏敲骨吸髓的迫害。按:《汉书·孙宝传》:"豺狼横道。"《后汉书·张纲传》:"豺狼当路。"皆以豺狼比喻残暴官吏。

⑥ 官车二句:言徭役繁重。腊令三十日则近春节,服役者于雪中推官车刚刚回家,备极苦辛,然而城垒没有修好,则徭役正无尽期。

⑦ 人家二句:意指村落萧条。徭役无尽,丁壮在外,农事不修,故虽近节期,而一片萧索。

⑧ 恤:忧念,怜悯。甿(méng):农民。

⑨ 瑶花:借指雪花。瑶,白色的玉。

⑩ 皎洁二句:意谓既然雪花洁白,似乎具有君子的节操,但为什么偏喜欢落在缺衣少食的穷民面上,欺凌他们。这二句也是语带双关,看似怨天,实则指责统治者。士大夫标榜所谓清高的节操,把皎洁的雪花看作这一空洞概念的象征。

⑪ 色迷塞路:雪花覆盖着大地,一片白色,辨不出路径,故云。塞,险隘之地。

⑫ 小小句:大雪片中夹着像灰尘一样小小细细的雪。间,间杂的意思,读去声。

⑬ 朴簌(sù):朴朴簌簌,微细的雪声。

⑭ 官家五句:葛立方《韵语阳秋》卷三:"(刘叉)《冰柱》《雪车》二诗,虽作语奇怪,然议论亦皆出于正也……'官家不知民馁寒……以御炎酷。'如此等句,亦有补于时,与(卢)玉川《月蚀》诗稍相类。"官家二句,谓官车刚回,又被临时拉差去运雪。屑玉,即玉屑,借指雪片。载载,言连载不已。之,往。

⑮ 卫：防卫，意谓防止暑气的侵袭。九重：指深宫。

⑯ 太仓句：是“谁为运太仓红粟”的倒文（上文“满野谁为载白骨”句法同）。《史记·平准书》：“太仓之粟，陈陈相因，充溢露积于外，至腐败不可食。”因堆积年久，颜色变红，故曰“红粟”。

⑰ 戎夫二句：言藩镇叛乱，尚未平定。戎夫，即武人，指各地割据的藩镇。逆命，不听朝廷的命令。扁箱，军用车。鹿角，战地所建防御工事。用带枝的树木削尖，埋在地上，结成一条防线，相互交叉，形似鹿角，故名。按：以上六句意谓百姓被驱去载雪后，有谁去干掩埋战骨、搬运军粮、构筑工事这些非干不可的大事呢！

⑱ 士夫：犹言士兵。古时称壮丁为夫。

⑲ 买花载酒：泛指美景良辰的游赏。适：快意。

⑳ 端然：犹言安然。是讥讽之词，意谓不忧念国事。旁求：广泛地征求意见。旁，义同广。

㉑ 股肱耳目：泛指臣僚。古时把朝廷比作一个人体机构：皇帝是元首，大臣就是股肱（手足）耳目。奸慝：奸邪。慝（tè），“忒”的借字。

㉒ 依违句：言官员但知顺依意旨，讨好皇帝。依违，本义指摇摆不定，没有主见。这里作顺从解，是偏义复词，偏用依义。上方，即尚方，主办宫廷御用物品的机构。上，通作“尚”。《汉书·百官公卿表》：“少府属官有钩盾尚方御府。”颜师古注：“尚方，主作禁器物。”

㉓ 运造化：指运雪。冬寒夏暑，是造化的常理。雪乃冬天寒气所凝成，运来储藏，以御炎热，是变暑作寒，与造化争功，故云。

㉔ 吾闻二句：引古非今，指斥皇帝。传说古代的帝舜曾在历山下面种过田。《孟子·告子（下）》：“舜发于畎亩之中。”舜之圣，意谓舜之所以成为圣人，是因为能和人民同劳苦，而不贪图享受。唐，指唐太宗。《资治通鉴》卷一九二：“贞观二年（628），畿内有蝗。上（太宗）入苑中，掇数枚，祝之曰：‘民以谷为命，而汝食之，宁食吾之肺肠。’举手欲吞之。左右谏曰：‘恶物或成疾。’上曰：‘朕为民受灾，何疾之避？’遂吞之，是岁蝗不为灾。”唐之德，言唐太宗的君德，表现在能关怀人民的疾苦。

㉕ 摅孽：即制造苦难的意思。摅，当作“摅”（shū），散布。孽，苦难。

㉖ 相群相党：意指朋比为奸。孔子说："君子群而不党。"（《论语·为政》）蟊(máo)贼：指残害人民的小人。蟊，蝗一类食禾的害虫。贼，木中的蠹虫。

㉗ 庙堂：即朝廷。食禄：指在位者。

【评】 此诗所揭露社会矛盾可与前此之杜甫乐府诗参看。出官车，应徭役，以至千里无烟火，正同于"纵有健妇把锄犁，禾生陇亩无东西"（《兵车行》）之意。方归而复为驱遣，复类于"县吏知我至，召令习鼓鞞"（《垂老别》）。至其全篇，则无非"朱门酒肉臭，路有冻死骨"之意。所不同者，杜诗有温柔敦厚之态，语多蕴婉；此诗则直致率语，奇倔不平。所谓"奇不失正"，正在于此。

王　建（十二首）

王建（生卒年不详），字仲初，颍川（今河南许昌市）人。元和年间，官昭应县丞、渭南尉。长庆初，由太府丞转秘书郎。最后，官陕州司马。晚年，退职居咸阳原上，境况贫困。大约死于太和末年。他擅长乐府诗，与张籍齐名，题材和风格都很相似。所作《宫词》，流传广泛。有《王司马集》八卷。

田 家 留 客

这诗写田家留客淳朴的情谊。全篇都用口语，不仅用得简练生动，如闻其声，而且情态宛然，墨光四射。在平直叙次之中，见布置剪裁之妙。

“人客少能留我屋，客有新浆马有粟[①]。远行僮仆应苦饥，新妇厨中炊欲熟[②]。不嫌田家破门户，蚕房新泥无风土[③]。行人但饮莫畏贫[④]，明府上来可辛苦[⑤]！”丁宁回语房中妻[⑥]：“有客勿令儿夜啼！”“双井直西有官路，我教丁男送君去[⑦]。”

【注释】

① 人客二句：宋人王楙《野客丛书》卷一一以为此二句“正子美（杜甫）‘肯访浣花老翁否？与奴白饭马青刍’之意。仆考杜意，又出于傅休《盘中诗》曰：‘惜马蹄，不归数，羊肉千斤酒百斛，令君马肥麦与粟。’”人客，即客人。少能留，即能稍留的意思。少，字同“稍”。新浆，新酿的酒。薄酒曰浆。

② 新妇：少妇的通称。乐府《焦仲卿妻》：“鸡鸣外欲曙，新妇起严妆。”这里是指儿媳妇。

③ 不嫌二句：上句是客气话。下句说，家里新收拾好的房间，可以安顿客人。蚕性怕风，养蚕时节，农民都要把蚕房门窗墙壁所有破损的地方全部用泥糊好。

④ 但饮：只管喝。指前面所说的“新浆”。莫畏贫：不要担心我们穷。

⑤ 明府：唐时称县令之词。可：岂。句谓如今有贤明县令在上，百姓生活较丰足。

⑥ 丁宁：字同“叮咛”，一再嘱咐。
⑦ 双井二句：告诉客人明早行程已作安排，让客人晚上可以安心睡觉。井，一作“冢”。直西，朝西。直，指示方位之词。官路，大路。丁男，成丁的大儿子。唐时男子二十一岁以上为丁（参看杜甫《新安吏》注①）。

【评】 当与杜甫《遭田父泥饮美严中丞》诗对看，可见由盛唐而中唐通俗化一类诗歌演化之轨迹。

精 卫 词

精卫，神话中的鸟名。相传古代炎帝的女儿溺死于海，化为冤禽，名叫精卫。她为了怕别人再死于海，立志把东海填平，每天衔着西山的木块和石子往海里丢。一直把西山的木石衔完，她的嘴也被木石所刺穿，血尽而死。这一神话的本身，体现了劳动人民舍己为人的崇高伟大精神和坚强不屈的斗争意志。诗中所有的描写，都从这个意思着笔。末二句，是全篇的结穴。

精卫谁教尔填海？海边石子青磊磊[①]。愿得海水作枯池，海中鱼龙何所为[②]！口穿岂为空衔石，山中草木无全枝[③]。朝在树头暮海里，飞多羽折时堕水。高山未尽海未平，我愿身死子还生。

【注释】
① 磊（lěi）磊：攒聚貌。

② 海中句：鱼龙之所以能兴风作浪，因为海里有水；海水一干，它们就无所凭藉，故云。鱼龙，影射恶势力。龙，一作“鳖”。
③ 口穿二句：言精卫不仅衔石，也衔树枝。

望 夫 石

这诗以一个民间故事作为背景。相传，古时有一女子，因想念离家很久的丈夫，天天上山去望，终于变成一块石头，后人因名为望夫石(参看李白《长干行》注⑨)。诗用哀怨而简劲的语言，通过石的形象描绘，揭示出这一故事所表明的坚贞不移的情操。哀怨与坚贞的有机结合使全诗高于悲剧意味。此诗一作顾况诗，非是。

望夫处，江悠悠；化为石，不回头。山头日日风和雨，行人归来石应语①。

【注释】

① 山头二句：宋人黄叔度以为这二句“语意皆工”，于古今咏《望夫石》诗中，宜为第一。陈师道谓：“江南有望夫石，每过其下，不风即雨”，疑诗人于其处得句(见陈师道《后山诗话》)。

簇 蚕 词

这诗写簇蚕时的紧张劳动，人们高涨的生产情绪和反抗剥削的愤怒心情。簇,也可写作"蔟",养蚕的用具,以草扎成,上尖下宽,形似山,让老蚕在上面作茧,叫做簇蚕。

蚕欲老,箔头作茧丝皓皓①。场宽地高风日多,不向中庭晒蒿草②。神蚕急作莫悠扬,年来为尔祭神桑③。但得青天不下雨,上无苍蝇下无鼠④。新妇拜簇愿茧稠,女洒桃浆男打鼓⑤。三日开箔雪团团⑥,先将新丝送县官。已闻乡里催织作⑦,去与谁人身上著⑧!

【注释】

① 箔头句:言蚕已透出亮晶晶的丝色,快要到箔头去作茧了。箔(bó),草制帘箔,簇就放在箔上。一作"簿"。皓皓,洁白貌。

② 不向句:制蚕箔用蒿草。蚕性喜干恶湿,风日晴和,蒿草就不用去晒。晒,原作"暰",字同。

③ 神蚕二句:意谓在蚕事开始时就抱着虔诚的心情,对这一年一度的蚕丝生产寄以莫大的希望。古时民间把蚕看作神物,所以称为神蚕。桑叶是蚕的饲料,想蚕事顺利,故在桑树前祭祀祈祷。急作,赶快作茧。悠扬,缓慢的意思。

④ 但得二句:是祈祷的内容。下雨则潮气重,与养蚕不利。苍蝇和鼠都是害蚕的动物。

⑤ 新妇二句:蚕上簇作茧,是养蚕劳动进入最后完成的一个阶段,要隆重地祭蚕神,叫做拜簇。养蚕是年轻女子的事,所以由新妇主祭。新妇,见前《田家留客》注③。稠,多。洒桃浆,用桃枝水洒在地上,所以袚除不祥。击鼓,表示迎神。

⑥ 雪团团:指洁白的蚕茧。

⑦ 催织作:催着将丝织出成品,缴给公家。

⑧ 去与句:用诘问语,表示愤慨不平。谁人,指那些不劳而获的剥削者。

当 窗 织

这诗写一贫家妇女纺织的辛勤。一开头,就从贫和富、劳动和消费的矛盾揭示了全篇的主题;结尾处,对寄生城市的青楼倡女表示了愤愤不平之感。反映出中唐以来,城市商业经济畸形发展,农村日益破落的社会现象,具有鲜明的时代意义。

叹息复叹息,园中有枣行人食①。贫家女为富家织,翁母隔墙不得力②。水寒手涩丝脆断③,续来续去心肠烂④。草虫促促机下鸣⑤,两日催成一匹半。输官上头有零落⑥,姑未得衣身不著。当窗却羡青楼倡⑦,十指不动衣盈箱!

【注释】

① 园中句:托物起兴,也含有比的意义。

② 翁母句:意谓操作紧张,翁母虽在隔墙,却不能侍奉。翁母,即翁姑。隔墙,指另一间房子。

③ 涩:不灵活,因为天气冷。

④ 续:接断丝。烂:形容心绪的极端愁苦烦乱。

⑤ 草虫句:有两重意思:深秋时节,蟋蟀就暖,进入室内,“促促”的鸣声和机声相间,分外显出环境气氛的凄清寂寞。又,蟋蟀亦名“促织”,谚语有“促织鸣,懒妇惊”的话。这里的“促促”是暗用促织之名,表示劳动的迫促,与下文“两日催成一匹半”句意相应。草虫,指蟋蟀。鸣,一作“啼”。

⑥ 输官句:意谓除了输官之外,还剩下一些零碎料子。上头,犹言上边,上面。

⑦ 青楼倡：即妓女。青楼，本义指妇女所居精致华美的楼房，后来用于妓女的住处。倡，字同“娼”。

田　家　行

这诗从夏季农村丰收的景象描写中，反映了在长期经济剥削与政治压迫下农民沉重而惨苦的心情。

男声欣欣女颜悦，人家不怨言语别[①]。五月虽热麦风清[②]，檐头索索缲车鸣[③]。野蚕作茧人不取，叶间扑扑秋蛾生[④]。麦收上场绢在轴，的知输得官家足[⑤]。不望入口复上身[⑥]，且免向城卖黄犊。田家衣食无厚薄[⑦]，不见县门身即乐[⑧]。

【注释】

① 人家：指农家。言语别：有说有笑，不同于平时。

② 麦风：麦熟时的风。

③ 檐头：屋檐下面。缲车：抽丝的车。

④ 野蚕二句：野蚕茧无人收取，任它生蛾，这是因为蚕丝丰收的缘故。

⑤ 的知：确实知道。

⑥ 入口：指麦。上身：指绢。

⑦ 无厚薄：不计较厚薄，意谓再苦都能忍受。

⑧ 不见句：承前而言。丰收而“麦”不得“入口”，“绢”不得“上身”，明是惨苦事，却说不卖黄犊，不吃官司即是乐事。这种哀事而以乐语出之，就更使人觉得哀痛异常。不见衙门，不到县衙门里吃官司。

水夫谣

苦哉生长当驿边，官家使我牵驿船[①]。辛苦日多乐日少，水宿沙行如海鸟[②]。逆风上水万斛重，前驿迢迢后淼淼[③]。半夜缘堤雪和雨，受他驱遣还复去[④]。夜寒衣湿披短蓑，臆穿足裂忍痛何[⑤]？到明辛苦无处说，齐声腾踏牵船歌[⑥]。一间茅屋何所值，父母之乡去不得[⑦]。我愿此水作平田，长使水夫不怨天[⑧]。

【注释】

① 苦哉二句：古代陆路、水路均设有公家的驿站，照例就地征用民伕，故云。

② 水宿句：意谓停船时，露睡在船头上；牵船时在沙滩上行走，犹如海鸟一般。

③ 淼(miǎo)淼：水盛大貌，一作“渺渺”。

④ 半夜二句：即“受他驱遣还复去，半夜缘堤雪和雨”的倒文。意谓在官府的驱遣下，刚服役回来，又被驱去，即使深更半夜，下雪下雨，也不得不在堤上爬着去牵船。缘，指沿着堤岸爬着牵船。还复去，来而复往。

⑤ 臆穿：牵船的绳索套在胸前，故胸痛如穿。臆，胸口。忍痛何：如何忍得住痛？

⑥ 齐声句：意谓一面走，一面唱歌，这样忍痛前进。腾踏，举步向前。

⑦ 父母之乡：世代居住的故乡。

⑧ 不怨天：这里的天，实际是指第二句所说的“官家”。因为怨恨而无可奈何，只得归之于天。

羽　林　行

《汉书·百官公卿表》:"羽林掌送从,次期门,武帝太初元年初置,名曰建章营骑,后更名羽林军。"《唐会要》卷七二:"垂拱元年五月十七日置左、右羽林军,领羽林郎六千人。"羽林军侍卫皇帝,是最高统治者所直接豢养的鹰犬,多出身于市井无赖,代表统治集团中最横暴的恶势力。这诗大胆地揭露了他们残害人民的罪行。《羽林行》,即乐府旧题的《羽林郎》。

长安恶少出名字①,楼下劫商楼上醉。天明下直明光宫②,散入五陵松柏中③。百回杀人身合死④,赦书尚有收城功⑤。九衢一日消息定⑥,乡吏籍中重改姓⑦。出来依旧属羽林,立在殿前射飞禽⑧。

【注释】

① 恶少:恶少年,指羽林军。出名字:犹言著名。

② 下直:犹言下班。直,字同值。明光宫:汉朝的宫殿名,这里借指唐宫殿。

③ 散入句:意指进行杀人越货的罪恶活动。五陵:长安近郊,见岑参《与高适薛据同登慈恩寺浮图》注⑨。

④ 合死:该当处死,意指按律抵罪。

⑤ 赦书句:此是因果倒装句。意谓恶少因为旧有收复边城的功绩,所以朝廷赦其死罪。古时战役多虚报战果,而且在叙录战功时,边将和朝廷经办部门还把一大批根本没参加战争的人的姓名开列进去,邀功冒赏。《新唐书·兵志》:"自德宗幸梁还,以神策兵有劳,皆号'兴元元从奉天定难功臣',恕死罪。中书、御史府、兵部乃不能岁比其籍,京兆又

不敢总举名实。三辅人假比于军,一牒至十数。长安奸人多寓占两军,身不宿卫,以钱代行,谓之纳课户。益肆为暴,吏稍禁之,辄先得罪,故当时京尹、赤令皆为之敛屈。"

⑥ 九衢:指长安的大街。消息定:是说赦罪的消息已经证实。

⑦ 乡吏句:意谓犯罪以后,改名换姓,以便再入羽林。

⑧ 出来二句:上句的用意在于谴责羽林军是盗匪的庇护所,下句暗示恶少飞扬跋扈的劣性不改。

【评】 前录王建乐府八首,以下更有张籍、元稹、白居易乐府诗各数首。兹述其异同,以便研读。张、王乐府为元、白新乐府运动的方面军,较之元、白新乐府,二人有其共同特点:以古题写时事,一也;体制峭窄,语意警绝,二也;换韵频繁,有促柱繁弦之声,三也;篇末以警句点题而不作直接议论,四也;取材多"世俗浅俚事",以小见大,五也;多用第一人称,六也。张、王二人之风格复同中有异。大要为王建多质直沉痛,张籍多委曲哀婉。贺裳云:"文昌(张籍)善为哀婉之词,有娇弦玉指之致;仲初(王建)妙于不含蓄,亦自有晓钟残角之韵。……'妙绝江南曲,凄凉怨女词',姚秘书(合)之评张司业(籍)也。此言甚当。王之《当窗织》、《簇蚕词》、《去妇》……若令出张司业之手,必当倍为可观。惟形容狞恶之态,则王胜于张。"(《载酒园诗话》)此评甚是。

江 陵 即 事

王建曾客游江陵(今湖北省县名),担任过一个时期的幕僚工作。集中有《江陵使至汝州》、《荆南赠别李肇著作》等诗可证。时间详不可考。这诗写南国风光,以暮春季节为背景,从当地一些具有特征性的景物情事中提炼出自己印象最深的东西，随笔加以点染，故能引人入胜，给人以清新明净的感觉。

瘴云梅雨不成泥[①]，十里津楼压大堤[②]。蜀女下沙迎水客[③]，巴童傍驿卖山鸡。寺多红药烧人眼[④]，地足青苔染马蹄。夜半独眠愁在远，北看归路隔蛮溪[⑤]。

【注释】

① 瘴云梅雨：南方湿热蒸郁的云气和雨水。《正字通》："江南以三月为迎梅雨，五月为送梅雨。"这里是指三月里的梅雨。梅，通作"霉"。

② 十里句：江陵为繁荣的商业城市，沿江一带，歌楼酒馆相望，故云。乐府《清商曲辞·西曲歌》有《大堤曲》。楼，一作"头"。

③ 蜀女：即上文"津楼"上的妓女。按：这里的"蜀"和下句的"巴"均系泛指江陵。江陵为巴东之地，蜀是因巴连类而及的。水客：乘船而来的客商。

④ 红药：红芍药的简称。谢朓《直中书省》："红药当阶翻。"

⑤ 看：读平声。蛮溪：犹言楚水，指汉水。江陵为楚国故都，春秋时称楚为荆蛮，故云。

【评】 以此诗与前录柳宗元岭南题材诸律较看，虽同以民俗入诗而风格大异。柳深王浅；柳雅王俗；柳多郁抑之情，王饶爽丽之致；柳骨格近韩而风貌异之，王体态近白而婉美过之。如"寺多红药烧人眼"句，"烧"字用俗为奇；为红药如火传神，与宋祁"红杏枝头春意闹"之"闹"字异曲同工。

新 嫁 娘 词（三首选一）

三日入厨下，洗手作羹汤[①]。未谙姑食性[②]，先遣小姑尝。

【注释】

① 三日二句：古代风俗，婚后三天，新娘子要到厨房里烹调一次肴馔，明确她在家庭中侍奉翁姑的职责。

② 谙(ān)：熟悉。食性：犹言口味。

【评】 此诗笔墨简省而生活气息浓厚，人物性格丰满。三日下厨之成败，于新妇日后之地位，轻重攸关，而不谙翁姑情性，又增加了成功的困难。处在这一矛盾中，作羹而先洗手，献食而先问小姑，足见此妇之谨慎；问讯不向他人，而独向小姑，是因为女儿与母亲最为接近，此又足见新妇之聪慧。诗人选取了这样一个有典型意义的生活片断，在封建家庭微妙的人事关系上来表现新妇的性格，所以人物富于立体感。

宫　　词(一百首选二)

王建的《宫词》一百首，作于唐宪宗元和末。它广泛地描写了唐代宫庭生活的实况。王建和宦官王守澄同宗，有关资料，是从和王守澄的私人谈话中取得的。由于背景真实，所以刻画得细致生动，在艺术上具有特色，当时和后世仿作颇多。诗中对皇室的奢靡、荒淫，有所揭露，但缺乏严肃的正面批判。这是其中的两首。王建写《宫词》，曾引起一场是非，几至得祸。范摅《云溪友议》卷下记其事云："王建校书为渭南尉，作《宫词》。……渭南先祖内官王枢密(王守澄)，尽宗人之分，然彼我不均，后怀轻谤之色。忽因过饮，语及'桓、灵信任中官，多遭党锢之祸，而起兴废之事。'枢密深憾其讥，诘曰：‘吾弟所有《宫词》，天下皆诵于口，禁掖深邃，何以知之？’建不能对，……将遣奏劾。为诗以让之，乃脱其祸也。建诗曰：‘先朝行坐镇相随，今上春宫见长时。脱下御衣偏得着，进来龙马每交骑。常承密旨还家少，独奏边情出对迟。不是当家频向说，九重争遣外人知？’”

其　一（原第十八首）

鱼藻宫中锁翠娥[①]，先皇行处不曾过[②]。如今池底休铺锦，菱角鸡头积渐多[③]！

【注释】

① 鱼藻：鱼藻池，详见注③。翠娥：指宫妃。美貌的女子曰娥。

② 先皇：指德宗李适。过：读平声。

③ 如今二句：《唐会要》卷三〇：“元和十五年（820）八月，发神策六军三千人浚鱼藻池。”此言池内菱芡杂生，先皇时所铺锦绣都已腐烂。意思是感叹宫廷生活的奢侈浪费。吴景旭《历代诗话》卷五〇：“《西清诗话》引文宗论德宗奢靡云：‘闻得禁中老宫人，每饮流泉，先于池底铺锦。’……余按郑嵎《津阳门》诗，……其叙赐浴云：‘暖山度猎东风微，宫娃赐浴长汤池。刻成玉莲喷香液，漱回烟浪深逶迤。犀屏象荐杂罗列，锦凫绣雁相追随。’自注（所）云，与王建池底铺锦事相合。……皆摭实也。”鸡头，芡实的别名。水生草，夏日开紫花，结刺球，内有圆子，可食。

其　二（原第二十二首）

射生宫女宿红妆[①]，把得新弓各自张。临上马时齐赐酒，男儿跪拜谢君王[②]。

【注释】

① 射生宫女：练习骑射，侍卫皇帝的宫女。古时口语，称俘虏为生口，或曰生。射生，意指弓箭娴熟，有临阵能够射中敌人的本领。唐禁卫军中的左、右英武军，有射生手千人，亦称供奉射生官，又称殿前射生手，见《新唐书·兵志》。宿红妆：意谓脸上还留下隔夜的脂粉痕。

② 男儿跪拜：学作男儿跪拜的仪式。

【评】 宫词一体，盛唐诗人莫过于王昌龄。龙标宫词一洗齐梁以降铅华之习、猥鄙之态，善以倩深哀婉之笔写蕴藉悠长之情（参前选）。中唐继起，能直造龙标庭户者当推李益。至王建宫词百首则另辟境界。取材多据事实，造语浅而有致，其尤显明者，在于一变龙标之多主观托讽，而为客观表现。攸考唐代诗史，王建宫词，复自来有渐，于盛唐可溯之于李白《清平调》三章，而其直接先导，当推顾况。顾况今存七绝宫词五首，中如"九重天乐降神仙，步舞分行踏锦筵。嘈嗷一声钟鼓歇，万人楼下拾金钱"；又如"金吾持戟护新檐，天乐声传万姓瞻。楼上美人相倚看，红妆透出水晶帘"：均取自玄宗以来宫庭行乐之事，而笔致爽丽，分明已为王建先声。只因数量欠夥，革新伊始，故素为论者忽视。今略述如上，以明流变。

张　籍（十六首）

张籍(768—830?)，字文昌，原籍吴郡(今江苏苏州市附近)，寄居和州(今安徽和县)。贞元十四年(798)进士。元和初，任太常寺太祝。后历国子助教、国子博士、水部郎中、主客郎中、国子司业等官。世称张水部或张司业。

张籍是韩愈的学生，又与白居易相友善。其乐府诗着重文学的教化作用，揭露和批判，多切中时弊。与王建所作并称“张、王乐府”。白居易曾说：“张君何为者，业文三十春。尤工乐府诗，举代少其伦。……风雅比兴外，未尝著空文。”(《读张籍古乐府》)其乐府多用旧题，而精神则和元、白的新乐府相一致。其他各体诗，也都写得精警深细，而又平易自然；特别是在提炼民间口语上，尤有特出的成就。张戒曾说：“张司业诗与元、白一律，专以道得人心中事为工。但白才多而意切，张思深而语精。”(《岁寒堂诗话》卷上)胡震亨指出“文章穷于用古，矫而用俗，如《史》、《汉》后六朝史之入方言俗语是也。(张)籍、(王)建诗之用俗亦然。王荆公题籍集云：‘看似寻常最奇崛，成如容易却艰辛。’(《题张司业诗》)凡俗言俗事入诗，较用古尤难，知两家诗体，大费铸合在。”(《唐音癸签》卷七)

有《张司业集》。

野　老　歌

中唐以来，由于商业经济的繁荣，都市的畸形发展，商人和封建统治势力勾结在一起，剥削农民，使得农民愈加困苦，农村和城市的矛盾，就更加尖锐化起来。这诗将上述不合理的社会现象，压缩凝聚在简短的篇幅里。结语从两种截然不同的生活的鲜明对照，揭示主题，笔意锋利无比。题一作《山农词》。

老翁家贫在山住[①]，耕种山田三四亩。苗疏税多不得食，输入官仓化为土[②]。岁暮锄犁倚空室[③]，呼儿登山收橡实[④]。西江贾客珠百斛[⑤]，船中养犬长食肉。

【注释】

① 翁：一作“农”。

② 化为土：谓霉烂变质。

③ 倚：一作“傍”。

④ 收橡实：谓以橡实为粮。橡实，即橡栗、橡子。

⑤ 西江：今江西九江市一带，是商业繁盛之区。唐时属江南西道，故称西江。

牧　童　词

这诗用歌谣体，以朴质而生动的语言，描绘了牧童的心理和牛的动态。结尾二句，轻轻地带出了主题。点染之妙，在于浓厚的生活气息之中，寓有严峻的政治讽刺意义。

远牧牛，绕村四面禾黍稠[①]。陂中饥乌啄牛背[②]，令我不得戏垅头[③]。入陂草多牛散行，白犊时向芦中鸣。隔堤吹叶应同伴，还鼓长鞭三四声[④]："牛牛食草莫相触，官家截尔头上角[⑤]！"

【注释】

① 远牧牛二句：意谓村的四周禾黍稠密，怕牛吃了庄稼，所以要远远地放入陂中。

② 陂：泽边的坡岸，有水草的地方。

③ 垅头：指高的坡岭。垅，通作"陇"。

④ 隔堤二句：写牧童和同伴们游戏，想离开，但又放心不下。牛性好斗，上文说白犊举头长鸣，鸣声可能是触斗前的信号，所以牧童挥鞭制止，并向它说了下面两句话。吹叶，卷起芦叶作口哨吹，是一种游戏。牛鞭用皮革或绳索装在竹竿上，挥时发出声响，故曰"鼓"。

⑤ 官家句：北魏拓跋辉出为万州刺史，从信都至汤阴的路上，曾因需要润车轮的角脂，派人到处生截牛角。这一横暴的故事流传在民间。牧童拿来吓牛，也反映了现实生活中人民惧怕和憎恨官府的心理状态。

采　莲　曲

秋江岸边莲子多，采莲女儿并船歌[①]。青房圆实齐戢戢[②]，争前竞折漾微波。试牵绿茎下寻藕，断处丝多刺伤手。白练束腰袖半卷[③]，不插玉钗妆梳浅[④]。船中未满度前洲，借问阿谁家住远⑤？归时共待暮潮上，自弄芙蓉还荡桨⑥。

【注释】

① 并：一作“凭”。

② 青房：青色的莲房，即莲蓬。圆实：莲子。戢(jí)戢：饱满而突出的样子。

③ 练：煮熟的帛。

④ 浅：简单、随便的意思。

⑤ 借问句：这句是旁人在设想采满了莲蓬之后，她们回去的路程远近。借问，犹言试问。

⑥ 芙蓉：莲花的别名。

【评】 试以此诗与前录初唐王勃之《采莲曲》对读，虽然都富于生活气息，而勃诗雅丽精巧，籍诗通俗活泼，其区别较然。这是因为勃诗是在齐梁乐府的基础上产生的，而籍诗则作于受当代民歌深切影响的新乐府时代。由此可见诗人创新的活力所在。

贾 客 乐

《贾客乐》，乐府《清商曲·西曲歌》旧题，一名《估客乐》。它的内容是歌咏商人生活的。《古今乐录》：“《估客乐》者，齐武帝（萧赜）之所制也。帝布衣时，尝游樊、邓（今湖北襄樊及河南南阳一带，是当时繁盛的商业区），登祚以后，追忆往事而作歌。”（《乐府诗集》卷四八引）这诗反映了中唐以后城市商业经济的畸形发展和农民破产、农村分化的情况。

金陵向西贾客多，船中生长乐风波[①]。欲发移船近江口，船头祭神各浇酒[②]。停杯共说远行期[③]，入蜀经蛮远别离[④]。金多众中为上客[⑤]，夜夜算缗眠独迟[⑥]。秋江初月猩猩语[⑦]，孤帆夜发潇湘渚[⑧]。水工持楫防暗滩，直过山边及前侣[⑨]。年年逐利西复东，姓名不在县籍中[⑩]。农夫税多长辛苦，弃业宁为贩宝翁[⑪]。

【注释】

① 乐风波：欢喜航行，意指来往经商。

② 祭神浇酒：开船前照例先祭水神，祭时把酒浇入江中。

③ 停杯句：指开船宴饮时的谈话。

④ 蜀：以成都为中心，是当时商业繁盛的区域。蛮：泛指今西南地带，是出产金宝的地区。

⑤ 金多句：意谓众商中有等级的差别，谁的资本最雄厚，谁就是上等客商。

⑥ 算缗(mín)：即算账。缗，穿钱的丝绳。古时，每千钱用缗穿成一贯，一缗钱，即一贯钱，是钱的计算单位，这里用作钱的代称。

⑦ 猩猩语：猩猩，猿一类的动物。古人认为猩猩能言，故云。这里实际是指猿啼。

⑧ 潇湘渚：泛指洞庭湖一带的洲渚。渚，水中小洲。

⑨ 水工二句：写商人逐利心切。楫，拨水的短桨。暗滩，水底的沙石滩。船一触上，就会撞碎或陷滞不能前进。及前侣，赶上前面同行的船。

⑩ 姓名句：言商人来往不定，县籍无名，可以逃避租税。县籍，本县的户籍。

⑪ 农夫二句：《史记·货殖列传》“夫用贫求富，农不如工，工不如商”。二句意本此。

节 妇 吟

题下原注有“寄东平李司空师道”八字。李师道是割据在今河北、山东省地带的藩镇，他以平卢淄青节度使、检校司空、同中书门下平章事，故称之为李司空。当时，各地军阀喜罗致文人，用以削弱朝廷，增强其威望和实力。这诗假托男女爱情关系，来表明自己的政治态度，对李的罗致，婉言谢绝。比兴之义，原本《楚辞》；而叙事之体，则出于汉乐府。

君知妾有夫，赠妾双明珠①。感君缠绵意，系在红罗襦②。妾家高楼连苑起③，良人执戟明光里④。知君用心如日月⑤，事夫誓拟同生死。还君明珠双泪垂，恨不相逢未嫁时⑥。

【注释】

① 赠妾句：赠珠表示结爱之意。按：古代延聘士人，先致金币，故用以为比。

② 感君二句：辛延年《羽林郎》：“贻我青铜镜，结我红罗裾。不惜红罗裂，何论轻贱躯！”此反用其意，言心感其情。襦，短袄。

③ 高楼连苑起：连苑都矗立着高楼，形容第宅之崇丽。苑，园囿。

④ 良人：古代妇女称丈夫之词。执戟明光：指供职朝廷，侍卫皇帝。秦、汉时，中郎、侍郎、郎中等官，皆主执戟守卫宫门。《史记·淮阴侯列传》：“官不过郎中，位不过执戟。”明光，汉殿名，在未央宫之西。

⑤ 用心如日月：意谓光明磊落，并没有什么不可告人的动机。

⑥ 恨：一作“何”。

【评】 吴乔《围炉诗话》云:"张籍辞李司空辟诗,考亭嫌其'感君缠绵意,系在红罗襦'。若无此一折,即浅直无情,是谓以理碍诗之妙者也。"

江　南　曲

这诗描绘江南地区的水国风光和水上生活,题材新颖,意境清深,是张籍的代表作之一。姚合《赠张籍太祝》诗云:"绝妙《江南曲》,凄凉《怨女诗》。古风无手敌,新语是人知。"所指即此。曲,一作"行"。

江南人家多橘树,吴姬舟上织白苎①。土地卑湿饶虫蛇,连木为牌入江住。江村亥日长为市②,落帆度桥来浦里。青莎覆城竹为屋,无井家家饮潮水。长干午日沽春酒③,高高酒旗悬江口。娼楼两岸临水栅④,夜唱《竹枝》留北客⑤。江南风土欢乐多,悠悠处处尽经过。

【注释】

① 白苎:即白纻。吴兢《乐府古题要解》:"按旧史,白纻,吴地所出。""(《白纻歌》)其誉白纻曰:'质如轻雾色如银。'"苎,通作"纻",麻的一种。

② 亥日为市:吴景旭《历代诗话》庚集卷六:"《青箱杂记》:'荆、吴俗有寅、申、巳、亥日集于市,故谓亥市。'……余按……《释名》:'亥,核也。'收藏百物,核取其好恶真伪也。市之以亥,或取此义。"按,以前说为是。

③ 长干：即长干里，故址在今江苏省南京市（详见崔颢《长干行》题下注）。
④ 栅：读若尺，和下文“客”字叶韵。
⑤ 竹枝：即《竹枝词》，本是西南民歌，这里泛指南方的民间歌调。

山 头 鹿

这诗写一贫苦妇人丈夫新死未葬，子又欠租入狱，在灾荒兵乱的岁月里，无法生活下去的悲惨情况。诗的结尾用旁敲侧击的笔触，尖锐地揭露了统治阶级绝灭人性的残暴行为。

山头鹿，角芟芟，尾促促[①]。贫儿多租输不足[②]，夫死未葬儿在狱。旱日熬熬蒸野冈[③]，禾黍不收无狱粮[④]。县家唯忧少军食，谁能令尔无死伤[⑤]？

【注释】

① 山头鹿三句：因看到鹿在山头跑来跑去，因而慨叹人还不如动物能够在天地间自由地生活着。这种表现手法，用以起兴的客观事象和下面所要说明的问题，往往只是由于主观上某种偶然因素而产生的一点的联系，乍一看来，两者似乎毫不相涉，但它却反映了人们思想活动的真实情况，富有浓厚的生活气息。民间歌谣中惯用这种手法，《诗经》里《国风》部分很多。如《秦风·黄鸟》起二句就与此同一笔意。芟（shān）芟，形容鹿角弯曲而高耸貌。促促，短貌。
② 输不足：不能输满定额。
③ 旱日句：言旱灾严重。熬熬，像火一样在煎熬着。蒸，指地面所发散出来的强度的热气。

④ 不收：没有收成。收，一作“熟”。

⑤ 县家二句：作诗人的语气，意谓现在是战争时期，县官只愁军粮供应不上，哪还顾到老百姓的死活呢？县家，指县官。唐时口语称官府为“家”。韩愈《八月十五日夜赠张功曹》：“州家申名使家抑。”以“州家”称州刺史，“使家”称观察使，与此同例。说“少军食”，点明这老妇人儿子之所以缴不清租税，乃是政府由于内战而增加的超额剥削，也就是上文所说“多租”的原因。

废 宅 行

这诗写长安城兵乱后的荒凉景象。代宗广德元年(763)冬，吐蕃曾攻进长安。德宗建中四年(783)，又遭朱泚之乱。兵燹之后，一直没有恢复过去的繁华，逃难的人们很少回到故居。废宅，无人居住的空屋。宅，一作“家”。

胡马奔腾满阡陌，都人避乱唯空宅。宅边青桑垂宛宛[①]，野蚕食叶还成茧[②]。黄雀衔草入燕窠[③]，啧啧啾啾白日晚[④]。去时禾黍埋地中[⑤]，饥兵掘土翻重重。鸱枭养子庭树上[⑥]，曲墙空屋多旋风。乱定几人还本土？唯有官家重作主[⑦]！

【注释】

① 宛宛：下垂貌。按：以下八句，从多方面加以描写，用以烘托废宅荒凉的气氛。

② 野蚕句：言桑叶无人采摘，野蚕得以食叶成茧。

③ 黄雀句：燕子习惯在人家的厅堂里做窠，因是废宅，燕子也不飞来，燕

窠变成雀巢。

④ 啧(zé)啧啾(jiū)啾：低碎的鸟鸣声。

⑤ 去时句：逃难的人们临行仓卒，粮食无法携带，只得把它埋在地下。

⑥ 鸱枭：即猫头鹰，古人误以为恶鸟。

⑦ 乱定二句：上句慨叹于长安城里像这样的废宅很多；下句讽刺最高统治者，意谓其逃难回来依然只知逍遥自在地做他的皇帝，并不管百姓能否安居乐业。官家，称皇帝之词。《名义考》引《广记》："五帝官天下，三王家天下，称官家，犹言帝王也。"

【评】 以自然界万物的自生自长反衬废宅之破败荒凉，自《诗经》（如《东山》）与汉乐府（如《十五从军征》）已有此法，而张籍写来不脱民歌风调，哀丽婉转，可谓善学古人而不泥于古人。

江　村　行

这诗写江南地区耕种水田的人们终年劳动的辛苦和他们的生活情趣。

南塘水深芦笋齐[①]，下田种稻不作畦[②]。耕场磷磷在水底[③]，短衣半染芦中泥。田头刈莎结为屋[④]，归来系牛还独宿。水淹手足尽为疮，山虻绕身飞扬扬[⑤]。桑林椹黑蚕再眠，姑妇采桑不向田[⑥]。江南热旱天气毒，雨中移秧颜色鲜[⑦]。一年耕种长苦辛，田熟家家将赛神[⑧]。

【注释】

① 芦笋：芦苇的嫩芽。

② 下田句：把田土划成一块块的叫做畦(qí)。高地上的田作畦，是为了便于灌溉；不作畦，是水田的特点。

③ 耕场：耕种的场所，即水田。磷磷：水石分明貌，此指耕田时水下石子分明可见。

④ 莎(suō)：草名。叶长质硬，可以结作屋顶。

⑤ 虻(méng)：一种有害的昆虫，长约六七分，灰黑色，头部阔，复眼触角都很大，胸背有浅灰色的直纹，腹部分七节，翅透明，好吸人畜血液。一般的是在夏天出现；但卑湿的地方，春秋季都有。原作"宝"，字同。身：一作"衣"。扬(yáng)扬：乱飞貌，一作"扑扑"。

⑥ 桑林二句：意谓接着播种之后，就忙于蚕丝生产。椹(shèn)，桑果。桑果熟时，呈现红中透黑的深紫色。姑妇，即婆媳。不向田，犹言不下田。采桑的时候婆婆和媳妇才不下田，可见妇女在平时和男子同样下田劳动。

⑦ 江南二句：写蚕事完毕之后，又要栽秧。栽秧在四五月里，江南地暖，天晴更加亢燥，所以要在雨中移秧。毒，谓溽暑蒸人。

⑧ 赛神：酬神，即迎神赛会。

【评】 诗写种稻全过程，却于播种后，突然插入"桑林椹黑蚕再眠，姑妇采桑不向田"二句，看似不续，其实不仅在时间上填补了育秧的几十天，而且"不向田"又承上点明农夫田头独宿之原因，叙事不平板，有回斡。田头结屋，归来独宿，手足为疮，山虻飞扬，是苦中之苦。虽然热旱天毒而雨中秧鲜，虽然一年辛苦，而将望赛神，则是苦中之乐。立意造语不单调，有变化。其"椹黑"、天"毒"、"颜色鲜"诸语更浅俗而入神。张籍师事韩愈，又深交元、白，其诗体亦兼取二家特点，惯能于自然中见锻炼之功、通倪中寓峭深之致。其诗较王建、元、白益精深，于此可见一斑。

西 州

唐西州交河郡，州治在前庭，今新疆维吾尔自治区吐鲁番县东，是安西四镇节度使驻节之地。安史乱后，吐蕃势力向西北方面伸展，到了德宗贞元七年(791)，这一地区全部为其所占领。这诗感伤国难，指出由于敌骑骚扰，征戍不息，破坏了国内的农业生产和和平生活，表现了扫净边尘，收复失地的壮志豪情。

胡羌据西州，近甸无边城①。山东收租税，养我防塞兵②。胡骑来无时③，居人常震惊。嗟我五陵间④，农者罢耘耕。边头多杀伤⑤，士卒难全形。郡县发丁役，丈夫各征行。生男不能养，惧身有姓名⑥。良马不念秣，烈士不苟营⑦。所愿除国难，再逢天下平。

【注释】

① 近甸句：甸(diàn)，首都附近的地区，《礼记·王制》："千里之内曰甸。"边城，指可以扼守的关塞。长安西北以陇山为要塞，自从广德元年(763)吐蕃攻破大震关以后，不几年，就进入凤翔以西，邠州以北。长安无险可守，故曰"无边城"。

② 山东二句：自大历三年(768)十一月郭子仪以朔方军镇邠州后，这一带常驻重兵。边地荒残，照例转运内地的租税金帛供应军需。山东，华山以东，指除了关中以外的广大地区。

③ 来无时：即随时来的意思。

④ 五陵间：指长安附近。五陵，注屡见前。

⑤ 边头：犹言边疆上。邠州一带，本是内地，可是在当时已成为边防前线，故称之为"边头"，和上文的"边城"涵义不同。

⑥ 生男二句：乐府《相和歌·饮马长城窟行》古辞："生男慎勿举，生女哺用脯。不见长城下，尸骸相撑拄？"此化用其意。有姓名，谓名在户籍之中，须服兵役。

⑦ 良马二句：上句是比，意谓良马志在千里，不会想到饲料，正如烈士一样，忧念国事，而不会苟营私人利益。秣，草料。烈士，犹言志士。

没蕃故人

这诗追念一位失陷蕃地、生死不明的朋友。事情发生在两年以前，诗用补叙，结尾处点明两年后才听到这不幸的消息。倒装的章法，使得全诗的描写，分外悲哀动人，有文情相生之妙。

前年伐月支①，城下覆全师。蕃汉断消息②，死生长别离。无人收废帐，归马识残旗③。欲祭疑君在，天涯哭此时④。

【注释】

① 月支：汉西域国名，这里借指吐蕃。

② 蕃汉句：言战死的情况不明。

③ 无人二句：因为全军覆没，这营帐成了废帐。战士都牺牲或流亡了，只有无人收管的战马还认识残余的军旗，回到了空营。

④ 欲祭二句：意谓当消息传来的时候，望天涯而痛哭。想设奠野祭，但又怀疑你是不是真的死了。说"疑"，因为消息还不确切的缘故。说"此时"，与首句的"前年"相呼应。

寄西峰僧

这诗写月夜怀人，即景生情，淡语中有隽永的意味，风格与韦应物相近。所寄僧人名不详，西峰是其住处。集中另有《禅师》一诗云："独在西峰顶，年年闭石房。"知是一位独居深山，足迹不入城市的高僧。

松暗水涓涓[①]，夜凉人未眠。西峰月犹在[②]，遥忆草堂前。

【注释】

① 松暗句：即末句"草堂前"的夜景。松阴遮住了月光，故"暗"。涓涓，细流貌。

② 西峰句：承上文"人未眠"。因夜已深，故月色偏照西峰。

蛮州

这诗和下面一首都是描写西南地区具有特殊情调的生活环境和风土人情。本篇一说是杜牧所作，题为《蛮中醉》。

瘴水蛮中入洞流，人家多住竹棚头[①]。青山海上无城郭[②]，唯有松牌记象州[③]。

【注释】

① 人家句：西南地方卑湿，又多虫蛇，住宅用竹建成，架得很高，人住在上面。

② 海上：西南滨海之地。

③ 松牌：松木牌。记：义同标。象州：唐州名，州治在今广西壮族自治区象县境内。《旧唐书·地理志》："象州，下，隋始安郡之桂林县，武德四年(621)平萧铣，置象州。"

【评】　此诗当与前录柳宗元《柳州二月榕叶落尽偶题》对看：两者有凄怨与明丽、深稳与爽利的区别。

蛮　中

铜柱南边毒草春[①]，行人几日到金潾[②]！玉环穿耳谁家女？自抱琵琶迎海神[③]。

【注释】

① 铜柱：《水经注·温水》："昔马文渊(援)立两铜柱于林邑岸北，山川移易，铜柱今复在海中。"

② 金潾：也可写作"金邻"，南方地名(见左思《吴都赋》)。

③ 自抱句：迎神时，边歌边舞，须用乐器伴奏，故"抱琵琶"。

秋　思

洛阳城里见秋风[①]，欲作家书意万重[②]。复恐匆匆说不尽，行人临发又开封。

【注释】

① 见秋风：秋风一起，自然界呈现萧条景色，故曰"见"。

② 家书：一作"归书"。

【评】 岑参《逢入京使》云"马上相逢无纸笔，凭君传语报平安"；此言"复恐匆匆说不尽，行人临发又开封"，两种忙乱，一般心情。而遣句之雅俗藏露，又可见盛、中唐之别。

酬 朱 庆 馀

朱庆馀，张籍的后辈诗人（见后简介）。朱有《闺意献张水部》一首（见后选），以新嫁娘自喻，询问自己的文章是否适合时宜，能不能中选。张籍这诗是答覆他的话。两诗都用比体，应该合读。

越女新妆出镜心[①]，自知明艳更沉吟[②]。齐纨未是人间贵，一曲菱歌抵万金[③]。

【注释】

① 越女句：唐越州州治在今浙江省绍兴市。越地女子以艳丽著称，特别是采莲姑娘，更是传统民歌中被美化的对象。这里用以比拟朱庆馀，因朱是越州人。出镜心，出现在明镜之中，意指揽镜自照。

② 自知句：朱赠诗有"画眉深浅入时无"之句，故云。沉吟，矜持娇羞的情态。

③ 齐纨二句：意谓穿着齐纨的浓妆佳人并不足贵，可贵的是越女的风韵

天然，歌喉宛转。齐纨，今山东地区所产的细绢。菱歌，采菱歌，是古代楚、汉、吴、越间人民在采菱时所唱的歌。鲍照《采菱歌》有“菱歌清汉南”之语，诗意或出此。又谢灵运《道路忆山中》：“采菱调易急。”菱歌又涵有高调的意思。

崔　护（一首）

崔护（生卒年不详），字殷功，博陵（今河北定县）人。贞元十二年（796）进士。历官至岭南节度使。

《全唐诗》录存其诗六首。

题都城南庄

这是一首爱情诗。关于它的背景，有一段传奇性的故事。《本事诗·情感》："博陵崔护，姿质甚美，而孤洁寡合。举进士下第。清明日，独游都城南，得居人庄。一亩之宫，而花木丛萃，寂若无人。扣门久之，有女子自门隙窥之，问曰：'谁耶？'以姓字对，曰：'寻春独行，酒渴求饮。'女入以杯水至，开门，设床命坐，独倚小楼斜柯伫立，而意属殊厚，妖姿媚态，绰有馀妍。崔以言挑之，不对，目注者久之。崔辞去，送至门，如不胜情而入。崔亦睠盼而归，嗣后绝不复至。及来岁清明日，忽思之，情不可抑，径往寻之。门墙如故，而已锁扃之。因题诗于左扉曰：'去年今日此门中，……'后数日，偶至都城南，复往寻之，闻其中有哭声，扣门问之，有老父出，曰：'君非崔护耶？'曰：'是也。'又哭曰：'君杀吾女！'护惊起，莫知所答。老父曰：'吾女笄年知书，未适人。自去年以来，常恍惚若有所失。比日与之出，及归，见左扉有字，读之。入门而病，遂绝食数日而死。吾老矣，此女所以不嫁者，将求君子以托吾身，今不幸而殒，得非君杀之耶？'又特大哭。崔亦感恸，请入哭之；尚俨然在床。崔举其首，枕其股，哭而祝曰：'某在斯，某在斯。'须臾开目，半日复活矣。父大喜，遂以女归之。"

去年今日此门中，人面桃花相映红。人面只今何处去[①]，桃花依旧笑东风[②]。

【注释】

① 只今：一作"不知"。去：一作"在"。

② 笑东风：在春风吹拂中鲜艳地开着，好像人在欢笑。东，一作春。

【评】 尤袤《全唐诗话》卷三叙此诗："始曰'人面不知何处去'，后以其意未全，语未工，改第三句曰'人面只今何处去'，至今所传，有此二本。"今按："只今"既含"不知"意，又顶首句"去年今日"，应末句"依旧"，正见得此地此时无比伤怀，似胜"不知"，可见诗人锤炼之妙，原不在藻绘雕饰耳。

张仲素（二首）

张仲素（约769—819）。字绘之，河间（今河北省县名）人。贞元十四年（798）进士。唐宪宗时官翰林学士，中书舍人。

他能文工诗；乐府歌词，精警婉折，尤其所长。

《全唐诗》录存其诗一卷。

春　闺　思

袅袅城边柳，青青陌上桑[1]。提笼忘采叶，昨夜梦渔阳[2]。

【注释】

① 袅袅二句：写春郊景色。上句的柳，兴起离情。陌上桑，大路边的桑树。汉乐府《相和歌》有《陌上桑》，写罗敷采桑的故事。这里用成语，带出下文的"提笼采叶"。

② 提笼二句：写怀人之情。《诗经·召南·卷耳》："采采卷耳，不盈顷筐。嗟我怀人，寘（置）彼周行。"此化用其意。梦渔阳，梦见了远在边地的征人。《史记·陈涉世家》："发闾左，适（谪）戍渔阳。"古诗词中多以渔阳作为东北边地的泛称。唐蓟州又称渔阳郡，郡治在今河北省蓟县。

【评】 运思甚巧。出城至郊野陌上用《陌上桑》典，似与闺思无关，"提笼忘采叶"，既承二句陌上桑，"忘"字又转折，造成悬念，钩出末句昨夜渔阳之梦，回照首句"柳"字，遂觉无一字不是春闺之思。所谓"精警婉折"，于兹见矣。

秋　闺　思

碧窗斜日蔼深晖[1]，愁听寒螿泪湿衣[2]。梦里分明见关塞，不知何路向金微[3]。

【注释】

① 霭(ǎi):掩映的意思。

② 寒螀(jiāng):即寒蝉。

③ 梦里二句:即上一首"昨夜梦渔阳"的意思。上句说"分明",把梦中幻境当作真实;下句说"不知",又从真实去怀疑梦境。语意深曲,用以表现少妇的痴情。金微,北方边地的山名。

【评】 虚虚实实,于闺情诗中别出机杼,仍当从"婉折"二字窥入。

刘禹锡（十七首）

刘禹锡(772—842)，字梦得，洛阳人，郡望中山(治今河北定县)，又作彭城(今江苏徐州)。贞元九年(793)与柳宗元同榜进士，又中博学宏词科，官监察御史。曾参加革新政治的王叔文集团。失败后，贬朗州司马，历连州、夔州、和州刺史。后入朝为主客郎中。以太子宾客分司东都。官终检校礼部尚书。

他早年和柳宗元交谊最深。晚年在洛阳，和白居易为诗友，相互唱和，并称刘、白。其诗沉着稳练，风调自然，而格律精切。尤其是仿民歌的《竹枝歌》，于唐诗中别开生面。

有《刘梦得文集》四十卷。

再授连州至衡阳酬柳柳州赠别

《资治通鉴》卷二三九:"元和"十年:"王叔文之党坐谪官者,凡十年不量移,执政有怜其才欲进之者,悉召至京师;谏官争言其不可,上与武元衡亦恶之。三月乙酉,皆以为远州刺史,官虽进而地益远。永州司马柳宗元为柳州刺史,朗州司马刘禹锡为播州(州治在今贵州遵义县)刺史。宗元曰:'播非人所居,而梦得亲在堂,万无母子俱往理。'欲请于朝,愿以柳易播。会(御史)中丞裴度亦为禹锡言。……明日,禹锡改连州刺史。"当时参加王叔文集团人士遭遇打击之残酷,统治阶级内部进步和落后势力斗争之尖锐,于此可见一斑;而刘禹锡和柳宗元二人基于共同政治事业上所凝成的坚贞不渝死生患难的交谊,表现在这一事件上最为动人。韩愈《柳子厚墓志铭》中论述及此,曾为之反复咏叹。他们二人同行出京,到衡阳分手,各赴任所。柳宗元有《衡阳与梦得分路赠别》诗云:"十年憔悴到秦京,谁料翻为岭外行!伏波故道风烟在,翁仲遗墟草树平。直以慵疏遭物议,休将文字占时名。今朝不用临河别,垂泪千行便濯缨。"这诗是答柳之作。刘禹锡于十年前初次谪贬时授连州刺史(未到任),这是第二次,故云"再授"。

去国十年同赴召①,渡湘千里又分歧②。重临事异黄丞相,三黜名惭柳士师③。归目并随回雁尽,愁肠正遇断猿时④。桂江东过连山下⑤,相望长吟《有所思》⑥。

【注释】

① 去国十年:从永贞元年(805)被谪出都时算起。国,指京都。

② 渡湘句：作者另有一首《重至衡阳伤柳仪曹》诗《引》云："元和乙未岁，与故人柳子厚临湘水为别，柳浮舟适柳州，余登陆赴连州。"岔路叫做歧。分歧，即分路。

③ 重临二句：概括自己和柳宗元十年来的政治遭遇。黄丞相，指黄霸。黄霸字次公，汉阳夏人。宣帝时，曾两次担任颍川太守，治行为天下第一，后入朝为丞相（见《汉书·黄霸传》）。上句以黄霸自比。意谓黄霸重临颍川，是汉朝重视他的才能；而自己再授连州，则是远窜边荒，故云"事异"。柳士师，即柳下惠，春秋时鲁国的贤人，姓展名禽，居柳下，惠是他的谥，后人称为柳下惠。他曾为士师（掌刑之官），三仕三黜。有人问他何以不去，他说："直道而事人，焉往而不三黜？"（见《论语·微子》）刘禹锡和柳宗元自从王叔文失败以来，曾三次迁谪：最初，授州刺史，中途改州司马，这次又不能留居京都，被放逐到更僻远的边州，故云"三黜"。下句以柳士师指柳宗元，意谓自己和柳三黜的遭遇相同，但比起柳来，深感惭愧。名，谓正直的声名，暗用"直道而事人"的意思。

④ 归目二句：刘、柳出京，正当春末，这里即景生情。上句意谓迁客南行，雁群北飞，思归之情，只有随着回雁极目北望而已。下句则云，分离在即，惜别之痛犹如断肠之猿的哀啼。回雁，指由南北飞的雁。衡阳县南一里有回雁峰，为衡山七十二峰之首。相传雁至衡阳不过，遇春而回。尽，视线的尽头。断猿，指断肠之猿。《世说新语·黜免》"桓公入蜀，至三峡中，部伍有得猿子者，其母缘岸哀号，行百馀里不去，遂跳上船，至便绝，破视，其腹中肠皆寸寸断。"后多以"断猿"比离别之痛。

⑤ 桂江句：承上文"渡湘分歧"，写惜别之情。桂江，即漓水，出今广西壮族自治区兴安县海阳山，与湘水同源而异流，经桂林，至苍梧，与浔江合，东流为西江。连山，即黄连岭，连州因山而得名。《通典·州郡典》："桂阳郡连州：桂阳，汉旧县，在桂水之阳。"此以桂江指柳宗元的去处，以连山指自己所去的连州，意谓桂江可以流入连州境内，而两人则各居一地，会合无由，故下句云云。

⑥《有所思》：汉乐府《铙歌》十八曲之一，内容是写离别之思。

插 田 歌

原序云："连州城下，俯接村墟。偶登郡楼，适有所感，遂书其事为俚歌，以俟采诗者。"诗中描绘春末夏初南方水田里的劳动画面，通过对话，生动地反映出当时农村急剧分化的情况，勤劳朴质的农民对脱离生产，以依附于统治阶级为荣的计吏的厌恶和嘲弄。诗人的"适有所感"，是在重农务本的思想指导下，把它作为一个社会问题而提出来的。插田，指把新的秧苗分栽在田里。唐连州又称桂阳郡，郡治在今广东连县。刘禹锡于元和十年(815)来任州刺史。郡楼，即州城楼。俚歌，民间歌谣体。周代有采诗的官，据说是为了了解民间情况，作为改善政治的依据而设置的。这里说"以俟采诗者"，是希望诗中所反映的情况能够引起朝廷的注意。

冈头花草齐，燕子东西飞。田塍望如线[①]，白水光参差[②]。农妇白纻裙[③]，农夫绿蓑衣。齐唱田中歌，嘤咛如《竹枝》[④]。但闻怨响音[⑤]，不辨俚语词[⑥]，时时一大笑，此必相嘲嗤[⑦]。水平苗漠漠，烟火生墟落[⑧]。黄犬往复还，赤鸡鸣且啄。路旁谁家郎，乌帽衫袖长。自言上计吏[⑨]，年初离帝乡[⑩]。农夫语计吏："君家侬足谙[⑪]。一来长安罢[⑫]，眼大不相参[⑬]。"计吏笑致词："长安真大处！省门高轲峨[⑭]，侬入无度数[⑮]。昨来补卫士[⑯]，唯用筒竹布[⑰]。再过二三年，侬作官人去。"

【注释】

① 田塍(chéng)句：塍，田界，田埂。田埂一条接一条，故云"望如线"。

② 参(cēn)差(cī)：形容水光的闪动。

③ 白纻：白麻布。

④ 嘤(yīng)咛(níng)：细微而连续不断的声音。如《竹枝》：好像在唱《竹枝词》。《竹枝词》，西南民歌(见后选)。白居易《忆梦得诗》注"梦得能唱竹枝，听者愁绝"。因知《竹枝》声调哀婉，故下句云云。

⑤ 怨响音：指音调里所表现出来的缠绵宛转的情思。

⑥ 俚语词：用方言土语唱出来的民歌。

⑦ 嘲嗤(chī)：嘲弄嗤笑，这里指相互开玩笑。

⑧ 水平二句：上句状插秧后的水田之景，下句写村落之中炊烟飘动之状。下面二句则写俯瞰中村落间的景象。漠漠，布列貌。烟火，指炊烟。墟落，村落。墟，村前场地。陶渊明《归园田居》："依依墟里烟。"

⑨ 上计吏：地方政府派往中央办事的书吏，简称计吏或上计。《汉书·朱买臣传》："买臣随计吏为卒。"按：这里所说的上计吏，从下文"补卫士"的语气看来，当是跟随上计吏的人员之一，如朱买臣之类，而非上计吏本人。"自言"二字正见其自吹自擂。

⑩ 离帝乡：言从长安回到本州。

⑪ 侬：我。足谙：非常熟悉。

⑫ 罢：后，一作"道"。

⑬ 眼大句：犹言目中无人。参，略略地看一看。

⑭ 省：指长安最高的政务机关中书、门下两省。轲峨：高耸貌。

⑮ 无度数：数不清的次数。

⑯ 昨来：犹言最近。补卫士：是说自己已是一个卫士的身分。补，名字补进了缺额。

⑰ 唯用句：自夸之辞。意谓自己身价已高，所以只穿贵重的筒竹布了。筒竹布，即筒中布，又名黄润，是一种价值高昂的细布。张载《拟四愁》："佳人遗我筒中布。"

松滋渡望峡中

这诗是唐穆宗长庆元年(821)冬，刘禹锡受任为夔州(州治在今四川省奉节县)刺史，由连州赴夔，路经江陵时所作。诗写吊古之情，兴废之感，就峡中地势的阻深，山川的险峻，随意点染，使情景相生，能以韵味入胜。松滋渡，在松滋县(今湖北省县名)，唐属荆州江陵府。渡，一作“洞”。

渡头轻雨洒寒梅，云际溶溶雪水来[①]。梦渚草长迷楚望[②]，夷陵土黑有秦灰[③]。巴人泪应猿声落[④]，蜀客船从鸟道回。十二碧峰何处所？永安宫外是荒台[⑤]！

【注释】

① 云际句：由松滋渡西望，江峡高峻，如在天上，故曰“云际”。下文“鸟道”意同。

② 梦渚句：意谓原野荒芜，一望无际，楚国的遗迹都已湮没。梦渚，即云梦泽，古楚国大泽名，可单称为云或梦。按：古云梦泽范围极广，是现在湖北省南部、湖南省北部低洼之地的总称，这里泛指楚地。望，视野所及。《左传》哀公六年：“祭不越望。江、汉、雎、漳，楚之望也。”

③ 夷陵句：楚顷襄王二十一年(前278)，秦将白起破郢(即江陵)，烧夷陵(见《史记·楚世家》)。夷陵，在今湖北省宜昌市，为楚先王坟墓所在地。后来楚国终于为秦所灭。《搜神记》卷一三：“汉武帝凿昆明池，极深，悉是灰墨，无复土。举朝不解，以问东方朔。朔曰：‘臣愚不足以知之，试问西域。’至后汉明帝时，西域道人来洛阳，时有忆朔言者，乃试以武帝时灰墨问之。道人云：经云：‘天地将尽则劫烧，此劫烧之馀也。’”这里说“土黑”，化用其意。

④ 巴人句：即闻猿落泪的意思。语本当地民歌（参看杜甫《秋兴》第二首注③）。

⑤ 十二二句：慨叹于不但楚国成为丘墟，就连三国时的永安宫也已荒废。十二碧峰，指巫山十二峰，即望霞、翠屏、朝云、松峦、集仙、聚鹤、净坛、上升、起云、飞凤、登龙、圣泉（见《方舆胜览》）。《文选》宋玉《神女赋》载楚王梦巫山神女事，中有云："妾在巫山之阳，高丘之阻，旦为朝云，暮为行雨，朝朝暮暮，阳台之下。"杜甫《咏怀古迹》："云雨荒台岂梦思？"永安宫，故址在今四川省奉节县。《太平寰宇记》："奉节县永安宫，汉末公孙述所筑，蜀先主崩于此城中，故曰永安宫。"按：三峡西起夔州（州治在奉节县），这里的永安宫，是远望中想象之词，与篇首的"云际"相应。

【评】 同是写天际水来，李白云"黄河之水天上来，奔流到海不复回"（《将进酒》）；杜甫云"锦江春色来天地，玉垒浮云变古今"（《登楼》）；刘禹锡则云"渡头轻雨洒寒梅，云际溶溶雪水来"。李之奔放，杜之博大，刘之婉丽，各极其妙。由此可悟出何谓唐诗之意象。

竹　枝　词（九首选四）

《竹枝词》，是巴、渝（今重庆一带）民歌当中的一种。歌词杂咏当地风物和男女爱恋之情，富有浓厚的生活气息。这一优美的民间歌曲，曾经引起一部分诗人的爱好，顾况、白居易都有仿制。刘禹锡任夔州刺史时，听到这个曲调，遂依声作词。诗前原有引云："四方之歌，异音而同乐。岁正月，余来建平，里中儿联歌《竹枝》，吹短笛击鼓以赴节。歌者扬袂睢舞，以曲多为贤。聆其音，中黄钟之羽。其卒章激讦如吴声。虽伧佇不可分，而含思宛转，有淇濮之艳音。昔屈原居沅、湘间，其民迎神，词多鄙陋，乃为作《九歌》。到于今，荆楚鼓舞之。故余亦作《竹枝》九篇，俾善歌者扬之附于末。后之聆巴歈，知变风之自焉。”按：建平，古郡名，三国时吴置，故治在今四川巫山县，这里指夔州。这诗一说是刘禹锡任朗州司马时所作（见《新唐书·刘禹锡传》）。朗州一称武陵郡，武陵郡于王莽时曾一度改为建平郡，故朗州也可称建平。惟诗中所写多以蜀地为背景，葛立方《韵语阳秋》断为夔州之作，是合理的。

其　一（原第一首）

白帝城头春草生，白盐山下蜀江清①。南人上来歌一曲，北人莫上动乡情②。

【注释】

① 白帝二句：白帝城：在今四川奉节县白帝山上，即夔州州治所在地。白盐山：在奉节县东，与赤甲山隔江相对，崖石晶莹，有似白盐，故名。

② 南人二句：意谓此地山高水清，风景优美，但不同的人对此会产生不同的感受。南人，当地人。北人，来自北方作客的人。黄庭坚《跋刘梦得〈竹枝歌〉》：“刘梦得《竹枝》九章，词意高妙，元和间诚可独步。道风俗而不俚，追古昔而不愧。比之杜子美《夔州歌》，所谓同工而异曲也。昔东坡尝闻余咏第一篇，叹曰：‘此奔轶绝尘，不可追也。’”

其　二（原第二首）

山桃红花满上头①，蜀江春水拍山流②。花红易衰似郎意，水流无限似侬愁。

【注释】

① 上头：山顶上。

② 拍山流：波浪拍打着两岸的山石而奔流。山，一作“江”。

【评】 人皆以花红比女郎，此则偏以喻男子，已见其奇。一喻郎，二喻女，山头花红盛且满，山下绿水绕山拍岸，何等热烈亲昵！三喻郎，四又喻女，花落无情，水流呜咽，又何等哀婉神伤！一物两喻，风姿无限。

其　三（原第三首）

江上春来新雨晴，瀼西春水縠纹生[①]。桥东桥西好杨柳，人来人去唱歌行。

【注释】

① 瀼西：即西瀼水。四川奉节县有东、西二瀼水，均流入大江。当地口语，称流入大江的水为瀼。縠(hú)纹：微细的波纹。縠，一种有皱纹的丝织品。

其　四（原第九首）

山上层层桃李花，云间烟火是人家[①]。银钏金钗来负水[②]，长刀短笠去烧畬[③]。

【注释】

① 云间：指高入云际的山峰。烟火：指人家的炊烟。

② 银钏金钗：指妇女。负水：因山道险狭难行，故取水须背负上山。陆游《入蜀记》卷六：“妇人汲水，皆背负一全木盎，长二尺，下有三足，至

泉旁以杓挹水，八分，即倒坐旁石，束盎背上而去。大抵峡中负物率著背，又多妇人，不独水也……未嫁者率为同心髻，高二尺，插银钗至六只，后插大象牙梳，如手大。”

③ 长刀句：杜甫《秋日夔府书怀寄郑监李宾客一百韵》：“烧畬度地偏。”杜田注：“楚俗烧榛种田曰畬(shē)。先以刀芟治林木曰斫畬。其刀以木为柄，刃向曲，谓之畬刀。”

【评】 《竹枝》后来成为词牌的一种，但在刘禹锡的时代还是一种声诗。唐人《竹枝》今存最早者为顾况一首，接下来就是刘禹锡与白居易。而刘禹锡所作不但量多，以组诗形式出现，且有明确的为后世存真的目的(见序)，因此这组诗在诗史发展上特别引人注目。《竹枝》作为词牌，七言四句，平仄都合律调，然而这组《竹枝》九首中有七首在不同程度上参用拗句(不合律)。这里所录四首都有拗句。加上叠字句复沓句的运用，遂产生序中所说“激讦”、“伧佇”却含思婉转的音乐效果。《竹枝》处于民歌阶段是无所谓声律的，刘禹锡这九首诗参用拗句，已半合律调，至白居易的《竹枝》词全篇合律者已过半，至晚唐五代孙光宪的《竹枝》就只有一首参用拗句。以上所举为中唐至晚唐五代诗人创作《竹枝》声律的大体情况，说明从民歌的《竹枝》至文人词的《竹枝》，是一个逐渐律化的过程，也为词——这种新兴的文学样式，是由民歌径由唐人声诗而逐步发展形成的，提供了一个有力的佐证。

竹 枝 词(二首选一)

杨柳青青江水平，闻郎江上唱歌声①。东边日出西边雨，道是无晴还有晴②。

【注释】

① 闻郎句：西南地区，民歌最为发达。男女的结合，往往通过歌唱来表情达意，所指即此。唱歌，一作"踏歌"。踏歌是民间的一种歌调。

② 道是句：自古以来，民歌多借谐音来表达不便启齿的恋情。如《子夜歌》："春蚕易感化，丝（思）子已复生。""果得一莲（怜）时，流离婴苦辛。""桐树生门前，出入见梧（吾）子"等。诗人此句，亦语带双关。"晴""情"谐音，"无晴""有晴"即"无情""有情"。还，一作"却"。按："还"字平声，音曼长，恰和少女听了情郎歌声后，仔细体会，捉摸其是否有情的心理相吻合，故二字相较，以"还"字为优。

杨柳枝词（九首选三）

《杨柳枝词》，也是民歌当中的一种曲调。文人仿作，或惜别伤离，或感时吊古，内容颇为广泛，但多半是借杨柳为题材，托物以抒情的。王士禛《带经堂诗话》卷一引《香祖笔记》曰："唐人《柳枝词》专咏柳，《竹枝词》则泛言风土。"

其　一（原第四首）

此诗借物寓意，抒发因政见不合横遭贬谪而郁结于胸的牢骚，用意虽与《再游玄都观绝句》相近，但结句以唱叹出之，不但足以表现其倔强傲岸的性格，且诗味深长，耐人咀嚼。

金谷园中莺乱飞①，铜驼陌上好风吹②。城东桃李须臾尽，争似垂杨无限时③？

【注释】

① 金谷句：意谓金谷园中莺飞花发，风景如画。金谷园，在洛阳西北，晋石崇的别馆。《晋书·石苞列传》："（石）崇有别馆在河阳之金谷，一名梓泽。"莺乱飞，形容春景之美。丘迟《与陈伯之书》："暮春三月，江南草长。杂花生树，群莺乱飞。"

② 铜驼陌：与金谷园一样，都是洛阳的名胜。晋人陆翙《邺中记》："二铜驼如马形，长一丈，高一丈，足如牛，尾长三尺，脊如马鞍。在中阳门外，夹道相向。"《洛阳县志》卷六："平城门内通紫禁御道。南、北两宫门外四会道中，东西有太尉、司徒两坊，坊间列二铜驼，谓之铜驼街。"按：唐宋人题咏洛阳，多以金谷、铜驼并举。如骆宾王《艳情代郭氏赠卢照邻》："铜驼路上柳千条，金谷园中花几色。"秦观《望海潮》："金谷俊游，铜驼巷陌，新晴细履平沙。"

③ 城东二句：即景抒情。诗中"桃李"比作趋炎附势，排挤、打击自己的小人；具有无限生命力的"垂杨"则比作诗人自己。辛弃疾《鹧鸪天·代人赋》："城中桃李愁风雨，春在溪头荠菜花。"与此用意相同。

其　二（原第五首）

花萼楼前初种时[①]，美人楼上斗腰肢[②]。如今抛掷长街里[③]，露叶如啼欲问谁[④]！

【注释】

① 花萼楼：即花萼相辉之楼，唐玄宗所建。《唐会要》卷三〇："开元二年(714)七月二十九日，以兴庆里旧邸为兴庆宫……于西南置楼，西面题曰花萼相辉之楼。"

② 美人句：言柳条婀娜，如与楼上美人的舞腰比美。斗，这里是比的意思。

③ 如今句：当时花萼楼已不存在。元稹《连昌宫词》："往来年少说长安，

玄武楼成花萼废。”按：兴庆宫原为五王子宅，不在宫廷之中，前临街衢，故云。

④ 露叶句：此句又以初生柳叶比作美人娇眼；柳叶缀露，如美人啼，故云。古诗词中常将花草沾露比作啼眼，如李贺《苏小小墓》“幽兰露，如啼眼”，可与互参。

【评】“花萼楼”与“长街”相映，“斗腰肢”与“啼”眼相映。实写、拟人交叉而下，构思精巧，姿态婉委。

其　三（原第六首）

炀帝行宫汴水滨①，数株残柳不胜春②。晚来风起花如雪，飞入宫墙不见人。

【注释】

① 炀帝句：隋炀帝杨广修运河，从开封以东，引汴水达淮河，名叫通济渠，又名御河。沿河遍种杨柳，设行宫四十余所。

② 不胜春：柔弱的枝条在摆动着，好像禁受不起春风的吹拂似的。胜，读平声。

【评】以残柳飞絮吹入宫墙，引出隋宫人亡，盖以柳乃炀帝所植也。巧思自然，婉转哀丽。

浪　淘　沙（九首选三）

《浪淘沙》是唐玄宗时教坊曲名。唐人所作为七言绝句体，至五代时，始演为长短句的词。这诗九首，杂写江河波浪和水边风物，与题意是紧密相关的。

其 一(原第一首)

九曲黄河万里沙①，浪淘风簸即天涯。如今直上银河去，同到牵牛织女家②。

【注释】

① 九曲句：黄河水流浑浊，杂泥沙俱下。《河图》说河身长九千里，其水九曲，故云。

② 如今二句：传说张骞奉汉武帝命，出使西域，寻找黄河发源处，河源与天河相通，张骞曾泛槎天河，至牵牛宿之旁(见《苕溪渔隐丛话》前集卷一一引《荆楚岁时记》)。这里化用其事，形容黄河地势高峻，波浪接天，即李白《将进酒》“黄河之水天上来”的意思。又，宗懔《荆楚岁时记》引旧说：“天河与海通，近世有人居海渚者，每年八月，有浮槎去来不失期。人有奇志，立飞阁于槎上，多赍粮乘槎而去。十余月至一处，有城郭状，屋舍甚严，遥望宫中有织妇，见一丈夫牵牛渚次饮之。”据说所见即牵牛、织女。

其 二(原第二首)

洛水桥边春日斜①，碧流清浅见琼沙②。无端陌上狂风急，惊起鸳鸯出浪花。

【注释】

① 洛水桥：即天津桥，在洛阳西南二十里洛水上，隋炀帝时所建，唐初重修，为士女嬉游之地，后称上浮桥。洛水，一名雒水，源出今陕西省雒

南县冢岭山，东南流入河南省境，经洛阳，至巩县，流入黄河。

② 碧流句：洛水澄清，中有文石。《太平御览》卷六二引《春秋说题辞》：“雒之为言绎也，绎其耀也。”宋均注：“水光耀也。”《山海经》：“洛水……东注于河，其中有藻玉。”琼沙，晶莹似玉的沙石。

其　三（原第六首）

劳动创造财富，在今天社会主义的中国固然是人人尽知的真理，而在千馀年前的唐朝，诗人却已能在日常生活中，感知这一点，确是难能可贵的。

日照澄洲江雾开①，淘金女郎满江隈②。美人首饰侯王印，尽是江中浪底来③。

【注释】

① 澄(chéng)：水清而流动缓慢。

② 江隈(wēi)：江湾。按：江曲处流缓沙停，是理想的淘金场所。淘金，一作淘沙。

③ 美人二句：意谓富贵人家用的黄金都是劳动人民吃尽千辛万苦淘洗出来的。诗人《浪淘沙》其八有“千淘万漉虽辛苦，吹尽狂沙始到金”之句，写出淘金的辛苦。

西塞山怀古

西塞山，在今湖北大冶县东，是长江中流要塞之一。《水经注·江水》：“江之右岸有黄石山，水径其北，即黄石矶也。……山连延江侧，东山偏高，谓之西塞。东对黄公九矶，所谓九圻者也。于行小难，两山之间为阙塞。”三国时，西塞山一带成为吴国境内重要的江防前线。这诗歌咏晋、吴兴亡事迹，慨叹于地形之险不足恃，而历史上割据一方的局面，终归统一。中唐以来，藩镇拥兵自雄，破坏了国内的和平统一。元和初年，李锜就曾据江南东道叛乱。诗的末尾，显然是对野心军阀提出教训，寓有一定的现实意义的。题一作《金陵怀古》。《唐诗纪事》卷三九：“长庆中，元微之、（刘）梦得、韦楚客同会（白）乐天舍，论南朝兴废，各赋《金陵怀古》诗。刘满引一杯，饮已即成，曰：‘王濬楼船下益州，……’白公览诗，曰：‘四人探骊龙，子先获珠，所馀鳞爪何用耶？’于是罢唱。”

王濬楼船下益州①，金陵王气黯然收②。千寻铁锁沈江底，一片降帆出石头③。人世几回伤往事④，山形依旧枕寒流⑤。今逢四海为家日⑥，故垒萧萧芦荻秋⑦。

【注释】

① 王濬句：《晋书·王濬传》：“濬字士治，弘农湖人也。……拜益州刺史。武帝谋伐吴，诏濬修舟舰。濬乃作大船连舫，方百二十步，受二千余人。以木为城，起楼橹，开四出门，其上皆得驰马来往。……太康元年（280）正月，濬发自成都（攻吴）。”晋益州州治在今四川成都市。王濬，一作“西晋”。下益州，自益州而下。

② 金陵句：意谓吴国亡国之象立见。《太平御览》卷一七〇引《金陵图》云：“昔楚威王见此有王气，因埋金以镇之，故曰金陵。秦并天下，望气者言江东有天子气，凿地断连冈，因改金陵为秣陵。”黯，一作“漠”。

③ 千寻二句：写王濬水军突破吴国江防，直抵金陵，孙皓投降事。《王濬传》：“吴人于江险碛要害之处，并以铁锁横截之。又作铁椎，长丈余，暗置江中，以逆距船。先是，羊祜获吴间谍，具知情状。濬乃作大筏数十，亦方百余步。缚草为人，披甲持杖，令善水者，以筏先行。筏遇铁

椎,椎辄著筏去。又作火炬,长十余丈,大数十围,灌以麻油,在船前。遇锁,燃炬烧之。须臾,融液,断绝,于是船无所碍。……濬自发蜀,兵不血刃,攻无坚城,夏口、武昌,无相支抗,于是顺流鼓棹,径造三山。……濬入于石头。(孙)皓乃备亡国之礼,素车、白马、肉袒、面缚、衔璧、牵羊,大夫衰服,士舆榇,……造于垒门。濬躬解其缚,受璧焚榇,送于京师。"石头,城名,在今江苏江宁县西石城山。《三国志·吴志·吴主传》:"建安十六年(211),(孙)权治秣陵。明年,城石头,改秣陵为建业。"《元和郡县图志》:"石头城在(上元)县西四里,即楚之金陵城也。吴改为石头城。建安十六年,吴大帝修筑,以贮财宝军器,有戍。"

④ 人世句:意谓建都金陵,雄踞江东而终于亡国的,不仅东吴而已。

⑤ 寒:一作"江"。

⑥ 今逢:一作"而今"。四海为家:意谓全国统一,归一个朝廷统治。《史记·高祖本纪》:"天子以四海为家。"

⑦ 故垒:《元和郡县图志》卷二六:"贺若弼垒在(上元)县二十里,……韩擒虎垒在(上元)县西四里。隋平陈树碑。"

【评】 三接一,二承四,从攻守二方写曹魏灭吴事,笔法流走跳荡,见出破竹、建瓴之势。五句"几回"承上四句,又括过六朝兴亡。六句"依旧"对五句"几回",由古及今,点题西塞山。七句承六言今,八句回照历朝,结出吊古讽今意,曲折圆到中见出思致深沉。诗有中唐七律爽利之风调,又兼熔盛唐浑厚之气格,故虽流转而不失之佻巧。刘、白并称,而梦得七律区别于白体处,常在此等,故香山晚读梦得诗而有语随意尽之自叹。

金 陵 五 题(五首选二)

《金陵五题》每题一首,都是咏怀有关金陵城的古迹的。原序云:“余少为江南客,而未游秣陵,尝有遗恨。后为历阳守,跂而望之。适有客以《金陵五题》相示,逌尔生思,欻然有得。他日友人白乐天掉头苦吟,叹赏良久。且曰:‘《石头》诗云,“潮打空城寂寞回”,吾知后之诗人不复措辞矣!’馀四咏虽不及此,亦不孤乐天之言耳。”唐和州一称历阳郡,州治在今安徽省和县。刘禹锡于长庆四年(824)夏由夔州调任和州刺史。在和州共二年馀。郡称太守,历阳守,即和州刺史。按:《五题》中以下面选的《石头城》、《乌衣巷》二首最为历来所传诵。诗中就眼前景物写盛衰兴废之情,用意虽很寻常,但构思却极深曲;而又铸词奇崛,以千锤百炼出之,便觉语语未经人道。白居易之所以叹赏不置,刘禹锡之所以自负,盖在于此。秣陵,即金陵。《建康志》:“秦改金陵为秣陵。”

石　头　城(原第一首)

石头城,即金陵城(今江苏南京市)的旧名。建安十六年(211)吴大帝孙权所建。

山围故国周遭在,潮打空城寂寞回①。淮水东边旧时月,夜深还过女墙来②。

【注释】

① 山围二句:意谓江山依旧,而六朝繁华,已成陈迹。故国,即故都。金陵为六朝建都之地,石头城依山建筑,故云“山围故国”。周遭,犹言周匝。宋人范成大《吴船录》卷下:“金陵山本止三面,至此(伏龟楼)则形势回互,江南诸山与淮山团栾应接,无复空阙。唐人诗所谓‘山围故国周遭在’者,惟此处所见为然。”石头城北临大江,打和回,言江潮打来打去,终古都是如此。

② 淮水二句:淮水,即秦淮河。秦淮河横贯金陵城,月从东出,也就是从

秦淮河的东边升起。这二句写寂寞空城的夜景。意谓只有曾见昔年繁华的月光,仍然由东边照到西边。女墙,矮墙,指城垣的墙垛。元人萨都剌《念奴娇》词“伤心千古,秦淮一片明月”,由此化出,然而直致,无此诗含蕴之味。

【评】 由“故国”,因见“空城”夜潮之“寂寞”;由“寂寞”,透出夜月暗度,照临女墙。四句三景,看似不续,而意脉贯穿。曰“故”,曰“空”,曰“寂寞”,而诗境不弱。盖有青山围抱,江浪无尽,皓月洞照之故也。寓寂寞于广阔,因广阔而见寂寞,融两极于一体,此其所以为难到。

乌 衣 巷

乌衣巷,在秦淮河之南,去朱雀桥不远。三国时,是吴国戍守石头城军营的所在地。兵士皆著乌衣,因以得名。晋室东迁,王导卜居于此,后来就成为著名的贵族住宅区,王、谢两大世族聚居之处。

朱雀桥边野草花①,乌衣巷口夕阳斜。旧时王谢堂前燕,飞入寻常百姓家②。

【注释】

① 朱雀桥:秦淮河上的浮桥,一名朱雀航,在古金陵城东南四里,面对朱雀门,东晋咸康二年(336)所建。

② 旧时二句:意谓每年春天,燕子仍旧飞来;可是乌衣巷里,昔年王、谢华堂已变为寻常的百姓人家了。清人施补华《岘佣说诗》谓这二句:“若作燕子他去,便呆。盖燕子仍入此室,王谢零落,已化作寻常百姓矣。如此则感慨无穷,用笔极曲。”

【评】“乌衣巷口夕阳斜”，已暗透三四富贵难久、人事代谢之意。寥落之情，伤逝之思，而首句偏以年年岁岁繁荣如一的微贱野草领起。荣枯相形，贵贱相衬，意思深微，径辙颇似前录韩愈诗“筼筜竞长纤纤笋，踯躅闲开艳艳花”（《答张十一》）。

元　稹（八首）

元稹(779—831)，字微之，河南(今河南洛阳市)人。贞元九年(793)明经及第，又登才识兼茂明于体用科，名列第一，除左拾遗。历监察御史。因得罪宦官，贬江陵士曹参军。后变节，和宦官相勾结。穆宗朝，官职不断升迁。长庆二年(822)，与裴度同时拜相。时论不满，出为同州刺史，转越州，兼浙东观察使。卒于武昌节度使任所。

元稹诗与白居易齐名。陈绎曾说："白诗祖乐府，务欲为风俗之用。元与白同志。"(《唐音癸签》卷七引)两人文学观点相同，彼此唱和，在新乐府运动中，起了桴鼓相应的作用。但元诗反映现实的深度，尚不及白。《旧唐书》本传说元、白为诗，"善状咏风态物色。当时言诗者称元、白焉。自衣冠士子，至闾阎下俚，悉传诵之，号为元和体"。元的诗风，有时流于僻涩，不似白之纡徐畅达，曲尽事情。但有一部分作品，却写得精警清峭，有其独到之处。

有《元氏长庆集》。

和李校书新题乐府(十二首选一)

原序云:"余友李公垂贶余《乐府新题》二十首,雅有所谓,不虚为文。余取病时之尤急者列而和之,盖十二而已。昔三代之盛也,士议而庶人谤。又曰:'世理则词直,世忌则词隐。'余遭理世而君盛圣,故直词以示后;使夫后之人谓今日为不忌之时焉。"李公垂,即李绅,时官秘书省校书郎。李绅所作《乐府新题》二十首,今已不存。

西 凉 伎(原第四首)

西凉伎,即西凉乐。《隋书·音乐志》:"大业中,炀帝乃定清乐:西凉、龟兹、天竺、康国、疏勒、安国、高丽。礼毕,以为九部乐。西凉者,起苻氏之末,吕光、沮渠、蒙逊等据有凉州,变龟兹声为之,号为秦汉伎;魏太武既平西河,得之,谓之西凉乐。"凉州,汉置州名,唐时治武威(今甘肃省县名)。其地歌舞极为发达,流传内地,称之为西凉伎。安史乱后,吐蕃进入河陇地带,占据凉州,唐朝通往西北的道路,遂被截断。这诗痛心于国势衰落,边将腐化无能,从今昔盛衰的对比中,抒写忧时之感。

吾闻昔日西凉州,人烟扑地桑柘稠①。葡萄酒熟恣行乐,红艳青旗朱粉楼。楼下当垆称卓女,楼头伴客名莫愁②。乡人不识离别苦,更卒多为沈滞游③。哥舒开府设高宴④,八珍九酝当前头⑤。前头百戏竞撩乱,丸剑跳踯霜雪浮⑥。狮子摇光毛彩竖⑦,胡姬醉舞筋骨柔。大宛来献赤汗马[8]，赞普亦奉翠茸裘[9]。一朝燕贼乱中国[10]，河湟忽尽空遗丘[11]。开远门前万里堠，今来蹙到行原州[12]。去京五百而近何其逼[13]！天子县内半没为荒陬[14]。西京之道尔阻修[15]。连城边将但高会，每听此曲能不羞[16]？

【注释】

① 扑地：满地。桑柘稠：言桑柘长得茂盛。桑树和柘树的叶都是蚕的饲料。鲍照《芜城赋》"廛闬扑地"。扑，《方言》："扑，尽也。"郭璞注："今种物皆生，云扑地出也。"

② 卓女、莫愁：借指美貌的酒家女子。卓女，谓卓文君，她曾和司马相如开了个小酒店，亲自当垆卖酒。莫愁，古美女名（见沈佺期《独不见》注①）。

③ 乡人二句：意谓当地人从不离开乡土，外来的人也乐不思家。更卒，即戍卒。戍边的士卒，服役有定期，一批批地更替换，故称。更，读平声。沈滞，这里是流连、迷恋的意思。

④ 哥舒开府：哥舒，谓哥舒翰。他于天宝末封凉国公，兼任陇右、河西两镇节度使（见《新唐书·哥舒翰传》），是镇守西北的名将。唐河西道治凉州，置凉州都督府。凡镇守一方，建立军府，称为开府。

⑤ 八珍：指精美的肴馔（见杜甫《丽人行》注⑪）。九醖：汉朝的酒名，又叫作酎。制造时要经过很多道工序，自正月至八月始成，故名。这里是泛指最醇美的酒。

⑥ 丸剑句：写弄丸和舞剑。霜雪浮，形容技巧纯熟，但见一片白光闪动。

⑦ 狮子句：写狮子舞。白居易《西凉伎》："西凉伎，西凉伎，假面胡人假狮子。刻木为头丝作尾，金镀眼睛银贴齿。奋动毛衣摆双耳，如从流沙来万里。"可作此句注脚。

⑧ 赤汗马：即汗血马，又名天马，是名种的千里马。汗从肩膊出，颜色如血，故名。大宛，汉时西域国名，汗血马的产地。

⑨ 赞普：吐蕃国君的称号。翠茸裘：以翠鸟羽毛为饰的裘，亦称翠云裘。

⑩ 燕贼：指安禄山。安禄山据燕蓟地区叛变，故称。

⑪ 河湟忽尽：指河、湟地区为吐蕃所占据。遗丘：犹言废墟。

⑫ 开远二句：自注："平时开远门外立堠，云去安西九千九百里，以示戎人不为万里行，其就盈故矣（实际已满万里）。"开远门，长安城西北第一门，隋时名开远门，唐时改称安远门。堠，侦察兵所驻的碉堡。原州，州治本在今甘肃省固原县，因被吐蕃占据，唐朝置"行原州"于临泾县，即今甘肃省镇原县。来，语气词。这里意谓过去从长安向西北，万里之内，都是唐朝疆土，现在才到行原州，就已是边界了。

⑬ 去京五百而近：言行原州距离长安连五百里还不到。逼，指受到吐蕃的军事威胁。

⑭ 天子县内：即京畿之地。陬（zōu）：本义偏僻荒远，这里是荒芜的意思。

⑮ 西京句：慨叹凉州陷没。尔，指凉州。阻修，犹言隔绝遥远。修，长。

⑯ 此曲：指凉州的歌舞曲。

【评】 "一朝燕贼乱中国"二句是关锁，前片言乱前凉州之繁华，藩属之顺服，铺叙特详。后片言堠火近畿，县内荒凉，而语甚简略，此以宾形主之法，剪裁见匠心。结尾揭出诗旨，"但高会"正照前之今昔巨变，说尽边将之无能而又无心；"能不羞"义愤填膺，更足以发人警省。元稹新乐府每每旨意繁芜，语句晦涩，不如白居易之明晰畅达，此诗庶能免此二病，故佳。

乐 府 古 题（十九首选二）

《乐府古题》作于元和十二年（817）。前面有序文一篇，指斥一般文人所作乐府诗"沿袭古题，唱和重复"的形式主义倾向，并叙述自己和白居易、李绅创作新乐府的经过。说明这十九首诗是和梁州进士李馀、刘猛的作品。虽然用的是古题,但“全无古义”;或“颇同古意,全创新词”。前者是歌咏古事,不同于传统的写法;后者是借用古题来反映现实生活,则和新乐府的精神完全相一致。这里选的两篇,属于后者。原序过长,不录。

织　妇　词(原第八首)

唐代纺织业极为发达,政府在荆州、扬州、宣州、成都等地设有专门机构,监造织作,征收捐税。其中有专业的织锦户,专织异样新奇的高级彩锦,贡入京城,以满足统治者奢侈享乐生活的需要。这诗以荆州的首府江陵为背景,真实地描写了织妇被剥削、奴役的痛苦。《织妇词》,乐府旧题,见《乐府诗集》卷九四“乐府杂题”五。

织妇何太忙,蚕经三卧行欲老①。蚕神女圣早成丝②,今年丝税抽征早。早征非是官人恶③,去岁官家事戎索④。征人战苦束刀疮,主将勋高换罗幕。缫丝织帛犹努力,变缉撩机苦难织⑤。东家头白双女儿,为解挑纹嫁不得⑥。檐前袅袅游丝上⑦,上有蜘蛛巧来往。羡他虫豸解缘天⑧,能向虚空织罗网。

【注释】

① 三卧:即三眠,蚕四眠后,便上簇结茧。

② 蚕神句:希望蚕神保佑,蚕早点出丝。古代传说,黄帝的妃子嫘祖是第一个发明养蚕取丝的人。民间奉之为蚕神,故称“蚕神女圣”。

③ 官人:指征收丝税的官吏。

④ 去岁句:官家,口语称皇帝之词。戎索,见《左传》定公四年:“启以夏

政,疆以戎索。”杜注:“大原近戎而寒,不与中国同,故自以戎法。”戎索本义为戎法,引申为战争之事。这里指唐朝正从事于平定国内叛乱的战争。元和十一年(816),唐朝兴兵讨淮西吴元济,战争一直延续到这一年。

⑤ 缫(sāo)丝二句:分承上文二句,意谓织帛已很费力,织有花纹的精美绫罗,就更加难。缫丝,抽茧出丝。变缉撩机,拨动织机时,变动丝缕,在织品上挑出花纹。撩,拨动的意思。

⑥ 东家二句:自注:“予掾荆(任江陵士曹参军)时,目击贡绫户有终老不嫁之女。”

⑦ 游丝:指蜘蛛所吐的丝。

⑧ 缘天:在天空中往来走动。

【评】 此诗涉及社会问题颇广,有重税,有久战,有老女不字,亦所谓“一题涵括数意”者(陈寅恪语)。然而读来却不觉总杂。要在于主脑明确,组织有序。全诗以织妇苦为主线,量税而又早征,故苦辛无有已日。其原因则由“征人”二句说出,盖久战故早征,而久战之因又在战将尸位而素餐。因久战未已,故而税加无已,则织女唯有老犹机杼。层层剥示,见深言痛。结末羡蛛丝,思奇语奇,而苦涩含蕴其中,颇能免元、白乐府诗直致之病,故较之孟郊《织妇辞》、王建《簇蚕辞》似更胜。因可知繁简之法,本无定规,要在言之有物,且能运以匠心耳。

估 客 乐(原第十九首)

本篇描写在城市商业畸形发达的情况下,富商大贾和封建统治阶级勾结起来残酷地进行剥削,造成农村经济破产,农民生活日益穷困。它指出当时病态社会中的一个重要问题,反映了复杂的阶级关系及其矛盾和斗争。

估客无住著[①]，有利身则行。出门求火伴[②]，入户辞父兄。父兄相教示："求利莫求名！求名有所避，求利无不营[③]。"火伴相勒缚[④]："卖假莫卖诚[⑤]！交关少交假，交假本生轻[⑥]。"自兹相将去[⑦]，誓死意不更[⑧]。一解市头语[⑨]，便无乡里情。鍮石打臂钏[⑩]，糯米吹项璎[⑪]；归来村中卖，敲作金玉声。村中田舍娘[⑫]，贵贱不敢争。所费百钱本[⑬]，已得十倍赢。颜色转光净，饮食亦甘馨[⑭]，子本频蕃息[⑮]，货贩日兼并[⑯]。求珠驾沧海，采玉上荆衡[⑰]。北买党项马[⑱]，西擒吐蕃鹦[⑲]。炎洲布火浣[⑳]，蜀地锦织成[㉑]。越婢脂肉滑，奚僮眉眼明[㉒]。通算衣食费，不计远近程[㉓]。经游天下遍，却到长安城。城中东西市，闻客次第迎。迎客兼说客："多财为势倾[㉔]。"客心本明黠[㉕]，闻语心已惊[㉖]。先问十常侍[㉗]，次求百公卿。侯家与主第[㉘]，点缀无不精。归来始安坐，富与王者勍[㉙]。市卒酒肉臭，县胥家舍成。岂唯绝言语，奔走极使令[㉚]。大儿贩材木，巧识梁栋形；小儿贩盐卤[㉛]，不入州县征[㉜]。一身偃市利[㉝]，突若截海鲸[㉞]。钩距不敢下[㉟]，下则牙齿横[㊱]。生为估客乐，判尔乐一生[㊲]。尔又生两子，钱刀何岁平[㊳]！

【注释】

① 住著：固定的住处。

② 火伴：即伙伴，指同行业的人。

③ 求名二句：对举成文，文义互见。意谓商人唯利是图，利之所在，应该不避一切去营求。有所避，一作"莫所避"，与原义不合，误。

④ 相勒缚：互相约束。

⑤ 卖诚：卖真货。

⑥ 交关二句：意谓用假货，就可少花本钱，获得厚利。交关，犹言关说，指和别人打交道。少，同稍，一作“但”。本生，犹言本钱。生，读上声。资财。假货骗人，自己就不花什么真本钱，可以获得厚利。轻，少。下句一作“本生得失轻”。得失，是偏义复词。得失轻，即少损失，也就是有得无失的意思。

⑦ 相将去：相随结帮而去。

⑧ 更：变更，读平声。

⑨ 一：一作“亦”。市头语：市场里的生意话。

⑩ 鍮（tōu）石：一种似金的黄铜。

⑪ 糯米句：项瓔，套在小孩颈上的装饰品，即项圈。本来用玉制造，这里说以糯米吹成的假货来冒充。

⑫ 田舍娘：农村妇女。

⑬ 百钱本：一作“百必本”，误。

⑭ 甘馨：香甜适口的珍贵食品。

⑮ 子本句：言利上生利，资本不断增加。子，利息。

⑯ 货贩句：意谓贩运各种商品，垄断市场。下文所说，即各种商品的产地和名称，包括妇女和奴隶在内。货贩，一作“货赂”。

⑰ 荆衡：荆，荆山。衡，衡山。荆山以产玉著名，荆衡相近，都是古代楚国地，这里是连类而及的。

⑱ 党项：古西羌族国名，出马。

⑲ 鹦：鹦鹉，出产在陇关以西，当时是吐蕃地带。

⑳ 炎洲：泛指热带地区。唐时，曾在四川西南部设羁縻州，叫做炎州。布火浣：即火浣布，一种能耐火的布。汉末，火浣布从西南诸国输入中国。

㉑ 锦织成：犹言锦缎。唐人称丝织品为织成。《旧唐书·舆服志》：“皇后服有袆衣……其衣以深青织成为之。”杜甫《太子张舍人遗织成褥段》：“客从西北来，遗我翠织成。”

㉒ 奚僮：年轻的男仆叫做僮。奚，种族名。

㉓ 通算二句：意谓商人贩货，善于精打细算，只要利之所在，不管路程远

近。通算，通盘筹算。衣食费，指成本，因为这些商品中有人口在内。

㉔ 多财句：言外之意，是说富商须和有权势的人勾结。这是长安东西市店里主人告诉客商的话。

㉕ 明黠：精明，含有狡猾的意思。

㉖ 心惊：意谓打中了他的心坎。

㉗ 十常侍：指当权的宦官。东汉末年，宦官中有十常侍，权势最大。常侍，宫廷中官名。

㉘ 侯家、主第：泛指豪门贵族。主第，公主的第宅。

㉙ 勍：通作“京”，比并的意思。

㉚ 市卒四句：写商人和地方封建势力勾结的情况。市卒，当地的军人。县胥，县里的胥吏。他们在经济上都仰赖于富商，所以他们不但绝口不敢说话，而且奔走门下，听候他的使令。家舍成，盖起了新的房屋。令，读平声。

㉛ 卤（lǔ）：产盐之地，这里也是指盐。

㉜ 不入句：盐税直接归朝廷，由盐铁使掌管，故云。

㉝ 偃市利：压倒别人，占尽市利的意思。

㉞ 突：奔突。截海鲸：横海的鲸鱼。

㉟ 钩距：即钓钩。

㊱ 牙齿横：比喻富商用经济实力来反抗。

㊲ 判（pān）：同“拚”，这里是足够的意思。

㊳ 钱刀句：古代最早的钱币，形似刀，称为钱刀。这里意谓商人以资本来残酷剥削人民，真正起了刀的作用，这样一代代的下去，社会财富何时才能均平呢？

连昌宫词

这诗大约作于元和十三年（818）春，当唐朝平定淮西吴元济的叛乱之后。诗中通过宫边老人今昔盛衰之感，揭露并批判安史乱前朝政的腐败，追溯招致祸乱的因由，表现人民对于国内和平统一的愿望。连昌宫，在唐河南郡寿安县(今河南宜阳县)西十九里，唐高宗显庆三年(658)置(见《新唐书·地理志》)。据近人陈寅恪考证：从唐朝对淮蔡用兵至乱事平定之后，元稹未尝于春季路过寿安。元和十三年春，他任通州司马。此诗出于依题拟议(见《元白诗笺证稿》第三章)。诗中所写，多采取传闻，构成情节，不一定都符合历史事实。

连昌宫中满宫竹，岁久无人森似束①；又有墙头千叶桃②，风动落花红蔌蔌③。宫边老人为予泣："小年进食曾因入④。上皇正在望仙楼，太真同凭栏干立⑤。楼上楼前尽珠翠，炫转荧煌照天地。归来如梦复如痴，何暇备言宫里事⑥！初过寒食一百六，店舍无烟宫树绿⑦。夜半月高弦索鸣，贺老琵琶定场屋⑧。力士传呼觅念奴，念奴潜伴诸郎宿⑨。须臾觅得又连催，特敕街中许燃烛。春娇满眼睡红绡，掠削云鬟旋装束⑩。飞上九天歌一声，二十五郎吹管逐⑪。逡巡大遍凉州彻⑫，色色龟兹轰录续⑬。李謩压笛傍宫墙，偷得新翻数般曲⑭。平明大驾发行宫⑮，万人鼓舞途路中。百官队仗避岐薛⑯，杨氏诸姨车斗风⑰。明年十月东都破⑱，御路犹存禄山过⑲。驱令供顿不敢藏⑳，万姓无声泪潜堕。两京定后六七年㉑，却寻家舍行宫前。庄园烧尽有枯井，行宫门闭树宛然㉒。尔后相传六皇帝㉓，不到离宫门久闭。往来年少说长安，玄武楼成花萼废㉔。去年敕使因斫竹，偶值门开暂相逐。荆榛栉比塞池塘㉕，狐兔骄痴缘树木。舞榭欹倾基尚在，文窗窈窕纱犹绿㉖。尘埋粉壁旧花钿㉗，乌啄风筝碎珠玉㉘。上皇偏爱临砌花，依然御榻临阶斜。蛇出燕巢盘斗栱㉙，菌生香案正当衙㉚。寝殿相连端正楼，太真梳洗楼上头。晨光未出帘影动㉛，至今反挂珊瑚钩。指似傍人因恸哭㉜，却出宫门泪相续㉝。自从此后还闭门，夜夜狐狸上门屋。”我闻此语心骨悲，“太平谁致乱者谁？”翁言“野父何分别㉞？耳闻眼见为君说：姚崇宋璟作相公㉟，劝谏上皇言语切。燮理阴阳禾黍丰㊱，调和中外无兵戎；长官清平太守好，拣选皆言由至公。开元之末姚宋死，朝廷渐渐由妃子。禄山宫里养作儿㊲，虢国门前闹如市㊳。弄权宰相不记名，依稀忆得杨与李㊴。庙谟颠倒四海摇㊵，五十年来作疮痏㊶。今皇神圣丞相明㊷，诏书才下吴蜀平㊸。官军又取淮西贼㊹，此贼亦除天下宁。年年耕种宫前道，今年不遣子孙耕㊺。”老翁此意深望幸㊻，努力庙谟休用兵。

【注释】

① 森似束：指丛密的枝叶，纠结在一起。森，犹言森森，长密貌。

② 千叶桃：即碧桃，花开重瓣，故名。

③ 簌(sù)簌：纷纷下落貌。

④ 小年：义同少年。进食曾因入：一作“选进因曾入”。

⑤ 上皇二句：上皇，指玄宗。玄宗于安史乱时传位肃宗，称太上皇。太真，杨贵妃做女道士时的名字(参看后白居易《长恨歌》注㊶)。玄宗没有和杨贵妃同来过连昌宫，望仙楼和下文的端正楼都是华清宫的楼名，也不在连昌宫。

⑥ 备言：详尽地说。因为宫中的事说不尽，所以下文举其一二言之。

⑦ 初过寒食二句：冬至后一百零五日为寒食节，一百零六日为小寒食，自寒食前一日至小寒食禁火三天。小寒食的次日为清明，始起新火，

故云。

⑧ 贺老：贺怀智(一作贺中智)，玄宗时，以善弹琵琶著名的艺人。定场屋：即压场的意思。

⑨ 力士二句：自注云："念奴，天宝中名倡(娼)，善歌。每岁楼下酺宴，累日之后，万众喧隘。严安之、韦黄裳辈辟易而不能禁，众乐为之罢奏。玄宗遣高力士大呼于楼上曰：'欲遣念奴唱歌，邠二十五郎吹小管逐，看人能听否？'未尝不悄然奉诏。其为当时所重也如此。然而玄宗不欲夺狭游之盛，未尝置在宫禁；或岁幸汤泉，时巡东洛，有司潜遣从行而已。"力士，高力士，玄宗所宠信的宦官。诸郎，指随从皇帝的侍卫人员。

⑩ 掠削：用手整理一下。旋妆束：接着就妆束好了。

⑪ 飞上二句：九天，借指宫禁。二十五郎，指邠王李承宁。他善吹笛，行二十五，故称二十五郎。吹管逐，跟着歌声，吹管伴奏。逐，一作"篴"(dí)，即笛。

⑫ 逡巡句：意谓完整地奏了一套凉州大曲。逡巡，舒缓貌，形容歌唱时的节拍悠扬。沈括《梦溪笔谈》卷五："所谓大遍者，有序、引、歌、䨲、嗺、哨、催、攧、衮、破、行、中腔、踏歌之类，凡数十解，每解有数叠者。"王国维《唐宋大曲考》："大曲各叠，名之曰遍。遍者，变也。古乐一成为变。《周礼·大司乐》：'乐有六变、八变、九变。'郑注云：'变，犹更也，乐成则更奏也。'"凉州，曲调名。彻，终了的意思。郭茂倩《乐府诗集》卷七九"近代曲辞"中有《大和》五首，其末首题为"第五彻"。

⑬ 色色句：意谓各种龟兹乐曲，更番迭奏。龟(qiū)兹，汉西域国名，故址在今新疆维吾尔自治区库车、沙雅一带地方。这里指从西北方传来的曲调。录续，通作"陆续"。

⑭ 李謩二句：自注云："玄宗尝于上阳宫夜后按新翻一曲，属明夕正月十五日，潜游灯下，忽闻酒楼上有笛奏前夕新曲，大骇之。明日，密遣捕捉笛者诘验之。自云：'其夕窃于天津桥玩月，闻宫中度曲，遂于桥柱上插谱记之。臣即长安少年善笛者李謩也。'玄宗异而遣之。"李謩，人名，长安善吹笛的少年。压笛，即擪笛。义同"按笛"。

⑮ 大驾：皇帝的车驾。

⑯ 百官句：叙玄宗兄弟的威风，与下句“杨氏姐妹”对文。岐，岐王李范；薛，薛王李业，都是玄宗之弟，因助玄宗平太平公主之乱，而特为宠信。按此诗所述为天宝十三载事（参注⑱），而岐、薛分别早卒于开元十四与廿二年，这里所述不能作史实看，因以岐、薛与玄宗并举，在唐人已成为一种典故，如顾况《八月五日歌》（八月五日是玄宗生日）即云“花萼楼中宴岐薛”，元稹是沿用这一典实。

⑰ 杨氏诸姨：指杨贵妃的三个姊姊，韩国夫人、虢国夫人、秦国夫人等，参见杜甫《丽人行》注⑦。斗风：形容车行得轻快。

⑱ 明年句：天宝十四载（755）十二月，安禄山攻陷洛阳。这里说“十月”，是约略言之。

⑲ 御路句：连昌宫前的御路，是由洛阳通向长安的道路，安禄山攻破洛阳后，遣将孙孝哲向西进军，未亲到长安，这句所说，并非事实。

⑳ 供顿：义同供应。

㉑ 两京：指长安、洛阳。

㉒ 闭：一作“闼（tà）”。闼，宫中小门。

㉓ 六皇帝：这诗后面说：“今皇神圣丞相明”，“今皇”系指宪宗李纯。玄宗之后，历肃宗、代宗、德宗、顺宗至宪宗为五代，这里作“六”，当是计算或传写之误。

㉔ 玄武楼句：这里以两楼的一兴一废为标志，表现长安城里今昔变迁的沧桑之感。玄武楼，在大明宫的北面，德宗时新建，神策军宿卫之处。花萼楼，即花萼相辉之楼，在兴庆宫的西南隅，玄宗时所建。

㉕ 栉比：像梳齿一样紧密地挨在一起。栉，梳篦的总称。

㉖ 文窗：雕有花纹的窗格。窈窕：幽深貌。

㉗ 尘埋句：花钿贴在粉壁上，为灰尘所封。花钿，金属花片，妇女所用的装饰品。沈德潜认为花钿是壁上之饰（见《唐诗别裁》卷八）。

㉘ 乌啄句：风筝，檐棱间所挂的铃铎，风起时吹动有声。宫廷里的风筝，缀以珠玉，取其音响清越。沈德潜谓“碎珠玉”系指风筝之音（见同上）。

㉙ 盘斗栱：盘绕在斗栱之上。栱，原作“拱”，当作“栱”，柱间方木。斗，形容斗栱两两对峙，形状如斗。

㉚ 衙：正门。

㉛ 帘影动：意谓屋里已经有人在活动，承上句“梳洗”而言的。动，一作“黑”。

㉜ 指似：同指示。

㉝ 却出：退出。

㉞ 野父：即野老。口语称老年人为父。父，读上声。

㉟ 姚崇句：姚崇和宋璟都是开元时比较贤明的宰相。

㊱ 燮理阴阳：语本《尚书·周官》。宰相没有专门的分工职掌，他的责任是辅佐皇帝把政治搞好。燮理，义同调和。阴阳，指整个社会生活现象。

㊲ 禄山句：杨贵妃养安禄山为义子，出入宫廷，无所禁忌。

㊳ 虢国：即虢国夫人。闹如市：意指招权纳贿，紊乱朝政。

㊴ 杨与李：指杨国忠、李林甫，都是天宝时的奸相。

㊵ 庙谟：朝廷所策划的国家大计。

㊶ 疮痏（wěi）：指安史之乱所遗留下来的混乱的局面。疮的瘢痕叫做痏。

㊷ 今皇句：宪宗自即位以来，即有意平定藩镇的叛乱，裴度是极力赞助的人物。丞相，指裴度。

㊸ 吴蜀平：吴，指江南东道节度使李锜；蜀，指西川节度使刘辟。他们都是兴兵叛乱、割据一方的藩镇。元和元年（806），唐朝平定蜀乱。次年，平吴。

㊹ 淮西贼：指淮西节度使吴元济。元和十二年（812）十一月为唐朝所讨平。因为淮西是当时叛乱军阀中最强大的一个，故下句云云。

㊺ 年年二句：安史乱后，军阀混战，洛阳受到军事威胁，皇帝不敢来到东都，因而连昌宫前道路被人民犁作耕地。现在国内统一有望，皇帝有重来的可能，所以就“不遣子孙耕”了。

㊻ 深望幸：深望皇帝临幸东都。

遣悲怀三首

这三首诗是元稹追悼他的妻子韦丛所作。韦丛是元稹的原配,字茂之,比元稹小四岁。死于元和四年(809),年二十七岁。韩愈有《监察御史元君妻京兆韦氏夫人墓志铭》,见《昌黎先生集》卷二十四。诗以"遣悲怀"标题,正因为这悲哀是难以驱遣的。诗中杂有一些封建阶级醉心于富贵功名的庸俗观念和宗教迷信的落后思想,但它所表现的夫妻间的感情,却异常真切。韦丛死后,元稹所作的悼亡诗很多,这三首是他显贵以后所作。元稹于穆宗长庆初擢中书舍人,不久,即以工部侍郎同中书门下平章事。

其　一

谢公最小偏怜女,自嫁黔娄百事乖[①]。顾我无衣搜荩箧,泥他沽酒拔金钗[②]。野蔬充膳甘长藿,落叶添薪仰古槐[③]。今日俸钱过十万,与君营奠复营斋[④]。

【注释】

⑴ 谢公二句:谢公,指东晋宰相谢安。谢安最喜欢他的侄女谢道韫。偏怜,义同偏爱。韦丛的父亲韦夏卿官至太子少保,死后追赠左仆射,韦丛是他的幼女,所以这里以谢道韫作比。黔娄,春秋时齐国的贫士,元稹自指。乖,违,不顺利的意思。韩愈《韦氏夫人墓志铭》:"夫人于仆射为季女,爱之。选婿,得今御史河南元稹。稹时始以选校书秘书省中,其后遂以能直言策第一,拜左拾遗,果直言失官。"按:元稹出身寒微,婚后,又曾一度出为河南县尉,故云。自嫁,一作"嫁与"。

② 顾我二句:写韦的贤淑,能无微不至地照顾和体贴丈夫。荩(jìn)箧,

一种草制的衣箱。荩,草名。一作“画”,因繁体字形相近而误。泥(读去声),柔言索物,即口语的软缠。

③ 野蔬二句:写韦丛能够安于贫困生活。甘,吃得很香甜的意思。藿,豆叶。豆科植物牵有很长的枝蔓,故云“长藿”。落叶添薪,意谓燃料的补充,仰望于古槐的落叶。

④ 今日二句:慨叹于死者和自己共贫贱而没有同享富贵。俸钱过十万,极言境况富裕。奠,祭品。斋,延请僧道超度灵魂。这是佛教、道教盛行以后的社会风俗,与古代“斋戒”的“斋”涵义各别。

其二

昔日戏言身后意,今朝皆到眼前来[1]。衣裳已施行看尽[2],针线犹存未忍开。尚想旧情怜婢仆,也曾因梦送钱财。诚知此恨人人有,贫贱夫妻百事哀。

【注释】

① 皆:一作“都”。

② 施(读去声):施舍给别人。行看尽:即将完尽,意谓所馀无几。

其三

闲坐悲君亦自悲,百年都是几多时[1]!邓攸无子寻知命[2],潘岳悼亡犹费词[3]。同穴窅冥何所望[4]?他生缘会更难期!惟将终夜长开眼,报答平生未展眉[5]。

【注释】

① 百年句:意谓自己和死者寿命虽有长短不同,但总的说来,一个人又能活到多长的时间呢?人的寿命,一般不过百年。《庄子·盗跖篇》:

“上寿百年。”这里以“百年”指短促的人生。

② 邓攸句：慨叹婚后无子。邓攸，字伯道，西晋末为河东太守，在兵乱中因救侄而丢弃了自己的儿子，后来终身就没有子嗣，当时人有“天道无知，使伯道无儿”之语。寻知命，即将到知命之年。《论语·为政》：“五十而知天命。”按：元稹五十岁时，后妻裴氏始生一子，名道护（见白居易《元公墓志铭》）。

③ 潘岳句：承开头二句而言，意思说：悼亡只不过是生者哀悼死者，可是生者同样也不免一死，因而这种悼亡之词是多馀的。潘岳，西晋诗人，妻子死后，曾作《悼亡诗》三首，为世传诵。

④ 同穴：指夫妻合葬在一起。《诗经·王风·大车》：“谷则异室，死则同穴。”窅（yǎo）冥，深暗貌。何所望，意谓死后无知，即使同穴，也是徒然。

⑤ 未展眉，谓心情不舒畅。意指死者在生时经常处于贫困生活之中。

【评】 其一忆韦氏生前之贤淑甘贫；其二叙韦氏身后，已之寻觅思念；其三言妻亡后已之落寞无聊，三诗各有侧重而均贯之以“悲”之深痛，结之以“怀”之难遣。其中钩锁回斡处更似金针暗度，天衣无缝。其二起句“昔日”承上一首“戏言身后”转入二章，其三起句“悲君”综结上二首意，“亦自悲”，复落入自身。其二结处“贫贱夫妻”照应首章“黔娄”之穷。其三末联“终夜长开眼”，就已而言结本章“报答平生未展眉”，由已及彼，逆照前二章，收束全诗。三诗语言浅近而情意深沉，不重外景之衬托，而专以心中委曲出之，较潘岳《悼亡》三诗尤感人。元白诗派之特点，于此种题目，固占胜着，盖至情难以文言之也。清蘅塘退士评曰：“古今悼亡诗充栋，终无能出此三首范围者。”（《唐诗三百首》）

行　宫

高步瀛曰：“白乐天《新乐府》有《上阳白发人》（见后选），此诗

'白头宫女'当即上阳宫女也。上阳宫在洛阳为离宫,故曰行宫。"(《唐宋诗举要》卷八)

寥落古行宫,宫花寂寞红。白头宫女在,闲坐说玄宗。

【评】 《连昌宫词》歌行巨篇,以穷形极态取胜;《行宫》五绝短韵,以含蕴隽永为长。穷形极态则怵目惊心,含蕴隽永则启人冥想。诗体不同,笔法固异,各尽其妙,不必以优劣论。

白居易（二十七首）

白居易(772—846)，字乐天，晚号香山居士，原籍太原，后迁居为下邽(今陕西渭南县)人。贞元十五年(799)进士，授秘书省校书郎，补盩厔尉。元和时，曾任翰林学士、左拾遗及左赞善大夫。因上书言事，贬江州司马，移忠州刺史。长庆时，由中书舍人，出任杭州、苏州刺史。晚年，以太子宾客及太子少傅分司东都。官终刑部尚书。世称白香山。

白居易认为“文章合为时而著，歌诗合为事而作”(《与元九书》)，强调继承《诗经》的优良传统和杜甫的创作精神。其早期所作政治讽谕诗如《秦中吟》及《新乐府》等，思想倾向鲜明，对当时社会问题的症结，作了系统的揭发和批判，在“新乐府”运动中显示了最优异的业绩。与元稹齐名，并称元、白。晚年，因政治混乱，不愿卷入朋党斗争的漩涡，退居洛下，以诗酒自娱，并崇奉佛教，有逃避现实的消极思想。其诗善于叙述，语言浅易，相传老妪能解。以《长恨歌》、《琵琶行》为代表的长篇叙事诗，也是他成就的一个重要方面。王若虚云：“乐天之诗，情致曲尽，入人肝脾，随物赋形，所在充满，殆与元气相侔。至长韵大篇，动数百千言，而顺适惬当，句句如一，无争张牵强之态，此岂捻断吟须、悲鸣口吻者之所能至哉？而世或以浅易轻之，盖不足与言矣。”(《滹南诗话》)

有《白氏长庆集》。

赋得古原草送别

相传这诗是白居易年少时成名之作。张固《幽闲鼓吹》："白尚书应举，初至京，以诗谒著作顾况。顾睹姓名，熟视白公，曰：'米方贵，"居"亦不"易"！'乃披卷，首篇曰：'离离原上草……'即嗟赏曰：'道得个语，"居"即"易"矣。'因为之延誉，声名大振。"尤袤《全唐诗话》也有类似的记载。

离离原上草①，一岁一枯荣。野火烧不尽，春风吹又生。远芳侵古道，晴翠接荒城②。又送王孙去，萋萋满别情③。

【注释】

① 离离：丰茂貌。《初学记》引《韩诗》："离离，长貌。"

② 远芳二句：乐府《饮马长城窟行》："青青河畔草，绵绵思远道。"这里化用其意。芳和翠，均指草；古道和荒城，都是野草滋生之处，也是行人的去处。春草一望无际，故曰"远芳"。草地在阳光照射下放映出青翠之色，故曰"晴翠"。

③ 又送二句：《楚辞·招隐士》："王孙游兮不归，春草生兮萋萋。"王孙，这里指被送之人。

【评】　宋吴曾《能改斋漫录》云："'野火烧不尽，春风吹又生'，余以为不若刘长卿'春入烧痕青'之句语简而意尽。"今按刘诗刻炼而简远，白诗自然而宽宏。以此为大历、贞元诗风之别则可，以之论优劣高下似未免门户之见。吴氏又云"野火"二句"乃是李白瀑布诗'海风吹不断，江月照还空'之意"。今按：李诗空灵而澄明，所谓

“诗仙”之笔，白诗沉实而郁勃，乃是少年心事。取境立意，未可等量齐观。若以得之天成、自然凑泊而言，则吴说差可取。然其先导，尚当推谢灵运“池塘生春草，园柳变鸣禽”。

采莲曲

菱叶萦波荷飐风①，荷花深处小船通。逢郎欲语低头笑，碧玉搔头落水中②。

【注释】

① 菱叶句：写池塘风起的景象：出水的芰荷，因风而颤动不已；飘浮的菱叶，也波面荡漾萦回。物被风吹动曰飐（zhǎn）。

② 搔头：簪一类的首饰。

【评】 七绝变体，骀荡有《竹枝》风。

自河南经乱关内阻饥兄弟离散各在一处因望月有感聊书所怀寄上浮梁大兄於潜七兄乌江十五兄兼示下邽弟妹

这诗是贞元十六年（800）白居易在长安应进士举时所作。白居易的长兄幼文时官浮梁县（今江西省县名）主簿。於潜七兄和乌江十五兄都是他的堂兄。於潜，今浙江省县名。乌江，今安徽省和县。贞元十五年(799)春,宣武节度使(治所在今河南开封市)董晋死,部下兵变;彰义节度使(治所在今河南汝南县)吴少诚又举兵叛变。这年夏,长安一带发生旱灾。“河南经乱,关内阻饥”,即指此。

时难年荒世业空[1],弟兄羁旅各西东。田园寥落干戈后,骨肉流离道路中。吊影分为千里雁,辞根散作九秋蓬[2]。共看明月应垂泪,一夜乡心五处同。

【注释】

① 世业:唐初行均田制,按人口授田,有口分和世业两种,世业田由子孙继承。这里泛指祖先遗留下来的产业。

② 吊影二句:上句言兄弟分散,下句言远离故居。吊影犹言形影相吊,意指孤独。千里雁,谓雁飞失群。雁行整齐有序,古人用以喻兄弟行列。《礼记·王制》:“兄之齿雁行。”九秋,即深秋。蓬草被秋风吹折,到处飘荡,比喻人流徙四方。曹植《杂诗》:“转蓬离本根,飘飖随长风。”

【评】 流转中有顿束。“各西东”启中二联。“分雁”、“辞根”,暗透末联“共看”、“乡心”。结句“一夜”、“五处”总绾全诗。

秦　中　吟(十首选二)

轻　肥(原第七首)

本篇和下篇都是《秦中吟》十首之一。原序云:“贞元、元和之际,予在长安,闻见之间,有足悲者。因直歌其事,命为《秦中吟》。”这诗写统治阶级奢侈豪华的生活,以人民的饥饿死亡作为对照,用意与杜甫《自京赴奉先咏怀》中的“朱门酒肉臭，路有冻死骨”相同。诗中讽刺的矛头，直指宦官，在中唐时代，有其强烈的现实的战斗意义。轻肥，谓肥马轻裘，见前杜甫《秋兴》第三首注⑤。题一作《江南旱》。

意气骄满路，鞍马光照尘。借问何为者？人称是内臣①。朱绂皆大夫，紫绶或将军②。夸赴军中宴③，走马去如云。樽罍溢九酝，水陆罗八珍④。果擘洞庭橘，脍切天池鳞⑤。食饱心自若，酒酣气益振⑥。是岁江南旱，衢州人食人⑦！

【注释】

① 内臣：即宦官，因为宦官在宫内替皇帝服役，故称。

② 朱绂二句：二句互文，朱和紫，是标志官阶的颜色。绂，绶，系印的带子。唐制：官分九品，四品、五品衣绯（朱红），二品、三品佩紫绶（服色同）。大夫和将军，分指文职与武职。唐代自玄宗后宦官得势，文职有做到开府仪同三司的，武职有做到骠骑将军的。或，一作“悉”。

③ 军：指掌握在宦官手里的禁军。

④ 樽罍二句：九酝，泛指最醇美的酒。《西京杂记》：“以正月旦作酒，八月成，名曰‘酎’，一曰‘九酝’。”八珍，指最精美的食品。见前杜甫《丽人行》注⑪。

⑤ 脍（kuài）：把鱼肉等细切而成的食品。天池：海的别名。一说：扬州有天池（在今江苏仪征县）。鳞：鱼的代称。

⑥ 食饱二句：互文见义，谓酒醉饭饱之后，志得意满，旁若无人。振，读阴平声。

⑦ 是岁二句：元和四年（809）春，南方旱饥（见《通鉴》卷二三七）。衢州州治在今浙江省衢县。

买　花（原第十首）

题一作《牡丹》。牡丹本是山西一带的产物，唐初移植长安，成为珍品。到了唐德宗贞元以后，赏玩牡丹，更成为长安盛行的风气。这诗选取当时豪门贵族生活中最突出而又带普遍性的现象加以揭露和批判。末借田舍翁的叹息作结，指出这种奢侈浪费的现象，建筑在残酷的阶级剥削的基础上，用意尤为深刻，是通篇主旨所在。

帝城春欲暮，喧喧车马度。共道牡丹时，相随买花去①。贵贱无常价，酬直看花数②。灼灼百朵红，戋戋五束素③。上张幄幕庇，旁织巴篱护④；水洒复泥封，移来色如故。家家习为俗，人人迷不悟。有一田舍翁⑤，偶来买花处。低头独长叹，此叹无人谕。一丛深色花，十户中人赋⑥！

【注释】

① 帝城四句：李肇《国史补》卷中："京城贵游，尚牡丹三十余年矣。每春暮，车马若狂，不以耽玩为耻，执金吾铺官围外寺观种以求利，一本有直数万者。"白居易《牡丹芳》又云："花开花落二十日，一城之人皆若狂。"

② 贵贱二句：意谓花无一定的价格，某种花多易得，就贱一些；某种花少难得，就特别昂贵。酬直，给价。直，字同"值"。

③ 灼灼二句：白居易《惜牡丹》诗有云"明朝风起应吹尽，夜惜衰红把火看"；欧阳修《洛阳牡丹记》"左花（平头紫）之前唯有兰家红、贺家红、林家红之类"。可知唐人重紫、红色的牡丹。灼灼，红艳耀目貌。戋戋，微少的意思。五束素，五匹精白的绢。意谓这百朵鲜艳的红花，就要五束素的代价，而在富贵人眼里，却是戋戋不足道的。许浑诗"近来无奈牡丹何，数十千钱买一窠"，可与之参看。

④ 巴篱：即笆篱。《史记·张仪列传》司马贞《索隐》："今江南亦谓苇篱曰笆篱。"

⑤ 田舍翁：农村里的老人。

⑥ 中人赋：即中户赋。唐时赋税，按户口征收，分为上户、中户、下户（见《旧唐书·食货志》）。

长恨歌

这诗是白居易三十五岁时所作。同时，陈鸿还写了一篇《长恨歌传》。歌和传都以唐玄宗和杨贵妃的爱情故事为题材，因为是悲剧结局，故以"长恨"名篇。恨，憾恨。传文有云："元和元年（806）冬十二月，太原白乐天自校书郎尉于盩厔，鸿与琅琊王质夫家于是邑，暇日相携游仙游寺，话及此事，相与感叹。质夫举酒于乐天前曰：'夫希代之事，非遇出世之才润色之，则与时消没，不闻于世。乐天深于诗，多于情者也，试为歌之，如何？'乐天因为《长恨歌》。意者不但感其事，亦欲惩尤物，窒乱阶，垂于将来者也。"故事在社会上流传已久，基本定型。诗以传说作为素材，所谓"感其事"，当然是指对唐玄宗和杨贵妃生离死别的悲哀的同情；但另一方面，作者创作此诗的目的，则又是意图通过这一事件，批判统治集团因腐朽荒淫而招致祸乱，垂作历史教训。这两者之间是有矛盾的，因而使得诗的主题思想复杂化。白居易这类长篇故事诗，在一气舒卷之中，有着曲折离奇，自具首尾的情节描写和完整鲜明的人物形象的塑造；而在语言音节上发挥了乐府歌行的特点，特别显得流畅匀称，优美和谐，便于理解和歌唱。当时号为"元和体"，又称为"千字律诗"。影响相当深远。

汉皇重色思倾国[①]，御宇多年求不得[②]。杨家有女初长成，养在深闺人未识。天生丽质难自弃，一朝选在君王侧[③]。回眸一笑百媚生，六宫粉黛无颜色[④]。春寒赐浴华清池[⑤]，温泉水滑洗凝脂[⑥]，侍儿扶起娇无力[⑦]，始是新承恩泽时。云鬓花颜金步摇[⑧]，芙蓉帐暖度春宵。春宵苦短日高起，从此君王不早朝。承欢侍宴无闲暇，春从春游夜专夜。后宫佳丽三千人，三千宠爱在一身。金屋妆成娇侍夜[⑨]，玉楼宴罢醉和春。姊妹弟兄皆列土，可怜光彩生门户。遂令天下父母心，不重生男重生女[⑩]。骊宫高处入青云[⑪]，仙乐风飘处处闻。缓歌慢舞凝丝竹，尽日君王看不足[⑫]。渔阳鼙鼓动地来[⑬]，惊破《霓裳羽衣曲》[⑭]。九重城阙烟尘生[⑮]，千乘万骑西南行。翠华摇摇行复止[⑯]，西出都门百馀里[⑰]。六军不发无奈何，宛转蛾眉马前死[⑱]。花钿委地无人收，翠翘金雀玉搔头[⑲]。君王掩面救不得，回看血泪相和流。黄埃散漫风萧索，云栈萦纡登剑阁[⑳]。峨嵋山下少人行[㉑]，旌旗无光日色薄[㉒]。蜀江水碧蜀山青，圣主朝朝暮暮情。行宫见月伤心色[㉓]，夜雨闻铃肠断声[㉔]。天旋日转回龙驭[㉕]，到此踌躇不能去。马嵬坡下泥土中，不见玉颜空死处[㉖]。君臣相顾尽沾衣，东望都门信马归[㉗]。归来池苑皆依旧，太液芙蓉未央柳[㉘]。芙蓉如面柳如眉，对此如何不泪垂？春风桃李花开日[㉙]，秋雨梧桐叶落时。西宫南苑多秋草[㉚]，宫叶满阶红不扫。梨园弟子白发新[㉛]，椒房阿监青娥老[㉜]。夕殿萤飞思悄然，孤灯挑尽未成眠[㉝]。迟迟钟鼓初长夜，耿耿星河欲曙天[㉞]。鸳鸯瓦冷霜华重，翡翠衾寒谁与共[㉟]？悠悠生死别经年，魂魄不曾来入梦[36]。临邛道士鸿都客[37]，能以精诚致魂魄。为感君王展转思，遂教方士殷勤觅。排空驭气奔如电，升天入地求之遍。上穷碧落下黄泉，两处茫茫皆不见[38]。忽闻海上有仙山，山在虚无缥缈间。楼阁玲珑五云起[39]，其中绰约多仙子[40]。中有一人字太真[41]，雪肤花貌参差是[42]。金阙西厢叩玉扃[43]，转教小玉报双成[44]。闻道汉家天子使，九华帐里梦魂惊[45]。揽衣推枕起徘徊，珠箔银屏迤逦开[46]。云鬓半偏新睡觉，花冠不整下堂来。风吹仙袂飘飖举，犹似霓裳羽衣舞。玉容寂寞泪阑干[47]，梨花一枝春带雨。含情凝睇谢君王[48]：一别音容两渺茫。昭阳殿里恩爱绝[49]，蓬莱宫中日月长[50]。回头下望人寰处，不见长安见尘雾。惟将旧物表深情[51]，钿合金钗寄将去[52]。钗留一股合一扇，钗擘黄金合分钿[53]。但令心似金钿坚，天上人间会相见。临别殷勤重寄词，词中有誓两心知。七月七日长生殿[54]，夜半无人私语时。在天愿作比翼鸟，在地愿为连理枝[55]。天长地久有时尽，此恨绵绵无绝期！[56]

【注释】

① 汉皇句：汉皇，汉武帝。汉武帝宠李夫人，这里借以指唐玄宗和杨贵妃之间的关系。《汉书·高帝纪赞》"汉帝本系，出自唐帝"（唐指唐尧），故唐人多以汉代唐。李夫人出身倡家，未入宫前，其兄延年在武帝面前唱的歌辞中有"北方有佳人，绝世而独立，一顾倾人城，再顾倾人国"的话，引起武帝的注意，李夫人因而入宫。事见《汉书·外戚传》。"倾城""倾国"，本来是夸张形容美色的迷人，后来一般都用作美女的代称。

② 御宇：御临宇内，即统治天下的意思。

③ 杨家四句：《新唐书·杨贵妃传》载玄宗贵妃杨氏："幼孤，养叔父家。

始为寿王妃。开元二十四年(当作二十五年)武惠妃薨,后廷无当帝意者。或言妃姿质天挺,宜充掖廷。遂召内(纳)禁中,异之,即为自出妃意者,丐籍女冠(请求出家入女道士籍),号太真。更为寿王聘韦昭训女,而太真得幸。"按:《新唐书·玄宗纪》载天宝四载(745)八月壬寅,"立太真为贵妃"。陈鸿《长恨歌传》谓:"明年,册为贵妃。"推知杨贵妃入宫的时间,当在天宝三载(744)秋。赵与时《宾退录》卷九:"白乐天《长恨歌》书太真本末详矣,殊不为君讳。然太真本寿王妃,白云'杨家有女初长成,养在深闺人未识',何耶?盖宴昵之私犹可以书,而大恶不容不隐。"

④ 六宫粉黛:指宫内所有妃嫔。无颜色:意谓相形之下,失去了她们的美色。以上八句言玄宗求美,杨妃入宫,这二句是过渡。

⑤ 华清池:在昭应县(今陕西临潼县)东南骊山北麓。其地有温泉,唐开元中,建温泉宫,天宝时,改名华清宫。玄宗常往避寒,辟浴池十馀处。

⑥ 凝脂:指白嫩而润滑的皮肤。《诗·卫风·硕人》:"肤如凝脂。"

⑦ 侍儿:宫女。

⑧ 金步摇:首饰,钗的一种。《新唐书·五行志》:"天宝初,……妇人则簪步摇钗,衿袖窄小。"《释名·释首饰》:"步摇,上有垂珠,步则摇也。"乐史《杨太真外传上》:"是夕(定情之夕),授金钗钿合。上(玄宗)又自执丽水镇库紫磨金琢成步摇至妆阁,亲与插鬓。"

⑨金屋:《汉武故事》:"帝为胶东王,数岁,长公主抱置膝上,问曰:'儿欲得妇否?'曰:'欲得。'……指其女阿娇:'好否?'笑对曰:'好,若得阿娇作妇,当作金屋贮之。'"

⑩ 姊妹四句:《新唐书·杨贵妃传》:"天宝初,进册贵妃。追赠父玄琰太尉、齐国公,擢叔玄珪光禄卿,宗兄铦鸿胪卿,琦侍御史,尚太华公主。……而钊亦浸显。钊,国忠也。三姊皆美劭;帝呼为姨,封韩、虢、秦三国为夫人。出入宫掖,恩宠声焰震天下。"《长恨歌传》:"故当时谣咏有云:'生女勿悲酸,生男勿喜欢。'又曰:'男不封侯女作妃,看女却为门上楣。'其为人心羡慕如此。"按:秦代民谣云"生男慎勿举,生女哺用脯",三国陈琳采以入其乐府诗《饮马长城窟行》。白居易则采唐

代民谣入歌行。秦谣谓徭役繁重,生男不如生女安定;唐谣则言主上好色,生女反更可富贵,其意更深一层。以上十八句写杨妃专宠,玄宗失政。

⑪ 骊宫:即华清宫,因为在骊山之上,故称。

⑫ 看不足:看不厌。

⑬ 渔阳句:指安禄山反叛。《旧唐书·安禄山传》:"天宝十四载(755)十一月,反于范阳。"渔阳,秦郡名。唐渔阳郡是范阳节度使所辖八郡(范阳、上谷、妫州、密云、归德、渔阳、顺义、归化)之一,这里沿用古称,泛指范阳地带。杜甫《后出塞》:"渔阳豪侠地,击鼓吹笙竽。"亦以渔阳指范阳。

⑭《霓裳羽衣曲》:舞曲名。本名《婆罗门》,是西域乐舞的一种。开元中,西凉节度杨敬述依曲创声,才流入中国。见《唐会要》卷三三及《白氏长庆集》卷二一《霓裳羽衣歌》"杨氏创声君造谱"句下自注。以上六句是过渡段,写乐极生悲,酿成安史之乱。

⑮ 九重城阙:指京城。京城为皇宫所在,皇宫门有九重,故云。

⑯ 翠华:指皇帝的车驾。详前杜甫《北征》注⑪。

⑰ 西出句:百馀里,指马嵬驿。马嵬故址在兴平县(今属陕西省)西北二十三里,兴平东至长安九十里,马嵬距长安为百馀里。

⑱ 六军二句:六军,护卫皇帝的羽林军。蛾眉,美貌的女子。《诗·卫风·硕人》:"螓首蛾眉。"这里指杨贵妃。《长恨歌传》:"潼关不守,翠华南幸,出咸阳,道次马嵬亭。六军徘徊,持戟不进。从官郎吏伏上(玄宗)马前,请诛晁错(借指杨国忠)以谢天下。国忠奉氂缨盘水死于道周。左右之意未快。上问之,当时敢言者请以贵妃塞(搪抵)天下怨。上知不免,而不忍见其死,反袂掩面,使牵之而去。仓皇展转,竟死于尺组之下。"参看前杜甫《北征》注㊿。

⑲ 花钿二句:意谓花钿、翠翘、金雀、玉搔头都委地无人收。因限于诗句字数,故拆为二句。花钿,即金钿,镶嵌金花的首饰。翠翘、金雀,都是钗名。玉搔头,即玉簪。

⑳ 云栈:高入云霄的栈道。

㉑ 峨嵋句:由长安到成都,并不经过峨嵋山,这里是泛指蜀中的山。

㉒ 日色薄：日光黯淡。

㉓ 行宫：皇帝出行时住的地方。

㉔ 夜雨句：郑处诲《明皇杂录》补遗："明皇既幸蜀，西南行，初入斜谷，霖雨涉旬，于栈道雨中闻铃音，与山相应。上既悼念贵妃，采其声为《雨淋铃曲》以寄恨焉。"这句暗咏其事。

㉕ 天旋句：唐肃宗至德二载(757)十月，郭子仪军收复长安，肃宗派太子太师韦见素迎玄宗于蜀郡。同年十二月，玄宗还京。天旋日转，谓大局转变。龙驭，皇帝的车驾。

㉖ 空死处：空见死处。见字省略，意承上半句"不见玉颜"的"见"。

㉗ 信马归：意谓无心鞭马，任马前行。以上二十四句写玄宗西奔，马嵬兵变，至德东归，悼念杨妃。

㉘ 太液、未央：泛指宫廷池苑。太液，汉建章宫北池名。未央，汉宫名。汉朝开国时丞相萧何所营建。

㉙ 日：一作"夜"。

㉚ 西宫句：西宫，太极宫。南苑，兴庆宫。苑，一作"内"。兴庆宫在东内之南，故称南内。玄宗还京后，初居兴庆宫，因邻近大街，时常和外界接触，肃宗左右的人惟恐其有复辟的野心，将他迁入太极宫的甘露殿，加以变相的软禁。这句以下，所写的是居西宫时的情况。说"西宫南苑"，是连类而及的。

㉛ 梨园弟子：指玄宗过去所训练的一批艺人。见前杜甫《观公孙大娘弟子舞剑器行》注⑥。

㉜ 椒房：后妃所住的宫殿。用椒和泥涂壁，取其香暖，兼有多子之意。阿监：宫中女官。《宋书·后妃传》："紫极中监女史一人，光兴中监女史一人，官品第三。"阿，发语词。青娥：青春的美好容颜。《方言》卷二："秦、晋之间，美貌谓之娥。"

㉝ 孤灯句：古代宫廷及豪门贵族，夜间燃烛，不点油灯。这里用以形容玄宗晚年生活环境的凄苦，并非实叙。

㉞ 耿耿：微明貌。

㉟ 鸳鸯二句：鸳鸯瓦，两片嵌合在一起的瓦，简称鸳瓦。翡翠衾，即翡翠

被，上面饰有翡翠的羽毛。《楚辞·招魂》："翡翠珠被，烂齐光些。"

㊱ 悠悠二句：以上十八句写玄宗回宫后的深切相思。这二句向下一段过渡。

㊲ 临邛（qióng 穷）道士句：意谓这道士是临邛人，来到京城作客。临邛，县名，唐属剑南道，今四川邛崃县。鸿都，后汉首都洛阳宫门名（见《后汉书·灵帝纪》），这里借指长安。

㊳ 上穷二句：碧落，道家称天界之词。《度人经》："昔于始青天中碧落高歌。"注："始青天乃东方第一天，有碧霞遍满，是云碧落。"以上八句是过渡段，写玄宗因相思而遣方士寻求杨妃精魂。"皆不见"是欲扬先抑，为下文相见作铺垫。

㊴ 五云起：耸立在彩云之中。《云笈七签》："元洲有绝空之宫，在五云之中。"

㊵ 绰约：美好轻盈貌。

㊶ 太真：杨贵妃原名玉环，被度为女道士时叫太真，住内太真宫，所以这里用作仙号。

㊷ 参（cēn）差（cī）：这里是仿佛的意思。

㊸ 金阙：金碧辉煌的神仙宫阙。扃（jiōng）：门户。

㊹ 转教句：意谓仙府重深，须经过辗转通报的手续。小玉和双成都是古代神话中的女子。原注："小玉，吴王夫差女名。"双成，即董双成，西王母的侍女，见《汉武帝内传》。

㊺ 九华帐：张华《博物志》卷三："汉武帝好仙道，祭祀名山大泽，以求神仙之道。时西王母遣使乘白鹿告帝当来，乃供帐九华殿以待之。"

㊻ 珠箔（bó）：用珍珠穿成的帘箔。银屏：镶嵌银丝花纹的屏风。迤（yǐ）逦（lǐ）：连延貌。

㊼ 阑干：纵横貌。

㊽ 含情凝睇（dì）：流动的眼波里含有无限深情。睇，微视。

㊾ 昭阳殿：汉殿名，赵飞燕姊妹所居，这里借指贵妃生前的寝宫。

㊿ 蓬莱宫：泛指仙境。蓬莱是神话中海外三山之一。

(51) 旧物：指生前和玄宗定情的信物。

㊷ 钿合：用珠宝镶嵌的一种首饰，用两片合成。一说，是用珠宝镶嵌的金盒。

㊸ 钗擘句：伸足上句的意思。钗擘黄金，即上句所说的“钗留一股”；合分钿，即上句所说的“合一扇”。上句的“一股”“一扇”，指自己留下的一半，这里是寄给对方的一半。擘，用手分开。

㊹ 长生殿：《唐会要》卷三〇“华清宫”条：“天宝元年十月造长生殿，名为集灵台，以祀神。”按：唐代后妃所居寝宫，又可通称为长生殿（见《通鉴》卷二〇七胡三省注），这里可能是指华清宫内贵妃的寝殿，不一定是祀神的集灵台。

㊺ 在天二句：是原先的海誓山盟。比翼鸟，《尔雅·释地》：“南方有比翼鸟焉，不比不飞，其名谓之鹣鹣。”连理枝，异本草木，枝或干连生在一起。

㊻ 天长二句：以上三十八句，通过方士寻访，写杨妃在天宫的相思怨恨。这二句收束全篇，点题“长恨”。

【评】 《长恨歌》从思想至艺术在诗史上均有重要意义。

陈鸿《传》云：“不但感其事，亦欲惩尤物，窒乱阶，垂于将来者也。”可见他们的原意是从传统的“女祸”论出发，企图通过杨妃事为后皇提供借鉴。《长恨歌》前半部分的结构明确表现了这一思想。诗以“汉皇重色思倾国”喝起，明揭“色”字，第一段末则结以杨妃专宠压倒六宫，下启第二段，极写玄宗因重色失政，又结以天下“不重生男重生女”，再次点明因“色”而引起社会意识形态之颠倒。第三段写骊山之乐，更结以渔阳鼙鼓“惊破《霓裳羽衣曲》”，则明将变乱与重色直接挂连。其主题相当鲜明。然而文学创作中经常有这种现象：随着创作的深化，作者往往会改变原先确定的主题。列夫·托尔斯泰写《安娜·卡列尼娜》，改变原来将安娜作为堕落女性典型的设想，而终于将此书写成一部反映贵族制度及其意识形态崩坏的作品，安娜最终以社会牺牲面目出现的有名事例，正说明了这种文学现象。《长恨歌》虽不如此深刻，但情况却类似。中唐时白居易、元稹、陈鸿、白行简等，形成一个文学集团，常以歌行与传奇相辅，而其素材往往取之于当时的歌妓生活，故对妇女的受迫害有较深切的认识，遂表现出一种与传统“女祸”说相对立的具有民主色彩的思想。它不可避免地会在《长恨歌》中得到反映。随着故事的发展，作者为李杨故事中的悲剧因素所感动，以至诗的后半部分就离开了原先的主题，对李杨，特别是对杨妃倾注了满怀的同情。此诗主题与结构上的矛盾，实际上反映了传统封建思想与新兴民主倾向的矛盾。这是《长恨歌》在思想内容上的重大突破。

《长恨歌》的表现艺术，也在传统歌行体基础上吸取了当时传奇小说的某些因素。其取材虽为史事，却糅入了小说家流创造的汉武帝与李夫人爱情故事，改造为李杨的悲欢离合；在布局上也吸取了传奇的长处。马嵬事变李杨生离死别后，笔分两路，分写李、杨的入骨相思，最后以“天长”与“地久”分切李、杨，更以“此恨绵绵无绝期”总绾双方，点题“长恨”，情节铺排深得小说神髓。其描叙又避免了现象的平铺直叙，而着重于人物形象的细致的塑造（外貌，动作，特别是心理）。从而使本诗表现出与汉乐府《陌上桑》以来传统叙事诗迥然不同的风貌。唐代传奇虽有其自己的古典文人小说的历史渊源，但也深受当时俗文学影响。因此《长恨歌》中表现出这种艺术特点，亦反映了传统诗歌民众化的趋势，这与其思想上的进步倾向是一致的。孟棨《本事诗》记诗人张祜与白居易相互打趣说“上穷碧落下黄泉，两处茫茫皆不见，非《目连变》何邪”（《目连变》是佛教通俗讲唱故事），此语正道出了《长恨歌》艺术上以传奇为媒介与民间文学有深刻的内在联系。

我们并不认为《长恨歌》是所谓“市民文学”，然而也必须承认《长恨歌》与下录《琵琶行》是吸取了俗文学的思想、艺术因素的，对传统歌行体的大胆创新，因此它们在当时能够广泛流传于上至宫庭，下至民众之间。唐宣宗诗云“童子解吟《长恨》曲，胡儿能唱《琵琶》篇”，正是这一情况的说明。

观 刈 麦

这诗是元和元年(806)所作。自注:“时为盩厔尉。”

田家少闲月,五月人倍忙。夜来南风起,小麦复陇黄。妇姑荷箪食,童稚携壶浆[①],相随饷田去[②],丁壮在南冈。足蒸暑土气,背灼炎天光。力尽不知热,但惜夏日长。复有贫妇人,抱子在其傍。右手秉遗穗[③],左臂悬弊筐。听其相顾言,闻者为悲伤。家田输税尽,拾此充饥肠。今我何功德,曾不事农桑。吏禄三百石[④],岁晏有馀粮。念此私自愧,尽日不能忘。

【注释】

① 箪食、壶浆:指食物和饮料。《孟子·梁惠王下》:“箪食壶浆,以迎王师。”箪,装饭用的圆竹筒。食,读 sì。浆,水浆。

② 饷(xiǎng)田:送饭到田头。

③ 秉遗穗:拿起丢在田里的麦穗。

④ 吏禄句:唐制:从九品,禄米每月三十石。白居易任盩厔尉时,官阶为将仕郎,从九品下。这里说的三百石,是一年禄米的约数。

李都尉古剑

这诗借咏剑以言志,词意慷慨激昂,写出了作者早年以身许国，卓荦不群的抱负，敢于和恶势力斗争，坚强不屈的精神。白居易于元和三至四年(808—809)任左拾遗、翰林学士，此诗当是在长安时所作。李都尉，名不可考。唐武职中有折冲都尉、果毅都尉等。

古剑寒黯黯，铸来几千秋。白光纳日月①，紫气排斗牛②。有客借一观，爱之不敢求。湛然玉匣中，秋水澄不流③。至宝有本性，精刚无与俦：可使寸寸折，不能绕指柔④。愿快直士心，将断佞臣头⑤；不愿报小怨，夜半刺私仇。劝君慎所用，无作神兵羞⑥！

【注释】

① 白光句：传说，越王勾践于昆吾山采金铸八剑，其一名掩日，以之指日，则日光昼暗；其三名转魄，以之指月，蟾兔为之倒转(见《拾遗记》卷一〇)。

② 紫气句：晋初，牛、斗之间常有紫气照射。雷焕告诉张华，说是宝剑之精，上彻于天。张华命雷焕寻觅，果在丰城(今江西省县名)牢狱的地下，掘得宝剑一双，一名龙泉，一名太阿(见《晋书·张华传》)。斗、牛，星宿名。

③ 秋水句：相传太阿剑精光澄澈，有如秋水(见《越绝书》)。

④ 可使二句：刘琨《重赠卢谌》："何意百炼刚，化为绕指柔。"此反其意，以剑的坚强"本性"，作为自己性格的写照。作者另一首《折剑头》有云："我有鄙介性，好刚不好柔。勿轻直折剑，犹胜曲全钩。"与此意同。

⑤ 将断句：汉成帝时，朱云为槐里令，上书言，愿请上方斩马剑，断佞臣(指安昌侯张禹)一人首(见《汉书·朱云传》)。此暗用其语。

⑥ 神兵：指剑。张协《七命》赞美宝剑，有"此盖希代之神兵也"之语。兵，兵器。

新制布裘

桂布白似雪①，吴绵软于云②。布重绵且厚，为裘有馀温。朝拥坐至暮③，夜复眠达晨。谁知严冬月，肢体暖如春。中夕忽有念，抚裘起逡巡④：丈夫贵兼济，岂独善一身⑤！安得万里裘⑥，盖复周四垠⑦。稳暖皆如我⑧，天下无寒人。

【注释】

① 桂布：棉织的布。棉花来自南洋，初入中国时在桂管（今广西壮族自治区）一带种植，故名。《玉泉子》记："夏侯孜为左拾遗，常着桂管布衫朝谒。开成中，文宗无忌讳，好文，问孜衫何太粗涩。具言桂管产此布，厚可以御寒。他日上问宰相：'朕察拾遗夏侯孜必贞介之士。'宰相曰：'其行今之颜（渊）冉（有）。'上嗟叹，亦效着桂管布，满朝皆仿之，此布为之骤贵也"。

② 吴绵：吴地所产丝绵。以丝绵作絮，置于衣中，故曰软于云。

③ 拥：披裹。这里指拥裘。

④ 抚裘句：写内心的矛盾不安。逡（qūn）巡，脚步一进一退，犹言徘徊。

⑤ 丈夫二句：《孟子·尽心（上）》："古之人，得志，泽加于民；不得志，修身见于世。穷则独善其身，达则兼善天下。"兼济，即"兼善"的意思。济，谓济世救民。按："兼济"和"独善"，是一般有抱负的封建士大夫对待现实的思想矛盾的两个方面，随着处境的不同而互为消长。这里白居易初入仕途，心情积极向上，所以批判了"独善"的思想。后来谪贬江州，政治失意，《与元九书》则云："仆志在兼济，行在独善。"

⑥ 万里裘：比喻在全国范围内推行良好的政治措施。

⑦ 垠（yín）：边际。

⑧ 稳暖：生活安定，身体温暖。

【评】 前人多以此诗“安得”四句与杜甫《茅屋为秋风所破歌》“安得广厦千万间，大庇天下寒士俱欢颜。风雨不动安如山，呜呼，何时眼前突兀见此屋，吾庐独破受冻死亦足”对比，谓白仅能推己及人，杜则更能舍己为人，杜高于白。今按：诗人感物言志，杜从秋风破屋生发，故有如此想。白诗则因布裘温暖生思，故云云。若亦如杜甫所言，反为无病呻吟。断章割句以论之，未为妥当。然从二诗可见杜甫穷愁，其境深沉郁怒；香山优裕，其境敷纡坦缓。故杜诗感人更胜于白。

同李十一醉忆元九

这诗是元和四年(809)白居易在长安所作。元九，即元稹，李十一，名杓直，陇西人，元白之密友。九、十一都是排行。孟棨《本事诗》：“元相公稹为御史，鞫狱梓潼，时白尚书在京，与名辈游慈恩，小酌花下，为诗寄元(诗略)。时元果及褒城，亦寄梦游诗曰：‘梦君兄弟曲江头，也向慈恩院里游。驿吏唤人排马去，忽惊身在古梁州。’千里神交，合若符契，友朋之道，不期至欤？”今按同梦之说未必可信，而元白交谊，可见一斑。

花时同醉破春愁，醉折花枝作酒筹①。忽忆故人天际去，计程今日到梁州②。

【注释】

① 酒筹：饮酒时用以行酒之器具。

② 梁州：唐郡名，兴元元年(784)升为兴元府，此用旧称，治今陕西汉中市，在长安至梓潼(在四川)的中途。

【评】“同醉”本为消愁，“醉折”云云醉态可掬，似已真个忘愁。“忽忆”陡转，则知虽醉而实未能破愁，结末“屈指计程”，愁怀难遣，尽在无言无声之中。后半方点明其愁之因，却先以出入醉乡作反跌，情意更觉绵长。诗有白体固有之流荡风调，而参以曲折蕴藉之致，故不失之于浅俗。

新　乐　府(五十首选九)

自注：“元和四年(809)为左拾遗时作。”诗前有序云：“凡九千二百五十二言，断为五十篇。篇无定句，句无定字，系于意，不系于文。首句标其目，卒章显其志，《诗》三百篇之义也。其辞质而径，欲见者易谕也；其言直而切，欲闻者深诫也；其事核而实，使采之者传信也；其体顺而肆，可以播于乐章歌曲也。总而言之，为君、为臣、为民、为物、为事而作，不为文而作也。”全诗五十首，各自成篇。仿《诗经》例，除总序外，每篇各有小序。按：新乐府诗的创制，倡始于李绅。李作二十首(今已不存)，元稹和了十二首(参看前元稹《和李校书新题乐府》题下注)，白居易更扩大为五十篇。元稹《乐府古题序》曾说：“况自《风》《雅》至于乐流，莫非讽兴当时之事，以贻后代之人。沿袭古题，唱和重复，于文，或有短长，于义，咸为赘剩。……近代唯诗人杜甫《悲陈陶》《哀江头》《兵车》《丽人》等，凡所歌行，率皆即事名篇，无复依傍。余少时与友人(白)乐天、李公垂谓是为当，遂不复拟赋古题。”发扬杜甫现实主义的创作精神，继承《诗经》和汉乐府的优良传统，是他们共同宗旨之所在。白居易所作,较全面而系统地接触到各个方面的问题,揭露了社会生活中许多尖锐的矛盾;而题材选择之富于典型意义,表现之概括集中;加以语言运用灵活,音调和谐铿锵,故能超出诸家,创造出优异的业绩,成为这次乐府革新运动中的范本,是我国诗歌上一组规模宏大,结构严整的政治讽谕诗。诗以《七德舞》为首篇,陈述唐代祖先功德和创业的艰难;以《采诗官》结尾,阐明讽刺的意义和作用。很显然,作者是在维护封建王朝统治,强固其已经衰落的政权的前提下,提出了一些改进的意见和措施,用诗篇作为谏草,企图感寤君上;他的根本立场和出发点,是十分鲜明的。诗序所谓"为君、为臣、为民、为物、为事而作",其真义乃在于此。正由于此,诗中的批判精神,表现得不够彻底;抨击的对象,往往停留在某些不合理事件和某些坏人身上;同时,以儒家"民本"为指导的政治思想,把希望寄托在"圣君贤相",也不可能真正解决问题。这是时代的和阶级的局限。然而作者笔底所描绘的复杂的生活画图,在相当幅度上反映了中唐时代的历史真实,不仅对被剥削、被压迫的劳动人民贯注着深切的同情,而且也表达了劳动人民的某些良善愿望。这和杜甫诗歌的精神是一脉相承的。

上阳白发人(原第七首)

愍旷怨也。

题下自注云:"天宝五载(746)已后,杨贵妃专宠,后宫人无复进幸矣。六宫有美色者,辄置别所,上阳是其一也,贞元中(785—804)尚存焉。"《通鉴》卷二三七元和四年(809)三月:"上以久旱,欲降德音,翰林学士李绛、白居易上言:'……宫人驱使之余,其数犹广,事宜省费,物贵徇情。'(全文见《白氏长庆集》卷四一《请拣放后宫内人》)……闰月己酉,制降天下系囚,蠲租税,出宫人,绝进奉,禁掠卖。皆如二人之请。"这诗当是同时所作。按:《孟子·梁惠王下》述古代仁政,有"内无怨女,外无旷夫"之语,"愍怨旷",义本此。诗中通过上阳人的悲惨遭遇,反映出在深宫幽闭的岁月里,葬送了无数妇女的青春和幸福,从而揭露了封建宫廷广选妃嫔这一制度的残酷与罪恶。上阳宫,在东都(洛阳)皇城西南,唐高宗上元(674—676)时所建(见《唐六典》卷七)。题一作《上阳人》。

上阳人,上阳人,红颜暗老白发新①。绿衣监使守宫门②,一闭上阳多少春。玄宗末岁初选入,入时十六今六十③。同时采择百馀人,零落年深残此身④。忆昔吞悲别亲族,扶入车中不教哭。皆云入内便承恩,脸似芙蓉胸似玉。未容君王得见面,已被杨妃遥侧目⑤。妒令潜配上阳宫,一生遂向空房宿。宿空房,秋夜长,夜长无寐天不明:耿耿残灯背壁影,萧萧暗雨打窗声。春日迟,日迟独坐天难暮:宫莺百啭愁厌闻,梁燕双栖老休妒⑥。莺归燕去长悄然,春往秋来不记年。唯向深宫望明月,东西四五百回圆⑦。今日宫中年最老,大家遥赐尚书号⑧。小头鞋履窄衣裳,青黛点眉眉细长。外人不见见应笑,天宝末年时世妆⑨。上阳人,苦最多。少亦苦,老亦苦,少苦老苦两如何!君不见,昔时吕向《美人赋》⑩,又不见,今日上阳宫人白发歌?

【注释】

① 红颜暗老:青春的容颜在不知不觉中消逝。

② 绿衣监使:唐制:京都诸园苑各设监一人,从六品下;副监一人,从七品下。六、七品官著深、浅绿色公服。

③ 入时句：上句云“玄宗末岁初选入”，当为天宝十四载(755)，其时上阳人十六岁。至贞元十五年(799)，为六十岁，与作者题下自注“贞元中尚存焉”相符合。

④ 残：残余，剩下。

⑤ 侧目：怒目而视，意指下句所说的“妒”。

⑥ 梁燕句：因为幽闭深宫，青春已逝，所以见梁燕双栖而并不引起夫妇同居生活的向往。沈佺期《独不见》：“卢家少妇郁金堂，海燕双栖玳瑁梁。”这里反用其意。

⑦ 东西句：这位宫女在上阳宫历时四十五年，每月月圆一度，四十五年共有五百五十六个月(连上十六个闰月)，这里说“四五百回圆”，是举其约数。东西，承上句的“望”字而言，指从月出到月落，见愁苦不能成眠。

⑧ 大家句：宫廷中口语，称皇帝为大家。蔡邕《独断》上：“亲近侍从官称(天子)曰大家。”三国、北魏时，宫中设有女尚书。《旧唐书·职官志》载，内官有尚宫、尚仪、尚服、尚食、尚寝、尚功各二员，正五品，分掌宫中事务，相当于前代的女尚书。王建《宫词》：“院中新拜内尚书。”即指此。唐自安史乱后，皇帝未到东都，这里说“遥赐尚书号”，意指从长安遥加以女尚书的封号，是虚衔而非实职。

⑨ 小头四句：衣的襟、袖窄，小鞋头，画眉细长，是天宝末流行的时妆，到贞元年间，崇尚衣裳宽大，画眉短。上阳宫和外界隔绝，仍照老样子打扮，故云。鞋履，系有丝带，能松紧的鞋。

⑩ 吕向《美人赋》：自注：“天宝末，有密采艳色者，当时号花鸟使。吕向献《美人赋》以讽之。”吕向，字子回，事迹见《新唐书·文艺传》。《美人赋》载《文苑英华》卷九六、《全唐文》卷三〇一。按今人岑仲勉考证，吕向卒于天宝初年，疑白居易误记。

【评】 诗以唱叹领起，总挈大旨。“上阳人”，“首句标其目”。“红颜”之与“白发”，“十六”之与“六十”，总写幽闭之久长；“百馀人”之与“残此身”，更明以一斑而窥全豹之意。“忆昔”句起，分三层追叙，正写上阳人一生遭遇。“忆昔”四句，记初入宫之青春健美（外貌），犹幸承恩（心理），此第一层。“未容”四句转折入遭妒潜配上阳。继又取“秋夜长”、“春日迟”二片断，互文见义，反复以写上阳人之空房怨旷（心理）。其写秋夜先以萧索之景，叙春日则以明丽烟光，正衬反衬，曲折淋漓，尽极哀怨，而收之以“春往秋来”四句，正应上文从“十六”以至“六十”。此正写之第二层，“今日”句紧顶“东西四五百回圆”，由远事折入近事。“大家遥赐尚书号”应前之“皆云入内便承恩”；“天宝末年时世妆”（外貌）应前之“脸似芙蓉胸似玉”，从而见出君恩之虚妄，岁华之虚抛，讽意辛辣而沉痛无尽，此正写之第三层。结末“上阳人，苦最多”以下更作唱叹，呼应开首，更以“又不见，今日上阳宫人白发歌”，点明作歌之旨，正所谓“卒章显其志”之意。

白居易新乐府，取材典型，以正反强烈对比，开掘题材之内含意义，而描述详尽委曲，非极于切肤啮肌之境而不已，其参以议论，则笔端带血泪，喷薄若江海，故语虽浅近而意思深刻，其撼人心魄之力量，正在于此。简析此章如上，以下诸篇均可以此法读之。

新丰折臂翁（原第九首）

戒边功也。

诗中所咏，以玄宗时侵略南诏而招致惨败的历史事实为背景。南诏，白族（僰族）所建国名，在今云南省大理地带。《通鉴》卷二一六天宝九载（750）：“杨国忠德鲜于仲通，荐为剑南节度使。仲通性褊急，失蛮夷心。故事，南诏当与妻子俱谒都督，过云南，云南太守张虔陀皆私之。又多所征求，南诏王阁罗凤不应，虔陀遣人詈辱之，仍密奏其罪，阁罗凤忿怨，是岁发兵反，攻陷云南，杀虔陀，取夷州三十二。”天宝十载（751）和十三载（754），在杨国忠的策动下，唐朝曾派鲜于仲通和剑南留后李宓进攻南诏。先后共动员了二十万人，均全军覆没。杨国忠隐瞒败状，以捷书上闻。《新唐书·杨国忠传》："自再兴师，倾中国骁卒二十万，踦履无遗，天下冤之。"这诗通过新丰老翁口述自身经历，反映人民反对不义战争的情绪。新丰，长安附近地名，故城在今陕西临潼县东北。题一作《折臂翁》。

新丰老翁八十八[①]，头鬓眉须皆似雪。玄孙扶向店前行，左臂凭肩右臂折。问翁臂折来几年？兼问致折何因缘[②]？翁云："贯属新丰县[③]，生逢圣代无征战[④]。惯听梨园歌管声[⑤]，不识旗枪与弓箭。无何天宝大征兵，户有三丁点一丁。点得驱将何处去？五月万里云南行[⑥]。闻道云南有泸水[⑦]，椒花落时瘴烟起[⑧]。大军徒涉水如汤[⑨]，未过十人五人死[⑩]。村南村北哭声哀，儿别爷娘夫别妻。皆云前后征蛮者，千万人行无一回。"是时翁年二十四，兵部牒中有名字[⑪]。夜深不敢使人知，偷将大石椎折臂。张弓簸旗俱不堪[⑫]，从兹使免征云南。"骨碎筋伤非不苦，且图拣退归乡土[⑬]。此臂折来六十年[⑭]，一肢虽废一身全。至今风雨阴寒夜，直到天明痛不眠。痛不眠，终不悔，且喜老身今独在。不然当时泸水头，身死魂孤骨不收。应作云南望乡鬼，万人冢上哭呦呦[⑮]。"老人言，君听取。君不闻，开元宰相宋开府，不赏边功防黩武[⑯]。又不闻，天宝宰相杨国忠，欲求恩幸立边功[⑰]。边功未立生人怨，请问新丰折臂翁。

【注释】

① 八十八：一作"年八十"。

② 因缘：原因。原为佛教用语，大意是说因是事物变化的根本因素，缘是助成条件，因待缘而起，产生万物。如种子是因，雨露是缘。种子得雨露，遂发芽。后遂借用为原因。

③ 贯：籍贯。

④ 圣代：犹言太平时代。圣，指皇帝而言。

⑤ 梨园歌管：指宫廷里演奏的乐曲。梨园，唐玄宗时宫廷里练习音乐的机构（见杜甫《观公孙大娘弟子舞剑器行》注⑥）。新丰，唐时为昭应县，是骊山华清宫所在地。

⑥ 无何四句：《资治通鉴》卷二一六："（天宝十载）制：大募两京及河南、北兵以击南诏。人闻云南多瘴疠，未战，士卒死者十八九，莫肯应募。杨国忠遣御史分道捕人，连枷送诣军所。"按：鲜于仲通第一次进攻南诏失败，在天宝十载四月，大募兵为是年五月。无何，不多时。驱将，犹言驱往。

⑦ 泸水：源出云南石屏山，上游为若水，下游为泸水，流入金沙江。诸葛亮《前出师表》："故五月渡泸，深入不毛。"即指其地。

⑧ 椒花落时：椒，即花椒。花椒春夏之间开花，盛夏而落，其时有瘴气。卢纶《送从舅成都县丞广归蜀》："晚程椒瘴热。"

⑨ 徒涉：徒步过水。汤：热水。

⑩ 五人死：一作"二三死"。

⑪ 兵部句：唐兵部属尚书省，职掌全国军政。《唐六典》卷五："凡诸州诸府应行兵马之名簿，器物之多少，皆申兵部。"牒，指征兵的文书。

⑫ 簸旗：犹言摇旗。

⑬ 拣退：新兵入伍，须经一番选择，这里指因残废而被剔除。

⑭ 此臂折来：犹言折臂以来。来，语气词。

⑮ 万人冢：自注："云南有万人冢，即鲜于仲通、李宓曾覆军之所。"上四句同杜甫《兵车行》："君不见青海头，古来白骨无人收，新鬼烦冤旧鬼哭，天阴雨湿声啾啾。"

⑯ 开元二句：自注："开元初，突厥数犯边。时，天武军牙将郝灵佺出使，因引特勒回纥部前，斩突厥默啜，献首于阙下，自谓有不世之功。时宋

璟为相，以天子年少好武，恐徼功者生心，痛抑其党，逾年始授郎将。灵佺遂痛哭呕血而死也。”宋璟于开元中官侍中，后授开府仪同三司，故称为宋开府。牙将，即偏将。

⑰ 天宝二句：自注：“天宝末，杨国忠为相，重构阁罗凤之役，募人讨之，前后发二十余万众，去无返者。又捉人连枷赴役，天下怨哭，民不聊生。故禄山得乘人心而盗天下。元和初，而折臂翁犹存，因备歌之。”阁罗凤是南诏国王。南诏和唐朝有封建藩属关系，据《新唐书·杨国忠传》说，阁罗凤曾以质子的身份来唐，后从长安逃归，杨国忠的兴兵，以此为借口，故云“重构阁罗凤之役”。

【评】 陈寅恪《元白诗稿笺证·新乐府·新丰折臂翁》云：“此篇为乐天极工之作，其篇末‘老人言，君听取’以下，因新东府大序所谓‘卒章显其志’者，然其气势若常山之蛇，首尾回环救应，则尤非他篇所可及也。后来微之作《连昌宫词》恐亦依约摹仿此篇，虽《连昌宫词》假宫边老人之言，以抒写开元天宝之治乱系于宰相之贤不肖，及深戒用兵之意，实与此篇无不相同也。……至《连昌宫词》以‘连昌宫中满宫竹’起，以‘努力庙谟休用兵’结，即合于乐天新乐府‘首句标其目，卒章显其志’之体制，自不待论矣。”

今按陈所论《连昌宫词》有取于新乐府之体制，诚是（参陈《笺证·连昌宫词》），然二诗体制尚有不同。《连昌宫词》句法多取传统七言歌行正体形式而略取俗体。新乐府句法则多本唐时新起之民歌体（主要是南方民歌与受胡乐影响的新曲），故多用三、三、七句，质实通俗。由此对比可知论新乐府不仅要看其内容，亦应兼及其形式。新乐府者，乃以当代新兴歌体之形式，写当代之新事。

缚　戎　人（原第二十首）

达穷民之情也。

这诗写一个陷落在吐蕃的边地人民，冒着生命的危险，逃归本土，却被边防军队当俘虏，献给皇帝，被发配到江南卑湿之地。诗中表达了这“穷民”冤苦无告的心情；对当时统治者来说，则是一个极其尖锐的讽刺。戎，古代对西方少数民族的通称。

缚戎人，缚戎人，耳穿面破驱入秦。天子矜怜不忍杀，诏徙东南吴与越[①]。黄衣小使录姓名[②]，领出长安乘递行[③]。身被金疮面多瘠，扶病徒行日一驿。朝餐饥渴费杯盘，夜卧腥臊污床席。忽逢江水忆交河[④]，垂手齐声呜咽歌。其中一虏语诸虏：“尔苦非多我苦多。”同伴行人因借问，欲说喉中气愤愤。自云“乡管本凉原[⑤]，大历年中没落蕃[⑥]。一落蕃中四十载，身著皮裘系毛带。唯许正朝服汉仪，敛衣整巾潜泪垂。誓心密定归乡计，不使蕃中妻子知[⑦]。暗思幸有残筋骨，更恐年衰归不得。蕃候严兵鸟不飞[⑧]，脱身冒死奔逃归。昼伏宵行经大漠，云阴月黑风沙恶。惊藏青冢塞草疏，偷度黄河夜冰薄[⑨]。忽闻汉军鼙鼓声，路旁走出再拜迎。游骑不听能汉语，将军遂缚作蕃生[⑩]。配向江南卑湿地，定无存恤空防备[⑪]。念此吞声仰诉天，若为辛苦度残年[⑫]。凉原乡井不得见，胡地妻儿虚弃捐。没蕃被囚思汉土，归汉被劫为蕃虏。早知如此悔归来，两地宁如一处苦？缚戎人，戎人之中我苦辛。自古此冤应未有，汉心汉语吐蕃身[⑬]。”

【注释】

① 天子二句：原注：“近制，西边每擒蕃酋，例皆传置南方，不加剿戮。”

② 黄衣小使：指押解的太监。唐制：流外官及庶人着黄色衣。

③ 递：驿车，即传车。这里说“乘递行”，下文说“徒步”，前后有矛盾，系作者一时的疏忽。

④ 忽逢句：意谓这些吐蕃俘虏，因见江水而思念家乡。交河，在今新疆维吾尔自治区吐鲁番县西，是吐蕃境内的河。《汉书·西域传》：“车师前国，王治交河城，河水分流绕城下，故号交河。”唐置西州交河郡。这里以“交河”与“江水”对举，系指水名。

⑤ 乡管本凉原：家乡本在凉原一带。管，管辖的意思，一作“贯”。凉、原，凉州和原州，即河西、陇右一带地。

⑥ 大历句：河、陇地区于唐代宗广德元年(763)被吐蕃占据。这里说“大历年间”，是因大历系代宗在位时纪元最长的一个年号，通常都以大历代表代宗时代。

⑦ 唯许四句：自注：“有李如暹者，蓬子将军之子也。尝没蕃中。自云，蕃法唯正岁一日许唐人之没蕃者服唐衣冠。由是悲不自胜，遂密定归计也。”这诗所写并不是李如暹，作者之所以注出这一事实，是为了表现没蕃唐人深厚的民族感情，与诗中所描写的相印证。

⑧ 蕃候严兵：意谓吐蕃在边境设有警戒线，密密地布满着哨兵。候，侦察兵所住的碉堡。

⑨ 惊藏二句：形容一路上提心吊胆，历尽艰险的情况。青冢，即王昭君墓，在今内蒙古自治区呼和浩特市西南。塞草疏，意谓难以隐藏。夜冰薄，言随时有陷入河中的危险。

⑩ 蕃生：被俘的吐蕃人。唐时称俘虏为生口。《旧唐书·吐蕃传》：“元和元年正月，福建道送到吐蕃生口十七人，诏给递乘放还蕃。”蕃生，即“吐蕃生口”的简称。

⑪ 定无句：意谓定然不会受到人们的照顾怜恤，而是加紧地防备管制。

⑫ 若为：犹言如何。

⑬ 吐蕃身：身分是被俘的吐蕃。

两　朱　阁(原第二十四首)

刺佛寺寖多也。

诗中叙述德宗的两个公主死后第宅改为佛寺事。唐时佛教兴盛。利用宗教麻醉人民，巩固政权基础，是唐朝统治者一贯的政策。这诗通过一个具有典型意义的事例，揭露宗教与封建势力之间互相勾结，千丝万缕的微妙关系，指出寺院侵占人民住宅，统治阶级残害人民的罪恶。《唐会要》卷一九："贞元十五年(799)追册故唐安公主为韩国贞穆公主，故义章公主为郑国庄穆公主，后诏令所司择地置庙。……贞穆庙在靖安里。……庄穆庙在嘉会里。……庄穆、贞穆二主，德宗皇帝爱女，悼念甚深，特为立庙，权制也。"这诗可能即以此为背景。因为这佛寺原是朱门贵族之家，故以《两朱阁》标题。

两朱阁，南北相对起。借问何人家？贞元双帝子[①]。帝子吹箫双得仙[②]，五云飘飘飞上天；第宅亭台不将去[③]，化为佛寺在人间。妆阁妓楼何寂静[④]，柳似舞腰池似镜。花落黄昏悄悄时，不闻鼓吹闻钟磬。寺门敕榜金字书[⑤]，尼院佛庭宽有馀。青苔明月多闲地，比屋齐民无处居[⑥]。忆昨平阳宅初置[⑦]，并吞平人几家地。仙去双双作梵宫[⑧]，渐恐人家化为寺[⑨]！

【注释】

① 贞元：唐德宗纪元的年号(785—805)，这里作为德宗的代称。帝子：公主。《楚辞·九歌·湘夫人》："帝子降兮北渚。"

② 帝子句：意谓这两位公主嫁后双双死去。吹箫得仙，用春秋时秦穆公女弄玉的故事(参见卢照邻《长安古意》注⑪)。

③ 将去：带走。

④ 妓楼：指演习歌舞之地。古时豪门贵族都有私家的乐队，训练有大批歌姬舞妓，专供娱乐。

⑤ 敕榜：门上的匾额标明奉敕建造。皇帝的命令叫做敕。

⑥ 比屋齐民：指一般居民。《周礼·地官》："五家为比。"比屋，屋连着屋，言其彼此挨近，略无空隙。齐民，平民，与下文的"平人"义同。

⑦ 平阳：汉武帝姊平阳公主以豪侈著名，这里借指德宗的两公主。置：建置。

⑧ 梵（fàn）宫：梵王宫的简称，即佛寺。

⑨ 渐恐句：这两座佛寺的前身是公主的第宅，而公主的第宅则系兼并平民而建成，故云。

杜　陵　叟（原第三十首）

伤农夫之困也。

据《通鉴》卷二三七记载：元和四年（809）大旱，白居易和李绛联名奏请宪宗，免除农民的租税（参见前《上阳白发人》解题）。本篇即以此为背景。诗中指出朝廷虽然颁布免税的命令，但人民并未受到实惠，从而揭露并批判了封建统治机构的腐朽性及其虚伪性，特别是对具体执行政令的贪官污吏，毫不留情地加以指斥，比之为吃人的豺狼，表现了强烈的义愤。杜陵，长安附近地名。

杜陵叟，杜陵居，岁种薄田一顷馀[①]。三月无雨旱风起，麦苗不秀多黄死[②]。九月降霜秋早寒，禾穗未熟皆青干[③]。长吏明知不申破[④]，急敛暴征求考课[⑤]。典桑卖地纳官租，明年衣食将何如？剥我身上帛，夺我口中粟。虐人害物即豺狼，何必钩爪锯牙食人肉？不知何人奏皇帝，帝心恻隐知人弊[⑥]。白麻纸上书德音[⑦]，京畿尽放今年税[⑧]。昨日里胥方到门[⑨]，手持敕牒榜乡村[⑩]。十家租税九家毕，虚受吾君蠲免恩⑪。

【注释】

① 岁种句：《旧唐书·食货志》载唐初行均田法，规定："五尺为步，步二百四十为亩，亩百为顷。丁男、中男给百亩。"到中唐时，由于人口增加，兼并剧烈，均田制早已破坏，一般农民所占有的土地极少。张籍《野老歌》有"老农家贫在山住，耕种山田三四亩"之语可证。这里说"一顷馀"，是据旧制泛指一家农民的耕地，并非实数。

② 不秀：不抽穗。

③ 青干：谓禾穗尚青（未熟），即已干枯。

④ 长吏：该管的地方官。申破：据实呈报上级。口语，凡把一件事情的真相说出叫做"破"。

⑤ 考课：即考绩。古代地方官吏的考绩，以能否完成征收赋税的任务为首要条件。

⑥ 恻隐：《孟子·公孙丑上》："恻隐之心，仁之端也。"朱熹注："恻，伤之切也；隐，痛之深也。"知人弊：知道人民的痛苦。唐人避太宗李世民讳，往往把"民"写作"人"。

⑦ 白麻纸：唐代中书省所用公文纸用麻制成，有黄、白二种。凡任命将相、大赦、讨伐、免租税等重要命令，都写在白麻纸上（见《唐会要》卷五七）。德音：犹言恩诏。

⑧ 京畿：首都附近地区。唐代设有京畿采访使，辖长安周围四十馀县。放：免。

⑨ 里胥：即里正。唐制：百户为里正，主课农桑，催赋役。

⑩ 敕牒：指免租的命令。《唐会要》卷五四："凡王言之制有七：……七曰敕牒。随事承旨，不易旧典，则用之也。"榜：揭示，张挂。

⑪ 虚受句：蠲（juān），免除。按《李相国论事集》曰："昨正月中所降德音，量放江淮去年钱米，伏闻所放数内已有纳者。"可与此句互参。

缭 绫(原第三十一首)

念女工之劳也。

缭绫是中唐以后吴越地区出产的一种最精细的高级新型丝织品,专供宫廷之用。这诗关于缭绫的形象渲染和细致描绘,对当时工艺成就的极度赞美,正所以突出织造的辛勤,制作的不易。作者的目的,在于阐明物力维艰,企图感悟皇帝,崇尚俭德。诗序所云,意即在此。由于作品采用了鲜明的对比手法,它揭露了阶级社会中两种截然不同生活的对立,故能感人至深,使人认识到统治者奢侈浪费的罪行,阶级剥削的残酷性。

缭绫缭绫何所似,不似罗绡与纨绮①。应似天台山上明月前,四十五尺瀑布泉②。中有文章又奇绝③,地铺白烟花簇雪④。织者何人衣者谁?越溪寒女汉宫姬⑤。去年中使宣口敕⑥,天上取样人间织⑦。织为云外秋雁行,染作江南春水色。广裁衫袖长制裙⑧,金斗熨波刀剪纹⑨。异彩奇文相隐映,转侧看花花不定⑩。昭阳舞人恩正深⑪,春衣一对值千金⑫。汗沾粉污不再著,曳土蹋泥无惜心。缭绫织成费功绩⑬,莫比寻常缯与帛。丝细缲多女手疼,札札千声不盈尺⑭。昭阳殿里歌舞人,若见织时应也惜⑮。

【注释】

① 罗、绡、纨、绮:泛指一般的丝织品。

② 应似二句:形容全幅下垂的缭绫洁白而光彩闪动貌。天台山,在今浙江天台县北。《太平寰宇记·天台县》:"瀑布山,亦天台之别岫也。西

南瀑布悬流，千丈飞泻，远望如布。”四十五尺，可能是指当时通行的一匹缭绫的长度。按：唐制丝织品一匹，阔一尺八寸，长四丈。但地方官进呈之品，实际都超过规定标准，有的甚至长到五丈。据《旧唐书·食货志（上）》及《通典·食货典·赋税（下）》有关记载，浮加尺寸，在当时已成为普遍的风气。明月，一作“月明”。

③ 文章：指花纹。

④ 地铺句：言白底上现出一丛丛的花朵。地，同底。簇，攒聚。

⑤ 汉宫姬：指宫廷里的妃嫔。姬，本是先秦时代著名的氏族，当时社会上层妇女多称姬，后来“姬”就成为美女的代称。

⑥ 中使：宫中派来的使臣，即宦官。宣口敕：口头宣布皇帝的命令。意谓并无正式文书。

⑦ 天上句：人间与天上对举成文：人间，即民间；天上，借指宫廷。意谓在宫廷里设计好式样，交民间织造。上面白底白花的是一般的缭绫，下面说的是为宫廷特制的缭绫。

⑧ 广裁句：言缭绫织成，专制舞衣。舞衣衫袖宽大，长裙曳地，故云。

⑨ 金斗句：意谓缭绫极薄极软，故制衣裙时，须先用熨斗熨平衣料，才能按照缭绫上的花纹，加以裁剪。熨斗用金属制成，故称“金斗”。

⑩ 转侧句：意谓缭绫光彩闪动，从不同的角度看去，绫上呈现的花纹显得变化不定。

⑪ 昭阳舞人：借指擅长歌舞的宫妃。昭阳，汉殿名，赵飞燕姊妹所居。飞燕以善舞著名。

⑫ 春衣：即舞衣。一对：上衫和下裙。

⑬ 功绩：泛指妇女的纺织劳动。功，女功。绩，本义是缉麻为布。

⑭ 札札：织机所发出的声响。《古诗》：“纤纤擢素手，札札弄机杼。”

⑮ 应也惜：一作“应合惜”。

【评】“应似天台山上明月前，四十五尺瀑布泉”，此香山之奇句，当与韩愈“太白山高三百里，负雪崔巍插花里”（《曲江荷花行》）对读。香山又有句“江水细如绳，湓城小于掌”（《登香炉峰顶》），又当与李贺“遥望齐州九点烟，一泓海水杯中泻”（《梦天》）对读。可见因为奇句，白派之与韩门，仍有平实与排奡之区分。

卖　炭　翁（原第三十二首）

苦宫市也。

宫市，是中唐以后皇帝直接掠夺人民财物的一种最无赖、最残酷的方式。旧制，宫廷里需要的日用品，由官府承办，向民间采购。到德宗贞元末年，改由太监直接办理，经常派数百人遍布热闹街坊，叫做“白望”。他们不携带任何文书和凭证，看到需要的东西，口称“宫市”，随意付与很少的代价，要货主送进皇宫；并向他们勒索“门户钱”和“脚价钱”。《新唐书·食货志》说：“有赍物入市而空归者。每中官（宦官）出，沽浆卖饼之家，皆撤肆塞门。”足见这一弊政对市区商民以及近郊农民所造成的痛苦的深重。本篇所咏，就是一个典型的事例。此篇末章不涉议论，为这组诗中之别格。

卖炭翁，伐薪烧炭南山中。满面尘灰烟火色，两鬓苍苍十指黑。卖炭得钱何所营？身上衣裳口中食。可怜身上衣正单，心忧炭贱愿天寒。夜来城外一尺雪，晓驾炭车辗冰辙。牛困人饥日已高，市南门外泥中歇①。翩翩两骑来是谁？黄衣使者白衫儿②。手把文书口称敕③，回车叱牛牵向北④。一车炭，千馀斤⑤，宫使驱将惜不得。半匹红纱一丈绫，系向牛头充炭直⑥！

【注释】

① 市南门外：唐代长安有东、西两市，都在城南，各有东、南、西、北门。

② 黄衣句：唐时平民穿白衣，流外（无品级）的官及平民也着黄衣，这里的“黄衣使者”与“白衫儿”为互文，都是指专替统治者掠夺人民财物的“白望”人。因为他们是宫廷派出来的，故称“使者”。

③ 手把句：韩愈《顺宗实录》记宫市事云：“贞元末，以宦者为使，抑买人物，稍不如本估。末年不复行文书，置白望数百人于两市并要闹坊，阅人所卖物，但称宫市，即敛手付与。真伪不复可辨，无敢问所从来。”这里的“手把文书”，意谓手里做出拿着文书的姿势。但实际并无文书，故下接云“口称敕”。

④ 回车句：唐代长安宫廷在城北，炭车歇在城南，所以回车牵向北边走。

⑤ 一车二句：一本作“一车炭重千馀斤”。

⑥ 半匹二句：唐代商品交易，钱帛并用。四丈为一匹，“半匹”是二丈。充炭直，作为炭的代价。直，字同“值”。按《顺宗实录》又记：“尝有农夫以驴负柴至城卖，遇宦者称宫市取之，才与绢数尺。又就索门户，仍邀以驴送至内。”可与诗所叙互参。

母　别　子（原第三十三首）

刺新间旧也。

诗中叙写一位妇女，因丈夫富贵而遭受遗弃，以致造成母子分离的痛苦。诗的主题，虽然作者自说是疾恶新人离间旧人，把一个被玩弄的妇女作为讽刺的对象，思想不够正确。但作品所表现的客观意义，并不停留在这一点上。从结尾四句来看，由于达官贵人们对荒淫生活无厌的追求，所谓新人，也随时会色衰而爱弛，遭受到和旧人相同的悲惨命运；因而它所提出的实际是封建社会夫权制度下妇女的家庭地位问题。

母别子，子别母，白日无光哭声苦。关西骠骑大将军[①],去年破虏新策勋[②]。敕赐金钱二百万,洛阳迎得如花人。新人迎来旧人弃,掌上莲花眼中刺。迎新弃旧未足悲,悲在君家留两儿[③]。一始扶行一初坐,坐啼行哭牵人衣。以汝夫妇新嬿婉[④],使我母子生别离。不如林中乌与鹊,母不失雏雄伴雌。应似园中桃李树,花落随风子在枝。新人新人听我语:洛阳无限红楼女[⑤];但愿将军重立功,更有新人胜于汝。

【注释】

① 关西骠骑大将军:是泛称,并非实指。说"关西",因古代有"关西出将,关东出相"的谚语(见《后汉书·虞诩传》)。说"骠骑大将军",因是唐时武官中的高级职位。一说:东汉时杨震有"关西孔子"之称(见《国史补》),"关西",可能是影射杨姓。

② 策勋:皇帝下策书叙订勋级。唐代勋级,自武骑尉至上柱国,凡十二级(见《新唐书·百官志》)。《木兰辞》:"策勋十二转。"

③ 悲在句:在封建社会里夫妻离异,子女归丈夫所有。

④ 嬿婉:安乐而和好的意思,指新婚。《诗经·邶风·新台》:"燕婉之求,得此戚施。"

⑤ 红楼女:这里指歌舞妓。

井底引银瓶(原第四十首)

止淫奔也。

古代凡女子未经父母之命,媒妁之言,私自和人结合的,都被指斥为"淫奔"。诗中叙写一位美丽多情的少女和一青年男子一见倾心,结成伴侣,但婚后却受到家庭的轻视,终于陷入被遗弃而又无家可归的悲惨境地。作者一方面站在维护封建礼教的立场，对自由婚姻加以劝阻；而在封建礼教和爱情的冲突中，对受迫害的天真少女又寄予同情。诗用第一人称自叙的手法，细致地描绘了女方的内心活动和悲欢离合的事实经过，题材新颖，极为动人。

井底引银瓶，银瓶欲上丝绳绝；石上磨玉簪，玉簪欲成中央折①。瓶沉簪折知奈何？似妾今朝与君别！忆昔在家为女时，人言举动有殊姿。婵娟两鬓秋蝉翼②，宛转双蛾远山色③。笑随戏伴后园中，此时与君未相识。妾弄青梅凭短墙④，君骑白马傍垂杨。墙头马上遥相顾，一见知君即断肠⑤。知君断肠共君语，君指南山松柏树⑥。感君松柏化为心，暗合双鬟逐君去⑦。到君家舍五六年，君家大人频有言⑧："聘则为妻奔是妾⑨，不堪主祀奉蘋蘩⑩。"终知君家不可住，其奈出门无去处。岂无父母在高堂，亦有亲情满故乡，潜来更不通消息，今日悲羞归不得。为君一日恩，误妾百年身⑪。寄言痴小人家女⑫，慎勿将身轻许人！

【注释】

① 井底四句：托物起兴。用"绳绝""簪折"兴起爱情受到封建礼教的摧残，婚姻中道决裂。

② 婵娟：美好貌。秋蝉翼：形容鬓发梳得美丽蓬松，状如蝉翼，即指蝉鬓（参见卢照邻《长安古意》注⑮）。

③ 宛转句：意谓眉间黛色，望去如远山横翠。《西京杂记》卷二："司马相如妻（卓）文君姣好，眉色如望远山，时人效画远山眉。"宛转，细长而弯曲的样子。

④ 弄青梅：犹如拈花枝一样，写少女嬉游时一种活泼的情态。李白《长

干行》:“绕床弄青梅。”这里化用其语。

⑤ 一见句:从表情中知道对方一见就爱上了自己。断肠,指一种不可割舍的爱情。

⑥ 君指句:这句概括对方在情话中山盟海誓的内容。南山松柏,四季常青,用以象征坚贞的爱情,永久不变。刘希夷《公子行》:“与君相见转相亲,与君双栖共一身。愿作贞松千岁古,谁论芳槿一朝新。”此取其义。

⑦ 暗合句:意谓偷偷地将头发梳成已婚的式样,跟随男方潜逃。古时未嫁的女子把头发梳成双鬟,成婚后绾结成髻。

⑧ 大人:即父母。

⑨ 聘则句:《礼记·内则》:“聘则为妻,奔则为妾。”聘,即婚礼中的纳征。

⑩ 不堪句:封建礼法认为妻才可以作为主妇,有资格捧着祭物去祭祀祖宗,妾就不能担任这种职务。《诗经·召南》有《采蘩》《采蘋》两篇,毛序:“《采蘩》,夫人不失职也。夫人可以奉祭祀,则不失职矣。”“《采蘋》,大夫妻能循法度也。能循法度,则可以承先祖,共祭祀矣。”蘋和蘩都是植物名,古代祭祀祖先时所用。

⑪ 百年身:犹言终身。因人寿不满百年,一般都以百年指人的一生(参看杜甫《秋兴》第四首注②)。王勃《别薛华》:“凄断百年身。”

⑫ 痴小:痴情而又年幼天真。

【评】 此诗与《长恨歌》参看,可见民主倾向与传统思想在香山身上之矛盾。后白朴《墙头马上》改变此诗结局,以青年男女(裴、李)之胜利为结局,则可见民主倾向由唐而至元之演进。

琵琶行

诗前原有序云:“元和十年(815),予左迁九江郡司马①。明年秋，送客湓浦口[②]，闻舟中夜弹琵琶者，听其音，铮铮然有京都声[③]。问其人，本长安倡女，尝学琵琶于穆、曹二善才[④]。年长色衰，委身为贾人妇[⑤]。遂命酒，使快弹数曲，曲罢悯默[⑥]。自叙少小时欢乐事，今漂沦憔悴，转徙于江湖间。予出官二年，恬然自安，感斯人言，是夕始觉有迁谪意。因为长句，歌以赠之，凡六百一十二言[⑦]，命曰《琵琶行》。”按：《旧唐书》本传载：元和十年七月（当作六月），李师道派人刺杀主持平定藩镇叛乱的宰相武元衡，白居易时为左赞善大夫，首上书请急捕贼以雪国耻，受到谗毁，贬江州司马。这诗因琵琶女的沦落身世，触发了自己政治上的感慨。在中唐商业经济发达、城市繁荣的生活环境里，在当日互相排挤倾轧、仕途险恶的政治背景里，琵琶女的形象和诗人的遭遇，都具有其现实的典型意义。此诗把两者之间共同的悲愤情感融合为一，用优美明快、富于音乐感的语言，衬托出凄凉幽怨的色调，在艺术上富有感染力。

浔阳江头夜送客[⑧]，枫叶荻花秋瑟瑟[⑨]。主人下马客在船，举酒欲饮无管弦。醉不成欢惨将别，别时茫茫江浸月。忽闻水上琵琶声，主人忘归客不发[⑩]。寻声暗问“弹者谁”？琵琶声停欲语迟。移船相近邀相见，添酒回灯重开宴。千呼万唤始出来，犹抱琵琶半遮面。转轴拨弦三两声[⑪]，未成曲调先有情。弦弦掩抑声声思[⑫]，似诉平生不得意。低眉信手续续弹，说尽心中无限事。轻拢慢撚抹复挑[⑬]，初为《霓裳》后《绿腰》[⑭]。大弦嘈嘈如急雨，小弦切切如私语[⑮]。嘈嘈切切错杂弹，大珠小珠落玉盘。间关莺语花底滑，幽咽泉流水下滩[⑯]。冰泉冷涩弦凝绝[⑰]，凝绝不通声暂歇。别有幽愁暗恨生，此时无声胜有声。银瓶乍破水浆迸，铁骑突出刀枪鸣[⑱]。曲终收拨当心画，四弦一声如裂帛[19]。东船西舫悄无言，唯见江心秋月白[20]。沉吟放拨插弦中，整顿衣裳起敛容[21]。自言："本是京城女，家在虾蟆陵下住[22]。十三学得琵琶成，名属教坊第一部。曲罢曾教善才伏，妆成每被秋娘妒[23]。五陵年少争缠头[24]，一曲红绡不知数[25]。钿头云篦击节碎[26]，血色罗裙翻酒污[27]。今年欢笑复明年，秋月春风等闲度[28]。弟走从军阿姨死，暮去朝来颜色故。门前冷落鞍马稀，老大嫁作商人妇。商人重利轻别离，前月浮梁买茶去[29]。去来江口守空船，绕船月明江水寒。夜深忽梦少年事，梦啼妆泪红阑干[30]！"我闻琵琶已叹息，又闻此语重唧唧[31]。同是天涯沦落人，相逢何必曾相识[32]！"我从去年辞帝京，谪居卧病浔阳城。浔阳地僻无音乐[33]，终岁不闻丝竹声。住近湓江地低湿，黄芦苦竹绕宅生。其间旦暮闻何物？杜鹃啼血猿哀鸣[34]。春江花朝秋月夜[35]，往往取酒还独倾。岂无山歌与村笛？呕哑嘲哳难为听[36]。今夜闻君琵琶语，如听仙乐耳暂明。莫辞更坐弹一曲，为君翻作《琵琶行》[37]。"感我此言良久立，却坐促弦弦转急[38]。凄凄不似向前声，满座重闻皆掩泣。就中泣下谁最多，江州司马青衫湿[39]。

【注释】

① 左迁：即降职。九江郡：隋郡名，天宝元年(742)改为浔阳郡，乾元元年(758)复改江州，州治在今江西九江市。这里沿用旧郡名。司马：官名，州刺史的副职。古制，佐刺史掌管一州军事，在唐代，实际已成为闲员。参看《白氏长庆集》卷四三《江州司马厅记》。

② 湓浦口：即湓口，在九江西湓水入江处。

③ 京都声：京城流行的声调。

④ 穆、曹二善才：当时著名的琵琶师曹善才，见段安节《乐府杂录》琵琶条。穆善才，未详何人。

⑤ 委身：封建社会，妇女没有独立的经济地位，必须依附男子，所以称出嫁为“委身事人”。委，付托。

⑥ 悯默：含愁不语。

⑦ 六百一十二言：全诗实为六百一十六字，当作“六百一十六言”，“二”，当是传写之误。

⑧ 浔阳江：长江流经九江北一段的别名。

⑨ 瑟瑟：风吹草木声。一作“索索”。

⑩ 以上第一段写送客而闻江上琵琶声。

⑪ 转轴句：转轴拨弦，是弹奏前调弦校音的准备动作；三两声，指试弹。

⑫ 弦弦句：意谓弹时用掩按抑遏的手法，声调幽咽，一声声都含有深长的情思。

⑬ 轻拢句：拢，叩弦。撚，揉弦。顺手下拨为抹，反手回拨为挑。四者都是弹琵琶的指法。前二者用左手，后二者用右手。

⑭《霓裳》：即《霓裳羽衣曲》。《绿腰》：当时京城流行的曲调名。本名《录要》(就乐工所进曲调，录要成谱，因以为名)，后讹为《绿腰》或《六幺》。

⑮ 大弦二句：琵琶有四弦或五弦，一条比一条细。大弦，指最粗的弦；小弦，指细弦。嘈嘈，指声音沉重而舒长。切切，指急促而细碎。

⑯ 间关二句：段玉裁《经韵楼集》卷八《与阮芸台书》云：“‘泉流水下滩’不成语，且何以与上句属对？昔年曾谓当作‘泉流冰下难’，故下文接以‘冰泉冷涩’。难与滑对，难者，滑之反也。莺语花底，泉流冰下，形容涩滑二境，可谓工绝。”间关，鸟声。

⑰ 凝：凝滞之意，一本作“疑”。

⑱ 银瓶二句：形容静寂之后，忽然发出激越而雄壮的声音。铁骑，精锐的骑兵。骑，读去声。

⑲ 曲终二句：写弹到尾声，戛然而止。拨，弹弦的工具，形略如薄斧头状。当心画，将拨在琵琶槽的中心，并合四弦，用力一划，即收拨时的

弹法。如裂帛,形容声响强烈而清脆。

⑳ 以上第二段,写琵琶女演奏之精妙。

㉑ 敛容:收敛起面部的表情。因为对生人说话,要恭敬一些。敛,有矜持的意思。

㉒ 虾蟆陵:在长安城东南曲江的附近,是当时歌姬舞妓聚居之地。相传这地方原是汉朝学者董仲舒墓地所在,董的门人过此,必下马致敬,遂名下马陵,后来因音近传讹,当地人的口语呼为虾蟆陵(见《唐国史补》卷下)。

㉓ 秋娘:当时长安城中著名的妓女。唐时以歌舞为职业的女子,多以秋娘为名。

㉔ 缠头:当时风俗,歌舞妓演奏完毕,以绫帛之类为赠,叫做缠头彩。

㉕ 绡:一种精细轻薄的丝织品。

㉖ 钿头句:意谓珍贵的物品,因歌舞击节而被打碎。钿头云篦(bì),两头镶有金属和珠宝的发篦,可能是一种发饰,非实用性的梳篦。击节,打拍子。唱歌时,本来用木板打拍,可是兴之所至,却代以钿头云篦,以至打碎了而无所顾惜。这句和下句都是写生活的欢乐豪华。云,一作"银"。

㉗ 血色句:谓和少年们戏谑,泼翻酒而污损了红裙。

㉘ 等闲度:随随便便地度过。

㉙ 浮梁:唐属饶州,今江西景德镇市北新平,因溪水常泛滥,居民伐木为梁得名。《元和郡县图志》记浮梁"每岁出茶七百万驮,税十五万馀贯"。故茶商多往浮梁。

㉚ 阑干:纵横貌。以上第三段,写琵琶女自叙身世。

㉛ 唧唧:叹息声。

㉜ 同是二句:意谓彼此过去虽不相识,但遭遇有共同之处,因而即便是偶然相逢,也可倾谈心事,故下文向琵琶女诉说自己迁谪生活的苦闷。

㉝ 地僻:一作"小处"。

㉞ 血:一作"哭"。

㉟ 春江句:是"春江花朝,秋江月夜"的略文。

㊱ 呕(ōu)哑(yā)嘲(zhāo)哳(zhā):都是指杂乱而繁碎的声音。
㊲ 翻:按照曲调写成歌词。
㊳ 却坐:退回原处,重新坐下。
㊴ 青衫:唐制:青是文官品级最低(八品、九品)的服色。这时,白居易的职位是州司马,而官阶则是将仕郎,从九品,所以著青衫。以上第四段写诗人的感慨,通过与琵琶女的惺惺相惜,结出诗旨。

【评】 全诗组织关键如下:首段(分段见注释)送别无欢是下文琵琶演奏之衬垫,"忽闻水上"二句收首段,落入"琵琶行"正题。二段正写琵琶演奏又分四层:琵琶女出场之楚楚可怜,始奏之掩抑有思,中曲之错杂徘徊,终曲之慷慨激越。层层衬托,渐入胜境,其音声之繁复不平,出于弹者心曲,应于听者灵府。以此为纽带,三、四段分述弹者与听者。三段首句"沉吟放拨"结上弹奏,二句"整顿衣裳"启下弹者自述身世。四段首句"我闻琵琶"应二段,二句"又闻此语"应三段,遂引出听者无尽之感叹。结末重弹重听,急弦凄凄,泣下青衫,仍以琵琶联系二者,总收全诗,而语言简约,深得裁剪之妙。全诗以琵琶演奏描写为中心,又三写江月,"别时茫茫江浸月","唯见江心秋月白","绕船月明江水寒",则于实写中着以空灵之笔,遂形成寒江秋月,一曲萦空之艺术境界,又得虚实相间相映之妙。

以乐曲沟通弹、听双方一点灵犀,始于东汉末古诗《西北有高楼》。中间代有作者而愈趋繁密精细,而至乐天此诗集其大成,其进展有如椎轮而至于大辂。然因细密,其回想馀地亦反不如古诗之宽广。取以较读,可知诗笔疏密之利弊得失,亦可知汉唐诗歌之分别。

听曲一段又当与前录韩愈名篇《听颖师弹琴》较读。二诗变化之功可匹敌,而刚硬、柔婉之分,又可见二大诗派之区别。

《琵琶行》与《长恨歌》双珠并辉,其于诗史之地位可参看《长恨歌》解题及评语。

暮 江 吟

这是一首江边即景小诗,前二句写黄昏景色,后二句写月出后明净的江天。

一道残阳铺水中,半江瑟瑟半江红①。可怜九月初三夜,露似真珠月似弓②。

【注释】

① 半江句:杨慎《升庵诗话》卷三:“言残阳铺水,半江之碧,如瑟瑟之色;半江红,日所映也。可谓工致入画。”瑟瑟,深碧色的宝石(一说青玉的一种),白居易诗中多用以形容碧色,如《重修香山寺》:“四面苍苍岸,中流瑟瑟波。”又《蔷薇》:“猩猩凝血点,瑟瑟蹙金匡。”词义均同。

② 露似真珠句:江淹《别赋》:“秋露如珠,秋月如珪。”这里说“月似弓”,因是上旬的月牙。真珠,通作“珍珠”。

【评】 此诗章法句法得疏密相间之致。二句之“半江瑟瑟”应上句“水中”,“半江红”则应上句“一道残阳”;四句之“露似真珠”应上句“九月”,“月似弓”则应上句“初三夜”:其组织极细密。而一、二句写黄昏,三、四句写月夜,只以“可怜”二字轻轻带转,又极疏朗跳跃。无此一疏则全诗板滞不可读,有此一疏,则通体活络,参以民歌风的一句中二字相叠法,遂于旖丽处见洒脱之致。

问刘十九

刘十九，即刘轲，元和末进士，隐居庐山。白居易贬江州时，时相唱和。

绿蚁新醅酒[①]，红泥小火炉。晚来天欲雪，能饮一杯无？

【注释】

① 绿蚁句：古时未有烧酒，煮谷和以曲，酿一宿即成。然后笮去糟滓，漉出酒汁。新醅(pēi)酒，是刚酿成而未漉的酒(如今武昌之浮滓酒)。蚁，酒上的浮滓形似蚁，故云。

画 竹 歌

诗前有序云："协律郎萧悦善画竹，举世无伦。萧亦甚自秘重，有终岁求其一竿一枝而不得者。知予天与好事，忽写一十五竿，惠然见投。予厚其意，高其艺，无以答贶，作歌以报之，凡一百八十六字云。"白居易于长庆二年冬至四年夏(822—824)任杭州刺史，这诗和下面三首都是在杭州时所作。萧悦，兰陵(今山东省峄县)人，曾客杭州，与白居易交往甚密。协律郎，掌管声乐的官，属太常寺，官阶正八品上。

植物之中竹难写，古今虽画无似者。萧郎下笔独逼真，丹青以来唯一人[①]。人画竹身肥拥肿[②]，萧画茎瘦节节竦[③]；人画竹稍死羸垂[④]，萧画枝活叶叶动。不根而生从意生，不笋而成由笔成。野塘水边碕岸侧，森森两丛十五茎。婵娟不失筠粉态[⑤]，萧飒尽得风烟情。举头忽看不似画，低耳静听疑有声。西丛七茎劲而健，省问天竺寺前石上见[⑥]；东丛八茎疏且寒，忆曾湘妃庙里雨中看[⑦]。幽姿远思少人别[⑧]，与君相顾空长叹。萧郎萧郎老可惜，手颤眼昏头雪色。自言便是绝笔时，从今此竹尤难得！

【注释】

① 丹青以来：犹言自有绘画艺术以来。丹青，两种绘画颜料，这里用作绘画的代称。

② 拥肿：原指瘤赘丛生貌。《庄子·逍遥游》："其大木拥肿而不中绳墨。"此指肥大无骨格，后韩偓有诗"牧童拥肿蓑衣湿"(《雨》)用法同。

③ 节节竦(sǒng)：意谓节节向上，劲健有力。竦，举足而立。

④ 羸(léi)垂：无力地下垂，形容没有生气。

⑤ 婵娟句：意谓连竹上青嫩带粉的鲜活之态，都被表现了出来。婵娟，形容竹子色态的美好。左思《吴都赋》："其竹则筼筜箖箊……檀栾婵娟，玉润碧鲜。"筠粉，新竹皮上所生的一层白色粉状物。

⑥ 省问：犹言记得曾问，与下文"忆曾"对举，文义互见。省，忆、记的意思。天竺寺：在杭州天竺山上。

⑦ 湘妃庙：又称黄陵庙，在湘阴县北八十里(一说在岳阳)。湘妃，是古帝舜的二妃娥皇、女英，传说成为湘水女神。韩愈《黄陵庙碑》："湘旁有庙曰黄陵，自前古以祠尧之二女、舜二妃者。"湘江洞庭一带多竹，据说与湘妃的故事有关(参看李白《远别离》注⑫)。元和十四年(819)，白居易由江州司马调任忠州刺史，曾路过洞庭。看：读平声，与上句的"寒"，下文的"叹"(平声)叶韵。

⑧ 幽姿句：赞叹萧悦画竹，真能画出竹的精神。绘画之妙，不仅在于摹拟的形似，而在于传神写意。竹生深林，色泽清润，有如空谷佳人，姿态幽洁，情致悠远，故曰“幽姿远思”。思，读去声。别，识别。这里是领会的意思。

【评】 此诗形象而又集中地表达了白居易的美学观点。他认为美要逼真，而逼真的关键是骨力（茎瘦节节竦）风神（枝活叶叶动）皆备，切忌肥杂失统、神气索莫。又所谓骨力风神，并非纯客观的，而取决于作者的立意（不根而生从意生），因此是主观与客观的融洽。只有这样，画出的画，写出的诗才能有幽姿远势——气韵生动。这种思想与王维所说的“传神写照”，“审象求形”（《为画师谢赐表》），杜甫所说“幹惟画肉不画骨，忍使骅骝气凋丧”，“意匠惨淡经营中”（《丹青引》），殷璠所说的“既多兴象，复备风骨”（《河岳英灵集》）。盛唐画家兼书法家张怀瓘所说的“风神骨气者居上”（《书断》），显然有相通之处。然而又有不同处，他更重视主观的意的作用，这是以皎然所说的“如何万象由心出”（《玄真子画洞庭三山歌》）、“苟能下笔合神造，误点一点亦为道”（《周昉画沙门天王歌》）为直接先导的。白居易闲适诗所表现出的与盛唐诗人不同的风格，是与这种美学思想分不开的。而这种风格，在皎然、顾况等诗中也已有了先期反映。这一切的哲学根源，则在于贞元以后南宗禅即心即佛思想的弘扬。

钱塘湖春行

这诗和下面两首，都是写杭州西湖的风景。《太平寰宇记》：“江南东道杭州钱塘县：西湖在县西，周回三十里，源出武林泉，郡人仰汲于此，为钱塘之巨泽。山川秀丽，自唐以来，为胜赏之处。”咸淳《临安志》卷三三：“西湖在郡西，旧名钱塘湖。”

孤山寺北贾亭西①，水面初平云脚低②。几处早莺争暖树，谁家新燕啄春泥。乱花渐欲迷人眼，浅草才能没马蹄。最爱湖东行不足，绿杨阴里白沙堤③。

【注释】

① 孤山寺：孤山在西湖中后湖与外湖之间，山上有孤山寺，陈文帝天嘉(560—566)初年建。贾亭：一名贾公亭。《唐语林》卷六：“贞元(785—804)中，贾全为杭州(刺史)，于西湖造亭，为贾公亭；未五六十年，废。”

② 云脚：雨前或雨后接近地面的云气。

③ 白沙堤：即白堤，又称断桥堤(白居易在杭州时，曾修堤蓄水，以溉民田。其堤在钱塘门之北。后人误以白堤为白氏所筑之堤)。白堤在湖东一带，登此能总揽全湖之胜。

【评】 莺曰“早”而仅“几处”，燕曰“新”而非家家，花迷人眼云“渐欲”，草没马蹄曰“才能”，句句是早春景象，又句句暗透阳春三月，蓬蓬烟景可指日而待。起出孤山、贾亭落到湖面，中四句是由贾亭西游至湖东所见景象，结由湖东落到白沙堤。由点而面，由面而点，条理井然而笔致流荡，读之如可闻马蹄的的之声。总会有一段佳兴贯绕于外物，流动于篇章，故写景不滞，运掉自如。方东树所谓“象中有比，有人在，不比死句”(《续昭昧詹言》)者是也。“不根而生从意生”(见前《画竹歌》)，于此可见一斑。下三诗亦当如是读。

杭州春望

望海楼明照曙霞[①]，护江堤白蹋晴沙。涛声夜入伍员庙，柳色春藏苏小家[②]。红袖织绫夸柿蒂[③]，青旗酤酒趁梨花[④]。谁开湖寺西南路，草绿裙腰一道斜[⑤]。

【注释】

① 望海楼：原注："城东楼名望海楼。"

② 涛声二句：伍员庙，即伍子胥祠，在杭州吴山（又名胥山）山上。伍员，字子胥，春秋时吴国的臣子，佐吴王夫差败越，立有大功。后夫差听信谗言，将他杀死。当地人民为他不平，将钱塘江的潮汐，说成是他死后怨愤的表现。苏小，即苏小小，南齐的名妓，钱塘人。在轶事流传中，她常乘油壁车在西湖春游。今湖边有苏小小墓。按：上句写钱塘江潮，和伍员联系起来，下句写湖边柳色，和苏小联系起来，通过有关的古代人物及其传说的暗示，使读者想象到涛声的汹涌澎湃，柳丝的婀娜轻柔，在语言艺术上，起了概括和渲染的作用。

③ 红袖句：原注："杭州出柿蒂花者尤佳也。"红袖，指织绫的女工。夸柿蒂，言以织有柿蒂花纹的最为精美堪夸。姜南《蓉塘诗话》："所谓柿蒂，指绫之纹也。《梦粱录》载杭土产绫曰柿蒂、狗脚，皆指其纹而言。"

④ 青旗句：原注："其俗酿酒趁梨花时熟，号为梨花春。"按：句中的"酒"，指梨花春。句末的"梨花"，谓梨花时节。

⑤ 谁开二句：原注："孤山寺在湖洲中，草绿时，望如裙腰。"杜甫《琴台》："蔓草见罗裙。"刘长卿《湘妃庙》："草色带罗裙。"

【评】　首联倒插，本由江堤上城东高楼，却由高楼临眺起，反及江堤，起笔于夭矫中见灵动。后三联均为临眺所见，而变化开合，于条理中见流荡。二联自然景物，三联风土人情。其中三句雄，四句妍，五句丽，六句淡。设色变化，绘形绘声。末联仍从景上收，而目光已渐次由城东远向西南。平湖绿堤，宛若西子，美景在于可状难状间，故虽收而有远意。

西湖晚归回望孤山寺赠诸客

柳湖松岛莲花寺①，晚动归桡出道场②。卢橘子低山雨重③，栟榈叶战水风凉④。烟波澹荡摇空碧⑤，楼殿参差倚夕阳。到岸请君回首望⑥，蓬莱宫在海中央⑦。

【注释】

① 柳湖句：西湖四周，垂柳掩映，故云“柳湖”。孤山突出湖中，上多松树，故云“松岛”。夏天莲花盛开，所以称孤山寺为“莲花寺”。又，佛寺也可称莲花寺。

② 道场：佛徒修道之所。

③ 卢橘句：卢橘饱含雨水，果实累累下垂，故曰“重”。卢橘，一名金橘，产于南方。

④ 栟(bīng)榈(lǘ)：一名“棕榈”，即棕树，常绿乔木，产于南方。战：颤动。

⑤ 空碧：指一望相连的天光水色。

⑥ 君：指诸客。

⑦ 蓬莱句：孤山在西湖中，孤山寺内有蓬莱阁。这里以“海”借指西湖，以“蓬莱宫”比拟孤山寺，形容风景之美。蓬莱，海外神山名。

【评】 由柳湖而松岛，渐次捧出莲花寺，立一诗之中心点，从中放出一叶扁舟，并点题“晚”“归”字。起联先得自在悠扬之致。二、三两联是晚归舟行中近望山寺，末联是悬拟舟行抵岸后远眺山寺。近望是实写，远眺则是虚拟。唯因实写处句句以空灵之笔，构成迷离之景，故结末虚拟，反如实见。轻舟泛行水上，是此诗所写，而正可移以论此诗风调。刘（禹锡）、白七律大率以流荡见胜，视初盛之高华，大历之流丽不侔。此法实初见于老杜（如《曲江》），为七律变调，大历贞元间，秦系、朱放、皎然、戴叔伦、章八元等时时见之，渐见风行，至刘、白蔚为大国。以上三诗与下诗可见一斑。

酬李二十侍郎

这诗是大和七年（833）白居易在洛阳任太子宾客分司时所作。李二十侍郎，即李绅。李绅于穆宗长庆年间，官户部侍郎；他排行二十，故称。这年的春天，李绅罢寿州刺史，以太子宾客分司东都，《全唐诗》卷四八〇李绅有《七年初到洛阳寓居宣教里时已春暮而四老俱在洛中分司》诗，所谓“四老”，白居易即其中之一。诗写春残岁晚，久别重逢，由景入情，悲中见喜。妙在信手拈来，以自然蕴藉出之，便觉平夷演迤之中，自有深致，能见出白居易晚年诗歌风格的特征。

笋老兰长花渐稀，衰翁相对惜芳菲。残莺著雨慵休啭，落絮无风凝不飞。行掇木芽供野食，坐牵萝蔓挂朝衣①。十年分手今同醉，醉不如泥莫道归②。

【注释】

① 行掇二句：写闲适之趣。上句谓于散步时随手采摘木芽，以供野餐；

下句谓坐时脱去朝衣，拉过藤蔓，挂而不用。
② 醉不句：《诗经·小雅·湛露》："厌厌夜饮，不醉无归。"此化用其语。

【评】 秦系《献薛仆射》诗："由来那敢议轻肥，散发行歌自采薇。逋客未能忘野兴，辟书翻遣脱荷衣。家中匹妇空相笑，池上群鸥尽欲飞。更乞大贤容小隐，益看愚谷有光辉。"录此以与香山此诗对读，以见流变之渐（参上诗评语）。

李　绅（二首）

李绅（772—846），字公垂，润州无锡（今江苏无锡）人。元和元年（806）进士，官翰林学士。与李德裕、元稹并称“三俊”。武宗李炎时，官至宰相。

他和元稹、白居易相唱和，写过《新题乐府》，惜已散佚。其集中今存《闻里谣效古歌》、《过梅里七首》诸作，多用三、三、七句，其形式或与白居易新乐府有一定联系。

《全唐诗》录存其诗四卷。

悯　　农(二首)

这诗是李绅早年所作,曾为吕温、齐煦所激赏(见《唐诗纪事》卷三九)。作者从“民以食为天”的思想出发,意识到农业生产的重要意义,对农民的辛勤劳动和遭受残酷剥削,表示了深切的同情。由于诗中所提出的实际上是封建社会的本质问题,故能启人深思,发人猛省。千百年来,一直为人们所传诵。

其　一

春种一粒粟,秋收万颗子。四海无闲田,农夫犹饿死!

其　二

锄禾日当午,汗滴禾下土。谁知盘中餐①,粒粒皆辛苦?

【注释】

① 餐(sūn):熟食的通称,这里指饭。通“飧”。

【评】 语甚平易,意极警深。其一前三句极言粟实之夥、农田之多,跌出末句,“犹饿死”,怵目惊心。其二实谓禾粒即汗珠。“谁知”冷然一问,深责膏粱子弟、尸位素餐者不知稼穑之难,含蕴特深。唐末聂夷中《公子行》云:“种花满西园,花发青楼道。花下一禾生，去之为恶草。”郑遨《伤农》：“一粒红稻饭，几滴牛颔血。珊瑚枝下人，衔杯吐不歇。”均本李绅意，对读可悟诗人用笔隐显曲直之不同。

李　贺（十一首）

李贺（790—816），字长吉，昌谷（今河南宜阳县）人。唐皇室远支。因避家讳，不得参加进士科考试（参看韩愈《昌黎集》卷一二《讳辩》）。曾官奉礼郎。年少失意，郁郁而死。

他早岁工诗，受知于韩愈、皇甫湜。其诗尤长乐府，善于熔铸词采，驰骋想象，运用神话传说，创造出恢奇诡谲、璀璨多彩的鲜明形象，艺术上有显著的特色。但由于他生活孤独，性情冷僻，对广阔的现实，缺乏深切的联系和感受，而当时的社会，又异常混乱、黑暗，因而使得他诗中带有阴暗低沉的消极色调。他作诗态度严肃，以苦吟著称。李商隐曾指出：他“每旦日出与诸公游，未尝得题然后为诗，如他人思量牵合以及程限为意。”（见《李长吉小传》）故集中绝少应酬之作。杜牧叙其诗云：“云烟绵联，不足为其态也；水之迢迢，不足为其情也；春之盎盎，不足为其和也；秋之明洁，不足为其格也；风樯阵马，不足为其勇也；瓦棺篆鼎，不足为其古也；时花美女，不足为其色也；荒园陊殿，梗莽丘垅，不足以为其怨恨悲愁也；鲸吸鳌掷，牛鬼蛇神，不足为其虚荒诞幻也。”认为他源本《楚辞》，为“骚人之苗裔”，惟缺乏“感怨刺怼”“激发人意”之处，有理不胜词的缺点（见《李长吉歌诗叙》）。

有《李长吉歌诗》。注本中，以清人王琦的《汇解》较为详备。

李凭箜篌引

李凭，是供奉宫廷的梨园弟子，以弹箜篌擅长（见顾况《李供奉弹箜篌歌》杨巨源《听李凭弹箜篌诗》）。这诗描绘其技艺之精，曲调之美，感染力之强。《箜篌引》，乐府《相和歌》旧题。箜篌，弦乐器的一种。诗有“二十三弦动紫皇”句，知所弹为竖箜篌（见《通典》）。

吴丝蜀桐张高秋①，空山凝云颓不流②。湘娥啼竹素女愁③，李凭中国弹箜篌④。昆山玉碎凤凰叫，芙蓉泣露香兰笑⑤。十二门前融冷光⑥，二十三弦动紫皇⑦。女娲炼石补天处，石破天惊逗秋雨⑧。梦入神山教神妪，老鱼跳波瘦蛟舞⑨。吴质不眠倚桂树，露脚斜飞湿寒兔⑩。

【注释】

① 吴丝句：丝，指箜篌的弦。桐，指箜篌的身干。吴地以产丝著名，蜀中桐木宜为乐器；吴丝蜀桐，形容箜篌的精美。张高秋，在气象爽朗的秋天弹奏起来。

② 空山句：意谓连空山的云气也为箜篌声所吸引，凝而不流。颓，颓然，堆集、凝滞的样子。《列子》记秦青“拊节悲歌，声震林木，响遏行云”。此化用其意。山，一作“白”。

③ 湘娥句：湘娥，湘水的女神，即古代帝舜的妃子娥皇、女英。传说：舜死于苍梧（山名，在今湖南宁远县）之野，二妃追踪至洞庭湖，听到不幸消息，南向痛哭，泪洒在竹上，留下了现在湘江一带的斑竹。素女，神话中的霜神。《史记·封禅书》有“太帝使素女鼓五十弦瑟，悲，帝禁不止”的话，素女愁，化用其意。

④ 中国弹箜篌：犹言国中弹箜篌。国，国都，即长安。

⑤ 昆山二句：上句写高弹，下句写低弹。昆山，即昆仑山，是著名的产玉之区。玉碎，凤叫，形容音响的清脆激越。芙蓉，莲花的别名。芙蓉泣露，形容曲调的幽咽。香兰笑，言气韵的芬芳。昆山，一作“荆山”。

⑥ 十二门前：指长安。长安城四面各三门，共有十二门。

⑦ 二十三弦：指李凭所弹的箜篌。箜篌有各种不同的式样，其中有一种名叫竖箜篌的，体曲而长，有二十三弦。动紫皇：感动天神。《太平御览》卷六五九引《秘要经》：“太清九宫，皆有僚属，其最高者称太皇、紫皇、玉皇。”

⑧ 女娲二句：意谓箜篌声震惊了整个天界。古代神话，共工氏怒触不周山，天倾西北，女娲炼五色石把缺处补好。石破天惊，是“天惊石破”的倒文。逗，引出来的意思。

⑨ 梦入二句：谓李凭的箜篌，把听者引入了幻境，仿佛他不是在人间弹奏，而是在神山之上把这绝艺传授给神仙。王琦注：“《搜神记》：‘永嘉中，有神见兖州，自称樊道基，有妪号成夫人。夫人好音乐，能弹箜篌。闻人弦歌，辄便起舞。’所谓神妪，疑用此事。”（《李长吉歌诗汇解》卷一）妪（yù），妇女的通称，不限于老年人。鱼跳、蛟舞，意谓连无知的动物都为之欢欣鼓舞。《列子》：“瓠进鼓瑟而鸟舞鱼跃。”

⑩ 吴质二句：写深夜弹奏的情景。意谓不但人们被它吸引住，连月里吴刚聆音听曲，也为之不眠。此时，桂叶上的露珠斜飞，溅湿树下的寒兔，月光更显得清冷了。吴质，即神话中在月中砍桂树的吴刚。质，是他的字。寒兔，指月轮。月中有黑影，古代神话说里面有兔和蟾蜍。

雁门太守行

这诗描写一位激昂慷慨、战死边地的英雄。诗以热烈的礼赞和沉痛悼念的心情塑造出十分具体而动人的人物形象。末二语以“报君黄金台上意”作结，正反映作者幻想投笔从戎，建立功业，但又得不到统治者赏识,"英雄无主"的悲哀。由于他把见危授命、临难捐躯的义勇行为,归之于个人的感恩图报,从而降低了作品的思想意义。诗的本事,难以确考。王琦曰:"按《乐府诗集》,《雁门太守行》乃《相和歌·瑟调》三十八曲之一,古词备述洛阳令王涣德政之美,而不及雁门太守事,所未详也。若梁简文帝之作,始言边城征战之思,长吉所拟,盖祖其意。"(《李长吉歌诗汇解》卷一)

黑云压城城欲摧,甲光向日金鳞开①。角声满天秋色里,塞上燕脂凝夜紫②。半卷红旗临易水③,霜重鼓寒声不起④。报君黄金台上意⑤,提携玉龙为君死⑥。

【注释】

① 黑云二句:太阳透过黑云照在金甲上,像鱼鳞一样闪动着五光十色的异彩。"日",一作"月"。《晋书·天文志》:"凡坚城之上有黑云如星,名曰军精。"

② 塞上句:长城附近多半是紫色的泥土,所以称为"紫塞"。(见《古今注》)这里说,傍晚时落日掩映,塞土有如燕脂凝成,紫色更显得浓艳。燕脂,同"胭脂"。

③ 易水:在今河北易县。

④ 霜重句:写北方严寒,战地艰苦,暗示战争失利。《汉书·李陵传》:"吾士气少衰,而鼓不起者,何也?"不起,打不响。

⑤ 报君句:谓报答君王平日对自己的重视。黄金台,故址在今河北易县东南,战国时燕昭王所筑。昭王曾置千金于台,以表示不惜用最高代价来延揽人才,故名。

⑥ 玉龙:指剑。王初《送王秀才谒池州吴都督》:"剑光横雪玉龙寒。"

【评】 首联总起,上句言大敌压境,次句言我师奋起以待。二联状鏖战之激。三联言战事失利,颇类杜甫《悲陈陶》"野旷天清无战声”句意。末联振起，言壮士请缨，愿赴国难。诗境于瑰奇中见惨舒，郁抑中见悲壮。与盛唐边塞诗对读，可见独特风格。因表达较晦涩，历来释此诗众说纷纭，姑绎如上。

梦　天

这诗写梦入月宫的幻想境界，是游仙诗的一种。方世举云：“此变郭景纯《游仙》之格，并变其题，其为游仙则同。”（见批本《李长吉诗集》）

老兔寒蟾泣天色①，云楼半开壁斜白②。玉轮轧露湿团光③，鸾珮相逢桂香陌④。黄尘清水三山下，更变千年如走马⑤。遥望齐州九点烟，一泓海水杯中泻⑥。

【注释】

① 老兔句：兔和蟾，都是指月。泣天色，意谓秋月初出，光影凄清，有如兔和蟾在哭泣似的。《太平御览》卷九〇九引《典略》：“兔者，明月之精。”又卷九四九引张衡《灵宪》：“羿请不死之药于西王母，姮娥窃之以奔月。遂托身于月，是为蟾蜍。”所以民间把月中的黑影叫作蟾，也叫作兔。蟾蜍，虾蟆的一种。蟾，蟾蜍的简称。

② 云楼：指层层舒卷的云片。壁斜白：月光斜照。

③ 玉轮句：意谓月轮为冷露所沾湿，它的四周环绕着一重水气，已是深夜的时候了。轧，辗。因为称月为玉轮，所以说轧。因为是满轮月，所以说团光。

④ 鸾珮：雕着鸾凤的玉珮，这里指系着鸾珮的仙女。珮，字同“佩”。桂香陌：月宫里的大路。因为月中有桂（参看前《李凭箜篌引》注⑩），所

以一路上桂子飘香。以上四句写梦入月亮与仙女相遇。

⑤ 黄尘二句：王琦注："蓬莱、方丈、瀛洲三神山俱在海中，今视其下，有时变为黄尘，有时变为清水。千年之间，时复更换，而自天上观之，则犹走马之速也。"(《李长吉歌诗汇解》卷一)葛洪《神仙传》卷二："麻姑自说云：接侍以来，已见东海三为桑田；向到蓬莱，又水浅于往日会时略半耳，岂将复为陵陆乎?"这里化用其意。

⑥ 遥望二句：齐州，即中州，犹言中国(见《尔雅·释地》邢昺注)。泓，水深而清的样子。一泓水，犹言一汪水。古分中国为九州，九州之外，便是大海。这里是说：从天上看来，九州像九点烟尘；大海波涛，也不过是泻在杯中的一泓水而已。以上四句写由天宫俯视人间所见。

【评】 太白、长吉均源楚骚而前人谓太白"仙才"，长吉"鬼才"(宋祁语)，乃言二人均以瑰奇称，而太白之气放逸而舒展，长吉之气郁勃而峭急，此于二人游仙诗，特能见分判。同述遇仙，太白云"遥见仙人彩云里，手把芙蓉朝玉京"(《庐山谣》)，而长吉云"玉轮轧露湿团光，鸾珮相逢桂香陌"；同叙由高处俯视，太白云"登高壮观天地间，大江茫茫去不还。黄云万里动风色，白波九道流雪山"(同上)，长吉云"黄尘清水三山下，更变千年如走马。遥望齐州九点烟，一泓海水杯中泻"。对读则二家气质不同，共源异派立见。至于"老兔寒蟾"而又"泣天色"，"壁斜白"，"轧露"之属，其刻划又过韩愈，然气局不逮，盖韩诗气豪，能得太白宽逸之神，驱遣硬语，以成奇崛之态；而长吉以郁勃峭急之气运掉硬语，时涉晦涩，固其宜也。

浩 歌

这诗有感于时光流驶之速，写侘傺失意、愤激不平之悲。《楚辞·九歌·少司命》："望美人兮未来，临风怳兮浩歌。"浩歌即放歌。诗中的抒情，奔迸出之，以尽量发泄为快，故用以标题。

南风吹山作平地，帝遣天吴移海水①。王母桃花千遍红，彭祖巫咸几回死②。青毛骢马参差钱③，娇春杨柳含细烟。筝人劝我金屈卮，神血未凝身问谁④？不须浪饮《丁都护》⑤，世上英雄本无主⑥。买丝绣作平原君，有酒唯浇赵州土⑦。漏催水咽玉蟾蜍⑧，卫娘发薄不胜梳⑨。看见秋眉换新绿⑩。二十男儿那刺促⑪？

【注释】

① 南风二句：言世事变化极大，山能够吹成平地，海可以从这里移到那里，也就是"高岸为谷""沧海桑田"的意思。帝，主宰宇宙的天帝。天吴，水神（详见杜甫《北征》注㊲）。

② 王母二句：慨叹于宇宙的永恒，人生的短暂。意谓仙桃的花期，彭祖、巫咸的寿命，在人们头脑中是代表长远的概念，可是从永恒的宇宙来看，它们也是极其短促的。古代神话，西王母瑶池上的仙桃，每三千年开花结实一次（见《汉武帝内传》）。千遍红，开了千次花。彭祖，传说中长寿的人。《楚辞·天问》王逸注："彭铿，彭祖也。至八百岁，犹自悔不寿，枕高而唾远也。"

③ 骢（cōng）：毛色青白相间的马。参（cēn）差（cī）钱：一个套着一个连钱式的花纹。参差，错杂相间貌。

④ 筝人二句：慨叹人生空虚，意谓不如饮酒行乐。筝人，弹筝侑酒的歌妓。金屈卮，形似菜碗而有把手的酒盏。神血未凝，精神和血肉不能长期凝聚在一起，即佛家所谓"形骸假合"，也就是说，不能长远地活在世间。身问谁，这身体究竟是怎么一回事，从谁那儿可以得到解答呢？问，一作"是"。

⑤ 不须句：是转折语。意谓不须快意当前，对酒听歌的一时自我麻醉，终不

能排遣内心真正的愤激之情。浪饮,犹言痛饮。《丁都护》,乐府歌曲名,声调哀怨(详见李白《丁督护歌》题下注文),指筝人劝酒时所唱的歌曲。

⑥ 英雄无主:是说没有能够认识英雄、发挥英雄才能的人。主,指统治者。

⑦ 买丝二句:意谓像平原君才是英雄之主,可是当世没有这样的人,因而自己一腔热情,只有寄托在对历史人物的追慕。绣,指绣像供奉。平原君,战国时赵国贵族执政者赵胜的封号,以礼贤好士著名,是四大公子之一,门下有三千宾客。他曾提拔过许多沉没的人才。赵州,犹言赵国、赵地。古代祭祀时,用酒浇在地面,希望它渗透到地下(因死者埋在地下)。浇酒,也是表示向慕之情和凭吊之意。

⑧ 漏催句:言漏水不断地滴着,时间在飞速的流驶之中。玉蟾(chán)蜍(chú),指计时的漏壶。漏壶的口雕成蟾蜍张口的形状,上面有一贮满清水的铜器,器口刻作龙形。龙口与蟾蜍口相衔接,从龙口里流出的水通过蟾蜍的口一滴滴地滴入壶中。壶中划有深浅的度数,以验时刻。

⑨ 卫娘句:言眼中丰容盛鬋的佳人,很快地就会衰老。卫娘,卫地美女,指侑觞的歌妓,即前面所说的"筝人"。唐时口语,称年轻妇女为娘子。不胜梳,意谓一梳则头发脱落。胜,读平声。

⑩ 看见句:人年轻时眉毛的颜色浓,年老则渐黯淡,也像绿油油的树叶到秋天变成枯黄一样,故曰"秋眉"。新绿,鲜明的绿色。按:这句在音节上连下文读,"绿""促"叶韵;在意义上则和上文相属,"眉""发"并举,都指卫娘而言。

⑪ 二十句:以单句转折作结。意谓自己还是个二十岁的青年人,怎能老是纠缠在消极的苦闷情绪之中呢?刺促,因受到客观刺激而引起精神上的局促不安。

【评】 诗以"神血未凝身问谁"大声一问,斡转前片生命短促之慨叹;继以"不须浪饮《丁都护》"提起,泻出后片之豪语。此种章法与前录《李凭弹箜篌歌》,以"李凭中国弹箜篌"句横亘,作两层写,均可见韩派七言歌行盘旋郁勃之法门。其起句突兀,收句戛然,亦同此。

南　园（十三首选二）

《南园》十三首杂写日常生活中所看到的一些景物，和所感触到的一些事情。这两首诗较深刻地抒写了处于动乱时代里封建文人的内心苦闷。作者沉痛地意识到自己生活在一个狭窄的天地里，和广阔的现实隔绝；而文士的落拓失意，则又古今同慨。因此他幻想弃文就武，建立功名。南园，李贺读书之处，在昌谷山中。

其　一（原第六首）

寻章摘句老雕虫，晓月当帘挂玉弓[①]。不见年年辽海上，文章何处哭秋风[②]？

【注释】

① 寻章二句：慨叹自己整个的时间和精力都消磨在书卷文字之间。裴松之《三国志·吴志·孙权传》注引《吴书》："（孙权）博览书传历史，藉采奇异，不效书生寻章摘句而已。"扬雄曾把作赋比为童子的"雕虫篆刻"（见《法言·吾子篇》），意谓专门在文字技巧上用功夫，这里泛指文学写作。老，谓终身从事于此。晓月当帘，言通宵达旦地用功。玉弓，晓月弯弯的形象。

② 不见二句：古代封建文人由于生活内容的空虚，往往流连光景，伤春悲秋。文章哭秋风，指诗文里所表现的感伤情绪。辽海是边疆征战立功之地，"哭秋风"的"文章"在那儿是毫无用处的，故云"不见""何处"。辽海，即辽东，因辽东南滨渤海，故称。

其　二(原第七首)

长卿牢落悲空舍,曼倩诙谐取自容①。见买若耶溪水剑②,明朝归去事猿公③。

【注释】

① 长卿二句:以司马相如、东方朔为例,说明文人没有出路。司马相如字长卿。《汉书·司马相如传》说他生活贫困,"家徒四壁立"。空舍,屋内一无所有,即家徒四壁之意。牢落,失意。曼倩,东方朔的字,他在汉武帝时是以诙谐著称的文学侍从之臣。事迹见《史记·滑稽列传》。诙谐取自容,意谓他之所以以诙谐的姿态出现,只是为了求得容身于朝而已。也就是说,他表面虽嘻嘻哈哈,但内心却很痛苦。夏侯湛《东方朔画赞》:"大夫讳朔。……以为傲世不可以垂训也,故正谏以明节;明节不可以久安也,故诙谐以取容。"

② 见买:犹言拟买。若耶溪水剑:指最锐利的剑。若耶溪,在今浙江绍兴东南,传说是春秋时著名剑工欧冶子铸剑之处(见《太平寰宇记》)。

③ 事猿公:师事猿公,谓学习剑术。猿公,古代神话中一个精于击剑的老猿,曾幻作老人,自称袁公和越国一位善剑术的处女较量过技艺(见《吴越春秋》)。元和初李贺曾有江南之游,其集中多江南之作,备极向往,故有"归去"云云(参朱自清《李贺年谱》、孙望《漫谈李贺及其与韩愈的关系》)。

金铜仙人辞汉歌

原序云:"魏明帝青龙元年(233)八月,诏宫官牵(按:同辖,此作驾驶)车西取汉孝武捧露盘仙人,欲立置前殿。宫官既拆盘,仙人临载，乃潸然泪下。唐诸王孙李长吉遂作《金铜仙人辞汉歌》。”按：魏迁移汉宫铜人事，当在青龙五年，或景初元年。汉孝武，即汉武帝。金铜仙人，指撑露盘的铜柱。《文选》班固《西都赋》：“抗仙掌以承露，立双擢之金茎。”李善注：“金茎，铜柱也。”又同书张衡《西京赋》注引《三辅故事》：“武帝作铜露盘承天露，和玉屑饮之，欲以求仙。”因为把露盘说成仙人掌，所以把铜柱说成铜仙人。铜柱为西汉故都的重器宝物，它被徙离开长安，意味着魏王朝代替了汉王朝，诗题所谓“辞汉”，意即指此。铜人下泪的传说，出于《汉晋春秋》(《魏略》亦载其事，谓“铜人重不可致，留于灞垒”，并无流泪之语)，本属无稽之谈，李贺咏此，可能有所寄托。姚文燮以为唐宪宗迷信神仙，妄求长生，又浚龙首池，修麟德、承晖二殿，大兴土木，此诗托古以讽(见《昌谷集注》卷二)；陈沆则以为铜人下泪，自写宗臣去国之悲，是李贺离开长安时所作。据序中独标“唐诸王孙”一语，陈说似为近是。按：李贺所处的时代，唐王朝久已衰微。推衍陈氏之说，诗中所写历史兴亡之感，正流露出没落贵族当大厦将倾时一种无可奈何的悲哀。全诗从铜人留恋故都生出无限情思，翻空作奇，幻现出种种景色，语语未经人道，最能见出作者要眇深邃的艺术构思。杜牧《李长吉歌诗序》曾举此篇，作为李贺代表作之一。

茂陵刘郎秋风客①，夜闻马嘶晓无迹②。画栏桂树悬秋香，三十六宫土花碧③。魏官牵车指千里，东关酸风射眸子④。空将汉月出宫门，忆君清泪如铅水⑤。衰兰送客咸阳道，天若有情天亦老⑥。携盘独出月荒凉，渭城已远波声小⑦。

【注释】

① 茂陵刘郎：指汉武帝。武帝姓刘，葬茂陵，故称。《元和郡县图志》：

“汉茂陵在京兆府兴平县东北十七里，汉武帝陵也。在槐里之茂县，因以为名。”秋风客：言人生终于一死。《古诗》：“人生天地间，忽如远行客。”这里说“秋风”，因武帝曾作《秋风辞》，因秋风之起而感慨人生，结句有“少壮几时兮奈老何”之叹，故取其义。

② 夜闻句：王琦注：“谓其魂魄之灵或于晦夜巡游，仗马嘶鸣，宛然如在，至晓则隐匿不见矣。”（《李长吉歌诗汇解》卷二）

③ 画栏二句：写故宫荒凉景象。西汉时，长安有离宫别馆三十六所（见《文选》张衡《西京赋》）。土花，指苔。离宫多依山建筑，时移世易，亭苑苔封，而画栏尚在；栏前桂树，秋来依旧飘香。因画栏高，故曰“悬”。

④ 东关句：铜人由西移东，故出东关。关，城门。酸风，秋冬的悲风。眸子，即瞳子，指眼。

⑤ 空将二句：写铜人离开汉宫时“潸然泪下”的情景。王琦注：“将，犹与也。人行不分远近，举头辄见明月，若与人相随者然。铜人既将移徙许都，向时所见汉宫之物，一别之后，不复再见；出宫门而得再见者，惟此月矣。”君，指汉。

⑥ 衰兰二句：上句言铜人途中所见景物的荒凉。咸阳古道，惟秋风衰草而已。兰，指兰草，菊科植物，通体有香气，秋季开花。客，指铜人。咸阳道，即长安道（秦都咸阳，在长安附近）。因铜人辞汉，故曰“衰兰送客”。下句用天的无情，衬托出人的有情，对此不能不为之伤感。

⑦ 渭城句：言铜人离开长安，愈去愈远。渭城，即咸阳故城（参看王维《观猎》注②），这里借指长安。波声，指渭水。王琦注：“上言咸阳，下言渭城。……咸阳道，指长安之道而言；渭城者，指长安之地而言，似复而实非复也。”

老夫采玉歌

这诗写一位老人在深溪绝涧中替官家采玉的痛苦。诗中着重刻画被奴役的人民敢怒而不敢言的悲惨心情。

采玉采玉须水碧①,琢作步摇徒好色②。老夫饥寒龙为愁,蓝溪水气无清白③。夜雨冈头食蓁子④,杜鹃口血老夫泪⑤。蓝溪之水厌生人⑥,身死千年恨溪水。斜山柏风雨如啸,泉脚挂绳青袅袅⑦。村寒白屋念娇婴,古台石磴悬肠草⑧。

【注释】

① 采玉句:叠用"采玉",是说这玉十分难采。因为官家要的不是普通的玉,而是深溪里的水碧。水碧,水晶一类的矿物,是玉的一种,又名碧玉或水玉,产深水中。

② 琢作句:意谓水碧雕琢成为步摇,徒然有美好的色泽,供贵妇人的装饰而已。步摇,妇女发髻的饰物,用银丝穿宝玉作花枝形,插在头上,行走时,随着行步而颤动,故名。

③ 老夫二句:意谓由于官府不断地在蓝溪采玉,不但繁重的徭役使得老夫饥寒,连深潭里的龙也因为不能安身而发愁;蓝溪的水也搅成一团混浊。蓝溪,在今陕西蓝田县西蓝田山下。蓝田山又名玉山,溪长三十里,是著名的产玉之区。

④ 蓁子:形似栗而小,肉味像胡桃,可食。蓁,字同"榛",树名。

⑤ 杜鹃句:谓老夫眼里流出的泪,正同杜鹃口中的血。相传杜鹃为蜀帝望帝冤魂化成,日夜哀号,口为流血。杜鹃的啼声,在人们听来,似乎是在说"不如归去",这更触发了采玉老人欲归不得的悲哀。杜鹃嘴红,因为鸣声甚哀,所以人们说杜鹃啼血。

⑥ 厌生人:溺死了许多采玉的人。厌,字同"餍",饱食的意思。

⑦ 泉脚句:写入溪采玉时的情况。绳子系在泉水下泻处的崖石上,绳索下面挂着采玉的人,远望只看到一缕袅袅的青色。袅袅,摇摆不定貌。

⑧ 村寒二句:写采玉老人在极端危险情况下的内心活动。谓老人在绝

少生还希望的当儿，瞥见了古台石磴上的悬肠草，因草名而想到在贫困的家里还有着没有成长的娇儿。白屋，贫民所住的屋。娇婴，犹言娇儿。石磴，山路的石级。悬肠草，蔓生植物，一名思子蔓。

【评】 诗以采玉老人入九死一生之境为中心，前言“琢作步摇徒好色”，末言“村寒白屋念娇婴”，炼意特深苦。又以蓝溪水气衬托生人千年冤恨，交织入啼血杜鹃，斜风柏雨，一线悬命，境象又特凄绝。其苦刻处分明孟郊遗风，而瑰奇处则独造胜诣，可见昌谷出于韩派又自成一格，取前录孟郊《寒夜百姓吟》对读可知。又韦应物有《采玉行》云：“官府征白丁，言采蓝溪玉。绝岭夜无衣，深榛雨中宿。独妇饷粮还，哀哀舍南哭。”取材一同本诗而全用白描，对读可见唐诗之正变。

致 酒 行

这诗写饮酒时的牢骚感慨，从历史上一些穷通变化的事例中，说明人生遭遇的无常。收尾四句，特为豪健警拔，充分地表现了封建知识分子强调个人奋斗，积极要求抒展抱负的心情。《文苑英华》载此诗，题下自注有“至日长安里中作”七字。至日，冬至或夏至。

零落栖迟一杯酒①，主人奉觞客长寿②。主父西游困不归，家人折断门前柳③。吾闻马周昔作新丰客，天荒地老无人识。空将笺上两行书，直犯龙颜请恩泽④。我有迷魂招不得⑤，雄鸡一声天下白。少年心事当拏云⑥，谁念幽寒坐呜呃⑦？

【注释】

① 零落句：意谓在飘零落拓的客游之中，大家聚会在一起，共进一杯酒。栖迟，游息。

② 奉觞：举杯敬酒。奉，字同“捧”。客长寿：敬酒时的祝词，犹如现在之祝健康。

③ 主父二句：主父偃，汉武帝时齐人。家贫，北游燕、赵、中山，无所遇。乃西至长安，客卫青门下。久不得进，困甚。后上书阙下，为武帝所信任。官至齐相。事见《史记·主父偃列传》。王琦注：“‘家人折断门前柳’，谓攀树而望征人之归，至于断折而犹未得归，以见迟久之意。”主父偃事与下马周事互文见义。

④ 吾闻四句：马周，唐太宗时人。少孤，家贫，曾客新丰（在长安附近，今陕西临潼县东），受到逆旅主人冷淡的待遇。至长安，客中郎将何常家。贞观五年（631），诏百官言朝政得失。马周代常何陈二十余事，都切中时病。太宗大为激赏，召直门下省，拜监察御史。后官至中书令，摄吏部尚书，进银青光禄大夫。事见《新唐书·马周传》。

⑤ 迷魂招不得：指失意远游。《楚辞》有《招魂》篇。王逸注：“《招魂》者，宋玉之所作也……（屈原）魂魄放佚，厥命将落，故作《招魂》，欲以复其精神，延其年寿。”此反用其意。心情抑郁，行止彷徨，故曰“迷魂”。

⑥ 拏云：比喻高昂的志趣。拏，牵引，抉取。

⑦ 呜呃：呜咽悲叹声。

【评】 首二句点题“致酒”。主父以下六句为主人劝慰之词。“我有”以下四句为贺答词。全诗深得剪裁组织之妙。主父事，言穷而不言达，而于马周事中互见，便跌宕而不平板。“我有迷魂招不得”，以谦词作狂语，收上主人相劝，启下抒怀致答。更以“雄鸡一声天下白”接转，顺陡转之势，一气直贯以下“拏云”云云，遂于应酬之中露出睥睨古人之气概。

长吉诗多于湮抑懑闷中见倔强不驯。“我有迷魂招不得，雄鸡一声天下白”，可为长吉总体风格写照。

感　讽(五首选一)

《感讽》五首是有感而发的讽喻诗。本篇写越中官吏在早春时预催丝税的情况，反映了统治集团的贪暴成风以及在严重剥削下人民心情的惨苦。

合浦无明珠，龙州无木奴。足知造化力，不给使君须①。越妇未织作，吴蚕始蠕蠕②。县官骑马来③，狞色虬紫须。怀中一方板④，板上数行书。“不因使君怒，焉得诣尔庐⑤？”越妇拜县官：“桑芽今尚小。会待春日晏，丝车方掷掉⑥。”越妇通言语⑦，小姑具黄粱⑧。县官踏飧去⑨，簿吏复登堂⑩。

【注释】

① 合浦四句：意谓合浦珠盛而珠尽，龙州桔富而桔竭，自然之力亦难填官家之欲壑。合浦，汉郡名，郡治在今广东省合浦县，滨海，是著名的产珠之区。传说，汉朝时，官吏到任以后，照例派人入海求珠，大量搜刮。因此在一个时期内，珍珠在合浦绝迹。后来来了一位清廉的太守孟尝，珍珠又重新回到合浦(见《后汉书·孟尝传》)。此用前半意。龙州木奴，汉时丹杨太守李衡派人在武陵龙阳汜州(今湖南常德县境内)种橘千株。临死，敕儿曰：“……吾州里有千头木奴，不责汝衣食，岁上

一匹绢,亦可足用耳。”(见《三国志·吴书·三嗣主传》引《襄阳记》)。造化力,老天的力量。使君,汉时称太守为使君,此借指地方官。

② 越妇二句:言距离取丝的季节还很早。上句的越和下句的吴为互文。唐苏州吴郡,郡治在今江苏省苏州市;越州会稽郡,郡治在今浙江省绍兴市,均为国内蚕丝纺织业发达的地区。又,古吴兴、吴郡、会稽合称三吴(见《水经注·东渐水》),故越也可说成吴。蠕蠕(rú),微动貌。

③ 县官:县里催租的官吏。

④ 方板:即方纸,指催征文书,就是后来的牌票。

⑤ 不因二句:县官的话。意谓丝税未缴,使君已经发怒,我是奉命来到你们家催征的。诣,到。《资治通鉴》卷二三四:陆贽论税限迫促,其略曰:“蚕事方兴,已输缣税;农功未艾,遽敛谷租。上司之绳责既严,下吏之威暴愈促。”可作此诗注脚。

⑥ 桑芽三句:越妇回答县官的话,陈述目前的实际困难,请求到缫出新丝时缴税。桑牙,嫩的桑叶。晏,晚。春日晏,犹言过了春季,因治丝在四月里。丝车,缫丝的车。丝车掷掉,意谓蚕事完毕。

⑦ 通言语:用言语来陈述困难。

⑧ 具黄粱:办饭招待。

⑨ 踏飧(sūn),即嚃飧。嚃、踏同音假借(参《礼记·曲礼》“毋嚃羹”疏),犹言吞咽。熟食叫飧。

⑩ 簿吏:主管租税簿计的官吏。

【评】 拟古乐府,为李贺又一主要诗体形式。多以古朴为奇崛,语似通俗凡近,而刻炼苦锻,仍与其学习楚骚之歌行体有内在的一致性。与白居易、元稹乐府相较读,其奇崛处立见。如“狞色虬紫髯”,“县官踏飧去”之类,在元白作品中极难见到。二句却与前录顾况《公子行》“红肌拂拂酒光狞”,“美人扶踏金阶月”同辙。王闿运云:“阎朝隐、顾况、卢仝、刘叉推宕排闔,韩愈之所羡也。”长吉乐府所以与元白有异,正以其由此“推宕排闔”一路变化而来。

苦　昼　短

这诗以《苦昼短》名篇，是慨叹于时光易逝，人生无常。诗中痛斥神仙的虚妄，大胆地幻想人能够控制自然，掌握自己的命运。

飞光！飞光[①]！劝尔一杯酒。吾不识青天高，黄地厚，唯见月寒日暖煎人寿[②]。食熊则肥，食蛙则瘦[③]。神君何在？太一安有[④]？天东有若木[⑤]。下置衔烛龙[⑥]，吾将斩龙足，嚼龙肉，使之朝不得回，夜不能伏[⑦]。自然老者不死，少者不哭。何为服黄金，吞白玉[⑧]？谁是任公子，云中骑白驴[⑨]？刘彻茂陵多滞骨，嬴政梓棺费鲍鱼[⑩]！

【注释】

① 飞光：快速逝去的日月之光，指飞逝的时光。

② 唯见句：意谓日月不停地运行着，人的寿命就此暗中消逝。《世说新语》"太元末，长星（彗星）见，（晋）孝武心甚恶之。夜，华林园中饮酒，举杯属星云：'长星，劝汝一杯酒，自古何时有万岁天子。'"此借以发端，下文更扩其意。

③ 食熊二句：意谓在这短短的人生内，还有贫富的不平，穷人还要受到贫困的折磨，可见天地无知，天神根本是不存在的。熊，熊掌，富贵人所食的珍品。蛙，青蛙，贫穷人的食品。

④ 神君、太一：汉武帝所尊事的神。

⑤ 若木：神话中木名，光华照地。此即指扶桑。按：古代神话，谓日出于扶桑之下。《说文·六》："叒，日初出东方汤谷所登榑桑。"段注引《离骚》"总余辔乎扶桑，折若木以拂日"，云"盖若木即谓扶桑"。又《山海经·大荒北经》记西极有若木，为日入处，与此不同。此处"木"字为转

韵韵脚。

⑥ 衔烛龙：指羲和载日运行的龙车。日神羲和以六龙驾车（详见李白《日出入行》注②）。烛，代指太阳。

⑦ 使之二句：朝不、夜不互文见义。言太阳白天走不到尽头，夜间也不能潜伏，就是无昼无夜的意思。无昼夜则无时间，无时间则无所谓老死，故下二句云云。

⑧ 何为二句：神仙家服黄金、白玉，以求长生。葛洪《抱朴子·内篇》卷一一引《玉经》曰："服金者寿如金，服玉者寿如玉。""玉可以乌米酒及地榆酒化之为水。"古诗"服食求神仙，多为药所误"，句意本此。服，食。一作"饵"。

⑨ 谁是二句：和下二句对照见义。意谓世上哪有求仙而得仙，像神话中所说的任公子呢？《庄子·外物》："任公子为大钩巨缁，五十犗以为饵，蹲乎会稽，投竿东海。"可知为古传说中的神人。是，一作"似"。

⑩ 刘彻二句：举秦始皇、汉武帝为例，言求仙终不免一死。刘彻，汉武帝的姓名。嬴政，秦始皇的姓名。两人都是迷信神仙的帝王。茂陵，汉武帝的葬处（详见前《金铜仙人辞汉歌》注①）。神仙家说，凡人成仙，必须脱胎换骨。滞骨，没有化去的骨头。梓棺，皇帝的棺材。梓（zǐ），珍贵的文木。鲍鱼，咸鱼。《孔子家语·六本》："如入鲍鱼之肆，久而不闻其臭。"秦始皇在巡行的途中死去，因继承权未定，秘不发丧。其时正值天气炎热，尸体在发臭。恐怕被人发觉，乃买鲍鱼一石，放在棺旁，借以淆乱臭气（见《史记·秦始皇本纪》）。

【评】 当取《李太白集》卷三《日出入行》（"日出东方隈"）与本诗对读，可见同为"骚之苗裔"，然流变而至元和长庆后，复参以"横空盘硬语"之意态。此李白之与李贺风格区分之一。

薛　涛（三首）

薛涛（788？—835？），字洪度（一作“宏度”）。原籍长安。幼年随父流寓蜀中，沦落为歌妓。性聪慧，应对敏捷，才艺倾动一时。韦皋任剑南、西川节度使时，出入幕府中。韦皋曾准备奏请朝廷授以校书郎的职衔。自后，蜀中因称妓女为“校书”。她和当时著名的诗人如元稹、白居易、张籍、王建、刘禹锡、杜牧、张祜等人都有唱酬往还。后居浣花溪上，于碧鸡坊建吟诗楼，作女道士装束。能造松花纸及深红色小彩笺，当时称为“薛涛笺”。王建《寄蜀中薛校书》诗云：“万里桥边女校书，枇杷花里闭门居。扫眉才子知多少，管领春风总不如。”替她晚年生活作了生动的写照。

她的诗，不仅以词采清丽见长，而且在闲吟微讽之中，时寓忧时警世之意，具有一定的思想深度。各体中，七言绝句尤为俊爽超逸，明代杨慎曾给予很高的评价。

《全唐诗》录存其诗一卷。

罚赴边有怀上韦令公(二首选一)

这诗是薛涛在韦皋幕中因受谴责到了边地军营而写出她的感想的。事情的经过详不可考。诗第二首有"却教严谴妾,不敢相松州"之语,知所往是接近吐蕃的松州(今四川省潘松县)地带。韦令公,指韦皋。唐时宰相为中书令,凡兼有宰相职衔的都可称之为令公。题一作《陈情上韦令公》。

闻说边城苦,而今到始知。羞将筵上曲[1],唱与陇头儿[2]。

【注释】

① 筵上曲:指平时替人侑酒所唱的歌曲。筵上,一作"门下"。

② 陇头儿:指边疆战士。陇头,即陇山。这里是泛用。儿,音 ní。

【评】 "边城苦"为昔日"筵上"所常歌唱,不意今日亲历其苦,此一层意。"边城苦"原本歌"陇上儿"事,本应对"陇上儿"唱,今以罚配,反羞为之歌,此又一层意。一笔写二种意,短韵而曲折,浅语而情深。

送 友 人

水国蒹葭夜有霜[1],月寒山色共苍苍。谁言千里自今夕？离梦杳如关塞长②。

【注释】

① 水国句：《诗经·秦风·蒹葭》："蒹葭苍苍，白露为霜，所谓伊人，在水一方。"此化用其语，写别时秋景。蒹(jiān)葭(jiā)，即芦荻。

② 谁言二句：写相思之情。意谓从今夕别后，虽然相隔千里，但梦魂是会飞越关塞，聚会在一起的。上句问，下句答，见出深曲的思致。

筹　边　楼

筹边楼，在成都西郊，是太和四至六年(830—832)李德裕任剑南、西川节度使时所建。西川和吐蕃接壤，在当时，由于统治集团处理失当，民族间时常发生冲突。李德裕建立这座筹边楼，楼上图画山川险要，和部下在这里筹划边事。在他任内，西川地方很安定(见《新唐书·李德裕传》)。他离开以后，边境便发生纠纷，吐蕃又攻扰内地。这诗写登临时的感慨，是薛涛晚年所作。

平临云鸟八窗秋，壮压西川四十州①。诸将莫贪羌族马，最高层处见边头②！

【注释】

① 平临二句：上句写楼的高敞，下句说这楼矗立在西川首府成都形胜之地。《旧唐书·地理志》："天宝元年(742)，改益州为蜀郡，……督剑南三十八郡。"按：唐代州郡之名并存，三十八郡即三十八州。这里说四十州，是举其成数。

② 诸将二句：意谓由于将领的贪婪掠夺，招来了羌人的入侵；而他们又

没有防御能力,以至外族的军事威胁,直逼西川首府成都,在楼上便可看到遥远的边疆烽火。羌族,指吐蕃,是当时对西方民族的通称。边头,边疆上。据诗意,当时西州军吏在边境互市中抢夺吐蕃的马匹,是引起民族间纠纷的导火线。按:历史文献中,也有类似的记载,足资印证,可参看后选杜牧《闻庆州赵纵使君与战中箭而死辄书长句》题下注。

【评】 “平临云鸟”言楼之高耸,“八窗秋”见楼之清旷。二句“壮压”,“壮”字承上,“压”字启下,又点明楼之地理形势及李相建楼本意。三句“诸将”云云荡开一笔,似离开“筹边楼”之主线,然四句掣转,“最高层”应首句高旷,“见边头”应二句地理,构成强烈对照,则三句“诸将”云云含义顿见。小篇幅中见大回环,此一不易;针线细密中见骨力遒劲,此二不易;出于女妓人之手,此三不易。宏阔有盛唐气概,而锤炼精工又见中唐特色。

贾　岛（三首）

贾岛(779—843)，字阆仙，范阳(今北京市附近)人。曾为僧，名无本。屡应进士试，不第。大中末，任遂州长江主簿，世称贾长江。

他受知于韩愈，和孟郊交谊很深，并称郊、岛；又与姚合齐名，称姚、贾。其为诗力矫平易浮滑之失，沉思冥索，以刻炼为能事，形成一种清奇僻苦的风格。所作多五言律，摹写物态，往往有如在目前之妙。但由于他对待现实生活，采取消极逃避的态度，因而在创作上，就自然地堕入了狭隘逼仄的境界。司空图曾说："贾浪仙诚有警句，视其全篇，意思殊馁。"(《与李生书》)张为《诗人主客图》以其为"清真苦僻主"。

有《长江集》。

题李凝幽居

闲居少邻并，草径入荒园。鸟宿池边树，僧敲月下门[①]。过桥分野色，移石动云根[②]。暂去还来此，幽期不负言。

【注释】

① 僧敲句：《唐诗纪事》卷四〇："（贾）岛赴举至京，骑驴赋诗，得'僧推月下门'之句，欲改'推'作'敲'，引手作推敲之势，未决，不觉冲大尹韩愈。乃具言。愈曰：'敲字佳矣。'遂并辔论诗久之。"

② 云根：古人以为云由山石而生，《尚书大传》："五岳皆触石而出云。"因称山石为云根。张协《杂诗》："云根临八极。"

【评】 "敲"字何以优于"推"字，当从音义二方面所构成的诗歌意境来体味。从音节辨味，"敲"字较"推"字响亮，在全诗的音节组织中显得特别突出。从诗义辨味，全诗写一个"幽"字，推门无声，敲门有声，加以"敲"字音节上的响亮，产生以有声显无声的艺术效果。试想，人静鸟宿，幽居寂寂，银白的月色下，一个缁衣僧人，抬手敲门，静谧中回荡着数点有节奏的笃笃之声，听来是何等的幽邃清静。此与前录王维诗"月出惊山鸟，时鸣春涧中"，"空山不见人，但闻人语响"同一径辙。"敲"字本无奇，而用得好却产生了奇妙的艺术效果。皎然云"取境之时，须至难至险，始见奇句，成篇之后，观其气貌，有似等闲，不思而得"，"推敲"的过程是一种至险至难的艺术构思，而其表现出的诗境正"有似等闲，不思而得"。

宿　山　寺

众岫耸寒色，精庐向此分[①]。流星透疏木，走月逆行云[②]。绝顶人来少，高松鹤不群。一僧年八十，世事未曾闻。

【注释】

① 精庐：即精舍，指佛寺。

② 走月句：云朝向和月相反的方向浮动，云“行”故月“走”。沈德潜曰：“顺行云则月隐矣，妙处全在‘逆’字。”（《唐诗别裁》卷一二）

【评】　寒岫高耸，托出精庐，起笔高沉，有出世景象。“流星”、“走月”是动景，“绝顶”、“高松”是静景，“不群”字更下透末联。八十高僧、世事未闻，遥应首联寒岫精庐景象。全诗以僧家“若动而静，似去而留”说（僧肇《肇论疏》）为主意，却借景物说出，意虽无可取，而境界之幽美，表达之圆纯，却可叹美。

渡　桑　乾

这诗所写远客思归之情，籍贯与贾岛不合。《唐诗纪事》卷四〇载有此诗，谓为韩愈所喜，知沿误已久。《全唐诗》卷四七二此诗重见于刘皂诗中，题作《旅次朔方》。惟刘的里居不详，也很难断定就是他的作品。今姑系于贾诗之后。桑乾，河名，又名卢沟河，即永定河。

客舍并州已十霜[①]，归心日夜忆咸阳。无端更渡桑乾水，却望并州是故乡[②]。

【注释】

① 并州：唐州名，又称太原府，即今山西太原市。十霜：即十年。因每年秋冬时都要下霜，故用作一年的标志。

② 无端二句：用衬托的笔法，更深一层地表现思归之情。意谓久客并州，天天想回到咸阳；不但不能回去，反而越走越远。渡过桑乾，到了更遥远的北方之后，回望并州，又像在并州时思念咸阳一样；并州都不能回，那么咸阳更是想都不敢想了。首句之倦客并州与末句之却望并州遥相呼应，写出行人委曲心肠，分外沉痛。

姚　合（二首）

姚合，陕州硖石（今河南省陕县）人。元和十一年（816）进士。初仕为武功主簿，历荆、杭二州刺史及陕虢观察使。官终秘书少监。世称姚武功。

他与贾岛齐名，并称姚、贾。然而“格卑于岛，细巧则或过之”（《瀛奎律髓》卷一〇）。其诗大半为五言律体，多咏闲情野趣，往复连篇，不离此意。刻画景物，务求幽折清峭，时有新语。但内容和题材都很狭隘，自不免流于琐屑细碎，开后来宋诗中的永嘉四灵一派。

有《姚少监诗集》。又选王维等二十一人的诗一百首为《极玄集》，自诩鉴别之精为诗坛“射雕手”，是一部有影响的唐诗选本。惟其着眼点主要也是放在艺术技巧上面的。

庄居野行

这诗从重农务本的思想出发，对中唐以来城市商业畸形发展、农村凋敝的现象表现出忧深思远的心情。语言朴质，而气韵深厚。是姚合诗中不多见的优秀之作。

客行野田间，比屋皆闭户①。借问屋中人，尽去作商贾。官家不税商，税农服作苦②。居人尽东西，道路侵垅亩③。采玉上山巅，采珠入水府。边兵索衣食，此物同泥土④。古来一人耕，三人食犹饥；如今千万家，无一把锄犁⑤。我仓常空虚，我田生蒺藜。上天不雨粟⑥，何由活蒸黎⑦！

【注释】

① 比屋：屋连屋，犹言家家。

② 官家二句：言农税重，商税轻。《旧唐书·食货志(上)》："建中元年二月，遣黜陟使分行天下，其诏略曰：'户无主客，以见居为簿。人无丁中，以贫富为差。行商者，在郡县税三十之一。'"《资治通鉴》卷二三四陆贽论两税之弊，有"务轻资而乐转徙者，恒脱于徭税；敦本业而树居产者，每困于征求"之语。至大和、开成间，更多次改变商税税制。参看《旧唐书·食货志》下。

③ 道路句：意谓农田荒废，变成了商贾来往的道路。东西，这里作动词，犹言东奔西走。

④ 此物句：意谓珠玉寒不能衣，饥不能食。晁错《论贵粟疏》："夫珠玉金银，饥不可食，寒不可衣……是故明君贵五谷而贱金玉。"这里化用其语。

⑤ 古来四句：按古有四民之说，士农工商。四句意谓古时农民耕种，三民食犹不足，何况今日农民亦弃农经商。把锄犁，拿起锄犁，指从事农业劳动。
⑥ 上天句：《史记·刺客列传赞》："世言荆轲，其称太子丹之命，天雨粟，马生角也。"此化用成语，言天上不会落下粮食。"雨粟"的"雨"，作动词用。
⑦ 蒸黎：犹言万民。蒸，众的意思。

赠　刘　叉

这诗写刘叉风尘游侠的精神，颇有生气，风格比较雄浑；而琢句工秀，则能见出姚合诗的本色。刘叉事迹见前简介。

自君离海上，垂钓更何人①？独卧空堂雨，闲行九陌尘②。避时曾变姓，救难似嫌身③。何处相期宿？咸阳酒肆春④。

【注释】
① 自君二句：刘叉家在齐鲁滨海地区，故云。《庄子·外物》："任公子为大钩巨缁，五十犗以为饵，蹲乎会稽，投竿东海，旦旦而钓。"李白亦曾自称海上钓鳌客。此取其义。
② 独卧二句：写刘叉藏身溷迹在长安城里。九陌，指京城里纵横的街道。卧，一作"宿"。
③ 避时二句：《新唐书·刘叉传》："刘叉者，亦一节士。少放肆为侠行，因酒杀人，亡命。"似嫌身，犹言不顾身。
④ 酒肆：酒店。肆，一作"市"。

雍裕之（一首）

雍裕之（生卒年不详），蜀州（今四川崇庆县附近）人。贞元后，屡次应进士举，不第。飘零四方，过着长期的流浪生活。擅长乐府诗。

《全唐诗》录存其诗一卷。

农 家 望 晴

尝闻秦地西风雨[①],为问西风早晚回[②]? 白发老翁如鹤立[③],麦场高处望云开。

【注释】

① 秦地:今陕西省一带地。西风雨:一刮西风,就会下雨。《唐语林》卷八:“今关西,西风则雨。”

② 早晚回:风向几时才转。

③ 白发句:鹤毛色白,延颈企足而立,故用以刻画老翁望晴时内心焦灼的形象。

李德裕（一首）

李德裕(787—849)，字文饶，赵郡(今河北省赵县)人，唐穆宗、敬宗、文宗时，历官中书舍人、御史中丞、兵部侍郎、兵部尚书、中书门下平章事，又先后出任郑滑、剑南西川、兴元、淮南等地节度使。武宗朝，以宰相拜太尉，封卫国公。当国六年，勋业炳著。宣宗时，白敏中、令狐绹执政，被谗毁，贬死崖州。

有《会昌一品集》。

登崖州城作

唐宣宗大中二年(848)九月,李德裕由潮州司马再贬为崖州司户,这诗是初到崖州所作。唐代牛、李两党的斗争异常剧烈,李德裕为李党首领,当时牛党当权,挟嫌寻隙,必欲置之死地而后快。他此次远斥南荒,和一般的失意迁谪不同,是决无生还之望的。诗中抒写悲愤心情,极沉郁顿挫之致。崖州故城在今海南琼山县东南二十里。

独上高楼望帝京①,鸟飞犹是半年程②!青山似欲留人住,百匝千遭绕郡城③。

【注释】

① 独上句:《唐语林》卷七补遗:"李卫公在珠崖,郡北亭谓之望阙亭,公登临未尝不北睇悲咽,题诗云(即本诗)。"因知高楼即望阙亭。

② 鸟飞句:极言其远。《旧唐书·地理志》:"(崖州)去京师七千四百六十里。"李白《庐山谣》:"鸟飞不到吴天长。"

③ 青山二句:意谓北归无路,终当死于这群山环绕的荒远之地。唐崖州又称珠崖郡,郡城即州城,东南有琼山、双吉岭,东北有龙发、顺村等岭,北有麒麟、潭龙岭及灵山、苍砣山,西北有永发、雷虎等岭,南有乌盖岭。

【评】 德裕论文重自然、气势、反雕镌新奇(见其《文论》)。故其诗风宽平,与元和时意尚新奇之风不侔。即以此诗与仍属盛唐遗脉的柳宗元的《与浩初上人同看山寄京华亲故》(见前)对读,亦可见柳诗峭刻,李诗平大。

朱庆馀（二首）

朱庆馀（生卒年不详），字可久，越州（今浙江绍兴）人[①]。宝历二年（826）进士，官秘书省校书郎。是张籍所赏识的后辈诗人之一，诗的风格，也和张籍相近似，惟工于绝句、律体，古风不竞。

《全唐诗》录存其诗二卷。

---

① 一说是闽中（今福建省）人。按：朱庆馀有《镜湖西岛言事》，又张籍有《送朱庆馀及第归越》，俱足证朱为越州人，作闽者误。

宫 中 词

这诗描写宫廷生活,从安静的环境里透露出恐惧森冷气氛,揭示了失去自由的宫女们悲惨的内心世界。诗的语言是含蓄的,但其中却隐藏有锐利的锋芒,故结语点破入妙。

寂寂花时闭院门,美人相并立琼轩①。含情欲说宫中事,鹦鹉前头不敢言②。

【注释】

① 琼轩:华美的轩窗。
② 鹦鹉句:鹦鹉能学人言,怕传给别人知道,故云。

【评】 花时而反寂寂,闭锁春光中衬托美人并立,则必分外"含情","含情"则"欲说","欲说"却"不敢言",所惧者,只一能言鸟耳,则种种森严,尽在无言之中,层层曲折,细腻入神。中晚唐之间,宫闱诗中常以微物或正或反衬托主人的情愫,如刘禹锡"行到中庭数花朵,蜻蜓飞上玉搔头"(《春词》)、张祜"斜拔玉钗灯影畔,剔开红焰救飞蛾"(《赠内人》),均是显例。其视王昌龄及其后继者李益之宫闱诗,固有思俊语新与雍容典重之别,而与顾况、王建之流宫词的婉媚,亦复不同。此正反映出中晚唐之交后诗风愈向新巧发展之趋势。

闺意献张水部

《全唐诗话》卷三:"庆馀遇水部郎中张籍,知音。因索庆馀新旧篇二十六章，置之怀袖而推赞之。时人以籍名重，皆缮录讽咏，遂登科。庆馀作《闺意》一篇以献。籍酬之曰：'越女新妆出镜心，……'由是朱之诗名流于海内矣。"唐时士子应试前，往往把所作诗文呈献给当朝有名望的人，希望取得赏识，以抬高身价，作为一种自我宣传的社会活动。一旦成名，登第就有把握。朱庆馀于宝历二年（826）登进士第，张籍任水部员外郎在长庆四年（824）至太和二年（828）之间，诗题一作《近试上张水部》，当是试前所作。诗中描绘一位顾影自怜的新婚少妇的闺房情态，寄意全在言外。这诗和张籍的《节妇吟》（见前选）同一写法。洪迈《容斋五笔》卷四："细味此章，元（原）不谈量女之容貌，而其华艳韶好，体态温柔，风流酝藉，非第一人不足当也。欧阳公所谓'状难写之景，如在目前；含不尽之意，见于言外，然后为工'，斯之谓也。"

洞房昨夜停红烛①，待晓堂前拜舅姑②。妆罢低声问夫婿："画眉深浅入时无③？"

【注释】

① 洞房：本义指深邃的卧室，后来用作新房的专称。停红烛：停放着红烛，意指红烛在燃点着。

② 待晓：等待天明。舅姑：公婆。古礼：婚后第二天，新娘要一早起身，拜见公婆。

③ 入时无：合不合时样。

李　涉（二首）

李涉（生卒年不详），洛阳（今河南省市名）人。自号清溪子。元和中，官太子通事舍人，贬陕州司仓参军。大和中，为太学博士。后以事流南方，浪游桂林一带。其诗语言浅而有致，尤工七绝。

《全唐诗》录存其诗一卷。

竹 枝 词(四首选一)

这诗写巫山巫峡月夜景色之美,词采秀朗,而思致深曲;从昭君溪着笔,见出诗人丰富的联想。

石壁千重树万重,白云斜掩碧芙蓉①。昭君溪上年年月②,偏照婵娟色最浓③。

【注释】

① 碧芙蓉:指巫山十二峰。

② 昭君溪:昭君村附近的溪流。昭君,即汉时著名的美女王嫱。她的故乡在兴山县(今湖北省县名),世称昭君村,其地与巫峡相连(见《太平寰宇记》)。

③婵娟:形态美好。孟郊《婵娟篇》以婵娟状花、竹、月等,此处指巫山十二峰。十二峰素有美人之称,故云。

【评】 月色夙以"清"、"淡"诸字状之,此因月照翠峦,色影特重,故着"浓"字,用俗得奇,贴切传神。

润 州 听 角

这诗借角声哀怨,抒写羁旅乱离之感。诗中把环境季节气氛,眼前所见的景物和强烈的主观感受联系起来,描绘出一幅富有诗意的画图,与前选钱起的《归雁》、李益的《春夜闻笛》用意大略相同。钱诗不迫不露，含蓄入微；李诗善于渲染，俊爽取胜；此则以感慨顿挫出之。风格不同，而各有其妙。唐润州州治在今江苏省镇江市。《宋书·乐志》："角长五尺，形如竹筒，本细，末稍大。……或以竹木，或以皮为之，无定制。按：古军法有吹角也。此器俗名拔逻回，盖胡虏惊军之音，所以书传无之。海内乱离，至侯景围台城，方用之也。"

江城吹角水茫茫，曲引边声怨思长①。惊起暮天沙上雁，海门斜去两三行②。

【注释】

① 江城二句：角是军用乐器，而战争经常发生于边地，故云"曲引边声"。《太平御览》卷五八四引《通礼义纂》："长鸣角也。蚩尤师魍魉，与黄帝战于涿鹿，帝命吹角为龙鸣以御之。魏武帝征乌桓，军士思归，乃减角为中鸣，其声尤悲，以应胡笳。晋、宋以降，沿袭用之。"唐乐中有大角曲。江城，一作"孤城"。曲，一作"风"。边声，一作"胡笳"。思，读去声。

② 海门：海口。此指润州以东遥远的江天。《读史方舆纪要》卷五："扬州之海门为大江入海之口。"

张　祜（三首）

张祜[①]，生贞元初，卒大中三年后，字承吉，南阳（今河南沁阳县）[②]人。元和、长庆间，以诗名重于当时。令狐楚非常赏识他，曾向朝廷推荐，但因元稹从中作梗，没有授官。后客淮南，与杜牧相友善。诗风亦略近杜牧而稍浅切，骨力不逮。杜牧赠诗有"何人得似张公子，千首诗轻万户侯"（《登池州九峰楼寄张祜》）之句，极为推重。晚年爱丹阳曲阿山水，筑室隐居。死于大中年间。

《全唐诗》录存其诗二卷。

---

① 名一作祐。祜和祐字形相近，与字承吉之义也相通。《尧山堂外纪》载有张祜轶事一则，云祜子曾作冬瓜堰官，有人讥其任此漕渠小职，祜解嘲曰："冬瓜合出祜子。"以祜谐瓠音，冬瓜和瓠子都是葫芦科的植物。据此，知作祐者误。

② 一说清河（今河北清河县）人。

宫　　词（三首选一）

《全唐诗话》卷四："（张）祜所作宫词，传入宫禁。武宗疾笃，目孟才人曰：'吾即不讳，尔何为哉？'才人指笙囊泣曰：'请以此缢。'上恻然。复曰：'妾尝艺歌，请对歌一曲，以泄其愤。'上许。乃歌'一声《何满子》'，气亟立殒。"祜曾为此作《孟才人叹》。诗云："偶因歌态咏娇嚬，传唱宫中二十春。却为一声《何满子》，下泉须吊旧才人。"这一悲剧故事，说明了这首小诗所抒写的悲愤之情，深刻地揭示了幽闭深宫的不幸妇女们惨痛的内心世界。张祜的宫词很多，这是代表作。杜牧送他的诗说："可怜'故国三千里'，虚唱歌词满六宫。"（《酬张祜处士见寄长句四韵》）即指此而言。题一作《何满子》。何满子本是人名，后成为歌曲名。白居易《何满子》诗自注："何满子，开元中沧州歌者，临刑进此曲以赎死，竟不得免。"

故国三千里，深宫二十年①。一声《何满子》，双泪落君前。

【注释】

① 故国二句：封建王朝，例向全国各地选采有姿色的妇女，作为妃嫔。一入宫廷，便与家乡永隔，故云。三千里，言路途的遥远。二十年，言时间的久长。故国，故乡。

【评】 "三千里"、"二十年"，逼出"一声"，引落"双泪"。四句用四数量词，却丝毫不见平板，盖以感情深厚之故也。

题金陵渡

这诗写江干夜泊所见的景色。金陵渡，详不可考。寻绎诗意，当指金陵之渡口。今江苏省镇江市，唐时亦称金陵，对面正是瓜州。

金陵津渡小山楼，一宿行人自可愁①。潮落夜江斜月里，两三星火是瓜州②。

【注释】

① 一宿句：陆游《入蜀记》卷一："泊瓜洲，天气澄爽，南望京口……皆至近……然江不可横绝，放舟稍西，乃能达。故渡者皆迟回久之。"故云。可愁：可，加重语气的词，和可怜、可恨的"可"用法同。

② 瓜州：在今江苏省江都县南的江滨。地当运河的口岸，斜对镇江。最初本是长江中沙碛，后来涨成瓜字形，渐渐成为一个村镇。开元以来，是南北交通的要地。宋王安石诗《夜泊瓜州》："京口瓜州一水间。"

【评】 以"愁"字为眼，写舟行夜泊之感，径辙颇类盛唐张继《枫桥夜泊》诗，而笔致较轻爽，见出张祜诗独特风格。"两三星火是瓜州"与"夜半钟声到客船"，一从视觉言，一从听觉言，一从近处向远，一从远处往近处，而均寓愁意于寥远之中，有异曲同工之妙。

听筝

题一作《题宋州田大夫家乐丘家筝》。筝，弦乐器的一种，一称秦筝。最初流行于西北地区。传说是秦时蒙恬所造(见《隋书·音乐志》)。筝的结构,由瑟演变而成。瑟有二十五弦,筝取其半,变为十三弦,声音比瑟更响亮。

十指纤纤玉笋红,雁行轻遏翠弦中[①]。分明似说长城苦,水咽云寒一夜风。

【注释】

① 雁行句:写筝声哀怨。按:唐代教坊曲中有《寒(一作"塞")雁子》(见崔令钦《教坊记》)。又李远《赠筝妓伍卿》亦云:"座客满筵都不语,一行哀雁十三声。"知这里所写,当与弹奏的曲调名有关。雁行轻遏,雁行为之不飞。遏,阻止、停留的意思。

杜　牧（十四首）

杜牧（803—852），字牧之，京兆万年（今陕西西安市）人。宰相杜佑之孙。大和二年（828）进士。为弘文馆校书郎。曾参沈传师江西观察使、宣歙观察使及牛僧孺淮南节度使幕府。历监察御史，膳部、比部及司勋员外郎，黄州、池州、睦州、湖州刺史。官终中书舍人。世称杜樊川。

杜牧工诗、赋及古文，以诗的成就为最高。后人称为"小杜"，以别于杜甫。他的诗中，一部分是描写寄情声色、颓废放浪的生活，但也有不少感慨时事，抒写性情的好作品。尤长七言律诗和绝句，兼融杜甫之骨格，李白之神俊，故骨气豪宕而神采艳逸。往往于拗折峭健之中，见风华掩映之美，艺术上富于独创性。他和李商隐齐名，李赠诗云："刻意伤春又伤别，人间惟有杜司勋。"（《杜司勋》）刘熙载曾说："杜樊川诗雄姿英发，李樊南诗深情绵邈。"（《艺概》卷二）指出两人异曲同工，各有特色。

有《樊川集》。

题宣州开元寺水阁

杜牧于开成三年(838)为宣州团练判官。这诗写开元寺水阁眺望中的景象和感想。题下原注:"阁下宛溪,夹溪居人。"宣州,州治在今安徽宣城县。开元寺,原名永安寺。建于东晋时,唐开元中改名为开元寺。宛溪,发源于宣城东南峄山,流绕城东,至县西北与勾溪合。

六朝文物草连空,天澹云闲今古同①。鸟去鸟来山色里,人歌人哭水声中②。深秋帘幕千家雨,落日楼台一笛风③。惆怅无因见范蠡,参差烟树五湖东④。

【注释】

① 六朝二句:意谓六朝繁华,已成陈迹;而山川风景之美,则今古不殊。

② 人歌句:言阁下宛溪两岸居民就在这水国的环境里世世代代地生活着。《礼记·檀弓下》:"晋献文子成室,晋大夫发焉。张老曰:'美哉轮(高大)焉!美哉奂(众多)焉!歌于斯,哭于斯,聚国族于斯。'"从歌到哭,是人一生由生到死的过程,意指长远地在这新屋里住下去。这里化用其语。

③ 一笛风:风中飘来一缕笛声。见笛声袅袅,风力微微。

④ 惆怅二句:写东望五湖,因追慕范蠡高风,而触动了自己厌倦风尘之感。范蠡,春秋时越国的大夫,佐越王勾践亡吴霸越。功成后,乘扁舟泛五湖而去。五湖,太湖的别名。一说:太湖、滆湖、洮湖、射湖、贵湖的合称。滆湖等四个湖都在太湖附近。

【评】 首联草色际天,天淡云闲,乃今古皆然,二联鸟去鸟来,人歌人哭，是世代变迁；而首联之“六朝文物”又透下变迁意，二联“山色”、“水声”复应上不变意：今古之慨遂浑然交织一体，故三联所见所闻唯明灭缥缈而已。尾联上句由景入情，“惆怅”字承上醒明景中之意，“无因见范蠡”又启下，遂放目更向东南望，更由情入景，复开出一片浩荡无尽景象，意兴已随之而更向远去。全诗以“惆怅”句为关锁，总于江南烟景中寄枨触之感，兴象多端却不繁复沓冗。盖以势作主，故能开合随心，有老杜格局而流丽过之。

早　雁

这是一首托物寓意的诗。武宗会昌二年(842)八月，回纥南侵，大肆掳掠。这时正是北雁南飞的季节。杜牧忧念边地流散的人民，触事兴怀，借以寄慨。因为八月还未到深秋，所以用《早雁》标题。

金河秋半虏弦开[①]，云外惊飞四散哀。仙掌月明孤影过，长门灯暗数声来[②]。须知胡骑纷纷在，岂逐春风一一回[③]？莫厌潇湘少人处，水多菰米岸莓苔[④]。

【注释】

① 金河句：秋天是胡人射雁的季节，这里用以影射发动战争。《汉书·晁错传》颜师古注引苏林曰：“秋气至，胶可析，弓弩可用，匈奴常以为候而出军。”金河，在今内蒙古自治区呼和浩特市南。八月是秋季当中的一个月，故云秋半。

② 仙掌二句：陕西太华山东峰曰仙人掌。又，汉武帝时，未央宫立有承露铜盘，亦曰仙人掌。长门，汉宫名。这里都借指当时的长安一带。

孤影过，数声来，写离散惊飞的悲惨。联系末联，似有暗讽当路者对北边流民漠然置之之意。

③ 须知二句：雁是候鸟，秋日南飞，春季北返。这里说，南飞的雁群，即使春天来了，也不能飞回北方，意指在胡人铁蹄蹂躏之下逃难的人民，已无家可归。

④ 莫厌二句：意谓南方多空旷之地，可以托生。菰(gū)，草本植物，生浅水中，秋季结实，叫做菰米，又名雕胡米。莓(méi)，苔的别名。菰米和莓苔都可作为鸟类的食物。

【评】 惊弦哀飞，发端警绝。二联承哀飞，三联应惊弦，回旋之中道尽流民之哀苦，末联以潇湘收结，满怀同情一寄于凄怨之中。感情博大深沉似老杜《白帝》(白帝城头云出门)之属，而盘礴之势以哀丽之笔出之，又可见牧之特有之韵度。其通首以鸿雁作比兴，似有鉴于老杜《归雁》二首，兹录其二以比较之："欲雪违胡地，先花违楚云。却过清渭影，高起洞庭群。塞北春阳暮，江南日色曛。伤弓流落羽，行断不堪闻。"

商山麻涧

这诗写行经商山麻涧时所见到的农村风景画面。商山，在唐商州上洛县(今陕西省商县)，又名地肺山，或楚山。水壑幽深，是汉初隐士四皓隐居之处。丹水发于秦岭的息邪涧，经麻涧，名麻涧河。《读史方舆纪要》："陕西商州麻涧在熊耳峰下。山涧环抱，厥地宜麻，因名麻涧。"

云光岚彩四面合，柔桑垂柳十馀家。雉飞鹿过芳草远，牛巷鸡埘春日斜[1]。秀眉老父对樽酒[2]，蒨袖女儿簪野花[3]。征车自念尘土计，惆怅溪边书细沙。

【注释】

① 鸡埘：鸡窝的一种。《诗经·王风·君子于役》："鸡栖于埘。"毛传："凿墙而栖曰埘。"

② 秀眉：老人眉有毫毛秀出，是长寿之相。

③ 蒨袖：红袖。蒨，字同"茜"。茜草根黄赤，可作红色染料。

【评】 田园诗，爽利与王维不同。

沈 下 贤

这诗是杜牧任湖州刺史(850)时凭吊沈下贤遗迹所作。沈下贤，名亚之，吴兴(今浙江县名)人。元和十年(815)进士。工诗能文，善作传奇小说，是当时著名的文人之一。

斯人清唱何人和？草径苔芜不可寻[1]！一夕小敷山下梦[2]，水如环佩月如襟[3]。

【注释】

① 斯人二句：上句写沈生前身世的寂寞，下句写他死后遗迹的荒凉。清唱，不同凡俗的歌唱，指沈的诗歌。何人和，意谓少有同调。和，读去声。

② 小敷山：在湖州乌程县西南二十里，沈下贤曾在这里住过。梦：指深沉的怀念。

③ 水如句：因梦中相见，形象飘忽，故云。句意同李贺《苏小小墓》“风为裳，水为珮”。

【评】 沈下贤工传奇，笔致幽渺顽艳。古人凭吊诗常以被吊者笔法为之，故此诗境界缥缈。然而气局仍较宽大，为牧之个性，与李贺《苏小小墓》之鬼气森然者不侔。

闻庆州赵纵使君与党项战中箭而死辄书长句

这是一首追悼战死英雄的诗。诗中因死者守卫疆土、壮烈牺牲的精神，触动自己报国有心、请缨无路的悲哀，以及对当时统治集团文恬武嬉、腐朽荒淫的愤慨，长歌当哭，以喷迸出之，情感表现得异常强烈、沉痛而鲜明。全诗直起直落，毫不受到格律束缚；于自然浑成之中，具有一种不可掩遏的勃郁动人的真气。在律诗中是不可多见的。党项，西羌种族名。唐贞观初，诸部数十万口相次内附，住在松州（今四川省松潘县）一带，后因受到吐蕃的侵逼，移徙庆州（今甘肃省庆阳县）。文宗大和、开成年间，藩镇贪暴，勒索党项，强市其羊马，造成变乱。此后经常侵扰边地，不断发生战争。赵纵生平和他这次死难的战役，详不可考。诗题称之为使君，知是庆州刺史。

将军独乘铁骢马，榆溪战中金仆姑[1]。死绥却是古来有[2]，骁将自惊今日无[3]。青史文章争点笔，朱门歌舞笑捐躯。谁知我亦轻生者，不得君王丈二殳[4]！

【注释】

① 榆溪：即榆林塞，又名榆林山，在今内蒙古自治区鄂尔多斯境黄河北岸。秦将蒙恬累石为城，树榆为塞，因以得名，自秦、汉以来，为西北边防要塞。中：读去声。金仆姑：指箭。《左传》成公九年："公以金仆姑射南宫长万。"杜预注："金仆姑，矢名。"《郯嬛记》："鲁人有仆忽不见，旬日而返。曰：'臣之姑得道，白日上升。昨降于泰山，召臣饮，极欢，不觉旬日。临别赠臣以金矢一乘，曰：此矢不必善射，宛转射人，而后归笮。'试之，果然。因以金仆姑名之。自后鲁之良矢，皆以此名。"

② 死绥：军败时战死。《三国志·魏志·武帝纪》引《司马法》："将军死绥。"绥，退却的意思。

③ 骁将：勇将。

④ 不得句：《诗经·卫风·伯兮》："伯也执殳，为王前驱。"此取其义。殳（shū），古兵器名。毛传："殳，长丈二而无刃。"故云"丈二殳"。

过华清宫（三首选一）

李肇《唐国史补》卷上"杨妃好荔枝"条："杨贵妃生于蜀，好食荔枝。南海所生，尤胜蜀者，故每岁飞驰以进。然方暑而熟，经宿则败，后人皆不知之。"相传玄宗和杨妃在华清宫时，曾有南海贡荔枝之事。袁郊《甘泽谣》："天宝十四载六月一日，贵妃诞辰，驾幸骊山，命小部音声，奏乐长生殿。进新曲，未有名。会南海献荔枝，因名《荔枝香》。"这诗歌咏上述有关的历史事实，旨在揭露统治集团奢侈享乐，剥削和奴役人民的罪恶。措词微婉，但讽刺的意义，显然可见。华清宫，故址在今陕西临潼县南骊山北麓上（参见杜甫《自京赴奉先咏怀五百字》注㉑）。

长安回望绣成堆[1]，山顶千门次第开[2]。一骑红尘妃子笑[3]，无人知是荔枝来。

【注释】

① 绣成堆：指骊山右侧的东绣岭，左侧的西绣岭。《陕西通志》卷八引《名山考》："东绣岭在骊山右，当时林木花卉之盛，类锦绣然，故名。"

② 山顶千门：指重重宫门。千门，宫门。《资治通鉴》卷二四五胡三省注："汉武帝起建章宫，度为千门万户，后世遂谓宫门为千门。"

③ 一骑红尘：马奔驰时蹄下黄土扬起，故云。红尘，旧指京都街道或其近郊路上的尘土。刘禹锡《元和十年自朗州召至京戏赠看花诸君子》："紫陌红尘拂面来。"

【评】　诗用反跌法。"无人"字含蕴特深，山围锦绣，绝顶处宫门重重，次第大开，以迎快马驿传。人必以为有军国大事，其实只缘区区荔枝，以博妃子一笑，此固臣工百姓所未能知者也。牧之诗俊快，与后之吴融《华清宫》二首对读可知区别。吴融承玉溪一脉，其诗云："四郊飞雪暗云端，唯此宫中落旋干。绿树碧檐相掩映，无人知道外边寒。"

江　南　春

这诗以金陵（今江苏南京市）为中心，描写江南雨中春景之美。江南，泛指长江下游，今江苏省南部一带。何文焕《历代诗话考索》："江南方广千里。……此诗之意既广，不得专指一处，故总而命曰《江南春》。"

千里莺啼绿映红，水村山郭酒旗风。南朝四百八十寺，多少楼台烟雨中[①]。

【注释】

① 南朝二句：南朝帝王及贵族多好佛，盛造寺庙，建康（即今南京）尤多。金碧庄严的建筑物点缀了江南都市的风光，特别在烟雨中，风景尤为美丽，故云。至于佛寺的数目，梁时郭祖深就曾有“都下佛寺五百馀所”的话，后来当然陆续还有添建。这里的四百八十，可能是就唐时所存留下来的约数而说的。

【评】 一、二是纵深景，三、四是广袤景，一、二设色明丽，三、四淡墨铺烟；一、二是实写当今民俗，三、四借佛寺启怀古幽想。纵深、明晦、虚实，相辉相映，江南之春为他画尽，而画外更有不尽情韵。

寄扬州韩绰判官

韩绰，生平事迹不详。判官，指他当时在淮南节度使府所担任的职务。杜牧于大和七年（833）在扬州，为节度使府掌书记，这诗当是离开扬州不久时所作。

青山隐隐水迢迢，秋尽江南草木凋[①]。二十四桥明月夜，玉人何处教吹箫[②]？

【注释】

① 草木凋：一作草未凋。

② 二十四桥二句：询问韩别后的赏心乐事，表示深切向往之情。沈括《补笔谈》卷三："扬州在唐时最为富盛，旧城南北十五里一百一十步，东西七里十三步，可纪者有二十四桥：最西浊河茶园桥，次东大明桥，入水西门有九曲桥，次东正当帅牙南门有下马桥，又东作坊桥，桥东河转向南有洗马桥，次南桥，又南阿师桥、周家桥、小市桥、广济桥、新桥、开明桥、顾家桥、通泗桥、太平桥、利园桥，出南水门有万岁桥、青园桥，自驿桥北河流东出，有参佐桥，次东水门东出有山光桥。又自衙门下马桥直南有北三桥、中三桥、南三桥，号九桥，不通船，不在二十四桥之数，皆在今州城西门之外。"玉人，义同美人，这里指扬州的歌妓。玉，一作"美"。

【评】 江南秋老，因念故人，然山重水阻，故悬为设想：红桥夜月、玉人洞箫，更以"二十四"下应"何处"，轻轻一问，遂于清远之景，恍惚之词中见出神思追随之情。又起句不从"秋尽"始，却以山水阻绝总提，非但避免笔势平弱，且以"隐隐"、"迢迢"遥领结末悬拟之景，便见首尾浑然，通体空灵。

泊　秦　淮

秦淮，河名。发源于江苏溧水县东北，西流经金陵城（今南京市）入长江。河道是秦时所开，凿钟山以疏淮水，故名秦淮。金陵为六朝旧都，一向是歌管笙箫之地。这诗写客中偶感，妙在即事寓意，使人憬然深思，从繁华欢娱的现实中清醒过来，而重温历史上因荒淫享乐而招致亡国惨祸的教训。

烟笼寒水月笼沙，夜泊秦淮近酒家。商女不知亡国恨，隔江犹唱后庭花①。

【注释】

① 商女二句：商女，指以歌唱为生的乐妓。江，指秦淮河。长江以南，无论水的大小，口语都称为江（见孔颖达《尚书正义·禹贡》“九江孔殷”条注）。秦淮河横贯金陵城，沿河两岸酒家林立。乐妓在酒店替客人唱歌侑觞，从船中听去，故云“隔江”。后庭花，《玉树后庭花》的简称。陈后主在金陵时，荒于声色，作《玉树后庭花》舞曲。终朝与狎客、妃嫔们饮酒作乐，不理政事，终至亡国。《隋书·五行志》：“祯明（587—589）初，后主作新歌，词甚哀怨，令后宫美人习而歌之。其词曰：‘玉树后庭花，花开不复久。’时人以为歌谶。此其不久兆也。”《旧唐书·音乐志一》：“前代兴亡，实由于乐。陈将亡也，为《玉树后庭花》，……行路闻之，莫不悲泣，所谓亡国之音也。”

山　行

远上寒山石径斜，白云生处有人家①。停车坐爱枫林晚②，霜叶红于二月花。

【注释】

① 白云生处：指山林的最深处。生，一作“深”。

② 停车句：意谓因爱枫林晚景而停车观赏。坐，因。

【评】　以寒山白云映衬一抹红枫，于泬寥秋气中见出盎然春意、蓬勃生机。“停车坐爱”更能融情入景，气韵并茂。《升庵诗话》所谓“豪而艳，丽而宕”者也。

题 村 舍

这诗描绘了农村生活画面的一个片段，表现了作者对挣扎在饥饿线上的穷苦农民的深厚同情。

三树稚桑春未到①，扶床乳女午啼饥。潜销暗铄归何处②？万指侯家自不知③！

【注释】

① 稚桑：柔嫩的桑树。春未到：还没有到春末蚕桑的季节，是一年中农民生活最困难的时候。

② 潜销句：意谓农民的一生，就是在这样贫困的折磨中不声不响地度过。潜销暗铄，指贫困折磨。铄(shuò)，销金。

③ 万指侯家：即有一千个奴婢的侯家。古代计算奴隶人数以手指为标志，也如计算牲畜的数目以头为标志一样，一万个手指，就是一千个人。

金 谷 园

这是一首凭吊古迹的诗，咏绿珠殉情事。金谷园，西晋石崇的私人花园，在洛阳附近。《晋书·石崇传》：崇有妓曰绿珠，美而艳，善吹笛。孙秀使人求之。崇尽出其婢妾数十人以示之，曰："任所择。"使者曰："本受命指索绿珠，不识孰是。"崇勃然曰："绿珠吾所爱，不可得也。"使者出而又返，崇竟不许。秀怒，而劝(赵王伦)诛崇。秀矫诏收崇。崇谓绿珠曰："我今为尔得罪。"绿珠泣曰："当效死于官前。"因自投于楼下而死。

繁华事散逐香尘①，流水无情草自春②。日暮东风怨啼鸟，落花犹似坠楼人③。

【注释】

① 繁华句：意谓金谷园中种种繁华旧事都随着香尘而俱散。香尘，石崇为了提高乐妓舞蹈的技巧，命用沉香屑铺在象牙床上，命乐妓在上面践踏，步轻无迹的赏以珍珠。这里举此以概种种繁华事。

② 流水句：流水，指金谷水。水自新安、洛阳东南流经这园，注入瀍河。句意颇类杜甫《哀江头》"清渭东流剑阁深，去住彼此无消息"。

③ 坠楼人：指绿珠。金谷园中有清凉台，据说绿珠就是从这个台上跳楼自杀的。杨衒之《洛阳伽蓝记》卷一："昭仪寺有池……后隐士赵逸云：'此地是晋侍中石崇家池，池南有绿珠楼。'"杜牧《题桃花夫人庙》诗有句"可怜金谷坠楼人"，可为此句作注。

【评】　此诗寓意颇曲而全由景物中暗暗透出。繁华事散，未足惋叹，故云"流水无情草自春"。绿珠殉情，事实可哀，故云"落花犹似坠楼人"。二句"无情"，"自春"与三句"怨"字由无情转入有情，仍从景物上自然过渡，笔法婉曲，情韵哀婉。唐末复古派诗人于濆有《金谷感怀》诗云："黄金骄石崇，与晋争国力。更欲住人间，一日买不得。行为忠信主，身是文章宅。四者俱不闻，空传堕楼客。"取材与牧之此诗同而立意、取象、笔法均质直，对读可见小杜"气俊思活"之特点。

赤　　壁

赤壁，即赤壁山，在今湖北蒲圻县长江南岸，北临大江，对岸即乌林，汉末周瑜破曹操处。这诗是杜牧官黄州（州治在今湖北省黄冈县）刺史时（842—844）所作。黄州城外有赤壁，但并非三国时孙、曹大战的赤壁，诗人不过借相同的地名，寓吊古之意，来抒写自己的感慨而已。宋代的苏轼在黄州时作《赤壁赋》和《念奴娇》（赤壁怀古）词，也正是这个情况。杜牧好谈兵，怀抱着用世之心，但始终郁郁不得志。诗中结尾二句对周瑜的嘲讽，亦即阮籍登广武，观楚、汉战场遗迹所慨叹的“时无英雄，使竖子成名”（见《晋书》本传）之意。用笔锋利无比，英气逼人，最能见出杜牧绝句的特色。

折戟沉沙铁未销，自将磨洗认前朝①。东风不与周郎便，铜雀春深锁二乔②。

【注释】

① 将：拿起。认前朝：认识到是前朝的遗物。因遗物而联想到当时战争的情况，所以下面说出自己对这一战役的看法。

② 东风二句：这两句是慨叹于周瑜的侥幸成功。意谓假如不是东南风给了他的便利，则战争不一定能够取得胜利，说不定连二乔都要成为铜雀台中的俘虏。周郎，指周瑜。《三国志·吴志·周瑜传》：“瑜时年二十四，吴中皆呼为周郎。”东风，指赤壁火攻事。汉献帝建安十三年（208），曹操进攻东吴。因为北方士兵不习惯于江面作战，用铁链把船舰联在一起，首尾结成一个整体，使不至摇晃动荡。周瑜用部将黄盖计，以轻便战船几十艘，载着满灌油脂的干柴，外盖帷幕，诈称投降。等到接近敌人兵船时，冷不防地放起火来。恰巧这天东南风大起，向

西北延烧，曹兵大败。事见《周瑜传》及裴松之注引《江表传》。铜雀，台名，在邺城（今河北临漳县），曹操所建。上有楼，楼顶立有一丈五尺高的大铜雀，故名。曹操的姬妾歌妓都住在台中，是他私人暮年享乐之处。二乔，乔家两姊妹，东吴著名的美女，称为大、小乔。大乔是孙策的妻子，小乔是周瑜的妻子。

【评】 杜牧咏史诗，好翻前人议论，不落窠臼；而形象生动，流丽俊爽，又不落言诠。所谓"内怀经济之略，外骋豪宕之才"者也（吴锡麒《杜樊川集注序》）。此诗由沉沙之折戟一点生发，二句"磨洗"承上，"认前朝"启下，发为魏吴相争之一段大议论。又不正面说破，只借二乔可能入魏，隐指吴国可能败亡，便觉委婉动人。《四库提要》所谓"此诗人不欲质言，故变其词耳"。至其立论是否允当，历来评家多有微议。我们以为牧之此论与晚唐之世藩镇跋扈，牧之有志于统一之整体思想有关。中唐戴叔伦，当北有安史之乱，南有刘展之变时，有《京口怀古》诗云"三方归汉鼎，一水限吴州。霸国今何在，清泉自长流"，似正可为牧之所论作注。

郑瓘协律

郑瓘生平不详。从诗中所写，知是一位多才多艺，落拓失意的文士。这诗用寥寥四句，把郑的才情风度、政治遭遇和生活情趣概括无遗；而其中贯注着作者对他的无限同情，给人以生动而饱满的艺术形象的感受。翁方纲曾极度赞赏杜牧这类小诗的"笔力回斡处"，认为"开、宝以后百馀年无人能道"（见《石洲诗话》）。协律，官名，属太常寺，正八品。

广文遗韵留樗散[①]，鸡犬图书共一船[②]。自说江湖不归事，阻风中酒过年年[③]。

【注释】

① 广文句：意谓郑瓘在文学艺术方面，有郑虔的遗风；而仕宦之不得意，也和郑虔相似。郑虔，唐玄宗时人，曾官广文馆博士。工诗歌、书法和绘画，玄宗曾称之为“三绝”。肃宗时，因事贬台州司户。杜甫《送郑十八虔贬台州司户》诗云：“郑公樗散鬓成丝，酒后常称老画师。”樗(chū)，即臭椿树。散，无用的木材。樗散，以樗树的无用，比喻人在政治上不能发挥作用，为朝廷所遗弃。《庄子·逍遥游》：“吾有大树，人谓之樗。其大本拥肿而不中绳墨，其小枝卷曲而不中规矩；立之途，匠者不顾。”又《人间世》：“匠石之齐，至乎曲辕，见栎社树。……曰：‘已矣，勿复言之矣！散木也。以为舟则沈，以为棺椁则速腐，以为器则速毁，以为门户则液樠，以为柱则蠹。是不材之木也，无所可用。’”

② 鸡犬句：言郑飘荡江湖，以船为家。鸡和犬是人家经常饲养的禽畜，郑是文士，故鸡犬之外，复有图书。《列仙传》记淮南王刘安得道升天，鸡犬与俱。此用鸡犬暗含郑瓘萧散有仙风道骨之意。

③ 中酒：为酒所中，即喝醉了酒。中，读去声。

【评】 一、二言郑安贫乐道，三、四写其随缘而安。“一船”、“江湖”连络上下。全诗更以“樗散”总领，又暗寓奇倔不平之气，是所谓“笔力回斡处”。

许　浑（二首）

许浑（生卒年不详），字用晦（一作“仲晦”），润州丹阳（今江苏丹阳）人。大和六年（832）进士。任当涂、太平县令，润州司马。拜监察御史，历虞部员外郎，睦、郢二州刺史。

他和杜牧、李商隐同时，擅长近体诗，颇负盛名。其诗工稳丽密，在字句格律方面，有其独到之处。但才气不高，韵度不足，内容也很贫乏，大多数的作品，不免彼此雷同，落入俗套。和杜、李是不可相提并论的。

著有《丁卯集》。

秋日赴阙题潼关驿楼

《唐才子传》载：许浑任太平县令，因病免官。久之，起为润州司马。这诗当是赴润州前，入长安选官时所作。诗写山川形势，意境雄浑开阔，是《丁卯集》中不可多得的好诗。赴阙，犹言进京。阙，宫门前的望楼，指代京城。潼关，在今陕西省潼关县（参看杜甫《潼关吏》题下注）。

红叶晚萧萧，长亭酒一瓢①。残云归太华②，疏雨过中条③。树色随山迥④，河声入海遥。帝乡明日到⑤，犹自梦渔樵⑥。

【注释】

① 长亭：即驿亭。唐时三十里一驿，驿有亭，供行人休息。
② 太华：即华山。因山的西南有少华，所以称为太华。华，读去声。
③ 中条：中条山。在今山西永济县。山形狭长，位于太行和华山的当中，故名。
④ 山：一作“关”。
⑤ 帝乡：皇帝的所在地，即京城。
⑥ 梦渔樵：意指留恋故乡的隐居生活。

咸阳城西楼晚眺

咸阳故城在今西安市西北。题一作《咸阳城东楼》。

一上高楼万里愁，蒹葭杨柳似汀洲①。溪云初起日沉阁，山雨欲来风满楼②。鸟下绿芜秦苑夕，蝉鸣黄叶汉宫秋③。行人莫问当年事④，故国东来渭水流⑤。

【注释】

① 一上二句：总领全诗，点题登楼，“愁”为诗眼。《诗·蒹葭》“蒹葭苍苍，白露为霜”；《诗·采薇》“昔我往兮，杨柳依依”：二句均含愁思。此化用之，以渲染“愁”意。

② 溪云二句：溪云句下旧注：“南近蟠溪，西对慈福寺阁。”山，咸阳之北为九嵏(zōng)山。二句近望城西楼周遭即目景色，仍由“愁”眼看出。

③ 鸟下二句：意谓秦、汉遗迹，已经成为一片丘墟。《太平寰宇记》：“(长安)隔渭水对秦咸阳宫，汉于其地筑未央宫。”芜，草地。二句远望，由今及古，继续生发，依然“愁”意。

④ 当年：一作“前朝”。

⑤ 故国句：意谓这座古城的面貌，一切都变了；所不变者，唯有渭水东流而已。咸阳在渭水之北。句一作“渭水寒声昼夜流”。“当年”承上“秦苑”、“汉宫”，二句总收，结出“愁”怀根因。

【评】 这诗写晚眺中的情景。前半篇描绘山雨欲来，云飞风起，笔力挺拔劲健，有“状难写之景如在目前”之妙。后半抒今昔兴废之感，无甚新意。许浑七言律诗，在通篇平仄声调和谐之中，颔联往往拗第三第五两字，于平整中微见跌宕，成为拗律格式中的一种，后称许丁卯句法。此诗即其一例。

李商隐（十九首）

李商隐(812—858?)，字义山，号玉溪生，怀州河内(今河南省沁阳县)人。开成二年(837)进士，授秘书省校书郎，补弘农尉。当时牛、李党争剧烈，他被卷入漩涡，在政治上受到排挤，一生困顿失意。曾依桂管观察使郑亚及京兆尹卢弘正。柳仲郢为东川、剑南节度使，辟为判官，检校工部员外郎。后死于荥阳。

李商隐和杜牧齐名，是晚唐重要诗人之一。他的诗，多抒写时代乱离的感慨，个人失意的心情，其中有不少借古讽今的咏史诗和缠绵深挚的爱情诗；直接反映人民生活的题材虽不多，也间有优秀之作。但由于时代骚乱，遭遇坎坷，诗中往往流露浓厚的消极感伤情绪。他在诗歌艺术上，善于广泛地从多方面学习前人，形成自己的一种独特风格。构思缜密，想象丰富，语言美艳，韵调和谐。包蕴丰富而表达特含蓄。各体之中，尤以七言律、绝为擅长。惟部分作品，过于讲究词藻，多用典故，不免流于晦涩，其末流遂演为宋代西昆一派，产生了不良的影响。

有《李义山诗集》。后代注本，以清人冯浩的《玉溪生诗笺注》较为详备。

富平少侯

这诗作于宝历年间，是讽刺唐敬宗李湛的。富平侯本为汉代贵族张安世家世袭的封爵。汉成帝刘骜好微服私行，每自称富平侯家人。唐敬宗早年嗣位，荒淫佚乐，不理朝政。题作《富平少侯》，乃故为闪烁之词，以相影射。李商隐集中以咏史标题的诗有两类：一是陈古事以资鉴戒；一是借古题以讽现实，不拘泥于史实的本身。本篇属于后者。诗中铺叙统治者腐朽豪奢的生活，首联把整个时局安危系在这人身上，知所指非一般贵族，而诗人感慨之意自明。

七国三边未到忧，十三身袭富平侯①。不收金弹抛林外②，却惜银床在井头③。彩树转灯珠错落，绣檀回枕玉雕锼④。当关不报侵晨客，新得佳人字莫愁⑤。

【注释】

① 七国二句：唐敬宗时，国内有藩镇割据，边地又不断与回纥、吐蕃和党项发生纠纷。这里说他小小年纪就做了皇帝，只知腐化享乐，全不忧虑国家大事。汉景帝刘启时，吴、楚、赵、济南、淄川、胶西、胶东七国联合背叛朝廷，史称“七国之乱”。又，汉代以幽、并、凉三州（今河北、山西、甘肃等省北部地区）为三边，是边防要地，匈奴常由此入侵。此以七国和三边檃括当时的内忧外患。未到忧，没有引起忧虑。按：唐敬宗十六岁袭位，这里说十三，不表确数。唐人诗中，形容年轻，惯用十三。例如白居易《琵琶行》的“十三学得琵琶成”，杜牧《赠别》的“娉娉袅袅十三馀”，不一定都是实指。

② 不收句：言不收回抛在林外的金弹。《西京杂记》卷四：“韩嫣好弹，常

以金为丸，所失者日有十馀，长安为之语曰：‘苦饥寒，逐金丸。’儿童每闻嫣出弹，辄随之；望丸之所落，辄逐焉。”

③ 却惜句：乐府《晋拂舞歌·淮南王》：“后园凿井银作床，金瓶素绠汲寒浆。”床，井床，即辘轳架。井床放在井旁，上装辘轳，用以汲水。却惜，犹言转惜。

④ 彩树二句：写园林夜景的深幽，室中卧具的华美。彩树转灯，以彩缠树，上缀圆形转动的灯。珠，指挂在灯下用珍珠串成的流苏缨络。错落，彼此间杂，互相辉映的意思。班固《西都赋》：“随侯明月，错落其间。”一说：转灯，谓灯影回环照映，四望如一。珠，形容灯光的晶莹。绣檀回枕，用檀木制成回曲形状的枕。绣，形容制作精细。玉雕锼（sōu），用雕锼的玉镶嵌为饰。锼，刻镂。

⑤ 当关二句：言沉湎女色，荒废政事。即白居易《长恨歌》所云“从此君王不早朝”的意思。据苏鹗《杜阳杂编》载：宝历时，浙江贡舞女飞鸾、轻凤二人，为敬宗所宠爱。此当影射其事。当关，当关者，掌管门禁的人。报，通报。侵晨客，冒早来见的客人。莫愁，古美女名（参看沈佺期《独不见》注①）。字莫愁，犹言名莫愁。按：莫愁在古典诗词中多作为美女的泛称，这里虽是虚拟，但作者之所以选用这一词语，非仅为了趁韵，而是另有所取义。北齐后主高纬荒淫无道，民间号之为“无愁天子”。说“佳人字莫愁”，亦即表示天子无愁，与首句的“未到忧”遥相照应，见讥讽之意。字，一作“是”。

【评】 何焯云李商隐“顿挫曲折”，“七言出于杜工部”（《义门读书记》）；朱长孺云义山“盖得子美之深而变化出之”（笺本序）。读义山诗当由此二评窥入。盖义山诗富丽精工，有取于齐梁，而寓意深闳，顿挫曲折，正直探杜诗精微，所谓能“变化出之”而自成一格者也。此诗以“七国三边”喝起，“未到忧”，由客入主，顺势落到二句富平侯主体。起联即有高屋建瓴之势，夭矫腾挪之态。“未到忧”是诗眼。以下均由此生发。二联写昼游，“不收”句正言其奢，“却惜”句侧写其戆。三联从上昼游而入夜乐，由“转灯”而“回枕”，直透末联之“侵晨”，则由夜而复晨矣。结“字莫愁”三字，用典入神，遥应首句“未到忧”，然而“七国三边”，纷纷扰扰，其果能“莫愁”乎？全诗立意之微婉而含讽，章法之缜密而盘旋，正由老杜处来。至其句法，如“不收”二句之倒装，“转灯”以对“回枕”之精工，均寓变化于缜密，亦深得老杜神理。唯气势未及杜之壮大，则非唯因国步日蹙，亦为禀性有异，故参以齐梁风调，变化出之以争胜于前人。后宋初西昆一派学义山诗，虽间有佳什，而大多于琢句工、俪对切、声调谐、用典密，从设色藻绘着眼，却未能探其思之深、骨之劲、势之回旋、格之浑成，故舍本而逐末，遂与杜甫精神相背矣。由此末流，更可见义山诗精审所在。齐梁衣饰建安骨，读以下所录义山七律，当具此只眼。

行次西郊作一百韵

这诗作于文宗开成二年(837)十二月。这年秋冬之交，李商隐到兴元(今陕西省汉中市)去问候兴元尹、山南西道节度使令狐楚的病。令狐楚死于十一月，他在十二月中回到长安。这是途中纪述见闻、抒写感慨的一首长诗。诗中反映甘露事变后长安附近农村破落荒凉、人民生活痛苦的情况，历史地阐述了唐朝自开元以来政治、经济一系列的重大变化，从今昔的鲜明对比中抒写伤乱忧时之感。作者认为国运的兴衰，“系人不系天”，有其进步意义；但他把封建王朝的没落，阶级的和民族的以及统治阶级内部的矛盾的发展变化，归结为行政用人的不当，则显然是只看到一些社会现象，而没有接触到问题的实质。诗的语言朴质自然，绝去雕饰；其沉郁厚重处，本于汉、魏乐府古诗及杜甫《自京赴奉先咏怀》、《北征》诸作，表现了李商隐诗歌风格的另一个方面。

蛇年建丑月[1]，我自梁还秦[2]。南下大散岭[3]，北济渭之滨。草木半舒坼，不类冰雪晨；又若夏苦热，燋卷无芳津[4]。高田长槲枥，下田长荆榛[5]。农具弃道旁，饥牛死空墩。依依过村落[6]，十室无一存。存者背面啼[7]，无衣可迎宾。始若畏人问，及门还具陈[8]："右辅田畴薄[9]，斯民常苦贫。伊昔称乐土[10]，所赖牧伯仁[11]。官清若冰玉，吏善如六亲[12]。生儿不远征，生女事四邻[13]。浊酒盈瓦缶[14]，烂谷堆荆囷[15]。健儿庇旁妇[16]，衰翁舐童孙[17]。况自贞观后，命官多儒臣。例以贤牧伯，征入司陶钧[18]。降及开元中，奸邪挠经纶[19]。晋公忌此事[20]，多录边将勋。因令猛毅辈[21]，杂牧升平民[22]。中原遂多故，除授非至尊[23]。或出倖臣辈[24]，或由帝戚恩。中原困屠解[25]，奴隶厌肥豚[26]。皇子弃不乳[27]，椒房抱羌浑[28]。重赐竭中国[29]，强兵临北边。控弦二十万[30]，长臂皆如猿[31]。皇都三千里[32]，来往同雕鸢[33]。五里一换马，十里一开筵[34]。指顾动白日，暖热回苍旻[35]。公卿辱嘲叱，唾弃如粪丸[36]。大朝会万方[37]，天子正临轩[38]。彩旗转初旭[39]，玉座当祥烟[40]。金障既特设，珠帘亦高褰[41]。捋须蹇不顾[42]，坐在御榻前。忤者死跟履[43]，附之升顶颠[44]。华侈矜递衒[45]，豪俊相并吞[46]。因失生惠养，渐见征求频[47]。奚寇东北来[48]，挥霍如天翻[49]。是时正忘战[50]，重兵多在边[51]。列城绕长河，平明插旗旛[52]。但闻虏骑入，不见汉兵屯[53]。大妇抱儿哭，小妇攀车辐[54]。生小太平年[55]，不识夜闭门。少壮尽点行，疲老守空村。生分作死誓[56]，挥泪连秋云。廷臣例獐怯[57]，诸将如羸奔[58]。为贼扫上阳[59]，捉人送潼关[60]。玉辇望南斗[61]，未知何日旋。诚知开辟久，遘此云雷屯[62]。逆者问鼎大[63]，存者要高官[64]。抢攘互间谍[65]，孰辨枭与鸾[66]。千马无返辔，万车无还辕。城空鼠雀死，人去豺狼喧。南资竭吴越，西费失河源[67]。因令右藏库，摧毁惟空垣[68]。如人当一身，有左无右边。筋体半痿痹，肘腋生臊膻[69]。列圣蒙此耻[70]，含怀不能宣[71]。谋臣拱手立，相戒无敢先[72]。万国困杼轴[73]，内库无金钱。健儿立霜雪[74]，腹歉衣裳单[75]。馈饷多过时[76]，高估铜与铅[77]。山东望河北，爨烟犹相联。朝廷不暇给，辛苦无半年[78]。行人榷行资[79]，居者税屋椽[80]。中间遂作梗，狼籍用戈铤[81]。临门送节制[82]，以锡通天班[83]。破者以族灭[84]，存者尚迁延[85]。礼数异君父[86]，羁縻如羌零[87]。直求输赤诚[88]？所望大体全[89]。巍巍政事堂[90]，宰相厌八珍[91]。敢问下执事[92]，今谁掌其权？疮疽几十载[93]，不敢抉其根[94]：国蹙赋更重，人稀役弥繁[95]。近年牛医儿[96]，城社更攀缘[97]。盲目把大旆，处此京西藩[98]。乐祸忘怨敌[99]，树党多狂狷[100]。生为人所惮，死非人所怜[101]。快刀断其头，列若猪牛悬[102]。凤翔三百里[103]，兵马如黄巾[104]。夜半军牒来[105]，屯兵万五千[106]。乡里骇供亿，老少相扳牵[107]。儿孙生未孩[108]，弃之无惨颜。不复议所适，但欲死山间[109]。尔来又三岁[110]，甘泽不及春[111]。盗贼亭午起[112]，问谁多穷民。节使杀亭吏，捕之恐无因[113]。咫尺不相见，旱久多黄尘。官健腰佩弓[114]，自言为官巡[115]。常恐值荒迥[116]，此辈还射人[117]。愧客问本末，愿客无因循[118]。郿坞抵陈仓[119],此地忌黄昏[120]。”我听此言罢,冤愤如相焚。昔闻举一会,群盗为之奔[121];又闻理与乱[122],系人不系天[123]。我愿为此事,君前剖心肝[124]。叩头出鲜血[125],滂沱污紫宸[126]。九重黯已隔[127],涕泗空沾唇。使典作尚书[128],厮养为将军[129]。慎勿道此言,此言未忍闻[130]!

【注释】

① 蛇年:这年的纪年干支是丁巳,巳属蛇。建丑月:十二月。

② 梁:即兴元府(今陕西汉中市),唐时是梁州州治。秦:指长安。

③ 下:出。大散岭:在今陕西宝鸡县西南。岭上有关,名大散关。岭:一作“关”。

④ 草木四句:写深冬久旱的景象。因为历久不雨,草木的皮层多已干枯开裂,憔悴得好像被炎夏的太阳晒焦似的。坼(chè),裂。燋(jiāo)卷,因枯槁而卷缩。芳津,新鲜的液汁。

⑤ 高田二句:意谓无论山地或平原,都是一片荒芜。枥,同“栎”。檞,一作“槲”。

⑥ 依依:本义是眷恋不舍,这里用以形容感时伤乱的惆怅心情。

⑦ 背面啼:面背着客人啼哭,因为无衣的缘故。背,一作“皆”。

⑧ 及门:到了他的家里。具陈:一一诉说。这句以下是村民的话。以上第一大段,写作者由兴元回长安沿途所见残破景象。　此句以上四句是过渡,以下转入“存者”诉述。

⑨ 右辅:京城附近地区称为辅,取其辅卫京城的意思。汉以京兆、左冯翊、右扶风为三辅,右辅,即右扶风故地,指长安以西一带。　此句至后“此地忌黄昏”为第二大段。记“存者”之诉述。其中又可分六个层次。

⑩ 伊:发语词。乐土:《诗经·魏风·硕鼠》:“逝将去女,适彼乐土。”

⑪ 牧伯:指地方的最高行政长官,如府尹、观察使之类。下句的“官”,指一般的地方官,如县令之类。

⑫ 六亲：诸说不同，一般指诸父、诸舅、兄弟、姑姊、婚媾（重婚曰媾）、姻娅（两婿相谓曰娅）六种最亲近的血缘和婚姻关系。

⑬ 事四邻：嫁给邻舍。事，侍奉。封建社会认为女子出嫁后应该侍奉丈夫，故称嫁为事。

⑭ 浊酒：农村自酿没有漉过的酒。瓦缶（fǒu）：瓦制的酒器。

⑮ 烂谷：陈年的谷。荆囷（qūn）：用荆树条编扎成的圆仓。

⑯ 健儿：健壮的男子。庇：这里是养活的意思。旁妇：指妾或外妇。古人以一夫多妻为富裕表现。

⑰ 舐（shì）：用舌抹物。原义指老牛舐小牛，是一种爱的表现。《后汉书·杨彪传》："犹怀老牛舐犊之爱。"

⑱ 征入：内调入京。司陶钧：指担任宰相。钧，制陶器的模子。钧形下圆，旋转成陶器，叫陶钧。宰相辅佐皇帝，执掌朝政，治理国家，故以作比。　以上十二句第二段第一层次。言唐前期升平景象，是因宰相英明。

⑲ 挠经纶：紊乱了朝政。清理丝绪，加以排列，叫做经。把同类的丝组合在一起，叫做纶。经纶，喻政治上的规划。挠，乱的意思。

⑳ 晋公：指李林甫。他于开元二十五年（737）封晋国公。此事：即上文所说贤明的地方官内调为宰相事。

㉑ 猛毅辈：指性情横暴的边将们。

㉒ 杂牧句：意谓边将混杂在儒臣之中，担任地方行政长官。牧，治理。升平民，太平时代的人民。

㉓ 除授：除官授职。这里专指地方官的任命。非至尊：不由皇帝。

㉔ 倖臣：皇帝所宠幸的近臣。倖，一作"幸"。

㉕ 屠解：屠杀，肢解。意指残害人民。

㉖ 奴隶：指地方长官的左右人员。厌：同"餍"，饱足的意思。豚：乳猪。

㉗ 皇子句：指李林甫谗害太子李瑛、鄂王李瑶、光王李琚事。《通鉴》卷二一四记载：玄宗宠武惠妃，欲废太子、鄂王、光王，赖宰相张九龄等力争乃止。开元二十五年（737），驸马都尉杨洄诬告太子及二王谋反，玄宗问李林甫，林甫迎合皇帝和武惠妃旨意，对曰："此陛下家事，非臣

等所宜豫。”玄宗乃决意赐瑛、瑶、琚三人死。当时人民都为他们感到冤屈。养育幼孩叫做乳,这里的不乳是泛用。

㉘ 椒房句：指杨贵妃洗儿事。《禄山事迹》:“禄山生日后三日,明皇召入内。贵妃以锦绣绷缚禄山,令内人以彩舆舁之,欢呼动地,云贵妃与禄儿做三日洗儿,帝就观大悦,因赐洗儿金银钱物,自是宫中皆呼禄山为禄儿,不禁出入。”汉未央宫有椒房,以椒和泥涂壁,后世遂用作后妃所居宫殿的通称。羌浑,对外族的泛称,此指安禄山。因安禄山是营州杂胡。

㉙ 中国：中原。

㉚ 控弦句：安禄山所辖范阳、平卢、河东三镇,共有驻军十八万三千,又养同罗、奚契丹降卒八千多人,合计十九万多人。此举其成数。控弦,拉弓的战士。

㉛ 长臂如猿：猿的手臂最长,人臂长则善射。语本《史记·李将军列传》。

㉜ 皇都句：长安东北距安禄山驻地范阳(今北京市大兴区)二千五百多里,泛称三千里。

㉝ 雕、鸢(yuān)：鹫鸟和鹞鹰,都属猛禽类。

㉞ 五里二句：安禄山身体肥重,每次由范阳赴长安,途中须时常换马。凡换马之处,都筑有台,称为“大夫换马台”。停歇之处,皆赐御膳,水陆毕备,穷极奢华(见《安禄山事迹》)。

㉟ 指顾二句：谓安禄山声势烜赫,炙手可热,连自然现象都在回旋指顾之中。苍旻(mín),指天。《尔雅·释天》:“春为苍天,秋为旻天。”

㊱ 粪丸：《尔雅·释虫》疏:“蛣蜣一名蛣螂,黑甲,翅在甲下,啖粪土,喜取粪作丸而转之。”

㊲ 大朝：举行隆重的朝仪。万方：犹言万国。

㊳ 临轩：《汉书·史丹传》:“天子自临轩槛上。”此指皇帝接见群臣。

㊴ 初旭：初升的太阳。转：光彩转动。

㊵ 祥烟：皇帝临朝时,御座前的铜炉燃烧香料,烟雾缭绕。

㊶ 金障二句：《旧唐书·安禄山传》:“上御勤政殿,于御座东为设一大金

鸡障,前置一榻,(禄山)坐之,卷去其帘。”障,屏风。褰(qiān),卷起。

㊷ 捋须句:意谓骄横无状,连皇帝也不放在眼里。捋,抚摩。蹇(jiǎn),骄傲。

㊸ 死跟屦(jù):犹言死于践踏之下。跟,脚后踵。屦,义同履。跟屦,一作“艰履”。“艰”,“跟”,古字通。

㊹ 顶颠:头部,借指最高的位置。

㊺ 华侈句:意谓统治集团华侈之事,层出不穷,并以之互相矜夸衒(xuán)耀。

㊻ 豪俊句:指统治集团内部斗争,如安禄山和杨国忠互相倾轧之类的事。

㊼ 频:一作“烦”。　以上四十四句为第二段第二层次。写开元后期宰相不得其人,百姓困苦,隐患萌生。

㊽ 奚寇:指安禄山的叛军。因叛军中多奚族人。东北:一作“西北”,系传写之误。

㊾ 挥霍:疾速的意思。

㊿ 是时句:《旧唐书·安禄山传》:“天下承平日久,人不知战,闻其兵起,朝廷震惊。”

51 重兵句:唐自开元、天宝以来,不断与吐蕃作战,朝廷所直接控制的精兵,集中在西北边地。

52 平明句:意谓叛军夜间攻城,早晨就攻破,插上了叛军的旗帜。

53 但闻二句:安禄山于天宝十四载(755)十一月起兵反叛,从范阳出发,昼夜兼程疾进,十二月渡过黄河。沿河西向,攻陷洛阳。所过城邑,守城的官吏或降或逃,势如破竹。虏骑,指叛军。汉军,指唐军。屯,聚集拒守。

54 轓(fān):车两旁障蔽灰尘的帷幕。

55 生小句:从小生活在太平年代里。

56 生分句:意谓虽是生离,但在极端艰险之中,却看作死别。

57 例獐怯:都像獐一样懦怯。獐(zhāng),似鹿而小,性善惊,胆极小。

58 羸(léi):瘦羊。此二句同东汉末桓灵时童谣“寒素清白浊如泥,高第良将怯如鸡。”

㊾ 扫上阳：扫除上阳宫。上阳宫在东都洛阳。天宝十五载（756）正月，安禄山在洛阳自称大燕皇帝。

㊿ 捉人句：《通鉴》卷二一八记载：天宝十五载六月二十三日，安禄山将孙孝哲攻陷长安。“禄山命搜捕百官、宦者、宫女等，每获数百人，辄以兵卫送洛阳。”送潼关，送出潼关，运往洛阳。

61 玉辇句：意谓依南斗而怀念在蜀中的玄宗。辇（niǎn），皇帝所乘的车，用以指皇帝。南斗，星宿名。长安沦陷的前夕，玄宗逃往蜀中。蜀在长安之南。

62 诚知二句：意谓这次所遭遇的巨大变乱，真是旷古未有。《易·屯》：“云雷屯。”意指云雷相搏，艰险迭见。屯，读若谆（zhūn）。

63 逆者句：意谓叛逆者人人有称王称帝的野心。逆，一作“送”，因字形相近而误。《左传》宣公三年：“楚子（庄王）伐陆浑之戎，遂至于雒，观兵于周疆。（周）定王使王孙满劳楚子，楚子问鼎之大小轻重焉。”三代以九鼎为传国重宝，楚王有图周之意，故问鼎。问鼎大，是“问鼎之大小轻重”的略文。

64 存者：指尚未叛逆的将帅。

65 互间谍：意谓彼此倾轧，互相侦伺。

66 枭：类似鸱鸮的恶鸟，借喻叛逆者。鸾：瑞鸟，借喻忠臣。

67 南资二句：时中原残破，庞大的军政费用，全靠东南吴、越之地的财赋来支持。竭，意谓被搜括穷尽。失河源，谓失去河西、陇右之地，开元、天宝盛时，是富庶的农业区，安、史乱后，为吐蕃所侵占（参看前元稹《新题乐府·西凉伎》）。

68 因令二句：唐中央政府有左、右藏库。左藏库贮全国赋税，右藏库贮四方所献金玉珠宝。自安、史乱后，藩镇专利，不复贡献，右藏名存实亡，故云。右，一作“左”，误。　以上三十六句第二段第三层次，写安史乱起佞臣阿附，生民涂炭。乱平后国力凋敝，国土沦丧。

69 如人四句：综合安、史乱后内忧外患的局势而言。筋体句，谓河北、山东被藩镇割据，不服中央调度。痿痹，一种麻木不仁的病症。肘腋句，言河西、陇右沦陷,吐蕃逼近京都。有左无右,也就是有右无左,举偏文以见复义,意谓左右都成了问题。《晋书·江统传》:"寇发心腹,害起肘腋。"

⑩ 列圣:指玄宗(李隆基)以后肃宗(李亨)、代宗(李豫)、德宗(李适)、顺宗(李诵)、宪宗(李纯)、穆宗(李恒)、敬宗(李湛)到文宗(李昂)八代皇帝。

⑪ 含怀句:意谓有振兴之志,而不能达到愿望。

⑫ 无敢先:不敢提出削平叛乱、恢复疆宇的倡议。

⑬ 万国:犹言各地。困杼(zhù)轴(zhú):语本《诗经·小雅·大东》:"小东大东,杼柚其空。"意谓受到残酷剥削,织机上空无一物。杼轴,织机。杼受经,轴受纬。轴,通"柚"。

⑭ 健儿:指戍守西北的边兵。

⑮ 腹歉:吃不饱。

⑯ 馈饷:送军粮。

⑰ 高估句:中唐以来,江、淮一带多用铅锡铸钱,外面烫上一层薄铜,重量也不合规格,《资治通鉴》卷二四二:"自定两税以来,钱日重,物日轻,民所输三倍其初。"户部尚书杨於陵认为这是"税百姓钱藏之公府"及各地赋税都"一用钱"等原因造成的。论物价曰估。

⑱ 山东四句:意谓华山以东黄河以北的广大地区,虽然仍有不少居民,但朝廷无暇照管,人民终年辛苦,生活陷于困境。爨(cuàn)烟,炊烟。标志住户。不暇给,应付不了。无半年,无半年粮。

⑲ 榷行资:指征收行商税。德宗建中三年(782),于各地交通要道置税吏收商货,大索长安商贾货物,人民不堪其苦(见《通鉴》卷二二七)。榷(què),征收。

⑳ 税屋椽:指征收房屋税。德宗建中四年(783)初行税间架。"每屋两架为间,上屋税钱二千,中税千,下税五百,吏执笔握算,入人室庐计其数。"(见《通鉴》卷二二八)

㉑ 中间二句:指河北诸镇朱滔、田悦、王武俊以及朱泚、李怀光、李纳、李希烈等相继叛乱事。作梗,言割据州郡,使朝廷政令梗阻不通。狼籍,

错乱的样子。籍同“藉”。用戈铤(yán 延),犹言动干戈。铤,矛一类的兵器。

㉜ 临门句:节,旌节。旌是大旗,节是信物。《新唐书·百官志》:“(节度使)辞日,赐双旌双节。”制,制书,即皇帝任命节度使的文书。中唐以来,各地藩镇往往父子相承或部将继立,都是先造成事实,然后请命中央,皇帝只得把旌节和制书派使臣送去,予以追认。

㉝ 以锡句:《佩文韵府》引《解酲语》:“国初序朝,执政大臣谓之擎天班。”通天班,即擎天班,宰相一级的官阶。中唐以来,地方权重,节度使往往带同平章事衔,故云。锡,同赐。

㉞ 破者:指被平服的藩镇。宪宗曾一度平定西蜀的刘辟、淮西的吴元济等藩镇的叛乱。族灭:全家诛死。

㉟ 存者句:意谓河北地区的藩镇,表面上承认朝廷,但实际仍保持分裂割据的局面。

㊱ 礼数句:意谓这些藩镇对待朝廷,不像臣子对待君父。封建时代,君父并称,君父,就是君。礼数,礼仪的差等。

㊲ 羁縻:维系的意思。马络头叫羁,牛鞀带叫做縻。古代王朝,对待外族,往往只要求他们在名义上臣服,而实际上承认其自主,称为羁縻。羌零,即先零,西羌族之一。

㊳ 直求:岂求。输:表示。

㊴ 大体全:意指能够保持臣对君,地方对朝廷的体制。

㊵ 政事堂:宰相议政之处。唐初设于中书省,后移门下省,称中书门下。

㊶ 宰相句:唐制:宰相议政,会食中书省,故云。厌,同“餍”。八珍,指精美的肴馔。注见前杜甫《丽人行》。

㊷ 下执事:是村民称呼作者之词。执事,指担任具体工作的人员。不直接说对方而说对方的执事,表示不敢抗礼,是自谦的意思。

㊸ 疮疽:比喻国家的残破和人民的灾难。

㊹ 抉(jué):挑出,剜掉。

㊺ 国蹙(cù)二句:安、史乱后,唐朝朝廷所能经常直接控制的地区,除关中外,仅有浙江东、西、宣歙、淮南、江西、鄂岳、福建、湖南等八道四十

九州，一百四十四万户，比天宝税户四分减三（见《通鉴》卷二三七），故曰“赋更重”。又：据玄宗天宝十三载(754)户部统计，全国人口共有五千二百八十八万四百八十八，至代宗广德二年(764)户部统计，全国人口就只剩下一千六百九十九万三百八十六。故曰“役弥繁”。　以上三十八句第二段第四层次。写中晚唐藩镇乘乱后中央疲弱，割据称雄，人民加倍受苦。仍归结于宰相无所作为。

⑯ 牛医儿：《后汉书·黄宪传》：“世贫贱，父为牛医。”古人轻视兽医，牛医儿是一种贱称。这里借指甘露事变的首要人物郑注。郑注本是医生，自说有金丹秘方可治风痺之症。曾替襄阳节度使李愬医病，后依宦官王守澄。大和七年(833)十二月，文宗患风痺症，时王守澄任枢密使，荐郑进宫医治，因而受到文宗的信任，权重一时。

⑰ 城社句：意谓郑注善于凭依有利的环境，作威作福。《韩诗外传》卷七：“齐景公问晏子，‘为人何患？’晏子对曰：‘患夫社鼠。’景公曰：‘何谓社鼠？’晏子曰：‘社鼠出窃于外，入托于社。灌之恐坏墙，熏之恐烧木，此鼠之患。今君之左右，出则卖君以要利，入则托君不罪乎乱法，君又并覆而育之，此社鼠之患也。’”语意本此。攀缘，一作“扳援”。

⑱ 盲目二句：唐时置凤翔府，称西京，设节度使，辖长安以西之地。大和九年(835)十月，文宗以郑注为凤翔节度使。郑注眼睛深度近视，故云“盲目”。节度使持旌节出镇一方，故云“把大旆”。旆，军中大旗。

⑲ 忘怨敌：意指郑对宦官的力量估计不足。

⑳ 树党：犹言结党。狂狷：这里指大胆妄为而又没有才能的人。

(101) 生为二句：郑注、李训于大和九年十一月和文宗密谋，诈称右金吾厅后石榴树上夜有甘露，诱诸宦官去验看，想乘机把他们一齐杀掉。因布置不妥，郑、李反为宦官仇士良所杀。京城大乱，牵连而死者数千人，历史上称为“甘露之变”。事变后，人们对宦官固然切齿痛恨，但对郑、李也不表同情。郑注为人奸险，民怨尤深。汉成帝时童谣：“桂蠹花不实，黄雀巢其颠。昔为人所爱，今为人所怜。”这里化用成语。

(102) 快刀二句：甘露事变后，凤翔监军宦官张仲清受左神策中尉仇士良指使，诱杀郑注，传首京师，悬长安兴安门上（见《通鉴》卷二四五）。牛，一作“羊”。

⑩③ 凤翔句：指长安以西，凤翔以东地区。凤翔距长安三百十五里。

⑩④ 兵马句：黄巾，东汉末年的农民起义军。封建时代把起义的农民军诬蔑为盗贼，这里用作盗贼的代称。甘露事变后，长安附近戒严，宦官所领禁军四出焚掠，京西一带，受祸最甚。

⑩⑤ 军牒：调兵的文书。

⑩⑥ 屯兵句：仇士良杀郑注后，调派左神策大将军陈君奕继任节度使，领禁军出镇凤翔(见《通鉴》卷二四五)。

⑩⑦ 乡里二句：意谓禁军勒索财物的数字大得令人惊骇。人民因无力负担，只能四出逃亡。供亿，以供给安顿。《左传》隐公十一年：“寡人唯是一二父兄，不能共亿。”共，同“供”。

⑩⑧ 生未孩：小儿笑曰孩。初生的婴儿，还不懂得笑，曰未孩。

⑩⑨ 不复二句：意谓仓猝逃难，大家都没有目的地，只得向深山里乱跑。即使死在深山，也胜于为禁军所屠杀。欲，一作“求”。　以上二十句为第二段第五层次。写中晚唐又一大患：宦官专权，而士大夫揽权争利，轻举甘露事变，反加强宦官气焰。仍归罪于当路者。

⑪⓪ 尔来：指甘露事变以来。三岁：甘露事变发生于大和九年(835)，下距作诗的时间，首尾三年。

⑪① 甘泽句：适应农业生产需要的雨水，称为甘泽。春天是耕种的季节，偏偏干旱不雨，故云。

⑪② 亭午：正午。《广雅》：“日在午曰亭午。”

⑪③ 节使二句：意谓节使因盗多而杀亭吏，但所谓盗贼，实际上是困苦无告的穷民，亭吏也无从捕获。节使，节度使。亭吏，即秦、汉时的亭长，职主捕盗。这里借指负责地方治安的下级官。

⑪④ 官健：各州招募官给衣粮的士兵。“弓”，一作“刀”。

⑪⑤ 为官巡：替公家巡查盗贼。

⑪⑥ 荒迥：荒郊僻远之地。

⑪⑦ 此辈句：意谓官健自为盗贼。

⑪⑧ 无因循：不要久耽搁。无，通作“毋”。

⑲ 郿坞：故址在今陕西省郿县北。陈仓：在今陕西省宝鸡县东。

⑳ 此地句：意谓路途不平靖，到黄昏就不能通行。村民的话止此。　以上十六句为第二大段第六层次。写近年来由于前述种种弊政，天灾人祸严重，百姓铤而走险，官兵形如盗贼，国事一发不可收拾。第二大段结束。

㉑ 昔闻二句：意谓弭乱之源，在于政治清平；而政治清平，则在于用人得当。《左传》宣公十六年："晋侯（晋景公）请于（周）王，戊申，以黻冕命士会将中军，且为太傅。于是晋国之盗，逃奔于秦。"一会，一作"士会"。

㉒ 理：义同治。唐人避高宗李治讳，每写治为理。

㉓ 系人句：一作"在人不在天"。此句照应上述各节斥当权者不得其人。点出全诗主脑。

㉔ 剖心肝：把内心想说的话一齐倾吐出来。

㉕ 叩头：一作"叩额"。

㉖ 滂沱：流溢貌。紫宸：殿名，在大明宫内，是唐朝皇帝听政的便殿。

㉗ 九重句：意谓小人遮蔽了皇帝的光明，臣下的忠诚隔绝而无由上达。宋玉《九辩》："岂不郁陶而思君兮，君之门以九重。"

㉘ 使典：唐人称胥吏之词。尚书：唐设尚书省，置左、右仆射及左、右丞，分管吏、户、礼、兵、刑、工六部，每部各设尚书一人。

㉙ 厮养句：厮养，义同仆役，供薪为厮，供食为养。这里指宦官。唐自德宗以后，禁军（神策军）的将领例由宦官担任，故云。《通鉴》卷二一九记当时官爵虚滥："凡应募入军者，一切衣金紫，至有朝士童仆衣金紫称大官而执贱役者。"

㉚ 慎勿二句：承上文，意谓朝廷文职任非其才，军权掌握在宦官手里。两者都是政治上的反常现象，可见太平无望。　以上为第三大段。写作者由所见所闻引起的感愤，点明全诗主旨在于"得人"。

【评】　此诗酷学杜甫《咏怀五百字》、《北征》二诗，与杜牧《感怀》为晚唐五古巨篇之双璧。诗以宰臣贤不肖乃国家兴衰枢要为主旨，实以诗为史，以诗为谏。其感情沉博，夹叙夹议而主脉分明，步骤细密，均能探杜诗堂奥，而非徒起结处语言形式之貌似而已。唯杜诗能以国愁家难双线交织，参融景物，渲染气氛，有更强烈的抒情色彩，其组织开合之能力显为小李杜所不及。而小李杜之鞭辟入里，识见洞彻，表现出更多的政论色彩，又似有超越老杜处。此当与以后诗歌议论化倾向进一步发展，唐人科举渐重策问，而小李杜又均为晚唐文章名家诸因素有关。又若以此诗与杜牧《咏史》较读，则可见二人体制虽略同，而牧之更纵恣豪宕，造语亦更险硬，其兼参韩门调法，甚明显。此二人同中有异处。

从老杜上举二诗，中经韩愈《元和圣德诗》（四言）等，下至小李杜此二诗为一线；与前述从老杜《哀江头》，中经顾况《露青竹杖歌》、白居易《长恨歌》、元稹《连昌宫词》，下逮郑嵎《津阳门诗》、韦庄《秦妇吟》，这又为一线。二者反映了唐代二类不同体格之长篇史诗之发展系列：前一条为正体古诗，后一条为吸取俗文学营养之七言歌行。此乃唐诗研究中尚有待深入探讨之课题。

宿骆氏亭寄怀崔雍崔衮

这诗写晚秋萧瑟景象，怀人之意，全在言外。骆氏亭，冯浩据杜牧《骆处士墓志铭》，认为是指骆峻隐居的水榭，在长安附近灞陵东阪下。崔雍，附见《新唐书》卷一五九崔戎传。崔衮，曾任漳州刺史。

竹坞无尘水槛清①，相思迢递隔重城。秋阴不散霜飞晚，留得枯荷听雨声②。

【注释】

① 竹坞(wù):绿竹丛生的土坡。筑土为障叫坞。字同“隖”。水槛(jiàn):临水的亭。槛,亭外阑干。

② 留得句:写深宵怀人的感受。言枯荷被风吹得瑟瑟作响,听去有如雨声似的。《二月二日》:“新滩不悟游人意,更作风檐夜雨声。”(见后选)又杜常《华清宫》:“朝元阁上西风急,都入长杨作雨声。”听雨声,也就是“作雨声”的意思。雨声是虚拟;说“听”,则是把虚拟当作真实,用意更深曲一层。说“留得”,似乎这枯荷是为己而设的。宋吴文英《唐多令》:“何处合成愁?离人心上秋,纵芭蕉不雨也飕飕。”正好作为这句诗的注脚。

【评】 首句景语,点明时为清秋,地当水槛。二句“相思”字挈出独临水槛之因,由景入情,为一诗主脑;而“迢递隔重城”又暗透因“相思”而沉闷之意。三句顺势复融情入景,时怀友已至傍晚,其“秋阴”“霜飞”字正为心情写照。四句由晚“阴”而悬拟夜“雨”将临,所幸有枯荷独留,且听滴滴之声,以慰憔悴斯人。中“枯荷”字回照首句水槛,章法一线而意绪曲折。温庭筠《更漏子》(玉炉香)云“梧桐树,三更雨,一叶叶,一声声,空阶滴到明”是实写无眠而听夜雨,此则全由空际着笔,空灵之中愈见得心之寂寂,思之摇摇。

安定城楼

唐文宗开成三年(838),李商隐试博学宏词,落选,客游泾州(今甘肃省泾川县),寄居在他岳父泾原节度使王茂元的幕中,郁郁不得意。这诗是登楼感怀之作。《蔡宽夫诗话》载:王安石晚年喜吟此诗五六两句,以为“虽老杜无以过”。唐泾州又称安定郡。安定城楼即泾州城楼。

迢递高城百尺楼，绿杨枝外尽汀洲[1]。贾生年少虚垂涕[2]，王粲春来更远游[3]。永忆江湖归白发，欲回天地入扁舟[4]。不知腐鼠成滋味，猜意鹓雏竟未休[5]。

【注释】

① 汀洲：指泾水岸边沙地和水中洲渚。汀，水边平地。

② 贾生句：贾生，即贾谊。《汉书·贾谊传》："于是天子议以谊任公卿之位，绛、灌、东阳侯、冯敬之属尽害之，曰：'雒阳之人，年少初学，专欲擅权，纷乱诸事。'于是天子后亦疏之。"汉文帝六年（前 174）贾谊上疏陈时事，开头三句云："臣窃惟今之事势，可为痛哭者一，可为流涕者二，可为长太息者六。"忧时念国，而无可奈何，故云"虚垂涕"。这句的"贾生"和下句的"王粲"，是作者自比。

③ 王粲句：王粲，字仲宣，山阳高平（今山东邹县）人。东汉末，北方大乱，流浪至荆州依刘表。他曾登当阳（今湖北省县名）城楼，作《登楼赋》。

④ 永忆二句：意谓自己所以赴博学鸿词科，并非贪图富贵，而是想做出一番回旋天地的大事业，等到年老发白，然后乘扁舟归隐江湖。下句暗用范蠡乘扁舟泛五湖事。表明心迹，启下二句。

⑤ 不知二句：《庄子·秋水篇》："惠子相梁，庄子往见之。或谓惠子曰：'庄子来，欲代子相。'于是惠子恐，搜于国中，三日三夜。庄子往见之，曰：'南方有鸟，其名为鹓雏，子知之乎？夫鹓雏发于南海，而飞于北海，非梧桐不止，非练实不食，非醴泉不饮。于是鸱得腐鼠，鹓雏过之，仰而视之曰，吓！今子欲以子之梁国而吓我耶？'"猜意，猜疑。鹓（yuān）雏，凤一类的神鸟。

【评】 诗人初志在于挽回唐朝政治的颓势，大志得遂后，归隐江湖。当这初志遭到猜忌时,他只身远游,登楼散愁。然而一上高楼,所见触目皆愁。诗的第三联,逆写初志,诗势由此回旋陡折。此诗之深得老杜笔意,也并非全是由于五、六两句。

哭刘司户蕡

刘蕡字去华,幽州昌平(今北京市昌平区)人。宝历二年(826)进士。慷慨读书,喜谈政治策略。性刚直,嫉恶如仇。大和二年(828),策试贤良方正。他论宦官专权,将危国本,词意激切,名动一时。令狐楚在兴元,牛僧孺在襄阳皆辟居幕府。后授秘书郎。为宦官所诬陷,贬柳州司户参军。会昌二年(842),死于任所。李商隐和他最初在令狐楚幕中相识,交谊甚深。死后,商隐哀悼他的诗共有四首,这是其中之一。

路有论冤谪①,言皆在中兴②。空闻迁贾谊,不待相孙弘③。江阔惟回首④,天高但抚膺⑤。去年相送地,春雪满黄陵⑥。

【注释】

① 路有句:《资治通鉴》卷二四三:"(大和二年)……考官左散骑常侍冯宿等见刘蕡策,皆叹服,而畏宦官,不敢取。诏下物论嚣然称屈。谏官、御史欲论奏,执政抑之。……蕡由是不得仕于朝,终于使府御史。"路有论冤谪,即指此而言。路,行路的人。论冤谪,谈论刘蕡下第的冤枉。

② 言:指刘蕡的对策。《资治通鉴》卷二四三:"自元和之末,宦官益横,建置天子在其掌握,威权出人主之右,人莫敢言。上亲策制举人,贤良

方正昌平刘蕡对策，极言其祸。”在中兴：为了使衰落的国运重得兴盛。中，读去声。

③ 空闻二句：痛心于刘蕡一斥不复，死于贬所。上句以贾谊的迁长沙，比拟刘蕡的谪柳州。下句以公孙弘虽斥复用，慨叹刘蕡的一斥不复。孙弘，公孙弘的简称。公孙弘儒生出身，汉武帝初为博士，出使匈奴，回国报命，不合帝意，免职。后复征为贤良文学，对策第一。累官至丞相，封平津侯。

④ 江阔句：时李商隐以书判拔萃，授秘书省正字，在长安供职，和柳州遥隔大江，故云。又《诗·周南·汉广》：“汉之广矣，不可泳思。江之永矣，不可方思。”据诗小序，有文王德广，“求而不可得也”之意，此亦暗含其意。

⑤ 天高句：意谓天道难凭，沉冤莫雪。抚膺，捶胸痛哭。意本《诗·小雅·正月》“谓天盖高，不敢不局。谓地盖厚，不敢不蹐”；又《诗·小雅·巧言》“悠悠昊天，曰父母且。无罪无辜，乱如此怃”。二诗均刺周幽王昏庸，信佞小而远忠良。此亦暗寓其意。

⑥ 去年二句：会昌元年(841)春间，刘蕡赴柳州贬所，路过潭州(今湖南长沙)。时李商隐应湖南观察使潭州刺史杨嗣复的邀约，来到湖南，与刘蕡相遇，赠诗为别。黄陵，在今湖南湘阴县境，古帝舜二妃娥皇、女英庙所在，当地称为黄陵庙。

【评】 起句冲口呼“冤”，逆接以“中兴”，怵目惊心，有长歌当哭之势；尾联即“黄陵别后春涛隔，湓浦书来秋雨翻”(《哭刘蕡》)之意，不忍斥言之，却以忆昔为凭吊，更见出吞咽哀泣，馀情无尽。中二联均从因“言皆中兴”而遭“冤谪”申发。二联并用汉事，上句正用，下句反用。三联俱暗用《诗经》语，于怀友中透出斥责当今之意，诗势遂顺转至尾联。全诗冤气盘礴，感情浩荡，而起兀然，结怅然，中片曲折斡旋，深得杜甫五律笔意。

贾生

这诗歌咏贾谊的故事，其着眼点，不在个人的穷通得失，而在于封建统治者不能真正地重视人才，在政治上发挥其作用，即使是号称贤明的汉文帝也不例外。融大议论于短短篇幅之中，而以慨叹出之，便觉韵味深长，耐人寻绎。贾生，即贾谊。

宣室求贤访逐臣①，贾生才调更无伦。可怜夜半虚前席②，不问苍生问鬼神③。

【注释】

① 宣室句：贾谊于汉文帝时，为太中大夫，为大臣所谗毁，谪长沙王太傅。《史记·贾生列传》："后岁馀，贾生征见。孝文帝方受厘，坐宣室。上因感鬼神事而问鬼神之本，贾生因具道所以然之状。至夜半，文帝前席。既罢，曰：'吾久不见贾生，自以为过之，今不及也！'居顷之，拜贾生为梁怀王太傅。"访逐臣，即指此事。宣室，汉未央宫正殿，借指汉朝朝廷。

② 可怜句：意谓虽为之前席，也是徒然。《名义考》："坐则居中，避逊不敢当，则却就后席；喜悦不自觉，则促进前席。"可怜，义同可惜。前，前移。席，坐席。

③ 不问苍生：不询问有关国计民生的事。苍生，百姓。

【评】 小李杜均擅咏史绝句，又均议论透辟，不落窠臼，然其风格又有异：牧之俊爽跌宕，多大处挥洒；义山含蕴深沉，善以细节出之。此诗末句"不问苍生问鬼神"回照首句"求贤"，本已多讽，而更以"前席"之细节轻轻点缀，但觉微婉入神。视牧之"江东子弟多才俊，卷土重来未可知”之类高言快语不侔。

夜雨寄北

这诗是李商隐大中五年(851)冬至九年冬留滞巴蜀时寄怀长安友人所作。题一作《夜雨寄内》，误。盖李妻王氏卒于其赴蜀前，此后商隐未尝续娶。

君问归期未有期，巴山夜雨涨秋池。何当共剪西窗烛[①]，却话巴山夜雨时！

【注释】

① 共剪西窗烛：在西窗下深夜共谈。蜡烛点久了，烛心就会结成穗形的烛花，须用烛剪把它剪掉，否则昏暗不明。

【评】 悬拟别后重聚时情景，为唐人诗中所常见，而此诗直以即目之景，拟为重见话题，更见至情真想。所谓无意为诗而诗味独至，无意求新而语意俱新者也。“却话”句，当从“未有期”看出，更有万般惆怅。

筹笔驿

筹笔驿，在绵州绵谷县(今四川广元)北九十里。三国时，诸葛亮出兵攻魏，曾驻驿于此，筹划军事，故名。这诗用有关古迹，综括诸葛亮平生志事。诗中沉痛地指出他一死之后，蜀汉便不免灭亡，刘禅终于走上了屈辱投降的道路，正所以突出诸葛亮撑持危局艰苦卓绝的精神。全篇以此为归宿，和杜甫《蜀相》“出师未捷身先死，长使英雄泪满襟”的用意正相表里。何焯评云：“议论固高，尤在抑扬顿挫处使人一唱三叹，转有馀韵。”

猿鸟犹疑畏简书，风云长为护储胥①。徒令上将挥神笔，终见降王走传车②。管乐有才真不忝！关张无命欲何如③？他年锦里经祠庙，《梁父吟》成恨有馀④。

【注释】

① 猿鸟二句：想象诸葛亮驻驿时军令的明肃，壁垒的森严。意谓遗迹虽已荒凉，而英风豪气，则凛然长在。以至猿鸟犹畏，风云长聚。古人把字写在竹简上，称为简书，这里指军用文书。储胥，藩篱一类的东西，即军中的壁垒。“为”，读去声。猿鸟，一作“鱼鸟”。

② 徒令二句：这二句是倒装。因为“终见”，才觉“徒令”。但因“筹笔”想到“降王”，即景生情，虽倒装，还是很自然。后联也将“有”“无”对照，见出本诗末句“恨有馀”之意。上将，指诸葛亮。令，读平声。挥神笔，谓筹划军事，运笔如神。降王走传车，魏景元四年(263)，邓艾伐蜀。蜀汉后主刘禅迎降，全家东迁至洛阳。传车，驿站所备长途旅行的用车。传，读去声。

③ 管乐二句：上句赞美诸葛亮的政治、军事才能，下句慨叹蜀汉后期国运衰落。诸葛亮隐居南阳时，经常“自比于管仲、乐毅，时人莫之许也”(见《三国志·蜀志·诸葛亮传》)。他出山以后，辅佐刘备，建立蜀汉，其所成就的事业，不在管、乐之下，故云“真不忝”。忝(tiǎn)，愧。关羽和张飞都是蜀汉的大将。关羽镇荆州，建安二十四年(219)为孙权所败，被杀。后刘备伐吴，张飞又为部下张达、范彊所杀害。关张无

命，指此。范晞文《对床夜话》卷三谓这二句“融化斡旋，如自己出”。

④ 他年二句：从筹笔驿联想到武侯祠，深惜诸葛亮复兴汉朝的宏大志愿未能实现。他年，犹言他日，以后。锦里，在成都城南，有诸葛武侯祠。按：《三国志·蜀志·诸葛亮传》：“亮躬耕陇亩，好为《梁父吟》。”《梁父吟》，乐府《相和歌·楚调曲》旧题。《乐府诗集》卷四十一引谢庄《琴论》曰：“诸葛亮作《梁父吟》。”现存歌词，咏齐晏婴二桃杀三士事，和当时诸葛亮的心情并无联系，与本篇诗意也不相吻合，这里所指，当是诸葛亮自作的一篇，现已不可考。父，读上声。

二 月 二 日

唐宣宗大中五年(851)，东川节度使柳仲郢辟李商隐为节度书记，检校工部郎中。这诗写客中春感，作于大中七年(853)。冯浩注：“《文昌杂录》，唐时节物，二月二日有迎富贵果子；而《全蜀艺文志》，成都以二月二日为踏青节，至宋张咏乃与宾僚乘彩舫数十艘，号小游江，则唐时梓州当亦为踏青节也。”东川节度使治梓州，在今四川省三台县。

二月二日江上行，东风日暖闻吹笙。花须柳眼各无赖，紫蝶黄蜂俱有情①。万里忆归元亮井②，三年从事亚夫营③。新滩莫悟游人意，更作风檐夜雨声④。

【注释】

① 花须二句：上下句为互文。意谓春色撩人。柳芽初舒，称为柳眼。无赖，撩人可爱之意，唐人熟语。杜甫《送路六侍御入朝》：“剑南春色还无赖，触忤愁人到酒边。”又《奉陪郑驸马杜曲》：“韦曲花无赖，家家恼

杀人。”

② 元亮井：犹言元亮故居，借指自己的家园。陶潜《归田园居》：“井灶有遗处，松竹残朽枝。”元亮，陶潜的字。

③ 亚夫营：汉时周亚夫屯军细柳，世称亚夫营，一称细柳营或柳营（参看王维《观猎》注⑤）。这里借指柳仲郢的幕府，暗寓柳姓。

④ 新滩二句：写羁旅愁思。因飘荡他乡，欲归不得，故觉江上滩声，有风雨凄凉之意。冯浩注：“悟字入微。我方借此遣恨，乃新滩莫悟，而更作风雨凄其之声，以动我愁，真令人驱愁无地矣。”

【评】 以踏青乐游起，二联即目春景，“无赖”（撩人）、“有情”，暗透心情变化，因引出三联之客居归思。而其句法倒装，由归思反落到客居，于是触目尽是恼人风雨，无复初时之乐景矣。章法略同前录柳宗元《南涧中题》，以一时之乐反衬剪不断理还乱之愁思。何义门云“此等诗神似老杜处，在作用（艺术构思），不在气体也”，则又道出其渊源之所自。

龙　池

这是一首政治讽刺诗。钱易《南部新书》：“杨妃本寿王妃，（开元）二十八年度为女道士，入内。”（参看前白居易《长恨歌》注③）寿王李瑁，是唐玄宗之子。诗中歌咏其事。龙池，在兴庆宫内。《唐会要》卷三〇：“开元二年七月二十九日，以兴庆里旧邸为兴庆宫。初，上（唐玄宗）在藩邸……宅内有龙池涌出，日以浸广，望气者云有天子气。……至是为宫焉。”《长安志》卷九注云：“……至神龙、景龙中，弥亘数顷，澄澹皎洁，深至数丈，常有云气或见黄龙出其中。谓之龙池。”诗写宫中宴饮作乐的情况，故以《龙池》标题。诗的用意，在于揭露宫闱中不可告人的丑事，封建王朝最高统治者父子间复杂而不正常的关系，从而讥刺其行为的堕落，道德的败坏。结处即事微挑，有如画龙点睛，本旨立现。罗大经评云："词微而显，得风人之旨。"（见《鹤林玉露》）

龙池赐酒敞云屏①，羯鼓声高众乐停②。夜半宴归宫漏永，薛王沉醉寿王醒③。

【注释】

① 龙池句：因系家人宴饮，不回避妃嫔，故将云屏敞开，无须障蔽。按：这话里暗示有杨贵妃在座。云屏，即云母屏风，宫廷内多用之。《西京杂记》卷上载汉成帝时，赵昭仪居昭阳殿，有云母屏风。云母，板状矿物，晶体透明，色泽鲜艳。

② 羯鼓声高：有双关义：一是就乐器声调的特点而言；一则暗示唐玄宗的情绪特别高，以与下文寿王的宴罢不能成眠，暗中相对照，见悲欢各异。《新唐书·音乐志》："羯鼓正如漆桶，两手具击。以其出羯中，故号羯鼓，亦谓之两杖鼓。"南卓《羯鼓录》："其音焦杀乌烈，尤宜促局急破，戟杖连碎之声；又宜高楼晚景，明月清风，破空透远，特异众乐。……上（玄宗）尤爱羯鼓、玉笛，常云：'八音之领袖，不可无也。'"

③ 薛王句：承首句"赐酒"而言。意谓薛王等均因宴饮尽欢而沉醉，惟独寿王宴饮归来，满腔心事，"宫漏永"而犹醒。句中薛王、寿王对举，醉醒相形，词婉而意豁。薛王，玄宗之侄李瑁。

隋　　宫

这诗以歌咏隋炀帝杨广为题材，指出荒淫腐化的行为，必然会招致亡国破家的结局。措辞深婉,寓有历史教训的意义。隋宫,指炀帝在扬州所建江都、显福、临江等宫。

紫泉宫殿锁烟霞,欲取芜城作帝家①。玉玺不缘归日角,锦帆应是到天涯②。于今腐草无萤火③,终古垂杨有暮鸦④。地下若逢陈后主,岂宜重问《后庭花》⑤?

【注释】

① 紫泉二句:意谓长安宫阙壮丽,而炀帝还要去扬州游幸。泉,本应作"渊",避唐高祖李渊名改。司马相如《上林赋》写长安形胜,有"丹水更其南,紫渊径其北"之语。"紫泉(渊)宫殿",指长安宫殿。芜城,指扬州。鲍照《芜城赋》,写兵乱后扬州荒芜的景物,称之为芜城。

② 玉玺(xǐ)二句:意谓隋如不亡,炀帝的游踪将遍于全国。炀帝于大业十二年(616)南游扬州,从此未北归,十四年(618),为宇文化及所杀。玉玺归日角,指唐朝兴起,代替了隋朝。《后汉书·光武帝纪》:"光武美须眉,大口,隆准,日角。"又"建武三年闰月丙午,赤眉君臣面缚,奉高皇帝玺绶。二月己未,祠高庙,受传国玺"。玉玺,皇帝的印信。秦始皇以蓝田玉作玺,命李斯刻"受命于天,既寿永昌"八字,此后历代相传,成为封建王朝政权的象征。日角,额骨饱满得像太阳一样。古代相法,认为日角是帝王之相。《旧唐书·高祖纪》:"武德元年五月(隋恭帝)奉皇帝玺绶于高祖。"锦帆,指炀帝所乘龙舟。炀帝由运河至江都(今江苏省扬州市),造龙舟,船帆皆用锦制成。(参见后皮日休《汴河怀古》注①)。《围炉诗话》卷三:"(温)飞卿'十幅锦帆风力满,连天展尽金芙蓉'极力描写豪奢,不及(李)义山'玉玺不缘归日角,锦帆应是到天涯。'"

③ 于今句:隋炀帝在长安、洛阳、江都等处,都曾大量搜集萤火,夜间放出,以代灯烛之光。扬州有放萤院,相传是炀帝放萤之处。萤产卵在水边草根,到第二年春天,由蛹化为萤,所以古人以为腐草化为萤(见

《礼记·月令》)。无萤火,是说萤火被搜集完尽,到现在腐草里都不生萤了。

④ 终古句:隋炀帝开运河,沿河筑堤,旁种杨柳,后人称为隋堤。杜宝《大业杂记》:“(运河)水面阔四十步,通龙舟。两岸为大道,种榆柳,自东都至江都二千馀里,树荫相交。”垂杨暮鸦,写亡国后的凄凉景象。隋堤长存,而隋朝的国运不能再复,故曰“终古”。吴师道《吴礼部诗话》:“日角、锦帆、萤火、垂杨是实事,却以他字面交蹉对之,融化自称,亦其用意深处,真佳句也。”

⑤ 地下二句:意谓隋炀帝荒淫失国,至死不悟。《隋遗录》卷上:“帝(在扬州),昏湎滋深,往往为妖祟所惑。常游吴公宅鸡台,恍惚间与陈后主相遇,……舞女数十许罗侍左右,中一人迥美。帝屡目之。后主云:‘殿下不识此人耶?即丽华也。’……(炀帝)因请丽华舞《玉树后庭花》。丽华辞……再三索之,乃徐起,终一曲。……后主问帝:‘龙舟之游乐乎?始谓殿下致治在尧、舜之上,今日复此逸游,大抵人生各图快乐,曩时何见罪之深耶?’……帝忽寤,叱之,……随叱声恍然不见。”陈后主,即陈叔宝。隋文帝开皇九年(589),隋灭陈,陈叔宝投降。岂宜,岂当,揣测的语气。《后庭花》,即《玉树后庭花》,淫艳的舞曲,陈后主所制。

【评】 二联按常法当先叙游幸事,以接上“欲取芜城”云云,此却先横插入李唐代隋,复以“锦帆”逆挽,“应是到天涯”荡开,而句法又用倒装(正说当为“不缘玉玺归日角”……),遂于盘旋中见流转之势。三联“萤火”、“垂杨”均用炀帝故事,而一言“有”,一言“无”,叙说破国凄凉,更于变化中具一唱三叹之意。末联总收,“重问”字,兼身前荒唐、死后悲凉意,暗应首联“欲取”。全诗草蛇灰线,无一笔平板,非庸手所可企及。

马 嵬

唐玄宗和杨贵妃的故事,是唐人诗中常见的题材。这诗别出新意,从另一角度给统治者以嘲讽。马嵬,即马嵬坡,是杨贵妃遇难之地。注见前白居易《长恨歌》。

海外徒闻更九州,他生未卜此生休①。空闻虎旅传宵柝,无复鸡人报晓筹②。此日六军同驻马,当时七夕笑牵牛③。如何四纪为天子④,不及卢家有莫愁⑤。

【注释】

① 海外二句:意谓他生之约,渺茫难信。马嵬一死,此生永无相见之期;而死后的思念则是徒然的。九州,古代的行政区域,也就是中国的代称。战国时邹衍曾说:中国的九州是海内的小九州,海外还有更大的九州。中国名赤县神州,仅仅是其中之一(见《史记·孟子荀卿列传》)。相传杨贵妃死后,玄宗曾派方士去寻找她的魂魄,在海外仙山会见后,贵妃授以钿盒金钗,叫他复命玄宗,坚订他生婚姻之约(参看前白居易《长恨歌》)。

② 空闻二句:写安史乱起,玄宗逃难至马嵬坡,暗示杨贵妃中途遇难事(详见前杜甫《北征》注⑥)。空闻、无复,意谓贵妃从此长眠马嵬坡下,不再听到宫中的鸡人报晓了。虎旅,指警卫玄宗入蜀的禁兵。柝(tuò),即刁斗,军中夜间巡逻时所用。鸡人,宫中掌管时间的卫士。宫中例不畜鸡,有夜间不睡的卫士候在宫门之外,到了鸡叫的时候,向宫中报晓。

③ 此日二句:嘲讽统治者生活荒淫,招致祸乱;到大难临头,却把对方作为牺牲,故下两句云云。此日,杨贵妃缢死之日。六军驻马,指马嵬坡

禁军哗变事。当时,指天宝十载(751)七月七日玄宗和贵妃在长生殿密约世世为夫妇的时候(详见前白居易《长恨歌》)。笑牵牛,意谓当时玄宗以为自己可以和贵妃长远相守在一起,对天上牵牛织女一年一度的会见之期,还感到不满足。

④ 四纪:岁星十二年行天一周,称为一纪。玄宗在位首尾四十五年(712—756),将近四纪。这里是举其成数。

⑤ 不及句:意谓不及民间夫妇,能够生活在一起。莫愁,古洛阳女子,嫁为卢家妇(参见前沈佺期《独不见》注①)。

【评】 沈德潜《说诗晬语》云:"义山'此日六军同驻马,当时七夕笑牵牛'——对句用逆挽法,诗中得此一联,便化板滞为跳脱。"今按沈说是,然犹有未尽。此诗前三联均以当年事与马嵬事上下相对,交叉写来。末联总收,仍以天子与平民作对比。可谓联联对照,句句逆挽,开阖极大而通体顺畅,得婉曲夭矫之势。究其关键,多赖于虚词之照应锁络,遂化曲为顺。七律多用虚词照应,亦以老杜为发轫,中唐后此风渐弘。七律之由初盛之高华雅丽而中唐之流荡圆转,此法与有力焉。至白居易、刘禹锡,此法已蔚为大国。义山七律则能融此法于初盛之高华雅丽,见出其兼收并蓄,独树一帜之功夫,故读其七律有川流山壑,斗折回旋而丽景下彻、乱流明灭之感,洵为创获。前录各诗多有表现,抉示于此,读者试参验之。

常　　娥

这诗从人间的相思离别之情,设想到天上神仙孤独凄凉之感。从诗中环境气氛的描绘,知这含愁不寐的女子,是处在华美深邃和外界隔绝的闺房里。她的身分是高贵的，而内心则极端苦闷空虚。她可能就是作者的意中人。诗从对方着笔，说她“应悔偷灵药”，当和恋爱的本事有关。常，字同“嫦”。

云母屏风烛影深，长河渐落晓星沉①。常娥应悔偷灵药，碧海青天夜夜心②。

【注释】

① 云母二句：上句描绘室内环境静寂幽深，下句是眺望中的窗外景物。云母屏风，见前《龙池》注①。长河，即银河。渐落，犹言渐没。秋夜银河向西移动，到天快亮的时候，就渐渐消失。

② 常娥二句：《淮南子·览冥训》：“羿请不死之药于西王母，姮娥窃以奔月。”高诱注：“姮娥，羿妻。羿请不死之药于西王母，未及服之，姮娥盗食之，得仙，奔入月中，为月精。”姮娥，即常娥。常，一作“姮”。

【评】 以嫦娥位置于第三句枢纽处，一、二写通宵而达旦，四句言夜夜而无穷，互补相成，便见夜夜生光，年年月色，正如思人续续相生至死不绝之哀情。故针线虽细密，而境界深之而更深，远之而更远，丝毫不见其痕迹，所谓巧夺化工。

霜 月

初闻征雁已无蝉①，百尺楼台水接天②。青女素娥俱耐冷③，月中霜里斗婵娟④。

【注释】

① 初闻句：谓时已深秋。《礼记·月令》："孟秋之月……寒蝉鸣。""仲秋之月，鸿雁来，玄鸟归。"征雁，由北南飞的雁。

② 百尺句：汉《淮南王篇》："百尺高楼与天连。"台，一作"高"，一作"南"。

③ 青女：即青霄玉女，主霜雪的女神。素娥：即嫦娥。

④ 斗婵(chán)娟(juān)：意谓秋夜霜清月白，交相辉映。婵娟，美好的容态。

【评】 一二实境，三四幻境，"百尺楼台"句暗用《淮南王》句意，更以"水"与"天"相连，遂从地升天，由实境自然转入幻境。全诗虚实相济，于清空中见冷峭，浩渺中见孤洁，"斗"字尤入神，写尽月魄精神。设想奇处类李贺，然不涉险怪，"寄托深而措词婉"（叶燮《原诗》），又依然玉溪风致。可与前录李贺《梦天》对读。

无　　题

这是一首描写失恋悲哀的诗。因为涉及秘密的爱情，不便公开，所以李商隐集中有关这类的诗，绝大部分都标作《无题》，有时也取首句二字为题。

相见时难别亦难，东风无力百花残[①]。春蚕到死丝方尽，蜡炬成灰泪始干[②]。晓镜但愁云鬓改，夜吟应觉月光寒[③]。蓬山此去无多路[④]，青鸟殷勤为探看[⑤]！

【注释】

① 相见二句：上句的见难，言机会难得；别难，谓不忍分离。下句说别时

恰当春暮,更加使人伤感。陆机《答贾谧诗》“分索则易,携手实难”,此变化其意而用之。

② 春蚕二句:上句以蚕丝象征情丝,下句以烛泪象征别泪。蜡烛燃烧时油脂流溢,称为烛泪。

③ 晓镜二句:写对方相思之情。但愁,应觉,是设想的语气。云鬓,年轻女子丰盛的鬓发。云鬓改,意谓青春的容颜逐渐消失。

④ 蓬山:即蓬莱山,海外三神山之一。这里指对方住处。

⑤ 青鸟:神话中的鸟,是西王母的使者(见《汉武故事》)。这里借指传递消息的人。

【评】“相见时难”,无奇;“别难”,亦无奇。唯二“难”相叠,因“相见时难”而“别”时方显得百倍之“难”,故风亦为之摧伤,花亦为之凋残。万般无奈之状,遂因平易之语浮现。颔联千古名句,其佳处自易见,然若无首联之掏自肺腑,通贯全体,亦当减色。故首联之佳,更在可说未可说之间。

即　日

这诗写春残花落,羁旅无聊之感,取首句中二字标题。这类作品在李商隐集中占有一定数量,其特色在于以一唱三叹的笔意,抒委宛深曲的情思,工致入微,而不流于纤巧刻露,能见出李诗在艺术风格上的独创性。

一岁林花即日休①,江间亭下怅淹留②。重吟细把真无奈,已落犹开未放愁③。山色正来衔小苑,春阴只欲傍高楼④。金鞍忽散银壶漏,更醉谁家白玉钩⑤?

【注释】

① 即日休：意谓一旦零落净尽。

② 江间：一作"江门"。

③ 重吟二句：写怅对落花的心情。重吟，一再地吟咏。重，读平声。细把，拿着仔细观看。未放愁，犹言未尽愁。花已落而犹开，似乎是它的愁思还未放完。放字是从开字生发出来的。

④ 山色二句：写林园暮景。傍晚时夕阳西下，天上泛起一层层的阴云，庭苑沉浸在山光暝色之中。衔小苑，犹言笼罩着小苑。

⑤ 金鞍二句：何焯曰："风光易过，不醉无以遣怀，然使我更醉谁家乎？无聊之甚也。"按：前六句写的正是酒阑人散，寂寞独归的情景，结尾处点出。古代宴饮时，有一种藏钩的游戏，略如今之行猜拳行令。白玉钩，即指此。作者《无题》诗云："隔座送钩春酒暖。"漏，一作"滴"。

【评】 诗题"即日"，却以"一岁"领起，以与"即日"相对，则"即日"之怅触全由"一岁"之易尽而来。起句语似平坦而意实警醒微曲，以下全由此生发。二联"重吟细把"，隐透"一岁"之芳华；"已落犹开"，更见"即日"之哀愁。三、四联更由花而及人，由昼而及暮，由众中而独自。白日众中队里，尚可消磨，薄暮独对残花，人何以堪？故欲求"更醉"，何义门所谓"排闷不得，其强裁诗歌与泣俱矣"（转引自《玉溪生诗集笺注》）。

春　　雨

这诗写相思离别之情，是经过情人故居时所作，和上面选的《无题》同一类型。纪昀曰："此因春雨而感怀，非咏春雨也。"

怅卧新春白袷衣[①]，白门寥落意多违[②]。红楼隔雨相望冷，珠箔飘灯独自归[③]。远路应悲春晼晚，残宵犹得梦依稀[④]。玉珰缄札何由达？万里云罗一雁飞[⑤]。

【注释】

① 白袷(jiá)衣：有里的衣曰袷，字同“裌”。

② 白门：古金陵(今江苏省南京市)、邺城(今河北省临漳县)等地皆有白门，又彭城(今江苏省徐州市)有白门楼，此未详所指。冯浩疑是虚拟，承上句的新春而言，取白门柳色之意(古乐府《杨叛曲》：“暂出白门前，杨柳可藏乌。”)，非实指地名。

③ 红楼二句：承首句，写“怅卧”时孤独寂寞的情景。红楼，是意中人原住之处。珠箔，泛指华美的帘箔。隔雨望红楼，楼中人已远去，气氛是冷清清的。惟见灯光从当时的珠箔中飘出，引人遐想。故下二句云云。李白《陌上赠美人》：“美人一笑褰珠箔，遥指红楼是妾家。”

④ 远路二句：言彼此远隔，惟有梦中相会。晼(wǎn)晚，日落光线昏暗貌。春晼晚，言青春易逝，有感伤年华意。依稀，形容梦境的隐约模糊。

⑤ 玉珰二句：上句言消息难通，下句取雁足传书之意。玉珰缄札，把玉珰和信札缄封在一起。玉珰，妇女用耳饰，作为传情的信物。云罗，薄薄的云层。

【评】　此诗意殊飘忽，须明诗当为幽会分离既久，更约佳期而未可得所作，则意脉自明。“怅卧新春”，待信也，待而未可得，故曰“怅”，曰“意多违”。“红楼”句，因相忆而相望也；“珠箔”句，因相望而不可及，遂念前番佳人独去之状也。“远路”、“残宵”二句，进而言彼人去后青春之虚掷，梦魂之颠倒。末联由遐想收转，点明几多惆怅，概以音信之难通耳。此诗组织跳跃而意脉相连，曲尽怅然若失之心理。而其驱词造境，曰“怅卧”，曰“寥落”；曰“隔雨”而“冷”，曰“珠箔”而“飘”；曰“远”曰“晚”，曰“残宵”“依稀”；曰“何由”，曰

“万里云罗”：均从凄迷出之。盘曲之思，凄幻之象，实有今所谓“意识流”之特点。同时之温庭筠多以此种笔法入词，由此可窥早期婉约派词与晚唐诗联系之一斑。

流　莺

这是因春末闻莺，有所感触而写成的一首诗。诗中的流莺，亦即作者自身的写照。其妙处在于融物我为一体，笔意若即若离，不以刻画形貌为工，而唱叹处自能传神写意。贺裳《载酒园诗话》云：“魏、晋以降，多工赋体，义山犹存比兴。”当于这类诗中去体会。

流莺漂荡复参差①，度陌临流不自持②。巧啭岂能无本意？良辰未必有佳期③！风朝露夜阴晴里，万户千门开闭时④。曾苦伤春不忍听，凤城何处有花枝⑤？

【注释】

① 流莺句：流莺，沈约《会圃临春风》：“舞春雪，杂流莺。”漂荡复参(cēn)差(cī)，即载飞载鸣的意思。漂荡，言踪迹无定。参差，形容鸣声时高时低，错杂成韵。杜甫《彭衙行》：“参差谷鸟鸣。”

② 度陌：飞过原野。陌，田野间的道路。曹操《短歌行》：“越陌度阡。”不自持，犹言不自胜。

③ 巧啭二句：上句承前“参差”，意谓莺声的千回百啭，难道无其本意，而仅仅为了使人悦耳？下句承前“漂荡”，是说在春天的美景良辰里，流莺虽然飞来飞去，但未必便有佳期。佳期，和意中人的约会。《楚辞·九歌·湘夫人》：“与佳期兮夕张。”按：李商隐早负才名，宦游落拓；他的诗文，于艳丽辞藻中时有寄托，故云。

④ 风朝二句：冯浩注："此联追忆京华莺声，故下接'曾苦'。"《汉书·郊祀志》形容建章宫规模之宏伟："度为千门万户。"

⑤ 凤城句：说莺兼说人，言长安城里并无一枝可栖。凤城，指长安（详见沈佺期《独不见》注⑥）。

【评】 取韦应物《听莺曲》较读，可知赋体与比兴体之别。又，以流莺为比兴，前此僧灵澈《听莺歌》已著先鞭（《全唐诗》卷八一〇），亦可并看。应物诗绮丽，灵澈诗愁苦，而设色皆浓；义山本善用浓笔，而此却特以淡笔出之，此诗人避熟就生之法门耳。

锦 瑟

此诗内容，旧说极多歧异：有人认为锦瑟是令狐楚家婢女名，这是首爱情诗（见刘攽《中山诗话》）；有人认为是追怀他死去的妻子王氏而作，是首悼亡诗（见《玉溪生诗笺注》）；还有人说瑟有适、怨、清、和四种声调，诗的中间四句各咏一调，则这又是一首描绘音乐的咏物诗（见《缃素杂记》）。细绎原诗语意，皆嫌牵强。张采田《玉溪生年谱会笺》解为李商隐晚年追叙生平，自伤身世之辞，较为合理。诗以锦瑟起兴，故取开头二字为题。

锦瑟无端五十弦，一弦一柱思华年[①]。庄生晓梦迷蝴蝶[②]，望帝春心托杜鹃[③]。沧海月明珠有泪，蓝田日暖玉生烟[④]。此情可待成追忆？只是当时已惘然[⑤]！

【注释】

① 锦瑟二句：因瑟有五十弦，联想到自己年将半百，因而追溯生平，华年

往事,一一忆起。瑟上的花纹如锦,故曰锦瑟。无端,表示心惊的意思。古瑟有五十弦,见《史记·封禅书》。又《汉书·郊祀志》记素女鼓五十弦瑟而悲,此暗用其意。

② 庄生句:意谓浮生若梦,变幻莫测。《庄子·齐物论》:"昔者庄周梦为胡蝶,栩栩然胡蝶也。……俄然觉,则蘧蘧然周也?不知周之梦为胡蝶与(同"欤"),胡蝶之梦为周与?"

③ 望帝句:意谓托文字以抒写内心哀愁。《华阳国志·蜀志》:"杜宇称帝,号曰望帝,更名蒲卑,会有水灾,其相开明决玉垒山以除水害,帝遂委以政事,禅位于开明,帝升西山隐焉。时适二月,子鹃鸟鸣,故蜀人悲子鹃鸟鸣也。"

④ 沧海二句:有感于当时党争剧烈,自伤冷落不遇。张采田曰:"二句谓卫公(李德裕)毅魄,久已与珠海同枯;令狐(绹)相业方旦,如玉田不冷。"按:李德裕于唐武宗时为宰相,攘外安内,建立功业,李义山对他极为倾仰,《文集》卷九有《太尉卫公会昌一品集序》。宣宗时,牛党得势,李德裕贬死崖州。崖州又名珠崖郡,在今海南琼山县,是滨海产珠之地。《博物志》卷九:"南海外有鲛人,……其眼能泣珠。"这里说珠有泪,是伤悼李德裕之词。蓝田,今陕西蓝田县,距长安不远,有玉山,产良玉。蓝田日暖,比喻令狐绹秉政朝廷,声势烜赫。李商隐与令狐绹为旧交,但因党争的关系,受到歧视。《旧唐书·李商隐传》:"令狐绹作相,商隐屡启陈情,绹不之省。"这里说玉生烟,意谓可望而不可即。《困学纪闻》卷一八引戴叔伦语云:"诗家之景,如蓝田日暖,良玉生烟,可望而不可置于眉睫之前也。"

⑤ 此情二句:高步瀛曰:"如上所述,皆失意之事,故不待今日追忆,惘然自失,即在当时已如此也。"(《唐宋诗举要》卷五)

【评】 义山《回中牡丹为雨所败二首》之二有云:"浪笑榴花不及春,先期零落更愁人。玉盘迸泪伤心数,锦瑟惊弦破梦频。"以之合本诗共读,更可证追述生平说不谬。

赵　嘏（三首）

赵嘏（生卒年不详），字承祐，山阳（今江苏省淮安县）人。会昌四年（844）进士。大中年间官渭南尉，世称赵渭南。

他曾在越州，与元稹相唱和；后来长安，和杜牧交往，极为杜牧所激赏，诗名倾动一时。其诗情致颇佳，不落秾艳繁缛；七言律、绝，笔力横放开拓，尤其所长。

《全唐诗》录存其诗二卷。

汾 上 宴 别

这诗是赵嘏离开汾上时在朋友们饯别的筵席上所作。诗中通过客中所见暮春景色，衬托羁旅之情，起结尤有深致。汾上，汾河之上。唐汾州治汾阳(今山西省县名)。

云物如故乡[①]，山川知异路。年来未归客，马上春欲暮。一樽花下酒，残日水西树。不待管弦终[②]，摇鞭背花去。

【注释】

① 云物：指自然界的景色。

② 管弦终：指宴罢撤筵。别筵上有音乐歌唱侑觞。

【评】 从年来客行落到宴别，复展开前程无已时，章法一线，中有结束，得张弛控纵之妙。起之佳在平缓中寓深沉，故能笼罩全诗。结之佳在促迫中见浩荡，故能语住意不住。其引满而发，要在于三联之一勒，为之蓄势，遂免剽急无剩之憾焉。

长 安 秋 望

《唐诗纪事》卷五六："杜紫微(牧)览嘏《早秋》诗云：'残星几点雁横塞，长笛一声人倚楼。'吟味不已，因目嘏为赵倚楼。"

云物凄清拂曙流[①]，汉家宫阙动高秋[②]。残星数点雁横塞，长笛一声人倚楼。紫艳半开篱菊静，红衣落尽渚莲愁[③]。鲈鱼正美不归去，空戴南冠学楚囚[④]。

【注释】

① 云物：犹言云气。拂曙流：在呈露着曙色的天空里往来浮动。

② 汉家句：高耸的宫阙掩映在云气之中，随着流云而滉漾，故云。

③ 红衣：红色的花瓣。

④ 鲈鱼二句：上句写思乡之感，下句写羁旅之愁。《晋书·张翰传》："翰因见秋风起，乃思吴中菰菜、蓴羹、鲈鱼脍，曰：'人生贵得适志，何能羁宦数千里以要名爵乎？'遂命驾而归。"《左传》成公九年："晋侯观于军府，见钟仪，问之曰：'南冠而絷者，谁也？'有司对曰：'郑人所献楚囚也。'"此云"学楚囚"，极言处境局促。楚囚南冠，表示不忘乡土；思乡而不得归去，故曰"空戴南冠"。

【评】　高秋清晓，残星远雁，长笛一声横空，引出"人倚楼"，不言愁而见愁绪盈满，直贯后片。"人倚楼"，洵为一诗要穴，故杜牧以"赵倚楼"目之。"拂"、"动"、"数点"、"一声"特传神，当细玩之。后半较平，无新意，与许浑前录《咸阳城西楼晚眺》同　弊病，意不高，气不足，虽有佳句，而结末不振，故难成大家。

江楼感旧

独上江楼思渺然[①]，月光如水水如天[②]。同来望月人何处？风景依稀似去年！

【注释】

① 思：读去声。渺然：空虚渺茫而无着落的意思。

② 水如天：一作“水连天”。

【评】 “人何处”设问，却不作答，只从风景似昔说开去，便有不堪回首之慨。“月光如水水如天”，一句中叠二字，读来有续续相生之感，上接“渺然”，下贯“依稀”，遂见通体空明，一片迷惘。

温庭筠（四首）

温庭筠(812—?)，原名岐，字飞卿，太原祁(今山西省县名)人。大中初，应进士举，不第。曾官隋县及方城尉，终国子助教。大约死于唐懿宗咸通末年。

他早年以才华知名，好作冶游，行为放荡，为时论所薄；又恃才凌傲，到处受到排挤，坎坷终身。工诗及词，词开花间一派；诗亦负盛名，与李商隐并称温、李。然所作绝大部分都以艳丽精巧见长，内容较狭窄晦深，有姿态而稍乏骨力，流于绮靡，实际上是难以和李商隐相提并论的。

有《温飞卿诗集》。

侠 客 行

这诗写古代游侠轻身敢死的精神。从环境气氛的衬托，觉此中有人，呼之欲出。渲染处，设色秾艳，是温诗本色。然妩媚而不伤气骨，故自可取。沈德潜云："温诗风秀工整，俱在七言，此篇独见警绝。"（见《唐诗别裁》卷四）

欲出鸿都门①，阴云蔽城阙。宝剑黯如水②，微红湿馀血。白马夜频嘶③，三更霸陵雪④。

【注释】

① 欲出句：古代侠客活动，都在政治经济中心的大城市。郭璞《游仙诗》："京华游侠窟。"这里的鸿都门，指长安城门（参看前白居易《长恨歌》注㊲）。

② 宝剑句：形容剑光澄澈晶莹。春秋时，秦人薛烛善相剑，见欧冶子所铸纯钧剑，曾说："观其光，如水之溢塘。"（见《吴越春秋》）黯（àn），深青色。

③ 嘶：一作"惊"。

④ 霸陵：在长安东。

【评】 "荒沟古水光如刀"，此李贺《勉爱行》之名句也，与此诗"宝剑黯如水"异曲同工。"光"，"黯"二字更各极神理。诗家罕用"血"字，以为粗俗（谢榛《四溟诗话》），而李贺云"恨血千年土中碧"（《秋来》）此则言"微红湿馀血"，又均能用俗字而得奇。二家均好奇，而贺诗更刻削刿心，此则区别之一面。

过陈琳墓

陈琳，字孔彰，汉末广陵人。工诗、赋，为“建安七子”之一。尝避难冀州，居袁绍幕中。后归曹操，为司空军谋祭酒，典记室，军国文书，多出其手。墓在今江苏省邳县。《玉泉子》：“温庭筠有词赋盛名，初从乡里举，客游江淮间，扬子留后姚勖厚遗之。庭筠年少，其所得钱帛，多为狎邪所费。勖大怒，笞且逐之。”按：这诗当是浪游江淮失意时所作。诗中吊古之情和自伤之感两相浃洽，故能化去笔墨蹊径，不落俗套。

曾于青史见遗文，今日飘蓬过此坟①。词客有灵应识我，霸才无主始怜君②。石麟埋没藏春草③，铜雀荒凉对暮云④。莫怪临风倍惆怅，欲将书剑学从军⑤。

【注释】

① 飘蓬：指飘泊无定的行踪。一作“飘零”。此坟：一作“古坟”。

② 词客二句：上句的“词客”指陈琳，也隐许自己。意谓陈是词客，而自己也以文学擅长，故云“应识我”。下句的“霸才”自指，也隐指陈琳。意谓正由于自己有霸才而无主，才体会到陈琳沦落不遇的悲哀，故云“始怜君”。纪昀曰：“此一联有异代同心之感，实则彼此互义。‘应’字极兀傲，‘始’字极沉痛，通篇以此二语为骨。”词客，犹言文士。杜甫《咏怀古迹》咏庾信宅有“词客哀时且未还”之语。霸才，辅佐统治者成就霸业的人才。

③ 石麟：墓道前的石麒麟。春草：一作“秋草”。

④ 铜雀：铜雀台，曹操所建（参看前杜牧《赤壁》注②）。

⑤ 莫怪二句：临风怀古，心情本已惆怅；想到自己文章不售，客游落拓，

不得不书剑从军,和所怀想的古人走上了相同的生活道路,故云"倍惆怅"。学,谓学陈琳。

【评】 寓悲愤于狂狷,一气流转而下,放荡中见郁勃之情,诗格脱胎于杜甫《咏怀古迹五首》之五(摇落深知宋玉悲),而有蕴藉与流荡之判,此固贞元元和以降流风所及,而于狂生性气,尤为惬洽。可取杜诗对读,以味诗体流变,然不必以优劣论,"词客有灵应识我,霸才无主始怜君",初不输于"怅望千秋一洒泪,萧条异代不同时"。

苏 武 庙

这是一首咏史诗。中间四句,形象地概括苏武衔命出使,坚持民族气节,艰苦不屈的过程,组织异常工丽,一向传为名作。结尾处从个人的穷通得失着笔,为苏武鸣不平,大大降低了诗的思想意义,反映出作者思想中庸俗的一面。

苏武魂销汉使前,古祠高树两茫然。云边雁断胡天月①,陇上羊归塞草烟②。回日楼台非甲帐,去时冠剑是丁年③。茂陵不见封侯印,空向秋波哭逝川④。

【注释】

① 云边句:《汉书·苏武传》:"昭帝即位。数年,匈奴与汉和亲。汉求武等,匈奴诡言武死。后,汉使复至匈奴,常惠请其守者与俱,得夜见汉使。教使者谓单于,言天子射上林中,得雁,足有系帛书,言武等在某泽中。使者大喜,如惠语以让单于。单于视左右而惊,谢汉使曰:'武

等实在。'”按：系书雁足的传说，原本于此。这里化用其事，描写苏武月夜望乡的情景。

② 陇上句：《苏武传》：“(匈奴)乃徙武北海无人处。使牧羝，羝乳，乃得归。别其官属常惠等，各置他处。武既至海上，廪食不至，掘野鼠，去草实而食之。杖汉节牧羊，卧起操持，节旄尽落。”

③ 回日二句：《苏武传》：“武留匈奴凡十九岁，始以强壮出，及还，须发皆白。”楼台非甲帐，言汉武帝时代的繁华景象，都已成为过去。暗示武帝已死。《汉书·西域传赞》：“孝武之世，兴造甲乙之帐，络以隋珠和璧，天子负黼衣，袭翠被，凭玉几而处其中。”颜师古注：“其数非一，以甲乙次第名之也。”沈炯《通天台奏汉武帝表》：“甲帐珠帘，一朝零落。”这里化用其语意。丁年，犹言壮年。李陵《答苏武书》：“丁年奉使，皓首而归。”

④ 茂陵二句：《苏武传》：“武以始元六年(前81)春至京师。诏武奉一太牢谒武帝园庙；拜为典属国，秩中二千石。”此咏其事。茂陵，汉武帝葬处。哭逝川，意谓感伤已经逝去的年华。《论语·子罕》：“子在川上曰：逝者如斯夫，不舍昼夜！”

【评】 中二联对仗极工。“甲帐”、“丁年”之对，更迥出意表，而一无斧凿之感。此非特因为境界开阔，感慨深沉，亦以二联均用逆笔，故虽巧而不平板。落脚于“去时冠剑是丁年”，直贯末联“不见封侯”，遂有秋风之哭，则复于逆折中见顺肆，笔法回互，依照老杜家数，温、李学杜均从此入。

商山早行

这诗写秋日早行的情景。温庭筠于唐文宗开成四年(839)秋，曾在长安京兆应试,不第而归,诗当作于是时。商山,在今陕西省商县东南(参见前杜牧《商山麻涧》题下注)。

晨起动征铎①,客行悲故乡②。鸡声茅店月,人迹板桥霜③。槲叶落山路,枳花明驿墙④。因思杜陵梦,凫雁满回塘⑤。

【注释】

① 动征铎(duó):驿站中响起了催促行人起身赶路的铃铎声。铎,大铃。

② 悲故乡:思念故乡。《史记·高祖本纪》:"游子悲故乡。"

③ 鸡声二句:欧阳修《六一诗话》:"余曰:'……状难写之景,含不尽之意,何诗为然?'(梅)圣俞曰:'……温庭筠鸡声茅店月,人迹板桥霜……则道路辛苦,羁愁旅思,岂不见于言外乎?'"明李东阳又评曰:"不用一二闲字,止提掇出紧关物色字样,而音韵铿锵,意象具足,始为难得。"近人闻一多《英译李太白诗》更发挥道"温飞卿只把这一个一个的字排在那里,并不依着文法的规程替它们联结起来,好像新印象派的画家,把颜色一点一点的摆在布上,他的工作完了。画家让颜色和颜色自己去互相融洽,互相辉映——诗人也让字和字自己去互相融洽,互相辉映。这样得来的效力准是特别的丰富。"

④ 枳:枳棘,野生植物。

⑤ 因思二句:回忆长安。按:温庭筠在长安时,曾寓居杜陵,集中有《鄠杜郊居》。此写郊居景物。一说:凫雁满塘,比喻小人充满朝廷。凫(fū),野鸭。

【评】"鸡声茅店月,人迹板桥霜",承顾况《过山农家》"板桥人渡泉声,茅檐日午鸡鸣",启元代马致远《天净沙》"枯藤老树昏鸦,小桥流水人家"。而用五言,更难能可贵,盖一句三事,六字较五言易于安排。

雍　陶（三首）

雍陶(生卒年不详),字国钧,成都人。大和八年(834)进士,官国子博士,历简、雅二州刺史。

他和贾岛、徐凝等人相唱和,自负甚高。小诗颇多佳作,淡语中自有深致。

《全唐诗》录存其诗一卷。

送 蜀 客

《唐才子传》卷七《雍陶传》:“少贫,遭蜀中乱后播越。”这诗因送人入蜀,抒写出作者久客他乡,思念故园的亲切感情。

剑南风景腊前春[①],山鸟江风得雨新。莫怪送君行较远,自缘身是忆归人。

【注释】

① 剑南句:送别正当腊月,因北方寒冷,想象到剑南和暖,已是春意萌动的时候了。与杜甫在蜀所作《十二月一日三首》之三“今朝腊月春意动”同意。剑南,即蜀中。唐剑南道治成都。

【评】 从远拟故乡“腊前春”新景起,落到近边送行,末句更以“忆归”照前,则笔至近处,意复远放。送行诗中别出机杼者。“莫怪”句特真切婉曲,造语亦新。

西 归 出 斜 谷

雍陶于大中年出任简州刺史。简州州治在今四川省简阳县,这诗是由长安入蜀时途中所作。斜谷,即褒(bāo)斜谷,是由秦入蜀必经的道路。

行过险栈出褒斜[①]，山尽平川似到家[②]。万里客愁今日散[③]，马前初见米囊花[④]。

【注释】

① 行过句：褒斜谷，又称褒斜道，简称斜谷，在长安西南，是终南山的山谷。北口曰斜，在今陕西省郿县；南口曰褒，在今陕西省褒城县北。两旁山谷高峻，中间为褒水所经。自秦时起，即修筑栈道，以通行人。过，读平声。

② 山尽：一作"出尽"。

③ 万里：一作"无限"。

④ 米囊花：即罂粟花。草本，叶平滑，花大而艳丽，盛产于今四川、云南一带。

【评】 一、二写景，暗透三句之意，是融景入情，由三而四更融情入景，不说喜，而喜意全由米囊花溢出。机杼略同贺知章"儿童相见不相识，笑问客从何处来"。然贺诗宽大，此诗新巧，此盛晚体格之别。

题　君　山

这诗写从洞庭湖上望君山的情景。君山在洞庭湖中（参看李白《陪侍郎叔洞庭醉后》注①）。题一作《洞庭诗》。

风波不动影沉沉[①]，翠色全微碧色深[②]。应是水仙梳洗处，一螺青黛镜中心[③]。

【注释】

① 风波：一作“烟波”。影：指山影。

② 翠色句：承上句，翠色指山色如翠，即杜诗“日日江楼望翠微”之翠（《秋兴》）；碧色，指水色如碧，即韦庄“春水碧于天”之碧（《菩萨蛮》）。翠、碧均为绿玉石，而翠色浅，碧色深。因湖水近，故深，山色远，故浅。同色相映而浓淡层次深得物理，较历来异色明暗相衬有创新。

③ 应是二句：刘禹锡《望洞庭》：“遥望洞庭山水翠，白银盘里一青螺。”与此用意略同。此以镜比湖，以螺黛比山，而把环境的形象之美，写成了水仙梳洗，更能见出丰富的想象和新颖的构思。宋黄庭坚《雨中登岳阳楼望君山》：“满川风雨独凭栏，绾结湘娥十二鬟。可惜不当湖水面，银山堆里看君山。”则既以君山比作湘娥的螺髻，又悬想从湖水中看君山，可能是受到这诗的启发。水仙，即湘娥，又称湘妃。相传帝尧之女，帝舜之妃娥皇、女英死后成为湘水女神（参李白《远别离》题下注）。《山海经·中山经》：“洞庭之山，……帝之二女居之。”螺（luó）黛，即螺子黛，妇女画眉所用，产于波斯国（见《南部烟花记》）。螺黛深青色，故称青螺黛。一螺青黛，是“一青螺黛”的倒文。应是，一作“疑是”。

薛　逢（一首）

薛逢（生卒年不详），字陶臣，蒲州（今山西省永济县附近）人。会昌元年（841）进士。历侍御史，出任巴、蓬、绵三州刺史，官终秘书监。

他早负才名，词华赡富。为诗落笔即成，但有时出之太易，不免流入浅俗。

《全唐诗》录存其诗一卷。

猎 骑

这诗写长安近郊禁军射猎的情况。《新唐书·兵志》:"京畿之西,多以神策军镇之,皆有屯营。军司之人,散处甸内,皆恃强凌暴,民间苦之。"唐代禁军,绝大部分都出身市井无赖,诗中所写,主旨在于讥讽其纵情游乐。刻画之处,笔墨酣畅,而寓意于一起一结。微婉顿挫,感慨自深。

兵印长封入卫稀①,碧空云尽早霜微。浐川桑落雕初下,渭曲禾收兔正肥②。陌上管弦清似语③,草头弓马急如飞。岂知万里黄云戍,血迸金疮卧铁衣④。

【注释】

① 兵印句:《新唐书·兵志》:"长安奸人多寓两军(左、右神策军),身不宿卫。"军中无事,故"兵印长封"。

② 浐川二句:桑落禾收,秋天原野空旷,正好射雕猎兔,故云。浐水源出今陕西蓝田县,流经长安,合灞水入渭河。

③ 陌上句:射猎时在野外张乐宴饮,故云。

④ 岂知二句:以戍边士兵的艰苦战斗和禁军的游乐生活相对照。王维《送平淡然判官》:"黄云断春色,画角起边愁。"金疮,刀剑创伤。铁衣,铁甲。《木兰诗》:"寒光照铁衣。"

【评】 写围猎二联当与王维《观猎》"草枯鹰眼疾,雪尽马蹄轻。忽过新丰市,还归细柳营"对看,有雄浑与俊爽之别。后北宋苏轼《常山围猎》有句"弄风骄马跑空立,乘兔苍鹰掠地飞。回望白云生翠巘,归来红叶满征衣",风致又较此诗飘逸。

马　戴（二首）

马戴（生卒年不详），字虞臣，曲阳（今江苏东海西南）人。会昌四年（844）进士，曾参太原军幕。贬龙阳尉。官终太学博士。

他的五言诗，抒情写景，蕴藉自然，于凝炼中见出宽阔纡徐的境界，风致特为秀朗。宋朝的严羽和明朝的杨慎都给以很高的评价（见《沧浪诗话·诗评》及《升庵诗话》卷七）。他在同时诗人中和贾岛往还最密，但没有沾染贾岛清奇僻苦的气习。

《全唐诗》录存其诗二卷。

楚 江 怀 古(三首选一)

这诗写洞庭湖晚秋月夜的景色。楚江,指湘江。

露气寒光集①,微阳下楚丘②。猿啼洞庭岸,人在木兰舟③。广泽生明月④,苍山夹乱流⑤。云中君不见⑥,竟夕自悲秋。

【注释】

① 露气句:秋天傍晚,冷露下降,阳光里饱涵水气,所以凝成一片寒光。

② 楚丘:犹言楚山,泛指洞庭湖旁的山。

③ 木兰舟:以木兰为舟,取美丽芬芳之义(参看前韩翃《送冷朝阳还上元》注①)。

④ 广泽句:湖泽广无边际,望去月亮似从波中涌出,故云。

⑤ 苍山:一作"苍葭"。

⑥ 云中句:云中君是《楚辞》中的神名,即云神。《九歌》有《云中君》篇。《九歌》的描绘,多以湘、沅、洞庭作为背景。这句可从两方面去理解:一是由于在特定环境中因《九歌》的美丽神话而引起的一种遐想。《云中君》结尾二句说:"思夫君(指云中君)兮太息,极劳心兮忡忡。"此化用其语。二是以云中君作为云的代称,言长空无云,秋天明净。见,一作"降"。

【评】 沈德潜《唐诗别裁》评"猿啼"一联云"二句联读,标格自见",此评得间,试细味之。

送僧归金山寺

金山寺，在唐润州（今江苏省镇江市）西北金山之上，下临大江，为江南名胜之一。

金陵山色里，蝉急向秋分①。迥寺横洲岛，归僧渡水云。夕阳依岸尽，清磬隔潮闻②。遥想禅林下，炉香带月焚③。

【注释】

① 金陵二句：写秋日送别时情景。由夏入秋，蝉声变得凄切，最易触动离愁，故云。急，急切、凄紧的意思。郎士元《送钱起》："暮蝉不可听，落叶岂堪闻！"高仲武曾举以为"工于发端"之例（见《中兴间气集》卷下），此诗笔意大略相同，而特为含蓄。山，一作"江"。

② 夕阳二句：唐时金山在大江之中（现因沙洲淤涨，已与南岸相连），山寺高迥，江面宽阔，一望无际，故云。按：张祜《题润州金山寺》诗有"树影中流见，钟声两岸闻"之句，为时传诵。所写之景略同，但在意境上尚不及这两句空灵。

③ 带月：一作"对月"。

【评】 机杼仿佛孟浩然《晚泊浔阳望香炉峰》（参前录），清旷亦类之，而精婉见晚唐风致。"夕阳"一联，尤似浩然末联"东林精舍近，月暮空闻钟"。诗脉至此已难以为继，而更出"遥想"一联，又深一层，而无蛇足之嫌，极难能。

李群玉（四首）

李群玉（生卒年不详），字文山，澧州（今湖南澧县）人。早岁工诗，擅长音乐和书法，文采倾动一时。曾应进士举，不第。裴休任湖南观察使，延致幕中。大中八年（854），以布衣游长安，献诗三百篇。时裴休为相，荐授弘文馆校书郎。不久，即请假弃官而归。他的诗，情致缠绵处颇近李商隐。不多用典，空灵的笔触，清丽的语言，虽气魄不够宏伟，而韵味自然深美。

有《李群玉集》。

感　兴(四首选一)

这诗托物寄兴，抒写感慨，故题作《感兴》。诗中的嫦娥和织女，是作者孤高寂寞情怀的象征。

昔窃不死药，奔空有嫦娥[①]。盈盈天上艳[②]，孤洁栖金波[③]。织女了无语，长宵隔银河。轧轧挥素手，几时停玉梭[④]？

【注释】

① 昔窃二句：写嫦娥奔月事(详见前李商隐《常娥》注②)。

② 盈盈：美好貌。《古诗》："盈盈楼上女，皎皎当窗牖。"

③ 金波：月光。汉乐府《郊祀歌》："月穆穆以金波。"《初学记》徐坚注引《河图帝览嬉》："月者，金之精也。"

④ 织女四句：《古诗》："迢迢牵牛星，皎皎河汉女。纤纤擢素手，札札弄机杼。终日不成章，泣涕零如雨。河汉清且浅，相去复几许。盈盈一水间，脉脉不得语。"这里化用其意，写织女的哀怨。轧轧，投梭时织机所发出的声响。札，字通"轧"。梭(suō)，织具，就是杼，用以行纬。

湖　阁

这诗写登临高阁，俯瞰青草、洞庭湖的情景。

楚色笼青草[①]，秋光洗洞庭[②]。夕霏生水寺，初月落寒汀[3]。棹响来空阔，渔歌去杳冥[4]。欲浮阑下艇，一到斗牛星[5]。

【注释】

① 青草：湖名，在今湖南省湘阴县之北，岳阳市之南。湖之南有青草山，故名。《读史方舆纪要》引祝穆曰："青草湖北连洞庭，南接潇湘，东纳汨罗，自昔与洞庭并称。"

② 秋光：一作"秋风"。

③ 落：一作"尽"。

④ 去：一作"发"。杳冥：指深远无际之处。

⑤ 欲浮二句：写登临时空阔遥远的心情，是因上联"棹响""渔歌"而引起的遐想。即李白诗"南湖秋水夜无烟，耐可乘风直上天"（《陪族叔刑部侍郎晔及中书贾舍至游洞庭湖》）的意思。张华《博物志》载：天河与海通连，曾有人乘槎泛海，直至天河牵牛宿之旁（参看杜甫《秋兴》第二首注④）。这里化用其事。

黄　陵　庙（二首）

"黄陵庙"，在今湖南湘阴县北四十里的洞庭湖边，是当地人民奉祀湘水女神即传说中古代帝舜二妃娥皇、女英的祠庙（参看李白《远别离》题下注）。李群玉诗中关于黄陵庙的题咏很多，这诗抒写吊古之情，下篇，描绘湖上风光，湖边女郎的水上生活，地方色彩和生活气息浓厚，饶有民歌风味。

其　一

小姑洲北渚云边[1]，二女啼妆自俨然[2]。野庙向江春寂寂，古碑无字草芊芊[③]。风回日暮吹芳芷[④]，月落山深哭杜鹃[⑤]。犹似含颦望巡狩，九疑凝黛隔湘川[⑥]。

【注释】

① 小姑洲：黄陵庙南的洲名，详不可考。姑，一作"孤"，一作"袁"。

② 二女句：传说娥皇、女英在洞庭湖边听到舜死消息，南望啼哭，泪洒竹林，最后投水而死。因而她们浮现在人们头脑里的是富有悲剧意义的美的形象，故云。自，一作"共"。啼妆，一作"容华"，一作"明妆"。俨(yǎn)然，犹言宛然，好像在眼面前一样。

③ 芊(qiān)芊：茂盛貌。

④ 风回句：《楚辞·九歌·湘夫人》："沅有芷兮澧有兰，思公子兮未敢言。"芷，即白芷，水边香草。风回日暮，一作"东风近暮"。

⑤ 月落句：古代神话说杜鹃是望帝的魂魄所化，这里写湖山月夜的寂寞凄清，暗寓帝舜南巡不返的悲哀。月落，一作"日暮"。

⑥ 犹似二句：黄陵庙之南，遥远的湘水的那边，就是九疑山，望去凝聚着一片青翠之色，这里形象化地把自然环境之美写成了娥皇、女英悲哀的化身，点明有关黄陵庙的故事传说，与首联相应。含颦，因愁怨而攒眉。皇帝出行叫做巡狩。九疑，即苍梧山，在今湖南宁远县，山有九峰，形状相似，故名。传说中帝舜坟墓所在。黛，女子画眉所用青黑色的石粉。凝黛，一作"如黛"，一作"愁断"。

其 二

一说是李远的诗。

黄陵庙前莎草春，黄陵女儿茜裙新[①]。轻舟短棹唱歌去[②]，水远山长愁杀人。

【注释】

① 茜(qiàn)裙新：红色的新裙。

② 短棹：一作“小楫”。唱：一作“随”。

【评】“莎草春”，“茜裙新”，设色明丽。短棹轻歌，情致欢快。末句忽转悲伤语，看似突兀，而一、二句“黄陵”唱叠，早已暗透女儿命运。此以往古舜妃传说与当时水乡多征舟之现实糅合一体，而均不显言之，包蕴特深。

曹　邺（二首）

曹邺（生卒年不详），字邺之（一作“业之”），桂州阳朔（今广西壮族自治区县名）人。大中四年（850）进士。由天平节度掌书记累迁太常博士、祠部郎中，官终洋州刺史。

他早岁贫困，晚年才登仕途，故诗多愁苦之音，往往流于庸俗。但也写出了一些暴露社会黑暗，同情人民的作品。《四库全书总目提要》说他的诗，“多怨老嗟悲之作。盖坎壈不遇，晚乃成名，故一生寄托，不出此意”（卷一五一）。这话看出了问题的一面，然而却不足以概括其全部的内容。风格质实，多用古体，似有意以矫晚唐纤靡之弊。与刘驾、于濆、聂夷中、邵谒等相近，俨然成一流派。参后于濆介绍。

有《曹祠部集》。

四 望 楼

这诗借歌咏古迹，描绘豪门贵族荒淫腐化的生活，于铺叙之中，寓讥讽之意。这种表现手法，是从古乐府诗中胎息而来的。题下原注云："楼在洛阳东，今废。秦时有贵公子贾虚每日宴其上。"

背山见楼影，应合与山齐[①]。座上日已出，城中未鸣鸡[②]。无限燕赵女[③]，吹笙上金梯。风起洛阳东，香过洛阳西。公子长夜醉，不闻子规啼[④]。

【注释】

① 背山二句：言山遮不住楼，从山后望到楼影，可知这楼高与山齐。应合，犹言应是。应与合同义，推测之词。

② 座上二句：意谓贵公子作长夜之饮，座上灯烛明亮，有如日光。

③ 燕赵女：指美女。《古诗》："燕赵多佳人，美者颜如玉。"

④ 公子二句：子规夜间始鸣，鸣时公子已醉，故曰"不闻"。又：子规啼声悲，易触人愁绪。今曰"不闻子规啼"，隐含公子不知愁之意。《史记·殷本纪》："（纣）为长夜之饮。"

【评】 质而奇，俗而肆。与前录顾况《公子行》机杼略似，结语尤然。然而风采情韵远逊于况诗，过于粗疏之故也。

官 仓 鼠

这诗是因见官仓鼠，联想到饱食民脂民膏、贪污略无忌惮的官吏，而给以尖锐的嘲讽。形象的比拟，本于《诗经·魏风·硕鼠》。结尾处，即事兴感，用意自深。故措语不嫌直致，而笔底自有波澜。

官仓老鼠大如斗[①]，见人开仓亦不走。健儿无粮百姓饥[②]，谁遣朝朝入君口[③]！

【注释】

① 斗：一作“牛”。

② 健儿无粮：当时，戍边士兵缺乏粮饷。李商隐《行次西郊作一百韵》：“健儿立霜雪，腹歉衣裳单。馈饷多过时，高估铜与铅。”健儿，战士的通称。

③ 谁遣句：末句用反诘句作结，作者当然是谴责那些贪官污吏，但是也含有责问是谁造成了这种令人愤慨的社会现象的意思。

刘　驾（二首）

刘驾（生卒年不详），字司南，江东（今江苏南部）人。大中六年（852）进士，官国子博士。工古体诗。与曹邺并称曹刘，而情致稍胜，参前曹邺、后于渍介绍。

《全唐诗》录存其诗一卷。

早 行

马上续残梦[①]，马嘶时复惊。心孤多所虞，僮仆近我行。栖禽未分散[②]，落月照古城。莫羡居者闲，溪边人已耕[③]。

【注释】

① 马上句：形容早行者的神态。因起程太早，尚未睡醒，所以骑在马上还继续做着梦。苏轼《太白山下早行至横渠镇书崇寿院壁》用此全句入诗。

② 栖禽句：禽鸟夜间栖歇树间，早晨才分散飞出。因天色未明，故鸟未分飞。

③ 莫羡二句：脱离劳动的封建士大夫，平时总是日晏犹眠，所以在行旅中会感到披星戴月的辛苦，而羡慕居人的安逸。但到农村沿途一看，情况并不如他们所想象的那样。这里写出了作者当时亲切的体会。

【评】 极写早行辛苦，都为末联反跌蓄势，非可仅以善写旅况目之，是以为厚。景语置三联，兼照前后，通联人我，章法简洁而不平板。贺裳《载酒园诗话》称之为晚唐“杰构”。

弃 妇

回车在门前[①]，欲上心更悲：路旁见花发，似妾初嫁时[2]。养蚕已成茧，织素犹在机[3]。新人应笑此，何如画蛾眉[4]？

【注释】

① 回车：回到娘家的车辆。

② 路旁二句：即景生情，意谓当初貌美如花，而现在则色衰被弃。

③ 织素句：这二句言弃妇在夫家终日操劳，曾不暂息。古乐府《上山采蘼芜》："新人工织缣，故人工织素。"素，生帛。

④ 新人二句：这二句暗责弃妇之夫重色不重德。又：一本此后有"昨日惜红颜，今日畏老迟。良媒去不远，此恨当告谁"四句。

【评】　当与前录孟郊《古妾薄命》对读，均从古诗《上山采蘼芜》来，而有所创新。然孟诗深敛而气稍劲，此诗舒婉而韵可哀。又一本之后四句显为蛇足，似非为刘驾手笔。

于　渍（三首）

于渍（籍贯及生卒年均不详），字子漪。咸通二年（861）进士，做过泗州判官。

他和曹邺、刘驾、邵谒、聂夷中等都力反当时轻艳浮靡的诗风，重视文学的现实意义和“教化”作用。为了摆脱声病的拘束，所作多五言短古，风格刚健朴质，彼此颇相近似。这派诗人，大都出身贫寒，经历兵乱，对人民疾苦，有比较深切的体念，故能对当时残酷黑暗的现实，作出有力的暴露和狙击。惟在艺术形式的运用上，缺少变化，不免给人以单调的感觉。

于渍曾作古风三十篇，自号为“逸诗”。现存作品见于《全唐诗》的共一卷。

古　宴　曲

雉扇合蓬莱，朝车回紫陌[①]。重门集嘶马，言宴金张宅[②]。燕娥奉卮酒[③]，低鬟若无力[④]。十户手胼胝，凤凰钗一只[⑤]。高楼齐下视，日照罗绮色。笑指负薪人，不信生中国[⑥]。

【注释】

① 雉扇二句：写上朝和退朝的盛况。“雉扇”，皇帝上朝时所用雉尾障扇（参见杜甫《秋兴》其五注⑤）。合，掩映的意思。蓬莱，唐宫名。紫陌，京城大路。

② 言：语助词。金张：汉朝著名的官僚世族，这里借指当时的豪门。

③ 燕娥：燕地的美女。《古诗》：“燕赵多佳人。”

④ 低鬟句：形容妆饰华贵，体态娇柔。

⑤ 十户二句：意谓十户人家全年的劳动生产价值，仅够制成她们头上所戴的一只凤凰钗。手胼（pián）胝（zhī），是“手足胼胝”的略文。胼胝，因劳累而长出了厚皮。

⑥ 笑指二句：意谓他们不能想象社会中还有这样生活穷困的人。

富　　农

这诗描写一个吝啬贪婪的地主，反映了当时土地兼并剧烈的情况，揭示出剥削者残酷而丑恶的阶级本质。因为这地主住在农村，所以称之为“富农”。诗前原有序云：“渍寓居尧山南（在今河北省邢台县东北)六十里。里有富农得氏,琅玡人。指其貌,此多藏者也。积粟万庾,牛马无算。血属星居于里土,生不遗,死不赠。环顾妻孥,意与天地等。故作是诗,用广知者。”

长闻乡人语:此家胜良贾①。骨肉化饥魂②,仓中有饱鼠。青春满桑柘,旦夕鸣机杼③。秋风一夜来,累累闻砧杵④。西邻有原宪⑤,蓬蒿绕环堵⑥。自乐固穷心,天意在何处⑦!当门见稚子⑧,已作桑田主。安得四海中,尽为虞芮土⑨!

【注释】

① 良贾:善于经营的商人。

② 骨肉:这里指妻子以外的亲属,如弟、兄、叔、伯等,即诗序里所说的“血属”。化饥魂:饿死。

③ 青春二句:谓养蚕取丝,拥有大量的纺织成品。

④ 累累句:言储藏有大量换季的衣服。累累,连续不断的意思。砧杵,砧杵声,指捣衣。

⑤ 原宪:孔子学生中最贫穷的一位,这里作者用以自比。

⑥ 蓬蒿句:形容家境萧条。环堵,屋四周的围墙。

⑦ 自乐二句:把自己的穷困和这家地主相对比,意谓社会上到处存在着“为富不仁”,“为仁不富”的不合理现象,慨叹于天道的无知。固穷,犹言耐穷,不因贫穷而改变操守。《论语·卫灵公》“子曰:君子固穷,小人穷斯滥矣。”又同书《学而》:“子曰:……未若贫而乐,富而好礼者也。”此云“自乐”,化用其意。

⑧ 稚子:指这地主家未成年的孩子。

⑨ 虞芮(ruì)土:借指兼并得来的土地。虞、芮,殷末二国。疆界毗连,曾为田土而争夺(见《史记·周本纪》)。

山 村 叟

古凿岩居人，一廛称有产[①]。虽沾巾覆形[②]，不及贵门犬。驱牛耕白石[③]，课女经黄茧[④]。岁暮霜霰浓[⑤]，画楼人饱暖。

【注释】

① 古凿二句：意谓在深山里挖了一处窑洞，就以之作为住处，在这里垦荒为生。凿(záo)，孔穴。古住宅一所，称为一廛。《孟子·滕文公上》："愿受一廛而为氓。"这里借指一处窑洞。

② 沾：沾及。巾覆形：用一块布围在身上，当作衣裳，遮掩形体。《白虎通》："衣者隐也，裳者障也，所以隐目障蔽也。"此取其义。凡覆盖包裹用的布，都称巾。

③ 白石：指少土的山地。

④ 课：督促。经：织机上的直线曰经，横线曰纬，一经一纬，织成布匹，这里作动词用，就是织的意思。黄茧：野蚕丝。

⑤ 霜霰(xiàn)：即霜雪。霰，雪珠。

邵谒（一首）

邵谒（生卒年不详），韶州翁源县（今广东县名）人。为县小吏，因触怒县令，被逐。刻苦读书。咸通七年（866）赴长安，为国子生。时温庭筠为国子助教，张贴其诗三十馀首。许之为“声词激切，曲备风谣”（见《全唐文》卷七六八）后成进士，赴官，不知所终。

《全唐诗》录存其诗一卷。

岁 丰

皇天降丰年，本忧贫士食。贫士无良畴，安能得稼穑[①]？工佣输富家[②]，日落长太息。为供豪者粮，役尽匹夫力[③]。天地莫施恩，施恩强者得！

【注释】

① 稼穑（sè）：本义指农业劳动，这里作名词用，指农产品。

② 工佣句：言穷人为人所雇佣，劳动成果全部输入了富家。

③ 匹夫：犹言平民。

聂夷中（二首）

聂夷中(837—884),字坦之,河东(今山西永济县)人。咸通十二年(871)进士。时值兵革之际,朝廷无暇办理官吏诠选,困居长安很久,补华阴县尉。

胡震亨论唐诗,认为在晚唐诗人中,“以五言古诗鸣者,曹邺、刘驾、聂夷中、于溃、邵谒、苏拯数家,其源似并出孟东野。洗剥到极净极真,不觉成此一体”。而在此数家中,“夷中语尤关教化”(见《唐音癸签》卷八)。

《全唐诗》录存其诗一卷。

咏 田 家

这诗描写在官府的横征暴敛和高利贷的双重剥削下贫苦农民无法生活下去的普遍情况，反映了唐末农民大起义前后农民破产，人口大量逃亡的社会真实。诗中用具体的事实，揭示出尖锐的阶级矛盾。语言极简练，而用意颇深刻。思想性和艺术性的结合，来自真实的生活体验，一般虽具有同情人民思想但仍高高在上的士大夫是不能道其片语只字的。然而作者毕竟是封建阶级的一员，故结尾四句，仍然把解决矛盾的幻想，寄托于朝廷的俯察民情，施行仁政。一本开头四句另为一首，题作《田家》。

父耕原上田，子劚山下荒①。六月禾未秀②，官家已修仓③。二月卖新丝，五月粜新谷④。医得眼前疮，剜却心头肉。我愿君王心，化作光明烛。不照绮罗筵，只照逃亡屋⑤。

【注释】

① 父耕二句：极言农民之勤劳，与下文形成鲜明的对照。劚(zhǔ)：锄一类的农具，这里作动词用。

② 秀：禾吐花。

③ 修仓：意谓准备征收租税。《资治通鉴》卷二三四陆贽论税限迫促之弊，有“蚕事方兴，已输缣税；农功未艾，遽敛谷租……有者急卖而耗其半直，无者求假而费其倍酬”之语。虽言中唐事，亦可参看。

④ 二月二句：二月蚕事还未开始，五月稻秧刚刚下田，而贫困的农民却不得不把新丝和新谷贬价预卖。故下二句云云。按：晚唐税收，多似牛毛。《旧唐书·食货志(上)》：“通津达道者税之，莳蔬艺果者税之，

死亡者税之。节度观察交代,或先期税入以为进奉。"二月卖新丝,五月粜新谷是苛捐杂税直接造成的。上文说官家六月修仓,可见征敛之急迫;然而在这之前,农民早就把"新谷"卖掉,因此无法缴租,只得逃亡。结句的"逃亡屋",正点明此意。又:上文说"禾",这里说"新谷"兼说"新丝",单起双承,文义互见。先说"六月",后说"二月""五月",错综成文,章法本于《诗经·豳风·七月》。

⑤ 逃亡屋:屋存而人逃亡。《资治通鉴》卷二四一:"(李)渤上言:臣过渭南,闻长源乡旧四百户,今才百馀户,阌乡旧三千户,今才千户,其他州县大率相似。"可见晚唐农民的大量逃亡已成为严重的社会问题。

公　子　行(二首选一)

花影出墙头,花里谁家楼?一行书不读,身封万户侯。美人楼上歌,不是《古梁州》①。

【注释】

①《古梁州》:即《梁州宫调曲》。这一曲调的歌词,都是摹写边塞战争情事。说不是,而不显言是何曲,结得微婉。

【评】 自前录曹邺至聂夷中数人此类反映现实诗歌,显从中唐元白、张王及孟郊古乐府一路来。而其善为苦刻之语,则更近于孟郊与王建乐府诗,而更趋刻露与议论化。如以"健儿无粮百姓饥,谁遣朝朝入君口","骨肉化饥魂,仓中有饱鼠","虽沾巾覆形,不及贵门犬","医得眼前疮,剜却心头肉"……诸语观之,此一动向当可自明。此固与唐末社会矛盾激化,诗人不暇浅酌低唱,而须大声疾呼有关,即所谓"乱世之音怨以怒,其政乖"(《礼记·乐记》)。而另一方面亦反映了唐末诗坛在表现手法上一股向浅切坦易发展的支流。这股风气，在当时不同题材的诗歌中均有反映（参下李昌符、皮日休、郑谷诗等评语），并直接影响于北宋初期诗风（如王禹偁等）。论诗歌流变必须兼顾上述两方面，否则必难免于偏颇。

李昌符（三首）

李昌符(？—867)，字梦若(一作"嵓梦")，籍贯不详。咸通四年(863)进士，仕至膳部员外郎。因作诗轻薄，被劾谪官，终身失意。

他曾从军西北。边塞之作，沉郁苍凉，富于真实感。在长安，与郑谷相唱和，为诗友。

《全唐诗》录存其诗一卷。

边行书事

唐末吐蕃内乱，从大中三年(849)起，秦、原、安乐三州人民起义归唐，到咸通二年(861)张义潮收复凉州为止，长期为吐蕃占据的河、湟之地才算大致恢复。又，大中年间，党项侵扰西北，宣宗曾发诸道兵进击，连年无功。后虽一度为白敏中所平定，但不久又为边患。迄至唐末，战争一直不断地在进行着。这诗描写西北边地战时的荒凉景象，是作者亲身目睹的情形。它的主旨，则在于慨叹唐朝国运的没落，国力的空虚，边疆的不靖，将帅的无能。意真情切，语重心长，在晚唐边塞诗中，是具有现实意义的优秀作品。题一作《书边事》，一作《塞上行》。

朔野烟尘起，天军又举戈。阴风向晚急，杀气入秋多①。树尽禽栖草，冰坚路在河②。汾阳无继者，羌虏肯先和③？

【注释】

① 朔野四句：一作“莽苍芦关北，孤城帐幕多。客军甘入阵，老将望回戈。”烟尘起，发生战事。天军，唐朝的军队。

② 树尽二句：写战地的荒寒。树木都被斫伐作为营寨，所以“树尽”。天寒冰坚，河里可以行军，故云“路在河”。

③ 汾阳二句：汾阳，指郭子仪。郭子仪的封爵为汾阳王。安史乱后，他领朔方军镇守西北，威望甚高。永泰初(765)，回纥和吐蕃联兵入寇，他说和了回纥，大破吐蕃。无继者，一作“寻下世”。

秋晚归故居

这诗和下面一首，一写对残破家园的深厚感情，一写飘泊他乡的客中春感，可对照读。两诗所描绘的景物，都真切地反映了作者当时的心情，是从实际生活体验中提炼出来的。故能工致入微，耐人寻绎，而不流于纤巧。题一作《远归别墅》。

马省曾行处，连嘶渡晚河①。忽惊乡树出，渐识路人多②。细径穿禾黍，颓垣压薜萝③。乍归犹似客，邻叟亦相过④。

【注释】

① 马省二句：意谓马也带有情感地回到故乡。省，记得、认识。

② 忽惊二句：写到家前的情景。上句说远望中，乡树忽然出现在眼里，为之惊喜。下句说越走离家越近，认识的人也渐渐多了起来。

③ 细径二句：写村庄的残破。村前大路荒废了，只得取径田中，故"穿禾黍"。围墙倒塌，蔓生在墙上的植物落到地上，故"压薜萝"。

④ 乍归二句：紧承上二句而言。由于故居荒废，改变了过去的面貌，乍归时心理上有一种空虚而无着落的感觉，故云"犹似客"。邻叟相过，即杜甫《羌村》"邻人满墙头，感叹亦歔欷"之意，写邻里慰藉之情。过，读平声。

【评】 此等诗实由王绩《在京思故园见乡人问》、贺知章《回乡偶书》、岑参《逢入京使》、司空曙《云阳馆与韩绅别》、李益《喜见外弟又言别》一路来，以能用平易之语道得人心中事为擅胜，而诗文代新，由初盛而中晚，这一路诗亦由朴拙而浑成而隽永。至唐末追新逐奇，争胜前人之风不已，故多有从此道以求开拓者。然而多则必滥，往往失之率易或者尖新，反失前人本旨。此诗与前录刘驾《早行》诗之所以可贵，在于语未经人道而不失浑厚之旨，刻写虽细微而依然从心田流出，其新巧处则又鲜明地体现了晚唐诗之特色。试将本书所录上列各诗贯穿比较细味之，当于诗格流变、唐风代新之史实，有所解会。

旅游伤春

酒醒乡关远①，迢迢听漏终②。曙分林影外③，春尽雨声中④。鸟倦江村路，花残野岸风。十年成底事⑤？羸马厌西东⑥。

【注释】

① 酒醒句：羁旅愁怀，用酒来麻醉自己，可是酒醒之后，分外感到孤独凄凉，故云。

② 漏终：指夜尽。漏，古代计时的工具。

③ 曙分句：林影是黑沉沉的，透过树林，看见了天边的曙色，故曰“分”。

④ 春尽句：就是李煜《浪淘沙》“帘外雨潺潺，春意阑珊”的意思。暮春时节，经常是阴雨连绵，给愁人以百般无聊的感觉。这里抓住了这一带有特征性的景象，通过雨声，把旅客伤春的情绪表现了出来，句法异常精炼。宋代陈与义的名句“杏花消息雨声中”（《怀天经智老因访之》），可能是从这诗受到启发的。

⑤ 成底事：成就了什么事业。意思是说无所成就。

⑥ 羸(léi)马：瘦马。

皮日休（四首）

皮日休，字袭美，一字逸少，襄阳（今湖北省襄樊市）人。尝隐居鹿门山，自号醉吟先生。咸通八年(867)进士，为著作郎，迁太常博士，后出任毗陵副使。大约于乾符四年(877)在苏州参加了黄巢起义的部队。黄巢军进入长安，署为翰林学士。后死于兵乱中。死因不明，一说被唐军杀害，一说因误会为黄巢所杀。

他工诗和小品文，多讥刺时政之作。诗与陆龟蒙齐名，并称皮陆。

有《皮子文薮》，《全唐诗》录存其诗为九卷。

正 乐 府（十首选二）

原序云："乐府，盖古圣王采天下之诗，欲以知国之利病，民之休戚者也。得之者，命司乐氏入之于埙篪，和之以管籥。诗之美也，闻之足以劝乎功；诗之刺也，闻之足以戒乎政。故《周礼》太师之职，掌教六诗；小师之职，掌讽诵诗。由是观之，乐府之道大矣！今之所谓乐府者，唯以魏、晋之侈丽，陈、梁之浮艳，谓之乐府诗，真不然矣！故尝有可悲可惧者，时宣于咏歌，总十篇，故命曰《正乐府诗》。"从序中所说，可知《正乐府》的创作，具有鲜明的倾向性，是和白居易《新乐府》的精神一脉相承的。作者处于混乱黑暗的晚唐时代，复杂而尖锐的社会生活矛盾，对他的思想有着深刻的影响，表现在诗里的义愤，有时比白居易更为激切。诗的风格，简健质朴，惟艺术形式的运用，不像《新乐府》那样生动、活泼，故事性也不如《新乐府》强。

橡 媪 叹（原第二首）

这诗写一位以橡栗充饥的老妇的悲惨生活。诗以《橡媪叹》名篇，不仅在于对贫苦人民的同情，而在于对统治集团的大胆揭露和严正指斥。《正乐府》诗中多采用夹叙夹议的写法。其议论处，往往以愤激出之，沉着痛快，入木三分，具有一定的思想深度。

秋深橡子熟，散落榛芜岗①。伛伛黄发媪②，拾之践晨霜。移时始盈掬③，尽日方满筐。几曝复几蒸，用作三冬粮。山前有熟稻，紫穗袭人香④。细获又精舂⑤，粒粒如玉珰[⑥]。持之纳于官，私室无仓箱[⑦]。如何一石馀，只作五斗量。狡吏不畏刑，贪官不避赃。农时作私债[⑧]，农毕归官仓。自冬及于春，橡食诳饥肠[⑨]。吾闻田成子，诈仁犹自王[⑩]。吁嗟逢橡媪，不觉泪沾裳。

【注释】

① 榛芜岗：草树杂生的山岗。

② 伛伛：弯腰驼背的样子。黄发：老年人发白转黄。《诗经·鲁颂·閟宫》："黄发台背。"

③ 盈掬：满把。《诗经·小雅·采绿》："终朝采绿，不盈一匊(掬)。"

④ 袭人香：香气透入人们的鼻孔。

⑤ 细获：收割时，仔细拣选。

⑥ 玉珰：古时女子所用的玉制耳饰。这里用以形容米粒的晶莹圆润。

⑦ 私室句：意谓全数纳官后，颗粒不存。仓，装大量米所用。箱，装少量米所用。

⑧ 作私债：即放私债。贪官狡吏把官仓的粮食擅行借出，作为私债，进行剥削。

⑨ 诳(kuáng)饥肠：橡实不是粮食，只能勉强充饥，故云。诳，哄骗的意思。

⑩ 吾闻二句：承前"如何一石馀，只作五斗量"而言，指斥当时统治者公开地进行残酷的剥削。田成子，即田常，春秋时和监止共为齐相，争夺政权。田常为了收买人心，以大斗贷出，小斗收进，齐国的民众都歌颂他。后来他的子孙就夺取了齐国的王位。事见《史记·田敬仲完世家》。这里意谓田成子所行的虽然是伪善，但对老百姓来说，毕竟还有些好处，所以他的后代，能够自立为齐王。

【评】 通篇对比而下，层层剥示，愈剥愈深，逼出篇末喟然一叹，故能动人心魄。

哀 陇 民(原第十首)

这诗叙写陇西地区向朝廷进奉鹦鹉事。诗中以同情的笔调,描绘了被奴役的人民的痛苦和灾难;结尾处把罪责归之于最高统治者的崇尚玩好,为全篇主旨所在。

陇山千万仞,鹦鹉巢其巅①。穷危又极险,其山犹不全②。蚩蚩陇之民③,悬度如登天④。空中觇其巢⑤,堕者争纷然。百禽不一得,十人九死焉!陇川有戍卒,戍卒亦不闲。将命提雕笼⑥,直至金台前⑦。彼毛不自珍,彼舌不自言⑧;胡为轻人命,奉此玩好端⑨?吾闻古圣王,珍禽皆舍旃⑩。今此陇民属,每岁啼涟涟。

【注释】

① 陇山二句:陇山,横亘今陕西、甘肃一带的大山。陇西产鹦鹉。《禽经·鹦鹉》注"出陇西,能言,人以手抚其背,则喑哑矣"。其区别于南海鹦鹉,称"陇山鹦",体形比南海鹦鹉较大。

② 穷危二句:意谓在这样深险的山中,山顶上的鹦鹉,还不免遭到搜捕。全,保全。犹,一作"独"。

③ 蚩(chī)蚩:诚实良善貌。《诗·卫风·氓》:"氓之蚩蚩。"

④ 悬度:用绳索套在山顶的树木上,人悬绳来往上下。

⑤ 空中句:鹦鹉巢在山崖的树枝间,捕鹦鹉的人悬在绳上,脚不着地,偷偷地看准后,出其不意地去捕捉它,故云。觇(chān),偷看。

⑥ 将命:奉命。雕笼:刻有精美花纹的鸟笼。

⑦ 金台:指宫廷。《初学记》卷二四:"魏有铜雀台、金台……。"台,一作"堂"。

⑧ 彼毛二句:意谓鹦鹉本不自以为珍奇,由于统治阶级看重鹦鹉,它才显得珍贵。彼毛不自珍,鹦鹉并不珍视自己的羽毛。彼舌不自言,鹦

鹉须经人调教后，才会效学人言。

⑨ 胡为二句：承“蚩蚩陇之民”六句而言。意谓官吏们为什么不顾百姓的性命，逼迫他们去捕捉鹦鹉，以满足皇帝的享乐欲望。

⑩ 舍旃(zhān)：丢掉，意谓不接受这种贡献。旃，语助词。《初学记》引刘艾《汉帝传》曰“兴平元年益州蛮夷献鹦鹉三，诏曰‘往著益州献鹦鹉三枚，夜食三升麻子，今谷价腾贵。此鸟有损无益，可付安西将军杨定国，令归本土’”。

【评】“百禽不一得，十人九死焉”，语特警省。诗当与李贺《老夫采玉行》对读，可见学古与新变之不同。

奉和鲁望渔具十五咏(十五首选一)

种　鱼(原第十二首)

“种鱼”，即培养鱼秧。《渔具十五咏》都是写养鱼和打鱼。本篇生动具体地描绘种鱼的过程，并对毫无生产知识的封建官僚给以嘲讽。鲁望，陆龟蒙的字。

移土湖岸边，一半和鱼子①。池中得春雨，点点活如蚁。一月便翠鳞②，终年必赪尾③。借问两绶人④，谁知种鱼利！

【注释】

① 移土二句：鱼在湖边打子，种鱼时把有鱼子的泥土移殖到养鱼的池塘里。这样，鱼就慢慢地孵化出来。

② 翠鳞：生出翠色的嫩鳞。

③ 赪(chēng)尾：指鱼已长老。古人认为鱼在水中游泳过久，尾部摆动频繁，颜色就会变红。赪，红色。

④ 两绶人：做大官的人。绶，系印的带子。

汴 河 怀 古

隋末，炀帝为满足一己享乐之奢欲，动用全国的人力、物力，开凿运河，引起民怨沸腾，以致一朝覆亡。延至中唐之世，开河之劳，已渐为人所淡忘，而运河便于“公家运漕，私行商旅”之利日见，故李吉甫于《元和郡县图志》卷六云：“隋氏作之虽劳，后代实受其利焉。”皮日休则抓住“动机”和“效果”的辩证关系落笔，言语犀利，逻辑严密，如老吏断狱，实诛炀帝之心。汴河，指从汴州(今河南开封市)到淮安的一段运河，是隋炀帝杨广就原有蒗荡渠及其下游的汴河的旧河道加以疏浚而成的。

尽道隋亡为此河，至今千里赖通波。若无水殿龙舟事[①]，共禹论功不较多[②]。

【注释】

① 水殿龙舟事：指隋炀帝南巡扬州，纵情游乐事。《通鉴》卷一八〇：“大业元年(605)八月壬寅，上(炀帝)行幸江都，……自漕渠出洛口，御龙舟。龙舟四重，高四十五尺，长二百丈。上重有正殿、内殿、东、西朝堂，中二重有百二十房，皆饰以金玉，下重内侍处之。皇后乘翔螭舟，制度差小，而装饰无异。别有浮景九艘，三重，皆水殿也。又有漾彩、朱鸟、苍螭、白虎、玄武、飞羽、青凫、陵波、五楼、道场、玄坛、板艗、黄蔑等数千艘，后宫、诸王、公主、百官、僧尼、道士、蕃客乘之，及载内外

百司供奉之物。共用挽船士八万馀人,其挽漾彩以上者九千馀人,谓之殿脚,皆以锦彩为袍。又有平乘、青龙、艨艟、艚艓、八棹、艇舸等数千艘,并十二卫兵乘之。……舳舻相接二百馀里。”

② 共禹句:意谓治水之功,可与大禹相提并论。不较多,不差多少。较,差距的意思,字同“校”。

【评】 杜牧以绝句咏史,好为翻案之论,晚唐诗人纷纷效尤,此风大开,表现之一是数量之大,如胡曾咏史七绝组诗达一百五十首。二是议论往往警辟入里,如皮日休此诗与后录章碣《焚书坑》诗可为代表。此外如罗隐、罗虬、陆龟蒙等等,亦都擅长于此。在诗风上则表现直截痛快,尖锐明炼,而不过多借助于景物的渲染。如果将从杜甫开始中经杜牧至唐末这一类咏史诗联系起来看,可见出唐诗由盛而中而晚,愈益重理、重议论的发展趋向,从而下开宋人风气。这一倾向与前述反映社会现实的诗亦日趋减却的方向是一致的。此外咏史绝句和有仍较多地借助形象、讲究含蓄的一派,如从李商隐一路发展下来的吴融的《华清宫》、韩偓的《过茂陵》等,对读可看传承与流变。

陆龟蒙（五首）

陆龟蒙(生卒年不详)，字鲁望，吴郡长洲(今江苏省苏州市)人。曾应进士举不第，隐居松江甫里，自称甫里先生，又号天随子、江湖散人。家有田数百亩，连年被水淹没。常亲身参加劳动。有人讥笑他，他说："尧舜霉瘠，禹胼胝，彼圣人也。吾一褐衣，敢不劳乎?"大约死于中和初(881年左右)。

他和皮日休交谊最深，唱和的诗极多，并称皮、陆。皮陆二人的诗如吴体、杂体及七古，似有兼取韩、白，而追求险奇的一面，从二人的诗论中也可看出这一倾向。另外，龟蒙的诗，曾受到温、李的影响，发展了温、李诗中清新流利的一面，而自成一格。皮日休序其诗云："近代(诗人)称温飞卿、李义山为之最，以陆生参之，乌知其孰先孰后也。"

有《笠泽丛书》、《甫里集》。

五　歌(五首选一)

放　牛(原第一首)

江草秋穷似秋半①,十角吴牛放江岸②。邻肩抵尾作依偎,横去斜奔忽分散③。荒陂断堑无端入④,背上时时孤鸟立。日暮相将带雨归⑤,田家烟火微茫湿⑥。

【注释】

① 江草句:江边的草,秋末还未凋枯,故云。秋穷,秋深。

② 十角吴牛:五头水牛。吴牛,吴地所产的牛,即水牛。

③ 邻肩二句:描写牛群的动态:有时肩靠着肩,尾顶着尾,偎在一起;有时忽然四向跑开。

④ 陂:山陂。堑(qiàn):沟壑。无端入:突然奔入。

⑤ 相将:结伴。

⑥ 田家句:暮色微茫中,袅袅上升的炊烟,是村落的标志,牛朝着这个方向,各自归栏。因为阴雨,烟中饱含着水气,故"湿"。

【评】 试与前录储光羲《牧牛词》对读,同写江南民俗,而风调有平大浑厚与峭奇恣肆之分。再取顾况《杜秀才画立走水牛歌》对读,可见陆诗之所渊源。以俗为奇,亦是中晚唐诗一个特点。《载酒园诗话》称皮陆"集中诗亦多近宋词",这就是其中之一类。宋代黄山谷常有此体。

新　　沙

这诗讽刺统治阶级剥削的无孔不入。笔锋犀利，而语意新颖。新沙，海边新涨成的沙洲。

渤澥声中涨小堤①，官家知后海鸥知②。蓬莱有路教人到，亦应年年税紫芝③。

【注释】

① 渤澥：即渤海。

② 官家句：海鸥生长在海里，可是最先发现这新涨沙洲的却是官府。意思是说官府为了要增加税收穷极心计，故下二句云云。

③ 蓬莱二句：蓬莱是传说中的海外三神山之一。战国时，齐威王、宣王、燕昭王以及后来的秦始皇都曾派方士入海求仙，寻找蓬莱，始终没有到达（见《史记·封禅书》）。这里意谓倘使仙境有路可通，紫芝也不免征税。紫芝，即灵芝。古人认为灵芝是仙境所产之草。

【评】 设想极尖新，而体格尤浑成。一、二实写，三、四虚拟，而以"蓬莱"上应"渤海"，转折极自然。海鸥之想极新，而发自新涨小堤，则虽奇而字字在理。诗家每讥晚唐诗尖新，如此等尖新，正不妨事。

怀宛陵旧游

宛陵，汉县名，唐时为宣城（今安徽省县名），是宣州州治所在。

陵阳佳地昔年游[①]，谢朓青山李白楼[②]。惟有日斜溪上思，酒旗风影落春流[③]。

【注释】

① 陵阳：山名，在宛陵（宣城）城内，为邑镇山。这里用作宛陵的代称。

② 谢朓句：南朝齐诗人谢朓任宣城太守，在陵阳山上建楼，后人称为谢公楼或北楼。后来李白在宣城，非常爱赏这一地区的风景，曾写过许多优美的诗篇。这里意谓宛陵是昔贤游览之地，更加使江山生色。"山"和"楼"，文义互见，非分属谢朓与李白。

③ 惟有二句：意谓宛陵风景绝佳，其中最令人怀念的是溪上春来，酒店门首悬的招子迎风飘动，映着斜日，倒影波中。溪，指勾溪和宛溪（参看前杜牧《题宣州开元寺水阁》题下注）。思，读去声。

【评】 结语尤佳，暗将自身拍合谢、李二先贤，而飘逸自在，不落言诠。

自　遣　诗（三十首选一）

原序云："《自遣诗》者，震泽别业之所作也。……累三十绝，绝各有意。既曰自遣，亦何必题为？"三十首诗，触事成咏，而意在陶冶性情，故曰"自遣"。震泽别业，即陆龟蒙隐居的甫里。震泽，太湖的别称。本篇写远客乍归，表现出对田园山水无限亲切的情感。

五年重到旧山村，树有交柯犊有孙[①]。更喜下峰颜色好，晓云才散便当门[②]。

【注释】

① 树有交柯：两树枝柯相交，连在一起。见树木已成长。《自遣诗》第五首说："终须拣取幽栖处，老桧成双便作门。"即指此。犊(dú)有孙：原来的小牛已生下了它的第三代。

② 更喜二句：言卞峰当门，整天对着青翠的山色。卞峰，在今浙江湖州市北。喜，一作"感"。

【评】 试以四诗参读：严维(一作钱起)"渔浦浪花摇素壁，西陵树色入秋窗"(《九日宴浙江西亭》)，秦系(一作马戴)"门前山色能深浅，壁上湖光自动摇"(《题章野人山居》)，王安石"一水护田将绿绕，两山排闼送青来"(《书湖阴先生壁》)，此诗末二句"更喜卞峰颜色好，晚云才散便当门"。四联径辙相类，而严诗高华，秦诗自在，王诗兀奇，陆诗萧散。此与前录皮日休《渔具》等诗均可见出皮、陆受白体影响之一面。皮日休《白太傅》云："吾爱白太傅，逸才生自然。"可见皮、陆对白居易的心仪。

白　莲

这诗咏白莲，若即若离地从空际着笔，写出了花的淡雅清幽的意态之美，同时也流露出作者乱世隐居的孤高寂寞的情怀。

素蘤多蒙别艳欺[①]，此花端合在瑶池[②]。无情有恨何人见？月晓风清欲堕时[③]。

【注释】

① 素蘤(wěi)句：意谓人们都喜爱艳丽的红莲，而很少有欣赏素雅的白

莲的。素葩,犹言素质。别艳,另一种艳色之花,指红莲。蒙,受。

② 端合:真应该,一作"真合"。瑶池:神话中西方的仙境。

③ 无情二句:写朦胧晓色中看将落未落的白莲时的感受。莲花本是无情的,但在月晓风清的秋天早晨,凌波独立,露冷香消,又似乎含有一种幽恨,故云"无情有恨"。按:李贺《昌谷北园新笋》:"无情有恨何人见?露压烟啼千万枝。"与此笔意相同。上句一作"还应有恨无人觉"。王士禛《带经堂诗话》卷一二评此二句"语自传神,不可移易"。

【评】 此诗特近李商隐体格而笔致稍淡,意即义山《蝉》诗所云"五更疏欲断,一树碧无情"。而结句空灵清远,更深得义山神韵。

黄　巢（一首）

黄巢（？—884），曹州冤句（今山东菏泽县西南）人。出身于盐商家庭。善骑射，喜任侠，也很爱好文学。年轻时，贩卖私盐。曾应进士举，不第。他不满于唐朝统治政权的残暴腐朽，领导农民起义。转战于黄河、长江、浙江、粤江流域。广明元年（880），攻陷长安，建立大齐王朝，年号金统。后不幸失败，自杀于泰山狼虎谷。

他的诗见于《全唐诗》的共有三首。其中《自题像》一篇，系后人依托之词①。

---

① 原诗云："记得当年草上飞，铁衣著尽著僧衣。天津桥上无人识，独倚栏干看落晖。"据陶穀《五代乱离记》说："巢败后为僧，依张全义于洛阳。曾绘像题诗，人见像，识其为巢云。"我国古代类似这样的传说极多，虽然没有事实根据，但它却往往说明了人们对于自己所崇敬的英雄人物的一种怀念心情。

题　菊　花

这诗托物言志，借菊花来抒写抱负，表现了作者强烈要求变更现实的豪迈气概。

飒飒西风满院栽，蕊寒香冷蝶难来。他年我若为青帝[①]，报与桃花一处开。

【注释】

① 青帝：春天之神。青是春天季节的颜色。

曹　松（一首）

曹松（生卒年不详），字梦徵，舒州（今安徽潜山县附近）人。早年生活很穷困，避乱居洪都西山。曾依建州刺史诗人李频。李死后，飘泊江湖，更加落拓。光化四年（901）才考取进士，年纪已经七十多岁了。官秘书省正字。

《全唐诗》录存其诗二卷。

己　亥　岁（二首选一）

己亥，即唐僖宗乾符六年（879）。这年淮南节度使高骈以镇压黄巢起义军获得唐朝的奖励，进位检校太尉，同平章事（见《旧唐书·高骈传》）。诗中的“一将”，即指高骈。

泽国江山入战图①，生民何计乐樵苏②！凭君莫话封侯事③，一将功成万骨枯。

【注释】

① 泽国：江淮地带多河流湖泊，故称。

② 乐樵苏：犹言安居乐业。取薪叫做樵，取草叫做苏。

③ 凭君：犹言请君。封侯事：指建立战功的事。将帅在战争中立下大功，可以取得封侯的爵赏。

【评】 警句直而切，是为晚唐政治诗特色。

司空图（三首）

司空图(837—908)，字表圣，河中(今山西省永济)人。咸通十年进士。唐僖宗时，以中书舍人知制诰。后隐居中条山王官谷。朱温篡唐，召为礼部尚书，不就，绝食而死。

他著有《诗品》二十四则，从美学意义阐明各种不同的诗歌风格和意境，对后世有很大影响。所作以王维、韦应物为准则。力求"韵外之致"，"味外之旨"，故往往流为空虚缥缈，有脱离现实的倾向。潘德舆曾指出："表圣善论诗，而自作不逮。"(见《养一斋诗话》卷五)

有《司空表圣集》。

塞 上

司空图《与李生论诗书》云："文之难，而诗之难尤难。而愚以为辨于味，而后可与言诗也。……若醯非不酸也，止于酸而已；若鹾非不咸也，止于咸而已。……近而不浮，近而不尽，然后可以言韵外之致耳。"书中举出了不少自作诗句为例，这诗的"马色"一联和下面一首"五更"一联，皆其中之一。可见作者所楬橥的诗的佳境，在于景中见情或情中有景，从环境气氛的描绘中，不迫不露，酝酿出之。这种见解，有启发人意处；但艺术上的过度追求，也很可能因而损害了作品的内容，其取径较狭隘。此诗写边地秋景的悲凉，结有讽意，能反映出晚唐国力衰微，军政腐化的现实。可与李昌符《边行书事》同读。

万里隋城在①，三边虏气衰②。沙填孤嶂角，烧断故关碑③。马色经寒惨，雕声带晚饥。将军正闲暇，留客换歌词④。

【注释】

① 万里隋城：《元和郡县图志》卷一四："隋长城起（合河）县北四十里，东经幽州，延袤千余里，开皇十（此字衍文）六年因古迹修筑。"按：古长城至隋时多已毁坏，隋自开国以后，多次加以修筑。计自隋文帝开皇元年（581）至炀帝大业四年（608）共修过五次，其中大业三年（607）一次的修筑，东起紫河，西至榆林，发动民伕多至一百馀万。唐时的长城，基本上是隋代的建筑，故称。

② 三边：泛指北方边疆（详见前李商隐《富平少侯》注①）。

③ 烧断句：意谓古碑上有野火的烧痕。烧，读去声。

④ 换歌词：言乐曲更番叠奏。唐时流行新曲，按曲谱填词歌唱，称为“曲子词”。

花　上（二首选一）

这诗写春末花残，远客思家的惆怅心情。题一作《华上》。“花”“华”字同。

故国春归未有涯①，小栏高槛别人家。五更惆怅回孤枕②，犹自残灯照落花。

【注释】

① 故国句：言春归而故国无涯。即春归而人未归的意思。故国，犹言故园。

② 回：梦回，即梦醒。

【评】 白居易《惜牡丹花》诗云“明朝风起应吹尽，夜惜衰红把火看”；李商隐《花下醉》云“客散酒醒深夜后，更持红烛赏残花”；苏轼《海棠》诗云“只恐夜深花睡去，故烧高烛照红妆”；司空图此诗云“五更惆怅回孤枕，犹自残灯照落花”。四诗径辙相类而风调不同。白、苏设色浓而意格放，就中苏更豪宕。李诗秾艳而意格凄迷，司空此诗则凄迷而复淡远，是正为其特色，集中多此类句。如“疏磬和吟断，残灯照卧幽”（《即事九首》之三）；“磬声花外远，人影塔前孤”（《偶书五首》之一）；“闲得此身归未得，磬声深夏隔烟萝”（《陈疾》）；“青山满眼泪堪碧，绛帐无人花自红”（《敷溪桥院有感》），均可参看。

河 湟 有 感

河湟地区自安史乱后为吐蕃所占据，到唐末才先后收复（参看前李端《胡腾儿》及李昌符《边行书事》题下注）。在外族长期统治下，当地人民怀念故国，有许多可歌可泣的事迹（参见前白居易《新乐府·缚戎人》）；然而忘掉自己的祖先，背叛本民族的人，也是有的。作者有感于此，在这诗里作了尖锐的嘲讽。河湟，黄河与湟水，指河西、陇右之地。

一自萧关起战尘[①]，河湟隔断异乡春。汉儿学得胡儿语[②]，却向城头骂汉人。

【注释】

① 萧关：在今甘肃省固原县之北。

② 学得：一作“尽作”。

【评】 嘲讽之诗而以谐谑笔调出之，末二句句式实仿贺知章谐谑诗《答朝士》“乡曲近来佳此味，遮渠不道是吴儿”与顾况《和贺知章答朝士诗》“汉儿女嫁吴儿妇，吴儿尽是汉儿爷”。然而寓意深切，又非贺、顾之戏作可比拟。

郑　谷（二首）

郑谷（？—910），字守愚，袁州宜春（今江西省县名）人。光启三年（887）进士。官终都官郎中，世称郑都官。

他早年以诗见赏于马戴，又与薛能、李频等人相唱和。为诗用力甚勤，然所作多不出风云月露之思，虽颇有韵致，而气骨不振。欧阳修《六一诗话》云："郑谷诗名盛于唐末。……其诗极有意思，亦多佳句，但其格不高。"

有《云台编》。

淮上与友人别

扬子江头杨柳春，杨花愁杀渡江人[1]。数声风笛离亭晚，君向潇湘我向秦[2]。

【注释】

① 杨花句：为末句起兴，杨花漫天乱飞，寓行客踪迹飘零之意。中唐朱放《送魏校书》诗“杨花撩乱扑流水，愁杀行人知不知”，可为此作注。

② 数声二句：二句上承顾况《送李秀才入京》“君向长安余适越，独登秦岭望秦川”，下开南唐冯延巳《归国遥》上阕“江水碧，江上何人吹玉笛，扁舟远送潇湘客”。

【评】 郑谷七绝浅而能远，颇得江南民歌神韵。此诗一、二句三叠“杨”字（扬子亦作杨子），末句又叠“向”字，正是民歌家数，而音声婉转，情韵悠长，正是其七绝代表作。贺贻孙《诗筏》又云：“诗有极寻常语，以作发句无味，倒用作结方妙着。郑谷《淮上别故人诗》（诗略），盖题中正意，只‘君向潇湘我向秦’七字而已，若开头便说，则浅直无味，此却用作结，悠然情深，令读者低回流连，觉尚有数十句在后未尽者。唐人倒句之妙。往往如此。”此评更道出本诗结构之妙。下诗亦异曲同工，可参看。

席上贻歌者

这诗是郑谷客长安所作。诗人春日思乡之情，是在醉月飞觞的欢娱席上偶然触发的。结语轻轻拈出，深婉动人。

花月楼台近九衢[①]，清歌一曲倒金壶。座中亦有江南客，莫向春风唱《鹧鸪》[②]！

【注释】

① 九衢：指京城里繁荣热闹的大街。四通八达的街道叫衢。

② 座中二句：唐代歌曲中有《山鹧鸪》(见崔令钦《教坊记》)，其曲仿鹧鸪鸣声，歌词为五言四句诗，盛行于南方一带。这里的"唱《鹧鸪》"，即指上句的"清歌一曲"。鹧鸪，《禽经》张华注引《广志》云"飞但南徂，不北也"。又传说其为贞女所化，鸣声哀苦(徐凝《山鹧鸪词》)，听来似乎是在说"行不得也哥哥"。以"鹧鸪"为名的曲调，其声哀怨，最易引起人们的离恨羁愁。郑谷《鹧鸪》诗云："游子乍闻征袖湿，佳人才唱翠眉低。"亦取义于此。江南客，作者自指，暗切鹧鸪但南不北之意。唐袁州属江南西道。亦有，一作"半是"。春风，一作"樽前"。

【评】　许浑《听吹鹧鸪》："金谷歌传第一流，鹧鸪清怨碧烟愁。夜来省得曾闻处，万里月明湘水愁。"结以景语，其境旷而远；此诗则结以情语，其境近而能远。对读可见谷诗之擅胜处。

章　碣（一首）

章碣（生卒年不详），桐庐（今浙江桐庐）人。咸通、乾符间有诗名。中过进士。后流落江湖，不知所终。

《全唐诗》存其诗一卷。

焚 书 坑

秦始皇统一中国后，为了巩固政权，加强思想统治，曾把民间所藏古代书籍搜去焚烧，并坑死儒生侯生、卢生等四百六十多人。今陕西临潼县骊山下有焚书坑，又名坑儒谷。《长安志》卷一五："坑儒谷在(临潼)县西南五里。秦始皇坑儒于骊山下，故名坑儒乡。"这诗用人人皆知的历史材料，生出一番人所未发的议论，借以表达自己的政治见解。明人谢榛赞其咏史能"明白断案"(《四溟诗话》卷二)。

竹帛烟消帝业虚①，关河空锁祖龙居②。坑灰未冷山东乱，刘项原来不读书③。

【注释】

① 竹帛句：竹帛，指书籍。古代的书籍刻在竹简或写在帛上。《史记·秦始皇本纪》："丞相李斯曰：'……臣请史官，非秦纪皆烧之……所不去者：医药、卜筮、种树之书……'制曰：'可。'"竹帛烟消指此。贾谊《过秦论》："天下已定，秦王之心，自以为关中之固，金城千里，子孙帝王万世之业也。"帝业虚，是说这个愿望落了空。

② 关河句：言关河的险固，不能挽救秦朝灭亡的命运。关河，函谷关和黄河。祖龙居，指秦朝首都所在的关中之地。《史记·秦始皇本纪》："三十六年秋，使者从关东夜过华阴平舒道，有人持璧遮使者。……因言曰：'今年祖龙死。'"集解引苏林曰："祖，始也；龙，人君象。谓始皇也。"

③ 坑灰二句：意谓秦始皇焚书，自以为得计，但他却没有预料到：灭亡秦朝的是不读书的人。秦二世元年(前 209)，也就是秦始皇死后的一

年，陈涉等领导农民起义，最后刘邦和项羽进军函谷关灭亡了秦朝。坑灰未冷，极言时间之速。山东，指华山以东，亦即除去关中以外的广大地区。刘邦出身泗水亭长（见《史记・高祖本纪》），项羽少时学书不成（见《史记・项羽本纪》），故云"不读书"。

唐彦谦（一首）

唐彦谦（生卒年不详），字茂业，并州晋阳（今山西太原市）人。咸通末（873左右）进士。中和中，王重荣镇河中，辟为从事。历节度副使，晋、绛二州刺史。官终阆州刺史。

他博学多艺，善书、画、音乐，尤长于诗。最初师事温庭筠，后学杜甫，风格为之一变。

《全唐诗》录存其诗二卷。

宿 田 家

落日下遥峰，荒村倦行履[①]。停车息茅店，安寝正酣睡。忽闻扣门急，云是下乡隶[②]。公文捧花押[③]，鹰隼假声势[④]。良民惧官府，听之肝胆碎！阿母出搪塞[⑤]，老脚走颠踬[⑥]。小心事延款[⑦]，酒馀粮复匮[⑧]。东邻借种鸡[⑨]，西舍觅芳醑[⑩]。再饭不厌饱，一饮直呼醉[⑪]。明朝怯见官，苦苦灯前跪。使我不成眠，为渠滴清泪[⑫]。民膏日已瘠[⑬]，民力日愈弊[⑭]。空怀伊尹心，无补尧舜治[⑮]！

【注释】

① 倦行履：脚步感到疲乏。

② 隶：差役。

③ 公文句：言捧着有花押的公文。在公文或契约上盖印签名，称为花押。

④ 鹰隼句：意谓差役假借官府势力凶猛得像鹰隼一样。鹰和隼（sǔn）都是肉食的猛禽。

⑤ 搪塞：抵挡，应付的意思。

⑥ 颠踬（zhì）：跌跌撞撞。

⑦ 延款：招待。

⑧ 酒馀句：这句的第一字原缺，据嘉庆庚午旧钞残本唐诗校补。酒馀，是说只有一点剩的馀酒。匮，缺乏。

⑨ 种鸡：留着下蛋的母鸡。

⑩ 芳醑：美酒。

⑪ 再饭二句：意谓直到饭饱酒醉为止。厌，读平声，也是饱的意思，字同“餍”。

⑫ 渠：他，指这家农民。

⑬ 民膏：人民的财富。瘠(jí)：瘦，这里是枯竭、穷困的意思。

⑭ 弊：疲困。

⑮ 空怀二句：意谓自己虽然同情人民的困苦，但在政治上却无能为力。伊尹，商朝的贤人。伊尹心，指济世救民之心。《孟子·万章下》："(伊尹)思天下之民，匹夫匹妇有不与被尧舜之泽者，如己推而纳之沟中。其自任以天下之重也。"此取其义。尧舜治，即《孟子》所说的"尧舜之泽"，指清平的政治。

秦韬玉（一首）

秦韬玉（生卒年和籍贯不详）[①]，字仲明。中和二年（882）进士。和宦官交往很密。从僖宗入蜀，以工部侍郎为田令孜神策军判官。

《全唐诗》录存其诗一卷。

① 关于秦韬玉的籍贯，有关的文献资料均作京兆（即长安）人。但他有《长安书怀》一诗，写羁旅之情，可见故乡不是长安。

贫 女

这诗写贫家女子的悲伤,同时也是借以寄托出身于社会中下层的寒士政治上的感慨。

蓬门未识绮罗香[①],拟托良媒益自伤[②]:谁爱风流高格调?共怜时世俭梳妆[③]。敢将十指夸纤巧?懒把双眉斗画长[④]。苦恨年年压金线[⑤],为他人作嫁衣裳!

【注释】

① 蓬门:用蓬草编扎的门户,意谓出身于贫苦的家庭。绮罗香:华丽的穿着打扮。

② 拟托句:写内心的苦闷和矛盾。因为早已成年,所以“拟托良媒”;可是贫家女子,婚姻困难,故云“益自伤”。《唐语林》卷七:“秦韬玉应进士举,出于单素,屡为有司所斥。”其遭遇与贫女等,故有此叹。

③ 谁爱二句:承前“自伤”而言,意谓贫家女子处在这艰难的岁月里,没有浓妆艳服;虽然意态风流,格调高尚,又有谁爱她呢?怜,同“爱”。俭梳妆,即险妆,中、晚唐盛行的一种时世妆。《唐会要》卷三一大和六年有司奏:“妇人高髻险妆,去眉开额,甚乖风俗,破坏常仪,费用金银,过分首饰,并请禁断。”胡以海《唐诗贯珠》卷三〇引《因话录》:“唐文宗下诏禁高髻俭妆。”《说文·人部》段注“古假险为俭”。

④ 敢将二句:意谓一般人对妇女的看法是轻劳动,重姿色,但自己则以劳动见长,不愿以姿色媚人。斗,比。纤,一作“偏”,一作“针”。

⑤ 压:指刺绣的手法。按指叫压。

【评】 自伤中有自傲,二问句传神,诗致便不平直。近人俞陛云《诗镜浅说》云“语语皆贫女自伤,而实为贫士不遇者写牢愁抑塞之怀”。

崔　涂（一首）

崔涂（生卒年不详），字礼山，江南人。光启三年（887）进士。壮岁避地巴蜀，诗中多写乱离羁旅之愁，不落晚唐人浮浅的习气。

《全唐诗》录存其诗一卷。

巴山道中除夜书怀

这诗亦见《孟浩然集》。按：孟浩然虽也到过蜀中(《全唐文》卷三三四载有陶翰《送孟大入蜀序》)，但只不过是一种游历，和诗中所写羁危忧苦、飘泊无归的情怀，不相吻合，当是崔涂所作。

迢递三巴路[1]，羁危万里身。乱山残雪夜，孤烛异乡人[2]。渐与骨肉远，转于僮仆亲[3]。那堪正飘泊，明日岁华新！

【注释】

① 三巴路：入蜀的道路。三巴，巴郡、巴东、巴西，即今四川省东部地带。《华阳国志》卷一："建安六年，(刘)璋乃改永宁为巴郡，以固陵为巴东，徙羲为巴西太守，是为三巴。"

② 人：一作"春"。

③ 渐与二句：王维《宿郑州》："孤客亲僮仆。"按：此与王诗同意，而繁简各有其妙。

【评】 由迢递万里、乱山残雪、寒夜孤灯，由远而近归到"异乡人"。由"异乡人"更由近而远想到岁华更新，前程正复无穷。末"除夕"醒明愁怀尤深之因，语外更有无穷之惆怅，章法一线，而顿束间以见出愁怀盘郁之态。似浅而深处，又非特善道得人心中事而已。

来　鹄（二首）

来鹄（生卒年不详），豫章（今江西南昌市附近）人。咸通中诗人。曾应进士举，不第。广明初，避乱居荆襄，后客死扬州。

《全唐诗》录存其诗一卷。

云

这诗写盛夏亢旱，人们渴望雨水的心情，可与前选李约《观祈雨》相参看。李诗从正面着笔，此则通过对自然景物的嘲讽把主题表现了出来。

千形万象竟还空，映水藏山片复重[1]。无限旱苗枯欲尽，悠悠闲处作奇峰[2]。

【注释】

① 片复重：这里一片，那里一重。

② 奇峰：即上文所说的“千形万象”的云朵。

【评】　构思极新巧，晚唐特色，却不纤弱，为有比兴深意在。

蚕　　妇

这诗写蚕妇采桑，一方面指出她们用辛勤劳动创造了大量的物质财富；另一方面又讽刺了不劳而获的统治阶级。对这不合理的社会现象，作者愤慨不平的心情，全在言外。笔致冷隽，构思深曲，耐人寻绎。

晓夕采桑多苦辛，好花时节不闲身。若教解爱繁华事[①]，冻杀黄金屋里人[②]。

【注释】

① 教：读平声。解：懂得。繁华事：指赏花宴游一类的事。

② 黄金屋里人：这里泛指贵人。汉武帝曾说："若得阿娇作妇，当作金屋贮之。"（见《汉武故事》。详前白居易《长恨歌》注⑨。）

【评】　难得者语甚直致而意思深曲。"好花时节不闲身"尤凝炼深刻，故"若教"后之转折，方见警省。

罗　邺（二首）

罗邺（生卒年不详），馀杭（今浙江省县名）人，咸通中，屡应进士举，不第。浪游江南。后从军北征，郁郁不得意而死。

他和罗隐、罗虬同宗，都有诗名，时称三罗。三罗中，罗隐成就最高，罗邺次之，罗虬无甚可取。辛文房曾说："隐雄丽而坦率，邺清致而缠绵。"（《唐才子传》卷八《罗邺传》）两人的诗风是不相同的。

《全唐诗》录存其诗一卷。

秋 怨

这诗描绘思妇秋夜怀人的情景。

梦断南窗啼晓乌，新霜昨夜下庭梧。不知帘外如珪月，还照边城到晓无①？

【注释】

① 不知二句：梦里怀人，梦醒后，看到的只有帘外如珪的秋月，映照着清冷寂寞的深闺。从自己的彻夜怀人，想象到边城戍客是否也在望月思家，故云。这意思是从谢庄《月赋》的"隔千里兮共明月"化出来的，而构思则特为细致婉曲。末句的"晓"字，和首句"啼晓乌"的"晓"联系得毫无痕迹。珪，圆形玉器。如珪月，形容秋月的圆润明洁。江淹《别赋》："至乃秋露如珠，秋月如珪。明月白露，光阴往来。与子之别，思心徘徊。"此兼用其意。

【评】 "新霜"二字当细看，点出梦后惊觉节令骤换之情态，意脉直透三、四远怀征人，径辙神似谢灵运"池塘生春草，园柳变鸣禽"(《登池上楼》)。

雁(二首选一)

这诗写月夜思家，从家人怀念远客着笔，笔意和上一首略同。一作杜荀鹤诗。

暮天新雁起汀洲，红蓼花开水国秋[①]。想得故园今夜月，几人相忆在江楼。

【注释】

① 红蓼(liǎo)：即水蓼，又名泽蓼，生河边低湿之处。茎呈红褐色。夏秋间开白色带红的小花。开：一作“疏”。

罗　隐（四首）

罗隐(833—909)，原名横，字昭谏，杭州新城(今浙江富阳县)人。一说新登(今浙江省县名)人。少负才名，好讥讽公卿，触犯忌讳，曾十应进士举不第，乃更名为隐。后依吴越王钱镠，官至谏议大夫。他的小品文大部分都是刺世嫉邪之作，鲁迅曾给以很高的评价。诗歌笔意尖新，语言谐俗，在晚唐能自树一帜。

有《罗昭谏集》。

雪

尽道丰年瑞[1]，丰年事若何[2]？长安有贫者，为瑞不宜多[3]！

【注释】

① 尽道句：古人称雪为瑞雪，说是丰年的预兆。

② 事若何：以诘问句逆摄下文。

③ 长安二句：承上问作答，意谓如久雪不晴，所谓丰年之兆，是徒增贫民之饥寒。

【评】 此诗妙在“丰”“瑞”二字上做文章，一问一答间，翻空出奇，由吉祥反跌出贫困，极尽讽刺之能事，是所谓尖新辛辣。

魏城逢故人

这诗是在绵州（今四川绵阳县）思念成都之作。所逢的故人，当是在成都时的旧游。魏城，在绵州东北六十里。题一作《绵谷回寄蔡氏昆仲》。

一年两度锦城游[1]，前值东风后值秋。芳草有情皆碍马，好云无处不遮楼。山牵别恨和肠断，水带离声入梦流。今日因君试回首[2]，澹烟乔木隔绵州。

【注释】

① 锦城：指成都。城，一作江。

② 试回首：一作"回首望"。

【评】　中二联四句皆以人情融铸物态，两两相顾，交叉以写别时与别后情态。"芳草"句言草犹惜别，"好云"句叹隔地难望。"山牵"句复言别时伤怀，"水带"句又诉神思交通。由留不住而伤怀，从望不见而梦思，蝉联回环而下，又均用曲笔，弥见缠绵深挚。

登夏州城楼

夏州故城在今陕西省横山县西。唐末，拓拔思恭镇守其地。

寒城猎猎戍旗风①，独倚危楼怅望中。万里山河唐土地，千年魂魄晋英雄②。离心不忍听边马，往事应须问塞鸿。好脱儒冠从校尉③，一枝长戟六钧弓④。

【注释】

① 猎猎：风声。

② 千年句：东晋末，匈奴人赫连勃勃建大夏国，都统万城，后为后魏所灭，于其地置夏州。

③ 从校尉：意指从军。校尉，武职名，这里是泛称，犹言将军。

④ 六钧弓：用六钧膂力才能引满的硬弓。三十斤为一钧。

别池阳所居

罗隐于唐僖宗广明年间曾在池阳住过一个时期，这诗是离池时所作。池阳，隋郡名，唐改池州，州治在今安徽省贵池县。

黄尘初起此留连[①]，火耨刀耕六七年[②]。夜雨老农伤水旱，雪晴渔父共舟船[③]。已悲世乱身须去，肯愧途危迹屡迁[④]。却是九华山有意[⑤]，列行相送到江边。

【注释】

① 黄尘初起：指黄巢军起义。广明元年(880)春夏间，义军活跃在江南一带，遂由采石渡江，攻克洛阳、长安。

② 火耨(nòu)刀耕：指畲田(见前刘禹锡《竹枝词》第四首注③)。

③ 夜雨二句：意谓在艰难的岁月，种田打渔，和当地人民生活在一起。夜雨，夜雨共谈。父，读上声。

④ 已悲二句：指由池州赴浙东。《唐诗纪事》卷六九罗隐条："广明中，池守窦潏营墅居之。光启中，钱镠辟为从事。"肯愧，犹言有愧。王维《偶然作》："生事不曾问，肯愧家中妇。"

⑤ 九华山：池州境内的名山，在今安徽省青阳县西南。山有九峰，状如莲华(花)削成，故名。

【评】 "夜雨老农伤水旱"拙奇有味，"雪晴渔父共舟船"却只平平，然而上句以下句意而显，可见对句之不易。

韩　偓（三首）

韩偓(842—923?)，字致尧(一作"致光"，一作"致元")，小名冬郎，京兆万年(今陕西西安附近)人。龙纪元年(889)进士，任翰林学士，中书舍人。迁兵部侍郎，翰林承旨。参预机密，极得唐昭宗信任。后因被朱温排挤，贬邓州司马。天祐年间，全家入闽避难，依王审知而死。

唐、梁交替之际，统治集团内部矛盾表现得异常的尖锐剧烈。韩偓以文人从事政治活动，敢于和朱温的恶势力抗争，始终不屈服；在朝时，各项建议，能考虑到一些人民的困苦，在当时士大夫中，是比较正直有骨气的人。他部分感伤身世、描写乱离的诗往往在缠绵往复中，有激昂慷慨之思，不仅以词彩富艳见长。前人称其可补史传之缺(毛晋《韩内翰别集跋语》)。他童年以诗受到李商隐的赏识，诗的风格和李商隐颇相近似。

著有《翰林集》及《香奁集》。《香奁集》多写艳情，表现了封建文人生活的一面，流传到后来称为"香奁体"。

故　　都

唐朝建都长安，以洛阳为东都。天祐元年(904)朱温将首都迁至洛阳。据《通鉴》卷二六五载：临行时，“驱徙士民，号哭满路”。又“毁长安宫室百司及民间庐舍，取其材，浮渭沿河而下，长安自此丘墟矣”。朱温本是黄巢起义军的叛徒，以屠杀人民起家。此次将都城迁至洛阳，意味着政权已完全落入他的手中。这诗以《故都》标题，是为唐王朝唱挽歌。抒写了作者效忠于朝廷的满腔悲愤心情，同时也反映出由于统治阶级内部斗争给社会带来巨大灾难的历史事实。

故都遥望草萋萋，上帝深疑亦自迷①。塞雁已侵池籞宿②，宫鸦犹恋女墙啼③。天涯烈士空垂涕，地下强魂必噬脐④。掩鼻计成终不觉，冯驩无路学鸣鸡⑤。

【注释】

① 故都二句：意谓故都景象荒凉，今昔变化之大，连主宰人世的上帝看到，也会迷惘而不能相信，即李贺“天若有情天亦老”之意。都市之中，草长萋萋，是兵乱后的现象，与杜甫《春望》诗中所说的“城春草木深”意同。

② 侵：进入。池籞(yù)：宫苑里的池塘，上编竹条，用绳索牵结成网，使池中的水禽不能飞出，外面的野鸟也不能飞进。

③ 女墙：卑矮的围墙。

④ 天涯二句：唐昭宗光化三年(900)，宰相崔胤为了要除掉宦官，将朱温的军队由大梁召入长安，从此大权落入朱温之手。天祐元年(904)，崔胤为朱温所杀。天涯烈士，作者自指，也是泛指不为朱温势力所屈服

的人们。地下强魂，指死去的崔胤。必噬脐，意谓定然追悔莫及。春秋时，楚文王路过邓国，邓祈侯设宴招待。骓甥、聃甥、养甥请杀楚王，祈侯不听。三人说："亡邓国者，必此人也。若不早图，后君噬齐，其及图之乎？"后来邓国果然为楚所灭（见《左传》庄公六年）。齐，通作"脐"。人不能咬到自己的肚脐，比喻做错了的事情无法补救。

⑤ 掩鼻二句：上句说朱温篡唐的阴谋已经部署完成；下句慨叹身不在朝，在危难的关头，无法出奇计使昭宗脱险。史载朱温入长安后，排除异己，把唐朝的宗室和旧臣杀戮殆尽。此次迁都洛阳，昭宗在他的挟持之中，已完全失去自由。战国时，魏王送给楚怀王一位美女，极受楚王宠爱。夫人郑袖告诉这美女说："王甚悦爱子，然恶子之鼻。子见王常掩鼻，则王长幸子矣。"后楚王见美女常掩其鼻，以问郑袖。郑袖说："顷常言恶闻王臭。"楚王大怒，把这美人的鼻子割掉，从此郑袖专宠，权倾后宫（见《韩非子・外储说下》）。又石勒曾说用阴谋来篡夺政权的人如曹操、司马懿等，是以"狐媚以取天下"（见《晋书・石勒载记》）。骆宾王《代李敬业传檄天下文》："掩袖工谗，狐媚偏能惑主。"这里以郑袖争宠事来比喻朱温谋夺政权，是暗用"以狐媚取天下"的意思。冯驩，战国时齐国孟尝君田文的门客。孟尝君入秦被困，逃回齐国，半夜驰至函谷关。按照规定，关门要到鸡鸣时才开，孟尝君的门客中有人擅长口技，学作鸡鸣，一鸣之后，附近所有民间的鸡都叫起来，孟尝君因之得以出关（见《史记・孟尝君列传》）。按：学鸡鸣的并非冯驩，冯驩是孟尝君门客中被重视的一个，作者为昭宗亲信人臣，故以之自比。

【评】 满纸哀号，怨愤盘旋，特得力于"地下强魂必噬脐"句位置得当：既结上怨望，又转出七句覆败之根、哀痛之因。八句复以歌哭结之，便有回斡浩荡之势，非特"塞雁"、"宫鸦"一联凄迷若幻为佳也。此等处尤见李商隐、韩偓一派实以老杜为祈向。

自沙县抵龙溪县值泉州军过后村落皆空因有一绝

这诗和下面一首都是韩偓入闽后所作。沙县、龙溪、泉州，都在今福建省境内。

水自潺湲日自斜①，尽无鸡犬有啼鸦。千村万落如寒食，不见人烟空见花②！

【注释】

① 潺（chán）湲（yuán）：水流声。

② 千村二句：寒食不举火，人家无炊烟，如同过寒食节一样。故云。《资治通鉴》卷二五七："（唐僖宗文德元年，李罕之）专以寇钞为事，自怀、孟、晋、绛数百里间，州无刺史，县无令长，田无麦禾，邑无烟火者，殆将十年。"可作这二句的注脚。

【评】 语似平淡而思极刻炼。寒食无人烟，乃无炊烟；此际无人烟，乃无生人；一为原意，一为派生意，此处语意双关，而以"空见花"醒之。设想新巧而感情沉痛，故不弱。

春 尽

这诗写暮春情景，伤时念乱、孤独寂寞的客中之感，全寓言外。

惜春连日醉昏昏，醒后衣裳见酒痕。细水浮花归别涧[①]，断云含雨入孤村。人闲易得芳时恨[②]，地迥难招自古魂[③]。惭愧流莺相厚意[④]，清晨犹为到西园[⑤]。

【注释】

① 浮花：一作“漾花”。别涧：一作“别浦”。

② 人闲句：意谓春天本是赏心乐事的季节，而世事艰难，每易使人愁恨。芳时，春时。得，一作“有”。

③ 地迥句：言外之意，是说在这遥远的南方，古来也有许多飘泊留滞的人们，像自己一样的心情。招魂，古代的一种巫术，用于死者，兼施于生人，作用在于召回离散的魂魄（精神），复还本体。《楚辞》有《招魂》篇。杜甫《返照》：“不可久留豺虎乱，南方实有未招魂。”

④ 惭愧：兼含有感谢的意思。

⑤ 为：读去声。

【评】　由情而入景，复由景而入情，总是惜春而又自伤，自伤而又伤国之意，排遣不得。末联宕开一笔，借流莺以为言，看似与伤春无关，而寂寞无聊之态，溢于言外。其摄情入景，绝无痕迹。“细水浮花归别涧，断云含雨入孤村”一联，当与刘长卿写春景名句“细雨湿衣看不见，闲花落地听无声”（《送严士元》）对读。非唯闲淡之与凄迷，可见国运之日蹙，而锤词设色、取境炼意之愈见工刻，又可见中、晚七律之演进。

吴　融（二首）

吴融（生卒年不详），字子华，越州山阴（今浙江省绍兴市）人。龙纪元年（889）进士。官礼部郎中，翰林学士，中书舍人，户部侍郎。终翰林承旨。约死于天复末。

他和韩偓交谊很深，诗的风格也很相近。

有《唐英歌诗》。

金桥感事

这诗作于唐昭宗大顺元年(890),是有感于唐朝征讨李克用的事件而发的。李克用本沙陀族,唐朝利用他镇压黄巢的起义军。黄巢平定后,他占住了今山西北部,形成了割据一方的局面。这年,李克用进据邢、洛、磁三州,宰相张濬建议发兵征讨。结果,三战三败。沙陀军队焚掠晋、绛、河中一带,赤地千里。金桥,在今山西省长治县西南。

太行和雪叠晴空①,二月郊原尚朔风②。饮马早闻临渭北,射雕今欲过山东③。百年徒有伊川叹,五利宁无魏绛功④?日暮长亭正愁绝,哀笳一曲戍烟中!

【注释】

① 太行句:带雪的山峰一层一层地耸立在晴朗的天空里,故曰“叠”。太行,太行山。

② 郊原:一作“春郊”,一作“青郊”。

③ 饮马二句:中和三年(883),李克用曾经在渭水一带和黄巢作战,打进了长安。《左传》宣公十二年:“楚师将饮马于河而归。”上句借用成语,谓沙陀的铁骑早就已驰骋在渭北的平原上。下句言李克用有席卷华山以东广大地区的野心。射雕,用北魏斛律光的故事(见王维《观猎》注⑥)。

④ 百年二句:慨叹外族侵入中原,指责朝廷和战失策。《左传》僖公二十二年载:周平王迁都洛阳时,辛有在伊川见有人披发野祭。披发是戎族的装束。他叹息道:“不及百年,此其戎乎!其礼先亡矣。”到了这年,秦、晋二国果然迁陆浑之戎于伊川。魏绛,春秋时晋国的大夫。晋

国在今山西地带，和戎狄杂居，经常发生战争。魏绛曾向晋悼公建议用和平方式来解决国内的戎狄问题，曾说和戎有“五利”。晋悼公听从其言，于是晋国内政修明，无戎狄之患（见《左传》襄公四年）。此借典以抒政见。意谓与其战而败，不如像魏绛那样，用和平方式解决民族问题要有利得多。

【评】 用典特切，“饮马”一联尤见功力，所谓“用典不啻自口出”。又虚词照应连络，亦见玉溪一脉家数。

途中阻风

这诗从雨横风狂的暮春景色里，写出含苞未放的野花，笔意新颖，可能寄托有作者的感慨。

洛阳寒食苦多风，扫荡春华一半空。莫道芳蹊尽成实[①]，野花犹有未开丛。

【注释】

① 芳蹊：犹言花径。《史记·李将军列传赞》：“谚曰：‘桃李不言，下自成蹊。’”

韦　庄（三首）

韦庄(836—910)，字端己，京兆杜陵(今陕西西安市东南)人。乾宁元年(894)进士。授校书郎，迁右补阙。后随李询入蜀宣谕，遂留蜀，为西川节度使王建掌书记。前蜀建国，官至宰相。

他是晚唐五代杰出的词人。诗学白居易，以自然流畅为宗；而词语清丽，意境淡远，自成一体，风格和他的词相似。

有《浣花集》。

汧 阳 县 阁

汧(qiān)阳县，唐属陇州，故城在今陕西省汧阳县西。阁在县治之南。诗题一作《汧阳间》。

汧水悠悠去似绊[①]，远山如画翠眉横[②]。僧寻野渡归吴岳[③]，雁带斜阳入渭城。边静不收蕃帐马，地贫惟卖陇山鹦[④]。牧童何处吹羌笛，一曲《梅花》出塞声[⑤]。

【注释】

① 汧水：源出今陕西省陇县汧山南麓，流经汧阳，东注入渭水。绊(bēng)：带子。

② 远山句：古代诗词中多用远山来比拟妇女的眉痕黛影(参见前白居易《新乐府·井底引银瓶》注③)。韦庄《荷叶杯》："一双愁黛远山眉。"这里以翠眉描绘远山的形象，翻用其意。

③ 吴岳：又称吴山或岳山，在今陕西省陇县西南。

④ 边静二句：慨叹边塞空虚，地瘠民贫。静，有冷寂荒凉的意思。蕃帐，蕃人所居的帐幕。杜甫《秦州杂诗》："降虏兼千帐，居人有万家。"马放不收，是说这里已成了蕃人牧马之地。陇西一带，出产鹦鹉(参看前选皮日休《正乐府·哀陇民》)。

⑤ 一曲《梅花》：古笛曲中有《落梅花》。

送 人 游 并 汾

并、汾二州，即今山西省北部一带地，唐末为沙陀族李克用所据。这诗因送人北游,抒写忧时之感。是唐昭宗大顺元年(890)所作。

风雨萧萧欲暮秋,独携孤剑塞垣游。如今虏骑方南牧,莫过阴关第一州[①]。

【注释】

① 如今二句:大顺元年秋,唐军进击李克用,战败。《通鉴》卷二五八:"七月,官军至阴地关。"胡三省注:"汾州灵石县(今山西省县名)有阴地关。"南牧,向南方牧马,即向南侵略的意思。贾谊《过秦论》:"胡人不敢南下而牧马。"古称北方民族为虏。骑,读去声。

【评】"劝君更尽一杯酒,西出阳关无故人"以情胜;"莫愁前路无知己,天涯谁人不识君"以气胜;"如今虏骑方南牧,莫过阴关第一州"以意胜,此盛、晚之别。

稻　田

这诗摄取王维《积雨辋川作》(见前选)中"漠漠水田飞白鹭"的诗意,构成了一幅动人的画面。

绿波春浪满前陂,极目连云䆉稏肥[①]。更被鹭鹚千点雪,破烟来入画屏飞。

【注释】

① 䆉(bà)稏(yà):稻的别称,也可写作"罢亚"。

【评】 鹭鹚千点雪，破烟而下，极佳之景，然而“来入画屏飞”却气局嫌狭小。盖诗中有画，说破便寡味。初意在推王维之陈而出新，然毕竟未能得摩诘之三昧。

杜荀鹤（六首）

杜荀鹤(846—907)，字彦之，自号九华山人，池州石埭(今安徽县名)人。大顺二年(891)进士。田颓镇宣州，辟为从事。后依朱温。入梁，为翰林学士。

他生长于破落的农村，曾经历过漫长的贫困生活，对人民疾苦有较深刻的理解与同情。诗中反映黄巢起义失败后的社会情况，颇多佳篇。所作绝大部分是律体，但不为声律所束缚。风格清新流利，语言平畅通俗，后世称为“杜荀鹤体”(见《沧浪诗话·诗体》)。

有《唐风集》。

春 宫 怨

这诗写一位美丽宫妃失意的幽怨。它反映了封建时代妇女以色事人的悲哀,宫廷禁闭的苦闷,以及对自由生活的深切向往。

早被婵娟误[①],欲妆临镜慵。承恩不在貌,教妾若为容[②]?风暖鸟声碎,日高花影重。年年越溪女,相忆采芙蓉[③]。

【注释】

① 早被句:意谓因自己生得美丽,初入宫时,以为必然会承受皇帝的宠爱,但事实并不如此。即下文所云"承恩不在貌"。婵娟,美好的容态。

② 若为容:如何去妆饰自己。容,妆饰。《诗经·卫风·伯兮》:"岂无膏沐,谁适为容?"

③ 年年二句:写思乡之情。言年年美景良辰,乡间女伴必然会怀念自己。王维《西施咏》:"朝为越溪女,暮作吴宫妃。"越溪(今浙江省绍兴一带)女子以美貌著名。这里化用典故,并非实指家在越溪。芙蓉,莲花。

【评】"承恩不在貌,教妾若为容",二语挈出千古宫女怨诗主题,语警意深,直致亦往往自有直致的佳处,未可一概以此而非彼。

送 人 游 吴

这诗描绘吴地风光,呈现一幅动人的画面;结尾处轻轻点出送人之意，笔致新颖可喜。唐苏州又称吴郡，郡治在今江苏省苏州市。

君到姑苏见，人家尽枕河①。古宫闲地少②，水港小桥多。夜市卖菱藕，春船载绮罗。遥知未眠月，乡思在渔歌③。

【注释】

① 君到二句：苏州房屋多盖在水边，部分架在水面上，故云。古称苏州为姑苏，因城外的姑苏山而得名。

② 古宫：犹言古都。苏州在春秋时是吴国的都城。闲地少：谓人烟稠密，屋宇相连。

③ 遥知二句：意谓虽然苏州很繁华，但客游的人总不会忘掉自己的乡土。当月夜未眠的时候，听到渔船上歌声，定会触动思乡之感。思，读平声。

【评】 “水港小桥多”胜于“古宫闲地少”，“春船载绮罗”未称“夜市卖菱藕”，空灵与执实之故也。

旅泊遇郡中叛乱示同志

这诗作于唐僖宗中和元年(881)。当时，黄巢起义军占领长安，唐政府西迁。各地的地主武装在混乱状态中乘机抢掠财货，残害人民，到处造成流血恐怖的事件。诗中所写，是作者在旅途中亲眼看到的情况。郡，指池州，隋时为池阳郡，郡治在今安徽省贵池县。

握手相看谁敢言，军家刀剑在腰边。遍搜宝货无藏处，乱杀平人不怕天。古寺拆为修寨木[①]，荒坟开作甃城砖[②]。郡侯逐出浑闲事[③]，正是銮舆幸蜀年[④]。

【注释】

① 修寨木：修理营寨用的木材。这里的“修寨”和下句的“甃城”，都是为了防御农民起义军的进攻。

② 甃(zhòu)：用砖砌造。

③ 郡侯：一郡之长，即州刺史。浑闲事：不算一回事。

④ 銮舆幸蜀：这年六月，唐僖宗由兴元(今陕西省汉中市)逃往成都。銮舆，皇帝的车驾。幸蜀，犹言入蜀。封建时代，称皇帝车驾所至为幸。

山 中 寡 妇

这诗通过对一位山中寡妇悲惨生活的具体描绘，反映了黄巢起义失败后，在统治阶级愈益加紧剥削下，农村土地荒芜，人民大量逃亡的真实情况。本篇和下面一篇题一作《时世行》。

夫因兵死守蓬茅[①]，麻苎衣衫鬓发焦。桑柘废来犹纳税，田园荒后尚征苗[②]。时挑野菜和根煮，旋斫生柴带叶烧[③]。任是深山更深处，也应无计避征徭[④]。

【注释】

① 蓬茅：茅屋。

② 桑柘二句：上句的税，指丝税；下句的苗，指田赋。柘，落叶乔木，叶厚

而尖,可以饲蚕,功用与桑叶相同。后,一作“尽”。

③ 旋斫:即现斫。旋,义同现。

④ 征徭:赋税和徭役。

乱后逢村叟

经乱衰翁住破村,村中何事不伤魂[1]!因供寨木无桑柘[2],为点乡兵绝子孙。还似平宁征赋税[3],未曾州县略安存[4]。至今鸡犬皆星散,日暮西山独倚门。

【注释】

① 经乱二句:一作“八十老翁住破村,村中牢落不堪论”。

② 供:供给,供应,读平声。

③ 平宁:太平时候。

④ 未曾句:意谓不但本乡如此,其他州县也没有可以安身之处。未曾,不曾有。

题所居村舍

家随兵尽屋空存,税额宁容减一分[1]!衣食旋营犹可过[2],赋输长急不堪闻[3]。蚕无夏织桑充寨[4],田废春耕犊劳军[5]。如此数州谁会得[6]?杀民将尽更邀勋[7]!

【注释】

① 税额：租税的数字。规定数称额。

② 旋营：犹言临时对付。

③ 赋输句：耳边经常听到催缴租税的声音，长年都在急迫之中。

④ 蚕无句：是“桑充寨蚕无夏织”的倒装。意谓桑柘已被军队斫去充当寨木，因而无桑叶饲蚕，无蚕丝可织帛。蚕，这里用作丝的代称。

⑤ 田废句：句法同前，为“犊劳军田废春耕”的倒装。意谓耕牛都被军队征去作为慰劳品，春来农田也无法耕种。犊(dú)，本义是小牛，这里泛指耕牛。劳，读去声。

⑥ 谁会得：谁能理解。意谓人民无处可以申诉。

⑦ 邀勋：求功。晚唐官军常杀良民，取其首级，冒充敌首以求功，故云。

【评】 以七律刺乱政，老杜为初发轫，后亦间有为之者，然大多借景物出之。荀鹤则不唯数量多，且融入新乐府表现手法，为一大创造。荀鹤善于捕捉典型场景，以显豁而犀利的语言，融之于一联中，构成警句。“古寺拆为修寨木，荒坟开作甃城砖”；“桑柘废来犹纳税，田园荒后尚征苗”；“因供寨木无桑柘，为点乡兵绝子孙”；“蚕无夏织桑充寨，田废春耕犊劳军”，均每句自成对照，二句互倚互补，怵目惊心。杜荀鹤体素以坦易称，然此等诗语虽坦易，而意极刻炼，实未可以浅俗目之。参聂夷中《公子行》评。

贯　休（一首）

贯休(832—913)，本姓姜，字德隐，婺州兰溪(今浙江省县名)人。七岁出家。曾居杭州灵隐寺，为钱镠所重。天复中，由黔入蜀，依王建。前蜀建国，封为禅月大师。死时年八十一。

他工诗，兼善书画。其诗多讥切时事，较少吟风弄月之作。在艺术风格上，以奇崛为宗。佳处在于能摆脱一切束缚，表现出一种突兀傲岸的精神；但亦往往失之粗犷，流入险怪，实顾况、卢仝之遗脉。辛文房说他"天赋敏速之才，笔吐猛锐之气"，称之为"僧中一豪"(见《唐才子传》卷一〇)。

有《禅月集》。

晚泊湘江作

这诗是泊舟湘江时凭吊屈原之作。诗中歌颂屈原特立独行、坚贞不屈的爱国精神,表示无穷的追慕;结语指出对历史遗迹的感情,有其一定的思想基础,用意尤为深刻。题一作《湘江怀古》。

烟浪瀁秋色[①],高吟似有邻[②]。一轮湘渚月,万古独醒人[③]。岸湿穿花远,风香祷庙频[④]。只应谀佞者,到此不伤神[⑤]。

【注释】

① 瀁(yàng):溢荡、摇晃的意思。一作"漾"。

② 高吟句:意谓因怀念屈原而高吟,体会到屈原当时的忧国心情,引起情感上的共鸣。《论语·里仁》:"德不孤,必有邻。"有,一作"得"。

③ 万古句:《楚辞·渔父》:"屈原既放,游于江潭,行吟泽畔,颜色憔悴,形容枯槁。渔父见而问之曰:'子非三闾大夫欤?何故至于斯?'屈原曰:'举世皆浊我独清,众人皆醉我独醒,是以见放。'"万,一作"千"。

④ 岸湿二句:屈原忧愤国事,沉湘而死,当地人民立有三闾大夫庙,四时奉祀。这里是说,从舟中望去,看到潮湿的江岸之上,人们远穿花径,纷纷前往祷庙。

⑤ 只应二句:紧承上联,意谓正直的君子和谀佞的小人在思想情感上毫无共通之处,屈原不能容身于当时,正因为受到小人的陷害,所以他的遗迹也不会引起小人的追慕,而人民则普遍地纪念他。应,读平声。

【评】“万古独醒人”特傲兀警拔，亦赖有“一轮湘渚月”之映照，遂见深境。《唐诗纪事》载贯休尝以诗干吴越王钱镠，有句云“一剑霜寒十四州”，镠令改“四十州”，方许进见。休答曰：“州亦难添，诗亦难改”。遂辞去。参此则可见非为故作惊世语者。

齐　己（三首）

齐己（生卒年不详），本姓胡，名得生，潭州益阳（今湖南省县名）人。出家于大沩山同庆寺。后居衡岳东林寺，自号衡岳沙门。唐亡后，在江陵，依南平高季兴，为龙兴寺僧正。

他工五言律诗，和郑谷、曹松、方干等人为诗友。《四库全书总目提要》云："唐代缁流，能诗者众，其有集传于今者，惟皎然、贯休及齐己。皎然清而弱，贯休豪而粗，齐己……虽沿武功一派，而风格独遒。"

有《白莲集》。

寄华山司空图

《唐才子传》卷九《齐己传》："（齐己）来长安数载，遍览终南、条、华之胜。"司空图于唐末隐居华山，齐己和他订交，当在此时。这诗写别后相念之情。诗中对司空图的赞叹，流露出作者忧时念乱、消极避世的思想。

天下艰难际，全家入华山。几劳丹诏问，空见使臣还①。瀑布寒吹梦，莲峰翠湿关②。兵戈阻相访，身老瘴云间③。

【注释】

① 天下四句：《旧唐书·司空图传》："河北乱，（司空图）乃寓居华阴。景福中，又以谏议大夫征，……移疾不起。乾宁中，又以户部侍郎征，一至阙廷致谢，数日，乞还山，许之。昭宗在华，征拜兵部侍郎，称足疾不任趋拜，致意谢之而已。"华，读去声。丹诏，皇帝的诏书。

② 莲峰句：言门对莲峰，苍翠的山光，照映门宇。王维《阙题》："山路元无雨，空翠湿人衣。""湿"字的用法与此同。莲峰，即莲花峰，华山的最高峰。关，义同门。

③ 身老句：言己留滞南方。瘴云，犹言瘴气。

【评】 "瀑布寒吹梦"与李白"海风吹不断，江月照还空"异曲同工，而特凝炼有远意。"莲峰翠湿关"，则"关"字有趁韵之嫌，执实无奇，去王维"空翠湿人衣"远甚。

舟中晚望祝融峰

这诗和下面一首，一写遥望祝融峰的向往心情，一写登峰后的极目远眺。两诗都写得遒劲雄浑，在晚唐五律中是不多见的优秀之作。祝融峰，衡山的最高峰，在今湖南省衡山县西三十里。

天际卓寒青，舟中望晚晴①。十年关梦寐②，此日向峥嵘③。巨石凌空黑，飞泉照眼明。终当蹑孤顶，坐看白云生④。

【注释】

① 天际二句：意谓晚晴时于舟中遥望，见祝融峰卓立天际。卓，矗立的意思。寒青，指秋山苍翠之色。

② 关梦寐：梦寐关怀，意指向往之切。

③ 峥嵘：山高峻貌。这里指高峻的山峰。

④ 终当二句：和杜甫《望岳》的结句“会当凌绝顶，一览众山小”用意略同。蹑(niè)，踏上，踩着。孤顶，最突出的顶峰。

【评】　“十年关梦寐”得顿宕之理，无此一垫，诗势便剽而不留。三联景语虎虎有生气，而“凌空黑”更胜于“照眼明”，盖“黑”字用俗得奇，有难于以言诂，以理求，而逼真如在目前之感。结语固近杜甫《望岳》，然杜骏发有远志，此则孤峻有远意。杜为入世语，此为出世语。

登祝融峰

猿鸟共不到[1],我来身欲浮。四边空碧落[2],绝顶正清秋。宇宙知何极?华夷见细流[3]。坛西独立久,斜日转神州[4]。

【注释】

① 猿鸟句:形容山高。李白《蜀道难》:"黄鹤之飞尚不得过,猿猱欲度愁攀援。"此化用其意。

② 碧落:天空。

③ 华夷句:意谓只见大地上江河流注。华,中国。夷,中国以外的地方。由于从高处下视,所以把江河说成"细流"。按:湘水环绕衡山之下,向北流去。

④ 坛西二句:言登临眺览,直至白日西移。祝融峰上有青玉坛。神州,中国的代称。斜日,一作"白日"。

【评】"浮"字奇,传神,暗透二联景语。盖碧空四垂,一峰兀出,独得高秋之灏气,故有似"浮"之感。奇在理中,故传神。

张　泌（一首）

张泌（一作“佖”，生卒年不详），字子澄，淮南人。仕南唐为句容县尉，累官至内史舍人。

《全唐诗》录存其诗一卷。《花间集》录其词二十七首。

寄 人(二首选一)

这是一首寄给情人的诗。从诗中梦境的描绘,会使读者想象到其中有动人的悲欢离合的情事在。诗的妙处,正在于融化无迹,以抒情出之,故笔墨愈含蓄,而愈耐人寻味。

别梦依依到谢家①,小廊回合曲栏斜②。多情只有春庭月,犹为离人照落花③。

【注释】

① 谢家:中唐李德裕有宠妓谢秋娘,谢亡,德裕为作《忆江南》以悼之,后都以谢家称意中人之家。温庭筠《更漏子》:"香雾薄,透帘幕,惆怅谢家池阁。"韦庄《浣溪沙》:"小楼高阁谢娘家。"

② 小廊句:写情人家庭院的幽深,暗示梦中在这儿和情人会见。

③ 多情二句:写梦醒后的情景。为,读去声。

【评】 小诗意境与组织特类晚唐五代词,张泌为《花间》词人,由此可见唐末五代诗词相互影响之痕迹。

葛鸦儿（一首）

葛鸦儿，时代、籍贯及生平事迹均不可考。从作品中知是一位穷苦的劳动家庭的主妇。

《全唐诗》录存其诗一首。

怀 良 人

这诗反映了动乱时代里农村劳动力被迫离开土地，家庭生活无法维持的悲哀，它是劳动人民自己的歌声，不同于一般叙写离愁别恨的诗篇。良人，古代妇女对丈夫的称谓。

蓬鬓荆钗世所稀，布裙犹是嫁时衣。胡麻好种无人种，正是归时不见归①！

【注释】

① 胡麻二句：胡麻，即芝麻。民间传说：芝麻须夫妻同种，才能丰收（见顾元庆《夷白斋诗话》）。此取其义。不见，一作“底不”，是诘问的语气。

【评】 宋葛立方《韵语阳秋》卷一曾指出：“杜荀鹤、郑谷诗皆一句内好以二字相叠，然杜荀鹤多用于前后散句，而郑谷用于中间对联。”又举例，杜如“非谒朱门谒孔门”，郑如“那堪流落逢摇落，可得潸然是偶然”之类。后人常称之为郑谷、杜荀鹤句法。据研究，此格杜甫多用之，中晚唐后尤盛，而以郑、杜为最。而探其本源，实昉于七绝体民歌。葛鸦儿此诗与下录正可为此说作一证，且可说明何以此格尤盛于中晚唐。

乐府诗（五首）

突厥三台

这诗和下面选的几首，都是唐代流行的乐府歌辞，作者不可考。范摅《云溪友议》卷上："李尚书讷夜登越城楼，闻歌曰：'雁门山上雁初飞。'其声激切。召至，曰：'去籍之妓盛小丛也。'"按：唐时乐妓所唱歌词，大都是当时文人的作品（参看王之涣《凉州词》题下注）。洪迈《万首唐人绝句》卷五八载有此诗，列入"乐府辞"二十五首之内，亦不著作者姓名。旧说是盛小丛所作，不可靠。《三台》，曲调名。有《上皇三台》、《宫中三台》、《江南三台》等。《突厥三台》是歌唱北地风光的。

雁门山上雁初飞，马邑栏中马正肥①。日旰山西逢驿使②，殷勤南北送征衣③。

【注释】

① 雁门二句：北雁南飞，气候日渐寒冷；秋高马肥，正是边地战争的季节，故下两句云云。雁门山，在今山西省代县西北，相传鸿雁从这里飞出。马邑，今山西朔县。

② 日旰(gàn)：日晚。旰，一作"昨"。山西：太行山之西。

③ 南北：由南而北。征衣：征人的寒衣。

金缕衣

《金缕衣》，唐代乐府新题。《乐府诗集》编入"近代曲辞"。杜牧《杜秋娘诗》:“秋持玉斝醉,与唱《金缕衣》。”注明即指此诗。杜秋娘,金陵歌女,曾为李锜妾,元和时人。据此,可知此诗是中唐时流行的歌词。

劝君莫惜金缕衣①,劝君须惜少年时。花开堪折直须折②,莫待无花空折枝。

【注释】

① 金缕衣:用金线刺绣的华美衣服。

② 直须折:就应该折。直,义同即。

【评】 “莫攀我,攀我太心偏,我是曲江临池柳,这人折了那人攀,恩爱一时间”。此敦煌杂曲子《望江南》词也。与此诗均以折枝为喻,可知此为当时歌伎常用之比。二诗一正说,一反说,而皆浅切情深,有赤子天籁之声,皆可溯源于汉乐府《有所思》之类。《望江南》与此诗形式对比,仅变首句七字为三字,末句变七言为五言,又可见曲子词中长短句与民间七言诗之关系。

啰 唝 曲(六首选三)

这诗写商妇相思离别之情,一名《望夫歌》,内容和李白《长干行》(见前选)大略相同。歌妓刘采春善唱此曲。元稹《赠刘采春》诗云:“更有恼人肠断处,选词能唱《望夫歌》。”自注:“即《啰(luó)唝(hǒng)》之曲也。”《云溪友议》卷下:“金陵有啰唝楼,即陈后主所建。采春所唱一百二十首,皆当代才子所作。”据此,可知《啰唝曲》

是金陵一带流行的曲调，而歌词则出诸当时文人之手。《全唐诗》卷八〇二作刘采春诗，误。又《云溪友议》所载歌词为七首，中多七言一篇。

其 一(原第一首)

不喜秦淮水[1]，生憎江上船[2]。载儿夫婿去[3]，经岁又经年。

【注释】

① 秦淮：流经金陵的河名(详见前杜牧《泊秦淮》题下注)。

② 生憎：犹言偏憎。唐时口语。

③ 儿：古代年轻妇女自称之词。

【评】 恼水，恼船，却不恼人，痴语情深。

其 二(原第三首)

莫作商人妇，金钗当卜钱[1]。朝朝江口望，错认几人船。

【注释】

① 金钗句：意谓经常在离别相思的心情中度过岁月。卜，是卜问行人的归期。古时有一种简单的卜法，用金钱作为卜具，将钱掷去，视其向背，以占凶吉。因为金钗插在头上，随时可掷，故用以代替金钱。当，读去声。

【评】 “金钗当卜钱”，富足矣，奈何情爱常不足。“错认几人船”，较之温庭筠“过尽千帆皆不是，斜晖脉脉水悠悠”（《梦江南》）尤觉纯朴可怜。

其　三（原第四首）

那年离别日，只道住桐庐。桐庐人不见，今得广州书[1]。

【注释】

① 桐庐二句：意谓行人不但没有归期，而且越行越远。桐庐，今浙江省县名。广州，今广东省市名。

【评】 妙在以桐庐顶真，又翻出广州作殿，使有“更行更远渐杳”之意。句佳而意更佳。三诗自然而有远韵，崔颢《小长干》之亚。均为小诗中神品。

附　录

《唐诗选》初版前言

一

唐代诗歌，是祖国丰富文学遗产中最宝贵的一个部分。提到唐诗，人们会很自然地把它看作古典诗歌成就的最高峰；李白、杜甫、白居易等伟大诗人，千百年来一直活在人们的心头；唐诗中许多优秀作品流传之广泛，人们对唐诗的熟悉和爱好，似乎超过了任何其他一个时代的诗歌。

现存唐诗，基本上汇集在一部《全唐诗》里[①]。其中所收录的作家，就已有二千三百多人，诗歌将近五万首。这是一个如何庞大而复杂的存在啊！

自从元结的《箧中集》、殷璠的《河岳英灵集》问世以后，我们所能看到的唐人选唐诗，就已有十种之多[②]。宋代以来的唐诗选本，更是风起云涌，层出不穷。

这大量的选本，性质不同，情况是很复杂的。

有一种选本，如清康熙朝的《御选唐诗》、乾隆朝的《唐宋诗醇》之类，很鲜明地站在封建统治者的立场，在“标举正声，别裁伪体”

---

① 《全唐诗》中有误收和漏收的作品，参看刘师培《左全集》卷八《读全唐诗书后》两篇。

② 除《箧中集》、《河岳英灵集》外，有芮挺章的《国秀集》，令狐楚的《御览诗》，高仲武的《中兴间气集》，姚合的《极玄集》，韦庄的《又玄集》，韦縠的《才调集》，佚名的《搜玉小集》和没有书名的唐人写本选唐诗八种。

的幌子下[1],企图掩盖文学的阶级内容,抹煞文学作品所反映的社会实质,以达到其反动的政治目的。可是,它所弹的只不过是一套“温柔敦厚”、“诗教”的滥调,在艺术的鉴别上又没有什么可以吸引人之处,因而尽管是“钦定本”,在当时就不为读者所重视,对后世更谈不上有什么重大影响。

另一类,是专家的选本,如姚合的《极玄集》、韦縠的《才调集》、赵师秀的《众妙集》、元好问的《唐诗鼓吹》、王士禛的《唐贤三昧集》……这些选本的出现,大都是针对当时诗风上的某种倾向,选者为了补偏救弊,希望通过选本,揭示榘范,贯彻自己的艺术主张。它们的体例不同,选录的标准各异;甚至南辕北辙,背道而驰。但选者却很多是品藻名家,诗坛的射雕手,通过他们从各个不同角度的挑选,发掘,汇总起来,唐诗精华,大部分也都显现出来了。

对于过去这许多著名的选本,我们自然应该予以足够的重视,但同时又必须批判地去吸收,因为其中总不免存在着某种偏见和时代的局限性。

这些选本之所以流传不废,都是在艺术上能够独树一帜,有它的特色的。可是任何一个艺术思想后面,必然有其政治的灵魂。例如王士禛的《唐贤三昧集》,从他自己的话看来[2],该是个超然的为艺术而艺术的选本吧。但假如我们联系到清初复杂而尖锐的阶级矛盾和民族斗争,选者晚年的政治态度,则为什么他要在这个选本里标举“神韵”之说?为什么专取闲适冲淡之作,而排斥“海涵地负,鳌掷鲸呿”大胆面向生活的诗篇[3]?也就不言而喻了。

闲适冲淡,是唐诗风格不可缺少的一个方面;在这类作品里,也不能说,都只是表现了逃避现实的消极思想。但无论如何,它不

---

① 见《四库全书总目提要》总集类《御选唐诗》条。

② 参看俞兆晟所作《渔洋诗话序》。

③ 宋荦评《唐贤三昧集》,说它里面缺少这种风格的诗。见《漫堂说诗》。

是时代的最强音;在艺术上,也是偏而不全,不足以概括唐诗的面貌的。

还有一类选本,鉴别很精,又颇能照顾到题材和风格的多样化。像高棅的《唐诗品汇》、沈德潜的《唐诗别裁》和蘅塘退士的《唐诗三百首》,虽然选者也有他不同于别人的艺术主张,但却不是那样地以偏入取胜,门庭比较宽广一些。特别是《唐诗三百首》,选录的作品不多,大都是具有代表性的好诗;而且选者还似乎十分注意到可接受性的问题。两百多年来,家弦户诵,可说是个最受群众欢迎的普及本了。但生活在现在的任何一位读者,都会有这样的感觉吧:类似杜甫的《三吏》、《三别》和白居易《新乐府》里那些脍炙人口的名篇,在《唐诗三百首》中,就未免有遗珠之憾;同时,其中也有一部分内容空洞,四平八稳的诗,如鲁迅所说的"和我们不相干"[①]。这有什么入选的必要呢?可是在清王朝在中国的统治取得相对的稳定,科举制度盛行的情况下,却是有必要的。为了替试帖诗"垂示准则"[②],便利于应考的士子。沈德潜在编选《唐诗别裁》的时候,干脆便把它坦白地说了出来;蘅塘退士虽未明言,但他曾说是用作"家塾课本",来代替《千家诗》[③],该也有这个意思。

这些事实,说明了一个真理:"各个阶级社会中的各个阶级都有不同的政治标准和不同的艺术标准。"[④]而后者是服从于前者的;同时,也说明了旧的唐诗选本,即使是最优秀的,也不可能完全适应于今天的要求。在今天,广大的读者,是需要有一部比较正确地反映唐代诗歌真实面貌,在各方面能够概括唐诗最高成就的新选本。

---

① 见《且介亭杂文·徐懋庸打杂集序》。举的例子是唐玄宗李隆基的《经鲁祭孔子而叹之》一首五律,见《唐诗三百首》卷五。

② 见《重订唐诗别裁序》。

③ 见《唐诗三百首》蘅塘退士原序。

④ 见《毛泽东选集》第三卷《在延安文艺座谈会上的讲话》。

二

唐朝是我国中古史上著名的封建王朝;同时,它又是我国古典诗歌发展史上的黄金时代。

隋末农民革命,推翻了隋朝残暴的统治。李渊父子收拾群雄并峙的混乱局面;为了巩固政权基础,接受历史上的经验教训,统治者对人民的力量,有着比较清醒的认识,曾经采取一系列的政策措施,保证社会生产力的恢复和发展。对外,由于战争的不断胜利,解除了国防上的军事威胁,开辟交通运输线,促进了中外经济和文化的交流。因而在农业生产发展的基础上,手工业和商业也随之而兴盛,出现了八世纪初封建经济全面发展的高潮,也就是杜甫在《忆昔》一诗里所说的“开元全盛日”的情况。封建帝国的富强繁荣,不仅充实了人们的物质生活,在一定的程度上,也丰富了人们的精神生活。诗歌、音乐、绘画、书法、舞蹈各项艺术,在这时,都开放出烂漫的花朵,结成了丰硕的果实。

唐代经济和文化的繁荣,乃是经历了长期战乱的人民,在相对稳定的局面下,努力于生活重建所创造出来的伟大成绩;是隋末农民革命推动历史前进的巨大力量所带来的必然后果。但这只是问题的一面。问题的另一个方面是:作为封建社会的根本矛盾,即被统治的劳动人民,特别是广大农民和封建统治者之间的矛盾,始终是对抗性地存在着,而且在不断地发展着。

唐初统治者所施行的一些向人民让步的政策,在一定历史时期内,是有其进步作用的。但这并不丝毫意味着改变了建筑在阶级剥削基础上封建政权的本质。

就拿最为人们所称道的“均田制”来说吧,也只是在兵燹乱离之后,田园荒芜的情况下,强制和争取一批劳动力回到土地上来的一种临时办法。在农民受田的同时,地主阶级私有的土地不但合法地被保障,而且贵族官僚还可以通过皇帝的赏赐以及霸占强买等手段,扩大土地的占有。伴随着农业生产力的提高,工商业经济和城市的繁荣,荒地的大量开垦,人口的不断增加,残酷的掠夺和兼并却迫使过去受田的农民大批破产。“均田制”破坏的过程,同时也是“庄园制”发展的过程;到了天宝末年,后者就代替了前者。

从唐朝开国到天宝末这将近一个半世纪里,一般地说,是唐朝国力上升的时期;社会矛盾就在这个上升时期里孕育着,滋长着,到了天宝十四载(755),在安史之乱的震撼下,各项矛盾就一发而不可收,出现了下一阶段新的混乱局面。

安史乱后,藩镇割据,中央和地方政权的对立;军阀间的长期混战,破坏了国内的统一与和平;宦官与官僚内外廷政权的争夺;官僚集团朋党之间的倾轧与斗争;商业经济的畸形发展,城市与农村的对立;民族间的纠纷,西北边地的长期沦陷,这一系列的矛盾,呈现得如此的表面化,复杂化。它们围绕着一个核心,把正在急剧发展中的阶级矛盾推向顶端,终于爆发了唐末的农民大起义。随着农民起义的被镇压,唐朝政权也就分散转移到那些野心军阀们的手里,结束了它的统治。

上面的叙述,给产生唐诗的时代背景勾勒出一个简单的轮廓。当然,文学作品不同于历史文献纪录;文学艺术的发展,有它自身的特点。

我国古典诗歌发展的历史,就其文献足征的算起,远在公元前十二世纪至前六世纪的《诗经》。这一悠久绵长的文学传统,正如滚滚长江的巨流一样,穿三峡,历荆门,荡激萦回,积蓄着无尽藏的力量;到了唐朝,好像奔泻到宽平的地面,掀起了“白波九道流雪山”的壮观。

人们常说:“诗莫盛于唐。”唐诗之所以盛,乃是因为它继承和发扬了过去的优良传统,推陈出新,并且从形式上奠定了五、七言诗的体制和格律。唐代的诗,从它一开始,就逐渐走上健康发展的道路,不断地出现全面繁荣的高潮,毫无愧色地反映了这个时代。

在整个诗歌发展史上，唐诗确实是起着继往开来的作用的。

魏晋南北朝这一阶段，文人的诗歌创作，大大兴盛起来。“诗赋欲丽”①，诗歌语言艺术的锻炼，成为汉末魏初诗坛上普遍的风气。可是建安诗人都是“慷慨以任气，磊落以使才”的。虽然讲究词藻的修饰，但“造怀指事，不求纤密之巧；驱词逐貌，惟取昭晰之能”②。他们更注意的是：抒写时代的真情实感，文学作品的“气”和“质”。“以情纬文，以文被质”③，正是建安文学的特色。可是太康时代，就渐渐不同了，“先词而后情”④，繁缛的诗风，不断地滋长着。晋、宋以后，“俪采百字之偶，价争一句之奇”⑤，形式主义和唯美主义支配着整个诗坛。到了梁、陈“宫体诗”的出现，统治集团腐朽荒淫的色情生活，居然成为这个时代诗歌的主要内容；侧艳轻浮，达到了顶点。我国古代诗歌，可说是堕入了一个最黑暗的深渊。

姚铉《唐文粹》序云：

> 至于魏、晋，文风下衰；宋、齐以降，益以滋薄。然其间，鼓曹、刘之气焰，耸潘、陆之风格，舒颜、谢之清丽，藹何、刘之婉雅，虽风兴或缺，而篇翰可观。

这段简约的论述，对下阶段诗歌发展的趋向，给我们有所启示：第一，“文风下衰”，起衰救弊，就必然会有重大的变革。第二，尽管整个时代不景气，个别自拔于流俗之中，能够继承建安精神，“鼓曹、刘之气焰”的诗人还是有的。这一优良传统，必须继承发扬。第

① 曹丕语，见《典论 · 论文》。

② 刘勰语，见《文心雕龙 · 明诗》。

③ 沈约《宋书 · 谢灵运传论》评曹氏父子语。

④ 见《文心雕龙 · 定势》。

⑤ 见《文心雕龙 · 明诗》。

三，这一时期的诗歌，一般说来，虽然是“风兴或缺”，然而“篇翰可观”，诗人们在艺术技巧上的成就，是不容忽视的。

从下面的叙述中，我们可以看出紧接着魏、晋、南北朝以后出现的唐代诗歌，确实是出色地完成了他的历史任务，放射出它的时代光辉。

三

七世纪初，李唐王朝的政权建立了，经济、政治发生了巨大的变化和改革；可是作为社会上层建筑之一的文学艺术，不可能立即就出现一个完全新的面貌。整个诗坛，被笼罩在六朝形式主义诗风之下，仍然是荒凉冷漠的。太宗和高宗两朝的文治武功，为封建时代历史家所称道；可是代表这个时代的诗歌，则是以“绮错婉媚为本”的“上官体”①。像魏徵、王绩那样的诗人，在当时已是凤毛麟角了。拿太宗本人来说，在他身上，该是嗅不到一点“南朝天子”的气味吧，可是，他的诗，就曾经扬“宫体”之馀波②，并不如想象中的那样气魄雄伟。王世贞说：

> 唐文皇手定中原，笼盖一世；而诗语殊无丈夫气，习使之也，“雪耻酬百王，除凶报千古。”“昔乘匹马去，今驱万乘来。”差强人意，然是有意之作。《帝京篇》可耳，馀者不免花草点缀。可谓远逊汉武，近输曹公③。

“习使之也”，这话一点不错。但从王氏的论断中，也另外透漏出一

---

① 见《旧唐书·上官仪传》。

② 唐太宗尝作“宫体诗”，为虞世南谏阻。见计有功《唐诗纪事》卷一。

③ 见《艺苑卮言》卷四。“雪耻”二句，是贞观二十年(646)破薛延陀时所作。“昔乘”二句，是题河中府逍遥楼的诗，篇题及全诗均不存。

个消息,唐初的诗风,已面临着不得不变的情况;而且诗人已经意识到变革的必要,正朝着这个方向努力。

像早春的和风一样,它慢慢地吹拂着,终于会使大地解冻,柳眼舒青。到了七世纪下半期,就出现了以陈子昂和以“四杰”、沈、宋为代表的两个不同的诗派。他们同样是新时代的歌手。

“四杰”的诗,首先从题材上突破了“宫体”的内容,面向着比较广阔的生活原野。他们的风格,各不相同;但胎息六朝,而能从六朝的境界中脱化出来,这一点,是一致的。陆时雍说王勃的诗“调入初唐,时带六朝锦色”①。所谓“六朝锦色”,是指华美的词采而言;所谓“调入初唐”,那就是说,六朝繁缛纤巧的风尚,轻浮淫荡的靡靡之音,已经基本上改变过来了。不仅王勃如此,其他三人,也都是这样。无论抒情或写景的诗篇,流露出一种清新自由的气息,读“四杰”诗的人,是会有着这样一个相同的感觉的。

当然,在“四杰”的诗里,也并没有完全摆脱六朝的不良影响,像卢照邻《长安古意》,是一篇现实性很强的好诗,其中却不免残存着某些堆砌词藻、铺陈故实的痕迹。可是,它那种愤世嫉俗的心情,忧深思远的慨叹,其基调和六朝是判然各别的。

沈佺期和宋之问虽是宫廷诗人,但他们的作品并不全是无聊的应制诗。在初唐诗坛上,沈、宋与“四杰”并称,因为在律体诗的完成和诗歌艺术技巧的发展上,他们是起了一定的推动作用的。

诗歌“古体”和“今体”之分,是唐代的事。所谓“今体”,指唐时所开始流行的诗体。“今”和“古”,是相对而言的。“今体”包括五、七言律诗和绝句。其实,绝句古已有之②。严格地说:只有律诗,才算是真正的“今体”。律体诗的确立,“古”“今”体的分工,我国古典诗歌丰富多样的形式,才全面定型,正如胡应麟所说:“实词章改

---

① 见《诗镜总论》。

② 参看赵翼《陔馀丛考》卷二十三“绝句”条。

革之大机，气运推迁之一会。”[①]在诗歌发展史上有着非常重要的意义。可是，这一崭新的诗体，并不是从天而降的。

晋、宋以来，诗歌语言一天天地趋向骈偶化，音节力求其和谐，到了齐武帝永明年间(483—493)，“声律说”大行，诗歌中就出现了一种“永明体”，一称“新体”[②]。“新体诗”是“今体”的前身，它的特征是：章句整齐，平仄调协；利用语言技巧锻炼和声韵研究的成果，适应我国文字的特点，把诗歌格律化。究竟怎样的“化”法呢？这不是一个简单的问题。必须经过无数诗人不断地试验制作，然后它的规格才渐趋统一，式样才能固定下来。

“新体诗”发展到唐朝成为“今体”，是一个水到渠成的趋势。唐初已有一些像王绩《野望》那样完整的五言律诗出现；通过“四杰”大量的创作，给这一诗体进一步奠定了牢固的基石；到沈、宋手里，“回声忌病，约篇准句”[③]，音律更加协调，语言更为精美。从本书所选的几首，可以看出这种演进的痕迹。

沈、宋不仅发展了五律，而且完成了七言律诗。其中沈佺期的《独不见》一篇，高振唐音，格调和意境都达到了成熟的高度。

环绕在沈、宋周围的诗人如杜审言等，都是“今体诗”的著名作者。杜的风格，表现得更豪迈雄放一些，有一种莽莽苍苍的气息和健拔深峭耐人寻味之处。

在这群诗人手里，七言歌行体也有很大的提高。

歌行源于乐府。七言的作者，齐、梁时才逐渐增多；到了唐朝，更普遍地被采用了。这一体制，在唐代虽然是属于“古体诗”的范

---

① 见《诗薮》。

② 严羽《沧浪诗话》列有“永明体”和“齐梁体”。所谓“齐梁体”，是通指齐梁两朝绮艳纤丽的诗风而言的。“永明”是齐的年号，照说应该包括在“齐梁体”之内。严羽所以另外列一个“永明体”，是为了标明它在音律上的特征。王闿运的《八代诗选》将齐以后这种发展成为唐代“今体”的诗歌，叫做“新体诗”。

③ 见《新唐书·宋之问传》。

畴,但由于格律诗的盛行,也受到很深刻的影响。事实上,唐代七言歌行是在声韵、格律的基础上糅合"古""今"体而发展起来的一种新型的长篇诗歌。像《长安古意》和张若虚的《春江花月夜》,语言的流利宛转,音节的和协铿锵,灵活地运用对仗,有规律地转韵等,最能表现这种特色。后来李颀、高适等人的歌行,就是沿着这条线索发展下去,而风格更为雄放;杜甫的《洗兵马》,则寓波澜浩瀚于整齐的结构之中;以至号称"元和千字律"流传最广的像白居易的《长恨歌》、《琵琶行》、元稹的《连昌宫词》等篇,仍然是这个体制。它和破偶为奇、不入律句的古诗,始终是并行而不废的。

元好问诗云:

> 沈宋横驰翰墨场,风流初不废齐梁。论功若准平吴例,合著黄金铸子昂。
>
> ——《论诗绝句》三十首之一

如果说:"四杰"、沈、宋这一群诗人对唐代诗歌发展的贡献,主要是在于艺术技巧的继承和发展、诗歌体制的巩固与提高,则明确和六朝的形式主义、唯美主义划清界线,从理论上正面提出要求,端正了诗歌发展方向的,应首推陈子昂。

他在《修竹篇序》里说:

> 文章道弊,五百年矣。汉、魏风骨,晋、宋莫传,然而文献有可征者,仆尝暇时观齐、梁间诗,采丽竞繁,而兴寄都绝,每以永叹。思古人,常恐逶迤颓靡,风雅不作,以耿耿也。

起齐、梁之衰,复汉、魏之古,旗帜异常鲜明。代表他这种主张的实践,是《感遇》诗三十八首。《感遇》和阮籍的《咏怀》性质相同,集中地抒写忧生、嗟时的情感。诗的风格,受到《咏怀》的影响而能脱化出来。其中如"圣人不利己""丁亥岁云暮"等篇,指陈时事,深切著明,就不像《咏怀》那样的曲折隐晦。虽然他的诗比较缺乏文采,在艺术上还没有达到曹植、阮籍的水平;但刚健朴质的调子,却唱出他自家的本色。像《登幽州台歌》,在短短的四句里,表现出一种四顾苍茫,百端交集之感,颇有北朝民歌中《敕勒歌》、《陇头歌辞》的味道。这也不是在汉、魏文人诗中所容易看到的。

由此可见,陈子昂所追求的"正始之音"与"建安风骨",并不只在形貌上的沿袭。这样才真正是发扬了建安时代的精神,才能与建安作者会心千载,"相视而笑"。因而他的所谓复古,其实际意义乃是革新。李梦阳曾讥笑陈子昂"以其古诗为古诗",不能算是古诗;并且说整个唐朝都没有古诗。从拟古者的眼光看来,这结论是很自然的。叶燮说得好:

> 盛唐诸诗人,惟不能为建安之古诗,吾乃谓唐有古诗。若必摹汉、魏之声调字句,此汉、魏有诗,而唐无古诗矣。且彼所谓陈子昂以其古诗为古诗,正惟子昂能自为古诗,所以为子昂之诗耳[①]。

后来张九龄的《感遇》、李白的《古风》都是沿着陈子昂所开辟的这条道路,把复古与创新的精神辩证地统一起来,显示出唐代古诗不同于汉、魏的独特风貌。陈子昂的朋友卢藏用称赞他:"卓立千古,横制颓波;天下翕然,文质一变。"[②]这功绩,确实是不可估量的。

陈子昂诗里,也有不少的五律。沈德潜曾以陈、杜、沈、宋相提并论,比作"浑金璞玉"[③],可见他的成就,也不仅仅是在古体方面。

---

① 见《原诗·内篇》。下同。

② 见《陈氏别传》。

③ 见《说诗晬语》。陈、杜、沈、宋并称,明朝人就有这样的提法。

历史是割不断的，叶燮认为考察文学发展的现象，必须注意："孰为沿为革，孰为创为因，孰为流弊而衰，孰为救衰而盛"，应该"一一剖析而缕分之"。这话完全正确。唐代诗歌，从七世纪初到八世纪初这一百年间，由于陈子昂和"四杰"、沈、宋等诗人的共同努力，正确地决定了"沿"和"革"、"创"与"因"的问题，所以能够"救衰而盛"，完成了诗歌革命准备阶段的时代使命。开元、天宝时期许多大诗人，大概都是在这个已经准备好了的基础上，进一步把正确的方向和完美的艺术技巧结合起来，这样就出现了唐代诗歌全面繁荣的第一次高潮，也就是文学史上所称的"盛唐诗"①。

殷璠在《河岳英灵集》的"集论"里，曾经用"文质取半，'风''骚'两挟，言气骨则建安为传，论宫商则太康不逮"来概括盛唐诗歌的成就。这话总的说来，是符合于实际的。

所谓"质"，所谓"气骨"，是指诗的思想内容，指诗里所反映的客观现实，所表现的时代精神而言。盛唐诗人在这方面达到的深度和广度，确实是超越了建安时代。

这一时期，描写边塞战争的诗很多。唐朝开国以来对外的扩张，到了天宝末年，据历史记载，"自安远门西尽唐境万二千里"②，可说是达到强盛的顶点。但同时也就是阶级矛盾和民族矛盾的火山即将爆发的前夕。这种对外战争的性质，就其巩固国防或保护商路的意义来说，对社会经济、文化的发展，有其积极作用；特别是边疆地区受到外族侵扰而进行的自卫战争，人民是热烈支持的。可是统治者却把战争的胜利，作为加强统治权力和威望的重要手段，因而助长了侵略野心，无休止地把战争挑动和扩大到底，就使

① 严羽《沧浪诗话》列有"盛唐体"，指景云（睿宗李旦的年号，即公元710年）以下，开元、天宝时期的诗歌。

② 见《资治通鉴》天宝十二载（753）。"安远门"是长安的西北门。参看本书元稹《和李校书新题乐府·西凉伎》注文。

得人民深恶痛绝了。在同一战争问题上，人民是采取分别对待的态度的。复杂的心理状态，在许多优秀诗篇里，都得到了真实的反映。

战争的序幕，是怎样揭开的呢？李白在《塞下曲》里指出：由于"塞虏乘秋下"，所以"天兵出汉家"。其他许多诗里，都有类似的阐明。为了保卫祖国，人们满怀着乐观而积极的心情，踊跃从戎。"少小虽非投笔吏，论功还欲请长缨"（祖咏《望蓟门》），可说是一般青年人的想法；甚至连弃置已久的老将，也有"犹堪一战立功勋"（王维《老将行》）的壮志。"大漠孤烟直，长河落日圆"（王维《使至塞上》），"寻河愁地尽，过碛觉天低"（岑参《碛西头送李判官入京》），边地景物，是如此的壮阔苍凉；"晓战随金鼓，宵眠抱玉鞍"（李白《塞下曲》），"白日登山望烽火，黄昏饮马傍交河"（李颀《古从军行》），战地生活，是如此的艰苦。然而"黄沙百战穿金甲，不破楼兰终不还"（王昌龄《从军行》），这是多么坚定的胜利信心，多么富于民族自豪感啊！特别是高适在《燕歌行》里指出："死节由来岂顾勋？"更能表现广大战士的爱国主义精神。

但诗人们并不是无原则地歌颂战争，而是希望以战止战，实现"平胡虏""罢远征"的良善愿望。常建在《塞下曲》里写道：

> 玉帛朝回望帝乡，乌孙归去不称王。天涯静处无征战，兵气销为日月光。

那样美好宁静，与邻族和平共处的生活，才是人们所深深憧憬的。但是，"边庭流血成海水，武皇开边意未已"（杜甫《兵车行》），统治者的穷兵黩武，好大喜功，使得战争陷入于"久戍人将老，长征马不肥"（郭震《塞上》）的胶着状态。"战士军前半死生，美人帐下犹歌舞"（高适《燕歌行》），"死是征人死，功是将军功"（刘湾《出塞曲》），边将生活的腐化，军中待遇的不平，这不正是阶级压迫的具体表现吗？大批劳动力被调离开土地，战争直接破坏了生产，在“汉家山东二百州”的富庶之区，终于出现了“千村万落生荆杞”（杜甫《兵车行》）的荒芜景象。“少妇城南欲断肠，征人蓟北空回首”（高适《燕歌行》），“胡雁哀鸣夜夜飞，胡儿眼泪双双落”（李颀《古从军行》），双方士兵的痛苦心情是一致的。战争在某种情况下，固然难以避免，但它不是解决民族间纠纷的唯一手段。“乃知兵者是凶器，圣人不得已而用之”（李白《战城南》），“安边合自有长策，何必流离中国人”（张谓《代北州老翁答》），诗人向统治者提出来的斥责，是如此的义正而词严！

上引例句，往往出现在同一时期或同一作者甚至是同一篇作品里。这汇集而成的时代大合唱，一方面表现了人们昂扬奋发的精神面貌，同时深刻地揭露了封建社会的矛盾。假如我们把它和建安诗比较一下，则曹操的《苦寒行》、曹丕的《燕歌行》、曹植的《白马篇》、陈琳的《饮马长城窟行》等篇所包孕的思想，还不是如此的丰富深刻，如此的错综复杂。

唐玄宗李隆基早年还不失为一位励精图治的皇帝，但后来就“渐肆奢欲，怠于政事”①。由于大量财富的累积，“视金帛如粪壤，赏赐贵宠之家，无有极限”②。从开元末年起，李林甫、杨国忠等权奸相继用事，朝政就一天天地败坏下去。统治集团的奢侈荒淫，腐化堕落，成为这个封建王朝由兴盛走向衰落的一个最突出的、在历史上带有特征性的现象。关于这，人民在自己的歌声里也有所揭发，如“生儿不用识文字，斗鸡走马胜读书……”（《神鸡童谣》）“男不封侯女作妃，君看女却耀门楣”（《天宝中长安民谣》）之类，情感是异常鲜明的。而反映在两位最伟大的诗人李白和杜甫的作品里，则更为集中而深刻。

---

① 见《资治通鉴》开元二十四年(736)。

② 见《资治通鉴》天宝七载(748)。

像李白的《古风·大车扬飞尘》、杜甫的《丽人行》之类，都是刺时之作。他们对正在堕落下去的统治集团的罪恶生活，鞭打得是多么有力！但两人在认识上仍然有程度的不同。李白的《答王十二寒夜独酌有怀》，愤慨于："君不能狸膏金距学斗鸡，坐令鼻息吹虹霓；君不能学哥舒横行青海夜带刀，西屠石堡取紫袍。"鄙视和蔑视那些炙手可热的权贵，把他们看作"鸡狗"。这种大胆的猛烈抨击，睥睨一切的傲岸精神，确能给人们以抗争的勇气和战斗的鼓舞。

也许由于具体的生活环境的不同，因而感受各异吧。杜甫的《自京赴奉先咏怀五百字》，则是以"穷年忧黎元"的心情，从社会阶级关系去考察问题，而不仅仅停留在对某些不合理的现象的愤怒和揭发上。他指出："彤庭所分帛，本自寒女出。鞭挞其夫家，聚敛贡城阙。"①由于最高统治者的任意挥霍，豪门贵族的穷极奢华，自然就必然要加紧对人民的压榨。于是诗人把当时阶级对立的现象，社会生活的本质，高度概括在"朱门酒肉臭，路有冻死骨"十个字里，这是如何令人惊心动魄啊！正如毛主席所说，他是把人们看得很平淡、而事实上到处存在着的不合理的日常生活现象集中起来，"把其中的矛盾和斗争典型化"②，这才是黑暗里的晨钟，时代的鼓手！无怪乎继之而起的现实主义诗人白居易，要把它郑重地提出来，奉为创作的典范了③。

李白和杜甫这类的诗篇，纵横开阖，实大声闳，真是"气吞曹、刘"④，不仅与建安作者"相视而笑"；同时的许多大诗人，也是无法与之比拟的。

---

① 这四句所写，有具体的史实作为背景。见本篇注文。

② 见《在延安文艺座谈会上的讲话》。

③ 见《与元九书》。

④ 元稹评杜诗语，见《唐检校工部员外郎杜君墓系铭》。

所谓盛唐之世，一般说来，社会秩序比较安定，物质财富也较充裕；但真正的下层劳动人民的生活，还是痛苦的。早在高宗时代，一遇灾荒，农村里就出现了“新禾不入仓，新麦不入场；迨及八九月，狗吠空垣墙”的悲惨景象①。开元、天宝之际，社会生产力虽然有了进一步的发展与提高，但农村阶级的分化，贫富的悬殊，也愈来愈大。杜甫在《忆昔》诗中所说的“公私仓廪俱充实”，这“私”，只可能是指一般地主与富农而言的。出身贫苦的诗人高适在担任封丘尉的时候，就曾发出了“拜迎长官心欲碎，鞭挞黎庶令人悲”（《封丘作》）的慨叹。建筑在阶级剥削和阶级压迫基础上的封建制度，在那个时代，总是“天不变，道亦不变”地存在着。所谓“盛世”，也并不例外。可贵的是：诗人因此引起内心的矛盾与苦闷，而对被剥削者寄予以真切的同情。高适在另一首《自淇涉黄河途中作》里描写“农夫苦”的情况，李白在《宿五松山下荀媪家》为“田家秋作苦”而太息，在《丁督护歌》里为“云阳上征去”的牵船脚夫而“掩泪”，所反映的生活真实，都很深刻动人。

在这个时期里，出现了不少的田园山水诗，代表这方面的诗人，有孟浩然、王维、储光羲等。他们的身世经历不同，都有着一个较长或较短时期的隐居生活。所谓“隐居”，有的是把它当作进取的捷径，有的是把它当作失意的退路或晚景的优游，情况也各不相同。但他们在经济地位和心理状态上，始终是浮在社会中上层；虽然身在田园，却不可能对农村生活有深入的体验。他们没有经验过像陶潜那样“夏日长抱饥，寒夜无被眠”的穷困折磨②，也没有“不言春作苦，常恐负所怀”的力耕思想③。因而反映在他们诗里的，往往只是当时农村生活中一些和平宁静的表面现象，或者是单纯的

① 这是永淳元年(682)的童谣。这年洛阳一带，大雨成灾。

② 《怨诗楚调示庞主簿邓治中》诗中的句子。

③ 《丙辰岁八月中于下潠田舍获》诗中的句子。

美好风景画面。在这些作品里，有许多脍炙人口的名篇。它们之所以吸引人，主要还是在于艺术技巧上的高度成就。

继陶潜、谢灵运、谢朓而后的盛唐田园山水诗，其艺术技巧，在继承前人的基础上有所发展提高。沈德潜曾说孟浩然之“闲远”、王维之“清腴”、储光羲之“朴实”，都是“祖述陶潜”，而能“得其性之所近”[①]。他们确实创造了十分成熟的富于个性的独特的风格。可是这些诗篇的思想价值，却抵不上陶诗。

这就不是“文质取半”，而是“文”胜于“质”了。当然，这类诗篇，对某些诗人来说，往往也只能代表他的创作的一个方面，而不能概括他的全貌。像王维，他所歌咏的题材，就不只是田园山水；而他的风格，也不仅是“清腴”而已。我们对一个时期的文学风貌，应该有总的理解，总的估价；但在同一时期里的不同流派和同一流派的不同作家以及同一作家的不同作品，又必须分别看待。

盛唐诗歌在艺术上的巨大成就，首先表现在诗人们对民间文学的重视，广泛地向民歌学习。

历来说古代诗歌的优良传统，不是“风”“雅”同举，就是“风”“骚”并称，都是合民间歌谣和文人制作两大体系而言的。两者是有区别而又是互相联系着的。一个有成就的诗人，往往把民间文学作为哺育自己的丰富营养；同时，民间文学的提高，又有赖于文人的磨琢与加工。“骚体”的奠基者伟大的诗人屈原首先就在这方面树立了光辉的榜样。建安诗人，大半是乐府诗的作者[②]，他们受到民歌的影响很深。黄侃曾说曹植的诗，“文采缤纷，而不离闾巷歌谣之质”[③]。“闾巷歌谣之质”，是造成建安文学繁荣，构成“建安

---

① 见《说诗晬语》。

② 乐府诗的来源有二：一是统治阶级所撰制的祭祀宗庙的乐歌，一是采自民间的歌曲。文人仿作，都是后者。

③ 见《诗品疏》。

风骨”的重要因素之一。

两晋以下,文人拟乐府、仿民歌的风气,不但没有断绝,而且似乎更加热闹起来。其中也出现过个别的像鲍照那样在这方面有突出成就的诗人。可是一般地说来,他们都是站在官僚贵族立场,用猎奇的眼光,去对待民间文学。因而他们只可能从形式上去摹拟,精神实质,完全不是那么一回事。这些诗篇,往往和统治集团腐化的生活内容联系起来。例如《采莲曲》描绘江南地区柔和细腻的水国风光和采莲女郎活泼健康的生活情态,本来是一支极美丽的民间歌曲。可是到了梁元帝萧绎手里,就变成这样的一首:

> 碧玉小家女,来嫁汝(一作“江”)南王。莲花乱脸色,荷叶杂衣香。因持荐君子,愿袭芙蓉裳。

在他的眼光里,这些“小家碧玉”,只不过是以采莲作为卖弄姿色的手段,达到“来嫁汝南王”的目的而已。在这里面,我们看见了统治阶级污浊的灵魂注入民间传统题材,歪曲了生活的真实。像这样的例子,是举不胜举的。

文学史上,建安、黄初总是与开元、天宝相提并论;民歌的学习,成为诗坛上普遍的风气,民歌的精神,真正在文人创作中开花结果,这情况,有些相类似。

初唐的“四杰”和沈、宋,写有不少的乐府诗。何景明曾说“四杰”的诗,“音节往往可歌”[①],指出他们是得力于乐府的。像沈佺期的“九月寒砧催木叶,十年征戍忆辽阳”(《独不见》),“可怜闺里月,常在汉家营”(《杂诗》)[②],更是万口流传的名作。这说明了唐代诗

---

① 《明月篇序》中语,见《何大复集》卷十一。

② 这诗的前面四句,被截为乐府歌辞(“黄龙戍”作“黄花戍”。“长在”作“偏照”),载郭茂倩《乐府诗集》卷七十九“近代曲辞·伊州歌”。

歌一开始就在学习乐府民歌方面取得了一定的成绩。到开元、天宝时期,这情况有了极大的进展。比较突出的代表这方面成就的诗人,有崔颢、崔国辅、王维、王昌龄、王之涣、高适、岑参和李白、杜甫;乐府民歌对诗体影响最显著的,是歌行和五、七言绝句。

崔颢和崔国辅的绝句,源本于六朝民歌,前人论诗,都不约而同地注意到这点。像崔颢的《长干曲》,用《子夜歌》问答体写长江下游商业地区青年男女的恋情,在短小的篇幅里,情趣之生动活泼,对话之曲折尽情,可说是达到了化境。

王维集里的歌行,多半是少作,可见他的诗,是从乐府入手的。不过这些作品,还有一些摛文铺采的痕迹;深得乐府民歌神髓的,应该是他的绝句诗。来自民间的东西,是会受到群众欢迎的。通过诗人创造性的艺术实践的提高,它又会在群众中流传,给群众文艺增添财富。描写相思送别的诗也不知多少,可是"渭城朝雨"一篇(《送元二使安西》),在过去,一直是别席离筵的绝唱,被谱成了乐府歌辞里的《阳关三叠》[①]。

高、岑的韵调不同,但代表他们最成功的作品,同样是乐府体的歌行。

王之涣诗,存留下来的不多。"黄河远上"(《凉州词》)一篇,曾被后人推为唐代绝句压卷之作。二王在当时是齐名的。王昌龄的绝句,可说是首首像晶莹澄澈的珠玑一样,无往而不活跃着浓厚的民歌气息。我们试把他的"荷叶罗裙"(《采莲曲》)一篇,和上引萧绎同题的那首比较一下,就可发现在类似的描写之中,它却洗净了统治阶级在采莲女身上所涂上的一层侮辱性的污泥,而还给她们以美丽活泼的原来形象。它如"秦时明月"(《出塞》)、"奉帚平明"(《长信秋词》)、"闺中少妇"(《闺怨》)等篇,那更是尽人皆能上口成诵的名作。

---

① 参看本篇题下注文。

王世贞评盛唐七言绝句，认为王昌龄和李白“争胜毫厘，俱是神品”，又说：“七言绝句，盛唐主气，气完而意不尽工；中晚唐主意，意工而气不甚完。”[①]所谓“神品”，所谓“气”，特别是“气完而意不尽工”，“意工而气不甚完”，看来似乎很玄妙，难以索解。但我认为王氏这话，确实能够搔着痒处。不过他知其然而不知其所以然，因而就说得似是而非。

民间歌谣，写的都是眼前情景，形象往往很单纯，并没有什么特殊的新鲜意思。可是它那从生活泉源所流溢出来的真实感受，却沁人心脾，耐人寻绎。盛唐绝句，多半能够吸取民歌精神，达到了这种境界。它的妙处，很难求之于语言笔墨之间。中唐以后的李益、刘禹锡、张籍、白居易、郑谷也还保持着这个特色。和杜牧、李商隐等人以凝炼精美，别取蹊径，独出新意见长，是不相同的。

关于这一时期诗歌的风貌，严羽在《沧浪诗话》里，曾经说出他这样一个总的感觉：

> 盛唐诸人，惟在兴趣。羚羊挂角，无迹可求。故其妙处，透彻玲珑，不可凑泊。如空中之音，相中之色，水中之月，镜中之象，言有尽而意无穷。

“惟在兴趣”，这话抽掉了文艺作品的社会内容，当然是一种错误的唯心主义观点。可是他为什么会有这样一个印象呢？客观上却说明了盛唐诗歌和民歌民谣之间的关系。

其实，盛唐诗人和各体诗歌，也都在不同程度上受到乐府民歌的影响。因此，他们的风格，往往是华美而不浓腻，清绮而不纤巧，雄健而不粗野，细致而不破碎，流利而不浮滑，清新而不僻涩，厚重而不呆板，沉着而不粘滞。总的说来，他们能够寓工力技巧于自然

① 见《艺苑卮言》卷四。

浑成之中，信手拈来，不假雕琢，没有斧凿痕。所谓“无迹可求”“不可凑泊”，大概就是这个意思，读了之后，当然会感到“言有尽而意无穷”了。

这确实是盛唐诗歌艺术特色的一个重要方面，也可说是“文彩缤纷，而不离闾巷歌谣之质”吧。中、晚唐后，这情况虽有更变，但余韵犹存；到了宋代，文人诗里的民歌气息，就愈来而愈稀薄了。

在乐府民歌方面取得更大成就的，应该是李白和杜甫。

李白不仅以绝句擅长，他的歌行体更是境界广阔，极变化之能事。像《将进酒》、《行路难》等篇，倜傥纵横，俊逸可喜，近似鲍照的乐府诗，而高出于鲍照之上；《战城南》，突兀奇崛，质朴有味，深得汉代“铙歌”的遗意；《长干行》、《子夜吴歌》、《关山月》等篇，寓奔迸的热情于清新秀美、自然蕴藉之中，发展了南朝乐府民歌中健康的一面；至于《远别离》、《蜀道难》、《乌夜啼》、《梦游天姥吟》这一类的作品，则寄托深微，想象丰富，瑰丽的色彩，恢诡的情趣，幽芳逸韵，上接《楚辞》，更是上述的那些诗人所不能企及的。

杜甫和李白同样达到了文人学习民歌的最高成就；而杜甫则开创了另一个新的局面，替下一阶段诗歌拓展了更为宽广的境界。

我国古典诗歌在数量上占极大比重的是抒情诗，《诗经》和《楚辞》都是如此。“感于哀乐，缘事而发”的汉朝乐府出现以后①，情况有了一些改变。现存的汉乐府中，其内容有叙事，有说理，有抒情；但真正能表现它的特色的，显然是叙事诗。像《陌上桑》、《陇西行》、《孤儿行》、《妇病行》、《十五从军征》、《上山采蘼芜》都是具有代表性的作品。特别是《孔雀东南飞》一篇，不但有着错综复杂，首尾完整的故事情节的描写，而且有鲜明的人物性格的刻画，更标志着我国古代叙事诗发展的高度成就。

汉代乐府民歌照亮了文人的诗坛，建安时代，曾经出现了不少

---

① 班固论乐府民歌语，见《汉书·艺文志》。

富有社会意义的优秀的叙事诗。但建安以后，这一个漫长时期里，无论民间歌谣或文人创作，绝大部分都是抒情的短章，叙事诗几乎成为广陵绝响。像《木兰诗》那样的作品，是不多见的。

初、盛唐文人乐府诗，主要是发展了民间抒情诗歌的优良传统；李白的造诣，可说是这方面成绩的总结。天宝末期，由于社会矛盾加深，许多激动人心的生活事件，给诗歌提供了新的题材，引起了诗人们思想上和创作上一系列的巨大变化。具体的现实之客观描写，就很自然地成为一种新的时代要求。在李白的乐府诗里也曾出现了像《东海有勇妇》、《丁督护歌》那样的叙事诗。可是用旧题来表现新的生活事件，多少总不免要受到一些牵制和局限。不是标题与内容全不相涉，就是转弯抹角，借古述今①，掩盖了诗歌鲜明的时代色彩及其现实意义。

杜甫"即事名篇，无复依傍"的乐府诗的出现②，解除了传统因袭的枷锁，打破了这样一个沉闷的僵局，在唐代诗歌全面革新中，是一件大事。

他的《兵车行》、《丽人行》等篇，不仅不袭用旧题，而且在字句和声调上也不拘泥于古代乐府民歌迹象的规模；但是，他那崭新的时代主题，崭新的语言和风格，却真正提高了"感于哀乐，缘事而发"的精神，使这一诗体成为及时地批判现实的有力武器。后来元、白的"新乐府"，张、王的乐府诗，皮日休的"正乐府"，都是在他的影响之下，沿着这道路向前发展，线索是非常清楚的。

杜甫的抒情短诗，也极饶歌谣意味；特别是他后期在蜀中所写的一些七言绝句，如《漫兴》、《江畔独步寻花》之类，波折拗峭，于盛唐诗人外，别出蹊径。正如李东阳所说，"有古竹枝意"③，是得力于

---

① 参看本书《东海有勇妇》及《丁督护歌》两篇题下注文。

② 元稹评杜甫乐府诗语，见《古题乐府序》。

③ 见《怀麓堂诗话》。

当地的民歌的。这和后来刘禹锡的《竹枝词》，语言、音调和意境，有许多类似之处，可以相印证。不过杜甫学习民歌的最高成就，主要还是体现在他的叙事诗上。从《兵车行》、《丽人行》到《三吏》、《三别》，他逐步把叙事诗推向成熟的高峰，发展了乐府民歌中叙事诗的优良传统。诗人所创造的人物典型和生活图画，正是这个时代所特有的东西的综合与概括，如高尔基所说："除开了它的和谐、美丽——美学上的价值——以外，对于我们，还具有一种不可辩驳的历史文献的价值。"[①]假如我们把这些诗篇和建安文人的作品中如曹操的《蒿里行》、王粲的《七哀诗》、陈琳的《饮马长城窟行》、阮瑀的《驾出郭北门行》等比较一下，就会发现它们在精神上一脉相通之处；但同时更清楚地看到在发展过程中演进的痕迹。

如上所述，我们可以看出盛唐诗人是如何广泛地接受了乐府民歌的影响，又是如何创造性地提高了民歌的内容及其体制。同样，他们对待前代文人的诗歌创作，也是善于从不同的角度，多方面地去承受遗产。总结其优秀的创作经验，吸收其一切有用的东西。在这方面，"读书破万卷，下笔如有神"的杜甫[②]，就是一个典范。

尤其值得注意的，是对待六朝诗人的态度。李白和杜甫在诗歌创作的方向上，同样是鄙弃六朝浮艳之风的。李在《古风》五十九首开宗明义的第一首就说："自从建安来，绮丽不足珍。"杜在《戏为六绝句》里提出了"别裁伪体亲风雅"，这"伪体"，显然也是针对六朝的流弊及其影响而言的。可是他们在艺术技巧的锻炼上，并不拒绝这一部分遗产的吸收和利用。李白的诗里，不只一次地提到谢朓。杜甫称赞李白的"佳句"，"往往似阴铿"[③]；又说他诗风的

① 见《苏联文学·果戈理论》。

② 杜甫的自述，见《奉赠韦左丞丈二十二韵》。

③ 见《与李十二白同寻范十隐居》。

“清新”“俊逸”,接近于鲍照、庾信[1]。虽然,这些话是从某一个方面立言,而不是全面的评价;但从这也可以看出:“斗酒诗百篇”的李白,并不如人们所想象的那样全靠天才,废去一切;他也是多方面地借鉴前人,来丰富和提高自己的艺术水平的。这样,才能完成他那“落笔惊风雨”的积极浪漫主义的独创风格。至于“转益多师”的杜甫,他所注意的方面,那就更为广阔了。从他有关的诗论中,完全可以看出他学诗的万户千门,大途小径。杨万里曾在《诚斋诗话》里具体指出杜诗胎息于六朝之处。杜甫自己也说:“颇学阴何苦用心。”[2]前人在艺术技巧上点滴的成就,对他来说,正如许多含有杂质的金属投入一座大熔炉一样,千锤百炼,终于成为纯净的精金,放射出耀眼的光彩。元稹在杜甫的“墓系铭”里,指出他的诗:“尽得古今之体势,而兼文人之所独专。”境界的博大精深,包孕了古今各种不同的诗歌流派;六朝诗人“颜、谢之孤高”,“徐、庾之流丽”,也是形成杜诗风格的一个方面。这话是符合于事实的。

“选学”在唐朝,特别是它的前期,非常盛行;“熟精《文选》”的诗人,并不只杜甫一个。他们成就的大小不同,造诣的浅深各异。他们在创作上没有错误地重复走六朝形式主义和唯美主义的老路,可是六朝诗人所积累下来的丰富的艺术技巧,却受到普遍的重视。

广泛地向民间文学学习,善于批判地接受遗产,这是盛唐诗歌达到全面繁荣的原因。但更重要的是:这些有成就的诗人,都是把自己的创作园地开辟在现实生活的土壤上,并没有把继承和借鉴代替了自己的创造。决定他们诗歌深度和广度的,还是客观社会的生活现实,是诗人们对待现实的态度和评价,在现实生活中的感受和体验。崔颢一窥塞垣,诗格就由浮艳而变得“风骨凛然”。类

① 见《春日忆李白》。

② 见《解闷》。“阴”,指阴铿;“何”,指何逊。

似这样的事例，不可胜举。像李白、杜甫那样伟大的诗人，他们诗篇之所以光芒万丈，千古常新，乃是由于他们具有远大的政治抱负和忧民忧国的时代热情。失意，困穷，遭受迫害和打击的身世经历，使得他们作品中所表现的义愤，非常强烈。特别是杜甫在安史变乱前后，饱经忧患，曾经和广大人民在一起承受着深重的时代苦难；他通过切身的饥寒，清楚地认识到个人命运是那样地和整个时代紧密相联，对客观现实的关怀，超过了个人的悲欢苦乐。他的诗歌博大深厚的内涵，沉郁顿挫的风格，就是建筑在这样一个坚实的思想基础上的。韩愈说："气，水也；言，浮物也。水大而物之浮者大小毕浮，气之与言犹是也。"[①]正由于杜甫有这样一个坚实的思想基础，所以在他的诗里，就往往不可掩抑地流露出一股恳挚深厚的生活激情；字里行间，弥漫着一种勃郁动人的真气。这样，一切前人的创作成果，各种语言和技巧，才能为他所吸收，所运用，形成了百川汇海的壮观。思想上的提高和艺术上的精进，二者是相结合的。宋代江西诗派里，并不缺乏"读书破万卷"的诗人；他们在艺术技巧上的讲求，又何尝没有精辟独到的见解？他们醉心于杜甫，学习杜甫；但往往沿流失源，没有看到杜甫在诗歌创作上成功的最根本原因。因而始终不免在文字技巧的范围里兜圈子，不可能达到"下笔如有神"的境界。周昂在《读陈后山诗》里说得好：

> 子美神功接混茫，人间无路可升堂。一斑管内时时见，赚得陈郎两鬓苍。

南宋的伟大爱国诗人陆游之所以能够摆脱江西派的影响而卓然独立千古，正由于他领悟到"功夫在诗外"的缘故[②]。

① 见《答李翊书》。
② 见《示子遹》。

盛唐诗坛,杜甫和李白如日月丽天,树立了唐代诗歌现实主义和积极浪漫主义两面光辉的旗帜。

四

安史之乱,把唐代的历史划成了前后两期,同样也把唐代的诗歌发展史划成了前后两期。杜甫是横跨这前后两期的人物,而他最高的成就,还是表现在后期。

安史乱后,高适和岑参已失去了他们早年边塞诗的奇情壮彩;王昌龄、储光羲、王维和李白也都在变乱之中相继死去;只有杜甫,仍然继续了十多年丰富的创作生活。他以拔山扛鼎的才力,撑持着这萧条寂寞的诗坛;用激动而深沉的调子,歌唱着苦难的人生,惨淡的现实。在这个时期。他诗里的时代脉搏,跳动得是更为紧张了。继《兵车行》、《丽人行》、《自京赴奉先咏怀五百字》而出现的《北征》、《三吏》、《三别》、《留花门》、《洗兵马》这一类正面揭露社会矛盾的史诗,在数量上的比重,较之前期有了显著的增长;他笔底所展示的生活画图,也更加丰富而具体。“已被诛求贫到骨”的扑枣妇人,“更遭丧乱嫁不售”的夔州贫女,“漂泊干戈”的写生妙手曹将军,“感时抚事”的舞剑艺人李十二娘,这里面包孕着如何深刻的时代感伤,是多么富于时代特征的典型形象!

杜甫晚年,对于诗律的揣研,更加细致。形式的掌握和运用,可说是熟练到“从心所欲而不逾矩”的神化之境。他最成熟的律诗,也多半出现在这个时期。

杜甫在《咏怀古迹》里,说“庾信平生最萧瑟,暮年诗赋动江关”,这正是他“漂泊西南”的心境的写照。当时,和他同声相应的只有元结一人。元的《舂陵行》、《贼退示官吏》两诗,曾经被杜甫当作可喜的空谷足音,为之击节叹赏。

元结于上元元年(760)把沈千运、孟云卿等七个人的诗二十四首编为一部《箧中集》,提倡为人生的朴质的诗,反对拘限声病,“歌儿舞女"的"污惑之声"[①],方向是正确的。《箧中集》里的诗人,沈千运在开元、天宝时代,是很有名气的沈四山人;孟云卿也曾得到杜甫的奖誉[②]。不过他们诗才有限,诗中也没有反映什么重大的社会现实。从创作成绩来看,这群诗人,在诗坛上是不能自成一军的。

八世纪下半期比较杰出的诗人,是韦应物、李益和卢纶。

白居易认为韦诗"高雅闲淡,自成一家之体",又说他"才丽之外,颇近兴讽"[③],评价极为允当。李益才气很高,得力于乐府民歌,又有边塞从戎的生活经验;绝句尤多佳篇,可以接武盛唐,追踪李白。卢纶的诗,于工整流丽之中,寓有一种雄放浑厚的气息。在当时都不可多得。

顾况的诗,虽然艺术上还不够成熟,有拟古而完全没有化去的痕迹;但语言风格和题材都很新颖,能够深入考察社会问题,能够留心民间流行的俗歌俚曲。很显然,是有志于诗歌的革新,和当时诗风中的形式主义倾向,是处于对立的方面的。

总的说来,这个时期,在唐诗发展中不免有"蜂腰"的遗憾。有许多诗人,浮在社会中上层,没有深入生活。他们在艺术上讲求声调婉和,对仗工稳,琢句谋篇的妥帖精致;在形式的运用上,大力创作律体,特别是五言律诗。然而他们的诗里,却缺乏充实的社会内容和鲜明的个性风格;比之前一个时期或后一个时期,那就大有愧色了。

到九世纪初的元和、长庆时代,唐诗史上,又掀起了第二次全面繁荣的高潮。

元和、长庆时代,可说是杜甫的创作精神产生巨大影响的一个时期。宪宗李纯曾经一度努力于削平藩镇叛乱,振兴唐帝国;但对

---

① 见《箧中集序》。

② 杜甫《解闷》诗中有"孟子论文更不疑"的话,"孟子",指的是孟云卿。

③ 见《与元九书》。

内始终没有完成统一事业,对外也没有收复河、湟。社会生活各方面的矛盾,暴露得更加明显。诗歌应该反映现实批判黑暗政治,在不同程度上已经普遍成为进步诗人自觉的要求。元稹、白居易等倡导的“新乐府”运动的掀起,正是这个时代文艺思潮的集中表现;而杜甫就很自然地被提出成为诗人的楷模了。

首先,我们应该看到这一时期诗歌所表现的为过去从所未有的新的时代内容。诗人们所提出来的问题,是多方面的。他们对现实的观察,细致得几乎烛照到生活中的每一个角落;而贯串在这些繁复现象之中,则是社会关系的变化和发展,阶级矛盾的扩大与加深。

中唐以来,由于商业经济的繁荣,都市的畸形发达,因而农村和城市的矛盾,就进一步尖锐化起来。我们从元稹的《估客乐》里就可明白看出:商人是怎样剥削农民,深入到农村,吮吸着农民的血液;在城市里,又是如何出现了垄断市利的富商大贾。诗人在诗的结尾慨叹道:

> 一身偃市利,突若截海鲸。钩距不敢下,下则牙齿横。生为估客乐,判尔乐一生。尔又生两子,钱刀何岁平!

白居易在《盐商妇》里尖锐地指出商人的“好衣美食来何处,亦须惭愧桑弘羊”的政治背景。原来他们依附于统治阶级,是和封建势力勾结在一起的。张籍的《野老歌》,以“苗疏税多不得食”的农夫和“船中有犬常食肉”的“西江贾客”两种截然不同的生活,作出鲜明的对照。到处存在着的社会上不合理的现象,那就不仅仅是“朱门酒肉臭,路有冻死骨”了。

这一突出的生活题材,在当时引起了诗人们普遍的注意。就连专写自然风景,不大关心社会问题的姚合,在《庄居野行》里也为之感伤太息,而表现出一种忧思深远的心情。

在繁华热闹的消费城市里，手工业的分工，愈来愈精细。为了满足统治集团和豪商大贾们的奢侈生活，高级工艺品，特别是丝织品，达到惊人的精美程度。从王建的《织锦曲》、元稹的《织妇词》、白居易的《缭绫》一类作品里，可以看出人民智慧的结晶，创造了唐代的物质文明；但同时也反映了劳动者和剥削者之间尖锐的矛盾。诗人们不但以无限的同情描写了"扎扎千声不盈尺"的辛苦操作过程，而且指出了沦于奴隶劳役的少女们"为解挑纹嫁不得"的悲惨遭遇。这不但和"春衣一对值千金"的"昭阳歌舞人"处于两个不同的世界；而"十指不动衣盈箱"的寄生于城市的青楼娼女，自然也会引起她们的愤愤不平之感。

统治阶级的生活愈来愈腐化，李贺的《老夫采玉歌》、卢仝的《走笔谢孟谏议寄新茶》、刘叉的《雪车》这一类诗篇里，有所揭露和讽刺。在耽于穷奢极欲的物质享受的同时，统治者的精神世界，是空虚而堕落的，从韩愈的《华山女》、白居易的《两朱阁》等诗里，可以看出封建统治者提倡宗教的实质，宗教活动和统治者之间的微妙关系。《华山女》通过一个"白咽红颊长眉青"的女道士形象，无情地揭穿了宫廷贵族荒淫无耻的黑暗内幕；《两朱阁》则是从寺院建置，指出"吞并平人几家地"的由来。事实上，这些脱离生产，依附于统治者的和尚、道士，已成为剥削阶级的一个组成部分；无怪韩愈要攘辟佛老，而且大声疾呼地说："古之为民者四，今之为民者六。……农之家一，而食粟之家六；工之家一，而用器之家六；贾之家一，而资焉之家六，奈之何民不穷且盗也！"①

在这一时期大量描写人民疾苦的诗里，有两方面的主题表现得最为突出：一是统治者在正常的剥削和巧立名目的苛捐杂税而外，还不择手段地掠夺人民财物。从白居易的《卖炭翁》里，我们可以看出"宫市"的真实情况；而王建的《羽林行》更直接暴露皇帝禁

---

① 见《原道》。

卫军“楼下劫商楼上醉”的强盗行为。辇毂之下,尚且如此,其他地区,就更不用说了。二是官府的贪暴和胥吏的骄横。我们读了李贺的《感讽》、柳宗元的《田家》这一类诗篇,仿佛是看到吴道子的画鬼一样,狰狞面目,被穷形尽相地刻画出来。在这些“虐人害物”的“豺狼”的“爪牙”之下,真是民不聊生。“贫儿多租输不足,夫死未葬儿在狱。旱日熬熬蒸野冈,禾黍不收无狱粮。”(张籍《山头鹿》)这是如何惨绝人寰的境况啊!“前年关中旱,闾井多死饥;去岁东郡水,生民为流尸。”(韩愈《归彭城》)灾荒的年成,固不必说;即使遇到丰收,“田家衣食无厚薄,不见县门身即乐。”(王建《田家行》),能够应付公家的赋税,就已是幸事,哪里还能顾到自己生活得怎样!

农民对官吏的厌恶和痛恨,刘禹锡在《插田歌》里,通过对话,形象生动地把它从侧面描绘出来。

西北边地的长期沦陷,是这一时期诗人们所最为痛心的。“吾闻昔日西凉州,人烟扑地桑柘稠。……一朝燕贼乱中国,河湟忽尽空遗丘。”(元稹《西凉伎》)在“凤林关里水东流,白草黄榆六十秋”(张籍《凉州词》)的沉痛歌唱中,人们不但抚今感昔,殷切期望于失地的收复;而且十分深刻地反映了沦陷区人民不忘故国的爱国主义精神。张籍的《陇头行》、王建的《凉州行》等篇,都着重地描写了这点;白居易的《缚戎人》,所写事件,更为典型。从后来河、陇一带人民在张义潮领导下起义归唐这一事实看来,我们不得不惊叹于诗人所表现的时代主题,是真正认识到并发掘了蕴藏在人民思想意识中巨大的精神力量。

另一方面,诗人对腐朽无能的统治者的谴责,是非常严厉的。由于“胡羌据西州,近甸无边城”(张籍《西州》),因而连当时的首都长安,都经常处于外军威胁之下。“胡骑来无时,居人常震惊。嗟我五陵间,农者罢耘耕。”(同上)情况是如此的紧张,人民是如此严重地受到骚扰。可是“缘边空屯十万卒,饱食温衣闲过日”(白居易

《西凉伎》),他们不但不能巩固国防,恢复疆土;而且“山东收租税,养我防塞兵”(张籍《西州》),大批的军费给养,又直接加重了人民的负担。

上面只不过重点地介绍这一时期诗歌所反映的社会生活的几个方面;但多少可以看出:诗人们是如何地关心政治,他们的作品,是多么富于现实性的内容!这和“窃占青山、白云、春风、芳草以为己有”的大历诗坛[①],恰好是个鲜明的对照。

白居易在《馀思未尽加为六韵重寄微之》一诗里,曾说:“诗到元和体变新。”这一时期诗歌之所以继盛唐而再盛,主要是在于能够“变新”。它不仅如上所述,体现在诗歌内容上反映了一个新的时代面貌;同样,也在诗歌艺术上形成了一个完全新的时代风格。

盛唐诗人诗歌艺术上的造诣,在各个方面都达到了高度成熟的境界。特别是李、杜的出现,更使人们感到“观于海者难为水,游于李、杜之门者难为诗”[②],颇有极盛之后难乎为继之叹。倘若是遵循前轨,亦步亦趋,则终身不免落在后尘,拾人唾馀;而且陈陈相因,会因追求形式而影响内容,失去对现实生活的敏感和艺术上的创造力。汉朝拟“骚”作者之摹仿屈原,明朝前后七子之“诗必盛唐”,正是在这方面上了个大当。大历时期,一些抒情写景以工整清丽见长的诗篇,可算是盛唐微弱的尾声。借用杜甫的话来说:“或看翡翠兰苕上,未掣鲸鱼碧海中。”[③]虽然也偶有可喜之处,气象实在是太狭小了。穷则变,变则通。诗到元和,不得不变,是文学发展的自然趋势。如叶燮所说:“大凡物之踵事增华,以渐而进,以至于极。故人之智慧心思,在古人始用之,又渐出之,而有未穷未尽者。得后人精求之,而益用之,出之。乾坤一日不息,则人之智

① 皎然论大历诗人语,见《诗式》。

② 辛文房语,见《唐才子传·杜甫传》。

③ 《戏为六绝句》诗中的句子。

慧心思，必无尽穷之日。”[①]有“未穷未尽”的一面，说明了继盛唐而后的元和诗坛，完全可以在前人已经取得的成绩的基础上另行开创一个新的局面。从发展的观点来看，开元、天宝诗歌的繁荣，正所以开启元和的再度兴盛。像探险一样，森林里前人留下来的脚印，启发了后继者去穷极深幽。空间是无尽的，在不断地寻求之中，会不断有新的发现。元和诗人，大概都意识到了这点，朝着“变新”的方向分途去努力。

出现在这一个时期里的大诗人之密集，其情况有些和开元、天宝时期相类似；诗坛上流派之分歧，甚至超过了盛唐。综其大略而言，则有两个大的流派。

一个流派，以张籍、王建、元稹、白居易为代表。

这一流派的诗人，由于在创作上有十分明确的社会目的，他们要使得诗歌易于为群众所接受。因而在艺术上就朝着平通浅易的方向去发展。白居易在“新乐府序”里说得最为清楚：

> 其辞质而径，欲见者之易谕也；其言直而切，欲闻者之深诫也；其事核而实，使采之者传信也；其体顺而律，可以播于乐章歌曲也。总而言之，为君、为臣、为民、为物、为事而作，不为文而作也。

虽然指的是“新乐府”，但可阐明这派诗人对待政治和艺术之间关系的一个基本观点；他们明确地认识到，艺术是应该服从于政治的。白居易说张籍“风雅比兴外，未尝著空文”[②]，也就是“不为文而作”的意思。

“不为文而作”，并不是忽视了艺术风格上的创造。

---

① 见《原诗·内篇》。
② 见《读张籍古乐府》。

元稹、白居易在前代诗人中所最推崇的是杜甫。冯贽《云仙杂记》曾载：张籍尝取杜诗一卷，烧灰和蜜吞下，说："令吾肝肠从此改易。"轶事流传，虽难征实，但可看出张籍对杜甫的倾倒，是到了何等地步！很显然，他们都是有意识地继承杜甫的现实主义精神及其创作方法的。

张戒曾说张籍的诗："与元、白一律，专以道得人心中事为工。"[①]他们描写的多半是现实生活中具体的人物和事件。诗人们对被压迫、被剥削的劳动人民惨苦的内心世界，有着较深刻的体会，力求曲折尽情地把它展示出来。为了达到创作的政治目的和加强艺术的社会效果，避免艰深，自然是必要的了。白居易诗老妪能解的传说，正是这种创作思想的客观反映。

他们学习杜甫，可说是得鱼而忘筌了。这派诗人艺术风格上的独创性，主要表现在这方面。

王建近似张籍。胡震亨评他们的诗说：

> 文章穷于用古，矫而用俗，如《史》《汉》后六朝史之入方言俗语是也。籍、建诗之用俗亦然。王荆公题籍集云："看是寻常最奇崛，成如平易却艰辛。"凡俗言俗事入诗，较用古更难。知两家诗体，大费铸合在[②]。

张、王乐府，篇幅不长，有高度的概括能力。能够运用最经济的艺术手法，深入浅出地表达出一种最敏锐、最深刻的思想。他们所追求的是"思难辞易"[③]，意尽而言不尽的境界。口语的运用，极生动、自然，而又非常洗炼。

---

① 见《岁寒堂诗话》。

② 见《唐音癸签》。

③ 同上。引陈绎曾语。

元、白长于叙事，词意详赡，引人入胜。元稹有时喜欢从峭折中见情致；但往往不免意晦而音碎。白居易则一味平坦顺肆，声律婉和，最能感染读者；但有时不免失之于繁，失之于易。他在《与元九书》里，就曾说到这点。可是元、白的成就，是多方面的，境界比张、王宽阔。尤其是白居易，真不愧为"广大教化主"①。

张、王、元、白的诗，在当时不胫而走，极受人们的欢迎，关于这类轶事的记载，俯拾即是。李肇《国史补》说：

> 元和以后，歌行则学流荡于张籍，诗章则学浅切于白居易，俱名"元和体"。

除掉了"流荡""浅切"这些带有恶意攻击的词语，可以看出：元和诗风的"变新"，首先是这一派诗人在艺术实践上所显示的实绩。他们的作品，产生了极为广泛而深刻的社会影响。

这派诗人，在宋代以后，是很受诗论家的攻击的。说他们"轻"；说他们"俗"；说他们"言尽"，"意尽"；太激切，不合"温柔敦厚"的"诗教"传统。这种议论，不一而足。张籍、王建名气小一些，被沉埋了将近千年，很少有人重视。元、白，尤其是白居易，声名太大，掩盖不了。但名之所至，谤亦随之，几乎成为众矢之的。

尽管如此，他们这种强烈的批判现实的精神和平易近人的独创风格，却深入人心。文学史上，白居易的名字总是和南宋爱国诗人陆游联在一起，并称白、陆。这一派诗人，对后世诗歌发展具体的作用和影响，始终是与各种形式主义处于对立的一面。高棅曾说张籍、王建的诗，"词旨通畅，悲欢穷泰，慨然有古歌谣之遗，亦唐世流风之变而不失其正者。"②像这样接近事实的持平之论，也还是

---

① 见张为《诗人主客图》。

② 见《唐诗品汇》。

有的。

元和诗坛的另一流派，情况比较复杂。假如要找出一个典型，则韩愈比较适宜一些。

白居易一派诗人对诗歌中积极浪漫主义的认识，是不够的，所以推崇杜甫而贬低李白[①]。张籍和韩愈、白居易交往都很密切，但文学思想，则接近于白居易。韩愈在《调张籍》一诗里，提出了"李杜文章在，光焰万丈长"。接着说："不知群儿愚，那用故谤伤？蚍蜉撼大树，可笑不自量。"这话绝不是无的放矢；显然指元、白而言。对这，不能认为仅仅是评价前人意见不合而偶然发生的争论；应该把它看作指导韩愈诗歌创作的艺术思想，理解韩愈诗歌艺术特色一把总的钥匙。

韩愈是一位雄才博学而又自视极高的人物。论道，他自以为"世无孔子，不当在弟子之列"[②]；论文，他自以为"上窥姚姒"，兼《周诰》、《殷盘》、《春秋》、《左传》、《周易》、《诗经》、庄周、屈原、司马迁、司马相如、扬雄之长[③]；难道在诗歌方面，甘心自处于李、杜之下吗？这首《调张籍》里歌颂李、杜之处，正是替自己写照。他对李、杜诗歌的艺术特色，确实是有高人一着的认识的。他感到自己生在李、杜之后，要想超李、杜而上之，那只有把李白的飘逸雄奇、空灵恣肆和杜甫的沉郁顿挫、博大精深两者结合起来，一炉而冶。这样，就会出现一个"垠崖划崩豁，乾坤摆雷硠"森罗万象的诗境。他所深深向往并坚信自己能够达到的，正在于此。"我愿生两翅，捕逐出八荒"以下，说得非常明白。

一个作家，创作上的实践，往往不一定就完全能够实现自己的理想；而况韩愈单纯从艺术上去追逐李、杜，自然不可能达到李、杜

① 见元稹《唐检校工部员外郎杜君墓系铭》及白居易《与元九书》。

② 见《答吕翳山人书》。

③ 见《进学解》。

的水平。可是他那十分倔强的性格，始终没有被李、杜牵着鼻子走。因而他的诗，仍然具有富于个性的独特风格，于李、杜之后，别开生面，自立一宗。在他部分成功的作品里，确实是沉浸浓郁，含英咀华，显示出一种雄伟非凡的壮丽的美。但总的说来，过于避熟求生，斧凿痕太重；有气魄而乏韵味，见工力而少风情。特别是那些矜才炫学，逞奇斗险的文字游戏，就不自觉地堕入于形式主义的魔道之中了。

宋代江西派生拗锤炼的诗风，就是沿着韩愈这条道路向前发展的。他们口口声声宗法少陵；但实际上，更多的是拾取了昌黎的败鳞残甲。

在元和诗风的变革中，韩愈带着他独有的卓越成就和一切缺点与我们相见；对下阶段诗歌发展来说，他是影响最大而流弊很深的一位重要诗人。这情况，有些和稍后于他的李商隐相类似。

环绕在韩愈周围的卢仝和刘叉，都是重豪放，尚奇险。诗中惯于表现一种激动的感情和强烈的思想倾向，铸词造意，带有浪漫主义色彩。这些诗人在诗歌形式的运用上，曾经和韩愈一样，力图打破常规，逐渐走向自由体的道路。但成绩并不大。

在这一派诗人中，和韩愈齐名的是孟郊。

韩愈既是政治活动家，又是散文大师，同时又以哲学家自命；诗歌的创作，仅仅是出其绪余而已。就诗而论，韩的门庭比较广阔，不像孟郊那样专攻五言古体。孟的才气、学问都不及韩，可是工夫却比韩深。他的诗，真是用全部生命力凝结而成的。韩愈用"刿目鉥心"、"掐擢胃肾"来形容他的"苦吟"精神[①]，并非过甚之词。他那困穷辛苦的生活，耿介郁抑的情怀，表现在诗里，入木三分，力透纸背。艺术上湛深的造诣，截长补短，正好和韩愈半斤八两，旗鼓相当。韩在同时诗人中，把他看作唯一的劲敌，不愧为知己知

① 见《贞曜先生墓志铭》。

彼。后来苏轼、元好问仅仅从豪放这一点着眼，认为孟不如韩，把他拿来和贾岛并列[①]，那就未免是一偏之见了。

贾岛和孟郊同样是以“苦吟”著称的诗人。但孟的“掐擢”，主要在于炼意；贾的“推敲”，主要在于炼词。贾诗的内容，非常贫乏。我们只要把他所歌咏的题材和所使用的词语，做一简单的统计，就会看清他全部家当。他的诗才并不高，不过有那么一点清气，加上他那股穷搜冥索的劲头，于是居然能在荒山僻岭之中，寻找到一条曲折盘旋的羊肠小道。他终日行走在这寂寞无人的环境里，脚底踏着坚硬而破碎的石子，有时偶然发现到寒泉绝涧的清幽之景，发出了会心的一笑，这就是最大的安慰和收获。

在当时，他的同路人是姚合，后来追踪而至的，是宋代的江湖派诗人。姚、贾走在这条小路上，有时低头沉思，有时左顾右盼，脚步似乎还是轻便，利落；但到“永嘉四灵”，便显得气喘力竭，窘相毕露，连五言八句的一首律诗，也难以敷凑成篇了。

韩愈、孟郊的奇崛艰深，和元、白、张、王的畅达平易，在艺术风格上显然是不同的，而精神上却有其相通之处。姚、贾是韩、孟一派的支流，但和元、白、张、王，则是本质上的对立。

很难纳入于上述两个流派之中，而有高深的造诣，和上述这些杰出的诗人可以并驾齐驱的，是李贺、柳宗元和刘禹锡。

李贺是继李白而起的一位浪漫主义诗人。他的诗，出入古乐府，上探《楚骚》，熔铸六朝词藻，取径和李白大致相同，成就不如李白之大。可是他那弹指即现的奇异幻灭的意境，光怪陆离、炫曜璀璨的色彩，戛戛独造，别有一天，也绝不是在李白诗里所能看到的。

柳宗元的诗，除了像苏轼所说，“发纤秾于简古，寄至味于淡泊”而外[②]，还有幽渺深邃、清峭激越的一面，境界极高。在当时，声

① 见苏轼《读孟郊诗》、《祭柳子玉文》及元好问《论诗绝句》。

② 见胡仔《苕溪渔隐丛话》引。

华寂寞，很少有人注意到他；后世赏音的也不多。正如柳州的奇峰幽壑一样，挺秀南天，别出于三山五岳之外；但地形阻绝，游人踪迹，却很寥寥。

白居易也颇能注意于新的民歌的学习，而在这方面取得更高成就的，则是刘禹锡。黄庭坚曾说刘的《竹枝词》“词意高妙，独步元和”。苏轼也深深叹服，认为“不可追及”①。运用当地民间文学特殊的音节和情调，直接抒写当地人民的生活感情，是屈原创作《九歌》最成功的宝贵经验。后来文人，得力于民歌的不少，但能够主动去发掘出新矿藏的却不多。刘禹锡的艺术实践，创造性地继承了屈原的精神，发扬了西南地区民歌的优良传统，对后来作者的启发，是无穷的。除了民歌体而外，其他的诗体，特别是七言律、绝，深稳雄健，纵横诗坛，很少敌手。不过他有一部分隶事精工而缺乏现实意义的作品，不免落套。像《金陵怀古》之类，在当时虽负盛名，其实并非他真正的精华所在。

陈衍说：“元和以降，各人各具一种笔意。”②一般地说来，这一时期诗人，都不屑依傍前人的门户，而以偏胜独至取长。尽量舒发，不避刻露，不尚含蓄；刻苦锻炼艺术技巧的风气，更为普遍而深入。题材和语言的范围扩大了，丰富而新颖。作家的个性风格，比起开元、天宝时期，更加鲜明，更加突出。不过盛唐那种秀丽雄浑的韵调，自然超妙的气象，也随着时代的发展而成为过去。

元和、长庆而后，大诗人的出现，虽不像前一时期那样集中，可是艺术上一直保持着“变新”独创的风气，终唐之世，没有衰歇。

这一时期诗歌，反映了一个更加混乱、更加黑暗的时代面貌。其中有一项特别值得注意的是：人民在水深火热中，再也不能生活下去，阶级矛盾必然会发展到革命斗争的最高形式，即武装斗争的

① 见胡仔《苕溪渔隐丛话》引。

② 见《石遗室诗话》。

形式。

当僖宗广明元年(880),农民起义军攻破唐朝首都大门潼关,向长安进军的时候,白旗遍野,声震河华。参加起义的人民,在短短的四五年中,就由数千人发展到五六十万,这在历史上是何等声势浩大的一次农民革命啊！可是这燎原之势,是在一个相当长的时间内,由许多星星之火汇集而成的。

早在文宗开成二年(837)甘露事变之后,李商隐在《行次西郊一百韵》里,描写距长安不远的鄠县一带情况,就有这样一段:

> 凤翔三百里,兵马如黄巾。夜半军牒来,屯兵万五千[①]。乡里骇供亿,老少相扳牵。儿孙生未孩,弃之无惨颜。不复议所适,但求死山间。尔来又三岁,甘泽不及春。盗贼亭午起,问谁多穷民。节使杀亭吏,捕之恐无因。咫尺不相见,旱久多黄尘。官健腰佩弓,自言为官巡。常恐值荒迥,此辈还射人。……

据历史文献记载:到九世纪的五十年代,各地农民零星的暴动,就已逐渐汇合而成为有组织的武装起义部队[②]。这些被压迫者,最后只有走上唯一的一条反抗的道路,原因不是很清楚吗?这诗不仅反映了"盗贼本王臣"诗人同情人民的思想,而且从他所描绘的现象里,可以得到一种事实发展的预示。

我们读了农民革命领袖黄巢的《题菊花》、《不第后赋菊》两诗以后,谁都会为他那强烈要求变革现实的战斗精神所震撼,所感染吧。当时,作者尚未参加农民起义部队,还是一个落第的士人,阶级矛盾的急剧发展,给予人们认识发展以深刻的影响,黄巢的思

---

① 这里指的是宦官所领的禁军。参看本篇注文。

② 《资治通鉴》宣宗大中十三年(859)记载:浙江裘甫领导人民起义。

想，正是当时知识分子进步思想最强烈的集中表现。

在于溃、曹邺、邵谒、司马札、聂夷中、皮日休、杜荀鹤等人诗里所反映的阶级对抗情绪的激烈，都使我们看出，唐朝腐朽的统治由没落走向崩溃的必然命运。

"乱世之音怨以怒，其政乖；亡国之音哀以思，其民困。"[1]这个时期的诗歌，很多的都含有浓厚的感伤主义气息。在这类诗篇里，往往是时代的感伤和个人的哀怨融合成为一个不可分割的整体。像李商隐的《杜工部蜀中离席》即其一例。假如我们不从"雪岭未归天外使，松州犹驻殿前军"二句去理解，则这首诗里所表现的诗人深刻的感时伤乱的羁旅之情，是无从体会的。有的则触事兴怀，如泉涌地。像杜牧《泊秦淮》一诗，写金陵酒肆丝竹管弦之盛，忽然从因听《后庭花》的歌声，联想到"商女不知亡国恨"，感慨系之。很显然，这诗和白居易的《隋堤柳》性质是不相同的。为什么会自然而然地归结到"亡国恨"？诗人为什么会有这样的一个联想呢？岂不是时代没落阴影不自觉地投入作者心灵中的反映？

又如写征人思妇的题材，在唐诗中不知有多少。这些作品，有的是以作者的亲身经历为背景，有的则系泛咏而无实指。可是诗人们不同的现实生活感受，却给诗篇涂上了一层鲜明的时代色彩。沈德潜评陈陶《陇西行》"可怜无定河边骨，犹是春闺梦里人"二句云：

> 作苦语无过于此者。然使王之涣、王昌龄为之，更有馀韵。此时代使然，作者亦不知其然而然也[2]。

何尝没有"馀韵"？而是这沉重的时代感伤，使人不忍卒读，更不忍

---

① 见《诗经·大序》。
② 见《唐诗别裁》卷二十。

回味。“作苦语”的诗人，并不只陈陶一个，在他之前许浑诗里的“夜战桑乾北，秦兵半不归。朝来有音信，犹自寄寒衣”（《塞下曲》），又何尝不是同样地哀音动人？事实上，在国困民疲的唐代后期，边塞诗篇，根本就不可能唱出像“黄河远上白云间”，“秦时明月汉时关”那样慷慨苍凉的歌调；“时代使然”，这话一针见血。

唐代“今体诗”发展到这个时期，艺术上有了更进一步的成熟。代表这方面成就的诗人，是杜牧、李商隐和杜荀鹤。

李商隐的诗，使事工切，精美凝炼。在前代和同时诗人中，他几乎无所不学，但都不是形式上的摹拟，而是神理上的契合。这种集众长以为己长的精神，有些和杜甫相类似；他的独创性的风格的形成，是取精而用宏，建筑在一个相当博厚的基础上的。他诗中成功的作品，或感伤身世，或讽刺时政，寄兴遥深，蕴藉低徊，给人以荡气回肠之感。他的《无题》诗，深情绵邈，气韵甘香。这些，都在思想上和艺术上达到了相当高度的统一。可是他也有一部分内容贫乏、以藻绘为工的诗。繁缛绮丽之风，在当时，流为“温、李新声”；宋初的西昆体，恰恰袭取了他的糟粕。

西昆诗人，挦撦李商隐，当时聪明的艺人就已清楚地看到了这点[①]。把西昆体和李商隐混为一谈[②]，是不符合事实的。何焯曾说：

> 冯定远尝谓：熟观义山诗，自见江西之病；余谓熟观义山诗，兼悟西昆之失。西昆只是雕饰字句，无论义山之高情远识，即文从字顺，犹有间也[③]。

---

① 刘攽《中山诗话》记载：杨亿、钱惟演、晏殊、刘筠为诗宗尚李商隐，号西昆体。一次宴会，“优人有为义山者，衣冠败裂。告人曰：‘吾为诸馆职挦撦至此。’闻者欢笑。”

② 严羽《沧浪诗话》“诗体”条，列有“李商隐体”，附注云：“即西昆体也。”元好问《论诗绝句》也有类似这样的模糊概念，见“望帝春心托杜鹃”一首。

③ 见《义门读书记》。

这话确有所见。李商隐在诗歌上卓越的成就,和他诗里某些形式主义、唯美主义的因素,两者互不相掩;他对后世所产生的作用和影响,应该结合诗歌发展各个阶段的具体情况分别看待。王安石教人学杜甫诗,须由李商隐入手①,冯班认为这正是医治粗硬槎枒诗风的对症良药②。只看到他的流弊,那就未免太片面了。

杜牧在词华艳发之中,有豪宕纵横之气,风格和李商隐不同;但他们所最擅长的,都是七言律诗和绝句。

晚唐另有一批诗人,专工"古体",如于濆、邵谒、刘驾、曹邺、聂夷中等。这派诗人,大都生活贫困,对人民生活疾苦有真实的同情,有明确的创作目的;反对当时"嘲云戏月,刻翠粘红"的习尚③,提倡一种简质朴素的诗风。他们的文学主张,颇有些像八世纪后期的元结;可是作品的社会意义,则远远超过了《箧中集》里的诗人。他们写的绝大部分都是五言短篇,风格彼此相近似,较少变化。胡震亨认为"其源似并出孟东野,洗剥到极净极真"。又说他们"语关教化……多有惬心句堪击节"④。极为中肯。

在这个时期里,继白居易"新乐府"而出现的,是皮日休的"正乐府"。这十首诗,系统地批判现实,很能切中时病,可说是富于战斗性的文学珠玉。所不如"新乐府"的,只不过是正面说教的地方较多,语言运用不是那样的灵活。

和聂夷中、皮日休同时的杜荀鹤,也是一位关心现实的诗人,"诗旨未能忘救物"的作者⑤。可是他所采用的艺术形式,则不是"古体"而是"今体"。在对仗工稳,声调和谐,限制极严的律诗里,他用来抒情、写景,同样也可以用来叙事。一切典故和词藻,在他

① 见叶梦得《石林诗话》。

② 见《才调集》评。

③ 参看《唐才子传·于濆传》。

④ 见《唐音癸签》。

⑤ 杜荀鹤《自叙》诗中的句子。

似乎成为多余的东西。他能够运笔如舌，使得律诗接近口语化，这确实不是一件容易事。所谓“杜荀鹤体”[①]，当是指这种独创风格而言的。

杜荀鹤律诗的通俗浅易，和李商隐的典丽精工，属于两种不同的类型，代表晚唐律诗的两个流派。韩偓、吴融与杜荀鹤同时，他们和杜异趣，诗风极近玉溪。人们谁都不会希望玫瑰花和紫罗兰发出同样的香味吧，这两者应该是并行而不废的。可惜的是：后来宗尚李商隐的人，多半以獭祭为工，走入隐晦深僻的一路；而《唐风集》的服膺者，也只是循声逐貌，流为贫嘴薄舌的“打油诗”。

以上概括地论述了唐代诗歌各个阶段的发展情况；在后面的诗人简介里，还分别作了一些说明和补充。

文学的泉源是生活，生活的海洋是宽广的。雪浪银涛，星辉月影，珊瑚玉树，贝阙珠宫，这森罗万象的壮观，汇合而构成了一幅伟丽的海洋图景。唐代诗歌，不仅在具有重大历史意义的题材上，深刻地反映了这个时代的面貌；同样值得珍视的是：在更广阔的生活意义上，通过诗人多方面的感受所创作出来的无数的一般抒情、写景的优美诗篇，其内容之丰富，更是不可一一殚述。

我国古典诗歌发展到唐代，可说是达到完全成熟的境地了。无论题材、式样、语言和风格，无论初唐、盛唐、中唐或晚唐，都使人们读了好像进入百花争艳的园圃一样，深深激起了一种“万紫千红总是春”的愉快和喜悦。这许多诗人，在思想和艺术的修养与造诣上，各不相同；成就的大小，也相差很远。可是，他们都富有新鲜活泼的创造精神。李东阳曾说：

> 唐人诗不言法，诗法多出于宋，而宋人于诗无所得[②]。

---

① 见《沧浪诗话》“诗体”条。

② 见《怀麓堂诗话》。

这话用以否定宋诗，虽不免过激；但“唐人诗不言法”，却是事实。他们没有被任何害人的文学教条主义和艺术教条主义所束缚，被嵌在一个模子里；而是每个诗人，都能以自己独有的面貌与我们相见。正如马克思所说：“就使一滴露珠，照映在太阳光里，也呈现无限多样的色彩。”①唐代诗歌之所以如此吸引人们的爱好，乃是无数多样色彩的露珠，在时代精神的太阳光里所放射出来的总体的光辉。

如果我们说：唐代诗歌，在它的历史范围内所取得的高度成就，超越了在它以前的汉、魏、六朝和它以后的宋、元、明、清，这并不是过甚之词。

五

这部《唐诗选》一共选录了民间的和文人的诗歌五百多首，在数量上仅占现存的全部唐诗百分之一强。

选录作品的原则，是以政治标准为第一，综合政治和艺术而加以考虑的。对于有某种艺术性而政治上根本反动的作品，概不入选。我们的要求是：政治和艺术的统一，内容和形式的统一，进步的历史内容尽可能和完美的艺术形式的统一。

当然，这并不意味着所有被选录在本书里的诗歌，政治上和艺术上都达到了同样的高度；同时，政治和艺术的统一，也不意味着在一篇作品之内，政治水平和艺术水平两者完全处于平衡状态。事实上，很多的作品，思想上既有积极因素，又有消极因素，或者艺术上既有优点，也有缺陷。但积极意义大于消极意义，优点多于缺点；思想和艺术，都有其可取之处，而不是完美无缺的。另有一种情况是：作品的思想性很强，艺术上还不够十分成熟；或者是有较高的艺术技巧，虽无毒素，而思想性不强。我们对这类的诗歌之所

① 见《关于普鲁士最新审查条例的备忘录》。

以适当选录，不加排斥，是因为它们在文学史上，都曾起过一定的推进作用，产生过良好的影响；今天仍然有借鉴的价值。

在编选过程中，虽然经过反复考虑，力求做到实事求是，尽量克制个人好恶的偏见，希望选出真正能够代表各个时期和各个作家最高成就的作品；此外，在听取了一些专家们许多宝贵的意见以后，对选目曾作了不止一次的修改。但一方面，由于自己的水平所限；另一方面，由于唐诗的评选，前人已做过不少的工作，事实上，也很难有更多的新的发掘。虽然去取之间，并不是漫无准则，自觉还有别裁的线索可寻；可是从材料看来，只不过做到综合过去几种著名的选本，加以增补删削而已。

这里还值得提一下：古代文学，究竟是过去时代的东西；对于精华和糟粕，作为清理古代文学遗产的工作来说，首先应该把两者区分开来，有选择地介绍给读者。这是必要的，但也仅仅是第一步。假如我们更进一步去看问题，古代文学作品即使是思想性艺术性完全统一的，它也会带着产生它的时代本身所不可避免的弱点；精华之中，多少还有其糟粕成分的存在。问题的归根结底，是在于我们脚踏实地地站在正确的立场上，用历史唯物主义和辩证唯物主义的观点和方法，善于就各种性质不同的具体作品，从不同的要求和不同的角度去批判地吸收它。毛主席指示说："如同我们对于食物一样，必须经过自己的口腔咀嚼和胃肠运动，送进唾液胃液肠液，把它分解为精华和糟粕两部分，然后排泄其糟粕，吸收其精华，才能对我们的身体有益，决不能生吞活剥地毫无批判地吸收。"①无论怎样富有营养价值的食物，也还是要经过消化器官的能动作用，有所吸收，有所排泄的。我希望本书的读者，在接触到书中每一篇作品的时候，都应该牢牢记住毛主席谆谆的告诫，不要食而不化。

① 见《毛泽东选集》第二卷《新民主主义论》。

下面说的，是有关本书的内容和体例：

这是一个断代的诗歌选本，首先要求比较全面地反映这一历史时期诗歌艺术总的成就及其面貌。除了注意题材和风格的多样化，对入选的作家，也在最大可能范围内照顾到它的普遍性。不过唐代有成就的诗人，实在是太多了，沧海遗珠，在所难免。

选录作品数量的比例，是采用一般与重点相结合的方法，悬殊很大。但对某些杰出的作家来说，虽然选得比较多，仍然是有限度的，并不能代替他的选集。

我国旧体诗的式样，在唐朝最为齐备。本书没有选四言、六言诗和五、七言长篇排律。虽然在上述体制中，不能说没有较好的作品，但选本的规模不大，须要顾及的方面很多，取舍之间，就不得不有所割爱了。

作家的排列，以时代为顺序。但这也只能说是大致如此。因为完全依据生年或卒年或科第年月，都不一定和他们的创作活动相一致；而况许多诗人，根本就搞不清其生、卒年；没有应试或应试而未及第、登科的诗人，也还是有的。在不过于打乱先后次序的情况下，有时依照习惯，把一向被人们相提并论的作家排在一起。

本书的注释，是采用注文、笺事、释义三者相结合的方法，而以释义为主。凡一首诗所描写的事实背景，诗中出现的生词、难字足以造成阅读障碍的，首先把它音注清楚。诗的涵义，除开一目了然者外，都以一句或数句为单元，串释以求贯通。在串释中，有时结合词的用法，句的结构，从文学语言因素，加以必要的剖析。

凡诗中用典故或成语与理解作品内容有关的，一律注出。但有时在作者虽然是用典故或有所本源，而对读者来说，不知道它，并不妨害对诗的理解，甚至注出来，反而横生枝蔓，模糊了读者的概念；另一种情况是：化用典故或成语，浑然无迹，从表面看来，似乎不需要任何解说，可是当读者知道了它的出处以后，会更感到诗人情感内涵的深厚，诗歌语言的准确自然；还有一种情况是：羌无故实,也非运用成语,文字上毫无困难,但作者寓深曲的笔意于极端凝炼的形象之中,读完了以后,它究竟说了些什么,似乎可解而又不可解,要想启发读者进一步去领会,那就更有待于注者的抽绎了。凡此种种,异常复杂,很难归纳在几种类型之中。我在处理这些问题的时候,按照具体情况,或注或不注,注文或繁或简,目的都是希望帮助读者正确地理解作品的内容;不但理解它,而且能够从艺术角度去欣赏它。

注中依据或综合前人旧说的,不一一标明;引用古书,估计读者不易看懂的,也作了必要的注释,用括号括在原文字或句的下面,但更多的,则是把它的意思译成语体。

前后复见的注文,有下列两种情况:一是两处的用法不同,解释重点各异。二是一般词语的解释,前面虽然见过,但读者不一定能记住;而况每一位读者,也不都是从头读起,因而再见之处,仍不能不注。倘若注明见某某一篇,则所费笔墨,未必少于照样重注一遍,徒然增加读者翻检之劳而已。但是,这种复注的次数,也是有限度的。在多次出现之后,只注“注屡见前”,或从省略。

作品原文,依据《全唐诗》和各家专集与选集以及有关诗话、笔记,参校同异,择善而从,不专主一本。足资参考的异文,在注释中择要注明。

本书编注过程中,钱仲联、胡云翼两位同志曾经给了我不少的教益;还有赵诚同志,在注音工作上,帮过我很多的忙;特别是人民文学出版社,两年多来不断地和我联系,始终给我以支持和鼓舞,使我坚持不懈,得以勉力成书。我在这里,一并表示衷心的谢意!

本书涉及的范围,实在是太广泛了。个人学殖浅薄,又只能利用这点业馀时间;参考书籍,更不凑手。技经肯綮,常常碰到。挂漏和错误,一定是很多的。殷切期待读者的批评和指教!

马茂元　一九五九年六月于上海师范学院

唐五代诗概述

赵昌平

唐代是我国古典诗歌的全盛时期。仅清代康熙年间所编纂的《全唐诗》就收录有姓名可考的诗人二千二百馀家,凡四万八千九百馀首诗,加上后人辑轶,今存唐诗达五万馀首;而就著录来看,这个数字实际上还百不及一。

唐诗名家辈出,在中国诗史上有一定地位的诗人达百馀人,其中影响久远的大诗人二十馀家,还出现了李白、杜甫、王维、白居易等具有世界性影响的巨匠。他们的作品当时就风行于日本、朝鲜、越南等邻国。今天仍为许多国家所研究、欣赏。

唐诗创作十分繁荣,流派之众多,内容之深博,诗体之齐备,都达到了前所未有的高度。唐诗既集先秦以降中国古典诗歌之大成,而以后一切诗体形式、一切诗歌流派几乎都能在唐诗中找到渊源。关于唐诗的研究,发展至明代已成为专门的学问。研究著作的众多、深刻,唐诗欣赏者与习作者的广泛,是其他各代诗歌所无法比拟的。

这一切说明,唐诗代表了古典诗歌的最高成就。

习惯上将唐诗的发展分为初、盛、中、晚四个时期:

初唐:高祖——睿宗(618—712 近百年),盛唐:玄宗时期(712—756 约四十五年);中唐:肃宗——敬宗(756—827 约七十年);晚唐:文宗——哀帝(827—907 约八十年),而每一时期又可分为若干阶段(以上分期法参游国恩先生主编《中国文学史》唐代部分)。

唐兴四五十年间,主宰诗坛的是太宗及其周围的一批宫廷诗人，诗歌创作大抵处于陈、隋馀光的返照与反激之中。宴游声色（返照）与颂功纪德（反激），成为诗材的两个大宗，而取法六朝声辞以表现帝国创建伊始的胸襟与气象，又促成了调和南北诗风的第一次努力。这一看来对立的现象，既是陈、隋诗在新时代的合乎逻辑的发展，又体现了新的统治阶层的矛盾性格。调合而未能融和，典雅精丽然而缺乏鲜明个性是当时的通病，但在设题炼辞、结构布局、声韵对偶等诗歌技巧方面的发展；却对后来产生了不可低估的影响。魏徵的《述怀》、李百药的《途中述怀》等个别篇章，虽然在陈、隋已有先期表现，却以朴茂遒劲出之，预兆了后来陈子昂的以复古为变革。不过就他们的全部创作看来，这些既非主流，而于当时之诗坛，也影响甚微。当时能拔戟自成一家之体的是由隋入唐的王绩，其清淡自然的风格祖述陶潜，成为初唐前期诗坛的一股清风，这是存诗不多的初唐在野诗人风格的一种可贵遗迹，其诗史意义，远过于其本身，而其影响，要到盛唐时方能充分显现。

大约自七世纪下半叶高宗麟德年间起，初唐诗坛发生了重要的变化。宫廷体诗至此已由两朝词臣上官仪发展为上官仪体，于婉媚错彩中时见清远之气，预示了以后沈、宋一脉的出现。被称作初唐“四杰”的王（勃）、杨（炯）、卢（照邻）、骆（宾王）的出现是诗坛的一件大事。他们地位较低却胸怀大志，遭遇坎坷而视野较广，遂将建功立业的豪情与人生的悲欢升沉熔铸入创作之中，从而使诗歌题材“由宫廷走向市井”，“从台阁移至江山与塞漠”（闻一多《唐诗杂论》），虽然在艺术形式上，他们的作品多保留着六朝藻绘的遗痕，但是一种豪纵跌宕的气势却显示出新的进境，与这种气质相应，“四杰”尤其擅长两种诗体。卢、骆二人于体制自由、音调流转、有律化倾向的歌行体七古尤其当行，将这一在梁、陈时产生的诗体形式推进到成熟的境界，其格局之宏大开阔，气势之骏发奔逸，开了盛唐歌行的先声。而王、杨二人则于五言律诗的形成贡献更著，整丽之中，每见一种俊爽之气于字里行间荡漾。“四杰”虽无完整的七言律诗，但其律化歌行中不少八句一节、偶句押同韵的片断。其合律程度，甚至超过当时数量甚微的七言八句体诗。就七律由律化歌行中蜕变而来的历史过程看，“四杰”实也占有未可轻忽的地位。

武后时期的沈(佺期)、宋(之问)，及“文章四友”(李峤、崔融、杜审言、苏味道)也是一批宫廷诗人，他们的诗作虽然不如“四杰”的宏壮，但风气既开，又每有一段甚至数度的外贬经历，其题材比太宗时期的宫廷诗人远为开阔。他们大抵继承了“四杰”由六朝诗的基础进行新变的路子，而洗汰铅华则较“四杰”更进一步。气机流畅，风格清丽是其共同特点。他们对诗史最大的贡献是在上官仪、“四杰”等的基础上回忌声病，“约句准篇”，完成了五、七言律诗的定型化。五律已成为当时的重要诗体之一，而武后久视元年(700)有十七人参与的石淙应制，都用七言八句体。李峤、苏味道、崔融、沈佺期，还有薛曜的五首诗已完全合律，七世纪的末一年所出现的这件小事，却标志着七言律诗已从律化的歌行体中颖脱而出。下至中宗景龙年间，在包括沈、宋、李峤、杜审言在内的景龙文馆学士的切磋努力下，这一新的诗体形式终于成熟。要之，由沈宋、“四友”起，古近各体诗的分野基本明确，这正如明人胡应麟在《诗薮》中所说的，“实词章改变之大机，气运推迁之一会”。

约略与沈宋、“四友”同时的陈子昂，与前述诸家不同，走着以复古为变革的路子，在唐诗史上第一次明确地揭扬“汉魏风骨”的旗帜，这是对六朝以来纤靡诗风的激烈反动，与魏徵提倡诗歌教化作用的主张有着隐然而显的联系，然而不同于魏徵的枯燥说教，他的诗作以充实的内容、刚健的风力在武后朝的诗坛上独树一帜。虽然因他对六朝诗的艺术经验缺乏重视，所作质朴有馀、文采不足，未能全面解决唐诗发展的方向，但他所倡导的“汉魏风骨”，却成为嗣后盛唐诗健康发展的重要因素。

总之，初唐诗的成就主要有二：其一是在诗歌的气格方面，从不同角度出发，逐渐扭转了齐、梁、陈、隋的纤靡风习，终于提出了“汉魏风骨”的口号；其二则是在诗体上完成了唐诗各体的基本定型，从而为盛唐诗的发展作好了准备，而陈子昂以“复古”为“正变”，与“四杰”、沈宋、“四友”由齐、梁、陈、隋基础上作新变的两种不同方向的努力，也预示了唐诗嗣后发展的不同趋势，初唐诗可以说是一代唐音的先兆精光。

盛唐诗的总体风貌可以用唐人殷璠在专选盛唐一代诗的《河岳英灵集》中所说的：“文质半取，风骚两挟。言气骨则建安为传，论宫商（指声韵）则太康（晋年号）不逮（及）”、“既多兴象，复备风骨”二语来概括。做到了寓艺术技巧于自然浑成之中，创造出情性与物象高度融一、形象美奂、意兴灵动、富于韵味的艺术境界。

刘希夷、张说、张九龄，以及张若虚等“吴中四士”是初、盛唐之交起着过渡作用的几位重要诗人。较之初唐诗，他们的作品更少粘滞于景物而显得疏朗空灵。其中最重要的是有着师友关系的两位宰相张说与张九龄。张说由景龙文馆学士出身，入盛唐后因军旅生活，特别是二度贬谪的经历，所作寓凄惋于悲慨之中，堂庑宽大而有清刚之气，加以技巧纯熟，故能境界悠远。九龄继起，由初入盛而为开元贤相，他继承陈子昂《感遇》诗的传统，却又吸取了“四杰”、沈宋、张说五言古、律的经验，所作和雅清淡，情致深婉，蕴藉自然。由于二人从不同方面体现了朝、野二体诗结合的趋向，又因身处高位，是公认的诗坛盟主，故这种趋向对盛唐中期的诗人们足具影响。

大抵在开元十五年前后，盛唐诗的高潮来临了。松散的才士型的诗人群，代替了密集的词臣型的宫廷诗人群，成为诗坛的主角。朝体的经验为在野诗人进一步吸取，“英特越逸”之气也自然地代替了雍容典雅之度，而成为典型的盛唐诗的主要气质。

盛唐诗题材多样，而以边塞诗与山水田园诗为两个大宗。玄宗朝与四裔少数民族频繁的战争，既激发了诗人们赴边立功的雄心，而经过了武后、韦后专权后的玄宗前期，政治比较清明，又使诗人的抱负有实现的可能，从而促使了边塞诗的发达。又诗人一旦失意，多在山林田园中寻找慰藉，有的更以泉石清高自鸣，以待朝廷招贤举隐，这就刺激了山水田园诗的兴盛。至开元后期，以李林甫入相、张九龄遭贬为契机，玄宗政治渐趋昏昧，不少诗人见机而退，山水田园诗也就更形发展，为中唐前期诗风埋下了伏笔。

高适、岑参以及李颀、王昌龄等，更多地继承了陈子昂、张说的传统，又融入"四杰"的瑰奇笔致，风格劲遒悲壮而又绚丽高华，以边塞诗的成就为最高。他们在大漠旷野的奇丽景色中参入了志士的感慨，也时而揭露了军中之弊政。与这种风格题材相应，他们更多地采用收放自由、便于驰骋的七言歌行和流荡灵活的七言绝句，并以其疏宕之气将这两种诗体发展到新的高度。其中王昌龄更以其七绝，获得了"七绝圣手"与"诗家夫子"的美誉。

王维、孟浩然以及储光羲、常建等人，使陶潜、谢灵运以来的田园、山水诗开出了新生面。六朝以来的山水田园诗总的发展趋势是以陶潜的自然淡远，参以谢灵运的精丽善绘。入唐，除王绩专尚陶体外，沈、宋、张九龄的此类作品都走了这条路子。王、孟为代表的盛唐山水田园诗，正是这一趋势的最高表现。他们的作品态度自然，色调清秀，意境邃远，其中王维成就尤高，唐代宗称之为"天下文宗"，殷璠的《河岳英灵集》序列举诸家，亟称王维，又评曰："词秀调雅，意新理惬，在泉为珠，着壁成绘，一字一句，皆出常境。"正揭示了这一特点，并可看出唐人对这位大家的推崇。

李白与杜甫是盛唐诗坛，也是中国诗史上双峰并峙的两位巨匠。他们主要活动于天宝年间，特别是安史之乱前后，他们的高度成就之取得，除了个人卓异的禀赋外，是盛唐诗歌高潮的产物，也是大动荡前后的社会原因所激成。盛唐诗的第三期天宝时期，主要是由李、杜和高适、王维的后期诗作，以及年辈稍晚的岑参来体现的。

李、杜具有某些共同的特征。他们对历代的文化遗产都有深厚的修养，尽管二人在某些场合的具体提法不同，但李白三拟《文选》，杜甫诗称“精熟《文选》理”，正说明了这一共同特征。如果说初唐以来诗坛的总趋向是突破古典诗歌的传统格局，创造从内容到形式焕然一新的一代唐音；那么李、杜则熔铸各家，把这一新变发展到了出神入化的地步。如果说盛唐诗以雄浑胜，那么李、杜诗更表现出海涵地负般的力度。李、杜较之同时代的诗人更广更深地接触到大动荡前后的多种社会矛盾，又兼备各体，善能于挥洒纵横中表现博大的思想感情，不为程式所缚，因此前人评论诗至李、杜，“变态极焉”（沈德潜语）。

李、杜二人诗又具有各自的个性特征：李白崇道行侠，性格豪爽，天才纵逸，加以主要作品都作于安史之乱前，因此更多表现出对理想的追求，即使对于逐渐危殆的时局的担忧与种种苦闷，也显示出力图冲决一切的气势。这种苦闷与执着的追求，形成了他海涛天风、飙来倏去、极富跳跃性的诗歌节奏。有时飙过雨霁，则又似清风朗月，俊爽飘逸。这就是李白诗风的两个主要侧面。相对而言，他的古诗与绝句尤其出色，其中更以七古、七绝为极诣，分别与杜甫、王昌龄并称。前人每评李白诗如天马行空，不可端倪，其实他的作品自有神理，只是不为一切程式所缚，随流曲折，化去了笔墨畦畛。岑参诗在很多方面体现了与李白相近的祈向，唯奇丽过之，恢远不及。

杜甫家世奉儒，性格深沉而学力笃厚，加以他的诗作大都作于安史之乱以后，理想的追求逐渐让位于对人生、社会的深刻思考与沉吟悲慨，因而所作内容博大精深，风格沉郁顿挫，有如高山巨壑，气象盘礴，深不可测。杜甫的一项杰出贡献是在唐诗史上第一个将唐人兼融汉魏与六朝的创作经验提到了理论高度，明确揭出了“转益多师”的文学主张。因此能“尽得古今之体势，而兼人人之独专”(元稹语)。不同于李白,他极重视各体诗歌的法度和句意的提炼,却能一气运转,于法度森严中纵横开阖,腾踔变化,于千锤百炼中臻于炉火纯青,而返之于自然。相对而言,他尤擅古诗与律诗。他把以温醇蕴藉为正体的五古发展为融叙事、抒情、议论于一体的史诗般的巨制;瘦硬峻峭之笔与磅礴大气的融合,开后来韩愈一派法门;五、七言律诗至杜甫而能“寓纵横变化于整密之中”(沈德潜语),尤其是七律,至杜甫才门径大开,由原来的多用于宫廷应制而变得无所不能。如果说七律的形式成型于武后中宗时期,那么直至杜甫才在内容与技法上把它发展到完全成熟的地步。高适后期诗在气调上稍近于杜甫,但变化不逮,更多地保留着上一期的特征。

李、杜是风格不同却站在同一水平线上的两位诗国的巨人,是不能以优劣论的。但从诗史演变的角度分析,稍前的李白更多地体现了盛唐的特点;他的诗作所表现的气质是“盛唐气象”最典型的写照;稍后的杜甫却更多地预示着未来。他的作品在盛唐风格中为嗣后的诗人开辟了种种门径。因此杜甫实际上是盛、中唐之交诗风转变的关键人物。(这也与李白诗更多得力于天赋,难于从形式上取法有关。)但是无论是“诗仙”李白,还是“诗圣”杜甫,他们的价值在当时尚未被深刻地认识到,直到中唐后期才产生重要的影响;而在当时声誉最高的,却是由清秀朗远转为清空寂灭,而有“诗佛”之称的王维。

从肃宗至德年间至代宗大历年间,诗坛大抵为王维的影响所笼罩。其原因首先在于安史之乱以后,唐朝国势由盛而衰,加上大乱后普遍存在的休憩欲,于是山水、田园成了诗人们最好的憩息之所。其次,肃、代二宗都崇奉佛教,臣民承风,而山水田园诗的哲学、美学思想正是以释氏为基础的。其三,安史乱中,李、杜分别奔避西南与东南,落拓不偶,以至于贫病死亡,其诗作难于对政治文化中心的长安发生重大影响;而王维却地位日隆,代宗恩命其弟王缙编维集进呈，并手敕许之为“天下文宗”。于是在王缙周围形成了以与王维有诗友关系的钱起为首的文人集团，时称“大历十才子”，他们的诗作以五律为主，以“体状风雅，理致清新”为标格，语言秀润，韵度娴雅，但是过于修饰，格局趋小，气象单弱，已无复盛唐诗的浑成境界。

较“大历十才子”稍前，在盛、中唐之交又有元结及沈千运、孟云卿等诗人(元结曾为沈、孟等七人编选诗集《箧中集》)。他们反对“拘限声病，喜尚形似”，专崇五古，多写愤世嫉俗之情，形成一个不同时俗的小小流派，但是他们将陈子昂提倡汉魏风骨时好古遗近的偏向发展到了极端，所以后继乏人。

中唐前期这两个诗派的偏向，说明了传统的诗歌格局发展至开元、天宝极盛后已难以为继，如何继承盛唐诗兴象、风骨并重的特点，却又不落窠臼，勇于创新，已成为唐诗继续前进的关键所在。

新变的苗头大致萌发于大历末至德宗贞元前朝。当时虽有韦应物“高雅闲淡”的五古、李益取径王昌龄、李白的七绝，可称盛唐诗风鲜见的后劲，但诗坛总的动向却可以唐人李肇在《国史补》中所说的“贞元之风尚荡”来概括。江南以顾况、皎然为首的一批诗人，从南方俗体诗之自然流荡与南朝谢灵运、鲍照诗的奇险跌宕一面作不同方向的开拓，流风所播，包括“大历十才子”中年辈最小的卢纶等人，诗风也起了变化。这种不同于传统格局的诗风及由之而产生的诗歌理论(皎然《诗式》)，与李白、杜甫迥出时辈的诗风表现出某种共通倾向，也为贞元、元和后，李、杜的愈益被重视准备了条件。

“诗到元和体变新”，新变至宪宗元和年间而臻于极，出现了唐诗史上的又一高潮期。因为这一时期的诗风与前一高潮开元、天宝时的风格迥异，所以李肇《国史补》说“元和之风尚怪”。这正是“贞元之风尚荡”的发展；而围绕着以顺宗永贞革新(805)和宪宗元和(806—820)削藩为中心的政治改革的浪潮所带来的“中兴”气象，是新变高潮终于到来的主要促成因素。

元和诗变主要体现于韩（愈）、孟（郊）与元（稹）、白（居易）两大诗派之上。所以韩孟、元白虽然风格迥异，却体现了同一历史趋势。

白居易是元、白诗派的最杰出代表。他主要从李、杜诗重视向民歌等俗体诗汲取营养的侧面开拓。“看似容易实艰险”，在坦易流利的语言下包蕴甚深，是他多种风格的总的特点。他与元稹等在“四杰”律化歌行的基础上，结合传奇故事与说唱文学的特点，创造了以《长恨歌》、《琵琶行》、《连昌宫词》等为代表的哀丽感人的长篇叙事性歌行，后来称之为“长庆体”诗。他的律诗从杜诗中已有表现而为贞元诗人大力发展了的轻利流转一路开拓，明丽流荡，其中七言律绝成就尤高，成为中唐七言今体诗的主要风格。他表现闲适情趣的诗章，从诗体至内容都与南宗禅的歌赞密切相关，后来被称作“白体”，对唐末宋初诗风影响尤著。他的最杰出的成就是与元稹、李绅、张籍、王建等一起，在贞元、元和之交倡导了新乐府诗。

新乐府诗继承了杜甫《三吏》、《三别》等诗“即事名篇，无复依傍”的传统，不用乐府古题，自创新题，却把汉乐府的“感于哀乐，缘事而发”的精神发展为“文章合为时而著，歌诗合为事而作”、“唯歌生民病”的理论主张。他们针对中唐之世的种种弊政，一诗歌一事，并且前有小序，以醒题意，末有警句，点明诗旨，因此具有强烈的暴露现实的意义。新乐府诗在诗歌形式上强调语言的质直易解，“欲见之者易喻”，在诗体上采用俗体诗的三、三、七句式，以使人们更易接受，因此从内容到形式，新乐府运动都是一种复古通变的创举。

韩、孟诗派则代表了另一倾向，属于这一诗派的尚有贾岛、姚合、卢仝、李贺等人。他们从谢灵运开始的，由杜甫大力发展的奇险深曲一面开拓，“语不惊人死不休”，标新立异，洗削凡近，精思独造，硬语盘空。加以韩愈又是古文运动的领袖，更运文法入诗，以才学为诗，形成一种思深力大、雄奇恣肆、挥斥自如的独特风格，但有时却不免流于僻涩险怪。在诗体方面，此派诗人将杜甫开创的博大宏深、盘旋曲折的五、七言古诗更向拗折、瘦硬、铺张、散化方向发展。其中七古尤见特色，常用单行散句，一韵到底，尽量排除声律的拘限，其奇崛拗峭的风格与元、白的“长庆体”歌行成为中唐后七言古诗的两个大宗。

元、白与韩、孟两大诗派揭开了诗史上一个新时代的序幕。当时处于二派之外的诗人也都在一定程度上受到他们的影响。柳宗元工五古，虽承王、孟、韦应物馀绪，但明显受到韩派影响，由清新而变为清峻。刘禹锡与白居易交厚，其七律、七绝受民歌影响，流利轻快与白甚近而稍豪健，诗史上有“刘白”之称。可见一切传统的格局至元和时都起了重大变化，元和诗实际上开了后来宋人诗的种种法门。

元和中兴的势头很快就消逝了。作为白居易和韩愈诗作的根本气质的那种生气勃勃的时代精神，经过穆宗长庆和敬宗宝历二朝的馀冲，至文宗大和、开成期间，随着中兴希望的破灭，暂时失去了继续发展的可能。他们的潜在影响要到唐末至宋元祐年间才分别重放异彩。于是中、晚唐之交诗风的转化形成了一种复杂错综的局面，对晚唐前期诗坛影响较著的倒是白、韩二派中某些地位较次、格局较小的名家，以及白、韩诗的某些艺术因素。这就促成了晚唐诗流派众多的局面。

晚唐诗大抵可以懿宗咸通年(860—873)为界分为二期。而以吴、南唐、吴越、闽楚、荆南、蜀为主体的五代诗歌可以视为晚唐尤其是唐季诗歌的延续与唐末宋初诗风的中介。晚唐诗贯串始终的特点是：萧瑟悲凉的情韵、新警奇巧的修辞，今体诗超过古体诗成为最主要的诗体形式——其中尤以七言律、绝增长最快。

中、晚唐之交起着承先启后作用的主要有三组诗人。其一是中唐韩、孟一派的年轻诗人李贺与晚唐的李商隐、杜牧,其二是中唐韩、孟派的贾岛、姚合与晚唐的马戴、周贺等,其三是中唐与元、白派较接近的张籍与晚唐的项斯、朱庆馀。这三派尤以前二派影响为最大。

李贺在韩诗奇峭的体格中融入楚辞的奇瑰与齐、梁诗的秾丽,幽思入僻而寄托遥深,在韩派诗中独辟门径,开晚唐诗坛寓拗峭于丽词一路之先声。杜牧与李商隐继起,承中有变,各擅胜场。史称"小李杜"。二家之共同特征是变李贺之擅七古而为尤工七律、七绝,并都以杜甫、韩愈七律之议论开阔、气脉动荡、结构多变为本体,并多少融入了刘白七律的流利笔致,故虽丽而不伤于弱。七绝亦略近之。二人不同处是,李商隐七律尤胜,设色秾丽不减李贺,却尤善于布局结构,变化腾挪,并以虚词巧妙运掉,遂能于秾丽中见宛转之态,绵邈深致。可以看出其对杜甫《秋兴八首》一类七律的继承与创新。前人评曰"深婉",颇为中肯。杜牧则于李贺之丽芟其繁缛,多从杜甫《九日蓝田崔氏庄》一类七律开拓,跌宕恣纵,遂于清丽中见拗峭之态。前人评曰"俊爽",亦甚贴切。他的七绝尤其突出,是李白、王昌龄、李益之后首屈一指的大家。

中唐前期为李商隐辅翼的有温庭筠、段成式等,至咸通后又有唐彦谦、韩偓、吴融诸家,得其馀绪,然风格有向清丽颓唐演变的趋向。后期诸家又大多生活到五代,起着重要影响。其中吴越王钱镠之玄孙钱惟演及闽之黄滔、徐夤是此派后起之秀。降及宋代遂演为"西昆体"诗人,但成就都无法与李商隐比并。值得一提的是唐季至五代的韦庄,他的风格实以温李体与白居易浅切风格相融合,因而自成一家体段。杜牧的影响不及李商隐,同时有张祜、赵嘏、许浑诸家为羽翼,但都稳顺有馀、俊爽不足。咸通以后,薛能及以郑谷为代表的"咸通十子"得许浑等一支半脉,但离杜牧体格甚远,已算不得他的馀脉了。而罗隐之发露噍杀,于流走中见峭奇,反可视为杜牧恣纵跌宕之极端发展。杜牧于唐末影响最大的是他的议论卓异、风神超迈的论史绝句，唐季仿作者如云，往往动辄数十首、上百首连章，成为唐末七绝的一个大宗。但作者分散而出色者鲜，也不成流派。

晚唐上承贾岛、姚合的先有马戴、周贺、刘得仁等。咸通后有方干、李频、崔涂、李洞，"咸通十子"的五律也受此派影响。贾、姚在韩、孟诗派中以主攻五律一体名家。二人在"大历十才子"的灵秀清淡的体格上融以韩、孟派的刻炼，形成清奇僻苦一派。晚唐前期如周贺、刘得仁等效学者大多由僻苦窥入，故格局越来越小，其中咸通前唯马戴成就最高，能由僻苦而返之自然，体现了贾岛一脉新变的先兆，旧时称其为晚唐之最佳者。能存盛唐气象，咸通后方干、李频、李洞崇礼贾岛，沿至五代，更有曹松、江为诸人。宋初之"九僧"与后来之四灵是此派遗脉。郑谷幼师马戴，五律能得其体段，并兼融白体自成其苦思精炼，即浅切深婉之风格，崔涂略近之；五代沈彬、孙鲂、齐己等与这一派一脉相承，在宋初影响极大，以至宋初村塾多以郑谷诗为启蒙。

晚唐上承张籍的朱庆馀、项斯等，并非从乐府古题拓展，而是学习他旖旎新巧的七言律、绝和轻灵、工致的五言今体。这一流派影响较少，咸通后司空图等五言律绝略近之，而已与郑谷一路逐渐接近。

除以上三派外，咸通后有于濆、曹邺、邵谒、苏拯、聂夷中等，皆激于国事濒危，翻然复古，远绍元结、白居易，以乐府、古诗写时事，但质直松散，艺术性不强，未引起重大反响，倒是皮日休的正乐府，陆龟蒙与杜荀鹤某些揭露现实的七言律绝，有所创新，这些是白居易新乐府运动的遗脉，他们也大都身入五代与王贞白、郑遨等部分诗作，维系着这一传统，但总体观之，未成流派。

与上述诗人相反，在丧亡之际不少人又从白居易的闲适诗中寻求安慰。唐亡前夕，此风已显。唯作者虽夥而鲜有名家。至五代，南唐等朝发展尤快，先有李建勋等，复又有徐铉、徐锴兄弟及由后周入宋的李昉诸家，遂演而成为宋初的主要诗风之一，所谓白体主要指的这类作品。

晚唐五代诗坛各派，承中有变，各展其长，分化与综合是这一时期诗艺演变的总趋势，而低回、轻纤之调及噍杀、愤激之音，又反映了衰亡之世诗人两种典型的心态。而宋初晚唐体（贾姚以下之两个分支）、西昆体（李商隐之流裔）、白体三种风格之消长的态势也在这时胎息。

综观唐五代诗史，给人印象最深的，是诗人们生生不息的进取创新的努力。从欣赏角度言，不妨各有所喜；但从诗史发展的角度看，春兰、夏荷、秋菊、冬梅，色调骨格虽然各异，却自有其形成的原因、存在的价值，不可简单地以优劣论之。